刘增人文选

刘增人 著

山东教育出版社

图书在版编目（CIP）数据

刘增人文选 / 刘增人著. —济南：山东教育出版社，2016.12

ISBN 978-7-5328-9683-7

Ⅰ. ①刘⋯　Ⅱ. ①刘⋯　Ⅲ. ①中国文学—当代文学—作品综合集　Ⅳ. ①I217.2

中国版本图书馆CIP数据核字（2016）第326025号

刘增人文选

刘增人　著

主　管：山东出版传媒股份有限公司
出版者：山东教育出版社
（济南市纬一路321号　邮编：250001）
电　话：（0531）82092664　传真：（0531）82092625
网　址：www.sjs.com.cn
发行者：山东教育出版社
印　刷：山东泰安新华印务有限责任公司
版　次：2017年1月第1版第1次印刷
规　格：710mm × 1000mm　16开本
印　张：34.25印张
字　数：549千字
书　号：ISBN 978-7-5328-9683-7
定　价：68.00元

（如印装质量有问题，请与印刷厂联系调换）
（电话：0538-6119313）

自序

五十多年前刚考上山东师范学院时，受到一干学兄影响，错误地认为中文系学生的专长，首先是文学创作，其次是文学研究。文学家如果当不成，最不济才当教书匠。遥想那时，学兄们有的在写长篇小说，手稿据说已经厚厚一叠，有的在筹写《郭沫若四十年的文学道路》作毕业论文，提纲已经基本成型……看到人家成竹在胸、意气洋洋、前程无限而又特别谦逊的神态，我羡慕极了，当然也纠结不已：我弄点什么好呢？那时正在热心通读古今中外的诗集，于是就想，还是写诗吧？既不需要丰富的生活体验，也不用寻找太多的参考资料，有感即发，长短皆可，随心所欲，无关格律！没有闲钱买纸，就用一大厚本双面印的账簿，从对折处裁开，在反面密密麻麻写起了诗体日记，几乎每天写几行。主题已经忘记了，大概都是希望哪天能够吃顿饱饭的幻想吧。

带着这一大厚本“诗集”走向了泰安师专的讲台，繁重的备课、讲课任务，毫无悬念地终结了我的诗人梦。“文革”一起，校内校外“抄家”风潮如疾风暴雨横扫一切。听说有的同学夫妻间的通信，被抄成大字报公布，还挂上破鞋游街示众，吓得我和同宿舍的高照福兄，在我们住的单身宿舍楼的厕所里一连烧了好几晚，把一切可能被作为罪证的纸张都付之一炬了，“诗集”自然首当其烧——从此，我和诗的缘分就完全断绝了。

1973年，我的老师书新先生带领我开始编写后来定名为《鲁迅生平自述辑要》的那本书，我从中收益良多，开始真心体悟到在高校教书，科研和教学是密不可分的，只有认真地从事本学科的学术研究，才能够尽快实现母亲谆谆叮嘱的一定要当个“好老师”的人生目标。尽管我清楚地知道自己素乏理论思考的基因，抽象思维能力先天就极其薄弱，但职业需要，也就必须硬着头皮做起来，做下去。我是1966年6月被赶下讲台的——当然，大体同时“获此殊荣”的是全国各地各级各类学校的几乎所有教师。1973年，泰安师专开始招收第一批工农兵学员，每周六天、每天四或六节的课程表排得满满的，晚间往往还排有辅导课。老教师不少还没有从“牛棚”出来，操控着我辈生杀予夺大权的诸公又正忙于继续革命，我夹在中间，正好“废物利用”，就被安排为“文革”中第一批上讲台的老师，同时继续接受再教育。前年我去莱芜，一位1975级的学友，还记得我给他们讲的第一堂课是鲁迅的《流氓的变迁》，那堂课的导语则是“在十九世纪和二十世纪交接的时候，当西方列强黑洞洞的炮口瞄准中国的大地山河，雪亮的刺刀刺向中国的妇女和儿童的时候，一位先生站出来大声疾呼道：救救孩子！……他，就是鲁迅！”这些我完全不记得了，但很可能是大体真实的：一是那种夸饰的语调，确系我年轻时代幼稚肤浅心态的外露；二是我那时唯一能放开讲的就只有鲁迅，而我通过编书，最熟悉最有把握开讲的也是鲁迅。从此，我在备课、讲课的同时，就不断写点什么，从单篇作品的解读、考释，到作家研究资料的收集、整理，再到各种体例文学史的编纂、撰述，最后是我研究较多的叶圣陶、王统照、臧克家等作家的传记或论集。每每渗透在这些文字深处的，往往是我对于文学期刊的特别关注。

我从上述轨道游离出来，胡乱写几篇类似散文随笔的文字，实在非常偶然。1981年春节后，为了鼓励女儿好好写作文，就约定一同去白雪覆盖的普照寺，回来后“比赛”，于是就有了《徘徊梅下寄情思》。经校友倪和平介绍，发表在安徽合肥《清明》1982年第4期，排在“散文”栏目中。这使我找到了当学生时极力追求的感觉，比煞费苦心硬凑出来的论文更符合我的心意，写前写后，都特别舒服。此后，每逢有点感触，就写点什么，不能发表，也并不过分介意。到青岛以后，就成为《青岛日报》《青岛文学》《齐鲁晚报》《青岛大学报》等报刊的作者，有时是我冒昧投稿，有时是编辑先生邀约。他们往往对我格外的宽容，一是很少废弃，二是较少删改。即使删改，也大多是由于篇幅过长而版面宝贵，或者是我那些自作多情的感喟及于事无补的牢骚，可能会使酷爱心灵鸡汤的朋友扫兴，未免有失恕道。这些删改，一面敦促我多从编者和读者的角度换位思考，一面指导我进一步试炼把文章写得更加精粹。

2006年7月，泰安师专1979级同学在黄岛聚会，时任山东新闻网总编辑的姜辉先正式向我约稿。我问他：我写的，你都能发吗？他说绝无问题！于是，我开始了史无前例的随笔写作的“井喷”过程。他也真的是言而有信：有稿必发，一字不改。现在留存下来的类似的文稿，大部分是“姜辉先时代”的产物。但到现在我也不知道缘由，他的总编辑忽然不当了，手机号码变成了“空号”。他不再约稿，我也就此乐得逍遥。但那段“井喷”式的写作经历，以及忽然“失联”的朋友，总是难以忘怀的。

2013年秋，我应约去母校参加学术研讨会，晚间，在珍珠泉宾馆的大堂里与魏建、司安民两位老朋友茶叙。魏建说到我在一些会议上的即兴发言，很有“新意”，并且“幽默”，希望整理出来付印。我笑笑辞道，发言没有底稿，不过信口开河，若从新写来，已失去现场的感觉，不值得费时费力了。安民却力劝我把那些零零散散的所谓散文随笔，集结成书，还说我的文字有功底，思路有创见等理由。当时耽于品茶和乐享友情，没有记得详细清楚。但事后我心中却屡屡起伏波动：年过古稀，来日无多，也该回首往事，稍事反顾吧？因为手头还有其他更紧要的事情，就没有立即启动编书的工作。2014年春，我从泰安绕道去新泰，见到赵连军、李西宏、亓贯学等老朋友，聚谈甚欢，才知道西宏已经退居二线，实际上没有什么具体工作了。而言谈之间，发现他读书极多且“杂”，又博闻强记，故乡的一山一水的来龙去脉，都如数家珍，对于文体的规范特别是语境、韵致的体悟，俱有心得且颇为考究。对于我这个昔日的老师，感情尤为深挚。当时就忽发奇想，何不就把编辑此书的“任务”委托西宏？而此语一出，即刻得到西宏热情响应，我们两代人于是一拍即合，当场敲定。

但此后，我因为料理那本关于文学期刊的大书，工作量太大，实在没有可能分心，而西宏也不幸进入多事之秋，身心都很疲倦。到去年冬，他的事、我的事，都告一段落，正好有几位老朋友相聚青岛，又旧话重提。大家有许多极好的方案可供选择，但我最后还是认可了现在的编辑方式，即全书分为三辑：第一辑是本人漂泊逗留的印痕，山水流连的感悟，遭际见闻的酿化，心路历程的剪影……惟其零零碎碎，杂乱无章，才更真实地折射出自我平凡卑微的命运。因为鲁迅先生已经使用过《坟》这个最准确最简明的名称，我只好“活剥”韬奋先生，叫做“萍踪漫笔”——没有法令规定“附庸风雅”只是土豪之流的专权。第二辑是忆述研究所得之前辈作家、学者的点滴印象，暂名“文海钩沉”。学问的大海浩淼无际，人生的大海烟波苍茫。我所有幸见到者，未必是人人所知；正如他人熟悉者，我却完全陌生相似。这些零零散散的篇章，集拢排列在这里，专供不畏寂寞的同好检索，或者给初入门径者提供一点少走弯路的提示。第一辑务求保存本真，第二辑专重心得新知，第三辑则是凑数了：这里有几篇论文，一束序跋，都是生平行迹的补充。因为是和学术多多少少沾亲带故的东西，就称为"学术边缘"好了。

本来这本书是只准备编入散文随笔之类非学术性文字，但几位知友坚持认为我毕竟在所谓"学术圈"里混迹多年，应该选一些论文，尽量完整地展示自我生命的痕迹。恰好旧友崔云伟帮助整理了十篇所谓论文，于是从中挑选几篇至今似乎还不大有人涉足者充数。几篇序跋，无非是记录自己艰辛跋涉的历程，谈不上什么深情要意。另外，我之所以把这几篇难入大家法眼的论文、序跋选入凑数，还有一个只有自己知道的理由：2015年的最后一天，我大略统计了一下，如果这本也能够印行，就是40本书（含自著、合著、主编、合编等），至少也有2000万字。从"文革"结束算起，大致每年一本，平均每本50万字。说多当然不能算多，比起许多高产的先生，我只有惭愧；但说少也不能算少，比我的若干经历过"文革"的同窗，又属于得天独厚者之一。何况，我那些老领导、老邻居最近不断告诫：不但退休后依然要缴纳医保费用的新政已由财政部长透露，而且医院里护工的看护费增长特快，现在已经与本校在岗副教授的实际收入相差无几，行情还在看涨！我知道，孩子们都不容易；朋友们存折上的数目，无论多少，都是干干净净的钱，不宜用来糟蹋；至于其他五花八门的路径，一概恕不尝试——于是就自行决定这是最后的一本，夸张点说，就算是"封笔"之书。文体混搭，风格相左，都无暇顾及了：杂一点就杂一点吧。

这本书所写，大都是自己的行程或感悟，与他人几乎毫不相干。

之所以要印出来，一是对朋友们好意的回应，二是给自己来一个小结，三是让家人看看我这一辈子忙忙碌碌到底在做些什么。因此，我预设的“读者”，仅仅是我自己和我的家人以及略有兴趣的朋友。

本书付印前，魏建和西宏对所有文章，都仔细校勘，从字句到标点。一应引文，也尽量对照权威版本校对。凡是学界尚无定论的观点，例如马斯洛关于人格境界的论述，都三番五次请教有关专家做出合情合理的界定。为此，他们付出了许许多多追不回来的时间和精力，使本书行文更规范，文气更畅达。这是对我的爱护，更是对读者诸君的尊重，是友情的升华，更是对写作这份事业的担当、敬畏。

赵连军、张期鹏等老朋友，对于印制、开本诸事，都有极好的见解可供采纳。衷心感谢魏建、西宏、连军、期鹏和各位朋友！

衷心感谢把一些散乱的篇什印装成如此精美好看的书的山东教育出版社的各位朋友。

目 录

文海钩沉

学术边缘

编校后记

萍踪漫笔

外公逸事
——我的外公青岛德华大学教授于濂芳先生

德华大学，全名“青岛特别高等专门学堂”，俗称黑澜大学、赫兰大学。该校中国教授于濂芳先生，潍县人，原名祉孙，字兰洲，号澹园，别号逸樵，又号独笑生，后以濂芳行世。祖上世代居住县城郊外，后来因为祖父退翁获取了功名，于是由乡迁城，卜居潍县城里（今潍坊市潍城区）新街子东首路南第一户（现已拆迁，原貌不复存在），与族弟蕙洲，分后院、前院共居。先生生性孤洁，喜欢独处，擅长诗、文及绘画，在花卉描摹中特别钟情兰草。作大幅兰草画时，往往让子侄辈帮助研墨、抻纸；但儿童顽皮，多不专心，常使纸皱墨洒，淋漓满幅！于是掷笔长叹：“有心画得无心草，扯纸儿童不认真！”

先生早年热心科举，宣统年间曾得优贡。后年岁增长，识见日渐广博，厌恶官场腐败，不欲同流合污，于是绝意仕进，闭门读书。同族中多有子侄辈求学无门，族人曾屡屡央求，于是自立教馆，设帐授徒。因学养丰厚，教授得法，教名远播，方圆数县闻名求教者越来越多。辛亥前夕，倾心新学，以中年学者、知名教习的身份，毅然加入山东师范学堂就读，务求贯通新学与旧学。

先生对于金石收藏与鉴别极有心得。每有佳品发现，常不惜倾其所有。朋友们有的夸赞其脱俗，有的叹惋其痴迷，以为这不仅是学问的追求，而且是人生的境界！所藏汉魏古印，最称珍贵。潍县著名文史家高鸿裁曾据以撰写为《齐鲁古印捃补》一卷，为潍城金石出版物中的尚品，坊间口碑绝佳，至今仍有好评流传，不绝如缕。

1898年，德国政府与清廷合议在青岛创办新式高等学校，定名“青岛特别高等专门学堂”。双方政府经反复协商，议定共同投资，共同管理，共同执教等。因德国政府投资数额远逾中国，故学校实际权力仍在德人掌控之中。例如学校校长必须由德人担任，而清廷选派驻校学官，仅有监督与通报情况的权利，所起作用甚微。但该校对中国教授之资格，却规定甚严，即必须兼通中学与西学，既有朝廷功名（优贡以上），又有真才实学，特别是必须兼通新式学问，以免贻误学子且遗笑异邦。几经遴选，仅得6人。濂芳先生因上述原因，被举荐为该校中国文学及伦理学教授，月薪100元鹰洋。同时被录用者，还有商衍瀛、徐春官、孙中瀹、陆同龢等，均一代俊彦，学术上各有建树。

先生在该校教授任上，务求实学，教风严谨，深得学子爱戴，离校以后，还屡屡与他们书信往还，诗文酬唱。因思想趋于维新变法，与同盟会人士交往尤为密切。1911年前后，先生在德华大学的寓所，俨然成为同盟会在青岛的重要活动基地。他的同盟会朋友，常从这里出发，或者南下上海，或者北上烟台，互相传递消息，秘密运送资料，广泛联络友朋，积极支持变革维新事业。1914年“一战”爆发，青岛被日寇攻陷，德华大学被迫解体，部分学生转入上海同济学校，先生则返回故乡任教。离青岛前夕，携儿女摄影留念，并题诗照片背面：“十年不看故园花，回首沧桑空自嗟。岂有文章传海外，偏留姓字到天涯。书中日月消愁绪，镜里容颜老岁华。儿女牵衣频问我，年来何事不归家？”诗前小引为“青岛旅次携昭宁儿淑宜女拍一小照即题一律”。

1913年4月，潍县县立中学（今潍坊一中前身）成立。首任校长为同盟会人士郭恩敷。经郭校长盛情邀约，先生为该校撰写校歌歌词（该校教员刘国权谱曲）。词曰：“中天光华，民国重熙，日月光照五色旗；宏开教育，邦家之基，多士一堂庆济济。四月十四日，是我开学纪念日，四月十四日，是我开学纪念日。”为收回被帝国主义强寇掠夺的山东主权，1918年秋，“山东各界外交后援会”成立。11月，“山东学生外交援会”成立。次年5月，轰轰烈烈的“五四运动”爆发。5月12日，潍坊学生纷纷响应，联合各界组织了“抵制日货会”，后改称“维持国货会”，于濂芳被推举为三委员之一，参与指挥、领导潍坊的学生运动及各界爱国运动，推动了“五四运动”）在潍坊的延伸与发展[1]。

1917年，坐落于济南的教会学校齐鲁大学（原名和教会内部仍称“山东基督教共合大学”）正式命名，9月开学。位于潍县东郊“乐道院”的教会学校广文学堂，西迁济南，组成齐鲁大学的重要学科。濂芳先生亦受聘为齐鲁大学文科教授，从此定居济南。

先生就任后，一如既往，热心学术，常深夜或凌晨为学生批阅文稿，或者热心为朋友拟写楹联、贺词、志铭等，以至寝食兼废。一日侵晨，掌灯伏案，批改学生作文。夫人将洗面水及早餐再三加温，催促盥洗用餐。先生笑说你只管催促，如果代我一二，岂不早早完工？……伸手至腋下解脱长袍衣纽，不幸脑溢血突发，不治身死于齐鲁大学。时尚未满花甲，学界皆慨叹其英年早逝。

先生文稿，多已佚散，今所见者，百不余一，为《兰洲文稿》二册，《澹园诗序》一册，均为长女于浩生誊写，已由家属捐赠青岛市档案馆，零散者数纸。其中有用“齐鲁大学考试卷”竖行红格稿纸书写的几幅，其一好像是为齐鲁大学拟的对联；又一似乎是为齐鲁大学草拟的校歌底稿：“中华声振亚东，泱泱大国雄风。千古齐鲁文化，道高德隆。宏我齐鲁文化，欧美学科交通。大开庠序教育，人杰地灵。泰岳钟英秀，华北树风声。祝我青年子弟，努力前程。长日暖光阴，幼壮耀聪明。从此乘风破浪，命世英雄。”文章较完整者，有《潍县中学校第一班同学录序》《民国二年国庆日记事》等。后者记1912年潍县各界庆祝辛亥首义成功之盛况。文中有曰：

> ……嗟乎数千年专制，未半载而跻共和。伊谁之力？此非吾同胞触锋刃、舍生命、出入枪林弹雨中，经营数十载，而始克有此一日之乐者？吾辈其亦念之否耶？犹忆武汉起义时，余客青岛。青岛为火轮风帆出入地，北之罘，南申江，义士之奔走号呼往来于此者，日有所闻也。余亦尝为友人筹费用，寄书函，往来舟车停泊处，问讯南北事。未几而某某死矣，未几而某某死矣，生还者十无一二焉。故人沦亡，眼泪频挥，至今念之，犹觉心痛！……光阴之递迁，又经一年矣，犹是哀鸿遍野，疮痍满目，列强逼处，且将伺吾之隙，

[1] 参见《潍坊一中史迹钩沉》征求意见稿上册第37–39页。

攘夺我利权，侵占我土地，共和之胜于专制者何在？吾辈之所欣欣而祝者又何在耶？今日之民国，较之去年何如？较之民国未成立时又何如？今岁如此，明岁将何如？有识者能勿心焉惕之？若常此泄泄沓沓，仅于是日铺张扬厉，为粉饰计，是犹燃火于积薪之下而寝其上，欲其不亡得乎？如是则此会为甚无谓之事可也，为劳民伤财可也，安在纪念耶！吾望在会诸君，以今日之精神，为巩固国体之用，卧薪尝胆，继诸先烈之后，使明年此日，较今日为尤盛。由二年而三四年，而数十年，而千百年，文明进化，蒸蒸日上，吾国将为全球主人翁，庶不负今日之盛会乎？……

如果将这些言议，如实复原到1912年的文化语境之中，其远见卓识与爱国热情，当都令人肃然起敬。同时，从字里行间，更不难看出先生于辛亥革命前后热情襄助革命事业，资助革命志士，期望革命成功的高远与激进，许为一方先驱，也许并非过誉。

先生有子女三：子昭宁，字静远，终生从事小学教育，1961年病殁；长女淑宜，字浩生；次女淑萱，战乱中流离，不知所终。长女跟随父亲就读山东省立第一女子师范，以优异成绩毕业后，在青岛江苏路小学、铁路小学任教。1937年末青岛沦陷前夕，耻为亡国奴，毅然奔赴沂蒙山区，走进浴火奋战的抗战队伍，约一年后因病退伍，先后执教于沂水二郎峪小学、寿光寺西十五联中。抗战胜利后回潍坊，任教于胶济铁路坊子小学、潍县于氏私立小学。新中国成立后，任潍坊第六小学教师、分院主任。1960年当选为潍坊市文教群英会代表。1967年因高血压等病谢世。

我的亲娘

我的亲娘，按现在的称呼法应该是我的保姆或阿姨，但我娘一直让我和姐姐叫她亲娘。亲娘没有名字，也没有人知道她的姓，因为她丈夫姓孙，叫嘉木，所以村里人都叫“嘉木嫂子”，晚一辈的就叫“嘉木大娘”。我们的缘分，是从那场中国人永远不该忘记的战争开始的。

1937年末，青岛沦陷在即。市长沈鸿烈率领文武官员及眷属撤退，富商豪绅等体面人物，也争先恐后外出逃难，驻守青岛的海军、陆军，完全放弃了保护国民、守卫领土的职责。素有“黄海明珠”之称的青岛，真的变成了一座“不设防的城市”！正在青岛铁路小学任教的我的爷、娘，却约集了七八个热血青年，满脑子“宁死不做亡国奴”的信念，奔赴时为山东抗日前线的沂蒙山区投笔从戎，接受军训。我爷因为不但爱国心切，而且有文化，作战有勇有谋，很快被提拔为博山县长，后任山东省政府政治视察委员兼办事处主任等。1939年后又被委任为51军于学忠部113师（师长周毓英，字龙渊）第五大队上校干事，亲率本部文武官兵，与日寇在博山、沂水、安丘一带周旋，常驻沂水东里店、七箭村一带。我娘却不能适应行军打仗的生涯，重病连连，体力不支，只好退伍，经周龙渊师长安排，到沂水县圈里乡中二郎峪村抗日小学教孩子们读书。

我娘是山东省立第一女子师范的高材生，写得一手漂亮的毛笔字，在穷乡僻壤的中二郎峪，简直就是最高明的文化人。方圆几十里的乡亲，有点关于文字的大事小情，一般都是来找她帮忙。我的亲娘，家住小学隔壁，一来二往，就成了我娘的贴心人与最得力的帮手。嘉木大爷种地是百里挑一的好手，又是小有名气的泥瓦匠。只是年轻时不慎从脚手架上摔下一次，右腿受伤，略显腿瘸。他们唯一的儿子，却出落得极其精神，才十多岁就在镇上杂货店当伙计，算盘熟练，记账精明，掌柜都格外重用。

1939年中秋前夕，我爷打了一个小小的胜仗。最让他开心的是，俘获了一匹纯白的战马，我姐姐也几乎同时降生了！于是中二郎峪上演了有史以来最壮观的抗日将军“衣锦还乡”的壮剧。乡亲们听说这消息，锣鼓、酒席早就准备停当。我爷骑着白马刚刚进村，鞭炮就炸响成一片，酒席摆了四五桌！家家户户都希望我爷去做客，但他只去了亲娘一家。我姐满月时，我爷又回来一次。亲娘执意要让嘉木大爷跟随前往。爷、娘都不同意，因为他是家里的独子，下面又只有一个独生儿子。我爷回队伍时，骑马走了三十多里了，才发现嘉木大爷早在岔路边等候多时！没有办法，队伍上又确实需要真心抗日的好人，只好带上大爷去抗日，去打仗。

嘉木大爷是庄稼人里的能工巧匠，却完全不会打仗。他恨透了的鬼子照面，就忘记了军纪，更忘记了危险，从战壕里一跃而出，要和鬼子拼命！不幸前胸立刻被打成马蜂窝！我爷拼命抢回他的血糊糊的尸身，又损失了好几个弟兄。爷亲自把尸身送回中二郎峪，我亲娘整整哭了一宿。第二天清晨，就把满身孝服的儿子交到爷面前，说一定让孩子亲自给他爷报仇！我爷没有保护好嘉木大爷，满心愧疚，哪会忍心让小小年纪的侄儿再去当兵打仗？却又拗不过亲娘的一片报仇爱国的诚心！正为难时，我亲哥从背后抽出一把锃亮的军号，系着大红的绸子，当着我爷和乡亲们滴滴答答吹了一曲冲锋号，我爷立马把他抱上战马，一溜烟飞奔而去。我娘这才回过神来，抱起亲娘就嚎啕大哭起来。

1941到1942年，沂蒙山区的形势极度恶化。鬼子连续组织扫荡，手段越来越残酷。二鬼子也越来越多，而且名目繁多，派系林立，有明的汉奸，还有暗的。国民党政府的游击队，更是四分五裂，各抓地盘。我爷的一个县政府，一个县大队，打来打去，只剩不到百人。给养与弹药，都匮乏到极点。1942年春节前后，他带队伍与日寇周旋了几十天后，由于汉奸作祟，被封锁在安丘解家车庄苗子岑下一个狭长的山谷里，两边都是陡峭的峰峦，天上是飞机，两边山顶上布满了鬼子的炮队，谷口前后都是鬼子和保安旅的部队。我爷知道最后的时刻到了，命令我亲哥回家送信，让我娘日后来收尸。亲哥死活不去。他说亲娘有嘱咐，什么时候也不准离开爷半步！爷只好让身旁的勤务兵爬山越岭，回中二郎峪报信。中二郎峪那时候也在鬼子的扫荡圈里，等勤务兵找到我娘和亲娘，已经是血战以后几十天了。

亲娘让娘家兄弟拉一辆板车，自己扶着身怀六甲的我娘，来到战场，两个女人立马吓傻了—— 一片尸体，遍地血肉！绿头的苍蝇和红了眼的野狗，成了这里的主人！她们哭着、翻动着每一具残破的尸身，却怎么也找不到自己的亲人！还是亲娘有主意，她看到远处有匹断腿的白马，从马肚子底下，找到我爷的一条腿，不远处是那顶血肉模糊的军帽！马脖子底下，是一把军号，红绸子变成了血块了，我亲哥的一只手，还紧紧地攥着军号，人却完全没有踪影了……我娘一下子哭昏过去。亲娘一把拉起我娘："小鬼子祸害了多少人家，谁家不死三个五个，哭有啥用？你肚子里的孩子要紧！"她在后面推，她兄弟在前面拉，不知费了多少劲，才把我爷的军帽，那条腿，那把军号，还有已经完全没有知觉的娘，一起拉回中二郎峪。

那些日子里，我娘一天到晚，就只是哭，不吃饭，不睡觉，更不下炕。亲娘火了："哭，哭，你就知道哭！哭有个屁用！你把咱儿哭掉了，靠谁去报仇？"我娘问："你怎么知道就一准是个儿？"亲娘狡黠地笑了："你没养活过儿，当然不知道。嫂子我——可是什么都知道。快，麻利儿地给我起来吃饭！"我爷和亲哥阵亡的消息传开后，前村后庄的乡亲们都来了，有的拿两个鸡蛋，有的捧一布袋小米，有的送来月孩子（即婴孩也）穿的小衣裳。我娘说大家都不容易，坚决不让收下。亲娘却照收不误，连声谢谢都没有。这年阴历六月初十，我皮包着骨头来到这个多灾多难的世界。娘是一口奶也没有，一走路就天旋地转。亲娘却每天两个鸡蛋，每顿一碗小米饭汤供养着。我娘问哪里来的？亲娘说："不用你管，好好养你的月子！"可我没出满月，乡亲们送的东西都吃完了，亲娘就用她那件大袄，揣起我走门串户。谁家在奶孩子，亲娘就把我送上去，人家立马分一个奶头给我。实在找不到奶水，亲娘就一口一口地嚼烂煎饼，嘴对嘴喂我。亲娘和我，成了方圆几十里所有乡亲最亲的亲人！亲娘只有这一件大袄。冬天絮上棉花，就是棉袄。春天抽出棉花，就是夹袄。这件大袄，就是我的摇篮，我的暖床。因为吃睡都在亲娘的大袄里，我娘说我的鼻子尖给磨没了，要亲娘赔鼻子尖。亲娘说："咱儿不用要鼻子尖，就有的是媳妇，俊着呢，丑的咱还不要！"

鬼子来扫荡了，亲娘把姐姐交给邻居，怀揣着我，我娘背上包着学生作文的包袱，漫山遍野地跑啊跑！有一次跑迷路了，前面竟然是不知深浅的断崖，我娘说无论如何不能叫鬼子活捉，"跳吧？"亲娘说："跳！你把包袱顶在头上，我揣着咱儿。"一、二、三——两个女人咕噜咕噜从山顶出溜下去，打着滚下去，一直坠到谷底！我娘摔晕了，亲娘掐着人中救过来，敞开怀，对娘说："快看，咱儿命大着呢，你看他还睡觉呢！"我娘才破涕为笑。亲娘说："咱儿可了不得，鬼子、汉奸他都不怕，该怎么睡觉还怎么睡觉，长大了保准当大官，骑大马，也是白马，像他爷一样打鬼子！"我娘说："那时还有鬼子？"亲娘说："没有鬼子，不还有土匪？都打！"两个女人抱着哭一阵，笑一阵，又上路了。

中二郎峪抗日小学早就给鬼子烧光了。乡亲们认为，鬼子早晚得打走，可孩子们不上学不中（不可以或不应该之意）。就草草搭起三间土坯房，算是在战火中重生的学校。抗日小学的牌子被汉奸烧了，乡亲们说我娘在哪里，哪里就是学校，不用挂牌了。从此，我们娘们四个，就住在学校里，睡一铺炕。炕底下，留一个洞，鬼子一来，就把学生的作文本往里面一塞，堵上几块土坯，伪装得可像了。另外一间大屋，是教室，有二十一个学生，也不分班级，一起跟娘识字，写作文，学唱简单的抗日歌曲。另一间小房，做饭。有一次，鬼子来得突然，眼看进村了，四面围得结结实实。亲娘一把把我娘按到炕里，挡上一堆黑乎乎的烂棉花套子，从锅底下摸出一手灰，往娘脸上一糊，把她的一顶破帽子扣到娘头上，满院子撒着鸡粪、柴火，门槛上都糊着屎。鬼子一进院门，亲娘打着手势，意思是屋里有病人，跑茅房拉稀，肚子痛得厉害，传染哪！小鬼子的官儿用白手套捂着鼻子哇啦哇啦扭头就跑了。我娘问她："你哪来的这些心眼？"亲娘说："还不是叫小鬼子逼得？"

1943年，我满周岁了。我姥爷在齐鲁大学教书时的几个学生，都在寿光寺西十五联中做事。他们听说我娘的情况，三番五次捎信让娘去联中教书。我娘不愿离开埋着那条腿、那顶军帽、那把军号的地方。亲娘又火了："咱儿在这里有什么发势头（我不知道怎么写这几个字，意思是发展的机会吧）？谁给咱报仇？鬼子再来，还想抹一脸锅底灰？”娘想想也是。那时的寺西，确实比较安定。娘们四个，就从中二郎峪一起搬到联中的隔壁。

我娘每月有六斗带皮的高粱粒的薪酬，日子好过多了。亲娘还养了两只母鸡。因为舍不得粮食喂，好几天才下一个蛋。母鸡一下蛋，亲娘就哄姐姐说，村东头有人家将（我不知道这字怎么写，即“娶”也）媳妇，新媳妇那个俊啊，小喇叭呜呜呀呀吹得可好听了！姐姐傻乎乎地东找西寻。姐姐一走，亲娘立马用三块石头支起一个没有把儿的铁勺子头，点上一把豆秸，滴一滴豆油，炸一个鸡蛋饼，我几口就吃完了。姐姐回来问，哪有将媳妇的？亲娘说，“亲闺女啊，你去晚喽，人家早走了。下回，我一说，你快去，准能看见，可热闹了。”我一直受到亲娘那么特殊的优待，现在猜想，一是她老人家重男轻女，二是可怜我是“背生子”，从来没有见过自己的亲爷吧！

1945年，长达八年的抗战终于胜利了！联中的朋友，听说青岛铁路小学马上恢复建制，极有可能安排原来的老师、职工复员，就力劝我娘回青岛，连路费都给凑齐了。可我娘就是不肯走。青岛离那埋着那条腿、那顶军帽、那把军号的地方更远了。我亲娘又说那里没有庄稼地，没法喂鸡，死活不肯一起去。朋友们板起脸说：十五联中风雨飘摇，眼看就要关门；青岛那边再去晚了，人家把职位占满，你们就没有了饭碗，两个孩子你怎么养活？！于是我娘和亲娘说定，她先去，安顿好再来接亲娘。好在青岛也不大，总可以在近郊找到亲娘热爱的庄稼地，继续养她的老母鸡。

我娘拖儿带女，长途跋涉，不知遇到多少艰难，好容易来到铁路小学。不料日寇占领时期，铁小的所有文档都被销毁，当年的教职员名录等一概荡然。既然难以证明是铁小旧部，当然不予录用。何况新的校长正忙于安插自己的亲朋故旧，以及各路达官显宦支派来的“嫡系”！我娘从铁路小学找到青岛市教育局，找到胶济铁路局，可到处是一样的嘴脸。带来的盘缠很快用光了，旅店老板黑着脸吆喝着赶人。我娘只有沿门乞讨，把我饿得嚎哭不止。万般无奈，娘在栈桥左近的地上写起了求乞状。因为可怜是抗战遗孤，有时还能吃顿饱饭。一天，忽然一位穿长衫的先生，从洋车上下来，仔细看娘写的状纸，仔细看蓬头垢面的娘。看了半天，扑通一声跪在娘面前，呜呜咽咽地说：“于老师，你还认得我吗？我就是当年你资助过的即墨的那个穷学生！”我娘却一点印象也没有。他说先去旅店住下，其他再说。马上叫来洋车，拉起娘仨，住进车站附近的一家旅店。第二天，青岛几家大报，都在显要位置发出呼吁：抗日遗孤，流落街头，行乞无门，天理何在？！我娘的好几个学生，看报后都来了。有的送面粉，有的送衣服，还有的向铁小说理。尽管他们奔走呼号，娘的位置还是被挤掉了。他的学生们只好凑集盘缠，护送我们娘仨踏上返回潍县的火车。娘回到潍县城里的娘家，得到我姥爷的学生的帮助，做了我姥爷参与创建的潍县于氏私立小学的老师，每月六斗小米的薪酬，生活总算安定下来，但各种疾病从未放松过对娘的苦苦纠缠。她只好让我舅舅——他是唯一见过亲娘的自己人——三番五次到沂水寻找我的亲娘。舅舅每次回来都说，中二郎峪早被汉奸保安队烧成平地了，乡亲们多数被祸害，少数侥幸活下来的，也都逃亡四乡。我亲娘没有姓名，没有亲人，谁也说不出她的去向。一个那么好的人，竟然像沉落大海的石头，一点音信都找不到！“这是什么世道？”娘每每说起来，就往往头磕炕沿，撞得咚咚响！

1948年，我娘最要好的同学兼朋友丁某，是一位地下党员，不幸暴露了，必须马上撤离，可是没有盘缠。她来找我娘商借。我娘把全家最值钱的一件皮袍，是姥爷留下的唯一遗产，一个翡翠的蜜蜂型胸针，是我娘唯一的嫁妆，全变卖了，一文未留，一把交给她。丁某哭着说：“我的亲妹妹，这辈子忘不了你的大恩大德！等我回来，一定报答！”她一走，国民党县党部怀疑是我娘纵放“共党要犯”，立马开除了她的教职，全家也就顿时失去了活命的依据。幸亏不久潍县就解放了，改名叫潍坊特别市，我们才没有成为栖身长街的饿殍！我娘最早向新政府报到，做了潍坊第六小学的第一批老师，还当选过潍坊市文教群英会的代表。

1959年，我和姐姐同时考上了大学。姐姐要去青岛学纺织，我则去济南读师范学院——我们家如实地叫做“吃饭学院”。那年春夏之交，院里养的一缸睡莲，冒出了两支花箭。西边的先开花，东边的后开，正应了我的录取通知书早到而姐姐的晚几天的征兆。四邻八舍，都来参观。有年纪的邻居，啧啧称叹，说这是“祥瑞”！但早已病退多年的娘，却拿不出钱买两张火车票送没有亲爷的一双儿女上大学！恰好一位女子师范的同学来潍坊探家，见到娘的困苦，说丁某在北京当大官了，你真应该向她求助。娘于是写了一封情词恳切的信，托她带去。那位老同学几天后写信告诉娘，丁某倒真是当大官了，但她说从不认识你这位朋友。你的信，她拒绝收看！……我看得真真的，娘的早已干枯的眼睛里，淌下了两行泪珠，浑浊的！

1963年8月初，我从山东师院毕业，到月底才去工作单位报到。一个暑假，完全陪我娘。那时娘的眼睛已经基本失明，因为血压太高，不但无法起立行走，连坐着也不稳当。她躺在炕边，我给她梳梳头发，剪剪手指甲、脚指甲。她断断续续、反反复复说起上面那些她什么时候也无法淡忘的旧事。她叮嘱我说：你是学中文的，别的什么都不写，娘也不管。亲娘的事，总得让世人知道。大官里难免有薄情小人，百姓里却多情重如山的好人！从此我谨遵母训，一辈子做的最大的官，就是中文系主任。但东奔西走忙忙碌碌五十多年，把亲娘的恩情传至后世的承诺，却一直没有兑现。

明天，就又是一个甲午年，是日军正式侵华的开始。每值长夜无眠，我眼前总会浮现出一幅神奇壮美的剪影：蒙山巍巍，沂水汤汤，一位白马将军正驰骋在山水之间。他前面是小号兵锃亮的军号和飘扬的红绸，后面是一大队扛枪的勇士，排头的战士右腿有点瘸，军旗却举得特别高！我看不清他们的面容，却清清楚楚认得他们的心，一颗颗炽热通红的中国心！可是，我的亲娘啊，我的亲娘，你在哪里？

母亲的歌

我母亲是济南山东省立第一女子师范的毕业生，毕业后和姓王、姓丁共四位同学一道来青岛教书。最初可能在李村两级师范和江苏路小学，1937年底离开青岛前在铁路小学。后来辗转在沂水、寿光、坊子、潍县执教。我懂事时，她已经是潍坊第六小学的骨干老师、杨家牌坊街分院主任。

潍坊在新中国成立前叫潍县，是八路军在山东解放的第一个大城市，所以新中国成立后叫潍坊特别市，市长的级别非常高。新中国成立前夕，母亲白天在于氏私立小学教书，晚间给丁十爷的少爷、小姐当家庭教师补课，没有工薪，住他们两间临街房也不用交房租。潍县解放战役打得非常惨烈，大炮终日轰响。一天我们借住的安乐街失火了，驻地的国军用汽油“灭火”，一条街烧得干干净净，从此潍县就没有了安乐街。我们家从大火里抢出了一床被子，一双筷子，这就是解放后的全部家产。母亲无奈，只有暂住到潍县城里新街子东头路南一号我的姥爷家，与舅舅、舅母、表姐共住姥爷姥姥留下的三间房。可是舅母很讨厌我们，天天设法寻衅滋事。我们的锅碗瓢盆，都曾被打烂过，院子里晒的木柴也曾被她泼上脏水。舅舅躲在房间里一句话不说。表姐看不起她父亲母亲的为人，气愤出走，一个人到坊子的烟草厂做工去了。舅母还是不容我们。一天，母亲从学校回来，看到舅母挑唆邻居家的孩子把我堵在临街的大门后，爬到门顶往我头上撒尿，母亲哭了……如果当时没有转机，我很可能被欺负得变傻，变疯，或者变得比他们更无赖，更刁蛮，更像旧中国破落大家族中那些没出息子弟。

天无绝人之路，母亲的舅舅要搬家了——我表舅担任了青岛发电厂的总工程师，表姨也在山大医院做医生。他们决定接父母去青岛安度晚年——于是留下来一处旧房，让母亲代为“看管”。那房子共三间，东房封着，存着舅姥爷的家具什物，西房和外间我们住。房子在潍坊东关吕家槐树底街7号，和母亲学校所在的中兴街，恰好成丁字形。这门里住着七八户人家，都是穷苦的市民。后院韩家在车站当“红帽子”（即搬运工）领班，虽然辛苦，但工资也较高，可惜有六个孩子，吃穿都艰难。还有姓谭的两夫妇，先是自己织布，合作化后就入社在织布厂做工，每天穿着印着红字的白色围裙和套袖上下班。东院里有的卖烤地瓜，有的在街道缝纫组，有的靠纺线、糊火柴盒度日。临街住着老两口，是染织厂病退的工人。因为没有孩子，收入虽少，但还可以勉强吃饭。左邻右舍的孩子，都没有上学的机会，或者根本不愿读书。小学肄业，就赶紧找点活干，挣多挣少，都得紧忙活。我们这一条街百多户人家，中学生不过六七个，大学生好像总共出了四人，其中就有我和姐姐。“头拱着地也要让孩子上学”，是母亲的心愿，更是从不动摇更不改变的方针，硬是用每月36元的收入供出来两个大学生。

从我记事起，就没有见过母亲有什么假期。寒暑假本来是老师行业的“特权”，但刚解放时，寒暑假也正是老师们集训的时候。星期天，她又总是在给学生补课，或帮助街坊邻居写信、算账。记得对个胡同里有位姓谭的小姨，是母亲所教的扫盲班的学生。她刚刚结婚的丈夫，当了志愿军去朝鲜前线作战，其间婚姻出了问题，小姨常常来我们家诉说，一说就哭得眼睛红肿，像快要烂的桃子。母亲一面安慰她，一面一封封信替她往前线写、寄，自然少不了嘘寒问暖，联络感情。前线的战士可能受到感动，复原后两个人一起到我们家道谢。一张一寸的合影本来是黑白的，却特地染上红嘴唇、红腮头，看着挺不自然，但他们是真心高兴。这照片母亲一直存着。晚上，母亲总是回来得非常晚，据说都在政治学习，交代历史问题。到底什么时候回来，我因为早早睡了，就不太知道。我们住的是杂合院，天一黑就关街门。母亲回来晚，必须留门，这任务一般是姐姐的。有天姐姐病了，我值班。我傻，就坐在大门外等。等着等着趴在膝盖上睡着了，天下起了大雪，双脚都埋在雪里。等母亲回来，脚已经没有知觉了。那一个冬天，几乎都是母亲背我去上学。

那时不知为什么，母亲带回的学生作业一直都那么多。家里只有一盏用旧墨水瓶做的小煤油灯，母亲的近视眼又越来越严重，配新眼镜要不少钱，我常常看见母亲前额上被油灯烧焦卷成小疙瘩的头发。所以，我上高小时，就能够帮助母亲批改学生的作业了，不过仅限于算术。她先批改一本作为标准，我则照着画对号和错号，并计算总分，母亲最后复核。每当这时，她就幸福地倚靠在门框上，一面督促我认真批改，一面轻轻哼起她心中的歌。母亲不大会唱歌，比较熟悉的，也就那么几首，什么《苏武牧羊》《渔光曲》《木兰辞》等，都是老歌。她的声音很重浊迟滞，苍老黯淡，好像是从喉咙深处生生掏出来的。《渔光曲》是她唱得最多的，可每当唱到"捕鱼的人儿世世穷"时，就越发低沉压抑起来，往往唱得自己泪花晶莹。

我那时太小，不懂这些歌曲的意蕴，更不懂母亲的艰辛。再加上后来进中学，就完全学唱苏联歌曲，读苏俄文学作品，接受了非常详尽的苏俄文化，对于自己民族的文化传统，反而陌生起来。前不久看到电影《归来》，听到那首由《渔光曲》改编的主题曲，忽然和童年、少年时代母亲的歌融为一体，内心的感动，绝非言语所可形容于万一！最近看《平凡的世界》，觉得我们那里其实也是一个平凡的世界，区别在于我们那里没有出现路遥先生那样伟大的作家，因此也就没有发掘出足供励志的正面形象。那么，如果一定要找正面的人物，我母亲就应该算是一个。她的歌，也就是平凡世界的歌，平凡人物的歌——我认为。

母校琐忆

1953年9月，我侥幸考进了潍坊市最好的中学潍坊一中，编在初十三级六班。那时的一中，在城里新华电影院背后的“文庙”，一进大门左手碧绿琉璃瓦顶的大殿，就是闻名遐迩的一中图书馆。图书馆高台阶前一株枝叶参天的老槐树，一侧挂着铜钟，学校击钟为号上课下课；一侧高悬一根粗粗的麻绳，可以攀爬健身，也可以作为荡来荡去的“秋千”——恰是一中一景。

1953年好像是建国后教育大发展的一年，小学毕业生特别多。往年，一中的初中部只招两个班，大家都没有话说；这年招了四个班，家长们还是意见纷纷，于是市政府让一中再扩招两个班。我就是扩招后才得以入校的。为了我们这两个班的初中新生，学校真是费劲不少。因为没有教室，就把学校西南角一处民房院落租来暂用：校园后墙打开，北屋安两个班，是扩招的初十三级五班、六班，南屋两个班，是毕业在即的初十一级甲、乙两个班，西厢还由原来的房东居住。

被录取后我高高兴兴去报到，但个子太矮，看不见窗口里的老师，只好搬块砖垫在脚下。负责新生注册的是教导处的杜老师，他看我太矮小，就半开玩笑地问我：你为什么考一中？我说这里图书馆的书多。没有想到这句率性的回答，让杜老师就此记住了我这个小个子新生，每每在他的职权范围里给以“重用”。例如每逢学校开运动会，杜老师就让我拿一只绿色的铁皮喇叭，跟在负责检录工作的刘士献老师身后，何时以嗓门大著称的刘老师喊累了，就让我暂时代替，也拖着长长的音调吆喝：男子——初中组——100公尺——预决赛，运动员——到检录处——点名！女子——高中组——铁饼决赛，运动员——到检录处——点名……

我那年十一岁，除去玩，什么也不懂。功课是选好玩的学，语文、数学等“主课”是哪位老师教的，什么内容，我半点印象也没有了。而体育、美术、音乐等“副课”，至今还记忆犹新。教体育的老师有于钦正，是艺体教研组长，无论冬夏，都是一身干干净净的运动服，冬绒夏单，颜色在乳白浅黄之间，洁净可体，无可挑剔！那风度派头，极像我想象中的国家领导人。田宝善老师瘦小机灵，专教体操：前滚翻，后滚翻，肩颈倒立，鱼跃翻滚……巩宪斌老师是著名数学家巩宪文的弟弟，高大威猛，专攻田径。音乐老师杜祖良风度儒雅，是潍坊市最优秀的音乐教育家和指挥家。他指挥、导演的小合唱，在市里比赛，总是稳拿第一。我的毕业之唱《太行山上》，就是他亲自教唱、亲自伴奏的。那次他给我很高的分数，说对于情绪和气势，都体会得比较好。美术老师是侯卓如，双手和面部都奇瘦无比，皮肤紧紧地贴在骨架上，紫蓝色的血管，像蛛网一样密密地箍着亮亮的颧骨、前额。两眼深陷，却炯炯有神。他的潍坊话极其地道，常教导我们说：画画的人，眼丁珠子都奇kou（即眼光必须特别锐利）啊，什么东西的tui点（特点），要一把薅出来（一下抓住）！而画风景写生画，就必须先找好近景与远景的比例——于是他眯起一只眼，举起铅笔尖，作为取景的标尺。他教我们画图案画，二方连续，四方连续，教我们画素描石膏像，教我们创意书籍封面。我曾得到侯老师两次“表扬”。一次是素描列宁的石膏像，他苦笑着说我画得只有“也楞盖”（即前额）还像。另一次是画封面，我设计的是一本童话书《小猫过河》。侯老师看不懂，我说那是一只花猫，它把半个西瓜皮作船，用藕划桨，要从大草原渡河去大森林看朋友。侯老师说意思倒是不错，就是藕瓜像房梁，花猫像烂树叶，河水倒像是垃圾箱——不过西瓜皮还能看出来，一道黑一道绿的。

初二开始，学校从潍坊城里的文庙，整体搬迁到东关东门外新校址。那里原来是一片坟地，我们初到时，还是坟穴朝天，朽棺四散，下课后每每与收拾骨殖的工友相遇。但不久就整修一新，越来越像读书修习的胜地。不但成排的教室拔地而起，操场、伙房、师生宿舍色色齐全，学校的办公室、教研室、实验室、图书馆、广播室也接连成片，非常壮观。物理化学的仪器，动物植物的标本，几何三角的教具，体育课上常用的跳箱、木马、吊环、肋木，也都面目一新。四百米的跑道中央，是正规的足球场；侧面，是“毗邻而居”的排球场和篮球场！同学们走在上学的路上，每每兴高采烈，常为能够成为一中的学生掩饰不住的自豪。

我最感激不尽的，还是扩充后的图书馆给我的恩惠。1955年暑假前夕，图书馆的夏老师召集我们几个经常借书的学生，说图书馆现在大扩充，进了不少新书以及配套的书架，需要尽快调整布局，工作量特别大，是否愿意做一周左右的义务劳动？于是一放假，我们就“上班”了。女生负责整理旧书，粘贴破裂散乱的书脊并贴上统一格式的新标签，男生有的打开新进书籍的牛皮纸包裹，一摞摞抱给编号的老师，有的负责把新书分门别类安排进崭新的书架。第一次走进图书馆，与这么多书打交道，满怀都是兴奋！

义务劳动结束后，我问夏老师何时可以借书？夏老师说正式借书当然要到开学以后，但现在可以对你“例外”开放，单独进馆看书。她让我每天早饭后到图书馆门口，她开门放我进去，再从外面锁住。中午来开门，放我回家吃饭。大约二十多天，我就这样度过了一个最丰富最充实的暑假。

开始先读各国的童话和民间故事，俄罗斯、乌克兰、白俄罗斯、波兰、捷克、匈牙利、立陶宛、保加利亚、罗马尼亚……，安徒生、格林兄弟……，《木偶奇遇记》《木偶游海记》……，我开始约略感受到东西方文化的差异。我们说人笨，就说像狗熊、黑瞎子，说女人狡猾，就说像狐狸精。但人家把黑熊叫米沙，是一位在大森林里自由来去、健壮无畏的大力士。狐狸叫做列娜，聪明美丽，而且轻盈洒脱，跳起舞来无比的曼妙。后来又热心于各种科学幻想作品，气球上旅行，地底下探险，太空中游历，还热心于海盗们的冒险事业与豪侠举止，梦想着有朝一日也跟随独眼独腿独臂的“船长”找到埋藏在宝岛的一大笔财富，买尽所有想看的好书。再后来就与小说结缘了。大文豪的大部头巨著大都看不懂，好长时间看不完一本，也缺少成就感。契诃夫、莫泊桑就不同了，故事平淡而结局往往出人意料，娓娓而谈的文风也非常迷人。狄更斯和雨果曾经是我的最爱，不幸的男女主人公的遭遇，常常唤起我对于自己命运的探询，其中若干情节，几十年后依然能够大致复述。图书馆里最多的还是苏俄的作品,《古丽雅的道路》《卓雅和舒拉的故事》《普通一兵》《钢铁是怎样炼成的》……我最钟情的是关于红军名将夏伯阳的小说，读着读着，常常就好像自己也纵马飞驰在一望无际的大草原，战友们的帽盔上都缀有闪闪的红星，手上不是闪电一样的马刀，就是百发百中的马枪。将军一声呼啸，我们就雷鸣般喊着“乌拉”冲锋陷阵。飘忽的队伍像迅疾的闪电，像轻盈的飘风，掠过草原，掠过城堡，掠过白杨树丛，掠过乌拉尔河畔起起伏伏的丘陵山峦!

咦——，忘不掉的师恩恩师，追不回来的岁月悠悠!

我的老师田仲济先生

写下这个标题，心里却犹疑起来。因为我1959年考进山东师院中文系读书时，田仲济先生已经是副院长。四年里，他没有给我们上过一节课，也从未做过一次学术报告。尽管久闻大名，却难有一面之缘。

第一次见到田老，是1964年暑假。1963年我从山东师院中文系毕业，与高照福、张兆勋、李长芹三位学兄一起分配到泰安教师进修学校任教。这学校后来曾先后改名为泰安半工半读师范专科学校、泰安师专等，现在叫做泰山学院。我们四人，都安排到函授部，除长芹兄因故回到故乡外，都教古代文学，住在同一间教研室，每人占据一个角落，一张木板床，一张三抽桌。一年内，我从《诗经》的《七月》教到《牡丹亭》《红楼梦》——中国古代文学的发展路径，总算大体摸索清楚了。不料第二学期末，函授部领导安排我改教现代文学。那时，除去服从，绝对没有其他选择。但我还是找到1963年从山东师院中文系副主任调到泰安担任中文科主任的书新先生“诉苦”求教。他听完我说的一大堆困难后，笑眯眯地说我带你去找真正的老师。于是，我跟从书新先生回到山师造访田仲济先生。田老慢条斯理地告诉我不要着急，学问不是一天两天学到手的，先把《鲁迅全集》和《中国新文学大系》通读一遍，再有时间不妨选择几种书新先生从上海买回的旧期刊例如《前哨》《拓荒者》《文学》等仔细看看……（后来我也带研究生了。第一堂课，也总是要求他们细读这两部书）。谈话时间不长，田老便说我带你们出去吃饭。我懵懵懂懂跟着两位前辈，东拐西绕，竟然走进了纬四路的“燕喜堂”。我虽然在济南呆过四年，但从来没有想过与“燕喜堂”有任何关联的事物，更不要说走进去吃饭。坐下来后，田老才说今天请你们吃烤鸭。什么是烤鸭？怎么吃法？对于我来说都是完全陌生的“课题”。田老不嫌弃我这“贫下中教”土得“掉渣”，没有见过世面，居然亲自用面饼卷起鸭肉，包上大葱、面酱，教我一卷卷“吃烤鸭”。因为那是第一次，印象特别深刻。那次我可是物质与精神双丰收，居然无意中见识了那么大的学者平易亲切的风采。

1978年，田老开始招收研究生了，我写信去问我能否报考？特别想实现自己真正当一回田老的学生的夙愿。田老说来联系的人很多，你不但要认真准备专业课，更需要外语过关，后者尤其重要。得到首肯后，我立马兴冲冲地到校长办公室请求给报名申请书加盖公章。不料掌控公章的秘书说：领导有规定，讲师及以上职称的人离校，必须有主要领导签字才可以加盖。我于是挨个找书记，找校长，充分体会到什么是推诿扯皮，什么是圆滑世故。大概是找得他们过于厌烦了，就让我听通知，说党委联席会研究后再说。十多天后，秘书先生通知我：你可以报名了，不过报名时间已经过去一周多，明年再说吧。我的满腹怨气让书新先生知道了，也就让田老知道了。他托人捎信说，人总要换位思考。哪家学校，不想留住受到学生欢迎的老师？这样的老师纷纷离去，学校怎么能办好？而且，读研自然是提高水平的好机会，但绝非唯一的途径。在教学中发现课题，通过研究指导教学，科研与教学互相促进，应该是大多数学者的成功之道。

1980年冬天，我要去青岛查阅关于叶圣陶、王统照、臧克家的研究资料，但听说旧中国的报纸，青岛都作为“敌伪档案”收藏在青岛市档案馆，非持有省级以上的介绍信才允许查阅。我所在的学校，是县处级单位，所在的地区，也不过是个厅局级单位。无奈之下，只好求助田老。他没有迟疑，马上给时任青岛市委宣传部副部长的朋友亲笔写信，青岛的丁部长又给我开具了青岛市委宣传部的介绍信，还特地给档案局的领导打电话希望安排我前往查阅。那次造访，所获甚丰，只是青岛二三十年代的报纸基本没有收藏，即使有也不过每年两三张散页，田老在这里创办的几个副刊的情况，终于没有着落。心中的怅惘，久久无法稀释。

1982年，中国现代文学研究会在海南召开年会，我提交的论文受到好评，邀请函顺利地收到。但学校领导拒绝签字，出行成了问题。我写信请田老帮忙，他一面给泰安市教育局副局长、他的学生刘朝宾先生写信，请他斡旋；一面请学会的秘书长马良春先生也致函泰安师专。但学校领导对刘局长说我们学校业务上是省教育厅管辖的单位，地区教育局最好不要插手；对马良春先生则拒绝回复。朝宾局长把事情汇报给泰安地委文教党委。文教党委的刘铁、翟惠民两位书记约我到他们办公室面谈。我带去论文、邀请函，并陈诉了高校当然要注重教学，但没有科研提升的教学，也不可能有较高水平的观点，深得他们赞同，并当即给师专党委打电话，说师专是省管学校不假，但党组织关系在泰安。我们文教党委认为刘老师的要求正当合理，有利于师专的发展建设，希望你们认真考虑我们的意见……两天后，我启程去了海南。在椰子树婆娑的树影下，我见到了田老，他继续关注着我的王统照研究的进程；见到了樊骏先生，他鼓励我把王统照研究这一颇为寂寞的工作坚持下去；见到了代表贾植芳先生，向田老问好的复旦大学陈思和先生，知道了我们这个学科还有这样的青年才俊。

时光荏苒，斗转星移。2002年1月14日，田老病逝于济南千佛山医院，享年95岁。1月20日，遵照田老遗愿，亲属和学生们来到青岛海边，为田老和师母预留的骨灰一同海葬。那天正是旧历的“腊八”，码头上浓云密布，阴风低吼，天气和人们的心情一样的阴沉。不料船行至一号海域，即我们此行的目的处，却突然云开风停，一抹灿烂的云霞缓缓地妆扮着海空。只见船尾处鸥鸟翔集，白浪翻卷，田老夫妇的骨灰，伴随着鲜花，徐徐撒入碧绿的海水。这里是田老文学生涯的起点，也是生命的最终归宿。华枝春满，天心月圆，九十五度春秋，九十五番花信，从旧中国到新中国，从“十七年”到新时期，创作与研究并重，著述和育人齐驱，田老可谓生荣死哀，功德圆满矣！

高天厚土，海阔风轻，愿在你们宽厚的怀抱里，妥安这一伟岸的魂灵！

我的老师薛绥之先生

先师薛绥之先生，山东邹平人，1922年3月诞生，1985年1月病故。自先生驾鹤西去，倏忽卅载有余，墓木已拱，而音容宛然，思念之情，拂之难去，爰为拙文，略代心香。

初识薛师，是在1959年秋天。我刚刚考入山东师院就读中文系月余，就奉命到齐河县老马店村参加秋收劳动。在全年级中，我们是四班，排在最后；在全班里，我最矮小，所以走在大队的末尾。刚出校门，就见一位头发花白、面孔白白胖胖的老师气喘吁吁地赶来，腋下挟一裹未经捆扎妥帖的被褥，半截麻绳还拖在身后索索地抖动。他紧跑数步总算赶上队伍，不知是解释还是歉仄，脸红红地喃喃说道："才通知我，连背包都没有来得及……"话音未落，枕头就从裹在外面的草绿色毯子里滑到地上。顾不得路面的肮脏，我连忙帮他塞进枕头，想用麻绳加固，刚捆一半，见队伍远去，他把被褥往掖下一夹，"赶队伍要紧"，又蹒跚着前行，刚追到大队尾巴，腋下的被褥又分崩离析……从山师大门到历山路口，如是者三。后来我才明白，他是右派。也许，直到出发前才下通知，连打背包的时间也不给，也是一种强行改造的必要举措。

次年，薛师就担任我们年级的现代文学史课了。他的课，往往安排在头午第一、二节。每当薛师背依黑板，半仰脸面，似乎在深深的回忆中追索，又似乎在追索中陶醉，总之是全神贯注地遨游、徜徉于他深心喜爱的现代文学的高天阔海中时。每当此时，几个特别调皮的学生，往往发现薛师错系的衣服纽扣和唇边没有揩净的稀饭"印痕"。他的课，材料特别丰富，却很少有什么"观点"，而有些课，是只有极其革命的“观点”，此外就空无一物了。薛师那与众不同的讲课风格与风度，引起了我们几个不大安分的学生造访的好奇，但一进房门，却被惊呆了：桌子上、书架上、地板上，竟全是摊开的、叠放的、夹着纸条的、画着红线的书报杂志。一张半旧的藤椅，垫着露出棉絮的被子，没有刷洗的碗筷，被挤到书架最边沿的角落。刚刚从一个古旧的小县城走出来的我，第一次知道一个人可以拥有多少书，而要讲好一堂课，就必须储备多少知识。大约也就是从那时起，我也开始尽力买书，因此把牙膏换成了牙粉。

后来我也走上了讲台，有一度主要课程是作品选讲，尤其是鲁迅作品讲解。那可是一件极见工夫的“苦力活”，从字词语句到篇章结构，来不得半点“超越”。每当想起当年我辈在字里行间爬梳时的苦楚，就不禁非常羡慕时下某些未读原著却能够洋洋洒洒大发议论的同行。苦思冥想之后仍然没有办法，只好求救于昔日的老师，薛师就是常常救我于燃眉的师长之一。他的信，总是以“增人”开篇而以“绥之”结束，中间完全是对问题的实实在在的具体答复，既没有嘘寒问暖，更没有他人短长。字体虽然不敢恭维，内容却极有针对性与可操作性，是没有任何水分的“干货”，拿过来就直接可以进讲稿上课堂。《论“费厄泼赖”应该缓行》中的“今之论者”、《纪念刘和珍君》中的“哀痛者”与“幸福者”等难点的解释，就是直接来自薛师的指导。大概收到薛师类似信件的绝非我一人，难怪诸生私下都把薛师的书信文体戏称为“电报体”。

1983年冬天，薛师驰函急召，命我到他已经担任副院长的聊城师院接受《鲁迅大辞典》事件分册的编写任务。中午下车，辗转找到薛师住处，已近一点，他刚吃完饭，碗筷宛在，一如济南：“一定没有吃饭吧？食堂下班了，我来做！”我想，这些年里，他走南闯北，独身执教，料理生活的本领大概也长进不少吧。只见他从另外一张床（他宿舍里，除一张办公桌外还有两床：一张睡卧，另一张就是所有的什物堆放的所在了！）上拿下一只烧鸡，撕下两绺鸡肉，抽出一把挂面，便往锅里放。我说“不急，得等水开了才可以下面条！”他笑嘻嘻地说：“一样一样，看实质嘛，关键是要煮熟！”果然，面条倒是煮熟了，只是似条非条矣。薛师搔搔头，“哦，忘了你需要吃盐。我是不大吃的。你等等，我去取。”环顾四周，床上有半棵白菜，十几个鸡蛋，两只济南产的烧鸡，一包挂面，却没有葱、姜、油、盐之类。大约，他一向就是吃这种白水鸡丝面，一天三顿！一会儿，他笑嘻嘻地用一把小汤匙，借来一撮盐，我吃下老师为我亲手做的第一顿也是最后一顿饭！我吃着面条，薛师坐在旁边满面春风地说："聊城生涯的最大收获，就是学会了自己煮面条！这就是鲁迅提倡的一要生存，二要温饱，三要发展。"他的笑声非常爽朗，没有阴风乌云，我却听得有如骨鲠在喉，心中万感交集！

薛师一生到底为中国的现代文学与鲁迅研究事业做了多少工作，非短文所可尽述，更非不肖所能尽知。举其荦荦大端，则有如下鸿篇巨制：1960年起，中国第一套《中国现代作家研究资料丛书》开始由山东师院中文系编印，包括《中国现代作家研究资料索引》《中国现代作家小传》《毛主席诗词研究资料汇编》《中国现代作家著作目录》以及郭沫若、茅盾、老舍、曹禺、赵树理、夏衍、李季、杜鹏程、周立波等著名作家的研究资料汇编。薛师因系"右派"，虽然主持此项工作，却不能署名。1974年，《鲁迅小说选讲》与《鲁迅杂文选讲》由陕西人民出版社与山东人民出版社出版，书中多篇文稿，由先生提供，仍因"右派"不得署名。1976年，主持编印《鲁迅作品教学手册》。1977年开始主持《鲁迅生平资料丛抄》共11册。1978年，《鲁迅杂文中的人物》由山东师院聊城分院印行。1979年3月，《鲁迅作品讲解》（上、下册）由山东人民出版社出版，事实上是先生主编，但署名为"集体编写"。同年4月，《鲁迅作品教学初探》由天津人民出版社出版，先生主编，但未注明。7月，《鲁迅作品注解异议》由山东人民出版社出版。1980年1月起，策划出版五卷本《鲁迅生平史料汇编》，后由天津人民出版社出版，总字数250万，图片500余帧。1981年8月，与柳尚彭合著《鲁迅作品教学难点试析》由上海教育出版社出版。1982年8月，策划编辑出版《鲁迅作品研究资料丛书》，共30种。1982年10月，先生主编的《鲁迅杂文辞典》启动，后由山东教育出版社出版，辞目1850条，80余万字。1983年起，担任《鲁迅大辞典》编委及事件分册主编。1984年，应上海教育出版社邀请，撰写《中国现代文学史话》，逝世前已得近七万字。不应忘记，先生于1958年划为"右派"，1961年定为"摘帽""右派"，1979年3月，才正式撤销右派分子的结论及处分，而中间则是长达十年有余的"文革"！这些贡献，大都是他以非常人所能及的毅力把自己的生活自觉地挤到扁而又扁，才腾出时间与精力完成的。所有贡献，以鲁迅研究和资料整理为大宗，基本上是为他人做嫁衣的现代文学学科的基础建设。这诚如王瑶先生1985年6月29日所称道："薛绥之同志长期从事鲁迅研究及有关鲁迅研究资料整理工作，成绩卓著，誉闻遐迩，不期遽归道山，闻之震惊，友人等属文赋诗，以寄哀思，爰缀数语，同表悼念之意。"[1]

弟子不肖，于先师伟业中仅能识小焉者也，想来薛师不会深责吧。彼岸世界，天高海阔，愿他那博大的灵魂翱翔得更加自由如意！

[1]《薛绥之先生纪念集》扉页。

我的老师许炳离（并力）先生

1960年顷，我们1959年入学的山师中文系学生开始学习专业课，其中古代汉语，恐怕是大部分中文系学生最头痛的课程之一。不仅因为枯燥，而且在于难学。同是古代文学作品，在古代文学课上，只要理解内容，就大体可以“过关”；而在古代汉语课上，还必须在通字词含义、晓篇章命意的基础上，进一步划分句子成分，分清各种极其复杂的句型——呜呼，真是头痛极了！但我们的古代汉语课，却深得人心，极少有人逃课。因为我们幸运地拥有两位优秀的师长：一是许并力教授，一是林乐腾讲师。

林师是“右派”，给我们上课时尚未彻底“摘帽”，与一众青年助教一起住在“五排房”。这里是青年助教的集体宿舍，也是后来许许多多大学者起飞之处。高更生、赵锦良、李衍柱、夏之放等以及我现在已经记忆模糊的老师，大都在这里多年间默默耕读，后来却成就非凡，令人艳羡。林师被笑称为“助教班头，青年领袖”。待到1961年顷，他逢人就掠一下已经非常稀疏的头顶，笑笑说：“这里的问题解决了！”包括学生。但即使在“这里的问题”还没有“解决”的时候，他的课依然是风趣幽默，常常令人忍俊不禁。

许师则是名满全校的硕儒，用今日的话语“界定”，当然属于“资深教授”，在各种评估、申报中都会发挥重要的作用。他的课，也是诸生最喜听的课程之一，究其原因，不在严谨，而在渊博而随意。教材上规定的内容，他常常略去不讲，而课本以外、教材未录的一些鲜活的内容、生僻的典故、野史所著录的传闻，特别是仅仅属于他自己的若干体悟与感受，则每每信口脱出，语惊四座。他的不按教材、大纲之类在授课中规行矩步是出了名的。有一课，先生上得堂来，首先开题曰：今天讲《陈涉世家》，开头是“陈涉者，阳城人也。”立马便从“阳城”生发开去，洋洋洒洒，越说越远，与要讲的篇目的关联越来越稀疏，但内容却越来越精彩，诸生们听得自然也越来越起劲。不知不觉，两节课讲完，下课的电铃吱吱怪叫，讲课的和听课的才从在知识的海洋中遨游的忘我境界中惊醒过来。先生一愣，说：“嗷，打铃了。今天讲：陈涉者，阳城人也。”两节课里，唯有这一句，算是符合教学大纲的规定吧。

近日偶阅旧刊，无意中竟然发现了许师的一文、三诗，均见于1930·10·10创刊于济南的《齐大月刊》创刊号。兹为之介绍如下：

> 《齐大月刊》，1930·10·10创刊于山东济南，济南（私立）齐鲁大学编辑、出版，老舍、马彦祥等曾任编辑部主任，编辑部委员有周幹庭、尤家骏、张惠泉、陈文彬、谢凝运、舒舍予、郭传源、许世钜、王墨园、王介忱、陈兰芳、李克斌等。（据说1931·6·10出版的第1卷第8期为现存最后1期，但笔者仅见创刊号1期32开本）。
>
> 该刊主要刊发该校教师所作学术研究、文艺创作、校事报告等。
>
> 该刊主要撰稿人有老舍、栾调甫、许炳离、李继璋、舒舍予、陈瑞慈、陈伟民、平平、舍予等。

我这才知道原来我们课表上的许并力先生，原名为许星箕，山东定陶人，国立北京大学毕业。曾任绥远第二中学教务主任、山东省立第四师范国文教员、山东大学文本科国文教员、第一中学国文主任，时兼任齐鲁大学国学研究所文学研究员，讲授中国文学史。

该刊发表的许师论文题目为《论古籍之难读及读古籍之方法》。长诗一篇，题曰《燕京道》。短诗二首，一为《二月望后雪》，一为《春夜雨后丁香花下独坐漫成》。

弟子学浅，还不能成功解读先师三十年代的著述；但希望总会有博学硕儒，发现其价值与意义云尔。

后又在第一卷第二期、第四期上连载《从墨翟说到杨王孙》；在第五期上发表两篇文章和一篇诗作。据其大女儿许圣南晚年撰文回忆：许先生在北平时就与老舍相熟，还发表过小说。其受聘齐鲁大学，也是老舍先生推荐。1933年后，许先生到山东省教育厅任职，1937年抗战军兴，许先生随山东省立一中和其母校省立六中南迁，并在其任教。

我的老师苏曼先生

1959年秋，山东师院中文系招收了240名新生，编为四个班，我在四班。那时的山师，只有三座教学用的楼房，据说是余修副省长主持修建的。房顶都是一水儿的翠绿色琉璃瓦，套用某笑星的术语，那是相当的壮观。三座楼曾被戏称为“千佛山下三座庙”，也是50年代“反浪费”的“典型案例”之一。中间一座最大，当时叫“文化楼”，东边的叫“教学一楼”，西边的叫“教学二楼”，倒也容易记忆和辨识。中文系在教学二楼。当时几乎所有的课程，都是大班上课，240人齐刷刷地聚集在一间联合教室，真是蔚为壮观。只有外语、语言学概论、现代汉语等少数语言课，才小班上课。

担任语言学概论的是苏曼先生。学兄们私下说，这位先生可“不简单”，头上的帽子就有两顶：一曰“教授”，二曰“右派”。也有人奋起反驳，说仅仅是“讲师”而已。对于前者，学兄们似乎兴趣不大，因为并非苏曼先生“专属”；而对于后者，却非常新鲜，可能是因为“稀缺”吧。苏曼先生的外貌，就非同寻常：硕大的脑袋，庄严地安装在不足一米六的身材上，显得异常招眼。稀疏的头发，每一根都安排得恰到好处，从无散乱失态。脑袋大，就证明学问多，是否教授，学兄们也就不太计较了。苏曼先生一口极其标准的普通话，发音的音程、音速、口型，都准确到无可挑剔。要知道，我们那个年级里，可是有不少学兄是探听、通晓学界典故的专家，尤其是诸师的学养、家世、癖好、祖籍乃至主要流传在老师们之间的外号，也都门儿清。用时下的尊称，或许就应该叫做“学霸”吧！

苏曼先生讲到国际音标时，就把各种图标，一一展示在黑板前。为了让大家明白国际音标的好处，他特地事先挑选出各地方言的“代表”发音。我是潍坊人，就让我说“好是好，就是老了”，土得真是“掉渣”。班长赵玉清是滕县人，就说：“勒福（二叔），老福（老鼠）掉进非冈（水缸）里，福得福得的（胡达胡达的）。”学兄王斯密籍贯郓城，他表演的是“爱尔哼哼哈啥汤”（昨天晚上吃的什么饭）。淄博的学兄真真切切地甩掉了所有“儿化音”，让大家听到“小孩”、“铜钱”、“眼眼”、“麻线”之醇正的淄博版。日照的则演说起“登边出了个恒益头，腾衡腾衡”（东边出了个红日头，通红通红）。然后苏老师就指导我们用国际音标一一注出。每种方言的表演之后，往往是哄堂大笑，或交头接耳。出了名的枯燥的语言学概论课，居然变成了各地方言的纠正课，以及同学之间感情的交流课。匆匆五十多年过去了，这些往事，依然历历在目。真不能不敬佩当年老师的苦心孤诣，用心教书。

但不久，苏曼先生就迅速地消失在我们的视野中。谁也打听不到他的下落，也无从得知他的过往与生平。老同学相聚，也很少有人能够描绘出这位像“流星”般掠过我们课堂的老师的背影。

最近，我却无意中得知先生的履历，极想写出来以供也如我一样渴望知道先师行状的学兄参考与批评。如下：

> 苏曼，又名苏漫、苏上达（1898.4—1972.11），辽宁辽中人。先留学日本，后赴美留学，毕业于加利福尼亚大学商学院。1926年任上海民国大学教授。曾任沈阳商务印书馆经理、沈阳东北交通用品制造厂经理、天津精华书局经理。被民国政府任命为中央银行新疆省银行经理。被盛世才任命为新疆省设计委员会副委员长。1934至1944年被盛世才投入监狱十年，曾与毛泽民、陈潭秋等人关押在一起。盛世才离开新疆后苏曼才出狱。此后先后在重庆大学商学院、四川大学、成华大学、山西大学等校的工管系任教授。1955年8月起任山东师范学院中文系教授。1957年打成右派，1958年降为讲师。1968年被捕入狱十个月。1972年11月在聊城病逝。著有《广告学纲要》（上海商务印书馆1930年出版）、《广告学概论》（上海商务印书馆1934年出版）等。

如果有人想描写中国知识分子中的传奇人物，我建议选取苏曼先生作为蓝本。如果有人想知道中国知识分子中有多么博学的人物，我也建议以苏曼先生为例证。

我的老师书新先生

书新先生是我在山师中文系读书时的老师，后来又在泰安师专做过一段同事，但他的经历，却并不十分清楚。最近才有幸得知，他本名伊淑身，山东蒙阴野店镇石泉村人，1931年1月生，1944年参加革命，任儿童团长，1946年参军、入党，改名书新。1958年毕业于山师中文系并留校任教，曾任中文系副主任。1963年从山东师院调至泰安师专，任中文科主任。1979年9月，调回山师。1985年病逝于济南。长女伊林，曾在山东省中心血站工作。次女伊凡，在北京从事幼教事业。师母乔彩娥，约五年前因心脏病猝发谢世于北京。

我读书的时候，他只担任我们年级的现代文选课，只教了《暴风骤雨》《王贵与李香香》等极少的篇什。因为又黑又瘦，而且脑袋总是不自觉地微微颤抖，老师们于是把他和另一位白白胖胖的也是担任现代文选的先生，并称为“柬埔寨双杰”——一位亲王，一位首相。学生们也非常敬佩各位老师的观察力和概括力，因为实在是太像！

1963年，我毕业了，因为先父有“历史问题”，几位教研室主任留校的建议被合情合理地否决，我就和三位学兄一起到泰安教师进修学校报到。书新先生也由山东师院调任泰安师专，负责组建中文科。后来才知道，他同意调离，有两个条件：一是选几个应届毕业生，二是泰安出一笔钱，让他采购书刊，筹建中文科、系必备的资料室。但我进校后，分派到函授部教课，并不归书新先生领导。1964年暑假前，我因为刚刚熟悉了古代文学，又被安排改教现代文学，于是向书新先生“诉苦”，这是第一次正式接触书新先生。

“文革”开始后，书新先生的遭遇是极其悲惨的。主要罪名之一就是花费学校有限的经费，到上海购买了二三十年代出版的书籍与刊物，“贩卖三十年代文艺黑线”，是他最重的罪名。他买来的《萌芽》《拓荒者》等“左联”期刊，也被堆积在教学楼大厅，横七竖八捆在一起，打上一个又一个大大的叉号！其次是他出身地主，却混入党内、军内，是标准的“阶级异己分子”！

1973年，书新先生的“历史问题”，经过不知几多内查外调，终于无法定为阶级异己分子，即他入党、参加革命，并非为了混入党内伺机“破坏”。所买的刊物，虽然有“黑货”，但也有不少是鲁迅主编的。他这才从牛棚“解放”出来。但从此他便终日枯坐，或者拿一张纸，画来画去，既不是字，更不是画。每次造访，见到他的规定动作，就只是抽烟。这支将尽，马上捏吧捏吧再续上一支。所有烟雾，他也许害怕“浪费”，几乎全部都咽进口中。他的居室里，虽然吸烟极多，但火柴杆儿不多，烟尘也不多，谈吐就更少。往往是我胡说八道一大通，他只微微一笑，或皱起眉头一叹，很少见他对什么事情明确表态。也许他在努力把自己心灵的门窗，统统关得严丝合缝吧？我自己猜想。

这年暑假，被迁移到曲阜的山东大学中文系现代文学教研室诸位先生，邀请山东师院中文系现代文学教研室的同行，到曲阜研讨此时此刻的教学问题，书新先生被他在山师的同事邀请，他还带我同行。会上，各位先生都在犯愁，这现代文学处处是“禁区”，真不知该从何下手？好像那次讨论没有取得什么实质性成果，就各自打道回府了。路上，山师的老师们建议泰安师专的现代文学教研组编写一部用鲁迅自己的话，说明鲁迅是个什么人的鲁迅语录。因为那时只有用鲁迅自己的话，才有可能从“石一歌”们的“鲁迅叙事”里“突围”。我们欣然赞同，回校后马上动手，正好得到新出版的《鲁迅日记》与《鲁迅书信集》，可以借以澄清若干人为的谜团与假象。

这本后来定名为《鲁迅生平自述辑要》的书稿，写得颇为艰难，主要是我的课时太多了，最多时每周30节。即周一到周六，每天上午四节，一、三、五下午各两节，周二下午政治学习，周四下午业务学习，都是“雷打不动”的。政治学习当然是学习毛主席最新指示，业务学习也是研究如何在教学领域里学习贯彻毛泽东思想。记得我曾以《水浒传》中《武松打虎》一文为例，参加集体备课。我当时以《矛盾论》为指导思想，把武松和老虎看做一对矛盾，开始时老虎是矛盾的主要方面，后来武松经过主观能动性的出色发挥，终于变被动为主动，转化为矛盾的主要方面，是矛盾“有条件转化”的好例证。这叫活学活用，当时很受夸奖。编书的时间，就只能安排在深夜。

1974年底，书编完了，出版又成为问题。原来是打算以《山东师院学报增刊》的名义印行，但书稿编成后，足足有60多万字，增刊绝对吃不下。于是山师的老师们推荐到山东人民出版社，好长时间也没有下文。直到1975年，才有了转机。这年，周海婴同志上书毛主席，请求出版鲁迅的全部著作。该信经邓小平转至主席，主席批示请政治局研究。政治局圈阅后，同意周的意见。于是，鲁迅著作出版座谈会就在济南召开了。这是山东的大事兼喜事，当然最好是拿出一部鲁迅研究的著作，才对得起毛主席批示、政治局圈阅这样隆重的节庆。但各位领导没有找到更合适的样本，不知哪位先生说起我们这本搁置已久的书稿，据说就当场拍板，作为山东的重点书目推出。

1979年，这部“起死回生”的书，终于由山东人民出版社推出。那时出书是没有稿费一说的。责任编辑向社领导打报告，以刘某家庭生活困难为由，申请到“生活补助费”600元。书新先生领到后，立马写信让我到山师去取。他刚刚调回济南，还住在学生宿舍底层一间拐角的房子里。我到他住处，只见他左顾右盼，确信四周没有人看见，才从盛面粉的小缸底部取出用报纸层层包裹的600元。然后说，这里不安全，到操场上去分吧。我拿到300元后，他叮嘱我要分成5份，分装在不同的口袋或提包里带回泰安。

由于种种原因，我们没有以真名署名，而是化名为“舒汉”。从那时到现在，很少有人知道这是我们师生合作的产物。当我出版这第一部书的时候，吴福辉、钱理群、王富仁等略略年长于我的学者，还都是在读的学生；而今，他们在学术上的建树早已令我只能望其项背了。这部书，倒成了我出道早、进步慢的佐证！真令人浩叹天道之诡异，但也并不尽然。2006年，我到上海鲁迅纪念馆参观，馆里的李浩先生带我参观他们的一面展览墙，上面密密麻麻排列着各个时期出版的鲁迅研究著作。他指着《鲁迅生平自述辑要》对我说：这是新时期出版较早的一部书，其中较少有“文革”遗风，可惜不知道作者。我不禁失笑起来，说这回你问对人了，作者之一，就是鄙人！他颇为吃惊，说这部书很有价值，应该重排再版。我也很兴奋，希望能够重新编排，以全新的面目，告慰书新先生。但联系了几家出版社，都索价不菲，我只好长叹而已。

书新先生作古已经多年。长夜少眠，这些琐屑的往事，却总是挥之不去。我知道这些回忆绝非“经国之大业”，更未必有多少人会感兴趣。但积存心底，对我是一种过重的积压。或许《齐鲁晚报》能够给我一个解脱的机会？那就谢天谢地，谢谢新的生活吧。

我的老师查国华先生

1960年，我们山师中文系1959级开设起现代文选课。第一位登台的，好像就是查国华先生。他选讲的第一篇文章，则是鲁迅的《论“费厄泼赖”应该缓行》。记得先生一登台，座下诸生一片压抑不住的惊叹：口粮如此稀少，怎么会有这样白白胖胖的老师？先生一开口，又是一片压抑不住的惊呼：一口标准的京腔，吐字圆润，字词之间的间隔是那么明显，语调的抑扬顿挫，又是那么讲究：论——费厄——泼赖——应该——缓一行！

可能是这篇文章实在太难理解，也许是我生性鲁钝，先生讲得那么明晰，我却依然有若干问题未能了然。下课后，便尾随先生送他回教研室，一路不停地叩问。也许是那时的大学生很少有如此“礼贤下师”的“壮举”，我这背时的举动，不但得到先生格外的解析，而且他从此就记住了我这个又矮又瘦的学生。我从那时起直到毕业，就没有胖过。1963年大学毕业了，21岁，身高1.71米，体重88市斤也。

1964年10月，康生出面发动了全国性的“大批判”高潮，电影《早春二月》等首当其冲。批判《早春二月》的活动，主要在省城济南举行，我所在的泰安是没有这样的资格的。那时，我已经开始转教现代文学，向母校的现代文学教研组诸位先生请教的次数较多，他们也就不断给我学习的机会。一天，学校传达室的工友转告我，说山师中文系的老师来电话，让我周日上午10点前，到济南十二马路红星电影院参加“革命活动”。在影院门口等我的，正是查国华先生。他把电影票交给我时，意味深长地说这是老师们特意给我争取的票子哦，机会难得，好好看看！那时好像还没有录音的技术，电影开始前，就是已经完全沙哑的一个女性的声音，在高声地反复地机械地念诵着批判的文稿。电影开始了，我即刻被完全迷住了，从来没有看过这么美的电影画面，从来没有见过这么美的镜头化的人生！我甫一入学，文学概论课的老师们就带领我们把学习内容变成对巴人“人性论”、对钱谷融“文学是人学”、对李何林“近十年里文学艺术的一个小问题”的批判；但这些批判“人性论”的“预防针”，立马在电影感人至深的场景前全面崩溃！我还好，尚能基本克制自己；但身边国棉三厂的女工大姐们，本来应该觉悟更高，批判意识更鲜明强烈，不料这些“大批判”的“主力军”，却鼻涕一把泪一把哭得一塌糊涂，手绢湿透了继之以衣袖。尽管耳旁那沙哑的声音一直在作孽。我这才稍稍体悟到查先生“好好看看”的一些深微的命意。

1978年寒假，查先生给我写信，说北京大学、北京师范大学、北京师院正在北京联合编选一套现代文学教学与研究的史料，有论文选，有作品选。北京的老师们还邀请了若干同行，一起参与讨论。如果愿意去旁听，他可以带我同行。于是，我跟从老师，住进了北京师院的招待所——好像是在二龙坑路吧？我那时尽管求知欲非常强烈，但因为距离这种高水平的研讨太遥远，诸多著名高校先生们的发言，又每每欲言又止，我不大能够吸收消化。晚饭时，查先生说要去访问几位作家，问我有没有兴趣同行？我的高兴，是不言自喻的。于是，我有了初识冰心的光荣，有了拜访臧克家的机遇，还有了访问曹禺先生的幸福。那时曹禺先生的问题好像刚刚解决，住房还没有落实。我们是在一间招待所的房子里有幸见到这位“中国的莎士比亚”的。他女儿万方招呼我们进门后，就退到里间。外间大概是会客室。有一张塑料桌面的四方桌，不大，四五个红色的圆凳，也是塑料做的。曹禺先生很谨慎，对于查先生提出的问题，几乎都没有正面回答。神情又非常疲惫，面部有许多深褐色的“老人斑”，两手好像都没有合适的安放之处，不时掏出手绢，擦拭厚厚的镜片。

我奉调到青岛后，关于查先生的信息日益稀少。一天，忽然有位女老师来访，说她是查先生的学生，并给我看先生的手札。不错，正是退休多年的先生为他多年以前的研究生写的“介绍信”。原来先生听说我在青岛大学中文系主持过一段工作，就介绍这位不愿继续任教边陲、希望回山东老家工作的老师来求职。这位老师，已经取得博士学位，而且有可喜的研究成果，年龄也正合适，完全符合学校规定的进人条件。但现代文学学科已经没有名额，问她是否愿意从事大学语文教学？她答曰完全可以，在新疆就曾经担任，还有一定的经验云云。

我于是给先生复函，感谢他为新建的学校推荐人才的美意。但这位老师在青岛大学只待了不长的时间，就又调动了工作单位和城市。查先生听说后，还曾打了很长时间的电话，表示歉意。因为我也有过调动工作的经历，深知其中的坎坷，就回答先生，说千万不必过虑，这都是非常正常的事情。优秀的人才在这里留不住，倒是青岛大学应该反思的事情云云。

我退休后，长期蜷伏海隅，又兼山长水阔，先生的消息是越来越稀少了。但现在无需怎么屏息凝神，就依然能够见到白白胖胖的面庞，听到抑扬顿挫极其明显的语调。那善于提携后进的博大胸怀，在这个一言难尽的世界里，就显得特别珍贵，更加值得后辈如我者努力学习和发扬。

忆昔初为人师时

1963年8月，山东师范学院一纸分配令，把中文系四个、数学系三个共七名应届毕业生分配到泰安教师进修学校——后来叫半工半读泰安师范专科学校、泰安师范专科学校（简称泰安师专），现在叫泰山学院。我就是中文系四人之一。

我们一行七人，从泰安火车站下车，好像没有见到任何马路、楼房。雇了一辆地排车拉行李，七个人的全部行李，没有装满那一辆地排车。去学校也没有什么正经道路，沿着一条坑坑洼洼山水流淌的小径，我们颠颠哒哒来到这就要一辈子教书的地方。学校很简陋，主要建筑就是一座三层的教学楼，我和高照福、张兆勋两位学兄合住在一间教研室（李长芹兄因故很快回到他的故乡曹县，在那里有了更大的发展），每人一张床板，两根板凳支起来，一张三抽桌，还有一个一米高的书橱。没有自来水，教学楼东头有一眼井，井口安一部解放牌水车，推着转圈费半天劲推上水来，一松劲儿，噗一声又落回去了。洗件衣服，要来回折腾好几次。有家属的老师住在家属院，其实就是一座黑色的三层小楼，那时就叫小黑楼。还有饭厅，台上是老师，台下是学生。开会摆开学生吃饭的联椅，红布会标台上一挂，就是礼堂。单身老师们的伙食很标准，主食主要是地瓜面煎饼，每月好像是四斤细粮。副食，常规菜是五分钱一份的白菜帮粉条，贵族菜是五毛一份的把子肉：肥瘦合宜流着红油的猪肉三或四条。早餐稀粥煎饼，一分钱一小碟咸菜。我们往往一次买一毛钱的，装在空罐头瓶里，一般可以吃半月。哪天上午有课，往往自己犒劳自己，一枚茶叶蛋，也五分钱。

学校有两个教学单位，一是轮训处，负责培训各地选送的中学骨干教师，许宝笃任主任，由杨际龙、李震远、晁岱华、陶冶我等老教师执教；一是函授部，负责山东西部六、七个地区的函授教学，由郭汉池任主任。我们三人，自然都在函授中文组，都教古代文学。老高分工历史散文，兆勋专攻诸子散文，我则试探《诗经》。业务组长是冯金起老师，北京师范大学出身，一口标准的京腔，一手极其漂亮的毛笔字。政治组长是毕巨德老师，他和我们年龄差不多，早来两年，就简称阿毕。晚饭后，阿毕和我们常常步行到冯玉祥墓，或普照寺，经过四果园时，就随手采一束野花，或一支狗尾巴草，插在空墨水瓶里附庸风雅。晚上备课，深夜饿了，来张地瓜面煎饼，白开水送下。虽然艰苦，倒也是一群快乐的单身汉。

深秋初冬，备课结束，我们就要体会为人师的甘苦了。因为各地习俗规矩不一，对函授教学的看法也差别很大，所以走到哪里，都有学问。

生活最丰富多彩的是在菏泽。我们住在师范。四个人没有一块手表，函授站借给一块马蹄表，谁上课谁带上，好掌握时间上课下课。周末晚饭，有不收粮票的地瓜，一般是像小手指头大小，交五分钱管饱。我们四个人能消灭堆满一张小圆桌的地瓜。到晚上可就遭罪了，浊气下行，此起彼伏，一个比一个臭，半夜了还得去操场遛弯。但文娱生活特别丰富。那时菏泽的教育与文化是合署办公的，挂牌是文教局。晚饭过后，局里的老师就喊："泰安来的老师，听戏了！"我记得有两夹弦、枣梆、大平调、四平调……自然还是豫剧更流行。清早起床，就听见门外老少社员都会吼两嗓："辕门外，放罢了，三声炮——嗷嗷嗷……"。

最艰苦的是禹城。那里的县招待所里，母猪到处大摇大摆自在游逛，自以为就是主人。住客发现有蛇钻进墙洞里，就用香烟烧尾巴，蛇拼命往里钻，大概挺难受，住客却哈哈大笑。吃饭时听隔壁客人说，他们在外间打扑克，往里间屋扔只鞋，就砸死一只老鼠。我们刚到，不明就里，看到门前两缸水，一清一浑，就用清水洗洗头发。谁知洗得头发结成了饼，梳都梳不开。原来清的是"懒水"，浑的才是"甜水"，可以饮用、洗濯。

最憋屈的是临沂。到汽车站接我们的后生说，得先去见见诸葛老师，才可以住下。我们随他曲曲弯弯到达，只见特别高的台阶上，房门黑洞洞的。我们拾级而上，模模糊糊见到里边一铺炕，炕上一卷好像是狗皮圈起的被窝，被窝上斜靠着一位留黑胡子的长者。后生通报说，泰安的老师来面授了。老同志把半躺的身子换了下姿势，算是知道我等来了。我们走进屋里，首先看见的是老同志脚上一双半黑半白的布底袜子直冲着大门，扎着裤腿脚。只见胡子，不见表情。老同志说了几个字，后生才奉命唯谨地把我们带到招待所住下，一路上直解释，说老诸葛是个好同志，更是老革命，战争年代受过伤，有点小脾气，局里上上下下都敬着他，包括局长……

伙食最好的是沂水。我们借住在小学里，没有伙房。函授站的同志特地雇一位老者为我们做饭。早上是新摊的玉米煎饼，玉米糊糊，疙瘩咸菜条用香油浸泡着。中、晚两餐是从集上买来的新烙的焦黄的锅饼，一层香香的芝麻。菜是三块石头支一锅，花生油椿芽炒鸡蛋。椿芽刚从树上掰下，鸡蛋来自隔壁大嫂自养的母鸡——从那以后，我再也没有吃到过那么好吃的椿芽炒鸡蛋了。

最传奇的人物在莱芜。1964年初夏，应莱芜函授站特约，数学、中文两个教学组，一起到莱芜开班。带队的是函授数学组组长周诚询老师。他虽然教数学，却是标准的艺术家，不但一手精妙绝伦的新魏碑在泰山南北首屈一指，而且从来出语不凡，绘声绘色，幽默中散发着不羁的才气。他带我们从莱芜汽车站下车，走在一条宽窄不一、高低不平的小路上，半天还没有到县教育局。我们不由得发问:这莱芜城里，到底在哪儿？他说:这就是人家莱芜的“南京路”！住下后，他问我有没有兴趣拜访一位奇人？我因为这任务是新加的，备课还不充分，就辞谢了。晚饭时，他说你不去太可惜了：那是一位老干部，打仗时受过伤，行动不便，因为是老寒腿，一年四季都须睡热炕。终身未娶，自然也没有子嗣。幸好他的嫡亲侄子住得不远，他们夫妇俩一直在悉心照顾老者的生活。他资历老，薪水多，又没有亲眷，手头很宽绰。一辈子没什么嗜好，就是爱吃点，喝点。侄子在酒厂有关系，总是能搞到醇正些的好酒。侄媳妇给摊煎饼，习惯用玉米、小米加黄豆推糊子，摊好后趁着软和，再铺一层芝麻盐，折叠成五香煎饼卷。何时要吃，一燎便酥。早春，他让晚辈们淘换来香椿芽、花椒芽、藿香芽、荠菜芽，同鸡蛋面糊一炸，香气飘出几条街！冬初，则把秋蚂蚱、母蝈蝈、胖豆虫用开水焯好撒上盐封在一个个罐头瓶里，在地窖里供着。若有值得招待的朋友，烫壶酒，开瓶炸两样，说是给个省长都不换。到秋天发河水时，拿只旧胶鞋，绑根木棍到河边点上，大大小小的河蟹见光就来。不用半宿，准能拾到多半铁桶。大口的瓦缸是现成的，一层蟹子一层盐，填满了用泥巴封严实。腌个一年半载，开封尝鲜，一只蟹子就能喝四两白干……我那份后悔啊，多年才慢慢淡忘。

斗转星移，春秋代序，转眼半个世纪过去了。我无缘一一重访旧地，但知道时移世易，老模样大概早就一改旧观，新气象定然如春风拂面矣。

风从养马岛掠过

好像是1988年的暑假吧，中国话剧文学研究会在烟台举办学术研讨会，由烟台师院承办。会长田本相先生给我发了个通知，我立马高高兴兴去了烟台。会议开幕式举行一完，即刻就“移师”养马岛了，我们大都高兴得不行。烟台谁没有到过？养马岛可是久闻大名，无缘一面啊。但真正到了，却也不免略有失落之感。那时的养马岛，虽然自然景色不错，但草创伊始，除去孤零零一座“现代化”的宾馆，四周好像什么建筑也没有，连大树也没有几棵。可会议还是开得有声有色，应该说是正儿八经的学术研讨，与会的老中青三代学人，都带着认真撰写的论文。会议的学术氛围，也是相当的浓烈，和后来的一些所谓的学术会议比较起来，实在太令人怀念。

第二天讨论会的下午，发言起了争执。年长一辈的资深学者，和年轻一代的新锐学人，在戏剧史的具体评价上分歧严重。老学者们火气很大，用词特别激烈；年轻人也不甘下风，据理力争。但到底是“师道尊严”的观念那时还不曾扫地以尽，终于以老学者“做总结”，年轻的博士、硕士们“受批评”结束。会后，两代人还是各自心气难平，言辞与面色，都显得冷冽生疏一些。

从年龄论，我与年轻人比较接近；但从读书的年代看，又分明更接近老学者——于是，在这场主要是学术但又分明夹杂着意气的“论争”中，我倒不自觉地成了那则著名的寓言故事中的“蝙蝠”。

晚饭后，老学者们好像大都比较疲累，大厅及楼外，都看不见他们的身影。还是年轻人精力旺盛，三三两两在散步，交谈，吸烟，说笑……无意中我“偷听”到他们的“计谋”了，而且，第二天凌晨，居然真个被“实施”：我还没有起床，就听得宾馆四周响起一片“样板戏”的声响，有的当然有板有眼，颇似李玉和、杨子荣的腔调，但多数不过是逼尖了嗓子干嚎，李铁梅不像李铁梅，阿庆嫂不像阿庆嫂，直听得人们陷落进刚刚过去不久的“文革”年代！这一招果然奏效，上午的会议气氛立马变了，昨天还生龙活虎的老专家们好像大都打蔫儿了，一位位垂头丧气，再也没有什么“战斗力”。下午略有缓和，但终究未能完全恢复初始的氛围。

我想，这就是不同的“文革”记忆在发酵。从牛棚里九死一生侥幸逃命出来的，和当年境遇相反者的感受，怎么可能有共同之处？最近听说某演员有个不错的倡议，即不妨创办一个“文革”省，让十分怀念“文革”的诸位先生统统移居他们心心念念的理想国，我们的耳根至少也要清净许多吧？“求仁而得仁，又何怨”——这可是最正宗的国学，孔夫子的至理名言啊。这动议，从理论上看颇为合理可行，只是在操作层面上不知有没有障碍？各位大大是否愿意让衮衮诸公无怨无尤地乐享余生，我们就不得而知矣。

平心而论，我在“文革”中并没有特别悲惨的遭际。首先，我没有挨打，没有剃阴阳头。批斗倒也批过一小拨儿，非常短暂。那是“文革”刚刚开始，此前，我是班主任一枚。学校的“四清”工作组严命各班主任提交学生“左、中、右”的名单。我找不到中和右，就把班里的党员、干部，作为“左派”学生上交。这份名单被查抄出来，我就有了把“革命学生”打成“右派”的滔天罪恶——因为，不是左派，就是右派。造反派学生要我低头，我低了；要我认罪，我认了。只是他们一定要我自己“上纲上线”为“阶级报复”，我迟迟不敢应答。于是有满满三教室的大字报和一张纸一个字的大幅标语贴出来，说是要“坚决彻底打掉”我的“反革命嚣张气焰”。但很快就不再打了——大概一是我根本就没有任何“气焰”，无从“打”起；二是他们又有更伟大的革命任务，顾不上我这级别的专政对象。事后想想，他们打得也真是坚决彻底，而我倒真是从中受益不少。因为从那以后，直到今天，甚至永远，我都不可能有任何气焰了。今生今世，就永远在无穷无尽的谦卑中度日。

其次，我也没有被关进“牛棚”。“文革”刚刚开始时，是“横扫一切牛鬼蛇神”，“地富反坏右”统统关进了牛棚。接着是打倒一切“走资派”。我不够资格成为这六类人物，混进革命群众的队伍又绝无可能，于是被界定为“杂七杂八人物”。后来想想，觉得他们那边真有才，这归类多么惬当，简直可以申报发明专利了。“杂七杂八人物”的历史使命，主要有两项：一是候补，二是陪斗。

“候补”就是等待关进牛棚。每当无产阶级专政指挥部的大喇叭一天十来个小时高声命令某某某必须老老实实，不准乱说乱动，否则一定砸烂狗头，踏上一万只脚，永世不得翻身时，我们就知道马上有人要倒霉了。而我，总是在边缘上摇摆。快轮到我了，不是最新指示发表，各位闯将忙着宣传贯彻，就是他们内部起了纷争，政权发生更迭。这两件事那几年也真是频繁出现而且交替进行，我于是侥幸在牛棚边缘晃荡了好久。事后我们几个“杂七杂八人物”总结道：什么时候收拾到我们这一阶层，该政权的命运就不长了，这也是规律。物极必反呐，是哪本著作里讲过，已经记不起来了。

“陪斗”就更简单。一般是严冬的凌晨，不到六点钟，就有专政指挥部的头头踹门，照例是一双黄色翻毛牛皮鞋，前后掌上都钉满着铁钉，伴随着极其尖厉的哨声——陪斗开始了。照例是“牛鬼蛇神”弯腰低头站在前排，“杂七杂八”站在后排。头头披件蓝色的短大衣，像“弹钢琴”一样噼里啪啦敲打牛鬼们低着的脑袋，打累了就开始主题鲜明的训话，最后一定归结到：你们这些乌龟王八蛋，黑五类的狗崽子，一个月拿着五六十块钱，真他妈可惜！给你们吃屎，都是浪费云云！原来，我们学校从1965年改名为半工半读师专，主要任务是培训农业中学教师，每一期两个半月。最后一期进行到就还差半个月结束时，轰轰烈烈的无产阶级文化大革命爆发了，他们中的骨干，就留下来继续革命。我们拿工资，我最少，每月51.50，他们只有生活费，可能不到20。差别，有可能就成为他们继续革命的原初动力，也是我们总是挨整被骂的深层次缘由。那时我和学兄高照福住一间单身教师宿舍，敢于偶尔来串门的好像只有孔昭琪兄。孔是贫农，高是下中农，有时嚣张一点，实在难受极了，就小声哼唱“南飞的大雁，请你快快飞……”，可是唱着唱着就失控了，一直唱得自己声嘶力竭，泪流满面！在那些日子里，我是多么希望大雁能够带我飞去，去向我心中最最敬爱的红太阳问问，这样压抑绝望的日子，还有没有个尽头？

现在也不知道，这样的日子，会不会重演？

学农纪实

从1973到1977年，每年夏秋两季，我都被指派跟随工农兵学员到农村劳动，那时叫接受贫下中农再教育，简称“学农”。因为习惯了，我总是备有下乡专用的被褥衣物、草帽胶鞋。领导一声令下，我即刻到指定地点报到，从未误事。学农的机会多了，我的见识也丰富多了，和学生们吃睡在一起，他们也就不再把我当做“上管改”（即“上大学，管大学，用毛泽东思想改造大学”也。这是上头给工农兵学员规定的政治任务和历史使命）的革命对象。其中印象最深的，一是1973年冬在东平湖区，一是1976年夏在泰安下洼。两处虽然都是“学大寨”的典型，但感受却截然不同，试述如下：

先说前者。东平县是泰安地区最艰苦的县域之一。因为湖区地洼多涝，又兼盐碱作祟，社员们生活挺苦。我们去的村子，除去大队书记家和大队办公室，几乎见不到一栋砖墙瓦顶的房子。全村据说只有一只热水瓶，在书记家。学生们感冒的多，书记家的水瓶就入不敷出了。我和73级2班15名男生，住在大队饲养员新盖的两间“屋茬子”，墙壁是土坯垒的，门窗都还没有安上，屋地用泥土混合石灰填平夯实。我们就在屋地上平铺一层干草，约一公分厚，没有席，每人平均四拳头的睡觉宽度。同学们被褥都薄，只好通腿睡觉。夜里起来上厕所，回来就没有自己那四拳头了。当门一扇门板，用四块砖支撑，是我的优待床。可是我一共没有睡过几天，就变为病号床。屋地没干透，潮气四溢，清早起来，棉袄、帽子、鞋面上，都泛着晶莹的细细水珠。感冒的人，是一天比一天多了。吃饭的主食好像是从大队伙房领，每人两张地瓜面或玉米面煎饼。副食自己做，一天两顿白菜帮或萝卜缨掺点地瓜面或玉米面的咸糊糊。学校配给的煤炭定量是每人每天三两，大队借给的是煮饲料的大锅。我们十六人一天的煤炭定量，连锅底都烧不热。早上六点钟起床下地，因为没有公用厕所，十多人排队在一平米左右的农户家用的便所解决问题。刷牙洗脸统统显得奢侈。我们的任务本是接受贫下中农再教育，同时整地备耕，但好像从来没有任何一位贫下中农来教育过我们。睡眼蒙眬稀稀拉拉走到地里，天才蒙蒙亮。湖区风紧，十一月底就冻人，泛着薄薄的白花花盐碱的地面也上冻，锨镢不吃。干到九点，回村吃第一顿饭，磨蹭一会，再下地干活。四点歇工，吃第二顿饭。东平规矩，冬闲时节，吃两顿饭，一干一稀，晚饭就直接叫喝汤。我也饿，但男生们多是精壮小伙子，这一干一稀就先受不了。听说是几个党员干部到大队部给学校党委打电话，说这里出大事了，赶快派得力干部处理。于是我见到了刚从牛棚出来的前书记于次民，和一位素不相识的干部。他们何时从师专出发，我不得而知，只听说学校那辆破吉普在路上抛锚好几次。等他们坐到我们的病号床上时，已经掌灯了。还是工农兵学员厉害，几个学生代表，简明扼要把情况一说，立马要书记拿出整改的时间表。前书记知道自己的掌控能力，恳求把问题带回去研究。学生代表说那也行，我们与你同行，你回学校研究，我们分头行动，先上地区，再上省城，就数说泰安师专是怎么对待第一批工农兵学员的吧。书记只好答应明天派校医来巡诊，带热水瓶，拉来煤炭和小点的铁锅，干草上面给铺席子……事前事后，我只坐在煤油灯照不见的墙角落，一句话也没说。

回校后开总结会，有关领导先表扬我不怕艰苦，自觉接受贫下中农再教育，精神可嘉，应该继续发扬；但是，挑动学生围攻领导，是绝对错误的，必须严厉批判。我心想，都已经批判了好几年了，也不多这一次。但听说几位学生干部却不依不饶，立马和领导“交换意见”，害得我们尊敬的领导连午饭都没有按时吃——结果，是即将对我的批判无疾而终。

再说后者。下洼在泰莱平原，水肥土沃，大队和社员都余粮在手。管伙食的是学兄冯守仲，他和大队会计（还是保管？），不知是发小、同窗还是远亲，只见两个人你递支烟给我，我递支烟给你，我们的葱姜蒜就减价甚至免费了，一不小心，中午就多出个菜！守仲兄管伙食最得人心的是每周末一顿大包子。每当笼屉掀开，学生们车水马龙般排队领取，就往往见他腰间围裙一扎，憨厚的标准泰安普通话一口，满面是恳切到不能再恳切的笑容，还不时摘下眼镜，擦擦那一层热情洋溢的水雾。学生们私下都叫他“大掌柜的”——表层意思是他是大家伙的好掌柜，深层涵义则是他与李双双家的男一号仲星火不但形似，而且神似。

下洼的伙食好，但劳动强度也大。先是抢收小麦。那大寨田里密植的良种小麦，都齐胸高，麦秆粗壮，麦穗沉实，一镰下去，割不断几棵。麦垅也长，长到一小时绝对割不到地头。我本来就不怎么会割，现在就只能是砍了。上阵不一会，拿镰的手上便是一溜四个血泡。正割到腰似乎就要断了的时候，往往就惊喜地发现我这垅前面已经割过了，四下打量，没有人过来，大家都在低着头挥动镰刀。我直直腰走上十来米，就像走在天堂一样。再割时，心里的感动，就偷偷地化为泪水，和汗水交合着流淌。每垅割下来，我最多干三分之二！地头上，最健壮的男生，也是仰面朝天直挺挺躺在滚烫的地头，好让感觉就要折断的腰，恢复片刻常态。女生矜持些，也是背靠背低头坐着，草帽沿搭着毛巾——没有一个人说话。

割麦子最累，但时间短，五六天就完活儿。以后的任务，就是刨麦茬、整地、起地瓜垅。学生们不让我刨麦茬，说我不会干，只安排我把他们刨出的麦茬搂到地边，等拖拉机拉走。整地时，为了打垅不弯，总是要拉上长长的麻线当做标杆。地那头栓一木橛固定，这头的木橛一般都是我。到休息时，他们都好像无组织地凑拢到我身边，递一碗绿豆汤，说老师讲故事吧？讲什么呢？要外国的，要古典的，还得是名著啊，乱七八糟的我们不听！我讲过《羊脂球》《项链》，他们都不太满意。最喜欢听的是《悲惨世界》。冉阿让的传奇身世和小珂赛特的悲惨遭遇，常常让他们遐想不止，甚至目光呆滞。吃晚饭时，另外一组的学生也有时凑过来：老师晚上去我们那里坐坐吧。于是我们三五人散散漫漫来到机井井台，那里好像已经有白天的“听众”，还希望复习复习白天没有听仔细的情节。

下工时，一队年轻人走在大队水渠旁。男生肆无忌惮地挽起裤腿，把腿、脚统统泡进活活的流水。女生躲在另一边，洗洗毛巾，蒙在脸上、头上。铁锨大镢，都在渠水里洗濯得干干净净。我一坐下，常有人凑过来，悄悄地说：老师，我们真愿意多读点书啊。文学，可真是能连通心灵的。

时移世易，这些当年和我一起在东平受冻、在下洼挥汗的朋友们，早就作为国家的栋梁，支撑起这样那样的事业。只可惜天各一方，音信匮乏。且容我在这僻远的海隅，遥远地问候一句：朋友们，别来无恙乎？

学工纪实

1974年秋，有关领导指令我跟随30余位工农兵学员到孙村煤矿开展“批林批孔”，同时接受工人阶级再教育的活动，美其名曰“带队”。学员是接受工人阶级再教育，我则是接受双重的再教育。临行前，有关领导给我们开会，一是要我们记录宣讲的内容；二是下了死命令，要我们不惜一切代价保证学员的安全。领导强调说：煤矿可不是农村，事故一出，非死即伤，谁“带队”去，谁吃不了兜着走！我心里极不平，这样光荣伟大的任务，领导一个也不出面。我们是绝对负不起责任的“杂七杂八”人物，为什么一定要把我们推上这风口浪尖？但那时只敢想想，绝对不敢说出。

孙村煤矿的领导也很忙，把我们一行交代给一位管宣传的干部就再也不露面了。那位干部给我们规定：每周宣讲一天，上午一场，下午一场；休息一天；男生下井五天，女生一律到食堂帮厨。

第二天上午就是我的第一场宣讲专场。内容是学校领导提供的，主题是“孔子是个什么人——彻底批判林彪的克己复礼罪行”。大意是说孔子是个伪君子，表面上说仁者爱人，实际上隳三都，诛少正卯，心狠手辣。他瞧不起劳动人民，污蔑妇女，还跟南子说不清楚。到后来累累然若丧家之犬。林彪就是效法他的克己复礼，走上了背叛伟大领袖的罪恶道路，死在温都尔汗，那是罪有应得云云。我被干部介绍到讲桌前，见到的景象是前三四排坐的大都是衣服干干净净的干部模样的人物，后排乃至墙角、桌边、窗台、地下，坐着的，站着的，蹲着的，倚着的，抱着膀的，盘着腿的，歪着脸的，挠痒痒的，掏耳朵的，卷纸烟的，说悄悄话的，耷拉着头的，眯缝着眼的，几乎全是破衣烂衫的工人师傅。我开口宣讲才几分钟就四面八方响起了各种腔调的鼾声。干部们开始还强打精神，不到十分钟，就有人离席外出，抽烟、上厕所、喝水，没走的也都左顾右盼，试图开溜。下午的情形几乎就是上午的翻版。我还算识时务，用四十几分钟完成了本该两个半小时的宣讲。

那位干部次日一早带我们下井，递给我一纸盖有大红公章的信函，证明某老师在我矿开展“批林批孔”宣讲活动，态度认真，内容丰富，广大工人群众听后激发了抓革命促生产的高度积极性，使我矿的各项指标均已经超额完成。落款时间，恰好是我们回校的日期。他说：真便宜了这帮贼私孩子（这里有一句国骂，兹从略），舒舒服服来睡了半天觉，工资一分不少拿！要是这样继续宣讲下去，完不成指标谁负责？扣奖金那可是动真格的。你的任务已经完成得很好，以后这宣讲就免了。改成六天下井，一天休息。不过千万不许外传，一定啊！

我下井共干过两种工作，一是攉煤，二是人工“冒顶”。

攉煤就是把工人师傅处理过的煤块、煤粉，用约尺半宽两尺长的大头铁锨铲到已经按好的橡胶传送带上，然后再输送到矿底的煤仓，再用矿车拉上地面。从进入罐笼下井开始，我就一直在紧张，在冒汗。一身深蓝色再生粗布的加厚工装，一顶矿工帽，上面是矿灯，屁股后绑着矿灯用的电池，手里是大铁锨或者一捆粗麻绳或是铁撬棍，脚上是高筒的橡胶靴子。这身行头，至少有三四十斤。从罐笼出来到攉煤的掌子面，至少走一个小时。一路上高低不平不说，矿洞的高度就大不一样。有的地方可以大步迈，有的地方只能弯着腰走，最矮处只有七八十公分。师傅们可以像旧戏舞台上的武大郎那样弯着腿前行。我没有那基本功，唯一的选择，就是爬。师傅们一到井底，即刻脱掉上衣。我们没有经验，还是“全副武装”。结果还没有走出多远，全身就完全湿透，工作服就像膏药一样缠绕着全身。越是紧张，越想小便。问师傅哪里有厕所，师傅鄙夷不屑地说：随便，到处都是！井下全是大老爷儿们，谁还不知道谁那里有嘟噜什么玩意儿啊？

到掌子面上，师傅把我和学生们分为两拨，站在传送带两侧攉煤。一位领班的师傅寸步不离跟着我，其实是保护我。我很感激，但又觉得他还是糊涂，我这个老师的命哪有学生值钱？事实证明，还是师傅英明，干了十来天，谁都没出事，就是我倒霉。快下班了，对面一个学生眯眼了，喊了一嗓子，我一着急，脚下的煤块蹬翻了，一跤摔倒在传送带上。幸亏下方管传送带的师傅手快眼疾，立马拉下电闸，否则我哪还有机会在这里饶舌？带班师傅赶紧俯下身子，看我没有大事，就说还能爬起来不？我说能。那你起来走两步，我就走两步。他坐下拽下我的长筒胶靴，看见我还穿着袜子，极其鄙夷地说：下井，还穿双袜子？见我只是右脚掌青紫了一片，他说：没事，拿碘酒抹两天准好。这可不算事故啊，谁也不许出去胡说！只要没死人，缺根胳膊少截腿，常事！为了使气氛轻松些，他给我们讲了个“煤黑子”自嘲的段子，说不仅自个儿黑，老婆黑，养个孩子也黑。中间自然还有由此黑到彼黑的过程，此姑从略。那时觉得师傅的话语有点粗，但因为这也许是再教育的部分内容，也就未曾表示异议。现在看来，师傅的段子，比某当红电视剧里直奔主题的四字口号，含蓄蕴藉多了，情节也简洁多了。

也许是因为我摔跤了，几天后我们就改行干“冒顶”。为了采到煤，师傅们先要在煤层中打出巷道、掌子面，两边都必须用木桩或钢柱支撑，以免塌方，矿上叫冒顶。采完了，又必须把木桩或钢柱回收，让采空的掌子面自行塌陷，这叫人工“冒顶”。这活儿看起来危险性更大，但实际上比较安全。只是煤粉尘更多也更细密。我们出汗多，细细的煤尘和汗水亲密结合，暴露出来的身体所有部位，统统贴上一层相当均匀的黑片，鼻翼抽动，嘴唇开合，就常有黑片开裂、脱落。我们是三五个人一组，跟随最有经验的师傅干活。师傅从不让我们靠前，只让把他们拖出的木桩或铁柱往外送。歇息了，师傅就像变戏法一样，不知从哪里掏出一个用旧报纸包着的烧饼，一掰两半，塞给我半个。我是真饿了，真想一口吞下去。但又无处洗洗手，也没法漱漱口，满嘴里全是煤粉啊。正犹豫间，师傅从鼻孔里甩出两个字：毛病！然后叹口气，说：当了煤黑子，就什么毛病都得改。你想，四块石头夹一块肉，头上的灯一灭，就等着老婆孩子领抚恤金吧（这里也有一句国骂，亦从略）——干活！

矿上的伙食比学校可好多了。白菜炖豆腐，学校是前者为主，煤矿是后者当家，五毛钱一大碗啊！可是师傅们常常不满意，不是嫌菜凉，就是骂烧饼小。我见过一位师傅拿起一碗玉米粥当头扣到打饭的炊事员脸上。师傅们饭量大，酒量更惊人。有时见到他们一手端碗菜，一手捏瓶酒，往饭桌板凳上一蹲，歪着嘴上下后槽牙一碰，酒瓶盖子吐两米开外，一仰脖就开喝。半瓶下肚，菜盆精光，再掏出仨烧饼或俩馒头作结束语。

一班活干完，师傅们上罐笼快，洗澡快，吃饭更快。我却必须等分散在不同小组的十五位同学一个不落地凑齐，才敢于去澡堂。我们到时，这一拨的洗澡水已经比墨汁浅不到哪里去。我们不好意思继续染得更黑，只有找个水龙头洗凉水澡。水龙头也不多，十六条汉子一一洗完，又是半天。所以我们来到饭堂时，虽然还没有关门，但早已是残羹冷饭。后来，我们一进饭堂，就看见带班师傅抱着膀子斜倚在一个卖饭窗口前，招呼我们过去，然后对食堂师傅说，多给老师盛点！偶尔有个愣头青小伙子想凑过来，他一个烟头扔过去：一边凉快去，这是给老师留的！我低头一看，果然菜盆上有盖，烧饼上有棉被！

活动结束时，矿领导认为我们这拨人干活挺实在，就不收煤票而且平价卖给两个“带队”老师每人一千斤“中煤”。夫中煤者，非石非煤，亦石亦煤也。在炉火正旺时，与煤块掺和着烧，也发热，也有光。中煤固然可贵，师傅的情谊更是难忘。但我一直最感激自己的是：十五位同学，毫发无损地送回了学校！

初访黄山

如果我没有记错，“文革”结束后最先醒悟并开始思考的人文学科，好像就是现代文学，而鲁迅研究，就更是其中堪称“先知先觉”的学术领域。1978年9月，由安徽大学和安徽劳动大学联合举办、在黄山召开的“文革”后第一届全国鲁迅研究学术讨论会，就是一个颇具说服力的证据。

大约因为太久太久没有召开这种类型的学术研讨会，各高校和研究机构都非常兴奋，踊跃报名。组委会于是采取提交论文与适当照顾各省区的办法。山东省被安排了四名代表：山东大学解洪祥，山东师院查国华，曲阜师院魏绍馨，泰安师专是鄙人。如果我没有记错，那次会上，我是年龄最小的一个，也是学校规格最低的一个。但因为论文是与老师合作，学术水平并不最低，被安排大会发言后，反响也还是正面的居多。就是在那次会上，我认识了林非、范伯群等早已敬仰的前辈。后来，他们给我许许多多帮助，也是那次与会栽种下的缘分。

魏绍馨老师发言后，北京一位著名的学者在自己的发言中，以他特有的俏皮语调，颇讥诮了魏老师几句。晚饭时，解洪祥兄与我都感到不平，于是相约到北京学者的住处，提出了我们的批评意见。大意是你完全可以不同意魏老师的观点，但却一定要尊重魏老师的人格。在学术研究领域里，没有北京与其他省份、地方的差异。北京的学者未必一定高贵，一定有嘲戏他人的特权。偏远省份的学者，未必就一定没有学问，就应该受到嘲戏。何况您也是山东人，不过在北京工作而已，更没有必要对来自故乡的同行讥诮。我们说得非常直白而恳切，北京的学者立马做了检讨，表示自己话语不慎，一定要向魏老师道歉云云。我们说您亲自道歉就不必了，我们会转达您的意思。希望以后对山东的学术研究，更多关注，对山东的学人，更多支持。果然，此后我们和这位著名的学者，成了不必经常联系但却一直互相关注的好友。1981年，山东鲁迅研究会在青岛举办纪念鲁迅诞辰一百周年学术研讨会，我们都在会上。我的研究理路与方法，由于得到这位可敬的学者的指点，纠偏匡正，少走了许多弯路，是我一直刻骨铭心感激不尽的。

会议开完后，大家一起爬黄山。山下是艳阳高照，山上却是冰天雪地。因为猝不及防，不少学者在没有可以防寒的衣物时，极为适时地纷纷拿出洗脸用的毛巾裹在头上，有点像《地道战》《地雷战》里的农民英雄——只需把眼镜摘除即可。有的把小手绢也系在颈间，大约是感觉慰情聊胜无吧。百步云梯上险象环生，台阶完全变成了“冰”阶，黄曼君等不少学者是一路坐着下去的。主席台上的庄严，竟真的被“扫地以尽”矣。唯独李泽厚先生并不急于下山。只见他穿一袭深蓝色的风衣，架一副阔边的眼镜，围着从树干、树枝到一支支松针完全被一层极薄的冰衣裹成玉琢冰雕一般的针叶松，优雅地仔细打量，安详地转着圈琢磨——那松树是真的太美了！像冰雕但远比冰雕生动，似玉琢又更比玉琢大气。美学家心里一定有生动极了的印象，可惜那时我还不认识，未敢冒昧叩问。但此后我就购读了《美的历程》。那是我美学的启蒙书，也是奠基书，还是我唯一一本完全读完并且自以为读懂了的美学著作。迄今为止，恐怕也没有人知道是黄山的松，冰裹的松，引领我见识了这位素来敬仰的美学家，引导我试图解读他心中对美的真知灼见。

从冰封雪盖的山顶下来，一路又是艳阳高照。我和中国社科院哲学所的张琢先生（《鲁迅哲学思想研究》的作者）等那时的“少壮派”，选择了步行。张琢先生告诉我们，“文革”中他曾有幸和冯雪峰住在同一间“牛棚”，亲自见证了并体会到冯雪峰的骨鲠之气。那时的冯雪峰，是被不同来路的“专案组”不断提审的。他为了预防不测，事先就把“交代材料”复写了数份，唯恐在他不能真实说明当年情况时让历史真实在他手下“变形”。几乎所有对中国现代文学的历史少有常识的人都知道，冯雪峰的“右派”，与周扬、夏衍等有直接的关系。有的“专案组”，就是专门希望他提供关于“四条汉子”的“爆炸性武器”。但冯雪峰从未落井下石，一直是实事求是地讲述三十年代关于“两个口号”论争前后的历史真实（据说冯雪峰平反后，周扬率先探望，二人抱头痛哭，盖大有因也）。张琢先生还告诉我们：冯雪峰在国民党集中营里伤口发炎溃烂，高烧不止。是“营友”中有略通医术者用火烧过的折叠式剃头刀挖去腐肉，再用盐水浸泡过的白布裹住伤口……冯雪峰在奄奄一息时，“营友”们报告狱警，说这个人不行了，扔掉算了。狱警看着也真是“不行”了，也就让“扔掉算了”……经当地的地下党营救后，他回到义乌老家养伤多年，才有了后来的冯雪峰。

回到宾馆，第二天大家都要打道回府了，晚间在住处闲聊。只见从里间（我们是好几个人住在一个套三的房间里，年长一点的就住在里间）翩然走出修长身材的范伯群先生。他操着绵软的苏白，告诉我们：今后评教授都要发票子的啦，就像生娃娃一样，要凭票子的啦。说着，范先生右手的拇指和中指、食指捻动起来，我好像看到那“票子”在被分发、被争抢的荒诞情境。但后来的事情竟然被他不幸而言中了。于是我们看到了不少千方百计拿到“票子”后就永远告别了学术的教授，轻盈地游走在中国若干大学的校园里，一直过得都颇为滋润……

皑皑白雪，巍巍高山
——当年我心目中的冯雪峰

1979年4月，中央决定给错划为右派的冯雪峰恢复党籍及政治名誉。消息传到我任教的泰安师专，已经是6月初了。当天上午下课前，我决定自己举办报告会，用一块小黑板，工工整整写上“皑皑白雪，巍巍高山”作为“海报”，就竖立在师生们出入必经的校门口传达室。当晚，我自己主持，自己开讲，两个多小时，向热情洋溢的学生们述说了我心目中的冯雪峰。

“报告”结束后，十几位学生簇拥着我从联合教室回宿舍，他们纷纷希望我把历史的事实和真心的感受写出来，我自己更是感觉兴犹未尽，于是就有了习作《鲁迅日记中的冯雪峰》。我知道自己的话没有什么分量，就希望借重鲁迅来为刚刚平反昭雪的雪峰添几缕应有的彩虹。文章寄给刚刚结识的林非先生，他立马介绍到他担任编委的创刊伊始的《中国现代文学研究丛刊》，就发表在1980年第2辑（总第3辑）。

文章开头说：

> 诗人、作家、马克思主义文艺理论家冯雪峰同志的逝世，是党的文艺事业难以弥补的重大损失。他从二十年代末就学习鲁迅、熟悉鲁迅、维护鲁迅，是较早、较深地认识到鲁迅对于中国革命、对于革命文化的重要意义的党的负责干部之一。六十年来，风云变幻，冯雪峰同志始终自觉地坚守在这个十分重要的哨位上，一步也没有后退。从冯雪峰同志巍然的身影望去，黄浦江头呼啸而过的警车，长征路上随风飘动的篝火，集中营里凝着血痕的镣铐……

错综着，交织成一条曲折崎岖、血迹斑斑的革命道路。无论身处顺境还是逆境，无论在领导岗位上还是给关在“牛棚”里，鲁迅这面光辉的旗帜，他始终高擎着。他承受着高压，拒绝种种诱引，以向历史、向人民负责的严正态度介绍他所了解的鲁迅。他蔑视“风向”，不看“行情”，坚持了实事求是的原则。他不愧是鲁迅的忠诚战友和学生，不愧是鲁迅文学事业的“通人”（许广平语）。

可是，自从1958年冯雪峰同志被错划为右派以来，这个往往必须同鲁迅联系在一起的名字从现代文学史上消失了。即偶一出现，也是被绑在历史的被告席上不容申辩地遭受棍子的袭击。鲁迅和冯雪峰之间深厚的革命情谊，变成了鲁迅研究中的“禁区”。鲁迅和党的血肉关系，至少有很重要的部分被说成是难以索解的哑谜。这是不公正的。历史不喜欢被揶揄，人民的感情不容许蹂躏。现在是恢复冯雪峰同志在中国现代革命史、现代文学史上应有的地位的时候了。

这篇急就的文章，仅就鲁迅日记中叙及冯雪峰的85处记载，掇拾几则，略加诠释，以见这种革命情谊之一斑。

以下正文，是先引述鲁迅日记中的文字，再缀以自己的解读。全文太长，足有19个页码，不能也不必复写全文。兹举例如下：

一九二九年七月二十日雪峰来，假以稿费卅。

一九二九年八月十五日夜雪峰来并还泉卅。（泉即钱，古代通用。引者注）

记得靠着妻子的陪嫁钱印诗集、出刊物的邵洵美，曾经嘲笑过文人之穷。的确，贫穷是那些笔耕度日的青年们头上的紧箍咒之一，如影随形，终日追逐着他们。冯雪峰也不例外。他同夫人女儿，挤在整年不见阳光的一间地下室中，连床头上都搭满了孩子的尿布。自1927年入党以来，冯雪峰的时间和精力，主要用于革命活动。译书卖文的稿费，往往还不够思索斟酌时买纸烟之用。因此，买米的钱，也时时仰仗于友人。

鲁迅是十分清楚在旧中国必然要有的这种情形的。他给李霁野筹措学费；借钱给萧军、萧红谋生；一见到刚刚获释的殷夫就赶紧付给稿费，使他可以在大热天里脱下棉袍买一件夹衫；黄源赠他一部心爱的书，两个人为了应否偿还书值的问题，围着桌子有大半天争执……和冯雪峰的这次银钱往来，不过是他用心血哺育青年的无数事例之一。

既云“稿费”，定与鲁迅的编务有关。1927年7、8月间，鲁迅参与编辑的期刊只有《朝花旬刊》和《奔流》月刊两种。7月20日出版的《奔流》2卷3期中没有冯作；2卷4期中有雪峰所译论文《现代欧洲艺术及文学底诸流派》，但系8月20日出版，冯雪峰于出版前5天就得到稿费偿还鲁迅的可能性不大。《朝花旬刊》第1卷第7期为1929年8月1日出版，第一篇就是画室（雪峰笔名之一）所译《论法兰西底悲剧与演剧》（普力汗诺夫著），第8期（8月11日出版）续完。从时间上看，这一篇的可能性是不小的。如果这推测大体不错，那就是雪峰在7月19日、20日两次与鲁迅会晤中面交译稿，20日鲁迅即预借稿费以济燃眉。8月11日刊物出版，冯雪峰得到稿费，15日旋即归还。

“假以稿费”，既足以助其维持生计，又使之比伸手向鲁迅讨钱心上好过。大概，鲁迅是有所考虑的。这类事例，在鲁迅日记中，实在是不胜枚举；而一颗伟大的心，眷眷的心，就在这些看似琐屑、平淡的记述后面不停地跃动，把殷红的血，把温暖和力量，送到左翼文化大军的一个个细胞、一条条脉管中去。从鲁迅这里汲取到这种温暖、这种力量的青年，又何止是冯雪峰？

吾非圣贤，绝对没有先知先觉的本领。那时所思所写，当然无不鲜明地烙印着时代的印记。斗转星移，春秋代序，匆匆三十五年过去了。如今已值垂暮之年，我多么想继续保持那种夹杂着稚气的真诚，看待人我，追逐历史真实，抒写内心真情！

徘徊梅下寄情思

初七清早，刚拉开窗帘就见马路楼房银白一片，嗬，入冬来第一场大雪，竟是这般静寂地降临了！山，披上了雪的罩衫，天，扯开了雪的帷幕，纷纷扬扬之中，其间的界限竟销蚀、融化得无踪无影。

呆看着天上的雪和雪里的山，忽有一种自责的声音在耳畔轻轻响起。我到这山脚下教书，前后快二十年了。朝于斯，暮于斯，泰山是并不陌生的。但说来也怪，真正和它稔熟起来，却是在那些动荡的年月。狂涛骤起，烟云弥漫，我几乎在迷惘与惊恐、忧愤和失望中沉沦了自己。无书可教，无话可谈，心，只好交付给山。平时倒也罢了，倘是晚霞明灭、星移云飞的夏日，一个人平躺在龙潭水库的荡荡碧波之上，仰看着“月出于东山之上，徘徊于斗牛之间”，苏东坡那些貌似达观解脱的名句和那种“纵一苇之所如，凌万顷之茫然”的韵味，便会一齐袭上心头。我这粒摇漾水上的浮沤，也似乎慢慢地消融、消融……倒是近年来，教书就够忙了，还要编写教材，参加会议，才久违了这位老友。雪压霜欺，普照寺的古松老梅是否寂寞？乍暖还寒，黑龙潭的柳烟杨雾如何起舞？全没想到该去探望，委实是有负青山多矣。

走在山路上，才觉出年前的这场病真的不轻，从额上几点汗粒不觉抚摸到纵横的皱纹，想起在暗淡中逝去的青春和突然而至的中年，不禁有点感慨系之。走进普照寺，一见到历尽寒暑、枝叶参天，竟没有半点枯朽的银杏树，和雪冠如银劲幹虬枝却益发显得苍翠的六朝松，更增加了几分惭愧：在历史的长河中，我可真是个不经淘洗的弱者！信步走进并不雄伟的大雄宝殿，见到还算兴盛的香火。

不知几时，释迦也装修了金身，俨然地望着呆看的人们。那误以为我要布施而赶快合十问讯的和尚身上，穿的竟是簇新的藏蓝涤卡的袈裟。出得殿来，西厢廊柱上依然是集的毛主席的诗句，东厢悬挂的是舒同手写的对联，空中依依袅袅的，是“李谷五”们山青水碧知音难觅的断续乐句，眼前作怪的，是用吉普拉来照相的阔男女在搔首弄姿……这一切，多么不协调，可又多么统一：这就是生活，就是前进中的历史的一个小小窗口。生活中的一切，都烙印在历史上了，连同我这个不经淘洗的弱者。冯玉祥在这里读过书，红卫兵来破过“四旧”。此刻，他们都在何处？普照寺如果是一架相机，它自会一一摄入记忆的胶片；如果是一卷书呢，便更会记载下其间的消长起伏。

尽在胡思乱想，几乎忘了踏雪前来的目的，刚一从迷乱的意念中走了出来，就被缕缕清香吸引到“菊林旧隐”的门前。大约是几经攀折了罢，除绝高处外，几乎见不到旁逸斜出的细枝柔条，当然也就没有疏影横斜、孤影自怜的优雅和娇羞。却另有一种深邃的意蕴在涤洗着心灵，启迪着思索：正是这历经摧折的拙枝老干，却喷吐着云蒸霞蔚的繁花万点，仿佛蔑视又仿佛毫不在意于那些暴虐和横逆，始终在喷发着生命的光华。细看一朵一枝，似乎也不见奇，无非是蜡黄的花瓣裹着深红、绛紫的花心，中间有一簇虽似粉装玉琢但总嫌纤细的花蕊而已。但这样千枝万朵，纵横向望中迎来，那蜡黄、深红、绛紫的色调竟似乎打成一片，幻化成一树红红黄黄的青春火炬。这样的千朵万枝，有抿着嘴的，有露着牙的，有笑开颜的，又似乎用不同的声调、音色在唱着一曲深情的春的颂歌，使房后萧索的群山也隐约着青春的信息,真格是“残山剩水无态度,被疏梅料理成风月”了。徘徊梅下，聆听春词，我再不敢吟唱自己的弱者之歌，哪怕是只在心底！徘徊梅下，新年晚会上学生朗诵的一首诗猛可地与眼前的境界燃点在一起：何必为年龄发愁？……生命的秋色，不弱于春光的妖媚！徘徊梅下，又记起鲁迅的《希望》：身内的青春固逝，身外的青春不是宛在吗？且看这两树老梅，它把古老和青春如此和谐地统一起来，披一身炫目的霞彩，在历史的长河中站得稳重又坚实。年复一年，传递着青春的信息——啊，这非我友，乃是吾师！

“馨香盈怀袖，路远莫致之”，正自惋惜不能将眼前的景致、心中的涟漪装进信封，告诉远远近近的朋友，忽又觉得多事，“天涯何处无芳草”！山间花树缤纷，水上风起波漾，向往着春天的人们，自会为了未来，告别过去，拉着手唱一曲甘甜的今日之歌。

走出山门，松间小径曲曲弯弯。微风拂来，飘下残雪片片，未及着地，早已悄无声息地融化。春，真来了。该怎么去迎接呢，在今日？

青岛书法、篆刻展览漫游记感

山间和海滨的确是两种境界，我从泰山下跑到黄海边，不觉已流连半月之久，耳濡目染仍处处新鲜。自然，青岛并非尽美尽善，人民浴池床铺之脏，公共汽车乘客之挤，是什么时候想起来都余悸在心、叹气不止的。不过平心而论，这也不能全怨青岛的。气温一高，几十万人一下子涌进这样一个狭长的、一端相当精致的城市，本来一个人使用的空气现在要供几个人呼吸，怎能够用？明乎此，我们倒要感谢青岛的大度了。且不说别处，试看那熙来攘往、万头攒动的海水浴场，再塞进千把人也未必更稠密，走掉了千把人呢，也见不出更松散。一潮一汐，明日又是人声鼎沸，万头攒动。大海呵大海，有谁能算得出它每天要接待着、拥抱着多少欢男笑女，酿制着、洋溢着多少诗思友情？

吸引着万千游人的，并不仅仅是这里别致的楼房、喧笑的海水、宜人的气候，那岛上的文化，也是令人神往的。早在三十年代中叶，王统照、老舍、臧克家、洪深他们就在这岛上拓荒播种，《避暑录话》就是最早的文艺之花之一。到四十年代，《潮音》《艺文》《每周文学》等文艺副刊，迭次萌生，推动着岛上的文艺运动。这些园地，尽管有的是以浓郁的学术气息见长，有的则以精美的诗歌散文取胜，但都鼓荡着民主的大音，是向黑暗现实示威的钲鼓。长夜漫漫，雾海茫茫，它们是燃点在人们心中的航标和塔灯！雄鸡一唱，史册易稿，青岛的文化也揭开了新的篇页。你走到中山路，“彦涵画展”的海报赫然在目；你打开收音机，“青岛之夏”的旋律应和着海涛在长空起舞；漫步栈桥的人们，谁不想看一看就在桥端“回澜阁”内展出的书法和篆刻？

说实在话，走进展出大厅的人，像我这样对书法和篆刻完全不懂的恐怕不在少数，但为聊博一粲，人们的兴致仍很高。

长桥卧波，海风习习，这可真是一个欣赏书法篆刻艺术的理想处所！晚间，登得楼来，凭窗远眺，淡淡的月光洒在海面上，泛起一片又一片银亮的圈圈、点点，它们跳荡着、摇曳着、变幻着……小青岛上的红灯、绿灯，在朦胧的山峦前这边一眨，那边一亮。浪激涛鸣，是涨还是落？星移云飞，是梦还是醒？环顾四周，心府一明，我们伟大民族几千年辉煌灿烂的文化传统，借着眼前这琳琅满目的展品划出了一个大体的轮廓：远古的甲骨文字，稍后的小篆大篆，真草竞秀，隶楷比美。有的银钩铁画，笔笔不苟；有的乘兴挥洒，满纸云烟；这幅是老将出征，弓马娴熟；那帧是后起之秀，前程正未可限量。

我正在字画前沉吟，忽然一个嘶哑的声音在耳畔吼起：“这个家伙，就是我们学校的老师，他国画最棒……”一支粗壮的臂膀从我肩头直戳到展品的署名上，我拭去颊上飞来的唾沫，寻声看去，原来是一位穿着鱼网式背心、胸膛被海水泡得紫中见黑的青年人，正在给他的女友作解说：“……最棒，三笔两笔就是一幅，嘿，真他娘的绝！”听着这不知是赞叹还是轻蔑的介绍，不知“女友”作何感想。我心里在暗暗发问：到什么时候，才能从他们心上擦拭去这些厚厚的污垢，不再把“家伙”“老师”“他娘的”同义复指呢？我憋住心里的话，继续看下去。对面，是两个写得叉手叉脚的大字——“山海”。笔画粗，墨汁浓，满纸就是两个字，从远处看到近处，真看得满目都是山海，山山海海，海海山山。可是为什么要把这幅字安排在二楼迎头处呢？我正琢磨着，身后突然响起了一阵女高音。原来是管理展室的小伙子，一面在楼梯口的椅子上把自己摆成一个尽量舒展的“大”字，一面把手里的收音机开到了最大音量。在看客们惊愕的目光下，他，居然双眼一闭，躺得更惬意了。鞋尖一摇一点，还打拍子呢！诚然，古人未免太过拘泥，弹弹琴，看看字画，还得焚香沐浴，我一向就不以为然的。但是，一个稍为安静的环境，对于这一类艺术欣赏，总还是必要的。陶渊明是出名的“田园诗人”，那“采菊东篱下”的名句，何等自然从容，简直是胸无点尘，但这就需要安静。倘若有人在东篱旁边大吵大嚷，大跳大闹，他恐怕只有从“悠然”转变为“愕然”了吧？设计展室的同志，要把这些艺术品点缀在远离市廛、不闻嚣音的栈桥之端，其用心是应该嘉许的。但可惜呵可惜！眼前横亘着一个“大”字，书法是看不下去了，我赶快走下楼去。

旋转式的楼梯，建造得很考究，铿亮的铜扶手，光滑的水磨石地面，四壁上折扇式的屏风，都显示着施工者的巧手和匠心。屏风上，各种字体的横幅、长轴、对联，错落有致，浓淡相间，细看上去，有华主席的重要题词，有中央文件的摘录，更多的是总理、叶帅、董老、陈老总磊落慷慨的诗章。大江歌罢，诗赋梅岭，浩然正气，永照汗青！把传统的艺术和现实的政治结合起来，使观者既得书法灵妙，又获思想教益，诚为两得。假如挑剔起来，也还不无小疵。在下是山东人，展出嘛，又在山东地面，这偏好是一定难免的。因此，琢磨起来，觉得似乎还缺少点地方色彩。如此展出，置诸雁塔，移往花城，西出阳关，北溯林海，何往而不相宜，又何必一定要摆在这栈桥？山东的诗家词人多矣，可是在这两层楼规模的展出中，于古少有易安、稼轩，在今不见剑三、克家，莫非他们统统过时，已无片言可取？这诘问未免无礼、唐突，但我想，如果适当选一点“绿肥红瘦”“挑灯看剑”之类，请书家一挥，张诸素壁，也许更能使雅趣横生！地方色彩，有时反有着普遍的意义。

走下回澜阁的石阶，栈桥上乘凉的人们依然有增无已，三三两两，浴着海风，或行或立。云罅筛出月光，人影若淡若浓，望去别有一番风致。手抚着松垂的铁链，波涛叩击着脚下的石级，使我又想起刚才的一番问答。进门处，有一幅四言四句的立轴，后两句忘了，前两句道是：“东风浩荡，海不扬波”。分开来读，那立意自然是很好的。而连起来想，却不免令人诧异：既然东风浩荡，何能海不扬波？岂不闻海上素来有“无风三尺浪”的谣谚吗？问一女服务员，她向我解释：“那是崂山的人写的。”看她那考究的衣着和时髦的发式，知道和她是说不明白的了，但心里却还是在嘀咕：莫非崂山的风特怪，一吹到海边就一齐向后转，专门在陆地上浩荡？且住，这些联想太刻薄了，应该掌嘴，我反而不禁自笑起来。

月色真好。后天，也许明天，我的归期到了。这些错杂的印象，也许将深镌心底，因为这都是继往开来伟大时代的投影。那么，再见了，凉风习习、游人如织的栈桥；再见了，白帆点点、鸥影翕忽的大海。

从湖南路到延吉路

——略叙我和青岛档案馆的翰墨缘

我是在1979年冬，第一次走进青岛档案馆的大门，去今恰好30年。略叙我和这座馆的交往，或许并不是毫无意义的。

只要经历过那个年代的人都会清清楚楚：那是我们民族刚刚从长达十年的噩梦中醒来，一切文化，都在复苏之中，而最先感受着时代的征兆发出觉醒的呐喊的，在我的记忆中，好像就是现代文学这一曲折多变的专业。中国社科院文学所率先发起编纂多卷本的“中国现代文学研究资料丛书”，好像就是摆脱多年来“以论代史”的新八股学风的开端之举。当时我有幸参与编纂叶圣陶、王统照、臧克家三位作家研究资料的任务，也就经常出没于北京、上海、南京、济南等地的图书馆和高校资料室。

各地图书馆的规矩不太相同，这是很自然的。例如北京图书馆（现在叫做国家图书馆）的藏书，是分散在北海、西皇城根和国子监三处，北海专藏图书，皇城根是报库，国子监才是期刊的大本营。1979年冬，我辗转来到青岛，发现青岛的独特处是解放前的报纸，全部作为“敌伪档案”存在市档案馆，不像其他城市存放在图书馆。既然是“敌伪档案”，管理就特别严格。必须持有省级以上介绍信，介绍信上还必须详细注明所查报纸的名称及具体的年、月、日，以及查阅的目的，查阅后派什么用途，是否公开发表等等，否则概不接待。

我那时供职于泰安师专，只有县处级的学校介绍信，省级的无法开出。我只好求助于我的老师、山东师院副校长田仲济先生。他说，正好他也希望查阅他三十年代在青岛编辑的三个报纸副刊，希望我顺带查找。田先生给他的朋友青岛市委宣传部一位姓丁（？）的领导写了介绍信，丁部长给换成市委宣传部的介绍信，我这才有幸走进坐落在湖南路的青岛市档案馆。

“敌伪档案”的管理确实严格，那里的几位穿着深蓝色棉工装的阿姨级管理员，个个都是绝对忠于职守的马列主义者：举凡介绍信上没有列明的报纸，一概不许涉猎；邻座借阅的部分，也不许交流、互阅；略有“越轨”，就会受到严厉的警告！这里馆藏的报纸，其实并不全。抗战胜利以前的年份，几乎全无收藏。偶有残篇，难窥全貌。田老在青岛创办的三个副刊，没有找到任何信息。但就是在这里，我却查到了王统照与四十年代青岛报纸文艺副刊的密切关联，找到了臧克家于1929年12月1日发表在青岛《民国日报》副刊《恒河》上的新诗处女作《默静在晚林中》。此前，臧老一直在回忆录中说1932年是他新诗发表的开端，现在我们有足够的证据把臧老从30年代作家“升格”为20年代作家了——对于史料研究者来说，这可是可遇难求的机缘！档案馆中午休息，我就信步走到海边。那里一家用“菱苦土”板盖的简易房，专卖砂锅米饭，五毛一份。白菜、豆腐、粉丝之外，偶尔还有几粒海米的残骸，在又饿又冷的时候，那真是“幸福像花儿开放”一样的境界了。

我再次走进青岛档案馆，已经是2003年春，已经从湖南路乔迁至延吉路新馆多年以后了。那年春，我退休了，同时接受了学校领导委托编撰青岛大学校史的任务。因为正值“非典”，许多工作都暂时停顿下来。我和几位退休的老教授，时时出没于空无一人的档案室，工作效率之高，是前所未有的。校史没有用上的若干档案材料，后来就演化成《青岛高等教育史（现代卷）》，改变了青岛高等教育从来无史的状况。

也就是在这前后，我认识了馆里的于新华、潘积仁、杨来青等领导，更和于佐臣、周兆利、孙保锋等结成了忘年的朋友。我到青岛近三十年间，陆续接触了不少政府机关，发现这里是青岛人情味最浓的地方，是我非常乐于共同承担写作任务乃至坦诚地交流对话的所在。这些年里，他们勤勤恳恳，兢兢业业，编纂了大量书刊，比如《青岛通鉴》《那城那事那人》《青岛城市历史读本》《青岛回归话沧桑》《胶澳志》等。这就系统地梳理了青岛的历史与文化的总“家底”，一面为决策者提供了物质的支撑和理念的抉择，一面也为研究者提供了历史的依据和现实的佐证，更为匡正“以论代史”、主观臆断的空疏学风，做出了颇有说服力的榜样。我敬佩这些朋友的精神，赞许他们的业绩，并且希望这种学风能够发扬光大。

李霁野先生赠书附记

我之对于以鲁迅、韦素园、曹靖华、李霁野、台静农等为主要成员的未名社，一直怀有一种莫名的敬意，那缘由，主要是被鲁迅《忆韦素园君》深深地感动。尤其是其中那些每次翻读甚至是无端想起时就心潮难平的警句：

我也还有记忆的，但是，零落得很。我自己觉得我的记忆好像被刀刮过了的鱼鳞，有些还留在身体上，有些是掉在水里了，将水一搅，有几片还会翻腾，闪烁，然而中间混着血丝，连我自己也怕得因此污了赏鉴家的眼目。

未名社的同人，实在并没有什么雄心和大志，但是，愿意切切实实的，点点滴滴的做下去的意志，却是大家一致的。而其中的骨干就是韦素园。

他太认真；虽然似乎沉静，然而他激烈。认真会是人的致命伤的么？至少，在那时以至现在，可以是的。一认真，便容易趋于激烈，发扬则送掉了自己的命。沉静着，又啮碎了自己的心。

壁上还有一幅陀思妥也夫斯基的大画像。对于这先生，我是尊敬，佩服的，但我又恨他残酷到了冷静的文章。他布置了精神上的苦刑，一个个拉了不幸的人来，拷问给我们看。现在他用沉郁的眼光，凝视着素园和他的卧榻，好像在告诉我：这也是可以收在作品里的不幸的人。

是的，但素园却并非天才，也非豪杰，当然更不是高楼的尖顶，或名园的美花，然而他是楼下的一块石材，园中的一撮泥土，在中国第一要他多。他不入于观赏者的眼中，只有建筑者和栽植者，决不会将他置之度外。

文人的遭殃，不在生前的被攻击和被冷落，一瞑之后，言行两亡，于是

无聊之徒，谬托知己，是非蜂起，既以自衒，又以卖钱，连死尸也成了他们的沽名获利之具，这倒是值得悲哀的。

从第一次读到这冷洌到灼人心扉的文字，我就一直在探求到底是在什么样的社会氛围中，什么样的文坛情谊与人生遭际，才能够酿就这样的情怀，长养这样的交谊，迸发这样的感悟？我找不到现成的答案。我的老师书新先生告诉我，只有通读未名社主要成员的作品，并且设法还原该社从成立到消泯的历史过程，才有可能洞悉底蕴，破解奥秘。

于是，我开始在阅读中特别注意搜集、编纂李何林、李霁野、台静农、曹靖华等人的著译系年目录，希图通过编纂，先找到他们到底有哪些作品，又是发表在何处，依次推导出他们之间以及由此而陆续展开的文坛图景。而最早比较成型的，就是李霁野和郭绍虞。那时我只能用复写纸每次写成3份，1979年秋寄给李霁野先生的就是复写稿（后来，在泰安师专教务处处长许宝笃支持下，这类文稿都可以由学校文印室代为打字、印刷了！我永远也不能忘记许处长那堪称慢条斯理的语调、神态，那从厚厚的近视镜片后隐隐飘过的一丝鼓励和奖许，以及连翻看一下手稿都认为无需就直接签字的信任）。也许是这种纯“手工业”的产品，感动了刚刚复出的李霁野先生，他很快复信，并补充了许多材料，大多是我看不到的翻译成果。随同复函寄来的，是刊载有李霁野先生文章的《鲁迅诗歌研究》（下），由中共安徽阜阳市委宣传部鲁迅作品学习小组、阜阳师范学院中文系合编，1979年6月出版，系“学习与研究鲁迅参考资料之一”，赵朴初题写书名。

该资料第一辑收录的是许广平、王瑶、楼适夷、孙席珍、钟敬文、戈宝权的文章，第二辑收录的是锡金、静闻、臧克家、李霁野、胡炳光、周振甫、陈颂声、内山嘉吉、实藤惠秀、赵瑞蕻、王汉元、屈正平、高田淳、赵朴初、牛维鼎、熊融、越善、丁景唐、王尔龄、徐重庆、漳河等的文章（下略）。还收到李霁野先生赐寄《我心中的鲁迅》（湖南人民出版社1979年10月版），《鲁迅先生与未名社·未名小集（1）》（湖南人民出版社1980年3月版）。该集1984年7月由北京人民文学出版社重印后，李霁野先生于1985年7月1日又签名相赠。1984年12月1日，还收到李霁野先生的签名本《陀思妥耶夫斯基作品集·被侮辱与损害的》，李霁野译，上海译文出版社1984年11月版。

这些赠书，我没有完全读完。陀氏的小说太压抑，我自己的心情本就不怎么爽朗，初读就倍感阴郁。想到大约还可能有一些和我一样想知道鲁迅和未名社的关联、缘由的朋友，就发愿编写一册关于未名社来龙去脉的小书，力求客观地还原历史发生现场。

1988年夏，我多次合作过的某著名出版社的几位领导，来到创建伊始的青岛大学，带来“学术研究指南丛书”的编纂方案，希望我们申报选题，作为对于新建的学校的支持。我思虑再三，终于提出编写《未名社研究概论》的选题，希望以客观的史料陈述为主，只在史料选择中显示自己的认知与态度的设想，当场由被现代文学界赞称为善于“买青苗”的编辑家拍板定局，而且大体约定了字数、体例和交稿时间。我于是放心地开手编写。大约一年半后也即书稿大体有了眉目的时候，我却被间接地通知该选题取消了。我猜得出其中的缘由，却不愿询问有关方面，不想知道被取消的具体内情，因为大概和未名社当初解体的某些原因或许近似。其实，中国的文场，和官场、商场，历来有着某些瓜葛，某些类似。但我和未名社研究的机缘，也就终止于此。只有鲁迅赞许韦素园的文字，还时时烙印着我的心，时时催生我对于鲁迅的敬仰。

我早就知道鲁迅被边缘化已成定局（其实又何止是鲁迅？），不少素来与鲁迅毫无瓜葛甚至从来没有认真读过鲁迅几篇作品的人，也乐得以奚落鲁迅为荣耀，以捏造谣诼诬陷鲁迅而自豪。但我依旧痴心难改，因为我系统地、多次地读过鲁迅的全部作品，包括书信和日记，甚至是集外佚文，对于鲁迅的生平事迹也长期有所考察。深信自己心目中的鲁迅，确是中国近百年文化史、文学史、思想史上的一座巍峨的高峰。其他高峰固有自己的风采，但谁也不能替代鲁迅，正如鲁迅也不必替代他人一样。这个世界已然多元化，诬陷鲁迅还是敬仰鲁迅，谁都有选择的自由。最重要一点在于，在诬陷之前，之后亦可，最好认真地读几篇鲁迅的作品（例如《忆韦素园君》，例如许多书信），平心静气地读，不怀邪念地读——至少是不要满怀邪念地读。

郭绍虞先生赠书附记

舍间藏有《郭绍虞文集之三:照隅室杂著》,上海古籍出版社1986年9月第一版。郭绍虞先生的夫人方行先生赐寄该著的由来,已经在一篇旧文中陈述,如下:

> 南京师大《文教资料简报》决定出郭绍虞先生的资料专辑,来信邀我写一点什么。这正好触发了早已跃动在心头的一段情愫,于是,我先后五次拜访郭绍老的情景,又浮动在眼前……
>
> 1977年,从窒息中苏醒过来的中国现代文学教学和研究工作,开始回黄转绿,萌发出一派蓬勃的生机。思想,在逐步解放,研究,也在向纵深发展。资料问题,也同时摆在大家面前:十年浩劫过后,不少大专院校的图书馆、资料室,几乎都荡然无存;许多熟悉情况的作家、艺术家、学者或则含恨故去,或则年事已高,叩问和拜访都将成为不可能之事;而越是批判“假大空”“瞒和骗”,人们也就越加痛切地感到把我们的教学和研究置于缜严、翔实的史料基础之上的必要性和迫切性。就是在这样一种深沉激越的时代呼声催动下,我蹒跚地迈出了搜集、整理现代作家史料的第一步。
>
> 这第一步当然是艰难的,无须多说了;我得到了许多前辈、专家、学者的支持。一直到1978年底,我完成了“文学研究会”和“未名社”的十几位作家的著译系年初稿,打印出来分寄给有关师友。我知道,这算不上科研,也换不来稿费,也还没有出现今天这样的“职称热”、“理事热”,我的目的很单纯,做这类平凡而琐屑的小事,为教学和科研做前导工作。承范伯群老师指点,1979年春节以后,我才知道郭绍虞先生在上海南京西路的居处,于

是连忙补寄一分，以求补正。

郭绍虞，是和茅盾、叶圣陶鼎力而为文学研究会的发起人之一，是文学前辈，人品学识，世所共仰。他年高事繁，也略有所闻。我奉寄的打印“系年”初稿，只是想让他知道此事。但5月份郭绍老却来信了，说打印件已收到，并且说：

……不胜感激。本当即刻动手进行补充，奈因时间有限，不能立刻搞好，深以为歉。现在已搞到五一年，大约再过两个月时间可能全部补充好，迟延还请原谅。专此敬请教安。

9月，郭老把他的补充稿连同两张近照挂号寄到了。信中说，

……我写得太随便了，……请矫正一下以便统一。我写的恐还有遗漏之处，以后如查出当补写。拖延时间太长，还请原谅。……

我不想描述自己捧读此信的心情。这年的岁尾腊尽，我便将郭绍老补充的、自己陆续搜集的两部分内容，并为《郭绍虞著译书目》《郭绍虞著译系年》两种材料，誊清后再请郭绍老过目。我惴惴不安地在信中写道：“不久将出差上海，拟造访致谢，未知何时方便？”过了不到十天，就得到了热情的邀约。

我坐在郭绍老居室里的沙发上。看着四壁琳琅的字画，隐约还看到内室里有“充栋”的藏书。我有些局促，有些慌乱，一时不知说什么才好。郭夫人张方行先生似乎看出来了，连忙告诉郭先生：“这位刘老师，就是从山东来的，你说过一定要见见的……”。郭先生才想起来，连忙点头，拉我到身边的沙发上坐，问正在搞什么研究。郭绍老的手，很软、很大、很热。他的面颊，是光亮的、润滋的，已经有好几块老人斑。他的头发稀疏，纯白中有点发黄。他的话，我听不大懂。我的话，他更听得吃力。但当我说到现在是在编写一些现代作家的著译系年，下面则试图编写几种综合的作家研究资料，包括作家自己的回忆和序、跋，包括他人回忆生平及评介作品的文章，包括著译系年、研究资料目录索引及传略等等，自己手头材料比较充分的，是叶圣陶、王统照、郑振铎三位时，郭老他似乎完全听懂了我的话。他的眼睛，一下子发出那么明亮的光，翕动的口中反复念叨着几个名字：“噢，叶圣陶，叶绍钧，王统照，王剑三，郑振铎，西谛……”他那神情似乎进入了以往的

峥嵘岁月，回忆起志同道合的文朋诗友。沉默了好大一会儿，他看着我，又慢又重地说："好，好的，这样做，很好的！他们三位，在文学上贡献大，应该让人们知道这些名字，懂得他们的事业！你应该做下去，做下去……"。我告辞出来，看着南京西路上的车水马龙，此后的工作程序，好像已然安排就绪了。这是我第一次拜访郭绍老。

大约半年之后，和冯光廉老师合编的《叶圣陶研究资料》初见规模了。征得校、处、系三级领导的同意，拟先在本校排印，以供同好们参考。我一面高高兴兴写信告诉叶老，还请叶至善同志详细解答了关于叶老生平的若干问题，以订正我们写的叶老传略中的一些史实的讹误，同时驰函上海，告慰郭老，并且希望他能给这本他所瞩望的资料集写点什么，纵不能撰写序文，即使题写一条书签，也是好的。要知道，郭老不仅是叶老六十年来倾心相知的挚友，而且是中华书法界名震遐迩的巨擘，无论哪位得知这本资料的同志，都会赞同这一设想的罢。果然很快便收到挂号寄来的书名题签，宣纸两帧，水墨淋漓！方行先生附信说："绍虞近来有病，手抖得厉害，序文实在不能写，请原谅。题签则写了两幅，请选用。因为手抖，写得不好，不知是否合用？……"

的确，从若断若续的笔势中，既看出出手不凡的大家风范，又见出腕不应心的趋势。这风范和趋势的交应，辉耀着笃于旧谊的品格和奖掖后进的挚诚，不但那时，便是今日，一想起来就使我心潮难平！

第二次走进郭老之家，自己觉得熟悉得多了。但这回不巧，这里正在招待客人，好像既有学成归来汇报成绩的晚辈，又有名扬海外的早年的学生。但郭老和夫人还是拉住手，说："坐，坐，多坐一会儿，没关系。"接着就拿出刚拍成的一大叠彩色照片指给我看：哪是外孙，哪是在国外的学生——其实早是很有名气的学者了。我坐了不到十分钟，便告辞出来，并且谢谢郭老的支持和鼓励，说书稿已送厂付排，大约几个月便可以印成寄呈教正了。我没有多坐，因郭老的气色，不那么好。

回得校来，却碰上一个不大不小的风波。我参与编写的一本书，就要出版。一位领导，托人来说，希望署上他的名字。这是本关于鲁迅的书，而他自始至终又没有写一个字，为他署名，用说情的同志的语言来说，我们确乎

"损失不大"，但对一向敬慕的鲁迅的品格，是不是有点近于亵渎？踌躇再三，终于谢绝了，但我们也没有署名，印在书面上的，是一个假名。紧接着，我就接到通知：资料集不能印了。至于为什么，总不愁找不出理由来的。语曰：如鱼饮水，冷暖自知。我很清楚此中的草蛇灰线、去脉来龙。但是，但是我只好把已经划版的三十几万字的稿子连同郭老的题签抱回宿舍，尽管倘使印行，那是对谁都不会有什么妨害的。我没敢写信告诉二老，不值得惊动他们；却只想尽快离开这个我已经工作了近二十年的学校……我知道，中国的土地有九千六百万平方公里！

后来，我两次路经上海，两度站在郭老的居室门前，看着那厚花的玻璃、黄铜的把手、暗黑的木门，却没有揿响门铃的勇气：倘若郭老问起来，我可怎么回答呢？

今年八月，我终于轻松地走进这门里来了。走在路上，我就想告诉郭老和夫人：您所瞩望的《叶圣陶研究资料》《王统照研究资料》，已经吸收了更多的研究成果，按照统一的体例格式编入中国社科院现代文学研究室主编的《中国现代文学史资料丛书》（乙种），经编委会审阅，现在已经交出版社了。您题写的书名，虽然不能印在书前，但您的关怀和支持，却不只渗透在这两本书的字里行间！进得门来，便急切地盼望郭老的身影，想望着那眼，握着那手。出来的，是方行先生，仍然是拉着手坐下。她说："绍虞病了，不能出来。"这一回病发得很凶，身体又弱，倘非及时地发现和治疗，将不堪设想。现在她正忙于编辑郭老的文集，已经有部分书稿交出版社了。因为生病，只好把已经持续了七八十年的读书、写作的习惯停止下来。郭老很不适应，有时很焦急，是的，这对他，比生病更难于忍受。许多想做的工作，也一直拖下来，人很苦的……果然，不久就听到郭老的呼唤。于是，我请方行先生转达问候和谢意，并且说愿早日康复！

深夜灯下，我伏案执笔。我多么想再握住那只又大、又热、又软的手啊！我眼前又闪亮起那一双深邃的眼睛！是的，我要努力工作，答谢郭老对我的关怀。

一九八三年九月

该文发布在南京师范学院图书馆、中文系资料室编《文教资料简报》(内部刊物)1984年第5期，总第149期，1984年5月出版。为了存真，一字未易，无论那文章是如何肤浅，如何稚拙。

大体了解上世纪八十年代初期文教界情况的朋友，一般都知道《文教资料简报》这份“内部刊物”的价值与份量，知道其编审的质量与水平，知道其约稿用稿的门槛和尺度。其刊载的文章，大都言之有物，于史有征，不是什么“我的朋友胡适之”之类沽名钓誉的文字所可随便滥竽其中的。一个供职于一所名不见经传的专科学校的青年人的文章，能够排在《复旦学报》记者的《学海扬帆七十春——郭绍虞教授和中国文学批评史、汉语语法研究》(原载《复旦学报》社会科学版1983年第3期)这样的堪称高大上的文章之后，一直是在内心深感荣幸的。

虽然又是三十多年匆匆走过，我也从青涩莽撞但勇气可嘉的“贫下中教”，颓变为满头霜雪、蜷缩斗室的“退休教授”，但当年的时代氛围和郭绍虞及其夫人张方行先生等前辈学者、作家的深情厚谊，依然令我唏嘘不已，心潮难平!

2016年春补记

林非先生赠书附记

我是1978年在“文革”后全国第一次鲁迅研究学术研讨会（黄山）上有幸得识林非、范伯群等学者的。听说那次我被安排成为数不多的大会发言，也有赖于林非先生对发言稿的赏识——不知道是否准确，我不想更无法求证。1979年，党中央决定为蒙冤多年的冯雪峰同志平反，我闻讯高兴之余，匆匆草成《鲁迅日记中的冯雪峰》寄给林非先生，他当即推荐给创刊伊始的《中国现代文学研究丛刊》，就发表在该刊1980年第2期。从此，与林非先生书来信往的事情就多一些了。林非先生的新书出版，有时也赐寄我一本。舍间收藏的林非先生赠书，共有四本:《鲁迅前期思想发展史略》（上海文艺出版社1978年11月版）《鲁迅小说论稿》（天津人民出版社1979年10月版）《论〈故事新编〉的思想艺术及历史意义》（天津人民出版社1984年4月版）《读书心态录》（中国言实出版社2002年9月版）。

但真正与林非先生近距离接触，却只有两次。

大约在1980年暑假，为了编纂叶圣陶、王统照、臧克家三位作家的研究资料，冯光廉先生再次带我去北京，一是去图书馆续查报刊资料，二是访问知情人和向有关专家求教。那时还没有事先电话预约的习惯，因为没有那种条件。当我们来到干面胡同林非家中时，这里已经是高朋满座，幸好大都是冯先生的熟人。记得主要的客人是河南大学的赵明、刘增杰、王文金等先生，都是冯先生的老师或校友。只有北京师院的鲍霁先生是初识。林非先生的夫人赵凤翔（笔名肖凤，研究现代女性作家的专家）亲自下厨，满桌子堆满了饭菜。可惜我们已经吃过饭，没有运气品尝女学者的厨艺。林非先生非常热情地招呼大家吃饭，边吃边聊，兴致极高。

但话说得最多的却是鲍霁先生，满口标准的京腔，文坛典故与时下传闻，如数家珍，流利畅达，批评时弊与揭发文人痼疾，尖锐深刻，不乏幽默，与林非先生宽容温厚的笑容，好有一比。我一句话也插不上，但免费听了一大堂课，收获真的不少。尤其是从此认识了河南大学以刘增杰先生为代表的许多踏踏实实、认认真真的学者，为自己找到了学习效法的榜样，是永远也忘不掉的幸事。

2001年6月，由中宣部和国家新闻出版总局主持，鲁迅全集编辑委员会与北京人民文学出版社承办的鲁迅全集修订座谈会，在北京西山中宣部干部培训中心召开。到会约五十余人，会议结束时选定了十四人具体担任2005年版《鲁迅全集》各卷的修订人，我被安排修订第四卷。

接到任务后，我立马推辞了一切可以推辞的工作，几乎是全身心地投入了修订事业。也许是这一卷问题相对较少，修订难度较小，2002年底就交卷了。2003年4月，接到人民文学出版社前往北京定稿的通知，才知道我修订的第四卷和由天津师大王国绶先生修订的第三卷是一组，一起定稿，而定稿组负责人就是林非先生。

在我的印象中，人民文学出版社真的是节俭办社的模范。在像我这种觉悟不高的俗人看来，少觉有点“抠门”。他们自己的办公条件极差，诸位在国内外都大名鼎鼎的编辑先生，使用的都是看不出原来颜色的桌椅。通往办公室的走廊两侧，好像都堆满着各种各样的书报杂志，或齐胸，或等腰，走来走去时，颇似当下不少城区街道被各种汽车塞满的感觉。请作者来社修订稿件寄宿的客房，也简陋得实在可以。那被褥，好像从来就没有拆洗过。只要你不动，被窝筒可以一直坚持着筒状，数日都不塌架，不变形。第一天中午的午餐，算是“开工饭”。除去林非先生和我们定稿组里外地的三人（王国绶、河北大学刘玉凯以及鄙人），陪同的只有副社级以上领导两人，没有酒，好像点了六个菜——平均每人一个。经办其事的办事人员，点好菜就客客气气告辞了，说自己还有事情，请各位慢用云云。其他编辑，都在各自办公室“工作餐”。我们三个外地人，为了节约开支，只开了两间住房。我因为最老，单独住一间，王、刘两位合住一间。为了节约时间，就在住宿的宾馆就餐，规定每人每天伙食费好像是五十元，多出部分就自费补足。虽然北京早就米珠薪桂了，五十元还是可以吃饱的。我们三个大老爷们，都已经退休或马上退休，吃不了多少东西，但不舍得亏待自己，菜好菜孬莫论，晚间每人一瓶12元的啤酒总是必须的。因为定稿必须精神高度集中，一天下来，实在太劳累太辛苦。总算下来，超支不多，我们AA制都解决了，没有麻烦社方。

林非先生住得远，中午不能回家，社方就安排与我同住一间房子午休。我是又高兴，又担心。高兴不必说，担心的是我的毛病多，睡觉不安稳，害怕影响林非先生休息。中午连吃饭一共两个小时，饭后也就是打个小盹，并不敢真的熟睡。我合上眼又睁开眼，看看对床的林非先生，他好像也翻来覆去睡不着，我们就索性起来，腿对着腿，坐在床沿聊天。房间很窄，真的是抵膝而谈。他说虽然年纪大了，但很注意养生，身体还可以。养生有两个诀窍，一是尽量不在家中炒菜，油烟害人太厉害，尤其是在厨房操作的女同志。不想做饭，就出去转转，哪里合适、干净，坐下便吃，连碗筷都不用洗。如果必须做饭，宁可蒸菜也不要炒，微波炉倒是可以相信的。二是出门就搭的士，绝对不去挤公交车。因为即使一分钱不花，豪宅？今生今世反正是买不起的喽，对不啦？挤公交车万一摔倒骨折，自己受罪事小，家人和朋友们跟着一起折腾，多么恐怖？你知道在北京看病有多难吗？……快到“上班”时间了，我冒昧问了一句：“学会，现在什么情况？”“学会”，即中国鲁迅研究会，林非先生曾担任该会会长多年，我也曾忝列为理事。林非先生愣了一会，双眼圆睁：学会？然后双手附耳，垂头长叹：死——了！

那时，我正和北京鲁迅博物馆馆长孙郁先生等联手编印《鲁迅研究年鉴》，从2002年出起。每出一本，我都寄给林非先生。年鉴出到2007年，“资金链”断裂，无奈停刊。后又勉强出版一期，到2010年，也终于无疾而终了。如果林非先生问起《年鉴》来，我可怎么回答呢？

李何林先生赠书附记

我第一次知道李何林这个名字，应该是1960年春夏，当时我正在山东师范学院中文系读一年级。当时不知道为什么，我们正在开设的文学概论课大幅度调整了进度，原先讲授的内容完全停止，改由任课老师指导我们批判巴人的《文学论稿》、钱谷融的《论文学是人学》以及李何林的《十年来文学理论和批评上的一个小问题》。老师说这是文学界人性论的代表，是与马克思主义的阶级论唱对台戏的反动观点。我，当然还有不少同学，都觉得这批判非常重要，必须积极响应。据说有的学兄从鲁迅的《一件小事》和《故乡》中找到了“阶级调和论”的例证：坐人力车穿皮袍的人怎么会对拉车的穷人产生敬意？地主家的少爷怎么会与长工的儿子发生真挚的友谊？鲁迅是不是率先在现代文学界宣扬“人性论”的带头人？……当有人带着类似的问题向老师发问时，老师一言不发，扭头便走。我辈一年级还没有读完的懵懂学子，当然更难免越批越糊涂。再加上学校委派一位部长到中文系“蹲点”，落实每个学生必须“七个月定量八个月吃，节省一个月口粮支援灾区”的政治任务，致使大家饥肠辘辘地批判“人性论”，也就注定了批判难免“泡汤”的命运。大概也是因此，从那时起，我一直没有打好以阶级论批判人性论的理论基础，对于人性论一直缺乏应有的警惕性和批判能力，却意外地记住了这三个被当作批判的靶子的名字。

后来可能还多次见过李先生，例如1982年暑假在烟台举办的现代文学教学与研究的讲习班。但多是先生在主席台上端坐，我辈在台下敬听，没有近距离接触的机会，印象不深，就比较自然。

第一次当面见到真的是久仰的李先生，是1983年春夏之交，先师薛绥之先生从聊城师院来信呼唤，命我随同进京，为的是编撰《鲁迅大辞典》的有关事宜。在首都，薛师的行程安排得满而又满，晚间也没有任何空闲，更不曾有任何游山玩水之想。那次最主要的任务之一，是拜访他的老师，刚刚从北京鲁迅博物馆馆长职务上自己要求退下来的李何林先生，求教关于辞典编纂体例、热点词条、人员组成、编写经费等大事。按照李先生的习惯，有关问题，薛师事前早已书面请示；当面商谈，为的是一些非常琐碎但又不可忽略的“细枝末节”。那天上午，我们拐弯抹角到达史家胡同，已经十点左右。我的薛师，已经是名满齐鲁乃至在全国鲁迅研究界也颇为称道的学者，但在敲开李先生的大门前，居然特地问我他的纽扣是否系得对头——薛师的衣扣，往往是上下错位，或者并未扣好，虚掩而已——认真得有点莫名其妙，我觉得似乎有点反常。进得大门，只见李先生正站在台阶上，一身干干净净的毛氏制服，深蓝的，里面的衬衣，雪白的，脚上的园口布鞋，深黑的，鞋沿上露出的袜子，又是雪白的——全身上下，无处不是干净而又得体，庄重而不板滞。李先生也许正在工作一段后稍事休息，所以我见到的第一印象，是他在仔细地掸去肘间、袖头的浮尘，那么专注，那么气定神闲。薛师一进门口，就怯生生地喊“李先生”，同时恭恭敬敬地站在台阶下面，低眉顺眼，双手垂立，简直像一个打碎了教室玻璃的一年级小学生！我从未见过我的老师如此神态，好奇极了。只见李先生未下台阶，就扬起手来指着薛师开口：“薛绥之！你寄来的两封信，我早收到了。里面提的问题，我都详细做了回答，挂号寄到聊城去了。”说着，话头一转，批评开始：“我说过多少次了，你写字还是马马虎虎，那么潦草！做老师的人，这样写字，怎么给学生做榜样？字写得好坏莫论，但总得一笔一画，工工整整，写得让人家容易辨认嘛……”话音未落，李先生开始注意到薛师身边还有一个并不熟悉的年轻人，连忙招呼进屋、进屋，坐下、坐下，喝水、喝水——白开水，不是茶，吃点水果吧——好几样，极丰盛，待我比对我的老师热情和蔼多了！李先生和薛师谈起编撰的一些具体细节，讨论得深入，研究得仔细，但我的思路却早就溢出了主题，漫无目的地在李先生身上寻找为人师的标准，以及自己可以学但又难以学的种种气质，种种素养，种种品格！李先生没有留我们吃饭，谈完问题，就送我们出门。走出大门，薛师长出一口气，大有如释重负的模样。

我见他拽起衣袖，拿下眼镜，擦着不断从白白胖胖的面颊上流下的硕大的滴滴汗水。薛师大概从来不用手绢之类“奢侈品”，擦汗，就随手撩起衣袖或衣襟，就近解决问题——方便。我问薛师，你的老师，常常这样不留情面地批评你吗？薛师笑笑说：“随时随地！因为写字潦草，随时随地呵！”

这年暑假，薛师又带我到厦门大学参加《鲁迅大辞典》的编纂会议，天天见到李先生，见他仔细认真地听别人发言，仔细认真地记录，仔细认真地解释一众撰稿人的疑点和问题。言谈话语，不疾不徐，坐姿端端正正，衣装干干净净——我辈后学，除了赞叹以外，实在没有任何别的选择。就这样，我正式介入了《鲁迅大辞典》的编纂工作，也就顺理成章地圆了一个久久蓄养在心底的梦：做一次李先生的门下！于是，也就有了得到李先生赠书的机会，一种令当时年轻的读书人尤其是和鲁迅研究“沾边”者异常兴奋的缘分。

1988年夏，时任青岛大学中文系主任的冯光廉先生赴京联系工作，携带我同往。冯先生告诉我：李先生病得很重，该去看望！于是我们辗转找到了离北京市区很远的301医院，几经通报，才被允许探视。李先生已经不能说话了，平躺在病床异常洁白的床单上，面部手部的肤色，几乎和床单完全一样，唯有几根青青的血管，凸显在手背，格外刺目。冯先生俯下身子告诉李先生，说我是冯光廉，和刘增人来看你了，希望你保重、康复！李先生嘴唇翕动着，没有声音，大概想点头或摇头，却不能够，只费力地抬起手，先拉拉冯师，再拉拉我，眼眶里浮动着晶莹的泪珠，没有溢出，只见清澈如水，一如先生的为人与治学！

如果这个世界或那个世界，真有清澈如水的地方，我想，那一定是李先生这样干干净净的人杰学魂定居之处吧！

于敏同志赠书附记

1999年6月18日下午5点左右，忽然接到门卫室的电话，说有来自北京的客人找我，希望我赶快前去迎接。我急匆匆赶往青岛大学西院大门，只见一位满头白发的老者，由一位中年模样的女士搀扶，焦急地张望、等待。一见我，老远就招手，刚见面，就热情地自我介绍：说他是我的大表哥于敏，我母亲是他的三姑，身边照顾他远行的是小女儿于小燕，在北京从事黄金贸易事业云云。我赶忙让到家中，坐下略谈，就招呼客人到就近的餐厅用饭。

吃饭时，他感慨万千地说，当年如果没有我母亲的帮助，他很难想象能够顺利地经济南到西安，然后辗转去了延安，也就不可能成了今天的于敏。如果不能出走参加革命，而是跟着父母回到潍坊，最多也不过是个长命的小市民而已！他说三姑是他今生遇到的第一个引路人！三姑的毛笔字，是他见过的女士所写的最好的字，真想再次见到。他这次来青岛，一是有老朋友邀约，也算是公事；二是从网上看到我的情况，难忘母亲的旧恩，希望来看看我，也算是“还愿”。

说得动容动情，亲切温暖之至！我也大体叙说了母亲晚年的情况，找出母亲给外公抄写的几本文稿，送他一册。母亲留下的老照片里，他选了两张，说北京摄影界有水平极高的朋友，请他们放大、还原再给我寄来云云。临行送我他的三部著作，一一签署“刘增人同志教正，于敏，1999·6·18”。因此我记住了他造访的准确时间。原先想把本文的标题写作“于敏先生赠书附记”，也就遵照大表哥的思路改为今题。

这位大表哥的猝然造访，让我一下子想起许多往事：在我外祖父的老家里，住着同宗的好些亲戚。大表哥的父母亲，我叫五舅、五妗子。他的两个妹妹，四姐是小学教师，五姐是电影演员，因为生得漂亮，人称“胡蝶”，新中国成立以前跟随丈夫去了台湾。大表哥原名于民，后来参加革命，才改为于敏。早年他们一家都在烟台谋生，五舅是罐头厂的经理，家境还算富裕，大表哥才能毕业于烟台英语专科学校。但在1931年前后，罐头厂经营不善，五舅失业了，只好回到潍县老家做小买卖糊口。大表哥不想去散发着古旧陈腐气息的潍县，就常常到青岛找我母亲寻求帮助。母亲那时工作在青岛，先后任江苏路小学、铁路小学教师，手头比较宽裕，就不断接济大表哥。大约在1936年，大表哥说上海有一班朋友，正在热心从事电影编导，他很希望前往共事。母亲尽其所能，给他凑足了盘缠。他在上海结识了王滨、田方一班左翼电影界的朋友，奠定了以后成为新中国第一代电影家的基础。抗战爆发前，大表哥匆匆忙忙来到青岛，说自己要到充满希望的西北去发展，上海、青岛的空气太污浊了……母亲知道自己家族中最有出息的侄子的远大志向，毫不犹豫地赠钱赠衣，还给济南、北京的同学写了介绍信，送大表哥踏上了胶济铁路的起点。临别相约互通信息，常回老家探望。但大表哥一去几十年，信息杳然，无从联系。

潍坊解放时，我家在安乐街借助的房子，被国民党兵用汽油“救火”烧得干干净净，只抢出一双筷子、一床被子。万般无奈，只好到外祖父老宅的后院暂住。五舅、五妗子住北屋东头，三表哥于觐光一家住西头，我们和舅舅一家住南屋。五舅那时自己制作牛肉干出售，只要天气好，就常常在房檐下台阶上晾晒牛肉干。落日时分，一定手持精致的棕毛笤帚仔细地扫起木板上的肉干及其粉末。我们一群破衣烂衫的小屁孩，常常眼睛里冒火地围观。五舅使个眼色，大家伙就垂手肃立，闭眼张口，等待五舅把肉干粉末中的粉末撮一点点，抹进不知道哪个幸运儿口中。这时就每每听到五妗子尖厉的呵斥，五舅吐吐舌头，做个鬼脸，我们于是嗷一声作鸟兽散。

1959年，我考进山东师院读中文系。临行前，母亲交给我两封亲笔信，一是给山东师院副院长王大彤的，一是给五舅的，说这都是至亲，应该去拜见。我拐弯抹角找到四姐住的经四路小纬六路的家，已经快中午了。四姐不在家，高高瘦瘦的五舅不认识我了，一见母亲的信，还是满面高兴。知道我来济南上大学，竟然激动得像小孩子一样！从里到外满身透露着精明强干的五妗子好像没有什么改变，熟练地盘起腿坐在我对面的太师椅上，脑后的发髻、一对小脚，都还是那么精致。五妗子叹着气说：真不容易啊！五舅早没有工作了，家里只靠四姐一个小学教员的薪水，日子不好过啊！说着眼睛就红红的……我连忙声明，我学校还有事，不在这里吃饭，只是想看看五舅和五妗子。听说大表哥是大电影家、大文学家，我刚开始读中文系，希望得到指导帮助。还没等五舅开口，五妗子立马接茬说你大表哥一直在机密部门工作，上面不准许和人随随便便通信。五舅又吐吐舌头，做个鬼脸，我马上知趣地起身告辞，再也没有干扰过五妗子的安宁。

最近整理旧书，找出大表哥这些赠书，偶或翻读，知道他还是非常念旧的。在《游子的眷恋》[1]中他深情地写道：

> 当年我的伯父和姑母都在青岛定居。我的学生时代，暑假和寒假常常在青岛度过。那繁花似锦的樱花，那百日不败的紫薇，在万顷碧浪里的沉浮，月摇金波中的泛舟，在汇泉湾石上的垂钓，那在大雪崩腾中的朔风怒号，那胜似钱塘潮的在岩石上卷起数丈银花的狂涛，都时时浮现在我的脑际，与我少年时代的梦幻融为一体……

前几年看纪念延安鲁艺的纪录片，才知道大表哥1914年生，曾任《新中华报》记者、鲁艺戏剧系教员、山东大学讲师。1947年从影，是新中国第一部故事片《桥》的编剧。1979年任中国影协书记处书记、《电影艺术》主编。是电影金鸡奖的发起人之一，担任过该奖项的13届评委，曾获中国电影终身成就奖。2014年10月13日驾鹤西去，是中国文艺界的百龄长者。古人每每称道的生荣死哀，其惟吾兄乎！

于敏赠书共三种：《于敏散文集》，中国和平出版社1994年1月版；《风雨入华年》，北京十月文艺出版社1994年9月版；《千里从军行》，中国少年儿童出版社1979年7月版。

[1] 见《于敏散文集》，中国和平出版社1994年1月出版。

邂逅马蹄疾

1983年暑假，薛绥之先生用他那特有的“电报体”信函发来通知，要我去济南与几位同窗会齐后，南下赴厦门大学招待所报道，参加《鲁迅大辞典》撰写会议。到得会上，才比较具体地知道会议的内容和参会的人员。

原来，此前前年，他的老师李何林和王士菁先生共同发起，编撰一部严谨、科学、实用的《鲁迅大辞典》，而且，他们在北京已经探索两年有余，成竹在胸，这才召集各分册编撰人员讨论体例，具体分工。山东片由薛先生牵头，具体任务是事件分册。薛先生召集了他的几个老学生，我是其中之一。会议的主干，自然是李先生执掌的北京鲁迅博物馆的一批精英，潘德延、王得后、陈漱渝、李允经这“鲁博”的“四大金刚”悉数到会，还有玉树临风的姚锡佩等女将，也充分显示着“鲁博”的学术实力。

会上，有一位身材扁而且薄的南方口音的学者，引起了我的注意。薛先生告诉我：他叫马蹄疾，原来姓陈，当过“小炉匠”，在工厂做过工，没有什么学历，完全靠自学考进中国社科院文学所。后来终于被“刷”下来了，于是漂流到东北，干过记者、副研究员。人是瘦了点，但关于鲁迅的史料工作，却很扎实严谨。我于是特别注意观察这位虽然自称“马蹄疾”，但却丝毫不见任何“春风得意”迹象的传奇学者。

会议就要结束了，东道主厦门大学在闻名遐迩的南普陀寺请大家品尝更加闻名遐迩的“素斋”，我和一些不大有出息的人都很兴奋，想象着那即将享用的“素斋”，中午饭吃得就不多。下午四点多，一行学者文人，齐刷刷来到南普陀寺，先瞻仰寺观，随即就被引进斋堂就座。直到大家都等得焦躁不安时，小和尚们才每桌送上一本极其精致典雅的菜谱，说菜名都是郭沫若给起的。好像也确是郭老的韵味。我只记得两味：月满西楼，平沙落雁。前者是多半盘豆腐羹，右边半株烫熟的油菜，油菜叶上，放半个煮熟的鸡蛋。后者是多半盘鸡蛋羹，羹上沿摆了一行切碎的黑木耳。但也许是等得太长太久，也许是郭老的名字起得太唯美，第一盘还没有转到我面前，已经盘底朝天，干干净净。而率先发起攻势的就有马蹄疾。前几味菜肴，大都是一轮扫光。渐渐地诸位的战斗力减弱，有时就剩菜在盘。等到第十几味，已经没有人扫一眼，好多美味，遂弃之如敝屣矣！我以为首先这寺里的规矩就可气，他不是把各色菜肴统统摆上以供选择，而是一盘吃完才上第二盘，就显得我们这些文人学士没有见过世面。再就是马蹄疾们也太不够朋友，菜肴一上，也不打个招呼，动手便抄，筷子又是那么得心应手，我们岂不眼红心动？那时只图快吃，竟然未及仔细品尝名寺名菜的韵味，可惜啊可惜！

我和马蹄疾再次不期而遇，已经是1990年秋冬。我奉命到人民文学出版社修改我和冯光廉先生合作主编的《中国新文学发展史》，大约四个月，就住在该社二楼的客房。按说这是国家级的“大社”，至少应该有个稍微像样的招待所，可惜——没有。来社改稿的作者，好像都在这所谓客房“打尖”。这是间北屋，对角线按两张床，房中间四张黄色三抽桌并在一起，桌上高高地堆满做着各种记号的卡片，还有四张黄色木头椅子在做伴。客房东边，是刚刚分配到现代文学编辑室的王海波女士一家。西边，是家虽在北京，但因为路途遥远只能在社里单身居住的张小鼎先生。刚住下，就分外惊喜地发现同屋的不是别人，正是久违了的马蹄疾！我才知道此前国内有两组人马都在编撰这完全相同的一部书。几经协调，两家并为一家，由人民文学出版社总其成。而社里人手短缺，于是他就高高兴兴被借调来京。

我和马蹄疾分别住在客房的两个角落，各人有自己的事情，自己的生活方式，各不干扰。

我起床较早，先到社门前马路溜达半圈，就找家早餐店对付肚子。一般是豆浆加油饼。北京人不兴吃油条，咱只好入京随京了。中午社里有只供应本社职工的内部工作餐，我请小鼎兄代买了饭票，厚着脸皮去蹭饭。晚上就没准了，什么时候有空就什么时候解决，大多数是阳春面或素包子，外加一个茶鸡蛋。马兄的生活方式是我见过的最刻板的一种。一般在9点前起床。爬出被窝（人文社客房的被子，是我见过的最古怪也最有骨气的被子。被里是似灰似蓝，被表是似蓝似灰，好像从诞生至今，从来没有拆洗过。马兄钻出来时什么形状，只要你不动，一天都直挺挺不会变样。到晚上，正好再钻进去，重温昨天的故事），第一件事，是把昨天已经装好的电饭锅的插头塞进电源。锅里一般是大米、猪肉、白菜、盐和水。然后拿起唯一的杯子，牙刷牙膏毛巾都一直躺在脸盆里，到走廊尽头的卫生间解决人类共同的问题。他完成任务回来，锅里的内容恰好到点。于是拔下插头，从抽屉掏出一包榨菜，把锅里的饭菜合一物，一分为四：早上四分之一，中午两个四分之一，晚饭解决剩余的四分之一。吃完，一杯白开水——天天如此，从未改样。吃完立马把小锅往桌底一塞，拉过稿纸就写。我看得久了，免不了好奇，就试探着问：你长年如此，身体受得了吗？他头也不抬说：营养够了。我当学徒时，哪有这么多好东西吃？！

我改书稿，是完全遵照责任编辑的意见，有的润色，有的调整，有的推倒重来。引文不规范，就必须到社里的资料室寻找权威版本，重新核实校正，因此跑资料室的机会多。我不论出去还是回来，马兄都是一个姿势——低头写作。没有思考的过程，没有推敲的余闲。我问他你这里没有任何参考书，也不跑图书馆，靠什么写作？他指指脑袋说：早就储存好了，像自来水管一样，拧开便来。我除去叹气佩服外，一句话也接不上。给养断了，他匆匆忙忙上街补充，顺便寄出一宗稿子，或者到邮局取一笔稿费，从不空手来回——标准的计划经济模式。小鼎兄告诉我，马兄家计艰难，工资全部留给沈阳的老伴，他自己在这里完全靠稿费度日，每过一段时间，夫人还来取走剩余的稿费云。我在那里几近四个月，没有见过马夫人一次。但我回青岛两次，听说马夫人来过我们的客房。毕竟外面的旅馆费还是太贵一些。

从那以后，我们就天各一方，音信断绝。后来听说他刚刚六十岁，就遽尔长逝，一肚子宝贵的现代文学史料、典故，一肚子千金难买的扎实学问，也一并长逝如流水，东去难寻觅！我和马蹄疾只有这两度萍水相逢，素无深交，但我一直忘不了他伏案疾书的样子，忘不了他瘦削的肩头，细长的手指。他没有炫目的学历与职称，没有批发或零售来的理论或词语，但扎实、刻苦、认真，坚守。敢于和生活叫板，更乐于和自己叫板。倘若天假以年，其成就绝对可以令世人刮目相看。

这样的学者，现在很容易被忘记。但也未必永远被忘记。

泰山水系话旧

古老的泰山，素来以巍峨与庄严著称。歌颂泰山的诗文，车载斗量、汗牛充栋，均不足以言其丰茂多样。但其实，成就了泰山独异的风貌的，水，才堪称厥功至伟。人们盛赞泰安有三美，曰白菜、豆腐、水。其实，前二者之美，亦因后者——水才是美中之最者。笔者栖居古城24载，约略得知其水系的来龙去脉，试申说如下，愿得方家教正。

早先的时候，泰安有三大水系，世称东溪、中溪、西溪。我仅知后两条——它们流经泰安县城，是这座古老的山城的生命线。

先说中溪：从中天门往下，山涧之中，青石之上，便时见溪流潺湲，若隐若现。有时汇为清澈的一潭，蓝天白云一齐揽入明镜，有时激为飞溅的一线，五光十色映出云影天光。林茂处只闻水声叮咚，开阔时才见清流款款。到得斗母宫，你若是在听泉山房小憩，又并不忙着跑官或者发财，必定能够听出房外的三叠山泉一声比一声的清越，那可是听取天籁、荡涤心胸的绝好去处。倘不是被物欲熏蒸在劫难逃的人物，谁不乐于在清风明月、山光水色中领略这可遇难求的韵味?

这水一路斗折蛇行，到得王母池中，便化为仙家之水。老太太们每每掷钱其中，以卜祸福——灵与不灵，自然唯有卜者自知——但池子左近的腊梅银杏，端的是经霜不凋、繁茂异常，却是不争的事实。然后，这水就经八仙洞，入虎山水库，后转流地下，绕过古朴的岱庙东墙，流向岱庙的正阳门、遥参亭之间的双龙池中。

一路之上，泰安的居民们往往在路边筑起水池，留下过路的山泉水，汇为一个个小小的潭口。他们的吃饭、喝茶、浇花，乃至洗菜、洗衣、洗澡，无不仰赖于此。

因为那时遍城里就打不出几口甜水井，多数的水井都是只配洗菜，连涮衣服都难以把肥皂冲洗干净，因而落下越洗越龌龊的恶谥。这一路上大大小小的潭口与水池，都是双龙池的小弟弟、小妹妹，双龙池才是它们的真正代表。青石砌就的井栏端正大方，造型稳重，方方正正。吐水的是雕刻生动的龙头，吸水的也是灵气栩栩的龙头。别处的水池一旱就干，唯独它永远清澈如故。暴雨时节，山水怒涨，石滚树断，泥沙裹挟，咆哮浑浊。而双龙池由于经过了地下的过滤，依然是清澈如故。只是水位高起来了，它会越过石栏，汩汩地流淌在遥参亭、通天街的青青石板上，俨然就是一幅趵突泉边的情景。上学的孩子们最喜欢踩着这片晶亮的水走过，一串水花就荡漾起一片欢声笑语。

再说西溪：它源出于泰山的西麓，因为兼收了地下的泉流与天降的雨水，所以终年涓涓不绝。金人徐琰曾专门说及这西溪："泰山胜景窈然而深，蔚然而秀者，西溪而已。溪居岱宗之右麓，延袤数十里，树林阴翳，蹬道崎岖，清泉奇石，瑰玮万状，行愈远而山愈奇，境愈胜。"元代王旭，亦有诗专赞这西溪的好处："我爱西溪好，披云独往来。一川烟景合，三面画屏开。薄俗无高隐，清时有逸才。正岩多隙地，松竹更须栽。"这西溪之水，从岱顶前的龙山谷源起，经黄岘山而下，称为黄西河。另外，扇子崖的峰顶，历来有一仙气氤氲的洞穴，人称月亮洞，无论多么严重的大旱年景，这里终年都有活活的泉水流出，虽非汹汹，却也涓涓，终于越过石壁断崖，由高就下，顺带约合了沿路来自天胜寨、傲崃峰的道道水流，一并兴高采烈地下山，与黄西河汇流在马蹄湾一带。

因为溪谷泉流的浸润，而蓊蓊郁郁成就了一片竹林。翠绿笔直的竹枝，片片入画的叶片，山风摇处，宛然一派地道的江南风韵。因林建寺，小小庙宇，也就叫做竹林寺也。寺外的树木，也特别高大丰茂，山路两侧的树冠，几乎交叠在一起，给行人提供着荫凉与舒适，也显示着水土的格外丰美。

峰回路转，便是那高高耸起的长寿桥了。因为下临深潭，那赤红的桥栏和白石的桥身，便显得特别高峻。在桥中前后瞻望，身后是绿树青山一重重，蓝天与白云俱在山间回旋飘荡，南天门、十八盘，似在眼前，又在远处，一阵云雾涌过，又似置身蓬莱仙境。俯瞰山峡，是两道浓密的绿树夹一条深邃的山涧。树似乎不是寻常的绿色，因为幽深而泛出一种黑黝黝的光彩，神秘而悠远，常常引发寻胜探幽的遐想。枝叶之间，每每镶嵌着大大小小的水潭与水库，有人便用珠串、银链等形容，其实也未必恰切，大概是难以逼真地描摹出山川灵气之故。

倘是傍晚，泰安城里华灯初上的景象，又会让你蓦然想起关于灯火、关于故乡的若干名言与隽句，若干意境和情愫。人们都喜欢在这里逗留、拍照，确实是有道理的。外地的游客，一见此佳胜清幽之地，往往立刻欢呼着从桥上跑到桥下，为自己发现了一重别有洞天的所在而欣喜不已。

长寿桥下，乃是由一片相当完整的石盘兜底，中间因为湍急的流水日夜不停地冲刷激荡，已经形成深可尺余的一道极为光滑的水沟。沟的两岸，则是极平滑、极平展的大片石梁。模仿岳飞手迹的“还我河山”赤红大字，就镌刻在山梁的最显眼处。水沟里流水急急而清清，水沟底遍布着绿色的滑溜苔藓，谁的手绢正在洗涮，少不留神就给冲得不知去向。当地的人，总是不厌其烦地告诫这些玩兴正酣的游客，一则切莫在沟边逗留，一不小心滑跌进去便有杀身之祸；二则切勿跨越悬崖边上的铁栏，栏外一道天然的白色石痕，号称阴阳界，恰在悬崖的平面与立面的交界处，标志着人身安全的最后界限——一脚踩到那边，就再也没有生还的希望！

临近水面处，又有一潭，曰老龙窝。瀑布在这里跌落为飞溅的水花水雾，可以向上升腾数丈，与下跌的瀑布呼应为一体，掩映着两岸环合的绿树，四处散发着深沉的轰鸣，成为群山环抱中的一大奇观！水雾下方，便是举世闻名的黑龙潭了。这潭，口小腹大，水深莫测。有人说，在此潭口撒一把麦糠，一个星期后便在济南的趵突泉中浮现——是耶非耶，姑置不论，但潭之幽深，大概可以想见矣！黑龙潭盛夏与隆冬水位几乎持平，也是诸潭中的独异之处。水质优美，名传遐迩，只有这里的水，才能长养那名贵的赤鳞鱼。潭西有壁立千仞的西百丈崖，与南百丈崖遥遥相对。每值雨季，三挂瀑布一齐飞泻，古城“云龙三现”，历来是泰山名胜之一。潭南石亭的楹联“龙跃九霄云腾致雨，潭深千尺水不扬波”，正为此景写照。潭水绕过山涧里的累累巨石，盘曲宛转，经白龙池，过建岱桥，便汇入建于西溪谷口的龙潭水库，一路湍流，这才算是平静下来。

几万平米的荡荡水面，清风徐来，水波不兴，当然是泰安泳者的天然乐园。每值侵晨或者黄昏，总有一群人在水中水畔体悟人与山、人与水的默契。月出东山，徘徊斗牛，星光明灭，风起云飞，确是人间可遇难求的至境！龙潭水库的坝体，全数用大块的花岗岩砌成，一到雨季，水位猛涨，宽宽厚厚的水层，便呼啸着溢出坝顶，乘势而下，挟带着无量数的轰响、无量数的势能飞速跌落，声闻十数里以外，场面惊心动魄！你我若无缘去贵州，无缘去美洲，或者以为这就是黄果树，这就是尼加拉瓜！这水流，穿过冯玉祥先生聚资修建的大众桥，穿过长如飘带的石峡水库，流经外地人登山必自的泰山大桥，便汇入卵石铺底的奈河。前几年，泰安市政府在河下游筑坝拦河，在泰山大桥下造就了一处波光云影、游船纵横的公园，给这座旅游城市增添了新的一景。

当年，这里却是老泰安的儿女们主要的饮水源。夏天雨多，不用犯愁，到了枯水季节，他们便需设法取水：先在低洼处挖开一洞一穴，用柳条筐隔住渗进来的泥沙，再一瓢一勺，舀进水桶，或以车拉，或以肩挑，运进千家万户。出城到河边最便捷的通路是一条狭窄的小巷，是为打水胡同。胡同两侧的房舍特高，街巷又特别狭窄，冬日的阳光基本照射不到地上，泼洒的水滴，就点点冻结，层层加厚，打水胡同于是变成了“玻璃胡同”。小脚的女人和气力不全的孩子，要想穿过这滑溜溜的胡同，把一担或一桶水地完整地挑或抬回家，确非易事。那年月，老泰安的子民，吃水难着哪！奈河经过上河桥，沿着顺河桥，穿过下河桥，便汇为南湖，经泮河入汶河，出城去也。

以上的印象，主要来自往昔的记忆。其实，“文革”后期，情况就在不断变化之中。有一年，主持泰安县政的某姓领导，心血来潮得可以，征调几乎全县的农民（那时还称为公社社员），一齐投入“东水西调”的“宏伟工程”。于是地上地下的水系被搅闹了个天翻地覆。几条堪称泰城“大动脉”的要道，纷纷被开膛破肚。蟾蜍、青蛙们的“洞府”，也不免给抄了个底朝天。据说当时就有民谣曰：“东水西了调，某老爷上了报，大马路上蛤蟆跳，社员肚子咕咕叫。”民间历来不乏“李有才”型的文豪，其大作往往有不容置疑的概括能力。这民谣是否可以算作一个不大有趣的例证？如今，新世纪也给新泰安带来新的契机，借助“南水北调”的国家力量，泰安整修了大众桥以下的河道，清挖淤泥，疏浚河底，整饬岸边的道路、堤坝，连河道两边的路灯，也换上了一色儿的装饰性灯柱，在照明之外，还给路人与游客提供着温馨和美好，更显得古老的山城，平添了几许青春的活力。

无缘亲近这一脉多情的水，已经有许多年了。海天长忆，应该是更加清澈，更为明亮，汤汤汩汩，源远流长！呵，愿古老和青春融为一体，传统和革新互动双赢，在我记忆中的山城里！

情系洋槐林

从青岛大学西门往右手一拐，就是一片几可参天的洋槐林。那是1988年春天，中文系师生一棵一棵种下的。我被安排与87级同学一起出力流汗，为新建的青岛大学，播种下了第一片绿荫。

1987年底，我奉调到建校伊始的青岛大学。叫做大学，其实只有一座教学楼，几座学生宿舍楼，教工们都住在学校对面的长汀路1号，67、68、69号三座带拐角的楼房一字儿排开。像我这样来得晚的老师，没有分得住房，就只好在74号楼学校招待所安身。从市里到青岛大学，只有一条31路公共汽车，终点站在辛家庄。汽车不走了，我们还得在一条沙土路上奔走大约半小时，才到得大学校门。校门是两根红砖砌的柱子，一边挂着白底黑字的"青岛大学"校牌，只有很少的人知道那是胡耀邦同志的手书。

新办的青岛大学，定居在辛家庄和大麦岛之间。据"老青岛"们传言，这里本是一片乱葬岗子，除去打猎的、网鸟的，极少有人光顾。好像也曾有人试图盖房居住，但都陆续撤离了。青岛大学一来，"老青岛"们说：这就对了，大学里秀才多，孔夫子"不语怪力乱神"的精气神，和秀才们心犀相通，游荡的孤魂野鬼，也才会知趣地退避三舍啊……

但学校周边实在是荒凉，没有树木，也没有像样的农田。几块菜地上，不知谁个种的大头菜，灰头土脸，一副奄奄一息的样子。地边上几株衰颓的玉米，也看不见有穗子。周边没有商店（市南大厦作为购物中心，是大后来的事情），连油盐酱醋都要到"市里"去买。学校每到周末，就派一辆大公共去中山路，在大教堂左近停下来。教工们携儿带女，大包小篮，一起去采购每周的"副食"。主食则靠学校食堂供应。

那时还没有供暖，一到严冬，水管们就纷纷“造反”，代表我们强烈地呼吁暖气。从学校大门口通往到教学楼，只有唯一一条马路。那时，一些颇有来头的机关还没有在海边盖大楼，从马路北头望去，一片荒坡下面，就是你永远也琢磨不透的大海。有时是波光粼粼，犹如万顷银滩，有时是乌云翻卷，水天俱黑！我们走在路上，因为没有任何视觉的障碍，没有楼房，没有树木，仿佛马路尽头一步迈下去就是无边的汪洋大海。那时的冬天真是特别冷，路上有时落满了霰粒，有时有雨打底子的薄冰，简直滑得像抹了油的镜子。而北风从一无所有的浮山上呼啸着裹挟着一路杀过来，真的是所向披靡！崔西璐副校长体重太轻了，又穿一件极其肥大的面包服，有一次刚刚滑倒，就被大风吹出十几米！幸好前面有弯道，有雪松挡住。秀才们哪会放过这等调侃的机会，于是有人说：崔校长是不是嫌乎咱们食堂的饭食太差，要尝尝海鲜？有的说：还是人家那雪松明白又多情，胶州湾又不办文科大学，崔校长去了也没用！

只要不是雨雪大风，天一亮，长汀路1号院子里就站满了人，女老师居多，也有几位大老爷们掺和，都跟着严庆心老师翩翩起舞：年轻的朋友来相会，比什么都快乐！我不知道那双喇叭的大录音机放送的是什么乐曲，但这两句却记得真真的。是啊，那时大家真的都很年轻，学校也年轻，相会才如此快乐！也许是还没有开始评职称，人与人之间，还没有后来那些乌七八糟的“关系”。大家从五湖四海聚拢来，无非是一个心思：办一所高水平的综合大学，在这个充满活力的年轻的城市里！

在大门南侧几乎满是荆条、刺槐、酸枣盘根错节的荒地上种树，可不是一件容易事。地下根本不是土，除去建筑垃圾，就是没有“风化”好的石头，铁镐刨下去，只留下浅浅的一道白痕。料峭的春风吹不干汗湿的衣衫，手上的血泡破了用纱布缠一缠再抡起铁镐，修方舟、崔强、尹增刚、冷卫国、张光京、胡建廷们的脸上，却依然春花烂漫，笑意盈盈，真是好一派春光，好一幅春景！也许还有其他年级的同学前来，也许还有其他专业的师生发力，洋槐树们终于不负众望，齐刷刷向着高处茁长，树下简直成了一片终年不见日光的绿荫。几年下来，这里渐渐变成青岛大学的一方园圃，一苑景观。有人来拍电视片，有人来给成婚的新人留念，孩子们更是奔跑嬉戏，让人对于未来，对于希望，生发出无尽的感慨。学校后来索性在树间修葺了石桌，平整了小路，高高低低，弯弯曲曲，倒也错落有致。每到四五月间，白色的紫红的洋槐花们在高高瘦瘦的树冠上竞相开放，醉人的香气，不言不语地飘散得很远很远。有风的时候也许很浓郁，有些醉人，而无风的当口，轻轻地散开，不经意地游走，好像更自然，更平实，于是我觉得更惬意，舒展，平妥。

忘记哪年的秋天，我们的一些新生，刚入学就游崂山，不幸出事了，据说其中有中文系的20名！我听说后，直接冲进大雨里。惨白的路灯照着，宁夏路已经变成一道异常湍急的河，学校大门口喷涌出的雨水，好像是一股股小型的瀑布，没过了我的小腿。我淌着泥水，从洋槐林里深一脚浅一脚冲进新生的教室，发现他们20人全在！他们刚刚哭过，他们满脸沮丧，他们全低着头！中文系的崔书记先我而至，已经给学生们做了大量工作。我冲进去一把抓住班长的手，晃个没完，却说不出一句话！因为他是崂山人，知道山水的厉害，刚发现险情立即带领大家往高处跑，他的同班同学们才幸免于难。可悲剧还是没有完全制止。我当时说了些什么，做了些什么，事后完全记不得了。只知道后来崔书记推着我往外走。他说：时间不早了，你快回去休息，这里有我盯着呐。我不知道怎么走回的家，只记得长汀路1号家属院里一片寂静，半个人影也没有，静得只听得见自己的心跳，咚咚地乱响。从一楼爬到六楼，觉得楼层真是太高了，歇了好几回，才算回到宿舍。喝下老伴熬的一大碗红糖姜水，我才慢慢看清楚那些早已非常熟悉的桌椅、床铺，我的书桌、书架，但眼前总是飘悠着20个孩子的身影，他们抬不起头，红红的盈盈的泪眼，一幅幅稚气未脱的脸庞……渐渐地身影模糊了，脸庞也模糊了，只有20双眼睛越来越大，连同我的眼，崔书记的眼，都重重叠叠地飞舞、摇晃在一起，都好像被雨水浸透的洋槐树叶，圆圆的，扁扁的，水漉漉的……

一转眼就是2003年了。学校周边的大楼疯长起来，比赛着高度和密度，我们这最先来到的青岛大学，反倒成了一块“盆地”。细细瘦瘦的洋槐树们，试图和楼群比高，但是惨败得一塌糊涂，只有花香不改，依然如老朋友一模一样。不幸那年春天，中国流行起一种叫做“非典”的病，传染得快，死亡率高。人们谈“非”色变，卫生部长和北京市长相继易人，钟南山先生成为中国威信最高的人士之一。也就是那年春天，我退休了。但是正担任的1999级的中国话剧史选修课，却必须讲完。

集中上课容易交叉感染，我们就避开传统的教室，把选修课开到洋槐林里。一到有课，我早早捧一杯茶，来得洋槐林里，选一方空场坐就。好在这时，这里照例没有什么人。把书包放在石凳一边少坐，学生们就陆陆续续来到，围坐在四周。选我的课的不少，但总也不全。有的家里有“情况”了，有的从外地归来被“隔离”了，有的坐在外围，心事重重，怏怏不乐，据说他们的求职形势并不乐观。但开讲以后，情况就变化起来。理论部分讲完了，我请学生们每人选曹禺剧作中自己最喜欢的一个人物，写一份角色的戏前史，就是希望他们按照自己的理解，描述各个角色是带着怎样的家世背景、文化素养、人生遭际、婚恋纠葛走进曹禺戏剧的规定情景之中的。于是有了十几个周冲、蘩漪、四凤，七八个愫方、陈白露，四五个花金子，三四个迷恋着陈白露的方达生。有的为自己给鲁妈写的小传感动得泪光莹莹，有的把陈白露写成另一个版本的“林道静”，有的用散文诗的笔调描述自己心目中的愫方，我觉得只要配上合适的音乐，就完全可以到剧院去演奏。他们谁也不认为自己的描写太离谱，太经不住推敲。只可惜竟然没有一个瞎老太婆，没有一个鲁贵。

我请学生们按照此刻的观念改写曹禺剧作的某些情节，于是他们认为：不应该让四凤、周冲那样悲惨地死去，那是两个最应该活下去的生命！为什么不让陈白露走出旅馆后遇到地下党，她去了延安又会如何？袁任敢与愫方双双出走，才合情合理，就让那些“闹耗子”的大家族自个儿腐烂下去好了！……谁也不认为自己的改写更糟糕，也许曹禺先生活到今天也会重写也未可知哪！——他们这样为自己辩解。最后，我请学生们自行组织剧组，排演曹禺剧作中的片段，自选导演，自选角色，自行排演。选《雷雨》的最多，《日出》《原野》也不少，唯独选《北京人》的最少。他们说：那份凄冷、幽怨的“诗意”，可以意会，难以言传，实在难以表达到位啊！“非典”淡化后，他们真的借来服装、道具，借来舞台，正式演出了一把。事后一位“导演”拉着我的手，送我走出演出厅，激动地说：老师，我这辈子再也忘不了这次演出！

就这样，洋槐林庇护着我们，远离了“非典”的威胁，沉浸在戏剧大师营造的悲剧氛围、喜剧韵味、正剧场景里；同时，我也为自己四十年的教学生涯，画上了一个还算圆满的句号，句号里浸透着洋槐花的韵调与情愫。

普照寺，别来无恙？

无须屈指，也知道我离开泰安已经足足14年整了。从60年代初大学毕业分配到此执教，朝于斯暮于斯，直到八十年代末，20多年的沧桑岁月，我的暗淡中交织着迷惘与惶恐的青春，我的突然而至的劳累忙碌的中年，大都不知不觉地交付给了这座古朴的小城。

记得那年初到泰安，与从山东师院一道毕业的6位学友一起迈出陌生的泰安车站，发现四处都是茂密的玉米，就没见到一栋稍微像样的楼房。一条曲曲折折的小径，指向泰安师专的前身——泰安教师进修学校。一辆地排车载着我们7个大学毕业生的全部行李还绰绰有余——与当下大一新生用笔记本电脑、数码相机、高性能手机等时兴大件武装起来的行头比较起来，我们岂止是寒酸？——而学校的全副家当，也就是一座灰白的教学楼和一座暗黑的宿舍楼而已。没有自来水，洗脸刷牙涮衣服，统统要到教学楼东头的水井上解决。一部老式的解放牌水车，憋足了力气推它十来圈好不容易上来水，一不小心，“噗”的一声，水流又从竖直的管道跌落，只好再从头推起。

我们3个青年教师合住在一间教研室里，除去门口，恰好每人占据一个角落。那时备课讲课，都特别认真。几乎每天都要工作到深夜，抽屉里珍藏的一沓地瓜面煎饼，就一杯白开水，便是甜美无比的“夜宵”。不记得那时泰安城里有没有公共汽车，倒是听老教师们说，城里的情形是“一条马路两盏灯，一个喇叭全城听，水产店里卖大葱……”话虽然有些刻薄，但与事实倒也出入不大。我们这批青年教师最快乐的时分，则是晚饭以后，少则三五一行，多则七八成群，说说笑笑就到了大众桥、冯玉祥墓、普照寺，或采一束野花，或摘半根松枝，穿行在长满玉米、地瓜的田间地头、水渠坝堰，暮色四合了，于是又开始了夜读的生涯——穷则穷矣，但没有明争暗斗，没有职称评审，倒真是一群快乐的单身汉！

谁知好景不长，灾难突降，一夜之间，我们大都成了“文化大革命”的革命对象！重的进了“牛棚”，轻的等待批斗，今天这一群倒霉，明天那一帮落难，偶尔成为被依靠的“左派”的少数幸运儿，也转眼间变成了“逆流”的“急先锋”——一两年里，大家都好像热锅上烙的饼，一个个遍体鳞伤！好在“造反派”热衷的是“夺权”，与“权”相距极其遥远的我辈，就长期成为等待发落的倒霉蛋。书不能教也不能读了，我们只有寄情于山水之间，从此，石硖、龙潭水库与普照古寺，就成为我们最亲密的朋友。也许只有到那种境界，才真的体悟到柳宗元们寄情山水的真实心态。虽然已经是多少年前的往事，但如今依然清晰地记得那时的情景：批斗会罢，我们或一二相约，或独自一人，沿着曲曲折折的小径，遛到荡荡的龙潭水库，漂浮于青山掩映巨石环抱的一汪湛蓝的碧波，仰看那月出于东山徘徊于斗牛的天象，真的好像顿悟到宋代大诗人“纵一苇之所如，凌万顷之茫然”的感觉。受尽凌辱的身心，也似乎渐渐变成了一粒荡漾在水上云间的浮沤，慢慢地消融、消融……

1976年冬去春来以后，我们这些十几年被无情地抛掷到社会最底层的“老九”，突然忙碌起来，教书写书不算，还有幸天南海北去出席各种学术会议，不知不觉就颇怠慢了身边的青山绿水，歉疚之余，就是有意去普照寺走走。那时的普照寺，还不像后来的金碧辉煌，门禁森严，我们也乐得自由自在地走来走去，随心观赏。1981年正月初七那夜，铺天盖地下了一场大雪，我和女儿以雪为题“比赛”作文。我写的题目是《徘徊梅下寄情思》，经学友倪和平帮助，发表在安徽合肥的《清明》杂志上。其中有这样的一段文字：

> ……走在山路上，才觉出年前的这场病真的不轻，从额上几点汗粒不觉抚摸到纵横的皱纹，想起在暗淡中失去的青春和突然而至的中年，不禁有点感慨系之。（中略，详见《徘徊梅下寄情思》）且看这两树老梅，他把古老和青春如此和谐地统一起来，披一身炫目的霞彩，在历史的长河中站得又稳重又坚实，年复一年，传递着春的信息——呵，这非我友，乃是吾师！

岁月不居，春秋代序，又是一个20年过去了，当年那些与我在课堂上下切磋琢磨、在新年晚会上歌舞吟诗的青年朋友，如今早成了国家的栋梁！只要走进泰安乃至济南的机关学校，几乎都能见到他们忙碌而活跃的身影。没有时间一一拜访，只好从心底祝愿他们步履更为坚实，成绩更加辉煌。中午的火车回青岛，还可以看看久别的普照老友吧？于是我信步走上普照寺前已经不太平坦的环山马路，蓝脊长尾的鸟儿在古老的松柏间鸣啭，晨练的老人絮叨着下岗的儿女的生计，我则提防着冷不丁从背后直冲过来的黄色“面的”……遗憾呵遗憾，普照寺还没有“上班”，整齐的铁栅栏把迂道来访的老朋友非常礼貌地挡在了寺门以外！我只好远远地问一声：普照寺，你一向可好？还有，泰山疗养院门前的那铺石碾，石碾对个的一房紫色的藤萝，你们一向可好？听说我的母校泰安师专，终于办成本科院校了，而且迁到了大河一带，依山面水，那是何等的气派！不知我那些老友，是否也随同迁居？我偶或闲来泰城，还能否促膝话旧？……说不完的怀旧的情思，只凝结为一句深情的问候：朋友们，别来无恙？

方鸿渐家的那只“老钟”

博学的睿智的钱钟书先生走了，永远地走了。不知为什么，于微茫的悲哀中，我首先想起的，却是方鸿渐的老太爷当作传家宝送给儿子的那只老掉了牙、一小时总要慢上七分的那只“钟”，那只象征着人事错位沧桑无情的老“钟”。

只要看过《围城》，谁都会马上想起那满溢着悲凉和无奈的结尾：方鸿渐和孙柔嘉从大吵大闹到动手推搡，结果，方鸿渐左颧上被孙柔嘉的象牙梳打个正着，心窝里被一连三声的“COWARD”（懦夫）骂个正着！可怜我们的男主人公尽管火冒三丈，却还是毫无作为，有烟无火，一如既往地逃走了。在秋风落叶的席卷中，他孤独地踯躅、踉跄，直到深夜。马路终究不能当作眠床，唯一的选择还是回那个刚刚被赶出来的家。谁料这唯一的归宿，却空无一人，盛怒又兼绝望的妻子，对他实行了“坚壁清野”的政策，饭没得吃，前程更无从提起。但我们的方鸿渐，还是渐渐睡着了，而且睡得那么深沉专注，以至“没有梦，没有感觉”，那是“人生最原始的睡，同时也是死的样品”。这时，那只祖传的老钟却从容自在地打起来，“当，当，当，当，当，当”响了六下，然而，这却是五个小时以前的时间！那时，方鸿渐正在回家的路上，蓄意要对孙柔嘉好一些再好一些；而孙柔嘉也在等方鸿渐回来，一家人好好吃晚饭，希望他跟姑母言归于好并去姑母的厂子做事——于是，落后了的时钟，一下子把过去和现在、理想和现实折叠、并列在一起，形成极其鲜明的对照。钱钟书说，这种“对人生的讽刺和感伤，深于一切言语，一切啼笑”。

的确，对于人来说，没有什么比用钟啊表啊之类显示出的时间更具权威的事物了。古往今来，不论是帝王将相、英雄豪杰还是田夫野老、贩夫走卒，有谁能摆脱时间的控制和驾驭？时间是那么公正，它能拂去尘封土掩、剥落一切伪饰展示被歪曲了的真相；时间又是那么糊涂，它往往制造种种障碍使人总是难以真正贴近真理。而在钱钟书笔下，时间则被赋予了若干新异的功能：它是见证，美好的理想甚至平凡的理想，在荒诞的世界里统统都是梦想，绝对没有成为现实的可能。它在嘲笑，知识分子是多么善于幻想和自欺，依靠有着这样的病态人格的人物从事启蒙的大业，是一个多么荒唐的神话。它无言地宣告，人虽然创造了所谓文明、文化，但又反过来变成自己所创造的一切的奴隶，离真正的文明文化越来越远，这样的生存无疑是死亡的某种样品。它还有“反躬自问”的效应，在方鸿渐的悲喜剧里，难道就不曾晃动着你、我、他——我们“无毛两足动物”共同的身影？

这只“老钟”，因为浸透了钱钟书式的智慧和阅历，虽然挂在方鸿渐房间里高仅数尺的墙壁，却俨然高踞于宇宙的顶端，悲悯中夹杂着狡猾地俯瞰着大千世界芸芸众生，并且联通着大洋彼岸的那些哲人与智者的灵魂，共同组合为对人生对文明的现代式审视。想起我们竟然已经与这样一颗博大、丰富、睿智的心灵永远地诀别，一想起我们再也不可能拥有以这样的高度沟通中外俯瞰人间的新作，就难耐心底的痛楚和寂寞，就止不住要愚不可及地喊一声：钱钟老，您走好，慢行！

送钱钟书先生远行

骤闻钱钟书先生因病长逝，心中哀恸。长歌当哭，非我所长，谨草短文，略记其功业万一，权代心香。

鲁迅先生曾在其大著《中国小说史略》中慨叹，自《儒林外史》之后，我国的讽刺文学，即成“绝响”，虽有类似之作，但大率“辞气浮露，笔无藏锋”，取媚世俗有余，旨微语婉不足，未足称为讽刺。“五四”以降，在鲁迅手中开创也在鲁迅笔下成熟的中国现代讽刺文学，沿着政治批判与文化批判两个侧翼或对峙或交错或互补地起伏前进，勾画出一条长足进步的轨迹，引发着后人不断的思考。在后一条线路上，是老舍和钱钟书两位先生，出色地赓续着鲁迅的事业，在三四十年代，把文化批判推进到前所未有的高度。

一部《围城》，谐谑并出，把方鸿渐教育、恋爱、事业、婚姻步步追求着失败的行状，写得淋漓尽致，既令人忍俊不禁，时有喷饭之举，又引人时时深思，悲不自胜。方鸿渐的留学史，就是中国人的自欺欺人史。克莱登大学的博士学位，就是在今天也并非毫无市场。方鸿渐的恋爱经，念来念去终于是鸡飞蛋打，鱼和熊掌一样也吃不到口——这绝非他一人的遭遇。他千里迢迢受尽千辛万苦南下任教，最后是从三闾大学丢盔卸甲地逃走，正是理想与现实冲突的写照。他经历了与几位小姐的情意缠绵，最后却稀里糊涂落入孙柔嘉精心布置的阵图之中再也无法振拔。命运的强大和人的无能与无奈，被以鲜活的形态楔入千万读者的心灵。家庭，社会，爱情，事业，无处不是“围城”——外面的要进来，里面的要出去。具体的事件是“围城”，抽象的精神更是“围城”：人创造了文化、文明，而文化、文明又反过来成为人的枷锁和牢狱。方鸿渐是谁？是一个具体的活生生的人，又是我们人类，即一切“无毛两足动物”共同的生存方式的象征。

一部《围城》，悲喜交融，在充满着机智诙谐的描述中，赋予方鸿渐这样的讽刺性形象以新的审美属性：他玩世不恭，又不乏人生的追求；热烈地向往自由真诚的爱情，却又无法摆脱自身的弱点和环境的缠绕；他不是叱咤风云的英雄，也不是十恶不赦的恶棍；他有正义感和民族良知，决不做侵略者的御用文人，但抗争的结果，却往往带上滑稽的色彩；他人不坏，却毫无用处……在他身上，悲与喜，美与丑，崇高与滑稽等一般情况下处于两极的品质同时并存，化合无间，高度统一，显然已经超越了此前若干讽刺文学作品中单一的情感态度，从而获得了与在此前后风行于战后西方的存在主义哲学对话的资格，获得了超越具体的时间与空间的品格。谐谑调侃的文本下，深深埋藏着的，是对人生的严肃思考。对“五四”以后一直充当启蒙角色和时代前驱的知识者的喜剧性讽刺中，凝结着关于历史、关于文化、关于人性的哲理性内核。

纸墨从来寿于金石。大师已经渐行渐远了，背影却并未消失在人们心中。生也荣，死也哀，《围城》不朽，钱钟老，珍重，珍重！

奔七与奔Ⅳ

上月中旬，我有幸出席了1979级学生们的聚会。眼看着当年的小女孩纷纷变成了小女孩或小男孩的妈妈，小男孩则一个个成了虎背熊腰的大男人，从弦歌一堂的书生，到支撑一方的栋梁，自己也不仅感慨系之起来：20多年间，岁月的流逝实在是迅捷，不须屈指，我已经退休下岗三年有余，目前，不折不扣，名副其实，是奔七的老人了。去年冬天，我那个胖墩外孙，在一次亲密接触后似乎不太情愿地悄悄问我："外公，你是不是一个老头？"我说："当然。不过你怎么知道？"他说："故事里总说：从前，有一个白胡子老头……，你有白的胡子了！"是的，这的确是一个不容置疑的确切证据！

我有几位颇令人敬重的邻居，大都是在学术上举足轻重的知名学者。现在，他们有的胜利地开启了奔八的征程，年轻一点的，也已经稳健地把奔七的成果尽收囊中。前几年，当他们退休不久，还在奔七的途中的时候，不知是谁的主意，几位长者联手办起了一个松散型的学者"沙龙"。其中讨论的话题，自然多种多样，美不胜收。最令人拍案称奇的是，他们公然高高举起了"死亡学"的研究旗帜，并且形成了几个不同的学派。最著名的有两派：一派主张外出旅游，专门挑选文化含量充足而路途特别艰险的所在，即使不幸发生意外，也心甘情愿：设若埋骨敦煌，必当心翔飞天，倘使濯魂沅湘，更将遥攀屈宋……岂非可遇难求的人生大幸！另一派也主张出游，不过他们特别强调必须精心挑选那些最容易出事的航班，当然不可忘记事先买好最高额的保险，即使偶有不测，不但自己顷刻了断毫无痛苦，还给子女创收一笔颇为可观的财富。我当然知道这种种精义，不过是

“纯学术研究”，谁也没有联系现实或小试身手的意思，而且其中还都非常鲜明地烙印着他们退休以前学术研究的深刻印记。比如前一派学者，大率是先秦诸子的私淑弟子，故不时有浪漫奇谲的思路，历来颇多惊人之语；后一派因为是旅游经济的权威学者，那想头就格外朴素和实在，对于子女较多下岗过半的家庭，也许有一定的现实意义和可操作性。但不知什么原因，这种深刻的研究竟然不曾继续下去，否则，说不定会提炼出更多惊世骇俗的命题，来考验我们的幽默素养。

据说前几年，省城某大学欢送一批教授光荣下岗。推杯换盏之间，一位颇有名气的学者乘兴归纳出退休下岗的几点转变，道是：从工作为主转变为生活为主，从主食为主转变为副食为主，从为他人服务为主转变为为自己服务为主。有人举杯打趣：你要不要再加一条，从妻子为主转变为情人为主？该学者立马正色阻止：“使不得，使不得，万万使不得耶哥哥！”据说在民间还口头流传过这样的对联，“早退晚退早晚都要退，早死晚死早晚都要死”，横批曰：“早退晚死！”这大概出于官场浮沉久矣的诸位领导之手，虽然文彩乏善可陈，语境稍嫌悲凉，倒也蕴涵不少人生真谛，颇值得奔七之前的诸公参考。不过他们大抵不会真正领会，到了真正能够领会的时候，那意义和作用，就不免要大打折扣了。

也许是初涉此道，对于个中要义，我还没有来得及仔细体悟。我的奔七生涯，却是以从奔Ⅲ到奔Ⅳ的转换开始的。上世纪的九十年代末，我们学科经过多年艰苦奋斗，终于获得了硕士授权点。学校为了嘉奖，给第一批硕士导师配备了每人一台微机，规定只准在办公室使用。我们却不约而同，一致安到家中。此无他，因为我辈从来就没有过属于自己的“办公室”，宿舍⟵⟶教室，两点一线，从毕业执教，到退休下岗，四十余年，一以贯之。所以如此安排，虽然有点那个，但领导并不追究，大家也就知错不改，相沿成习，直至当下。那是当年颇为时行的清华同方，奔Ⅲ，大肚子显示屏，雄踞在大半个桌子上，好不威武！就是它，帮助我完成了好几部书稿，规模小的，几十万字，规模大的，上百万字，都是它陪伴我度过了一个又一个深夜和凌晨、严冬和酷暑。直到申请下来我第一项国家社科基金项目，才新买了一台奔Ⅳ的IBM笔记本电脑，让我可以走南闯北，到各地的图书馆去查阅并随手录入有关现代文学期刊的种种资料。虽然已经买了新的电脑，也许是出于对这更精密的机器的敬畏，也许是难忘对于老朋友的旧情，更准确地说，是我这样型号的手指和从未经过规范训练的指法，与大型的老式的键盘才更配套，所以，只要在家，我还是习惯于老台式机。而且，从春节起，我们这里装上了宽带，在家里就可以收发电子邮件（附带说明，我不但已经学会使用电脑收发邮件，而且能够用手机收发短信，连标点符号都会！说来惭愧，去年春天，我第一次用手机发短信时，因为特别紧张，半小时才发了一条，最后还忘记了署名！这是奔七的特点，希望年轻的朋友不要过分耻笑）。不料入伏以来，打开机器就出问题，不是死机，就是黑屏。请来宽带的师傅，说是病毒入侵，系统遭到破坏。请来同方的师傅，说是机器老化，几度重装也没有解决问题。请教计算机系的专家，说是等天气凉快点以后再予以诊断。今年青岛的天气好像是神经病，长期高温不下。气象台的预报和人们的感受大不相同，预报31度的天气，比35度还难以忍受。我等不得了，还有好多邮件要收要发，万般无奈，只好请我这位奔Ⅲ的老友和我一样下岗，请出奔Ⅳ的新友上阵。本来是一种无奈之举，却不料成就了自然的转换：XP就是比W98好使，奔Ⅳ就是比奔Ⅲ灵动，便捷之余，于是常感转换太晚矣！

古人云：树犹如此，人何以堪？微机尚且如此，为人更该及早觉悟！10月间到绍兴出席一个关于鲁迅的学术会议，主办者请大家观赏以陆游和唐婉的悲剧为题材的越剧。剧中人赵某，是唐婉女士的第二任丈夫，但又是陆游和唐婉共同的好友。当陆、唐在他善意的导演下在那充满诗意的沈园重逢时，这位老兄特别知趣地退避三舍。临行前自我解嘲曰："赵士诚啊赵士诚，该退场时不退场，留与千古做笑柄！"闻听此言，如醍醐灌顶，茅塞更开一重！作为奔七的老人，我不知道什么时候从人生舞台正式谢幕，更不知道以何种方式走向彼岸——那是人家上帝的工作，我辈不便也无法越俎代庖。这虽然已经不多，但却依然比较珍贵的时日如何打发，却是自己不该推辞的责任。我还没有完全想得妥帖，但有一条是坚定不移的，就是要让我的奔Ⅳ继续升级与更新，以陪伴我的快乐也不断延伸与增殖。要多喝水，少生病，尽量少给、更好是不给孩子们添乱。

怎么样，奔七的朋友们，让我们互相加油，做一代快乐的小老头吧！

又见雅舍

2006年的最后几天，重庆师范大学举行抗战文史研究中心揭牌仪式兼抗战文化研讨会，笔者应邀出席。参加会议的收获自然多多，但会外的惊喜却也不少。其中最值得回味的,乃是再度拜访重庆的文化名人故居:“老舍旧居”与“雅舍——梁实秋纪念馆”。

大约是六年以前，中国现代文学研究会在重庆北碚召开理事会，大家一致要求到这两处现代文学研究者无不馨香礼拜的文化圣地参观巡礼，会议组织者也正好有此雅意，顺理成章，浩浩荡荡一大队人马于是群聚于这两处少嫌逼仄的平房。

“老舍旧居”，据说是1992年由重庆市政府定为市级重点文物保护单位而整修开放的。其中陈列着先生在渝期间的照片、实物、手稿等，说明文字，亦简约爽朗，颇耐寻味。参观者纷纷留影，以至必须排成长队等待。但青岛的老舍故居，却实在无法恭维。2002年冬，青岛大学与北京鲁迅博物馆联合组建我国第一个鲁迅研究中心，兰州大学吴小美教授应邀来访。其实，吴先生来访的最本真动因，并非为了这中心，而是要亲自看看这位中国老舍研究会会长心心念念的青岛的老舍故居！但不看还好，一看就令她难免伤心落泪！那里的残破不堪，实在出她意料，居住的人们不但绝不欢迎，而且言语之间，颇有令远道迂访的老舍研究专家难堪之处。于是，重庆的老舍故居门票上，就赫然印有“是国内保持最完好的老舍住地之一”。笔者无论如何热爱我们青岛，在这样的对比面前，也不能不羞愧难当，无地自容！

关于“雅舍”，梁实秋先生有一段生动的界说，是我辈激赏的文字之一。不揣冒昧，这里竟想介绍给读者诸君，如下：

……抗战期间，我在重庆。五四大轰炸那一年，我疏散到北碚乡下。吴景超龚业雅伉俪也一同疏散到北碚。景超是我清华同班同学，业雅是我妹妹亚紫北平大学同班同学，我和他们合资在北碚买了一栋房子，其简陋的情形在第一篇小品里已有描述。房子在路边山坡上，没有门牌，邮递不便。有一天晚上，景超提议给这栋房子题个名字，以资识别。我想了一下说："不妨利用业雅的名字名之曰'雅舍'。"第二天我们就找木匠做了一个木牌，用木牌插在路边，由我大书"雅舍"二字于其上。雅舍命名缘来如此，并非如某些人所误会以为是自命风雅。不过雅舍本身也确是不俗。和我们常往还的不是诗人便是画家，如李清悚、朱锦江、尹石公、彭醇士、陈延杰等。有一次雅舍宴集，酒后茶余，逸兴遄飞，彭醇士当众染毫吮翰，画了一幅《雅舍图》，笔酣墨饱，元气淋漓。陈延杰随即题诗一首，我记得是这样的：

彭侯落落丹青手，写却青山荦确姿。
茅舍数楹梯山路，只今兵火好栖迟。

诗曰"衡门之下，可以栖迟"，可惜雅舍却连衡门有没有。几间茅舍，开门见山，唯有两棵高大的梨树在半山腰上站岗。但是我们在雅舍度过了七八年，晏如也。"[1]

怀着对这积淀着丰厚文化底蕴的名人故居的崇敬，大家又来到向往已久的雅舍，不料却大失所望：这里正在整修，几道破破烂烂的竹篱，把马路和房舍隔绝为两段，我辈只能从篱外远望，用想象去绘制各自心目中的"雅舍"旧观，用想象去丰富当年梁实秋生活写作于此的场景。满怀遗憾，离开了遍地瓦砾泥泞与建筑垃圾的不雅的"雅舍"，不少人心中的愤懑，不免冲口而出，化为对重庆有关当局的讥讽乃至抨击。但我想，这里既然在整修，工程再长，终有竣时——那时我们不就可以饱览种种，一洗块垒？

这次旧地重游，无非是想圆一个旧梦。到得向往已久的雅舍，果然整葺一新，青砖的墙壁，青瓦的屋顶，青砖铺就的地面，错落有致的挂图与展览着种种实物

[1]《〈雅舍小品〉合订本后记》，陈子善编岳麓书社1989年1月版《梁实秋文学回忆录》第63-64页。

的玻璃柜橱，详略得当的说明文字，处处都证明着这里工作的细致与保护的认真，处处都显示着重庆文化人与文化管理当局对自己的文化遗产的重视珍重、悉心呵护的可敬心态与职业道德。

但回到宾馆，却受到四川大学教授的嘲笑：你们是不是又去看了一处“假古董”？我们问何出此言？答曰：你们看到的，并不是真正的雅舍。原来的雅舍，早已历经风雨兵火，不复存在。现在看到的，乃是在旧址上，整体往马路一边迁移后重新模仿建造的全新的“假雅舍”。笔者听后，一面是难免于失望，一面又对重庆平添了不少敬意：一个已经毁掉的雅舍，他们可以在原址上重起炉灶，再建雅舍，以表示对历史文化的充分敬重——尽管比原址少有偏离，尽管与“修旧如旧”的文物保护宗旨也未必完全吻合，但那拳拳的保护之心，尊重之意，却是天人共鉴，值得在史书上写上一笔的。

回到家中，把在重庆买得的两张门票摆在桌前，不由得浮想联翩起来。老舍与梁实秋，都是首先来到青岛，而后去了重庆——在这两地，都有他们的故居或曰旧居。但两地政府的态度，似乎有异有同。相同的是都在门前挂上了“名人故居”的招牌，不同的是，重庆在挂牌之后还继续作为，修葺房舍，充实内容，印制门票，向读者开放宣传，终于成为城市的文化品牌；青岛则是起于挂牌也终于挂牌，至于里面的房舍，则任其倒塌朽腐，即使化为瓦砾垃圾，也视而不见听而不闻。王统照观海二路49号故居倒塌在即，昔日的文化殿堂，转瞬就要化为垃圾与废墟！如果说是因为我们这里长期受到蓝天碧海、绿树红瓦优越感的熏陶，养就了一种老子天下第一的心态，什么文化、什么名人、什么故居统统都不值一文，倒也并不尽然。遥想魏书训先生主持宣传部文艺处以及文物局的时候，青岛历史文化的研究开展得有声有色、可圈可点，名人故居的保护工作，也进行得有板有眼，扎扎实实。记得魏书训先生退休前夕，还曾邀请笔者与几位同好者一起，一一踏勘岛城各处名人故居，具体设想着修复与开发的方案。由于笔者对于所谓宋春舫的“褐木庐”的真伪心存疑虑，他甚至还想与笔者一同前往宋氏故里寻求真实的答案。为什么时过境迁，这么多人人觉得十分重要的文化遗存竟然任其倒塌毁损变为瓦砾垃圾的天下？！

吁，官场之事，难言之矣！什么时候，我辈面对类似吴小美教授的潸然泪下时不再尴尬？什么时候，当接待外地同行时，我辈也可以不无自豪地买上几张门票，说这里就是我们青岛认真保护的文化遗存？什么时候，听到客人们对于繁华不再日渐萧条的中山路，对于拦腰截断视野的宁夏路的愤慨的指责，作为青岛的子民，不再惭愧得无地自容？吁，草木之人，微末愿望，大概不值得诸位公仆一顾！我这早该收场的拙文，就此打住可也！

滇 绿

年轻时听学兄们议论，道是人生天地之间，多一样嗜好，就多一分享受，也就多一种幸福，觉得好像其中蕴涵着颇为深厚的人生体悟，可能是极有道理的。但说来惭愧，由于从小家贫，本来是男人传统的三种嗜好：烟、酒、茶，我居然一样也不在行。

那时看到一些长者吞云吐雾，莫测高深，甚是敬佩，只是无缘效法。1979年顷，笔者到山东师院造访刚刚调去的书新先生。晚饭以后，恰值李茂肃先生走来闲坐。只见他进得门来，与主人略一点头，就坐下吸烟。两人对桌而坐，互相递烟。一支将尽，马上捏捏正在嘬吸的一端再塞进新的一支。大约对坐了足足两个小时，没有一句话，但只用了一根火柴！在烟雾袅绕之中，无须任何语言，就可以彼此洞见对方的心扉，这是何等令人佩服的境界！可惜那时在一旁抄写稿件的我，只有一个心思，就是赶快从这实在是过于浓重的烟雾世界中逃跑！

滴酒不沾，并不是由于笔者讲究养生之道，而的确是因为家境贫寒。大学毕业后，状况略有好转，就想一试，但终于不得要领。七十年代时，全家四口，喝一瓶女士香槟，已经醉眼朦胧矣！调入青岛大学，因为是身处啤酒之乡，入乡焉不随俗？于是我有了非常正当的理由为自己辩护。经过多年锻炼，到得八十年代末，进入角色后我有时可以一次喝完一瓶青岛啤酒了。这在青岛，是常常受到嘲笑的，尤其是在一些年青的朋友之中，但我一直为自己的长足进步暗暗地自豪。那年偶然得到几支地道的高丽参，老伴认为这是远道来的礼物，可能都是真货，没有舍得完全送人，就用北京二锅头给我泡了一大瓶。倘若暮云低垂，雪落无声，或者海风呜咽，冷雨淅沥，就想斟上一杯，自饮自酌，无言无语。偶尔还拉拉杂杂联想起“绿蚁新醅酒，红泥小火炉。晚来天欲雪，能饮一杯无”的韵味。但从实招来，这酒度数太高，喝在嘴里，犹如一道火热的熔岩流淌在舌尖、喉头，直到食管……除了附庸风雅的片刻享受外，我至今还不配称为真正的饮者，惭愧！

至于饮茶一道，我倒是颇有一二可圈可点的经历，愿与有心的同好交流一番。最初是在七十年代末到八十年代初，为了完成中国社科院文学研究所发起的编印“中国现代文学史研究资料丛书”中叶圣陶、王统照、臧克家三本专集的任务，我有几年间是频频出没于京、沪、宁、渝等地的公共图书馆和大学资料室。那时的工作条件之艰苦，绝非今日从事现代文学研究的朋友所可想象！单是吃饭，就有不少对于青年朋友来说实在过于陌生的故事。我们的早、晚两餐，照例是“阳春面”——一个多么富于诗意的名词！——支撑。午饭，是在图书馆用白开水加面包解决问题。只有在周末，图书馆下班较早，我们可以在那里的晚饭卖完之前赶回。最惬意的菜是五毛一份的砂锅，白菜、粉丝、海带条，样样俱全。有时还能够在锅底发现几粒海米的残骸，虽然过于袖珍，但毕竟是货真价实的海米，再配上一份热气蒸腾的米饭，真个是“幸福像花儿一样开放”的感觉了。那时在北京，每每遇到难以解决的问题，无法克服的困难，我们最先求助的，一是主持该项事业的徐迺翔先生，二是住在东城南小街赵堂子胡同15号的臧克家寓所。

臧老是山东人在北京的“根据地”，更由于我们编写的是他的研究资料的专集，请教与求助，就非常自然而且日渐频繁。起初的时候，还有些怯生生的，不敢久留，问完几个特别重要的问题就急忙告退，唯恐过多地占用诗人非常宝贵的时间。后来熟悉一些了，看到这位那么著名的诗人的亲切与随和，我们的戒备之心松懈了许多，谈完正事，往往还要闲聊几句。臧老接待我们，就在他的会客室，刚刚坐下，郑曼先生就笑吟吟地送来两杯清茶。先已说过，笔者没有喝茶的习惯，更不具备品茶的品位与心绪，而且腹中并无难以吸收的高脂肪高蛋白食物，无须以茶水帮助消化，所以总是在稍微一凉就端起来一饮而尽，比《红楼梦》中妙玉们嘲笑的粗俗之人更是粗俗。有一次，臧老特地告诉，这回你们喝的茶，叫做滇绿，是云南的好朋友刚刚送来的，应该仔细地品尝一下。我这才注意到那异常洁净的玻璃杯中，只有大约十分之七的茶汁，透明的茶水底部，竖立着几根清幽的茶叶，正在配合着袅袅升腾的热气微微地颤动。叶片与茶水，似乎都是一体的透明，清淡，素雅！漫不经心地听着年迈的诗人对于文坛旧事的随心所欲的追怀，卸却一切精神负担随意地吸吮茶杯里飘散的似有若无的氤氲的香气，自己也觉得似乎进入一种可遇难求的轻灵洒脱的境界——一种远比单纯的喝茶或研究都更复杂更美好的“欲辩已忘言”的感受，于是油然而生。

从那以后，我就记住了“滇绿”这个值得追怀的名称，一有机会，就到茶店搜购，但从来就没有买到过像在臧老家中喝过的那种“滇绿”，从四川到两湖。前年四月，我终于有机会走进了久已向往的云南，到过昆明的西山和大理的三月街，还看了白族的歌舞，喝了著名的“三道茶”——恕我直言，那歌，那舞，尤其是那茶，大概是因为商业气息实在太浓重，所以实在是乏善可陈。最忘不了的只有丽江！那种早上九点才开始市声喧闹，晚上十点还游人如织的景象，是鄙人从来没有经历过的。我的“丽江事业”，主要就是伴着小河里活活的流水与从容的游鱼，独自坐在街边的木椅上，或者发呆，或者打盹，什么工作，什么事业，什么利害，什么得失，统统漂浮到半空，与似有若无的浮云融合为一体了，脑子里只有一片纯粹的空白。直到要走了，才又想起了心心念念的滇绿，赶紧到就近的几家茶店打听，不料竟然一无所获。据老板们的解释，所谓滇绿，并非一种茶叶的专用名称，如信阳毛尖、西湖龙井之类。举凡云南出产的绿茶，均可称滇绿云云。后来又听青岛一位茶店老板分析，说云南的绿茶，大都用来炮制冒牌的普洱，摇身一变，同样的茶叶就升值数倍，谁还去做那不赚钱的生意？这真是人生有尽而学问无穷，必须得活到老学到老才是。

但在青岛，我却在不经意间喝到过一次值得一说的好茶。大约是2001年的深秋，孩子们租了一辆汽车，要拉着我们去游崂山。时值国庆长假，难得孩子们有如此雅兴和如此孝心，为什么不去？那天是多云转阴，到了山中，极少有游人往来。我们驱车走上去北崂的蜿蜒山路，阴云越发浓郁。偶或山回路转，远处见到一角楼房，好像是浸透了雨水，火红的房顶也不再像火苗一样闪烁，而是沉甸甸的显出透熟的沉实。脚下不时闪出一片片儿海涛，有的碧蓝，有的深灰，大都抖动着亮银一般的微波，比那种一望无际的开阔，倒也别具风味。从仰口转入山里，不久就是闻名遐迩的太平宫。据说这是赵宋王朝的开国帝君饬令修建的道教名观，上清、下清两宫，虽然后来的名气更大，其实倒是它的别居。宫门口颇显逼仄，确实不及下清宫壮观大气。但里面却曲径通幽，自有城府。刚刚进得宫门，一派云情雨意，刹那间笼罩天地。一团团水汽，不知是云是雾，不时在檐角松枝间盘旋，没有固定的形态，也不见变化的规律。山风过处，松林里犹如万马奔腾，深沉而奥远，悠长又萧索，鼓荡着裹挟着目之所及耳之能闻的一切，把偌大一个世界，瞬间变成了云遮雾绕的天下。大门以里，有一棵多历年所的古松。松下，是一铺石桌，几方石凳。一位大嫂，招呼我们吃点什么喝点什么。孩子们不约而同地放弃了选择的权利，那么，就来一壶地道的崂山茶吧。

说话间，只见大嫂提一只小桶，从镌有大红"龙涎"字样的小井里汲得清泉，一边把几个杯子洗得干干净净，一边点起松枝在泥炉上煮水——座下的石凳还没有升温，杯中的茶水已在诱人：茶汁略显淡黄，黄中似乎还有淡淡的青绿。入口微微的苦，滑过舌面时，似水非水似粥非粥，滑而厚，香却清。从喉头回味，又有一丝淡而弥远的甘甜，似有若无，若无实有，盘旋起落，驱动思绪。端起茶，深深地闻，浅浅地喝，随心所欲地远望近观，不经意地谛听风声松啸，蓦然间清风吹落松枝上的雨滴，似珍珠四散飞溅。这次第，非关邱处机的修行面壁，无涉赵孟頫的笔墨情意，只是这自自然然的一杯与山风松涛浓云微雨恰好匹配的茶水，就足以令人涤荡胸怀，卸却机心，在人天混一的境界中获得某种感受或启迪。

此后，我还喝过不少种类的名茶，但都没有找到类似的感觉。大概，体味一次茶中的情趣，当然要有好茶、好水，但更要有好的气氛与环境。与诗人对坐，容易进入境界，但诗人早已驾鹤西去，踪迹渺焉难觅，又该如何探寻？与山色为伴，也可能有独特的体悟，但后来多次登临，却总是难能如愿，缘由究在何处？据精通佛典的朋友相告，往昔我佛说法，曾有"境由心造"的偈言。那么，用茶而不知其情味不通其灵妙，恐怕就只有反观自我一路了。可是，虽然已经渐入老境，无奈心地依然如此芜杂凌乱，恐怕再难给记忆中的况味增色添彩了。果真如是，我的滇绿，就将永远沉淀心底。也许，只有这样，才有可能不再变色变味，清醇一如当年吧？

箫声遗响今何在?

我曾经有过许多不切实际的梦幻，当然都已经一一破灭了。其中之一，便是把我20多年来起居于斯也教读于斯的这座城市的文化名人及其故居、及其载体、及其生动而鲜活的文化活动复原为原生态的状貌以传后世，略尽我这一代文化人应尽的责任。每念及此，常感愧疚，最感觉对不起的前辈之一，就是吴伯箫先生了。

我并不是吴老的同乡、同事或及门弟子，与吴老也只有一面之识。那还是七十年代末、八十年代初，我正在天南海北地泡图书馆和走街串巷地访问作家、学者，搜集叶圣陶、王统照、臧克家的资料。于是，有了在人民教育出版社后院那矮矮的平房里拜访闻名久矣的吴伯箫先生的荣幸。

那时吴老已经从岗位上退下来，时间是有的，只是他显然已经发福，一张藤椅坐得满满的。呼吸也不太顺畅，说几句就停顿一番。手边的一杯清茶，须得不时举起来，润一润好像总有点干渴的喉头。他告诉我们，王统照先生是他的“师辈”的作家，更是“扶他上马”的引路人。当年他在青岛大学任职，王统照观海二路49号的寓所，就是他（当然还有臧克家、于黑丁们）的文学“讲习所”，后来还是1935年夏季那闻名遐迩的《避暑录话》的“编辑部”!

1936年，王统照要举家南下，去上海主持大型文学月刊《文学》的笔政，已经在济南工作的吴伯箫，满怀“托孤”的心情，把自己发表在报刊上的一束文章的剪贴本，专程赴青，郑重地交给王统照先生。他如是设想：日月重光之后，或许还有付梓问世的可能吧？即使永远沉没，难道不也是最合适的归宿？不料抗日的行程竟是那么的辽远和艰难，以致吴老自己早就忘却了这部未及问世的稿本。

直到四十年代初，王统照先生在战乱中为之艰难出版，并代为命名为《羽书》，作为巴金主持的文化生活出版社“文学丛刊”之一,向“孤岛”的读者郑重推出。为了引起读书界注意，王统照以笔名“韦佩”为之撰序，颇加赞誉。作为出版社代表的巴金，则认认真真把稿费寄到了济南吴伯箫的原址！居然济南还有人“领取”了这笔稿费，并且还希望出版方“续寄”云云。说着说着吴老开心地笑了，说这是他完全不知情的，王统照、巴金等大师级前辈的关怀，他却怎么也难以忘怀。少一停顿，就递过早已洗得干干净净的桃子，说是朋友从肥城带来，不可不尝！吴老描绘的那个文学世界是如此令人神往，桃子的味道虽然早已没有任何印象了，但吴伯箫和王统照的故事，却就此深深地刻印在心底，纵岁月奄忽，亦难以磨灭。

此前，我已经约略知道，1933年，王统照的长篇《山雨》在上海由叶圣陶主持的开明书店出版，是吴伯箫率先评述，称该年是“《子夜》《山雨》季”（茅盾的长篇《子夜》亦出版于1933年），至今仍是学术界不刊之论；1934年，王统照因为《山雨》描写了北国农村酷烈的形势与破败的危局，开罪于当局，不得不鬻田举债，横海欧游。到码头送行的，既有臧克家，更有吴伯箫。海船渐行渐远了，但思绪却游曳心头，时光不能剪断！此后，我就开始认真地寻访《避暑录话》，终于在青岛图书馆看到了原件，而且有了向无缘于此的爱好者介绍的光荣！我还找到了王统照的《“羽书集”序》，把这类动人的文坛佳话按照自己的感受写进了拙著《王统照传》中。随着心目中吴伯箫形象的日渐清晰，他与青岛文脉的传承路径也时时浮现在心头。我开始不安分起来，想把这份文脉进一步理清并付诸形象的梦，开始不时萦绕、盘旋，挥之不去。

九十年代中期，我一位同门学兄，想开辟“青岛历史文化名人”的系列电视节目，邀我加盟。我自是喜不胜收，连忙把吾师光廉先生也请进来，共同策划。但正如一位深知此中三昧、凑巧也在策划人之列的朋友所言，电视绝对是遗憾的艺术——我不幸带累吾师一起，一头栽进了这一遗憾当中。首先就是选题被剪裁。我们想出11人10集（两萧可以并为一集），但梁实秋、杨振声、洪深、吴伯箫四位都没有被通过。梁在海峡那边，那时还讳莫如深。杨先生材料不足，难以成集。但吴、洪两位，为什么也横遭贬斥？呜呼，自古官意高难问，草民只有作罢而已。

再后来，学校成立了“青岛发展研究中心”，鼓励大家申报与青岛文化直接有关的选题。我不自量力，竟然一口喝出“青岛新文学大系”的大题目，想借机系统地摸排、理顺近现代以来青岛文化的原生态结构。吴伯箫的散文创作与文学活动，自是其中的重大节目之一。结果当然又是破灭。

我还曾经一度忝为青岛市文联副主席（不驻会的），一有机会，就建议文联出面，编纂多卷本的青岛文化史，其中当然埋伏着为吴伯箫立传的设想。我知道学校虽然有所谓“青岛发展研究中心”，其实并没有多少钱，而且要普惠大众，各学科都要下点毛毛雨，熟谙国情的领导绝不会采取“伤其十指不如断其一指”的战略决策。但青岛市就大不相同了，GDP的数目是多么令人向往啊！而且文联不正是做这等大事情的专业机构吗？我于是喋喋不休起来，并不顾忌同事们的脸色。也许是说得太多了，时任文联主席的诗人，竟也热心起来，有一次郑重地安排起编纂青岛文化史书系的选题，让我作预算，出纲目，联系作者与出版社，他向上面申请经费。我于是把已经胎死腹中的“青岛新文学大系”作为蓝本，兴高采烈地拟出一套青岛文化史的具体设想，除文学外，还有建筑、民俗、美术、音乐、戏剧、电影、教育、宗教、体育等。自然，说出之日，也就是结束之时。

2003年初，我结束了在青岛大学的诸种历史使命，退休在家赋闲，却同时有几家兄弟学校来商谈兼职事宜，待遇都颇为可观。在最近邻的一家文学院少负其责的校友，竟不嫌浅陋，数度迂访。说他们学校的校长，虽然是著名的理工科专家，但对于发展人文学科却情有独钟，竟然在文学院开设了“现当代作家研究中心”。他作为“中心”的负责人，颇希望我能够加盟，首先帮助设计研究方案，然后具体介入研究工作。为了工作方便，还希望我接受为兼职教授，襄助研究。他自己开车带我到那建制伊始的“中心”参观，那学术氛围，那工作条件，特别是那份诚恳与热情，真的让我非常感动。

几度洽谈，我们拟定了一整套计划，三年的，五年的，十年的，更长远的，大约需要几多经费，每年可以交出何种成果，需要聘请哪些专家，应该联系哪些学者，也都一一开列。因为我已经多年设想，他认为比较成熟，可行性、前瞻性都还可以。一拍即合之后，他高高兴兴把这比较系统的研究计划拿到他们学院办公会研究，不料当即被人说这计划是剽窃了他多年的研究成果，情绪颇为激动，据说后来还延展成斯文扫地的一场闹剧。我的校友和我一样没有斗争精神和战斗能力，只有败退，败退，败退！他没有脸面来向我说明，我辗转知道后也只有苦笑，苦笑，苦笑……

其实，对于这等梦幻的破灭，我早已非常习惯，更因为其过于不自量力，故而并不感到什么痛楚。之所以今天又翻检起这些陈年老账，是听到了一些来自莱芜的消息，既令我鼓舞，更催我愧疚。

那里是吴伯箫先生的故乡，虽然没有青岛的蓝天碧海，没有青岛的林立的大学，没有小鱼山左近摩肩接踵的文化名人故居，但那里有一班衷心热爱故土文化，热心弘扬故土文明的文化人，于是那里有了吴伯箫学校，吴伯箫纪念馆，吴伯箫散文大赛，还要举办吴伯箫学术讨论会，编印《吴伯箫书影录》，摄制多集的吴伯箫文献纪录片！

莱芜固然是吴伯箫的故乡，但青岛不分明是吴伯箫正式走上文坛之地吗？说这里是箫声起处，绝不过分。如今呢，吴老的青岛故居早已荡然无存，连一幅像样的照片也难以寻觅，更不要说老人家文学活动的清理、文学事业的彰显、文学地位的研讨、文学影响的评估了……幸好在莱芜还有一片热爱着他的热土！古语曰，失之东隅，收之桑榆。起处也罢，故园也好，只要还有人在梳理淡去的文脉，只要还有人在敬畏先贤的遗存，高天厚土那边，就自然会恬然颔首——我这样以为。

追踪遗响三十年，箫声起处亦萧然。
文潮涌动关情处，根深叶茂数故园。

打油四句仅以自嘲，恭候四方贤达哂正。

南京归来

近年来参加学术会议的机会，是越来越少了。当然首要的原因是自己的科研经费所剩无几，向别人求助——无论多么熟悉的朋友——总难免“颜厚有扭捏”。其次是因为现在的学术会议的“入场券”，已经不那么好拿。你得先提交论文，审查通过后，才发给正式邀请函。我自退休以来，因为无需按时填报科研成果了，也就不再勉强自己去撰写那种自己写得吃力、别人更看得难受的论文。去年在济南召开的文学史会议，是我的母校举办，又连续收到几通催促的电话，不去不好意思，只好请女儿写一篇东西，我略加改动，就堂皇地署上我的名字，顺利地“蹭”了一把。这回去南京开鲁迅研究的会议，我还是写不出论文，就与过去的学生联合署名，又“蹭”了一把。我把这种不太光彩的“参会”方式，称之为“蹭会”。

最近三年，我印象最深的三个会议，除上述二者外，就是前年在北京召开的“中国期刊200年”的撰写研讨会了。会上，因为还有严家炎、张伯海、孙玉石、宋应离、吴福辉等若干30后人士压阵，我至老也不过是老头儿中的中老头。发言的安排，不是为老前辈们光荣地断后，就是给年轻的学者幸福地开道。去年就不同了，按年龄排序，我已经进入前十，终于混上了一个时段的“主持人”的角色，发言的位置明显地前移了不少。今年三月在南京，我就跃升前三，被许多人恭恭敬敬地称为“前辈学者”了，真是听得心惊肉跳啊！会后拿着合影再三揣摩，而且经过与以前的合影的比对，终于发现了一个颠扑不破的真理——我的地位在越来越高：以前开会照相，我一般都站在后排，后来合影，我开始往前排挪移，现在呐？居然被安排坐在了第一排，更重要的是居然距离中心越来越近。此前，我常常为自己马齿徒长却能力缩水而惭愧，而沮丧。现在不同了，我终于离领导越来越近了，哪怕仅仅是偶尔的，哪怕仅仅是在照片上！这里需要借用明末清初一位有名的文人的说法了，道是“不亦快哉”！

过去参加的会议，不少是各种研究会的年会，人员层次颇为复杂，有各级领导、特邀代表、名誉会长、会长、常务副会长、副会长、秘书长、副秘书长、常务理事、理事、各地区推选的代表等等，还往往有人携带批量的研究生赴会学习。参会的人数，动辄数百人。举办方光是安排不同规格的食宿，代购返程的火车、飞机、轮船的票子，收取会务费、住宿费并返回可以报销的单据，组织会后的“文化考察”，就已经焦头烂额。有些“特殊”的代表和非代表，接待的规格，都不那么容易拿捏得分寸恰好。至于学术活动，倒是很难再投入多少精力了。会议日程，一般是大学者大会作报告，中学者大会限时发言，再一般的小组里说说，年轻人也就是听听。因为人多，研讨的中心也松散分歧，莫衷一是。各人自说自话，说完拉倒。对于自己毫无兴趣的话题，不少人选择逃会来表示异议。主席台满满而听众席上寥寥的尴尬，并不是个例。而这三个会，一般都在40人左右，不分大会与小组。每位论文作者，都给以完全相同的发言时间。每一时段，都安排互动，对于相关议题，开展咨询、质疑。于是，会上会下，完全融为一体，学术的氛围，把与会者的心愿，聚拢为一体了。

这三个会，还都有非常明确、具体的研究中心：期刊会就是要对于已经启动的《1815——2015中国期刊200年》的总体构思、具体纲目进一步把脉开方、出谋划策。这可是一个特大项目，数十位真正的业内专家担纲，最终成果为大约400万字的巨著。文学史会的研讨核心，实际就是朱德发、魏建教授主编的《现代中国文学通鉴》，一部三卷本的足有200万字的皇皇巨著。南京会议的中心，则是研讨他们不久前获准的国家社会科学基金重大项目《鲁迅与20世纪中国》。这个项目的最终成果，将是8部互相关联的专著，总字数我估计不会少于300万字。坚决摒弃“毛毛雨”式的思维模式与管理体制，迅速集中并及时激活全校乃至数校的优质资源，遴选绝非徒有虚名的的首席专家，向重量级、大规模、系列化、高规格的研究成果冲刺。在学科基础建设和重大课题研究上比魄力、比贡献、比水平、比远见，是许多兄弟学校人文社会科学研究的新动向、新追求！远远望着兄弟学校同行们渐行渐远的背影，思忖自己参与创建的学科江河日下的前景，反复品味坐失良机所酿就的果实的苦涩，真的是感慨万千，心潮难平！

毕竟是江南啊，南京的街区，望中是一片的乱红浅草景象了。更令人新奇的，则是会议的安排。晚饭后恰好路遇匆匆赶来的刚刚升任南京师大副校长的朱晓进教授，我马上拉住他“讨债”：做了大官，不请老朋友吃饭，这合适吗？没想到他竟然未置可否，笑笑就走开了。当时我没有细想，后来颇觉得人情凉薄：当年在广州开会时，我们还都同是中国鲁迅研究会的理事，主张非常一致，会上会下，何等亲切，怎么“一阔脸就变”，偶聚小酌，有那么为难吗？我开始有点感慨起人心不古来了。但回到宿舍，看清楚会议日程，就马上感觉错怪朋友了。日程上明明规定：所有的饭，都是自助餐（自助餐上，也不备酒水），没有宴请！会议两天，满满的七场学术活动，再加开幕式、闭幕式，从第一天8 ： 20到第二天18 ： 00，竟全部是学术、学术。而且，会后竟没有安排惯常的“文化考察”。“会议须知”明确规定：“会议不组织旅游，会后想要在南京游览的专家请自行与旅行社联系，会务组也可代为联系旅行社。”耳目一新啊！会风丕变，或许正是时代的缩影，昭示着人心的向背！

会上，见到的大多是交往十几年乃至几十年的朋友，但也不乏慕名已久的学者。前者我认识他们的时候，有的还是在读的研究生，有的不过是助教、助研。而今，却大都是学科带头人，光鲜的头衔一大堆，身后的研究生也一大群了。不过年龄也都在60上下矣。有的头发已经提前下岗，倒彰显出智慧在闪闪发光。后者虽然过去没有见过，但与想象中的满腹经纶，见解独到，遇到关乎国家民族的事情，立场毫不含糊，态度绝不暧昧，仿佛也并无二致。特别令人惊奇的是，这些年我们在如此偏远的海隅山陬默默做的一点小事小情，他们却一清二楚，如数家珍。我们自己人并不太看重的一些过往的“贡献”，他们却屡屡称道不已——这怎不让人感到人心依然是公平的，友情依然是真诚的！

我的年龄在变，会议风气与学术追求在变，而友情不变；人事安排在变，物价在变，而退休金不变。在变与不变之间，我好像依稀触摸到共和国跳动的脉搏，感受着时代风雨在迅疾地掠过上空。

二十世纪鲁迅研究的“短板”之一[1]

毫无疑问，鲁迅与二十世纪中国的研究已经取得长足的进展和可喜的成就，但也还存在若干值得重视的问题。其中，鲁迅及其作品与广大青少年尤其是中学生的疏离，恐怕是鲁迅研究最值得研究的“短板”之一。

来青岛大学以前，我一直在泰安师专中文系任教，从1977级到1987级，先后担任了十年现代文学的教学。那时，鲁迅和鲁迅作品，显然是该学科教学内容的核心和重点。现在，这十届毕业生，早就成为泰安市中学语文教学的中坚力量，从教育局长到教研室负责人，从重点中学的领导，到教学名师、教学骨干，他们为泰安市中学语文教学作出了历史性的贡献。我偶或回到泰安，与老朋友晤谈，话题的中心之一，依然是现代文学特别是鲁迅及其作品的教学。每谈及此，朋友们大都欲言又止。我一再追问，他们才说：对不起，老师，在我们和我们的学生心目中，鲁迅的背影是渐行渐远了……

原因当然很多，但最直接的就是不但语文课本中鲁迅作品越来越少，而且高考试卷中已经多年就没有与鲁迅相关的任何内容了。我希望这不过仅仅是泰安一市的个例，但又非常担心这不仅是泰安一地的情况。鲁迅的背影在青年一代心目中渐行渐远，恐怕是鲁迅研究最大的悲剧之一，也一定大大有违鲁迅当初执笔为文的初衷。我们没有可能左右高考语文试卷的命题，没有可能影响中学语文课本的选篇，但也未必就毫无作为，为此，我恳请：

---

[1] 本文是作者在南京师范大学“鲁迅与20世纪中国”国际学术讨论会上的即席插话。

恳请主持《鲁迅研究月刊》的黄乔生先生，在《月刊》上特辟专栏，有意识向一线中学语文教师约稿，有组织地开展对于鲁迅及其作品与中学语文教学的认真研讨，以领起风气，逐渐深入，务求踏实。

恳请中国鲁迅研究会常务副会长孙郁先生，把这一问题纳入学会的议事日程，促进中国鲁迅研究会和中学语文研究会在机制上的互补。后者有数量可观的会员，每年都要举办大型的报告会。建议中国鲁迅研究会派出最优秀的学者，前往宣讲鲁迅研究的新史料、新成果、新方法、新思路……同时，有意识从中学语文教学第一线吸纳会员，有意识听取这方面的声音和诉求，以此作为学会的主要工作任务之一。

恳请各位从本科到硕士到博士的导师，有意识引领学生选择鲁迅研究并和中学语文教学有关联的论文选题，在认真调查研究的基础上，把一个鲜活的鲁迅，引进广大的中学师生的精神领域和知识领域。“圈”内的鲁迅研究，更紧密地与“圈”外的鲁迅研究互补共赢，从“圈”外汲取活力，或许更有利于“圈”内的研究开辟新的格局，赢得更多的青年学子的理解和喜爱。

二十世纪如此，二十一世纪也许更是如此！

兰香盈室，故人安在?

自家养的一盆素心兰开了。

据说这是秋兰，学名好像叫建兰，养了好几年了，花一直开得不多。去年只开了一支，前两年好像就只有叶芽，没有花束。今年却一发四支，每支都装点着四五朵花苞。昨天搬进室内，竟有八、九朵次第开放。纷披的绿叶间，攒动着淡绿的花箭，轻绿淡白的花蕊里，次第飘逸出淡远的清香，竟然把这间俗屋，也浸润出一番清雅的气象。那香气，是似有若无的，你走近了刻意地要闻，要嗅，它偏偏就把住门户，收敛起来；而不经意间，却又飘忽而至，倏然又去，丝毫不顾及人们的心意，只是一味自由自在地潇洒往来，播散芳馨。赵宋时代的濂溪先生盛赞一种“可远观而不可亵玩”的美，大约就是对这种境界的礼赞与向往了。

想我本是偶尔徘徊于雅俗之间的俗人，靠这盆清雅的花，居然也有机会荡涤身心，对于一向隔膜的雅洁高远的美，似乎也偶有领悟——这真的要感谢送花之人，去年已经谢世的史广安兄。

其实，我和史兄，并无深交，既非同专业的同学，也难称曾经共事的同事，我们熟悉起来，实在是一种偶然的机缘。大概是2000年顷，学校派出一个代表团，到省里评硕士点，我们都忝列成员，一道出发。那时的硕士点，还是“紧俏物资”，争取硕士点的任务，似乎并不比当下争取博士点更为轻松。我俩都是小人物，手里真没有多少可供“交换”的“资源”，所以心中没有底，路上也就寡言少语。到得会上，更感到惊心动魄：合纵、连横式的各种谋略，似乎都有人熟练地操作，当然已经是现代化了的。我们没有资源，也不会谋略，只有一颗诚恳的心，以及一辈子认真做人做事给各位学者留下的那点点儿印象，但却居然也小有“斩获”，总算是“不辱使命”吧。最后一顿晚餐，我们的心情特别的轻松，几乎没有吃什么东西，每人喝了两小杯啤酒，就撤退到月白风清的阶前，东拉西扯起来。他反复陈说的中心话题，就是像我们这样的小人物，能够为学校的发展做点好事，生命才会充实！大概是因为先得我心，所以印象比较深刻，历久反倒弥新。

到这时，我才知道他小我半岁，晚我一年考入山师。读的是物理，却喜欢写诗。也热衷于淘挖一些坊间的旧刻残简，当然未必见到精品。颇为关注文坛的旧闻轶事，可惜多是耳食之言——但他却也自得其乐。

到这时，我才知道，史家原是泰安的旧家，世居大关街前。泰安的大关街，其实就是北京的王府井，上海的南京路，青岛的中山路——当然是过去的未经改造的中山路——一向是经济的中心，商贸的焦点。满街铺就的是平滑的石条，两旁都是门板护卫的店铺。清晨，店伙把门板卸下排好，清水洒扫，是一溜繁荣的商家。晚间，再按序号排就顶紧，俨然就是两排木板的“长城”。无需集日，这里也是顾客盈门，因为方圆数百里，只要不去济南，那就只有来此光顾。山货店、食品店、茶叶店、文具店、家什（那时是不叫“家俬”的）店、五金店、服装店、布匹店、烟酒店……应该是应有尽有，自然少不了诊所和药店：车家是西医，专长五官科，晶亮的玻璃柜台与金属器械，显示着一派“洋气”；李家是中医，店堂幽深，但药匣的抽屉环与捣药的黄铜臼，却也一体铮亮，于深远中显示着活气。史家能够在这样的环境中立足，我猜想，那一定有他多年不衰的根基。更可敬佩的是，他们兄弟三个，一水儿的大学本科，在诸多旧家望族中，分外地引人注目。要知道，半个世纪以前的“大本”，丝毫不比当今的博士含金量更低。言外之意，他们家是常常被左邻右舍艳羡不止的“一门三进士”的家族。而他的一个妹妹，凑巧竟然与我的老伴一段时间同事，于是不免更多了几分对老泰安的共同的怀思。

回到学校，他就慨然赠我这盆花。然后，偶或路遇闲谈，并无主题。

到得2006年春夏之交，他却突然忙碌起来。本来，我的各位邻居，已经退休的教授们，都在以自己的方式安度晚年，旅游的旅游，游泳的游泳，麻将的麻将，乒乓的乒乓……而一种共同的利益攸关的事情，却把这非常松散的群落连接起来。大家似乎都以为应该联合起来去争取，去要求，乃至去“抗争”，但却很少有人出头联络。曾经有朋友论证，说我应该挺身而出，我却想不出“应该”的任何理由。的确，我年轻时干过不少这样的傻事，而每次都以身心俱疲告终。当然，也使我对中国的国民性，尤其是蔓延于知识分子之间的国民性，有了越来越深切的体悟。几度回合，使我确信一个严酷的真理：这种事情，历来是“炒熟豆子大家吃，砸破铁锅一人赔”的买卖。我早就知道，鲁迅在《热风·即小见大》中举例过，北京大学的学生们为反对讲义收费闹起了风潮，后来讲义费是取消了，学生们得到了实惠，而领头的冯省三却被开除了，但并没有听到有谁为那做了牺牲者的祝福。于是鲁迅把这种“牺牲”，称之为“散胙”！那可真是伤心而且悟道之言！我还知道，叶圣陶写过一篇小说叫《抗争》，那主人公郭先生，是为一种正义的事业为群体的利益挺身而出的，但结果，却是他自己被免职，也就是另一种形式的“散胙”。尽管叶老给小说安排上一个颇为生硬的“光明”的尾巴，郭先生的遭际，还是足令不少人由热心而寒心的。但这次，我却又一次违心地出了一个“小”头，那原因，大半在于受到史兄热情的感动。刚开始，他一天打几个电话，不几天就到敝寓来一坐，我都没有为之说动。我以为，这虽然是正当的维权，但却从哪头数都轮不到他和我出头理论，该为这种事情出面说说的不是大有人在吗？但是，他一个没头没脑的电话，却一下子激活了我久已封存的记忆。我记得很清楚，他开门见山就说：咱们这样的人，已经没有多少用了。从前，想做好事，往往力不从心，或者没有机会。人活一世，草木一秋而已。六十开外了，能够生存的时候，能够做事的时候，为大家伙做点好事，死了，也不会留下遗憾！说罢就挂了。话很简单，道理也很通俗易懂。但不知怎地，却瞬间使我那些世故与经验立马就退避三舍！

从那以后，他对我的称呼改了，从“刘教授”、“刘先生”，改成了“老刘”。去年夏天，常见他忙忙碌碌，上午是去“一浴”游泳，下午是去幼儿园接孙子，总是匆匆忙忙，打个招呼就走。一天晚间，我们在图书馆前的喷泉边相遇，他心情很好，兴冲冲地告诉我：他回了趟泰安，多年不见的哥们，总算欢聚一堂，多年的心愿已了。还专门拜谒了泰山老奶奶，还发现自家的茔地是真正的福址——人总要叶落归根嘛——泰安确实是风水宝地云云。我当时没有在意，过后想想，觉得似乎不大吉祥，六十拐弯，动手也太早了吧？没有多久，就有他生病的消息。问过几位邻居，大都语焉不详。我一直不信，因为明明看见他天天洗海澡，天天接孙子，飞快地走在校园中！忽然就在学术交流中心门前相遇。他径直向我走来，开口就说，我得的是胃癌，已经晚期了。语气极其平静，好像说的是美洲或者非洲的事情。接着说，人谁没有梦？但我现在却什么也做不成了。西医是束手无策，但我从小相信中医……神情就颇有些黯然。我连忙岔开，问有没有要我帮忙的地方？他说现在谁也插不上手了，但求老奶奶保佑吧！不久，路上遇到大嫂，说史兄服用中药很见好，饭量已经恢复到病前的八成了。我只有暗暗地祈祷，祝愿医生高明，药物有灵而已。不久，大嫂就打来电话，说史兄已经归西。他们家人一致决定，殡葬一切从简，不再麻烦大家。到现在，史兄遽然西行，已经多年矣。

先已说过，他不过是和我一样平凡或者说平庸的小人物，生前没有轰轰烈烈的业绩，没有叱咤风云的气派；死后，当然也不会搅扰人们生活的平静。他关于鲁迅、周作人、胡适的一些观点，我无法苟同。他热心传送的一些婆婆妈妈式的信息，证实不易，证伪也难。他写的那些诗，我大多不敢恭维……但他在平静的晚年为大伙的事情挺身而出的义举，他那种不以善小而不为的心志，却曾经使我怦然心动。

记得以旷达闻世的魏晋诗翁陶潜写过“亲戚或余悲，他人亦已歌。死去何所道，托体同山阿”的名句，由于鲁迅的引用，流传竟十分广远。史兄是早已把自己交付给高天厚土了。我也不大痴迷人死有知的信念，这些琐碎的絮叨，他一定不再理会。

我不过自说自话，聊写寸心而已。

樊骏先生印象

2011年1月15日14点50分，私心敬仰的樊骏先生默默地离开了他深爱着的人世间，孤独地走向了另一个我们不熟悉的世界！ 1月30日，《齐鲁晚报》发表了我一位年轻的朋友的挽联，道是：

无妻室无家产无专著无一名入室弟子独善其身默默治学不恋常人之所有

有大爱有恒心有卓识有万千私淑门生胸怀天下苦苦殉道只守众生之所无

刚刚听到樊骏先生辞世的消息，心底立刻涌动起一种莫名的悲戚，非常想写点什么，一是排遣悲苦，二是纪念逝者。但看到这精彩的挽联后立即打消了动笔的念头，因为我想说的，这里应有尽有，我没有想到的，也应有尽有矣！不料这一迟疑就是好几年。青岛的冬夜是那么漫长，今年又蒙受雾霾的骚扰，偶或盘点往事，不期然间就想起了樊骏先生。

记得初识樊骏先生，是在1979年左右，一个非常偶然的际遇：我在北京图书馆（现在称为国家图书馆了）查阅关于叶圣陶、王统照、臧克家的资料，巧遇华东师大陈子善兄，他也在查关于郁达夫的资料。一番交流后，他说北京正在召开一个丁玲研究的学术研讨会，问我愿不愿意去"蹭会"？我当然是求之不得。于是他带着我大摇大摆地走进会场，不但参与开会、合影，还蹭饭一局。座中有人告诉我这位就是大名鼎鼎的樊骏先生，可惜我当时没有准备什么问题要请教，只略说几句就告别了，不料樊骏先生却没有忘记我这个萍水相逢的小人物。

1982年，中国现代文学研究会年会在海南召开。一天休会，我在椰子树婆娑的荫影中徘徊，不期而遇见到樊骏先生，他问我会后想作什么，我不无惭愧地答道依然在做一点颇为寂寞的事情，例如王统照研究之类。但王统照是一位寂寞的作家，王统照研究恐怕也一定是一项更为寂寞的事业。不料他却大加赞赏，当即鼓励我说，从事科学研究的人，耐得寂寞是一种特别重要的品格；王统照之所以寂寞，原因之一便是研究的人太少，你为什么不把已经开了头的事情坚持下去？后来，他约我以王统照研究为例，谈现代文学研究的开拓，那短文便经过樊骏先生之手，发表在《中国现代文学研究丛刊》。从那以后，我就不再以寂寞为苦。有时夜已经很深，非常疲倦了，四周是一片的阒寂无声，似乎又分明听到樊骏先生那并不激烈的话语，我于是再拿起笔，写几句寂寞的话，给也如我一样并不十分惧惮寂寞的同好。

1983年春，全国师专系统现代文学教学研究会在我供职的泰安师专举办，我和刚刚留校的魏建等青年教师承担起几乎全部的会务工作，樊骏先生则是我们能够邀请到的最高规格的学者之一。办会的辛苦，只有办过的人才能够真正体会，但办会的收获，也非亲历者无从体尝。在会议的间歇中，我数度与樊骏先生深谈，对于现代文学研究的整体格局，才开始约略清楚。会后，我花了一两年时间，完成了自己认为颇具“代表性”的一篇论文，申说关于现代文学之“现代化”问题的见解。须知，那时这是一个刚刚被提出的命题，学术界还没有多少系统深入的成果。我非常郑重地抄寄给樊骏先生，希望得到指正，更希望得到首肯。一周后，复信收到，是用边沿打孔的蓝色横格纸写的，不是公家的信笺或稿纸，密密麻麻有满满两页。对于我的文章，没有通常的鼓励，倒是极其直率的批评：其一是批评引文没有详细注明出处，自己的话语与引用的话语混杂一起，颇不严谨；二是批评在使用像“现代性”这样还有争议的术语时，未做科学的界定，其内涵与外延自己都没有做到前后一致；其三是批评引述所依据的多非原始版本，既不是原始报刊，也不是初版本，因此难以征信；四是使用的引文大多落入他人窠臼，缺少自己从新发现、从新诠释的例证，以致文章新鲜感匮乏，多有似曾相识的感觉……初读时，我是满心委屈，读懂后又深受启迪！从此，我谨遵教诲，把这几点作为自己从事学术研究的“底线”和“边界”，也常常用来帮助青年教师修改讲稿，向学生提出要求。正是这些“底线”和“边界”，保护我没有头脑一热就动笔，回首往事，则少留下某些让自己脸红让他人齿冷的笑柄，给学术界少添了一些污染，就更不仅仅是我个人的幸事。不久学术界就流行“新名词”大轰炸的风潮，而后也曾被屡屡诟病。我很庆幸自己还算清醒，因此也就更加感激樊骏先生事先的提醒。随着年齿日增，阅历少长，渐渐体悟到樊骏先生的批评，看起来是“底线”，是“边界”，其实是很高的要求，是对学术研究的高标准的坚持。我的论文越写越谨慎，除去水平与能力的限制外，不敢粗制滥造的戒条，也随时在提醒，在告诫。我知道自己今生今世很难完全做到樊骏先生的要求，但古人说的“高山仰止，景行景止，虽不能至，心向往之”，却极好地映射出我的心情。

1998年7月，中国现代文学研究会第8届年会在山西太原召开。会后，东道主山西大学盛情邀请大家去佛教圣地五台山游散。通知是早8点出发，但大家伙在宾馆门外一直等到9点，还不见旅行社大巴的影子。有几位发火了，与导游理论起来。东道主更是火冒三丈，一个劲地打电话，嗓子都有些沙哑。我原来在宾馆门口等待，后来发现樊骏先生正在远处走动，就凑过去聊天，乘机也是请教。我问，关于现代文学期刊，我已经收集了不少资料，可是不知道该如何深入研究？有没有比较便捷的方法可循？樊骏先生脸上顿时失去了一向温和的表情，非常严肃地指出：没有便捷，只有一本一本看下去！见我有点尴尬，樊骏先生强调地说：想从事文学期刊研究，就必须有长期艰苦的思想准备，没有十几年几十年的冷板凳，文学期刊的研究是做不好的！我们这个学科，史料建设起步太晚，到现在也还没有把“家底”摸清楚，《现代文学总书目》是出来了，但文学期刊与文学副刊就说不清楚了。真希望你把文学期刊的总目录整理出来，给学科提供一种认真研究的基础……樊骏先生关于学科建设与文学史料发掘、整理的远见卓识，使我深心感到一种莫名的震撼！人活一生，岁月匆匆，再加上主观、客观的制限，能够做到、能够做好的事情，实在太有限了！如果能够在纷繁的事务中自觉地挑拣最有意义最有价值的去做，因而也使非常有限的生命更有意义、更有价值，那么，樊骏先生提醒的，恰好是最佳的选择。就这样，我一直在一本一本地看来看去，一直看到古稀已过，总算大体完成了樊骏先生热诚希望的为现代文学学科部分地摸清“家底”的嘱托，一种包含了万余种文学期刊信息的工具书，已经接近大体成型。虽然还不完备，虽然还需要继续补充、校正，但框架已经搭就，总体面目已经比较清晰，我揣想樊骏先生见到时，或许能够少少多一点宽舒吧。

2006年2月，樊骏先生唯一的一部论著《中国现代文学论集》由人民文学出版社隆重推出。我不久就收到了赠书。我当时很想写点什么，但随即就读到严家炎等先生的序言和评论，他们已经把该著的学术贡献，樊骏先生的学术追求的特色，特别是那种极其独特的人格魅力，述说得非常到位，评点得更加精彩，我实在没有插嘴的余地，也就废然搁笔了。转瞬又是近十个年头，评论、纪念樊骏先生的热潮虽然已经过去，但现在可能更是重新记起他、述说他的时机。

我私心认为:《中国现代文学论集》的出版，使许多人认识到樊骏先生作为现代文学学科“守护神”的独特地位和作用，这只是一种显在的认知；其实，他的这种贡献，更多地是潜在的影响，是一种“润物细无声”式的关爱。这充分体现在扶植、教诲、指导、奖掖像我这样与他毫不相干的许许多多小人物！在坚持科学求实的学风上，在为学科基础奠基上，在学人心性操守的涵养上，他既是可敬的表率，更是循循善诱的导师。

樊骏先生要求于自己的，往往是常人无法企及的，所以他的存在，绝对是一个不可复制的神话；而他要求于他人的，即使平庸如我辈，只要不言放弃，坚持下去，就完全可以做到，有时甚至可能做好，所以他又是现实可行的规范。樊骏先生的学术追求，在学术已然被完全“量化”的当下，可能是一种异常奢侈的标准；但放置到人类历史的长河中考量，又绝对是学术发展的必经之路，舍此就必然深陷歧途!

樊骏先生既然按照自己选择的方式走完了一生，我相信，在彼岸世界里，他依然不会寂寞。愿他闲适，祝他飘逸!

虎跑今昔谈

终于禁不住想象中的“三秋桂子，十里荷花”的诱引，七个小时的高铁，我又一次把自己卸在杭州的车水马龙之中了。

杭州的出租车和青岛一样难搭，公交车比青岛更拥挤也更逼仄。车上给我让座的，大多是中学生模样的小女孩。鼻梁上架副纯白或超大眼镜的疑似大学生们的规定动作，要么是低头玩手机，要么是眯眼装睡觉，这也和青岛毫无二致。最让我大开眼界的是杭州人的车技。在密密麻麻的人流、车流中，男男女女的车手一手举伞，一手驾车，曲曲折折，快速前行，竟然从来没有见到撞车、撞人之类的事故！如果有人要海选自行车杂技的演员，我真想建议他们从杭州入手。说不定选出来的竟是另一种类型的出彩中国人呢！

杭州总是在下雨。当地的朋友说这里的各种门前，商店、学校、寺庙、宾馆，都摆有雨伞。自己放下的伞找不见了，尽可以随手另外取一把。因为伞太多，样子又差不多，无人会介意于此。也是因此，杭州的植被郁郁葱葱，油亮丰茂，洋溢着饱满的生命力。相比之下，青岛的植物们太可怜也太顽强了。

杭州的朋友开车带我先去了闻名遐迩的灵隐寺。也许是因为下雨，也许是因为并非佛门的节日，香客与游人并没有想象中那么多。山门前，也不见类似青岛湛山寺那样，成群结队职业的“残疾人”在纠缠讨钱，还有身穿“文革”时期解放军服装的彪形大汉，自称是卫国戍边的末路英雄，正播放着军旅歌曲“化缘”。我到过不少佛教圣地，见过不少僧舍禅院，但还是这寺来得庄重肃穆。极其高大且略显前倾的佛祖，似乎从冥冥高空悲悯地俯身观察着我辈芸芸众生的心性与修为，稍稍有些压抑，略微有点恐怖，但更多的是令人肃然起敬。凡人如我，置身于此等境界，也不免要检点身心，自我反省。灵隐寺的素斋也极有特点。我那位长于写诗的朋友，交口赞叹，说素斋竟可以做得如此有味，青灯古佛的生活，也好像值得尝试。我由是想到一向敬仰的民国高僧弘一法师之种种，麻木枯涩的心灵，似乎掠过了一缕清风，安详，宁静。

其实我重访杭州的动机，主要还不是礼拜这庄严的佛寺，而是心心念念的虎跑。每到杭州，这里总是我必到的“圣地”。

记得大约十多年以前，我曾和老伴、女儿来此喝茶。选一个靠窗的座位，望中全是碧绿的枝叶交错的芭蕉、丹桂，油光闪烁，婆娑多姿。四周静悄悄的几乎没有任何响动，光洁的藤桌、藤椅，一律闪烁着暗淡的光泽，似乎也是品位与资历的表征。一人一杯地道的雨前龙井，装在大约一虎口高的异常洁净的玻璃杯中。每人面前一具红泥的小小水炉，形制颇似古代的食具陶鬲，三条粗而短的腿支着。腿之间有石蜡燃点，蓝荧荧的火苗微微闪动，活像一个聪明的精灵，无言地诉说着大千世界古往今来的神怪传奇。身旁暖瓶里是真正的虎跑泉水，随时可以按照自己的愿望陆续添加到水炉里加温，陆续冲泡那次第展开的碧绿的叶芽，看它们是如何在不同水温不同时段里身形的腾挪变化，起落沉浮。坐了一会儿，老伴和女儿相约去选购预备送人的折扇和丝巾去了，偌大的茶室，只余默然不语的五六人。我与泥炉、茶水久久对视，彼此无言，谁都会心。真个是写诗的好所在，可惜我不会，更不愿搅扰这难得的清雅与幽静。

大约三年前，我们又来到这里，情形有了变化。茶资从20涨到50也且不说，茶具就不大像虎跑的来头。红泥的雅致水炉不见了，晶莹透明的玻璃杯竟也换成了华富艳丽的陶瓷盖杯。叶芽们的婀娜身姿是看不到了，杯盖也显得颇有些尴尬：盖也不是，闷去了茶的清香；不盖也不是，水凉了茶则淡而无味。虽然还是昔日的茶叶和泉水，但已经消泯了当年那种品茶的韵致。这次就更加令人失望。原先喝茶的大厅，已经一分为二，隔成两间。其一已经有团队在，另外一间还空着。杭州朋友和卖茶大嫂商量，问能不能到里面去，外间正在下雨，山风颇有些凉意。大嫂不允，说早已被团队预定，我等散客，只能在廊檐外大伞下“消费”。没有商量的余地，只好坐看雨景。茶资涨到100元一杯了，100就100吧，还不知何时再来能否再来。茶还是真正的龙井，水还是真正的虎跑泉水，只是周边的情形越发糟糕。早来的团队开始时还比较安静，虽然导游也在讲说，游客也有人不停地打手机。但第二家团队来到后，两家导游都担心自己的讲说效果不佳，纷纷提高了讲解的分贝。走来走去的游客们的嬉闹声与手机声，导游们电喇叭里走形的杭州普通话，略显沙哑的程式化的虎跑的历史，都让人似乎置身于啤酒节时分的青岛火车站!

人们富裕了，纷纷走出家门旅游，当然是好事。人多了，各地的旅游景点大都人满为患，也是难以避免的憾事。卖茶人希望多招揽顾客多赚钱，也完全可以理解。我只是痴痴地希望，在虎跑茶室这样的地方，能不能把自己的音量稍稍制约一些，分贝稍稍降低几点？我当然没有柴静的能量，看来这噪音的雾霾，一时半会儿是没有希望化解了。

忽然想到我几度造访杭州，竟然没有看望过月出时的西湖，真是有负湖山多矣。这时候游客已经不多，湖边游艺节目的热闹声浪也已远去。坐在湖边的木椅上，看软软的湖水接喋着岸边，湖面泛起些微微的涟漪，明暗之间，有片片的银色不规则地闪烁。想到这里曾经有叶圣陶、朱自清、夏丏尊、李叔同、丰子恺以及西泠印社诸君子、湖畔诗社众诗家的心路历程与文脉传承，虽未见荷开未闻桂香，也不虚此行矣。想着想着，湖边左近，一艘灯火通明的画舫，悄然滑动，无声地远去了。

土豪今昔谈

听外省的朋友讲过一个土豪的故事：说有一个村镇作坊的小老板，曲径通幽，摇身一变成为某大公司的CEO了，头上还罩着各种各样光鲜无比的花环——其间自然有“曲径通幽”的法门，中国人大都可以想见或猜到。但那是有关部门的事情，我们不便插手，还是继续听故事吧——却万分苦恼起来。他那位发福的太太总喜欢向自己认可的朋友倾诉，说就要累死了，烦死了！朋友很奇怪，那么多钱，怎么会有苦恼？她诉说得非常可信：她家那花园别墅式的房子太大，上下共四层，每层都百多平米。顶层是卧室（自然上面还有阁楼），一层是客厅，负一层是车库，负二层是宝库。一层和负一层可以雇人打扫，另两层就只好自己打理了。为什么哪？卧室太豪华，担心小时工或保姆泄露机密，引来偷盗集团或绑票劫匪。亲戚虽多，也无人可信可靠啊，这年头！负二层里装满了各种渠道弄来的古董，有名人字画，有金银器皿，还有不知什么朝代的香炉、铜镜之类，也不知道怎么保管更别说欣赏。害怕“露富”招贼，也不敢请人鉴定真伪，连最好的朋友也不敢请来观看。每到梅雨季节，她老人家都得自己来除湿，或者不时来除尘，看看螨虫长了多少？老鼠有没有侵入？真是累死了！一年虽然去夏威夷或普吉岛飞好几趟，可CEO们对于海水、沙滩还有什么树什么花什么风格的建筑什么历史的遗存，统统毫无兴趣，一天到晚猫在宾馆房间里喝酒、打牌。她们几个老娘儿们赤着脚在海滩上走来走去，时间长了怕晒得更黑，照个相也没个人样，首饰戴得再多又没什么观众，什么山珍海味也吃不出个子丑寅卯，有什么意思？

我听后不禁同情起来，觉得当土豪确也不易。但忽然想起，记得鲁迅也介绍过另外一个也是关于土豪的故事，不妨拿来一比。

他听说有一位“土财主”——现在统称为土豪，好像是为了摘掉没有文化的帽子，居然设法淘换到一尊古鼎，据说还是周朝的。现在央视请王刚先生作节目主持，鉴定各种藏宝，好像乾隆、嘉庆时代的就肯定为文物了——周朝的，自然更了不起。于是土豪先生广发请柬邀请许多文化界特别是古玩界的名人贵客，到他四处珠光宝气的豪华客厅参观鉴赏，盛况于是乎空前。但一到客厅，许多专家都哑然失笑起来。原来该土豪把这周鼎作为古董的标志的满身的铜锈与斑驳的土花统统打磨干净，一具簇新的闪烁着耀眼铜光的鼎，屹然竖立在大厅之中——看客们一面为古鼎叹息其“遇人不淑”，一面更加嘲笑土豪先生的没有文化：古鼎打磨干净了，还有身价吗？还叫古董吗？

鲁迅却在哑然失笑后深思起来：鼎在周朝，不就是餐饮用具吗？与我们当下的饭碗饭锅，只有大小的区别、材质的不同，用途是完全一样的。我们今日的餐具，岂有终年不洗，任其长满土花生就铜锈的道理？因此，土豪先生的做法，倒是让大家看到了鼎的真正原初的模样，而不再受到自然的或人为的土花、铜锈的忽悠蒙骗——许多历史事实，不也是应该祛除其土花、铜锈后，才可能显露出本来面目的吗？

今之土豪，掌控着不知真假的古董，只能任其在负二层发霉，生锈；昔之土豪，却乐于把千方百计淘换到的古董与朋友们在客厅共同鉴赏，即使让人背后笑骂，也在所不辞——今之土豪，似乎不及昔之土豪的结论，就是从这里得出的。如果此番比较有生拉硬扯、不伦不类之嫌，还请土豪同志们批评指正。

名著今昔谈

读书要读名著，这当然是正确的命题；但何谓名著，就会有各不相同的阐释。

首先需要区分的是“名著”与“名人写的书”——这是两种完全不同的书。1935年7月1日，鲁迅写下了《名人与名言》，从他的老师章太炎先生攻击白话说起，提出了“博识家的话多浅，专门家的话多悖”的命题。他指出：

> 他们的悖，未必悖在讲述他们的专门，是悖在倚专家之名，来讲述他们所专门以外的事。社会上崇敬名人，于是以为名人的话就是名言，却忘记了他之所以得名是那一种学问或事业。名人被崇奉所诱惑，也忘记了自己之所以得名是那一种学问或事业，渐以为一切无不胜人，无所不谈，于是乎就悖起来了。……不过名人的流毒，在中国却较为厉害，这还是科举的余波。那时候，儒生在私塾里揣摩高头讲章，和天下国家何涉，但一登第，真是“一举成名天下知”，他可以修史，可以衡文，可以临民，可以治河；到清朝之末，更可以办学校，开煤矿，练新军，造战舰，条陈新政，出洋考察了。成绩如何呢，不待我多说。这病根至今没有除，一成名人，便有“满天飞”之概。我想，自此以后，我们是应该将“名人的话”和“名言”分开来的，名人的话并不都是名言；许多名言，倒出自田夫野老之口。

听说前年得到诺贝尔文学奖的莫言先生，就有“管住自己的嘴”的自我警示，意谓绝不以为自己一获大奖即无所不知无所不谈。我的老师冯光廉先生在总结自己的学术历程时，也以不再从事“跨界研究”为自我告诫——涉足并非自己专长的其他学术领域发表言论，是一件颇为“危险”的事情。我以为这都是科学的态度，值得提倡。

同时，即使是真的名著，也难免带有历史的或个体的种种局限，“句句是真理”本身就违背了真理的核心意旨。1934年9月25日，鲁迅写下了《商贾的批评》，文章针对的是林希隽对杂文的诬陷，结尾处才指出：

> 作品，总是有些缺点的。亚波理奈尔（法国诗人，《咏孔雀》是他的《动物寓言诗》中的一首短诗——引者注）咏孔雀，说它翘起尾巴，光辉灿烂，但后面的屁股眼也露出来了。所以批评家的指摘是要的，不过批评家这时却也就翘起了尾巴，露出他的屁眼。但为什么还要呢，就因为它正面还有光辉灿烂的羽毛。不过倘使并非孔雀，仅仅是鹅鸭之流，它应该想一想翘起尾巴来，露出的只有些什么！

要想区别真“名著”与伪“名著”，要想知道真“名著”有什么历史的或个体的局限，除去多读多想，勤于比较、辨别外，恐怕还没有更好的方法。

读书今昔谈

《青岛大学报》的编辑先生给我布置了一项作业:用一千字的篇幅,配上我“作读书状”的照片,说服当下那些不太喜欢读书的青年学子改弦更张,喜欢起来——我很为难。

照片不难，请人帮忙，几分钟就搞定。但说服就束手无策了。宋朝的皇帝鼓励学子们读书，集中在三大目标：千钟粟、黄金屋、颜如玉。如今科举取士早已废除，要想升官、发财，只要有已经升官、发财的老爸，立马就成功。要找到漂亮的异性朋友，只要建议老爸、老妈把自己生得帅一些或靓一些，也会水到渠成。即使爸妈的形象基因类似某大老虎，但只要官足够大、钱足够多，定有人趋之若鹜——也就是都与读书毫无关系。

但这样交卷，恐怕是不会被通过的。读书有用论我说不到点子上，那就略说几句读书有益论吧。其中，读书可以与大师相遇，可以从他们那里发现别样的精彩人生，或许是读书的益处之一。

写书的大师们，无疑都是他们所在领域里的“成功人士”。他们的书，往往就是人生成功的有力佐证。因为职业的关系，我确曾读过一些书：读周作人感受到惊人的渊博，读钱钟书体悟到会心的睿智，沈从文展示的是水缘，丰子恺展示的是佛缘，王统照、臧克家让我对北方中国农民的苦难感同身受，曹禺、老舍让我沉浸在老北京子民的心灵世界……但真正让我“走心”的，无疑还是鲁迅。1973年，正是“文革”后期，国家民族的境遇糟糕透了，我自己更是陷落进恐惧惶惑的深渊无法自拔。突然，我的一位老师携带我参加了一项用鲁迅自己的话语来证明鲁迅到底是怎样的人的工作。那时，这是从“石一歌”们的“鲁迅呓语”中突围的唯一选择，更是我经历了中小学时代的胡乱读书、大学时代的普泛读书后，第一次真正的深入读书。好几年里，我把当时能够找到的鲁迅作品，读了好多遍，抄录了近百万字的条目，和我的老师一起，编辑了《鲁迅生平自述辑要》一书，1979年由山东人民出版社出版，署名“舒汉”。从鲁迅那里，我不但知道怎样才算没有奴颜媚骨，而且知道被压迫被凌辱的民族、民众，应该怎样从精神上解放自己，找到民族的尊严和个体的尊严。在金钱至上、信仰缺失的当下，我为能找到鲁迅这样的精神导师、心灵港湾，而感受着一种堪称欣慰的幸福感、安全感。每当眼前迷雾重重、内心激愤不已时，想想鲁迅，读读鲁迅，那些失落、彷徨、无奈、迷惘，也就变得渺如轻尘。然后，就继续写几行落寞的文字——夸大点说，就算是我自选的人生乃至学术的守望吧。

如此回答，编辑先生或许极为不满。但我技止此耳，只好交半张白卷了。

博文楼今昔

从七月中旬到八月底，五十多年极少有过的潮湿加闷热，天天在“烤”验着青岛人。如今，终于“熬”过去了，扑面而来的是秋高气爽的九月和爽朗的天气一起迎接新学期的，还有整修一新的博文楼。

其实，博文楼最初没有名字，就叫做教学楼。因为那时的青岛大学，就只有这一座教学楼（还有4座，不过都是学生宿舍楼。另有一座三层的小楼，大都是机械、电器的实习工厂，有人称为实习楼）。全校几乎所有的科系，无论是理科还是文科，几乎一切教学活动，都在这里进行。我们的各位领导，各种科室，还有校医院，就统统挤在一座Y字型学生宿舍楼的一条“腿”里。我们要找领导，只要走进这座楼，拐进这条“腿”，就什么问题都有头绪了。教学楼的三楼，有学校唯一的会议室，校领导研究事项，接待贵宾，一律在此举办。我只有幸进去过一次：那是职称评定已经停顿了4年之后的1992年。我和好像足有三十几位申请晋升教授的同事，团团围坐在会议室的三面，评委们在中间一面，记得他们都很和气、亲切，议论着、评定着我们这些迟到的教授的成果，不时还荡漾起平易近人的笑声。那年，我们十七人，在这博文楼里一起被通过，成为青岛大学职称评定史上最“宏伟壮观”的事项之一。

后来，又修起了一座专供理工科使用的楼，装饰着巧克力般的暖色外墙。为了和旧有的教学楼区别，就叫做实验楼。物理、化学、环科、计算机等兄弟系科都搬家了，住进了漂亮的新房。我们中文系、外文系、社会学系、国际关系系、语言中心等，眼巴巴看着人家乔迁新居，喜气洋洋，却只好在已经相当破旧的教学楼里坚守。那时听说有一位分管房子的领导，来找中文系主任协商，说是新楼分配很紧张，中文系现在有两间办公室，是不是让出一间？系主任先生很平静地说，两间都上交吧，中文系不用办了。那位领导就没有再说什么。从此，中文系就一直在这两间房子里生存，一间作为资料室，一间作为系办公室。系办公室里有4张办公桌，8个人在其中办公：总支书记、系主任、副主任2人、办公室主任、教学秘书、辅导员等。还有两个文件橱，满满当当地塞着学生档案、教学文件等等。橱子顶上，则是封存待查的学生论文、试卷之类，高高地一直堆到天花板。

1993年，青岛大学合校了，学校实行大概是全国高校唯一的校、院、系“三级管理”体制。原中文系主任升格为文学院院长，我被替补做了青岛大学文学院中文系主任，与总支书记、副系主任合用一张办公桌，每人一个抽屉。记得那时中文系最先进的办公设备，是文学院代购的一台286的组装电脑，一台针打式打印机。这两位朋友，或许是自恃从“上级”下来的，个性都比较鲜明。电脑的独特功能是自行删除文件。我们吭哧吭哧奋斗半天，回来一看，文件没了，或者少头去尾，或者“没心没肺”。打印机则带有自我休整的功能，打印八九张，甚至十来行，无缘无故就歇菜了。何时再开工，从来不和我们商量。1994年，中文系申报新闻学本科专业，教育厅派来五位专家考察审定。我们需要准备一式七份材料，我是整整和这两位“老爷”博弈了三个工作日。同年，去国家汉办申报HSK考点，文件更多了，又是图标，又是数据，那就更是一场磨练意志、考验毅力的苦战！直到我退休前夕，学校一连盖起了好几座教学楼，我死缠软磨，把当时的教务处长请到中文系办公室“做客”，请他欣赏我当副主任、系主任近十年来“拥有”的唯一一个抽屉。他于是把教学楼的五层楼最好的房间，大部都分给了中文系。我们东边是文学院院部机关，西边是德语系。钥匙刚刚拿到，我立马把最敞亮向阳的房子，安排作为系资料室，让终年受潮的图书，和来此看书、备课的老师们一起享受着阳光的明媚。随即，文学院的女书记就空前和蔼亲切地找我商量：是不是把资料室与学院领导的办公室换一换？老师们不坐班，资料室利用率不高；而院领导们坐班，但办公室不向阳，对身体可能不好。我一口回绝了：我就是想让老师们在阳光里备课、读书。因此，我退休时得到这位领导的高度赞扬，说我是高风亮节！听了少许有一点惭愧，但更多的是高兴——这毕竟是学院主要领导的定评啊。

退休后，我作过两届督学，实际只干了三年。三年里，我听课出入最多的，还是这博文楼。课后，有时便和第一线的老师们闲聊，顺便也提几点改进的意见。大多数青年教师是欢迎的，但也有不少碰壁的机缘。有的一下课就跑厕所里去了，有的说刘老师你先走吧，我还有别的事。我想约集大学语文课的老师们集体座谈一番，解决一些共同性的问题，还上网查了不少资料。担心我自己知识储备不足，还特地约请我的老师出席。他正在研究大学里的教学艺术，已经有这样的著作问世。座谈会提前一周就由文学院发出通知，但应该到会的十人一位也没有到。我在尴尬之余，颇感蹊跷。后来辗转私下打听，有的说，我们一个月拿不到三千块钱，能这样“对付”已经是“凭良心”了；有的说，快放暑假了，接到同学、朋友来青岛旅游的短信、电话越来越多，正愁着这月上哪里找钱，哪有心思搞教改。现在，和焕然一新的博文楼一起，我们这些多年坚守在教学第一线的中青年教师的收入增加了不少，虽然还是不如物价涨得快，但他们在驻青高校的同行面前，不必再为说不出口的月薪而羞愧。在月嫂、家政钟点工和修水管的师傅们面前，寒酸的程度也下降了不少。

我曾经应约给青岛的某报写过一篇拙文，题目叫做《青岛人的大学梦》，大约因为不合要求，一直没有收到样报，更没有事先承诺的稿费可言，但文章却不断在网上流传，当然是被四分五裂了的。其中有这样几句：

> 高等学校的学科设置，大体上分为自然科学、技术科学、社会科学、人文科学四大门类。前两者旨在处理人与自然的关系，社会科学主要用于处理人与人即人与社会的关系，人文学科，则主要指向处理人和自我关系的领域，即人应该如何进一步完善自我，提升生命的价值和境界。一座像样的现代城市，如果没有高层次的人文学科，或者说没有一所文理融通的综合大学，就有可能丧失了他的智慧库、人才库，丧失了圆融通达、淋漓酣畅的精气神。如果说科学构建起城市的骨架肌肤，那么，人文精神就灌注着城市灵动的精魂。孔子认为智者乐水，仁者乐山。没有水的山，难免显得干枯，了无葱笼

的诗情与生机。山水配搭得当，才成为活生生的风景。没有人文学科支持的城市，也是如此。

我们的博文楼，就是在青岛这座日趋国际化、现代化的新兴城市里，充当着人文精神的制高点，人文学科的桥头堡，人文知识的学术库！无需自惭形秽，不必过分谦抑，博文楼里的科研成果，博文楼里走出的栋梁式人才，一直领先着青岛的人文学科，一直是青岛人文研究的学术高地。如何在全新的博文楼里发扬光大，才是当下的青大人一宗无可推卸的历史重任。

看到崭新的博文楼，难免想起胡滨、卢稼、周汉林、黄伯荣等长者，他们大都是最先来到这里，活跃于博文楼，也献身于博文楼。他们走得早一些了，我们纪念他们，却并不悲伤，因为这是规律。我是45岁走进博文楼的，现在也已过七旬。我们这些人，也在按照规律前行，谁也不能例外，但我们并不消沉委顿。正如鲁迅所说，身内的青春固然已逝，身外的青春不是宛然还在吗？且看这博文楼，它像是一面镜，昭示着斗转星移，天地玄黄。它像是一卷书，记载着坚守和奉献、智慧和风骨、操守和文采。它还像一轴画，流泻着诗情，晕染着光彩，背景里自然也糅合着足够的苦恼与无奈、追寻与失落。它最像是一座碑，深深地铭刻着继往开来，生生不息，海阔天高！

文海钩沉

叶圣陶印象

1943年10月，叶圣陶满五十虚岁了。他上街买了几斤切面，与流寓四川的家人们一起，高高兴兴，煮面吃面，与往常一样过了一个普普通通的“生日”，一点也没想到什么“寿”呀、“祝”呀一类的礼仪。不料成都文艺界、出版界的朋友们知道以后，不依不饶，执意要为他隆重地补祝五十大寿。

11月15日这天，朋友们云集于竟成园礼堂，又是读贺电，又是吃寿面，唱歌作诗，照相祝酒，竟然把这一活动办成那个阴霾满天的日子里最令人开心的盛大节日。他的老朋友茅盾正在病中，闻讯后马上寄来了热情的贺信。到底是大手笔，到底是老朋友，在诸多祝寿的文字中，这信写得最中肯綮。其中写道：

> 凡是认识他的朋友们都不能不感到，和圣陶相对，虽然他无一语，可是令人消释鄙俗之心，读他的作品亦然。你要从他作品中找寻惊人事，那不一定有；然而即在初无惊人处有他那种净化升华人的品性的力量。才笔焕发，规模阔大，有胜于圣陶的，但圣陶的朴素谨严的作风，及其敦厚诚挚的情感，自有不可及处。
>
> ……
>
> 圣陶对于中国新文学的光辉的贡献，海内早有公论，初不因我的赞美而加重；但二十多年的交谊，使我从圣陶的“为人”与其作品看到了最重要的一点，即两者的统一与调和。作品乃人格之表现：这句话于圣陶而益信。[1]

茅盾对叶圣陶的评价既传神地点化出了叶圣陶人品与文品最鲜明的特征、最

[1] 茅盾《祝圣陶五十寿》。

独特的魅力，又启发着我们进一步去思考铸成这种精神现象的种种原因。在中国新文学第一代作家中，出生于1894年的叶圣陶，小于鲁迅和郭沫若而大于茅盾、郁达夫、王统照、朱自清、郑振铎、谢冰心等。五四运动开始时，他已经25岁了，不但中学毕业多年，早已从学生变为教员，而且已经成家，已经做了父亲，已经在报刊上发表过不少作品——也就是说，他已经是一个思想较为成熟、生活相对稳定的成年人了。受到家庭和社会环境的影响，他从小喜欢篆刻、昆曲、诗词等传统艺术，又长期受到中国语言文学（他在学校里教的是国文，在书店里编的是国文课本——职业与爱好统一于国文）的熏陶，在接受五四新思潮之前，就已经有了相当深厚、系统、踏实的传统文化的根底。和鲁迅、胡适、郭沫若、郁达夫等不同，叶圣陶长期乡居执教，既没有走出国门直接领略异域的文化精神，也不曾跻身京华感受新旧文明生死搏战的激烈与悲壮，加之又受到外语能力的限制，就难于受到西方文化整体性的、直接而强烈的冲击。职业与地域的特点，文化的教养与情趣，使他易于以传统为出发点，以传统中的优秀成分为自己的根基，淘汰掉贵族化的、封建性的旧质，置换成平民化的、民主性的新质。在他的精神世界中，西方文化与东方文化，现代意识与传统观念，往往是双重优良质素的自然契合，而很少形成尖锐激烈的对立、冲撞。因此，他的为人与性格，平和冲淡，自然平易，表里如一，言行一致。没有鲁迅的深刻与峻急，也没有鲁迅的深广忧愤与深沉苦痛；不像郭沫若那么热情奔放慷慨激昂，也不像郭沫若那样阿从时尚苦心应变。从精神世界的自然和谐、个性气质的恬淡平易、人格建树的稳定完美来看，在新文学诸大家中，他与冰心最为相近，但又多了些平民之子的质朴敦厚，少了些大家闺秀的典雅与隽丽。

叶圣陶的一生，几乎是和人类社会变动最急剧的这个世纪同步度过的。这近百年的历史，也是中国各种社会矛盾交错展开或爆发为流血冲突的历史。一个有影响的人物的个性气质，往往直接体现为政治态度，或者说人们通常习惯于通过政治斗争中的表现这一特定窗口，透视其内在的思想变化与情感趋向。从欢呼辛亥的胜利、五四的风涛，到愤激于“五卅”的鲜血横流、“四·一二”的历史逆转；从八年离乱弃家入蜀，到步履稳健争求民主，他始终与中国人民争取民主、科学、社会主义的大方向大目标一致，与不断前进的时代精神步调一致，并且越是到危急关头，越是敢于挺身而出，明确、坚定地表示自己与人民意愿共存亡的立场、态度。

从表面上看来，他并未直接卷入政治斗争的漩涡中心，尚未和反动当局构成短兵相接、你死我活的对峙冲突状态。他的抗争方式，内涵充实坚定而外表温婉节制，往往不是以剑拔弩张的姿态冲锋陷阵于最前线，而是着重于从个体人格的修养中坚持“有所爱，有所恶，有所为，有所不为”的原则，始终保持外柔内刚，方正耿直，踏实稳健，从容安详的风格。

但叶圣陶毕竟不是政治家，也从未把革命活动长期地或短暂地作为职业，其人品自然也就更多、更集中地映照在文学作品中。他写下了百万字左右的长短篇小说，塑造了近百个城镇、乡村的人物，其中占最大多数的是中小学教师、下层社会的劳动妇女、失去了正常发展机会的儿童。既无传奇式的英雄豪杰、惊世骇俗的畸人怪事，也无眩惑耳目的异域风光、拍案称奇的逸闻秘录，他的小说所描绘的，完全是那个时代由最平凡的人物组成的最平凡的生活图景。

他喜欢按自然时序表现人物的命运，线索单纯，进展自然，虽有倒叙或插叙，但转接过渡，交代分明，时间和空间的切割、转换，都比较完整。这与现代派小说极其琐细、凌乱的剪辑时空，或同时展示几种不同心态不同意识的流动变化的结构形式，明显不同。他的小说虽然不具备现代派小说的新奇感，但也避免了理解上的歧义与隔膜。他不安排大起大落、大开大阖的布局，不编织曲折离奇、出乎常理常情的故事，而是从平凡的生活场景中精心撷取其中较为完整的一段，显示生活的必然逻辑。又每每在结尾处安排波俏的一笔，乍看突兀奇警，细想正是事态发展的必然，令人由此回味全篇的旨意。

叶圣陶非常注重展示人物的内心世界，但他在行文中却非常自觉地区别叙述事件与描摹心态的不同。两种语言榫卯扣接，既自然流畅，又界限分明，读起来毫不感到生硬突兀，更不需要在纷繁的意识流中寻觅各种不同语句、语义的归属。因为取材于平凡，小说所描写的，也多是平实的人生理想以及连这类平实的理想也一一归于失败的平常的悲剧。他所塑造的农民和教员，大都是清楚地了解自己的处境、地位，对于生活从来未有也从未敢有奢望的安分守己的小人物。农民渴望的是温饱，而非暴富；教员追求的是稳定的职业和工资，稳定的国家和政局，而非腾达。其中最善于幻想的人物，也不过是希望在做稳教员之后，再求人请托去警察局谋一份月薪廿元的差使，然后在饭桌上出现一尾炖好的鲫鱼。但就是这样合情合理、毫不过分的平实的人生理想，也在严酷的现实面前一一碰得头破血流，土崩瓦解，这才更显示了时代悲剧已经是何等的普泛，才更醒目地把这些现实问题推送到了历史舞台的前沿。

对于作品中的人物，他自有鲜明的爱憎，但这种感情态度，往往隐而不显，含而不露。对于广大的不幸者，无论其为农民为教员为妇女为儿童，他往往和他们处于同一水平线上，既非超越、俯瞰，也非崇拜、仰视。他对人物的不幸遭遇，怀有深刻的同情，感同身受，体尝深至，但大抵还不是鼓动他们投身革命，与黑暗社会反动当局展开你死我活的搏斗。对于少量的抗争者，也多是细致地描写抗争意念萌发的正义性与合理性，或者写愤激的言辞，或者写有节制的行动，但往往点到为止，很少有直接的正面的斗争场景出现。即使写到像“五卅”、“四·一二”那样的历史事件，也大多用侧面描写或转述笔法，并不让主人公正面现身到血与火的战斗中冲杀。他所着重的仍然是在这样的背景下人物心灵的震动和变化。对于像潘先生那样只顾一已身家性命安全而毫无是非观念的自私怯懦人物，作者是批评的，讽刺的，但批评显得含蓄，讽刺呈现温和，既不尖刻，也不直露。同样是写被剥削压榨完全丧失了自已做人权利的农家妇女，他的《一生》显然不具备鲁迅《祝福》那样的深邃；同样是写人与人之间的隔膜，叶圣陶的《隔膜》，完全不像鲁迅的《药》《故乡》，尤其是《孤独者》那样冷峭得让灵魂震颤，起立彷徨!

叶圣陶很少用日记体、书简体、第一人称这类适于直抒胸臆倾吐情怀的文体形态，既不像郁达夫那样亲自介入作品或借人物之口“夫子自道”，也不像鲁迅那样深入人物心灵让读者一并体味那种万难忍受的苦痛与创伤。而往往是有意和人物、和故事拉开距离，自觉地保持客观、冷静、平和的特色，把感情多寄托在不著文字的处所。他所使用的文学语言，既讲究上口，又注重入耳。写作时反复揣摩和修改的，首先是文气的顺不顺，词句的准不准。因此，他的作品显得特别平实，匀称，明净，细致，既规范，又流畅。遣词造语，少有当头棒喝式的格言警句。叙述描写，不以奇巧夸饰为务，而以平实隽永耐、人吟味见长。乍看只见其无疵之美，久品才悟出自然和谐的语境。

五四以前，叶圣陶一直在城里或乡镇的小学里教书，生活相当困顿，甚至不得不依靠卖文维持生计。后来幸得朋友相助，介绍他加入新潮社，介绍他发起文学研究会，介绍他进商务印书馆做编辑，介绍他执教于杭州一师……道路越走越宽广，事业的发展与友谊的增强互相促进，终于成就了一代文宗，一代师表。倘或没有朋友相助，他很可能默默无闻于乡曲陋巷之间。“人生得一知己足矣”，想叶圣陶何等幸运，一生交往了那么多知心知面的好友：朱自清、王伯祥、夏丏尊、俞平伯、丰子恺、徐调孚……一个个诚朴君子，蔼然长者，平易淳厚，方正谨严，感情上是淡而弥深的挚友，事业上是配合默契的同志，没有谁出来以领袖自居发号施令，却总因共同的精神特质和人格追求而组合成牢不可破的内在联系。

他们的政治观点，前进而不激进，沉实稳健而非锋芒毕露，不满现状又尚未构成尖锐的对立。对待事业与工作，一律认真负责，历来一丝不苟。行文务求平易畅达，准确有益，不矜才使气，不竞奇斗玄。出书则处处为读者设想，校对时连一个标点也不轻易放过。他们既非赤贫，也非巨富，自甘淡泊，绝缘奢华。一袭长衫，从春穿到秋，三杯两盏绍酒，居然陶陶为乐。他们之间，有的是姻亲深谊，有的是同窗旧友，有的是偶相订交，因为气类相近，志趣相通，有着基本一致的人生态度与文学观念，大致相同的处世哲学与艺术情趣，在互相理解、互相尊重、互相支持、互相促进中自然地形成了以坚实、稳定、韧长为特色的文人群体。叶圣陶既在诸多朋友护持帮助下发展了自己的风格，又以自己的人格力量、人格光辉成为这一群体的典型代表。

叶圣陶久居繁华的都市，先是上海，后是北京，却一直保持着乡居的习惯。晚9点睡，早6点起。留的是传统的光头，穿的是家制的布鞋布衣，而且多是中式的。晚饭总爱喝一点酒，不是啤酒，最爱的是花雕，每以半醺为度。从幼时便喜欢写篆字、刻图章、听昆曲，到后来又喜欢吹笛，居然能按照工尺，奏一曲“八阳”。院子里少有空闲，便种满花木。苏州青石弄旧居多有花树、果树，北京东四八条里多的是仙人掌之类，最引为自豪的是庭间一树海棠。每至春末夏初，花事繁茂，他总要打电话请俞平伯、谢冰心等老朋友来共赏。会见朋友，年轻时鞠躬如也，尽诚尽敬。到老年行动不便，则合十问讯。书写多用毛笔，字体丰润腴厚。乐观入世，不尚华靡，恬淡自然，谦和笃实，总是按着心以为然的方式，过着东方式、平民化的生活。他不向别人推荐自己的生活方式，也绝不随俗改变自己的生活习惯。

叶圣陶对于名利的淡泊，并不是像有些人那样仅仅停留在口头上，而是一以贯之地渗透在行动中。1985年，他当选为民进中央主席，但第二年就提出了辞职，未获同意。1987年再次提出。为了说服民进中央的朋友们接受他的请求，他亲自送上恳切的书面材料，要求在民进全国代表大会宣读。三天后，不顾医生劝阻，抱病坚持在大会上公开辞职，并要求全体民进同志严以律己，宽以待人，努力勤奋地为人民工作。进北京以后，他历任国家出版总署副署长、教育部副部长、中央文史馆馆长等职，按级别属于高干，乘公车理所当然。但他从不随意动用公车，几十年如一日坚持步行或坐公交车上班办公。私人来往的信函，一律自买或自制信封、信笺，贴自己买的邮票。逢年过节，或者过生日，单位往往派人前来祝贺慰问，有时带点礼物或纪念品，叶老一律婉言谢绝，坚持公和私一定要分明，坚持让人家把礼物带回去。1957年，夫人胡墨林去世。按国家规定，这一年的劳保工资是应该享受的，但他坚持全部退给国家。华侨巨商周颖南敬重他的人品和文品，先是书信往来，后是互赠作品。春节到了，周颖南以晚辈的身份和感情，从新加坡寄给他一笔钱略表敬意。他先是婉辞，后来因为往境外汇退诸多不便，就把这笔纯属私人之闻馈赠的款项. 悉数捐给民进作为文教基金。他逝世前不久，《叶圣陶集》的前四卷在江苏教育出版社出版，他立即把十万元稿酬全部捐献给中国出版工作者协会和民进中央出版工作委员会合办的“出版者之家”……他有两儿一女，分别起名字为至善、至诚和至美，莫非这就是他理想的人生境界？他在亡妻墓前写下的碑文是“人情实太好，与我大有缘。一切皆可舍，人情良难捐”，这不正是他深情的夫子自道？叶圣陶故去前，再三叮嘱家人一定要把他的遗体捐供医学解剖，或许这正是叶圣陶风格的最终体现。

朋友们热情地为叶圣陶五十华诞致祝，真诚地称道他的为人与为文，并且一无例外地称颂二者的统一。他承认这是统一的，又自谦地认为他的为人与为文应该统一到“平庸”上。证之他的生平和作品，深感其自评既是自谦也是自知。

“庸”字不敢苟同,“平”字却实得真髓。这所谓“平”,在人格追求上是平和中正，不骄不矜，平淡自然，有所为有所不为；在作品风貌上，则集中体现为平凡的取材视角，平实的人生理想，平和的感情态度。人格和文格，互相契合，互相生发，既渗透在政治态度、文学主张中，更突出地表现在处世哲学、气质个性、生活情趣，乃至婚恋、家庭观念、交友择朋方式等等方面。每当我们念及叶圣陶，心目中便会浮现出一种浑圆的、完美的人格，越是感到物欲横流、声色征逐的困扰和愤慨，就越是深切地钦仰叶圣陶的亮节高风。他虽然已经走了，但人们却更加亲切地感受到一种蔼然长者的风范，如云山江水，如天地正气，恒久地矗立在华夏两间。

愿也有同感的读者诸君，和我一起去接近叶圣陶这位平凡而伟大的人，去感受他平凡而伟大的人格力量和光彩夺目的人格魅力。

商务·立达·开明
——叶圣陶的编辑事业

一、商务事业

自1923年初起，至1931年初止，叶圣陶一直在上海商务印书馆编译所国文部任编辑，前后共八年。

坐落在闸北宝山路的商务印书馆，始建于1897年。最初以印刷为主，民国元年前后，成为专印教科书的书业巨擘。后来，逐渐发展成为编译、印刷、发行三者联合的文化企业。“就编译和出版的书籍杂志来说，文史哲理工医音体美，无所不包；有专门的，有通俗的，甚至有特地供家庭妇女和学前儿童阅读的。此外还贩卖国外的书刊，贩卖各种文具和体育器械，还制造仪器标本和教学用品供应各级学校，甚至还摄制影片，包括科教片和故事片。”[1]抗战前，它曾以“一日一书”为号召，即每天刊行一种新书，其编写出版能力，可见一斑。在股东会、董事会、总务处领导下，分为总馆、分厂、附属机关（包括以五层大厦藏书近52万册的东方图书馆、尚公小学、函授学社）及卅六处分支馆。总馆又下设编译所、印刷所、发行所、研究所及虹口分店、西门分店等机构。编译所在一长方形的三层大洋楼（涵芬楼）的二楼，进门先是三个会客室，用半截板壁隔成，各有门窗，一道板壁把这些会客室和编辑部大厅分开。大厅内有国文部、英文部、理化部、史地部及诸

[1] 叶圣陶:《老境集·我和商务印书馆》,《叶圣陶集》第7卷第260页，江苏教育出版社，1989年1月版。

多期刊的编辑部。大小桌椅如阵，统间混合办事，人声嘈杂，有如茶馆。编译所长高梦旦，也便挤在这横七竖八的桌子间，并没有专用的办公室。国文部是四张书桌为一组，叶圣陶与沈雁冰对面坐，旁边是丁晓先、顾颉刚相对。《学生杂志》的编辑杨贤江，便是在这里相识的。杨贤江是共产党的活动家，叶圣陶是清楚的。凡是公开的活动，沈、杨要他参加的，出于对朋友的信任和景慕，他大多去参加；其余的，他们不说，他也不打听。杨贤江曾邀叶圣陶加入共产党，叶没有同意。杨贤江1931年病逝后，叶圣陶曾撰文深致悼念，称他“从日常生活到从事工作”，“都讲究踏实力行，丝毫不肯马虎”，“是一位极端认真的实干家”[1]。这是杨贤江的作风，也是叶圣陶的作风。这种作风，是把这种气质、风度的文化人联结成生死不能忘怀的朋友的一条非常重要的纽带。

他进商务，是经商务编译所国文部、史地部主任朱经农介绍的。那时的商务，确是知识精英荟萃之处。“商务的编译所是知识分子汇集的地方，人员最多的时候有300多位。早期留美回来的任鸿隽、竺可桢、朱经农、吴致觉诸先生，留日回来的郑贞文、周昌寿、李石岑、何公敢诸先生，都在商务的编译所工作过。稍后创办的几家出版业如中华、世界、大东、开明，骨干大多是从商务出来的。”[2]

叶圣陶进国文部，第一项工作便是与顾颉刚一同编《新学制中学国文课本》，共6册，署名编纂者顾颉刚、叶圣陶，校订者胡适、王云五、朱经农。第五册前有叶、顾合写的《编辑例言》，称“本书于各篇作者均附撰略述，列入注文，俾读者略明时代、环境与文学之关系。惟今代作者，颇为时人所熟知；又其行诣正在发展途中，未便概述，所以从略。外国作者，则吾人比较为生疏，虽尚生存，亦为简单之介绍。前一二三四册，亦将汇刊一《作者略述》，于再版时附入”。

这套课本，从二十年代到四十年代，印行数版，销行甚广，是最初体现叶圣陶教育思想的语文课本。编课本之前，他已做过多年的教师，对于教育规律，对

[1] 叶圣陶：《老境集·杨贤江同志逝世五十周年》，《叶圣陶集》第7卷第250页，江苏教育出版社，1989年1月版。

[2] 叶圣陶：《老境集·我和商务印书馆》，《叶圣陶集》第7卷第260页，江苏教育出版社1989年1月版。

于学生心理，对于现行教科书的利弊得失，他早有研究，心得在胸，惟于编辑业务，尚不甚熟悉。第一次校对，只把校样读了一遍，不曾查对原稿，因而漏了一大段也没发现。一位专职校对看出来了，用红笔在校样上批了几个字退回，弄得叶圣陶很不好意思，这才知道编辑不好当，丝毫马虎不得，必须认认真真一边干一边学。这种认真负责、一丝一毫决不马虎的精神，便是从事商务最大的收获之一。这一精细严密的校对作风，也影响到胡墨林夫人。在她曾经领导过的北京人民文学出版社校对科的先生中，历来不乏叶圣陶校对风格的专家。

除编写国文课本之外，叶圣陶还取法中外，广开文路，为莘莘学子编撰了大量有益身心的课外读物。从《天方夜谭》（即《一千零一夜》）那些诡异而美丽的传奇故事的介绍，到《荀子》《礼记》《传习录》《苏辛词》《周姜词》（皆列入商务版《学生国学丛书》）等传统文化典籍的整理、普及，他都投入了大量的心血。1927年，他还和王伯祥、周予同、郑振铎合编了十大册的一套《中国文选》，不分文体，以时代统辖作家，以作家统辖作品，每册有序言略述本时期文学概况，每作家之下有专文详述其生平与作风，每一作品之后附说明详列其重要版本。后虽因故未能出版，但编者的知人论世的文学观念，和系统传布民族文化知识的用心，却是任何关注青年学生文化素养与民族文化积累者决不会轻忽的。

商务的出版物，以课本读物和期刊杂志为大宗，叶圣陶也便在这两大范围内黾勉耕耘。他除代编《小说月报》外，还担任过《妇女杂志》的主编。1930年夏，《妇女杂志》主编杜就田辞职，叶圣陶受商务当局委派接替杜主持笔政。自16卷7月号起，改革《妇女杂志》，辟新栏目，约好文章，尽心尽力。受命不久，他就致书赵景深，请他为《妇女杂志》撰写《现代女文学家概述》。书称："兄于世界文学所知较多，此题当然胜任。止须举其尤者，略言此生平、旨趣、风格、作品大要。知兄甚忙，但弟少求索之门，得老友如兄者，自不肯放过，想来半年止此一遭，必能蒙允许也。""文章只须平常谈话那样轻松随便，笔下常带感情，尤宜于妇志之读者。十月底之约，想不至过期。""承兄撰文，已列入豫算，恐兄事多偶忘，特再函催。约期将届，如尚未开手，可磨墨伸纸矣。"这种编辑作风，深镌于赵景深的心底笔底："他无论编《小说月报》《妇女杂志》或《中学生》，没有一次不是用全力来对付的。一切琐碎的事，甚至校对，都由他自己动手。投稿人有信给他，如果是必须答复的，他也亲自写回信去。他的字迹圆润丰满，正显出他那谦和而又诚实的心。”[1]

这种为他人作嫁衣的事业，不惟琐碎单调，且亦繁杂辛劳。几年里，他除了与朋友一起访问军阀混战后的浏河战场，与朋友一起在功德林同弘一法师共进素餐，与朋友一起拜访并宴请初至沪上的鲁迅先生外，几乎没有个人的业余活动。公余，偶陪郑振铎、王伯祥到四马路逛旧书店。这是郑振铎最大的嗜好，买到自己百计难觅的书，便连声称说：“好得弗得了，好得弗得了。”搜寻一过，找不到自己心爱或需要的书刊，便对着满架满屋的书发恨：“一本书也没有，一本书也没有。”这时，被拉来作陪颇有点感到无聊的叶圣陶，也被这爱书的真诚和人性的率真所感染，莞尔一笑起来。

1926年7月，三儿至诚出生了，少不得一家又在喜悦中忙碌一番。至诚三周岁后，无需母亲哺乳提抱，家务负担有所减轻，他们便立意编辑《十三经索引》。《十三经索引》是叶圣陶全家投入的“集体工程”。白天叶圣陶在商务组稿、阅稿、编排、校对，晚间则挑灯断句，将十三种传统的儒家经典著作分拆为一个个单句。断句之后，叶老太太与胡墨林夫人则依句剪贴、编排；内姑母胡铮子女士等亲眷，也一起帮助。寒夜一灯，指僵若失，炎夏罢扇，汗湿衣衫，乐此不疲，日复一日。经过一年有半的“集体”劳动，全书编成。1934年8月该书由开明书店印行。从此，读书人一编在手，便可以遍知某句出于某经，按图索骥，索引即得，把终生记诵也无法完全背熟的典籍，化解为极易掌握的文句库，有功士林多多。令人惊叹的是，这一被友人戏称为“家庭手工业”的文化工场，与上海这灯红酒绿、喧嚣躁动的十里洋场相对，嘈杂的背景与恬淡的内心，利欲薰心的社会机制与潜心文化的道德建树，形成何等鲜明强烈的反差！叶圣陶凭借着他独特的人格追求和价值观念，朴素恬淡地生活于自己心以为然的世界中，并不勉强、毫无苦痛地摒弃了外间世界那些声光影动的强烈诱惑，这确实是一种值得研究的精神现象。

[1] 赵景深:《叶圣陶论》,《上海文化》第7期，1946年8月1日。转引自刘增人、冯光廉编《叶圣陶研究资料》第146页，北京十月文艺出版社1988年6月版。

二、立达学派

上世纪二十年代初，在浙江上虞白马湖畔的春晖中学里，荟集着一批对新文艺颇有见解和素养的有志青年，夏丏尊、朱自清、朱光潜、丰子恺、匡互生、刘薰宇、刘叔琴等，都是其中甚称活跃的骨干。因之，白马湖畔成了新文学史上屡屡提及的文坛胜地。1924年末，春晖同仁因教育主张与校长经亨颐相左，乃集体辞职，希望按自己的教育主张创办一所新型的学校。于是以匡互生为首，到上海虹口老靶子路筹创了“立达中学”。取名“立达”，标明这是以“立己立人，达己达人”为旨归的教育机构。为了节省开支，校址不久又迁到房租较廉的小西门黄家阙路。这里房租便宜了许多，但房子也破旧了许多。在楼下吃饭，就常有灰尘或水滴从楼板上落进菜碗。匡互生的办公处兼卧室，就在亭子间下面的灶间。教室与走道没有间壁，便买几条白布挂上权且分割为两个区间。这学校里没有校长主任，试行“教导合一”制度，对学生则实行“说服主义”，师生之间犹如父母子女。

1925年夏，匡互生发起在江湾自建校舍，改称“立达学园”。建造校舍经费需3万元，一半抵押校产，一半大家筹借。每位教师，不论工作多少，每月一律支薪２０元，大家以刻苦为乐，以节俭为荣，视奉献为旨归，视学校如家庭，平等自立，不卑不亢，立达作风于是渐次形成。先后在学园内任教的，有匡互生、朱光潜、夏丏尊、丰子恺、刘薰宇、刘叔琴、方光焘、陶元庆、夏衍、陈望道、许杰、夏承法、裘梦痕、陶载良、黄涵秋、丁衍镛等。他们白天忙于校事，共商共议，群策群力；晚间常去江湾小酒店畅饮，酒友之中，便常有商务的郑振铎。叶圣陶与夏丏尊、章锡琛、白采、陶元庆等朋友，大都是在立达时期结识订交的。立达同仁还发起组织了立达学会，未曾在立达学园任教而与立达同仁气类相近、兴致趋同的若干文化界知名人士，如茅盾、郑振铎、胡愈之、刘大白、朱自清、周予同、黎锦熙、李石岑、章锡琛、周建人、王伯祥等，也相率加入，列名为会员。到1926年9月《一般》月刊（叶圣陶主编）诞生时，会员已扩大至五十余人。

于是，立达隐然成为中国现代一个以开明、进步、稳健、坚实为风格的学术文艺派别，从二十年代中期到三十年代初期，上承文学研究会主干作家的一脉，下启开明同人的态度与作风，稳稳当当地站立在风云变幻的历史长河中。叶圣陶与立达学派的主干匡互生特别是夏丏尊、丰子恺等，交谊甚深，声气相通，给这一学派以有力的支持，甚至可以说是以他的人格、学识影响着立达学派及其风格的形成与稳定。

在立达同仁中，匡互生无疑是有才能、有组织力量的核心人物。他在春晖中学时便任学校的教务长，从春晖辞职到去上海创办立达，从迁移校址到自建校园，都是匡互生大力主持、精心筹划的事业。1932年“一·二八”淞沪战役中，江湾成为战场，立达变成兵营。那时正值寒假，只有远道的学生尚住校内。一些没有回乡的教师便主张将学生迁往设在南翔的立达农场，家眷也一并移到安全一点的地方。匡互生却与夫人一起留驻校内，不肯避祸远去。后来军队开进学校，他仍然住在校内，并且每隔一天必然去南翔一次，第二天又回江湾，直到江湾沦陷为止。

江湾失守，南翔也顿告危急，他必须把立达的学生和农场的种蜂、种鸡尽快迁往无锡。这期间，他的父母双亲先后病故，学校迁移又因经费无着而困难重重。他两次匆匆奔丧回乡，又两次匆匆返沪料理校事，事后还引咎自责曰：“不该只知母亲，不知有学校”，否则学校“所受损失不致这样重大”。

战事结束后，他即刻返回学校，察看损失，计算修复应需的费用，并且搜寻校中未爆的炸弹，设法搬除。为了募集复校款项，他在雨中催促汽车急驰，不幸负伤；刚刚从昏迷中醒来，连忙把车夫和汽车交给警察，自己又带伤去筹款……

由于他忘我的工作，立达迅即焕然一新：屋宇门窗修葺完整，校具书刊重行置备，连学生睡的木床也一律换成崭新的铁床，一时咸称奇迹！1933年4月22日，匡互生在为立达事业艰辛工作8年之后，终因积劳成疾，不治身死，年仅四十二岁——他是跑着步走完他短暂的一生的。叶圣陶感动地写下了《书匡互生先生》，在缕述动人业绩、张扬为青年为教育献身的精神之后，更深情地“希望诸君看了献身于中等教育事业的匡先生的事迹，能够有所感动，知道在中国的现在，有像匡先生这样的人正为着青年而献身，青年诸君不应该把自己看作无关重轻才是”。[1]5月1日，叶圣陶发表《悼匡互生先生》，刊于《中学生》第35号，未署名，指出“他是‘五四运动’时首先冲进曹汝霖的住宅和卫兵格斗的人。他曾经怀了炸弹跑到长沙预备炸死北洋军阀张敬尧。他是把生死置之度外的。他始终用了这种精神在中等教育界服务。”5月29日，又出席了他的追悼会，哀念朋友的英年早逝。五十多年后，匡墓迁移，叶圣陶亲撰碑记志之，进一步阐扬匡先生“立己立人、达己达人”的教育宗旨，再次强调指出：“‘五四运动’的第一天，爱国群众为了惩罚卖国贼，举火焚烧赵家楼，领先点火的就是匡先生。”他一向“教学生注重自我修养，从事生产劳动。这些主张引起许多朋友的共鸣，愿与匡先生一同走上教育改革的新路。立达毕业的学生在各方面有成绩的很多，无不感激当年所受的教育，无不深切追念匡先生。”[2]称扬的内容，是往往可以非常便捷地衡量出称扬者的爱憎好恶的颇为有用的标尺。

至于夏丏尊，更是立达同人的精神领袖，也是叶圣陶最亲密的朋友之一。早在清末，夏丏尊就曾与鲁迅共事，在浙江两级师范学堂任舍监，曾会集同道，和以道学家自命的监督夏震武进行了坚决的斗争并赢得了胜利。鲁迅戏称这场抗争为“木瓜之役。”[3]“五四”前后，他大力声援、支持新文化运动，与陈望道、刘大白、李叔同一道被誉为浙江一师的“四大金刚”。后来执教春晖中学，多方延揽人才，丰子恺便是夏丏尊邀来的优秀教师之一。

夏家的住室与刘薰宇贴邻，丰子恺的“小杨柳屋”则与刘叔琴贴邻，两对房屋遥遥相望，被同仁们戏称为“夏、刘”“丰、刘”的格局。白马湖畔那静谧悠远的风光，孕育着丰子恺独具特色的画幅。夏丏尊等师友的鼓励，促使着丰子恺艺术个性的长养成熟。同仁都是朋友，不论谁家，买酒都是论甏，开甏便大家共饮。也不在乎菜肴，几块豆腐干便可以喝得陶陶而乐。难得的最是那推心相见、恬静安详的从容气度与处世态度。这种气度与态度，经朱自清、夏丏尊散文的醇化与

---

[1] 叶圣陶:《未厌居习作·书匡互生先生》,《叶圣陶集》第5卷第329页，江苏教育出版社1989年10月版。

[2] 叶圣陶:《老境集·匡互生先生墓碑记（1986年11月1日》,《叶圣陶集》第7卷第341页，江苏教育出版社1989年1月版。

[3] 参见鲁迅《101221·致许寿裳》,《鲁迅全集》第11卷第337—338页，人民文学出版社2005年版。

诗化，便形成平实中见清隽、朴质中显清雅的风格，以至被称为现代散文中的“白马湖派”。

春晖同仁变为立达同仁之后，这种关系和风气也便由白马湖畔迁到了上海江湾，融入了叶圣陶等新进会员的精神后，则形成了立达作风。共同的气质，共同的人格追求，使叶圣陶、夏丏尊一见如故，他们不仅成为密切合作的文友[1]，而且缔结秦晋成了亲家翁。夏先生是信佛法的，叶圣陶则是执着于现世的，信仰的不同，并未能冲淡他们之间的感情，这也许是立达精神之一罢。抗战时期，夏丏尊曾被日伪拘捕，刑讯时虽精通日语而拒绝用日语，于危难之中显示出高风亮节，更引起叶圣陶敬重，并特地著文称扬，以扶植两间正气。抗战胜利后，胜利的果实被巧取豪夺，夏丏尊难抑失望后的悲愤，在“胜利，到底啥人胜利？无从说起”的郁愤声中谢世。叶圣陶又为之撰写墓记，发表纪念文章，推重丏翁有所为有所不为的人生态度和处世哲学。翰墨因缘再加姻亲情缘，已是世所罕见，再实之以共同的人格追求，于是在大波大澜的动乱年代里显得风骨健朗，大义凛然，他们的精神，辉耀出了特殊的光彩。

立达同仁中，最富艺术修养的，当推丰子恺与陶元庆。丰子恺的漫画，在白马湖时代便深得朱自清等人的推重。待到迁入立达学园后，推重者的行列中又增加了叶圣陶等数人。知音渐多，画致更浓，遂成为现代画苑中以摹写诗词意境、点染童真心态、讲究笔墨情趣为特色的一家。丰子恺漫画的潇洒风神，开辟了一个新的艺术境界与人生境界，给叶圣陶“一种不曾有过的乐趣。这种乐趣超越了形似和神似的鉴赏，而达到相与会心的感受”[2]。以文会心，以画会心，立达同仁之间，藉笔藉墨藉酒浆藉事业，所追求与珍视的，正是这“会心”的境界。陶元庆曾为鲁迅《彷徨》作书面，是一位得到过鲁迅高度评价的新画家，叶圣陶最难忘的则是他那种“安详亲和的态度”、雅俗共赏的艺术风格和艺术家的素养与气质。

---

[1] 他们合作编写出版过《文心—读写的故事》《文章讲话》《阅读与写作》《开明国文讲义》三册、《国文百八课》六册、《初中国文教本》六册等。

[2] 叶圣陶：《老境集·子恺的画》，《叶圣陶集》第7卷第247页，江苏教育出版社1989年1月版。

立达学派在中国现代文化界中显示的丰神秀骨，独特的人格追求与艺术造诣，早已引起学术界有识之士的关注。叶、夏、匡、丰诸人的气质品格及其作为群体共性升华而成的立达精神，将会历久不磨，愈是经过时间的淘洗打磨，愈会散发出恬静平实的光泽，令后人生出淡而弥远的仰慕与崇敬之情。

三、开明风度

书林张一军，乃今二十岁；欣兹初度辰，镂金联同辈。

开明夙有风，思不出其位；朴实而无华，求进勿欲锐；

唯愿文教敷，遑顾心力瘁？此风永发扬，厥绩宜炳蔚。

以是交勉焉，各致功一篑。堂堂开明人，俯仰两无愧。

这首为开明书店创办二十周年而作的纪念碑辞，据叶圣陶日记载为1946年10月3日夜作，“将镂刻于铜牌，砌入四楼会议室之墙壁，下款则全店同人也”。何谓开明风度？叶圣陶在开明同仁心目中居何地位？已经可见一斑了。

1926年9月，章锡琛、章锡珊兄弟在上海宝山路宝山里60号创办了一家“开明书店”，这是中国现代出版史、教育史、文化史上都值得记述的大事。章锡琛本是商务印书馆《妇女杂志》的主编，因为刊布了《新性道德专号》，发表了《新道德是什么？》，遭到封建卫道士们的群起攻之，商务总编辑王云五认为章有失体统，便免去其主编职务。郑振铎、胡愈之等为章打抱不平，力劝章另编月刊以示抗议，取名《新女性》杂志，由章的朋友吴觉农任主编与发行人。王云五得知后，便解除了章在商务的职务。章供职商务十四年，解职时得到二千元退职金。章之弟锡珊原在沈阳商务印书馆任会计，这时也辞职来上海，拿出平生积蓄，与乃兄合办开明，并推举国民党元老之一的邵力子为董事长。当时开明的招牌，是鲁迅弟子、著名报人孙伏园书写，发行事务由孙怡生担任，赵景深、王蔼史编辑校对，钱君匋封面设计，索非校稿并兼杂务，同心合力，配合默契，几年间业务蒸蒸日上。随着夏丏尊、刘叔琴、杜海生、丰子恺、胡仲持、吴仲盐等相继加入开明，资金日益雄厚，营业日益兴隆，1929年开明改组为股份有限公司，店址也迁到福州路，与书业巨擘中华书局旗鼓相对，开始了有声有色的竞争。

他们先编小学教科书，叶圣陶撰文，丰子恺插图，一炮打红。又出钱君匋的《音乐歌谱》，林语堂的《开明英文读本》，亦由丰子恺插图。因图文并茂，适于中学教学，故销行极广。仅林语堂一人即坐收版税30万元之巨，开明获利，自不待言。除教科书外，开明甚重视文史类学术读物的出版，如夏衍译高尔基《母亲》，夏丏尊译爱米契斯著《爱的教育》，郭绍虞的《语文通论》，朱自清的《诗言志辨》，郑振铎的《中国文学论集》，朱东润的《史记考索》，谭丕模的《清代思想史纲》，童书业的《中国疆域沿革略》，张须的《通鉴学》，郭沫若的《离骚介译》，叶圣陶的《十三经索引》，丰子恺的《艺术趣味》与《艺术概论》，朱光潜的《谈美》，钱钟书的《人·兽·鬼》与《写在人生边上》，李广田的《灌木集》与《诗的艺术》，李长之的《司马迁之人格与风格》等。这些著作不但学术价值甚高，一向为学界推重，而且艺术价值亦高，不仅有益读者身心，而且销行也甚广泛。其所出工具书《辞通》及古籍整理《二十五史》及《二十五史补编》，至今仍是学人不可无之的手边读物。开明也十分重视杂志的编印，其代表性刊物有《新女性》《一般》《中学生》《中学生文艺》《新少年》(一度改称《开明少年》)《国文月刊》《月报》等。《中学生》出二百多期，在现代报刊中，以销路广、寿命长屡屡为人称道。开明的读物又往往具备系列性、连续性，是最注重编辑出版丛书的书店之一。它的《开明少年丛书》《开明青年丛书》《开明青年音乐丛书》《开明文史丛刊》《开明少年文学丛刊》《开明文学新刊》等，都是拥有广大读者、享有较高声誉的优秀系列读物。

开明作风，以上下同心、认真做事为特色。“开明同仁所以能够这样，不外以下两点：一即参加开明书店工作人员，大都以开明书店的事业为个人终身事业，譬如进入开明书店工作一年以上的人员，书店就给他（她）一份股权，使他（她）同书店发生切肤关系；二即在生活上，书店给予所有同人以有保障的生活，譬如他们现在以米布书涨价数乘底薪的薪金制度，就能使所有工作人员不受物价影响，而新建的具有娱乐室、球场、自修室的‘开明新村’宿舍，不但能使同事有住的自由，而且也有进修与娱乐的自由。……最能表现开明书店平实作风的，它在广告上从不大事夸张，如四种杂志，决不称四大杂志，这虽是小事，但也可见开明书店精神一斑了。”[1]

1931年2月，叶圣陶应开明老板章锡琛邀请，正式辞去商务任职，改任开明书店编辑、编译所副主任、《中学生》杂志主编。他说：“十九年，辞商务，改任开明书店的编辑；因为开明里老朋友多，共同作事，兴趣好些。”[2]“开明书店是一些同志的结合体。这所谓同志，并不是信奉什么主义，在主义方面的同志，也不是参加什么党派，党派方面的同志。只是说我们这些人在意趣上互相理解，在感情上彼此融洽，大家愿意认认真真做点儿事，不求名，不图利，却不敢忽略对于社会的贡献：是这么样儿的同志。这些同志都能读些书，写些文字，又懂得校对印刷等技术方面的事，于是相约开起书店来，于是开明书店成立了。”[3]

当时开明的编译所主任为夏丏尊，实际主持工作的乃是叶圣陶与王伯祥。从此直到1949年，叶圣陶无论以什么名义在开明工作，都实际上是书店编译工作的主持人，同时，也就以他的政治态度、人生追求、工作作风、意识修养影响了开明同人，化为开明作风的主旋律。他本人则成为世所共仰的开明风度的出色代表。正如刘岚山所说：“无论是教书或写作，无论是处理个人生活或主持开明书店的编辑事务，叶圣陶先生都在表示出中国读书人所特有的朴实、耿直、坦率、负责的气质与性格。他经年穿着粗布中装，脚上的布鞋是家里做的，剃着光头，老老实实地像个乡下人，不大欢喜谈话。在书店里和同事们一同工作一同休息，这个世界的繁华就好像与他无关一样；但是，他却比任何口头喊着关心别人而实际上只关心自己的人都关心别人一点，这不要说别的，开明书店之忠实于读者，从不出版一本很坏的书给读者，甚至连一本于读者无益的书也不经售，就是一个很好的证明。”[4]

---

[1] 刘岚山：《叶圣陶与开明书店》，上海《新民报晚刊·夜光杯》，1948年6月10日。转引自刘增人、冯光廉编《叶圣陶研究资料》第148页，北京十月文艺出版社1988年6月版。

[2] 叶圣陶：《略叙》，原载《文艺写作经验谈》，1943年天地出版社版。转引自刘增人、冯光廉编《叶圣陶研究资料》第121页，北京十月文艺出版社1988年6月出版。

[3] 叶圣陶：《开明书店二十周年》，《叶圣陶集》第6卷第224页，江苏教育出版社1989年1月版。

[4] 刘岚山：《叶圣陶与开明书店》，《新民报晚刊·夜光杯》1948年6月10日。转引自刘增人、冯光廉编《叶圣陶研究资料》第148页，北京十月文艺出版社1988年6月版。

叶圣陶在开明，最主要的工作乃是编写国文课本。开手编选的是《开明古文选类编》和《开明语体文选类编》，分别于1931年6月和7月出版。两书的《编辑凡例》，均由叶圣陶撰写而仅署编者。1933年6月，《开明国语课本》八册问世了，丰子恺绘画，叶圣陶写作或改编课文。叶圣陶在《〈开明国语课本〉编辑要旨》中规定："本书内容以儿童生活为中心。取材从儿童周围开始，随着儿童生活的进展，逐渐拓张到广大的社会。与社会、自然、艺术等科企图作充分的联络，但本身仍是文学的。""本书尽量容纳儿童文学集日常生活上需要的各种文体，词、句、语调力求与儿童切近，同时又和标准语相吻合，适于儿童诵读或吟咏。"[1]

这套精心编撰的课本，每册42篇，由浅入深，循序渐进，既有"先生早""欢迎新朋友"等亲和礼仪的传授，又有"种菜""裁衣""种痘""望远镜和显微镜"等生产劳动、自然常识的普及；既有"秦始皇""孙中山""达尔文""爱迪生"等中外史实和时事的传授，又有"黄河""长江""中华""林则徐"等爱国情思的启蒙；从识字、组词到查字典、写演讲稿，小学生应知应会的知识与能力尽行涉及；童话、故事、寓言、谜语，儿童喜闻乐见的体裁均适当穿插，寓教于乐，自然深受欢迎，1949年前共印四十余版次。他当时就说过："我最近一年间写了一部《初级小学国语课本》，销行起来，数量一定比小说集子多；这倒是担责任的事，如果有什么荒谬的东西包含在里边，贻害儿童实非浅鲜。"[2]

该课本经教育部审定，确定为"第一部经部审定的小学教科书"。教育部的批语说："插图以墨色深浅分别绘出，在我国小学教科书中创一新例，是为特色。"黎锦熙评价说："此书价值，可谓'珠联璧合'，盖叶先生之文格与丰先生之画品，竟能使儿童化，而表现于此课本中，实小学教育前途之一异彩。"[3]1934年6月，叶圣陶与丰子恺合作的《开明国语课本》后四册出版，每册36篇。到1937年7月，就印行了二十七版。1980年1月，他回忆说："在儿童文学方面，我还做过一件比较大的工作。在1932年，我花了整整一年时间，编写了一部《开明小学

[1] 转引自商金林：《叶圣陶年谱长编》第1卷第476页，人民教育出版社2004年10月版。

[2] 叶圣陶：《论创作·随便谈谈我的写小说》，《叶圣陶集》第9卷第249页，江苏教育出版社1990年4月版。

[3] 转引自商金林：《叶圣陶年谱长编》第1卷第475页，人民教育出版社2004年10月版。

国语课本》，初小八册，高小四册，一共十二册，四百来篇课文。这四百来篇课文，形式和内容都很庞杂，大约有一半可以说是创作，另外一半是有所依据的再创作，总之没有一篇是现成的，是抄来的。给孩子们编写语文课本，当然要着眼于培养他们的阅读能力和写作能力，因而教材必须符合语文训练的规律和程序。但是这还不够。小学生既是儿童，他们的语文课本必得是儿童文学，才能引起他们的兴趣，使他们乐于阅读，从而发展他们多方面的智慧。当时我编写这一部国语课本，就是这样想的。"[1] 这一年里，为了这12本480篇课文，他每天早上8点到下午5点半，天天要到造书的工厂去上班，忙的是红墨水，蓝墨水，校样，复写纸。一个夏天，既没有听到一声蝉鸣，也没有看到一朵荷花。作为一位已经在文坛久享盛名的作家和在出版机构供职即将十年的编辑，为小学生写几篇课文，似乎是茶余饭后随手挥写的"小儿科"，但他却是全身心地从事、投入，一丝不苟。这一事业，高手不屑为之，功力不足者无能为之，在中国现代文化教育史上，唯有叶圣陶以名噪文坛的大作家而亲自为少年儿童撰写成套的语文课本！这种并世无双的选择，正显示了他与众不同的观念与作风。此后，在经年的流离与战乱中，他初衷未改，作风依旧，陆续编写出版了《初中国文教本》（夏丏尊、叶绍钧合编）、《开明新编国文读本》（甲、乙两种）（叶圣陶、郭绍虞、周予同、覃必陶编）、《少年国语读本》（四册）、《开明新编高级国文读本》（朱自清、吕叔湘、叶圣陶编）、《开明文言读本》（朱自清、吕叔湘、叶圣陶编）、《儿童国语读本》（四册）、《幼童国语读本》（四册）等。踏实韧长，认定一个方向便认真严肃地干下去，不骄不躁，这是开明作风，也是开明在学术界、教育界影响广远的重要原因。

开明荟萃着中国现代最杰出的一批语文教育的专家，叶圣陶而外，还有夏丏尊、朱自清、郭绍虞、吕叔湘、周予同、覃必陶等。他们有着一致的教育主张，默契的朋友关系，又同是学识丰厚坚实、品格修养朴实醇正的仁人君子。为了共同的目的经年累月地切磋琢磨，遂显示出群体的共同特色，也为中小学语文教育事业和民族文化的积累作出了经得起历史筛选洗汰的重大贡献。他们深知，课本

[1] 叶圣陶：《论创作·我和儿童文学》，《叶圣陶集》第9卷第387—388页，江苏教育出版社1990年4月版。

的编辑是重要的不可或缺的，而提高教师和学生的语文修养，不但传授基本知识，提高他们的阅读写作能力，并且培养他们自觉要求掌握诸般能力的内在主动性，才是更为重要的宗旨。开明同仁们正是从这个角度认真科学地总结了自己多年从事语文教学的经验，编写了一系列课外读物和提高语文教学基本功的指导读物。开明同仁，尤其是叶圣陶为我国语文教学日趋现代化、规范化、科学化、实用化，切实地奠定了可靠的基石，功莫大焉！

1934年6月，夏丏尊、叶圣陶合写的《文心》由开明出版，到1948年共印行20版，1983年中国青年出版社又出新一版，至今还有语文教育的专业出版社就叫做文心，可见此书影响之广远。这是我国第一部以小说体裁叙述学习国文的知识和技能的专著，体例的新鲜，叙述角度的新颖和内容的切近实用，都是前无古人后启来者的。《文心》在出书前，于1933年1月起先逐节在《中学生》连载，于是形成每章一个中心的写法和格局。陈望道在《文心·序》中高度评价了这种写法。“用故事的体裁来写关于国文的全体知识。每种知识大约占了一个题目。每个题目都找出一个最便于衬托的场面来，将个人和社会的大小时事穿插进去，关联地写出来。通体都把关于国文的抽象的知识和青年日常可以遇到的具体的事情融成了一片。写得又生动，又周到，又都深入浅出。”因之，此书被朱自清誉为语文辅导读物中的“一部空前的书”。由于“叶圣陶和夏丏尊都有中学语文教学的丰富经验，如鱼饮水，冷暖自知，说来新颖隽妙，又恰到好处。朱自清和陈望道分别给《文心》作《序》，提举要旨，给《文心》以极高的评价。徐调孚称《文心》是他在1934年最爱读的书，是‘五十年来百部佳作’中的一种。开明书店在广告辞中说《文心》也是‘一群中学生三年间的生活史的缩影’，《文心》可以作为文章作法读，可以作为‘文学入门’读，也可以作为一本小说来读。书中写到的青年学生的做人和求学的态度，足为青年的模范。《文心》被誉为‘青年阅读和写作的宝典’，‘为天下之至文’，‘像牛奶那样的既富营养又多兴味的一本书’”。[1]《文心》一出，声誉鹊起，继起仿效者甚众，如曹聚仁的《粉笔屑》、蒋伯潜的《字与词》《章与句》等，均属模仿《文心》而功力未逮之作。

---

［1］商金林：《叶圣陶传论》第561页，安徽教育出版社1995年10月版。

《文心》即将付梓，叶家的长子至善与夏家的幼女满子经顾均正、徐调孚二位老友作伐，郑重订婚。喜庆盈门，两位亲家翁从心底乐上眉梢，相约以《文心》稿酬赠与至善、满子。1939年6月，至善、满子正式结婚时，夏丏尊喜赋四绝，有“夏叶从来文字侣，三年僦屋隔楼居。两家儿女秾桃李，为系红丝顾与徐。”“文心合写费研磋，敢以雕龙拟彦和？属稿未成先戏许，移将墨渖溉丝萝。”“添妆本乏珠千斛，贻子何须金满籯。却借一编谋嫁娶，两翁毕竟是书生。”等句，正道出个中情形及两家心曲，也成为长留文坛的佳话。

中学语文课本应以文言还是语体为主，二者应该分编还是混编，历来有不同的意见。叶圣陶和他的志同道合者作过多方面的尝试，为此作出了很大的贡献。

文言语体混编而以语体为主的成功编制，是出版于1935年的《国文百八课》。这套初中语文课本共分六册，每册18课，合108课。它语体文言混编，中外古今俱选，选材上有鲜明特色。它针对历来课本选文各不相关、无章可循的编辑模式，而创制了课之下设文话、选文、文法或修辞、习问四个步骤的体例，即每课有明确的教学目的，依据目的写作一段文话并选编两篇例文，文法或修辞便从选文中取例，最后就本课涉及的内容提出复习思考的问题。如此有计划有步骤地安排108层台阶，每课自成单元，自立门户，全书循序渐进，互相照应，构成一组具有系列性、科学性的语文教学体系，开创了现行语文课本的基本编纂范式。

《开明新编国文读本》与《开明文言读本》则是语体、文言分别编制的代表。前者更加重视选文内容，力求健康向上，知识广泛；坚持选文形式的示范作用和技术的多种多样，帮助学生灵活自如地掌握语文工具，适应实际需要。对于选文中的缺陷和疏漏，则加以修改润色，并在思考题中直接指出其疵病，使学生从正反两面体悟和掌握，实属教科书史上的创举。后者在选文之外做了大量辅导工作，先是在导言中概述文言性质和古代汉语的特点，包括常用200文言虚词的例释；然后按文字的深浅程度打破时序混编；选文不专重纯文学作品，举凡议论、记叙、说明、描写、抒情乃至应用文字，一概酌收；每册先具体解说后概括提示，意在提高学生独立阅读的能力；最后在“讨论与练习”中把所选例文的写作特色与作者风格、时代风气、民间习俗、典章制度的沿革融为一体，扼要评述，启示思考。这种体例，非精深的学者无能为之，非认真的精神无以为之，叶圣陶等以学者的才能和认真的精神，倾注满腔心血于教育事业，益见出他们可贵的奉献精神和高尚的情操。

《文章例话》(叶圣陶著)、《阅读与写作》(夏丏尊、叶绍钧合著)、《文章讲话》(夏丏尊、叶绍钧合著)则是以在校学生和社会青年为对象、合文艺评论与读写训练于一体的另一种形式的著作。《文章例话》中的24篇例文及评说，本是分别连载于《新少年》杂志“文章展览”栏目之内的，收集成书时改取今名。全书精心选取了鲁迅、郭沫若、茅盾、巴金、老舍、胡适、周作人、徐志摩、沈从文等24位现代作家的作品，有小说、新诗，也有报告文学、速写、演说词、说明文乃至独幕剧。长篇则节选，短文则照录。选文之后，是一节指点读者欣赏文章技法、启示读者学习写作门径的评论文字，恳切周详，循循善诱。《阅读与写作》和《文章讲话》，或者从基本原则着眼，或者从具体写法入手，指导青年掌握阅读和写作的技法，不尚华奢，注重实用，文风一如人格。

把自己几十年揣摩、体悟、试验、总结所获的心得与经验，毫无保留地以最坦诚、最宜于为青年读者接受、掌握的形式贡献于全社会，这是叶圣陶语文教学著述的最鲜明特点。从这一意义上说，这些著述，是他人格化的经验结晶。现代语文教学专家、叶圣陶的合作者与挚友之一的吕叔湘认为：叶圣陶语文教学思想有两大特点，一是强调语文是人生日用不可或缺的工具；二是强调教语文是调动学生学习的主观能动性，帮助学生自觉养成使用语文的良好习惯，即教是为了不教。[1]把语文教学活动的出发点和归宿，都规定于语文的工具性和学生的主动性上，无疑是符合教育科学规律的，因而这种语文教学思想，是科学化、现代化的。叶圣陶的语文教学活动，往往和夏、朱、吕、周等朋友协同进行，因此，可以说，叶圣陶的语文教育思想体系，也是开明同仁集体的智慧，集体的贡献，集体的事业。人格化、科学化、现代化、群体化这些特色使叶圣陶这一系列著述、一系列活动成为现代文化史、教育史、出版史上高标独创的模范，哺育着一代又一代语文教师和语文工作者。其泽被学子、开创学风的历史性贡献，早已深镌史册，口碑遍于人间。

---

[1] 参见吕叔湘《〈叶圣陶语文教育论集〉序》，上海《语文学习》第1期，1981年1月20日。

叶圣陶在开明，另一项重要的工作便是编刊物。《中学生》月刊创办于1930年1月，叶圣陶不但与夏丏尊、章锡琛、刘大白、周予同、林语堂、舒新城、丰子恺、顾均正同是“中学生劝学奖金委员”（后改为“劝学贷金”组织），而且又是主要撰稿人，实际上是该刊的中坚。从1931年3月号，他就正式作为主编挑起这副为广大中学生服务的担子，把刊物办成学生们“不可一日无此君”的良师益友。正如《发刊词》所宣告的：“合数十万年龄悬殊趋向各异的男女青年与含混的‘中学生’一名词之下，而除学校本身以外，未闻有人从旁关心于其近况与前途，一任其彷徨与纷叉的歧路，饥渴于寥廓的荒原，这不可谓非国内的一件憾事了。”“我们是有感于此而奋起的。愿借本志对全国数十万的中学生诸君，有所贡献。本志的使命是：替中学生诸君补校课之不足；供给多方的趣味与知识；指导前途；解答疑问；且作便利的发表机关。”“啼声新试，头角如何？今当诞生之辰，敢望大家乐于养护，给以祝福！”

1932年1月，叶圣陶与夏丏尊、章雪邨等又发起创办开明书店函授学校，成立开明中学讲义社。社长夏丏尊，讲师王钟麒、沈乃启、宋云彬、邵力子、林语堂、林幽、韦息予、倪文宙、唐鸣诗、张石樵、章克标、陈望道、傅彬然、程祥荣、叶圣陶、刘薰宇、刘叔琴、邓启东、丰子恺等。中学讲义社主编开明函授学校季刊《学员俱乐部》，聘请张石樵编写《开明实用文讲义》，林语堂、林函编写《开明英文讲义》，刘薰宇编写《开明算术讲义》《开明代数讲义》《开明几何讲义》，沈乃启、夏丞法编写《开明物理讲义》，程祥荣编写《开明化学讲义》，丰子恺编写《开明音乐讲义》，叶圣陶、夏丏尊、宋云彬、陈望道编写《开明国文讲义》，供函授学员学习使用。这种由专家辅导有组织地开展业余学习的教育体制，一直延续到建国以后，成效相当显著。

1937年8月16日，日寇疯狂轰炸上海，正在排印中的第77号《中学生》随同开明书店的编辑、出版、发行各机构以及为开明承印书刊的美成印刷厂，一并化为灰烬。《中学生》与《新少年》只得宣告停刊，开明事业，亦告停顿。9月，叶圣陶从苏州到杭州，拟与开明经理章锡琛、范洗人以及开明汉口分店经理章锡珊在杭州会齐，取道吴兴、宣城、芜湖，直奔汉口筹建开明的编辑部。战况日危，社会动乱，再值与家眷离散，风狂雨肆，一向从事较为安定、刻板的编辑生活的叶圣陶，心绪百结难平。12月，从上海运往汉口的美成印刷厂的一应机械原料及开明书店的书籍纸张，在镇江白莲泾左近遭劫，开明资产，毁于一旦，振兴于汉口的计划，又告破灭。夏丏尊、王伯祥等劝叶圣陶返回上海，他郑重考虑后决定西行入川，另觅重振开明的机缘。

1938年11月，他几经漂泊，才定居乐山。傍翠沿巇，依丹崖，碧水一江，绕房流过。晚间的灯蕊更锣，白昼的竹林茅舍，使久居通都大邑的人们，忽焉惊讶自己的生涯已近中古的隐士逸人！他全家几经流离，无人不瘦，自己更是双颧高起，两臂骨出。放眼万里家国，低头千种愁苦，"搔短发，顿长鞶，雁声一度一酸辛"，这况味，这境界，使人想起流寓巴蜀的杜工部，或者是梦系沙场的陆放翁！但似又不似，因为他还有另一重信念："会看雪冱冰坚后，烂漫花开有好春。"[1]

1939年4月，重出《中学生》的计划酝酿成熟了。这一则由于广大学生"怀念此志不已，则此志诚宜复刊耳"，二则由于傅彬然、贾祖璋、胡愈之、宋云彬等朋友的协助支持，于是决心乃下，不辞万难，亲自出任社长兼主编。5月，《中学生》改刊为《中学生战时半月刊》在桂林复刊。8月，寇机奔袭桂林，印刷所被毁，刊物只能在极艰难的状况下坚持，纸是黑的，墨是稀的，印钉都难称精美，但，它毕竟在战火硝烟中和多灾多难的民族一起挺过来了。1942年8月，开明书店在成都设编译所办事处，叶圣陶主持。1944年7月，《中学生》迁渝出版。1945年7月，《中学生》的姊妹刊《开明少年》在重庆创刊，叶圣陶、贾祖璋、唐锡圭、叶至善主编。8月，党国要人潘公展约见叶圣陶，言《中学生战时半月刊》谈政治过多。9月，《中学生》等八种杂志联名抗议图书检查制度，议决再不送稿审查。成都报界，纷起响应。叶圣陶代表成都17文化团体起草公开信和宣言，"永远不要图书审查制度"！ 1946年2月，《中学生》与《开明少年》迁沪出版。1949年9月，《中学生》与《进步青年》合并。这时，《中学生》已经出满215期了。1980年1月，《中学生》再次复刊。编者和读者自然早已更迭几代了，86岁高龄的叶圣陶作为第一代主编，热情地撰文致祝，希望它"越编越好，今后永远不再停刊"。

---

[1] 叶圣陶:《鹧鸪天·初至乐山》,《叶圣陶集》第8卷第153页，江苏教育出版社1989年5月版。

读者的欢迎，无疑是期刊长出不衰的生命线。少年儿童，正处于独立意识迅猛增长的时期，生理和心理的变化，使他们自觉不自觉地努力维护自己的“尊严”，对动辄训斥教诲的态度和方式极易产生成年人感到不容易理解的逆反心理。《中学生》杂志自始至终从编辑方针到行文口吻都以平等亲切为指归，处处从读者的实际状况出发，循循善诱，娓娓动听，把知识传授修养提高努力化为读者的主动渴望和追求。这既体现着开明同仁敬业爱人、尊重读者人格的精神，又符合少年儿童教育的科学规律。《中学生》杂志以对人的尊重和对科学的尊重为宗旨，谁说这不是中国一代又一代小读者的幸运呢？此外，这个刊物还有综合性、知识性、趣味性、栽培性等鲜明的特色。对于中学生，它仿佛是一部分期出版的小型百科全书，中学阶段应知应会的各科内容，凡属应有，几乎尽有。各项知识，分栏编排，各取所需，汲取便易。图文并茂，编排活泼，装帧既新颖精美，文字复生动有趣。打开封面，一股清新的气息便扑面而来。一卷在手，常有令人不忍遽释的引力。杂志不但设“卷头言”与读者亲切谈心，而且注意鼓励读者投稿，力求把刊物办成读者自己的园地。朱光潜曾回忆说：“《中学生》这个刊物当时是最受欢迎的，除介绍一般科学知识和发表文艺作品之外，夏丏尊和叶圣陶两位主编特别重视语文节育方面的问题，曾特辟‘文章病院’一栏，以具体的例子，生动说明了官方报刊的公文和社论的思想和语文的毛病所在及治疗的方剂。这不仅讽刺了官样文章及其所表现的思想，也对当时的文风和学风乃至语文教学都起了难以估计的保健作用和示范作用。这个‘文章病院’至今还令我特别怀念。因为现在语文在思想内容和表达方式上的一些老毛病依然存在，而病院和医生却不易找到。如果现在那么多的报刊也多办几所‘文章病院’，少发些公式教条的空论，这对文风和学风都造福不浅。”[1]

从《中学生》的投稿人成长为著名记者和作家的彭子冈说过：“为什么我要称叶老为老师呢？因为在三十年代，我们向《中学生》等杂志投稿，叶老在繁忙的编辑工作之余，还亲笔和投稿人通信，在苏州、上海，后在重庆，颇多往返，他热心和我们谈文章得失，就像他的《文章病院》中分析某些文章的毛病一样。”《叶

---

[1] 朱光潜：《回忆上海立达学园和开明书店》，《解放日报》1980年12月2日。

圣陶论创作》一书的编者欧阳文彬，原是《中学生》的热心读者，后来成了作者和编者，有机会受到叶圣陶的直接熏陶，"亲眼目睹他怎样认真地审读投稿，热诚地培养青年，爱护来自生活的幼苗，不惜为此付出辛勤的劳动"。她深情地回忆，"凡是在叶老编的刊物上发过作品的人都忘不了他的帮助。他的言教身教使我认识到编辑这一行的神圣使命。屈指算来，我在这个岗位上也已经干了三四十年。我常把叶老教给我的东西转授给青年作者们。当我看到这些东西在更多的青年作者身上发生作用的时候，简直比自己有所长进还要高兴。"[1]作为叶圣陶精神——开明风度的传人之一，欧阳文彬的亲切回忆是动人的，既令人感受到叶圣陶精神——开明风度的某些内涵某些特质，又启示人们感悟到民族文化、人类文化薪火相传代代沿习、增长的历史规律。

[1] 欧阳文彬《打开文艺宝库的钥匙——代编后》，原载《叶圣陶论创作》，上海文艺出版社，1982年1月版。转引自刘增人冯光光廉编《叶圣陶研究资料》第752页，北京十月文艺出版社1988年6月版。

北大·复旦·协和
——叶圣陶的大学生涯

1922年2月，应北京大学校长蔡元培和中文系主任马裕藻的聘请，叶圣陶出任北大预科讲师，主讲作文，与郑振铎及俄国盲诗人爱罗先珂同车北上。他是单身北上的，寓居大石作胡同宣统师傅伊克坦的故居，同住的都是苏州人，由吴缉熙先生的夫人照料大家的伙食。顾颉刚、潘家洵是独居一室的，他则和王伯祥共居，夜间睡在同一铺砖炕上。可惜在这里只住了月余便请假南归，因为胡墨林夫人重身当产，他须到苏州安置，作文一课便由王伯祥代理。4月24日，女儿至美来到这个纷扰的世间，胡夫人不能再出任教职了，于是他们一家从角直迁居苏州大太平巷50号。

1923年1月，商务印书馆史地部主任朱经农，介绍叶圣陶到该馆任国文部编辑，主要任务是选编“学生国学丛书”，同事有王伯祥、沈雁冰、郑振铎、杨贤江、李石岑、胡愈之、章锡琛、徐调孚、周建人等。关于这一扭转了叶圣陶生活道路的转折，叶至善回忆说：“一九二三年初，我父亲由朱经农先生介绍，进商务印书馆编译所国文部工作，沈（雁冰）先生正好从《小说月报》社调回国文部。商务的编译所在‘涵芬楼’二楼上，一大间屋子，用隔扇隔成若干间，中间是过道，过道两边每间一个部。父亲告诉我说，当时国文部中每四张书桌为一组，他和沈先生对面坐，旁边是丁晓先先生；还有一位是谁，他记不起来了。沈先生和丁先生是共产党员，编《学生杂志》的杨贤江先生也是，我父亲是知道的。凡是公开的活动，他们要他参加，他出于对他们的信任和景慕，大多去参加，其余的，他们不说，他从不打听。”[1]因为到商务印书馆任职，他们一家又从苏州迁居上海闸北永兴路永用兴坊88号，与郑振铎、王伯祥、杨贤江、俞平伯同住在一栋房子，房主是倪海曙。9月，又迁居宝山路顺泰里一弄一号，与王伯祥、傅东华同住一栋房子。9月中旬，叶圣陶获得商务印书馆的半年假期，于是应郭绍虞邀请，到福州协和大学任教授，主讲新文学，并借住在郭绍虞家里。12月初，即因水土不服辞去教职回到上海，仍回商务工作。本年，还应复旦大学教授、神州女学教务长谢六逸的邀请，到这两所学校担任新文学和国文课。神州女学的同事有周建人等，学生有孔德沚（茅盾夫人）、沈兹九（胡愈之夫人）、王蕴如（周建人夫人）等。秋天，由杨贤江介绍到上海大学任教。移居宝山路宝通路顺泰里一弄一号后，门前挂“文学研究会”的牌子，负责处理该会的日常事务和信件往来。

叶圣陶奉母至孝，又特重亲情，几年来或友情难却，或生计攸关，竟屡屡辞家远行，南北奔波。尽管京华的文坛，八闽的风情，乃至车中舟上不同的景观物候，都足以一时淆乱游子的耳目，引逗游览的兴致，但毕竟不能抹去他离别的愁绪和客居的怅惘，所以每次远行，不久便又匆匆返回。越是细致地体尝到将离的况味和客中的情愫，与家人团聚的亲和感，就越是醇厚浓郁。此后，他就很少独自离家远出。当时的这些愁绪和怅惘，虽则使他心绪百转，颇不宁贴，但经过心灵的酿化，却结晶为《将离》《客语》等美文，以灵动的笔致，抒写九曲心结，读来荡气回肠。郁达夫以“特有的风致”“散文的模范”[2]相称许。阿英则赞扬说：“他的小品文最主要的特色，要很具体的讲，我很想用‘宁静淡泊’四个字来说明。在小品文内容上，固然表现着‘宁静淡泊’的精神，就是在表现的形式上，也是同样的反映着一种‘清淡隽永’的风趣。感情是丰富的，但他用一种极其微妙的方法出之，如事物上蒙上一层轻纱，是那么淡淡的，又是那么深深地袭人。她的文字是轻灵的，而又是那么的细腻，缜密地。如果我们一样的用着一颗宁静的心去研究它，吟咏它，在阅读的过程中，无论什么

[1] 叶至善：《“赋别寄哀思”》，《新文学史料》1982年第4期第65页。

[2]《中国新文学大系·散文二集序》。

时候，都会使你感到有这么一个诗人，带着幽闲的心情，哲学家在探索问题似的，在那里‘背手闲行吟好诗’。这一位田园诗人就是坐着，而他的每一篇小品，真不啻是一首非常成功的、优美的、人生的诗。和他写小说一样，他是以着写实主义者的态度，在从事于小品文的写作。”“……叶绍钧则是以哲学家的头脑，宁静的心，在对一切的自然现象，人生事物，刻苦的探索人生的究竟，在每一篇小品文里，他都很深刻地指示出一个人生上的问题。这特色，是叶绍钧小品文所特具的，这一点也就更强烈的影响了读者。”“在对人生问题的理解上，叶绍钧在小品里所反映的向上与向前的倾向，是比周作人的思想更清醒一些。在表现的态度上，周作人是具有严肃态度的哲人风致，而叶绍钧则是飘逸的徘徊月下，自弄清影的诗人。”[1] 这作为一家之言，大概也是可供参考的。

[1] 阿英：《叶绍钧小品序》，原载《现代十六家小品》，1935年8月光明书店出版。转引自刘增人冯光廉编《叶圣陶研究资料》第408—409页，北京十月文艺出版社1988年6月版。

叶圣陶的佛教观

中国现代文化人中，与佛教佛法有缘者，委实大有人在。夏丏尊、丰子恺都是著名的居士。许地山的小说中弥漫着浓郁的佛学气息。王统照写过以深通佛理的老禅师为主要人物的短篇《印空》。周作人甚至在他的五十自寿诗中公开宣称自己是“前世出家今在家，不将袍子换袈裟”的徘徊于佛家与俗家之间的人物。最典型的当然是李叔同，他作为中国第一个话剧团体“春柳社”的发起人的不磨功业，作为中国最早提倡并身体力行地教授西方乐器与油画艺术的历史贡献，就远不如作为佛学大师的名气之大。因而，敬仰、崇拜民国四大高僧之一的弘一法师者，也就大大多于了解作为诗人、学者与教育家、艺术家的李叔同者。

叶圣陶与这些不同程度不同方式向往着西天佛国极乐世界的文人，大都有着相当密切甚至可以说是极其亲密的关系。他与周作人、王统照、许地山同为文学研究会的发起人，与后两位还是极为要好的朋友。至于周作人，在附逆之后，叶圣陶曾经表示深深的惋惜。夏丏尊与叶圣陶是儿女亲家，叶至善与夏满子的缔结秦晋，是叶圣陶在抗战八年的离乱岁月中仅有的堪称欣慰的人生乐事。1944年9月，叶圣陶在偏远的贵州迂道往访落魄中的老友丰子恺，患难时代，邂逅相逢，如潮的情怀，万千的思绪，纷纷涌上心头，国难友情，积郁渴想，一时无法遏抑——于是照老习惯对饮，不到一个下午，三人竟尽四瓶！真应了“酒逢知己千杯少”的老话。对于弘一法师，他至少写过三篇文章：1927年的《两法师》，1937年的《弘一法师的书法》，1947年的《谈弘一法师临终偈语》——不知是巧合还是有意，恰好是每隔十年一篇，并且是分别写成于中国现代史上三个非常有代表性的年代里。

所谓“两法师”，指的正是二十年代净土宗的大师印光法师与其皈依弟子弘一法师。在叶圣陶印象中的两位比肩而坐的法师，恰好是绝妙的对比：弘一法师是水样的秀美、飘逸，印光则是山样的浑朴、凝重。但印光法师以传道者自任，难免有如宣传家那样有所执着有所排抵；而弘一法师却似乎春原上的一株小树，毫不愧怍地欣欣向荣，毫无凌驾旁的卉木而上之的气概。自然，这种气度，就更容易受到具有自由平等意识的现代文化人群落的首肯与认同。

对于弘一法师的书法，他满怀敬意地指出：“艺术的事情大都始于模仿，终于独创。不模仿打不起根基，模仿一辈子，就没有了自我，……从模仿中蜕化出来，艺术就得到了新的生命——不傍门户，不落窠臼，就是所谓独创了。弘一法师近几年来的书法，可以说已经到了这般地步。”这地步，这境界，叶圣陶称为“蕴藉有味，……好比一位温良谦恭的君子人，不亢不卑，和颜悦色，在那里从容论道。”这里赞美的是弘一法师的书法艺术，更是在倡扬一种为叶圣陶深深礼赞的人格风范——他们在精神境界的最深层次，由理解而交融、升华、结晶！

弘一法师圆寂以后，叶圣陶就其临终偈语“华枝春满，天心月圆”作出了堪称知音的阐释:“他入世一场,经历种种,修习种种,到他临命终时,正当‘春满’‘月圆’的时候。这自然是‘好好的死’，但是‘好好的死’源于‘好好的活’。……一辈子‘好好的活’了，到如今‘好好的死’了，欢喜满足，了无缺憾。”根据这样的阐释和理解，叶圣陶还写有两首四言诗加以颂扬。其一曰：“‘华枝春满，天心月圆’，其谢与缺，罔非自然。至人参化，以入涅槃。此境胜美，亦质亦玄。”在叶圣陶的话语系统中，像这样的几乎是全称肯定的赞誉，是极其少见的。

但对于佛教佛法本身，叶圣陶所持的则是“教宗堪慕信难起”的决绝态度。他自信平凡，一向服膺的是“未知生焉知死”的道理。他认为“好好的死”似乎不妨放慢些，最要紧的还在必须追求“好好的活”。1928年初，一位年轻气盛、颇有点“唯我独革”味道的评论家，曾经称叶圣陶为“中华民国的一个最典型的厌世家”。他对此颇不以为然，就把自己的一本小说集取名为《未厌集》，他的书斋也自命为“未厌居”，并解释为自己在任何情况下，对人世总抱着希望，对工作总感到不满足——永不“厌足”。连他墓前纪念亭的匾上，题写的依然是这“未厌”两字，足见这的确可为叶老精神的传神写照。毫不夸张地说，他对于生活的热爱，早已融入身心，化为骨肉，以至结晶为人格，升华为情操，比任何宗教家的虔诚都有过之而无不及。

“死生亦大矣！”即使以旷达知命闻世的古圣先贤，每值此关头，也常感叹唏嘘，不免发出“秉烛夜游”“万物逆旅”“哀吾生之须臾，羡长江之无穷”之类的感慨。宗教家们信奉“彼岸”，向往“来世”，希望“好好的死”。与他们不同，叶圣陶注重的是要“好好的活”。九十四番花信，九十四度春秋，他按照自己心以为然的生死观念，不厌世，重人情，充实自然地走过了无愧无悔的一生，把平易谦和、诚朴敦厚、谨言慎行、表里如一、笃义守信、不骄不矜的人格型范，留给了历史，留给了未来。

全身心地热爱生活从不厌世，无止境地热爱工作永不厌足，这似乎是与时俗流传的佛家的出世精神是悖反的，但又与弘一法师式的认真精神执着态度一脉相通。正是在悖反与相通的坐标系统中，我们清晰地看出了叶圣老的精神与人格。当这位须眉皆白的长者离开扰攘人世已经很久的时候，当人们深感物欲横流、声色征逐的困扰和愤慨的时候，从宗教观这一特殊的窗口，我辈会非常自然地怀念起叶圣陶式的亮节高风，会更加亲切地感受到一种蔼然长者的风范，如云山江水，如天地正气，矗立两间。

知公长去无遗恨，长留风范在人间！

叶圣陶与朱自清挚情纪略

一、杭州的诗情画意

1921年7月，叶圣陶应上海吴淞中国公学代理校长张东荪和中学部主任舒新城邀请，到该校中学部担任国文教师，开始结识刘延陵、吴有训、周予同、陈望道等颇具长者风度的学者。不久，刘延陵把朱自清也介绍来任教。于是叶圣陶的挚友，从同学王伯祥、顾颉刚、吴宾若等扩展到同事，并且互相吸引、互相影响，逐渐形成新文人中一个以温和、平实、持重为鲜明特色的群体。

不久，中国公学大学部旧派教员煽动学生驱逐校长张东荪和中学部主任舒新城，攻击叶圣陶、常乃德、朱自清、刘剑扬、陈兼善、吴有训、刘延陵、许敦谷等新派教员。学生罢课，捣毁学校的办公室。张东荪则贴出布告开除带头闹事的学生。学生便撕毁布告，散发传单。传单罗列了张“摧残教育”“压迫学生”等罪名。张东荪又率警察驱赶学生，双方发生激烈的对立与冲突。舒新城赶赴北京，向中国公学校长王敬芳以及梁启超、胡适等报告风潮情形。胡适闻后在日记中写道：“四时，到水榭，赴中国公学同学会。上海中国公学此次有风潮，赶去张东荪。内容甚复杂；而旧人把持学校，攻击新人，自是一个重要原因。这班旧人乃想抬出北京的旧同学，拉我出来做招牌，岂非大笑话！”“他们攻击的教员，如叶圣陶，如朱自清，都是很好的人。这种现象，这种学生，不如解散了为妙。”[1]朱自清与刘延陵主张中学部停课，担心一向持重温和的叶圣陶不会赞成。谁知一

[1]《新文学史料》第5辑，1979年11月。

经提出，立刻得到他的赞同，叶、朱、刘等人都旗帜鲜明地站在新思潮一边。这场“新”“旧”较量的风潮结束了，叶、朱等八位教师在《时事新报》发表文章，严正申明中国公学风潮的原因与始末，态度鲜明，是非分明。在这场风潮中，叶、朱都遭到旧派人物的攻击，但他们却因显示了共同的品格而从泛泛之交进而成为至交。朱自清从叶圣陶的“和易”中,发现了他性格中的另一面而格外敬重他,说：“他又是个极和易的人，轻易看不见他的怒色。……他的和易出于天性，并非阅历世故，矫揉造作而成。他对于世间妥协的精神是极厌恨的。在这一月中，我看见他发过一次怒；——始终我只看见他发过一次怒——那便是对于风潮的妥协论者的蔑视。”[1]不久,他们彼此怀着深深的敬意和亲切,一位匆匆到杭州一师就职，一位回到了苏州的故家。

11月，杭州浙江第一师范委托朱自清函邀叶圣陶任教。很快得到回信，说是“我们要痛痛快快游西湖，不管是夏天还是冬天”。乐莫乐兮相知，在那样一个污浊纷乱的世间，却不期而遇得到这样的友朋，其欣喜为何如？很快，两位新诗人先后走进了杭州一师。学校本来给叶圣陶预备了一间宿舍，但笃于友谊不耐孤寂的他，却建议把自己的宿舍当作共同的居室，而把朱自清的房间当作共同的书房。从此开始了他们一段联床共灯、畅怀深谈的难忘岁月。他们有时品茗对话，上下古今，天空海阔，“……舒发的随意如闲云之自在，印证的密合如呼吸之相通”。[2]有时各据一桌预备功课、批改作业，在语文教学的天地里畅游。休假时节，或者去饭馆小酌，或者到西湖泛舟。“西湖这地方，春夏秋冬，阴晴雨雪，风晨月夜，各有各的样子，各有各的味儿，取之不竭，受用不穷；加上绵延起伏的群山，错落隐现的胜迹，足够教你流连往反。”[3]他们都不是初游，但现在因为有了挚友为伴，兴致自不同于往常。

这年阴历11月16日晚，他们又乘一叶扁舟来到静静的湖上，月华如水，软波似银，远山淡淡，渔火点点，叶圣陶触景生情，口占两句：“数点星灯认渔村，

---

[1]《我所见的叶圣陶》，原载《你我》，1936年3月商务印书馆出版。转引自刘增人、冯光廉编《叶圣陶研究资料》第136页，北京十月文艺出版社1998年6月版。

[2]《脚步集·记佩弦来沪》，《叶圣陶集》第5卷第199页，江苏教育出版社1988年10月版。

[3]朱自清：《燕知草·序》，原载俞平伯自印散文集《燕知草》，1928年出版。

淡墨轻描远黛痕。”这诗、这景，仿佛触动了彼此心灵深处的弦索，一种对人生、对艺术的感悟，在氤氲的夜色中袅袅升起，善谈的朋友也都缄默了，只听得均匀的桨声在清凉的湖水中起落。到得净慈寺畔，弃舟登岸，经声佛号与木鱼铜磬错落地旋绕着佛殿，释迦的金身左近辉耀着烛焰和烟篆，庄严而又悠远，空灵而又神秘。这时他们的感受，与湖上的夜景、舟里的心境，又大不相同了。朱自清在《赠圣陶》诗中，曾这样描写他心目中的圣陶以及他们在杭州的饶有意味与情趣的生活："平生游旧各短长，君谦而光狷者行。我始识君歇浦旁，羡君卓尔盛文章。讷讷向人锋敛锷，亲炙乃窥中所藏。小无町畦大知方，不茹柔亦不吐刚。西湖风冷庸何伤，山色水光足徜徉。归来一室对短床，上下古今与翱翔。"[1]上下古今地"深谈"，确是他们共同的嗜好，也是他们友谊的纽带。"能说多少，要说多少，以及愿意怎样说，完全在自己手里，丝毫不受外力牵掣。这当儿，名誉的心是没有的，利益的心是没有的，顾忌欺诈的心也都没有，只为着表出内心而说话，说其所不得不说。"因而一旦谈起，往往越谈越深，谈到兴浓处，"一缕愉悦的心情同时涌起，其滋味如初泡的碧螺春"。[2]这年的除夕，两人索性回到卧室躺在床上谈。隔床是双屉的书桌，桌上是两支摇曳的白烛。忽然朱自清喊道"一首诗有了"，马上念出来给叶圣陶听：

除夜的两支摇摇的白烛光里

我眼睁睁瞅着，

一九二一年轻轻地踅过去了。

这就是那首有名的《除夜》。

与朱自清"击桨联床共曦月"的日子虽然只有三个月，但在叶圣陶的情感深处却烙下了磨不去的印痕。53年后，俞平伯来信忆起朱自清那首新诗，叶圣陶感情的潮水顿时破闸而出，"连宵损眠"，写成长词《兰陵王》：

猛悲切。

往怀纷纭电掣。

---

[1] 转引自商金林《叶圣陶年谱长编》第1卷第253页，人民教育出版社2004年10月版。

[2]《脚步集·记佩弦来沪》，《叶圣陶集》第5卷第200—201页，江苏教育出版社1988年10月版。

西湖路、曾见恳招，击桨联床共曦月。

相逢屡间阔。

常惜、深谈易歇。

明灯座、杯劝互殷，君辄沉沉醉凝睫。

……

活脱脱一幅佩弦的剪影就在眼前了，超越了时空更超越了利害的一种深情厚谊，也活脱脱就在眼前了。

浙江一师，是以新思潮在江南的根据地而名世的，隐然与“五四”大本营的北京大学成南北呼应之势。因为这里不仅荟集着叶、朱这样的新文学家，而且也吸引了不少进步的文学青年前来，安徽的汪静之，浙江的潘漠华、赵平福（柔石）、冯雪峰、魏金枝、应修人，都是一时彦俊。汪静之发表作品较早，潘漠华显得较为成熟，于是由他们发起，成立了浙江最早的新文学团体“晨光社”，聘请叶、朱作为顾问。这个社团的简章等，曾经由沈雁冰发表在《小说月报》第13卷12号上。汪静之、冯雪峰的新诗，也陆续刊登在叶圣陶他们创办的《诗》上。无形中，叶、朱二人便成为这一帮年轻的文学爱好者的精神领袖。冯雪峰说过：“提到‘晨光社’，我也就想起朱自清和叶圣陶先生在1921和1922年之间正在浙江第一师范学校教书的事情来，因为他们——尤其是朱先生是我们从事文学习作的热烈的鼓舞者，同时也是‘晨光社’的领导者。”[1]

“晨光社”成立于1921年10月10日，除浙江一师的学生外，还联络了蕙兰中学、安定中学和女师的一些文学青年，大约有二三十人，社名是潘漠华取自汪静之的诗《晨光》，吐露着置身漫漫寒夜的一代青年企盼渴望光明与温暖的心声，他们后来大都有长足的发展，有的以清新真率的情诗蜚声文坛。有的为左翼文学献出了热血和生命，但无论哪一脉舒展的绿叶，都不会忘记园丁的深恩。

1924年4月，叶圣陶与朱自清、俞平伯、刘大白、刘延陵、白采、丰子恺、顾颉刚、沈尹默，以及浙江一师的毕业生潘漠华、顾维祺等又组织了“我们社”，编辑出版不定期文艺丛刊《我们的七月》。7月，该刊由上海亚东图书馆出版，署

[1]《应修人潘漠华选集·前言》，原载《应修人潘漠华选集》，人民文学出版社1957年版。

O·M编。该社的社徽由叶圣陶篆刻，是双圈的英文O里有个英文的M。所刊诗文均不署名，表示共同负责的意思。次年6月，又编辑出版《我们的六月》，刊有叶圣陶的散文《暮》。刊末缀有《本刊启事》二则。其一曰："本刊所载文字，原O·M同人共同负责，概不署名。而行世以来，常听见读者们的论议，觉得打这闷葫芦很不便，颇愿知道各作者的名字。我们虽不求名，亦不逃名，又何必如此吊诡呢？故从此期解释了。"一切从读者需要考虑，即不求以文字闻达，又肯于为自我的言行负责的光明磊落态度，于此可见一斑。

二、成都的患难与共

1940年，在昆明西南联大任教的朱自清，获得一个休假的机会，可以有一段完整的时间，从事早已酝酿成熟的对中国经典文献的学术研究。但昆明物价高得惊人，身为知名教授，亦难养家糊口。计议再三，终于决定迁家到夫人陈竹隐的故乡成都，为了筹措路费，他甚至忍痛卖掉从英国带回来的一架留声机和两本音乐唱片。这是当年送给夫人的礼物，也是这教授之家唯一的奢侈品。到成都后，安家在东门外望江楼对岸之宋公桥报恩寺中。这是一座破旧的小小的尼庵，他们住在旁院之间没有地板的一幢小瓦房内。居室简陋，生计亦复困顿，同时又在紧张的学术研究中消耗，朱自清困顿穷厄，憔悴苍老，虽然才四十有三，却已经霜欺鬓雪压顶颇似老人了。

11月14日，朱自清家又添了一个女孩。新生命的诞育，自然是欢乐的，但对朱自清来说，也更增加了若干忙碌和窘迫。18日清晨，他正在家务堆里忙乱着，忽然有人叩响了报恩寺小院的柴门。开门一看，惊喜交加，原来正是订交二十年的老友叶圣陶！朱自清一面设法备饭备肴，一面请老友看正在撰写的《经典常谈》，叙别情，道珍重，谈学术，忆群友，畅谈是最幸福的天下乐事。次年初，叶家也搬到成都，朱自清闻讯赶来祝贺。从此便开始了无法尽数的互访与游散，畅谈与研讨。4月26日，叶圣陶又来到朱寓。朱自清的话题转到诗上来，并且以长篇五言《近怀示圣陶》相赠。谈到浓处，索性携茶酒至望江楼，啜茗长谈，继之小饮，欢会难得，日暮始别。望江楼，在成都东门外，面临清清锦江，有薛涛井、崇丽阁、吟诗楼、浣笺亭等名胜，其时已辟为公园，为清游佳胜。

朱自清的五言诗，从自己的处境说到动乱的时局，衷肠倾诉，动人肺腑：

少小婴忧患，老成到肝腑。欢娱非我分，顾影行踽踽。
所期竭驽骀，黾勉自建树。人一己十百，遑计犬与虎。
涉世二十年，仅仅支门户。多谢天人厚，怡然嚼脩脯。
山崩溟海沸，玄黄战大宇。健儿死国事，头颅掷不数。……
累迁来锦城，萧愁始环堵。索米米如珠，敝衣余几缕。
老父沦陷中，残烛风前舞。儿女七八辈，东西不相睹。
众口争嗷嗷，娇婴犹在乳。……
赣鄂频捷音，今年驱丑虏。天不亡中国，微枕寄干橹。
区区抱经人，于世百无补。死生等蝼蚁，草木同枯腐。
蝼蚁自贪生，亦知爱吾土。鲋鱼卧涸辙，尚以濡相煦。
勿怪多苦言，喋喋忘其苦。不如意八九，可语人三五。
惟子幸听我，骨鲠快一吐。

中国的正直知识分子，一向就命运偃蹇，途路多迕，又生当天崩地坏的战乱岁月，承受着扶老携幼的过重担负，朱自清内心郁积着多少忧愤和凄苦呵！但环顾宇内，有几个人可以肝胆相照，无话不谈？“不如意八九，可语人三五”，见到这样的朋友，才可以倾吐衷肠，在倾吐中略求一快。这处境，这衷情，也勾起叶圣陶的满怀郁积，发而为诗，调寄《采桑子》，题为《偕佩弦登望江楼》：

廿年几得清游共？尊酒江楼。尊酒江楼，淡日疏烟春似秋。天心人意愈难问，我欲言愁。我欲言愁，怀抱徒伤还是休。

4月29日，叶圣陶在日记中写道：“上星期六与佩弦游望江楼，意有所怅感，今日作成《采桑子》小词，书寄之。”5月8日夜，他一时为诗神袭来而醒，于枕上成诗，即抄示佩弦，亦《采桑子》中未尽之意，题曰《偶成》：

天地不能以一瞬，水月与我共久长。
变不变观徒隽语，身非身想宁典常？

教宗堪慕信难起，夷夏有防义未忘。

山河满眼碧空合，遥知此中皆战场。

也许是觉得《采桑子》写来太过凄清，这《偶感》就显得较为豁达刚健，其执着现世、不忘敌我，则又一以贯之。林宰平先生评论《偶成》，赞为“思想家之诗，收句尤妙”云。不数日，朱自清写就和《偶成》诗，《赠圣陶》诗，函约叶圣陶入城在公园茶叙。诗，成了他们精神上相联结相支持的不可或缺的纽带，也是他们在艰难岁月中砥砺操守弘扬正气的讲坛。朱自清的《赠圣陶》为古风，长36句，以盛赞圣陶“谦而先”“狷者行”的德行起句，深情忆起西湖荡舟、一师纵谈的友情。大约是受了《偶成》的感染，朱自清的愁苦之声淡远了，抗争之意增强了，结末数语尤为铿锵，掷地有声：“浮云聚散理不常，珍重寸阴应料量。寻山旧愿便须偿，峨嵋绝顶望大荒。人生三万六千场，君与我兮长毋忘”！

5月23日下午，叶圣陶步韵答佩弦见赠的诗写成，虽自言“步韵总不免勉强，自视仅平平而已，不甚惬意也”，但读来情深意浓，令人难忘。叙朋友欢聚，则曰：“……君谓牢愁暂逋亡，我亦欢然解结肠，细雨檐花意气扬，酡颜不减少年狂”；论时局未来，则曰：“……屯蒙当前殊穰穰，归欤莫得谁能详？未须白发悲高堂，唯期天下见一匡”；谈抱负期望，则曰：“……攘夷大愿终当偿，无间地老与天荒。人生决非梦一场，耿耿此心永弗忘。”

6月1日，成都酷热，坐卧不宁，怀念家园，盘桓至3日，写成《湘春夜月——忆家园榴花》，以寄佩弦。诗篇里现出的，是一种有声有色、情景相生的境界：一带短墙，一树榴花，依旧如昔日一样的擢琼发英，怎忍动问这清秀的故园，为什么还没净洗倭寇的蛮腥？望中的故园，有人不知亡国遗恨，犹自巷角吟唱后庭花词，也有人虽感蒙羞戴耻之恨，却只能寄情箫声，报国无能。这些人物，这种现状，怕榴花有知，也应萼羞蕊赧，悄对寂无人迹的长廊，滋生出无限怨愁。东流的逝水呵西斜的夜月，也许能代为倾诉对故园、对榴花的深情。我几年里思乡恋花，却只落得人瘦带宽，越走越远，漂泊流离，行行重行行。从西川遥望失陷的中原，只见莽然一派，云蔽远山，家在何处？但我的愿望仍如前一样执着，只愿推窗便见到你呵榴花，繁花照眼，邀我倾壶而酌，共庆光复！——这首词作深情绵邈，托物寄情，缠绵多致处，不让白石；义愤填膺时，犹追稼轩！在叶圣陶诸词中，是颇具特色的。江山不幸词人幸，信矣！

雨雾濛濛，古木丛丛，锦江潺潺，暮鸦悲鸣。一年的假期转瞬就要结束，朱自清又须回到昆明执教。那年月，岂惟“著书都为稻粱谋”？教书更是为了糊口。可叹的是，堂堂大学教授，教来教去，竟难以养家，朱自清只能把妻儿留在成都，孤身远行。这况味在诗人的心中，该会酿成何种苦酒？正在愁肠千回百转之中，老友又来送行。9月20日，叶圣陶来探行期，谈到下午三时乃别。21日，作成二律，为佩弦送行。10月8日，朱自清搭小船往泸州，叶圣陶送到码头。执手相对，默然无语，来也匆匆，去也匆匆，此别天各一方，不知何日相逢？船行远去，在远天云海、翠崖丹巘之间，朱自清又深情依依地吟哦起叶圣陶送别他的诗篇：

平生俦侣寡，感子性情真。
南北萍踪聚，东西锦水滨。
追寻逾密约，相对拟芳醇。
不谓秋风起，又来别恨新。

此日一为别，成都顿寂寥。
独寻洪度井，怅望宋公桥。
诗兴凭谁发？茗园复孰招？
共期抱贞粹，双鬓漫萧条。

作为叶圣陶与朱自清这一年中友情交往的见证，不仅有这些情深意切的诗词，而且有《精读指导举隅》与《略读指导举隅》两本著作。这是受四川省教育厅长郭有守委托，由他们二人合作编著的。两书均列入四川省教育科学馆国文教学丛刊，用叶圣陶的话来说“这两本书的性质同于教案，希望同行举一而反三”[1]。

这两本书确是中学国文教师的专业参考书，既有选文又有分析，既阐述作者思路、取材范围、行文笔调，又注释难懂的字、句、节、章，既解说创作的背景、辩难的对象，也订正文章谬误，或与其他作品进行比较，指示得失。体

[1] 叶圣陶：《朱佩弦先生》，《中学生》1948年9月号，总第203期。

例新鲜，切合实用。《精读》选文六篇，记叙文、抒情文、短篇小说各一，议论文三；《略读》选书七部，经籍一种，名著节本一种，诗选一种，文选两种，小说两种。这两本书分别于1942年和1943年由上海商务印书馆出版，广受欢迎。他们关于国文教学的论文，则收入《国文教学》一书。上卷为叶作，下卷为朱作，由上海开明书店1945年出版。这些著作，是现代语文教学体系的开路之作，也是奠基之作。

叶圣陶与俞平伯交谊点滴

俞平伯和叶圣陶，是缔交逾六十春秋的老友。从1918年开始书信往来，先是新潮社、文学研究会里共为创作的主干，《诗》（月刊）、《我们的六月》《我们的七月》（不定期刊）联手编辑，继又一并列入《雪朝》诗林，一并出资组织“朴社”。杭州一师先后同事。《剑鞘》一集共同撰述。他们互赠著述，互题书名，苦闷怫郁互相诉说，言谈话语俱见真情，交谊与日增进，晚年更臻醇厚。但实际上，二老的脾气禀性、处世为人，却颇不相同：叶喜欢洁净，俞不修边幅；叶饮食有度，从不过量，俞爱吃能吃，常欠节制；叶能遵医嘱按时服药求诊，俞一向“讳疾忌医”；叶热心交往，朋友甚伙，俞不善交际，我行我素……。既然如此，其友谊奠基于何处？叶圣陶有一段绝好的说明：“在我与平伯兄六十多年结交中，最宝贵的是在写作中沟通思想。我们每有所作，彼此商量是常事。或者问某处要不要改动，或者问如此改动行不行，得到的回答是同意的多，可不是勉强同意，都说得出同意的理由。……这样取长补短，相互切磋，从中得到不少乐趣，这种乐趣难以言传。”这有足够的事实为证：

1974年岁尾，俞致书叶曰：“瞬将改岁发新，黎旦烛下作此书，忆及佩弦在杭州第一师范所作新诗耳。”一言撞开了感情的闸门、记忆的闸门，诗情顿时汹汹而至，“连宵损眠”，写成长凋《兰陵王》，随即抄寄俞平伯磋商推敲，你来找往，无日无信。次年1月3日上午叶信曰：“年前接复书，诵‘忆及佩弦在杭州第一师范所作新诗耳’之语，怀旧之感顿发而不可遏，必欲有所作以宣之。缘近与兄商讨兰陵王，决意用此调。……今录草稿于他纸，乞兄严格推敲，或提示或改易，均所乐承，总望此作较为像样。”此后一连串的信函，俱是谈论这阕《兰陵王》，渴望“逐句对面商定”，以为“二人共享之，实为难得”。定稿时，他特地在序中郑重叙明写作缘起与修改经过，以证友谊，昭告世间：“……复与平伯兄反复商讨，屡承启发，始获定稿。伤逝之同悲，论文之深谊，于此交错，良可记矣。”

1977年10月28日，是俞平伯、许宝驯夫妇结婚60周年纪念日。这种纪念，西方称为“钻石婚”，中国叫做“重圆花烛”——当晚须点亮花烛，布置洞房，有如新婚。为了纪念这难得的花甲姻缘，俞平伯在大约一年里字斟句酌，数易其稿，写成七言长诗《重圆花烛歌》，凡100句，因事寓情，流转畅达，才情俊发，感人至深。从起稿到改定，俞叶二人又是密切合作，字字推敲。长诗改定后，俞平伯首先抄赠叶圣陶，叶马上复函答谢：“承赐定本表示段落，书法厚实可爱，宝之宝之。”1980年，俞平伯90华诞，友朋皆欲致祝。新加坡周颖南先生独出心裁，乃将此诗请俞平伯和谢刚主用甚为贵重的“御制笺”抄写裱成长卷，又广征题咏，辞采华瞻，翰墨精妙，友情之精品与艺术之妙品交辉互映，既是祝寿佳品，又成文坛盛事，且为传世墨宝，为九秩寿翁平添了若许欣悦！叶圣陶为长卷题七绝四首，排于俞平伯自跋之后，最为俞老心折：

西湖年少初相见，歇浦鸿光作比邻。
周甲交情回味永，海棠花下又今春。

重圆花烛述怀歌，福慧双修世岂多？
易稿相贻承下问，辄呼先睹快如何！

手书本与刚翁本，更有黄公赓和歌，
并附飞鸿传海外，朋情交织宛如梭。

周氏收藏又一珍，宁唯翰墨感人亲？
人间伉俪可增重，潘老题辞意最真。

叶圣陶诗词，多系写实之句，第一首“海棠花下”，更是实事实情。原来东四八条71号叶寓院内，植有硕大海棠一株，每至五月初春，花繁叶茂，叶圣陶必邀俞平伯、王伯祥、章元善、顾颉刚共同欣赏，京中文友，亲切称之为“五老赏花会”。1980年春，王、顾辞世。五老余三，难免伤感。1984年春，叶圣陶又住进医院，当俞平伯电话频频问疾时，叶圣陶以诗答曰：“海棠共赏欠今春。”他多么希望这些年高德劭的朋友们，一个个健在，共同品味这生活的芳醇呵。

1975年10月1日，俞平伯应周总理邀请出席国庆招待会，宴会后突然中风偏瘫，写字为难。叶、俞之间被戏称为“打乒乓球”的书信往来，只好中断。但凭着顽强的意志，老人又开始写字，自然十分吃力，但仍不断命笔。10月18日叶信有云：“……此书不期赐复。再迟一个月，必可一去一回，重打乒乓球矣。”

由于年迈多病，他们虽同住京都，一年晤面也不过三四次，而每次都是老人的大事。老早穿好衣服等在客厅，要带去的诗文事先装进纸袋。叶知俞多有口腹之欲，每次留餐饭菜都特别丰盛。俞不喜用单位公车，叶便派车接送。二人会面，有时并无多少话说，但握手相对，一切尽在不言中了。叶圣陶为俞平伯做的最后一件事，是为其旧体诗钞作序。时叶已卧病不起，无法执笔，只能将大意口述给俞之长女俞成，她写好后读给叶听，未获通过。后由叶的孙媳姚兀真逐字逐句念给他听，直到听明白，改妥当为止。诗集出来了，作序者却已故去，俞平伯不胜伤感地对外孙长叹：“你叶公公不在了，出这书还有什么意思？”挂剑空垄，车过腹痛，古贤高谊，良有以也。

巴金人生道路上的“责任编辑”

1927年2月19日，春寒料峭，来自四川的青年李尧棠到达了巴黎，住进拉丁区的一家小旅馆里。每天除了照例到卢森堡公园去一两次，晚上到学校补习法文外，就把自己关闭在六层高楼上的一间充满了煤气味和洋葱味的小屋里。他所见到的，只有一片小小的天空，连阳光也成了奢侈的享受。黄昏时分，也不免到街上无目的地走走。每夜回到旅馆里，他听着圣母院沉重而悲哀的钟声，想到在上海的生活，想到那些在苦斗中的朋友，想到那过去的爱和恨、悲哀和快乐、受苦和同情、希望和挣扎，心就像刀割般的痛楚。为了安慰自己寂寞的年轻的心，他便开始把从生活里得到的，在练习簿上写一点类似小说的东西：理想与激情在心底燃烧，孤独与寂寞又在深深地折磨着多情的作者，一面是李家少爷的忆旧情怀，一面是青年革命家的昂奋的叛逆活动——感伤与激进的交织，参差错落地组合成这本后来取名《灭亡》的小说的基调。

8月初，他用五个硬纸面的练习本整理和抄写了《灭亡》的全稿，加上自序和题词“献给我的哥哥”，寄给了正在上海开明书店担任编辑的朋友索非，并且第一次使用了“巴金”作为笔名。他原先想用自己翻译高德曼的《近代戏剧论》的稿酬来自费印行，没想到正在开明主持编务的叶圣陶一见此稿，马上决定在自己主编的历史悠久、行销广泛、影响巨大的《小说月报》连载，并且预告这本小说是一位青年作家的处女作，“写一个蕴蓄着伟大精神的少年的活动与灭亡”。这一颇具戏剧性的契机，却决定了巴金终身从事的事业，决定了他的人生道路，决定了他在艰难而辉煌的文学道路上，一步一步走向新的起点。

1981年7月，巴金在历尽沧桑之后，在致《十月》编者的信中深情地说道：“倘使叶圣老不曾发现我的作品，我可能不会走上文学的道路，做不了作家。也很有可能我早已在贫困中死亡。作为编辑，他发表了不少新作者的处女作，鼓励新人怀着勇气和信心进入文坛。编辑的成绩不在于发表名人的作品，而在于发现新的作家，推荐新的创作。我感激叶圣老，因为他给我指出了一条宽广的路，他始终是一位不声不响的向导……有时我的思想似乎进入了迷宫，落到了痛苦的深渊，束手无策，不知怎样救出自己。忽然我的眼前出现了一位老人的笑颜，我心安了。五十年来他的眼睛一直注视着我，真是一位难得的好编辑！我们最近两次会见，叶圣老都叫人摄影留念，我收到他从北京寄来的照片，我总是兴奋地望着他的笑脸对人说：‘这是我的责任编辑呵！’，充满了自豪的感觉。我甚至觉得他不但是我的第一本小说的责任编辑，也是我一生的责任编辑。”后来成为世界级的大作家的巴金，从1927年起，一直把这位须眉皆白的老人，这位文章、道德影响着整整一个世纪文坛风气的长者，恳切地虔诚地奉为自己小说的责编，更是人生道路的责编。知音知心，知心知音。品德和才华珠联璧合造就了一则长传后世的佳话，一种春风化雨般的人格风范，连通着传统美德与现代意识，融化着时间空间的外壳，烛照出民族精神的某种精髓。

《六幺令》背后的故事

1979年6月6日，叶圣陶老人在《人民日报》发表了他刚刚写就的新词《六幺令》，并附有叶老的长子叶至善为这阕《六幺令》解释本事的文章——《〈六幺令〉书后》。叶老的词写道：

启关狂喜，不记何年别。相看旧时容态，执手无言说。塞北山西久旅，所患唯消渴。不须愁绝，兔毫在握，赓续前书尚心热。

回思时越半纪，一语弥深切。那日文字因缘，注定今生辙。更忆钱塘午夜，共赏潮头雪。景云投辖，当时儿女，今亦盈颠见华发。

在这简约而深情的词句背后，深深地蕴蓄着一个令人不胜感慨的故事：1927年秋，23岁的丁玲，正沉浸在大革命失败后浓重的悲愤情绪中。她后来回忆说："我每天听到一些革命的消息，听到一些熟人的消息，许多我敬重的人牺牲了，也有朋友正在艰苦中坚持，也有朋友动摇了，形式上我很平安，不大讲话，或者只像一个热情诗人的爱人或妻子，但我精神上痛苦极了！除了小说我找不到一个朋友，于是我写小说了，我的小说就不得不充满了对社会的鄙视和个人的孤独的灵魂的倔强。"（《一个真实人的一生》）她在这种情景下写出的小说处女作，就是短篇《梦珂》。在当时的文坛上默默无闻的丁玲，忽发奇想，竟将这幼稚而充满生气的发轫之作，寄给了鼎鼎大名的一流刊物《小说月报》。万万没有想到，当时在《小说月报》代理主编的叶圣陶，竟慧眼独具，安排在该刊第18卷第12号，并且列为小说的头题！这大大鼓舞了丁玲的创作热情，从此一发而不可收，《莎菲女士的日记》《暑假中》《阿毛姑娘》《一个男人和一个女人》等，接续由叶圣陶修改后，分别登载于《小说月报》的头条位置。不久，她的第一个小说集《在黑暗中》，也由叶老主持的开明书店隆重推出。于是，丁玲一举成为三十年代最负盛名的女作家！毫不夸张地说，中国现代文学第二代女作家的代表丁玲，是叶老一手推举上文坛的。没有叶老的理解和支持，丁玲的天才向何处发展，实在难以预料。对于这样一位文学事业的领路人，一位宽厚仁慈的长者，丁玲的感激自然是难以言语道尽的。此后，他们自然地成为忘年的挚友。于是有了1928年秋，丁玲与叶圣陶、胡也频、王伯祥、徐调孚等同往海宁观赏海潮的雅聚（即词中所谓“更忆钱塘午夜，共赏潮头雪”）；于是有了丁玲频频造访叶老景云里居处、与叶家的儿女们亦成密友的往事；更有了丁玲从此驰骋文坛的辉煌，当然，也就有了后来她的种种挫折和不幸——正是“那日文字因缘，注定今生辙”！

1979年5月26日，丁玲从几十年的噩梦中获得昭雪回到北京后的头等大事，便是到东四八条叶宅看望。大门一开，四只手紧紧地握在一起，半晌，丁玲才从千头万绪中抽出一句话：（要不是叶老发表她的小说）“我也许就不走（文学）这条路。”这就是词中所云“执手无言说”与“一语弥深切”！于是，他们的思绪，从半个世纪以前的《小说月报》起飞，越过钱塘江的雪潮，越过景云里的亲切，越过北大荒的“劳改”，越过糖尿病的折磨（词中所谓“所患唯消渴”）……时空的阻隔，命运的磨难，使这两颗执着文学的心灵，反而贴得更紧，更紧！中国现代作家，因为特殊的历史与文化背景，往往自觉不自觉地卷入这样那样的论争、矛盾之中，落得个“文人相轻”的罪名，难以洗刷。但我敢负责任地说明，他们的多数，是重然诺，重情谊的，而其中的长者，对于奖掖青年，扶植后辈，支持新人新作，又一向是不遗余力的。《六幺令》的故事，不过是文坛佳话中的一朵耀眼的浪花，如歌岁月里一个飞扬的音符。但即此一端，对于叶老的襟怀与人品，人们也许不难有所感受，有所启示吧？

叶圣陶在国难声中

1931年9月18日夜晚，经过周密准备的日本军队，正式向中国军队驻地和沈阳城进攻。上峰命令东北军“不予抵抗，力避冲突”，东北军奉命惟谨，不战而溃。1932年1月3日，日军攻占锦州。于是，整个东北近百万平方公里土地和三千万同胞惨遭日寇铁蹄践踏。日寇鲸吞东北四省之后，凶焰日炽，蚕食华北，进逼江南，已成定局。一场亡国灭种的民族危机，一场史无前例的奇耻大辱，降临到古老的中华民族头上。每一个中国人，都必须随时做出历史性的抉择。

国土沦丧，生民涂炭，政府丧权辱国，军队望风溃逃——这激起叶圣陶极大的愤慨。9月21日，他笔浓墨饱，写下向国人告警的《闻警》：“民国二十年九月十八日，我们永远不要忘记这个日子！这一天的晚间十时，日本满铁守备队开始军事行动，实现日本帝国主义攫取满蒙的第一手！我们永远不要忘记，这是庚子以来最大的耻辱！以前种种的利用与威胁，明取与暗占，是准备，是伏线。九月十八夜的炮声才是大张晓谕地宣告，他们现在来了，他们现在动了！热血的青年听到这样重大事件的消息无不愤怒，激昂，同时内问自己，外问同辈，遭逢这样的时势应当怎样自处。我们以为第一就应当认识公理——认识现今世界上所谓公理者是怎样委琐、卑鄙、不值齿及的东西！第二应当认识帝国主义——帝国主义的素质、机构及其运用，将是我辈青年今后最切要的研究课题。要制敌必须详知敌方的底蕴，大家该立下这样的信念。第三应该认识我们自己——我们自己有怎样的力量，患怎样的病害，都要客观地加以检讨。检讨过后，对于所有的力量才可以设法扩充，纵使进展迟缓，扩充得一分一毫全是有用的；对于所患的病害自须努力排除，无论病在知识、技术或者一种制度、一个阶级，都须给它注射充量的解毒剂。睁开眼睛，我们青年从新认识吧！我们将来的工作与事业就从这里开始！民国二十年九月十八日，我们永远不要忘记这个日子！”一篇之中，再三致意，号召国民特别是青年永远不要忘记这国耻的“九月十八日”，痛心疾首之情，溢于言表。当不少人还迷信公理乞求国联的时候，他却号召青年认清“公理”的实质，认清帝国主义的本质，表现出少有的、可贵的清醒！

国难当头，一味痛哭流涕已经无济于事，更重要的乃是实做，把耻辱与灾难，作为工作与事业的开始，这才是叶圣陶的信念，叶圣陶的风格。他这样向青年们呼吁，自己也这样做起。自然，他手中的武器，不是大炮和刺刀，乃是一支笔。他用这支用惯了的笔，戳穿骗局，揭露谎言，作民众的喉舌，为青年之向导。国难以来，政界的斗争越发频繁，忽而下野，忽而上台，忽而分裂，忽而联合……叶圣陶一针见血地指出，“派系之争”，无非是“利禄之争”，他们“揭起丑怪的标帜，演成滑稽的戏文”，对于强敌，都是百依百顺的顺民，对于民众，都是作威作福的主人；只有排除这些，民众“真个自己起来作主人，对外才得有办法”。国难以来，不少政客，不少报章，鼓吹“科学救国”，“读书救国”，要青年们从民众运动中退出，以消弭席卷全国的抗日怒潮。叶圣陶针锋相对指斥“他们双管齐下，恐吓青年，可称竭力。你‘蠢如鹿豕’，你没有科学，要想救国么？不行！如何得到科学呢？唯有‘埋头于读书工作’。如果青年听从他们的话，不声不响埋头读书去了，他们便将在编辑室里拊掌而笑道：‘行将燎原的星星之火给我的游说扑灭了！’胡愈之先生说：‘政府畏惧民众运动实甚于日本出兵. 这不但政府如此，一般代表商人利益的上海报纸亦如此。’这一种认识很值得提及，故附书于短文之后”[1]。年末，叶圣陶与夏丏尊、周建人、胡愈之、傅东华、郁达夫、丁玲等上海文化界知名人士在四川路青年会集会，发起成立上海文化界反帝抗日同盟，以“团结全国文化界作反帝抗日之文化运动及联络国际反帝组织”为己任，其机关杂志为《文化通讯》，由楼适夷、郁达夫、丁玲、夏丏尊、叶圣陶五人筹办，

[1] 叶圣陶:《未厌居习作·“认识”》,《叶圣陶集》第5卷第326页，江苏教育出版社1989年10月版。

次年4月创刊问世。

1932年1月28日夜，日寇军队分数路由租界向闸北进攻，掀起了侵略、灭亡中国的第二个军事高潮。驻守上海的十九路军官兵，在军长蔡廷锴、总指挥蒋光鼐率领下，为全国人民抗日热潮所推动，不顾当局旨意，奋起抗战，是为“一·二八”事变，史称淞沪抗战。战事初起，全国振奋，上海各界人民纷纷热情参战支前，捐衣献物。工人、学生则组成义勇队、敢死队，协同抗敌，无畏无惧。由于当局按兵不动，坐视不援，十九路军伤亡日重，大批增援日军开到后，又在浏河登陆。十九路军腹背受敌，不得不撤离江湾、闸北一线，淞沪抗战，遂告失败。

事变前数日，风声日紧，战乱迫在眉睫，闸北人家移居者纷纷。叶家不曾打算搬迁。一则看定当局必将屈服，既屈服，必不战。二则也不以抱头鼠窜者为然，祸患将至，惟逃一字，未免卑怯。28日下午五点过后，巷里的人家差不多都走光了，邻居周建人来说：“听说会冲突起来的，还是逃避的好。”听从劝告，叶圣陶才扶老携幼，衣物一无所携，弃家进入租界，先后避难于松筠别墅、多福里等地。当夜三点光景，终于听到了枪声——“九·一八”以来中国军队为抵抗日寇侵略、保卫国家领土而战斗的枪声，非常之激动。然蛰居数日，唯饱听敌人飞机重炮狂轰滥炸，感愤填膺，无计可施。不久，便听到抗战军队总退却的传闻。虽不见报而知其为真，心中的难过，非言辞可以表白。回来看看历经战火的旧居，只见猛烈的炮火之下，三层门窗都不存在了，墙上天花板上的粉饰也都被震落下来。木器全毁掉了，衣服上也弹孔累然，书籍全埋在灰屑中……战后，先迁至人安里，后居汾安坊，与夏丏尊、徐调孚共赁一屋。1934年夏天，再迁到麦加里。

避难中，迁徙中，叶圣陶仍不忘一己职责，不忘呐喊与奔走。2月3日，与鲁迅、茅盾、郁达夫、丁玲、胡愈之、田汉、夏衍等43人共同签署《上海文化界告全世界书》，抗议日本帝国主义武装侵略蓄意制造“一·二八”事变的暴行。7日，鲁迅、茅盾等联合129位爱国人士发表《为抗议日军进攻上海屠杀民众宣言》，叶圣陶具名。8日，上海作家愤于日寇暴行，集会讨论组织中国作家抗日会，下设若干组织，分头负责有关事宜。叶圣陶与郁达夫、胡愈之等任编辑委员。

“九·一八”事变后，国民党政府曾向国联申诉，寄望于国联的主持“公理”和“调停”。1932年1月，国联调查团正式成立，由英、美、法、德、意五国代表组成，英国代表李顿担任团长。10日，调查团公布《国联调查团报告书》，提出对中国东北实行“国际共管”的方案，既反映了英美和日本的矛盾，也暴露了国际帝国主义企图借机瓜分中国的阴谋。李顿调查团及其报告书，受到中国人民一致的强烈抵制和反对。叶圣陶自始至终都不相信“国联”及其调查，他在写给中学生看、旨在提高观察思考与写作能力的《文心》中指出：“我们翻开地图来看，辽宁吉林明明是我国的土地，那里住着百千万我们的同胞。但是，此刻在那里杀人放火的是日本的军队，此刻在那里奔跑示威的是日本的战马和炮车，而此刻在那里呼号啼哭受尽痛苦的是我们的同胞！想到这里，心中的愤恨像火一般燃烧起来了。”“日本帝国主义是我们的仇敌，我们要有结实的拳头来对付他！但是，我国的政府去告诉国际联盟，要国际联盟出来说话。国际联盟原来是帝国主义的团伙，流氓与流氓是一伙儿，对于我们难道会有好处么？”[1]历史证明，叶圣陶的见解契合了事态的发展，因为他的是非爱憎，和民族的利益、人民的感情休戚相关、息息相通！

作为小说家，叶圣陶除去奔走呼号、签名集会外，还写下了著名的《一篇宣言》：在全国人民抗日怒潮中，几个学校的教职员联名发表了一篇宣言，不料校长马上接到教育厅的电报，要求查清执笔者，并须立即电复。于是，负责起草的语文教师王咏沂先生被请进校长室。他坐下来依习惯摘着胡须根，油亮的袖底几乎涂满了红墨水迹。听完了校长的叙述，他有点激动，两颊发红，但还是沉静地说：“这确是我起的草，请校长回复教育厅就是了。我想，这里头并没有什么大逆不道的话。要维护领土的完整，要保持主权的独立，无非这一点意思。只要是中国人，只要是有心肝的中国人，醒里梦里谁不想着这一点意思？”但“这一点意思”却引来了教育厅抽查王咏沂所教两班学生作文本子的第二封电报。于是校长留住王先生过细地复查了一夜的作文本，校长先生读得尤其当心，一个词儿，一句句子，都得细细咀嚼，辨出它含在骨子里的滋味。那滋味确是妥当的，王道的，才放过了，再辨另外的词儿和句子。可是辨了一夜的结果，只发现在《秋天的郊野》那个题目之下，有七个学生提起农人割稻，用了“镰刀”两个字。校长先生认为不很妥当，

[1] 夏丏尊、叶圣陶：《文心》第42—43页，开明书店1935年9月版。

把七个“镰”字都给涂去了。作文本寄去两天，第三个电报来了，对王先生的处分，是立即解除教职！王先生只觉得身子往下一沉，模模糊糊中，他看见东北无家可归的同胞，他看见黄河流域长江流域饥寒交迫的灾民，他看见大都市中成群结队的失业大众，而他自己的身影，也就隐约在其中……

1962年，当有人问起这篇小说的写作意图时，叶圣陶回答那是写政府“畏惧民意，辄思压制，而手段又卑劣而愚蠢。教师方面则爱国有心，而爱国无力”。[1] 有心者无力，有力者无心，面临强寇，中国人在分化，在历史的洪涛巨浪中分别着忠奸良莠。

三十年代，上海文艺界在抗日爱国的总方向下，鲁迅、胡风等和周扬、夏衍等持有不同的意见，于是形成“中国文艺家协会”和“中国文艺工作者协会”两个组织，形成“国防文学”和“民族革命战争的大众文学”两个口号的激烈论争。叶圣陶没有介入关于两个口号的论争，他素来不喜欢谈论、争执与创作关涉甚少的这样那样的口号的短长得失。由于历史的关系和友情的牵连，他具名加入了1936年6月7日宣布成立的文艺家协会，并在缺席的情况下，同茅盾、夏丐尊、傅东华、洪深、郑振铎、徐懋庸、王统照、沈起予等，被推举为该会理事，同时签名入会的有郭沫若、郁达夫等100多人。同是为了抗日，同是前进的中国作家，在大敌当前的时候分成两个营垒，到底有悖于已经成为国人共识的组织最广泛的抗日民族统一战线的精神。因此，不管其中另有若何是非曲直，团结统一，一致对外，才是最高的意义，时代的呼唤。几经周折，这年的10月1日，《新文学》第7卷第4号发表了《文艺界同人为团结御侮与言论自由宣言》，签名者有巴金、王统照、包天笑、沈起予、林语堂、洪深、周瘦鹃、茅盾、陈望道、郭沫若、夏丐尊、张天翼、傅东华、叶绍钧、郑振铎、郑伯奇、赵家璧、黎烈文、鲁迅、谢冰心、丰子恺共21人。宣言签名者不但包容了上述两个协会的主要作家，而且联合了曾被前进的作家批评过的“鸳鸯蝴蝶派”的作家，确实具有统一战线的气魄，因之这一宣言的发表被史家誉为中国文艺界抗日民族统一战线组成的标志。《宣言》的主旨是对外必须团结御侮，对内亟应争取言论自由，同时阐述了他们对抗

[1] 叶圣陶书简，1962年6月19日，载《教育研究》1979年第4期。

日与文艺、与文艺家的关系："我们是文学者，因此亦主张全国文艺界同人应不分新旧派别，为抗日救国而联合。文学是生活的反映，而生活是复杂多方面的，各阶层的；其在作家个人或集团，平时对文学之见解、趣味与作风，新派与旧派不同，左派与右派亦各异，然而无论新旧左右，其为中国人则一，其不愿为亡国奴则一；各人抗日之动机或有不同，抗日之立场亦许各异，然而同为抗日则一，同为抗日的力量则一。在文学上，我们不强求其相同。但在抗日救国上，我们应团结一致以求行动之更有力。我们不必强求抗日立场之划一，但主张抗日的力量即刻统一起来。"字里行间，明显地闪烁着鲁迅对组织文艺界抗日民族统一战线的主张的光彩，也正契合着叶圣陶的认识，回荡着叶圣陶的情愫。

"九·一八"事变以来，叶圣陶忧愤于民族的危难，感慨万端，痛苦不已。生活是不安定的，几度搬迁，安危难卜，社会活动也频繁起来，出席集会，签名讲演，都费去不少时间和精力。但他始终没有忘记自己文艺家、出版家的本职，撰写、编辑的事务，抓得更紧，成果也更为显著。这期间出版的文艺创作类的集子，先后有散文小说集《脚步集》（上海新中国书局1931年9月版）、故事体国文读本《文心》（与夏丏尊合著，上海开明书店1933年6月版）、古籍整理《十三经索引》（上海开明书店1934年8月版）、散文集《未厌居习作》（上海开明书店1935年12月版）、《圣陶短篇小说集》（上海商务印书馆1936年3月版）、短篇小说及童话集《四三集》（上海良友复兴图书印刷公司1936年8月版）、文艺论集《文章例话》（上海开明书店1937年2月版）等。编辑出版的课本则有《开明语体文选类编》《开明古文选类编》《开明国语课本》《开明国文讲义》《国文百八课》《初中国文教本》等。这都是踏踏实实、经得住时间淘洗的民族文化建设与积累的成果，也是对企图占我国土、杀我人民、掠我资源、毁我文化的强寇的回答——叶圣陶式的回答。

叶圣陶夫妇轶事

一、天作之合

1915年秋，同学郭绍虞介绍叶圣陶到上海商务印书馆附设的尚公学校（小学）教国文，并为商务印书馆编辑小学国文课本，终于结束了一年之久的失业生活，同时开始了几乎纵贯其一生的编辑生涯。教课和编辑之外，捧读刚刚在上海问世的《青年》杂志，成了他生活中的大事要事。

1916年夏，他与胡墨林女士幸福地结合，一个美满的家庭诞生了。胡墨林，浙江杭州人。父亲早逝，由姑母胡铮子抚养。北京女子师范学校毕业后，在南通女子师范学校任教。1911年，王伯祥认识了计硕民先生，茗谈之际，叶圣陶亦在座。计先生回家后，与其岳母及妻姐胡铮子女士谈起叶圣陶，说可与内侄女胡墨林议婚。于是由王伯祥、顾颉刚为媒交通信息，互换庚帖及相片，议定婚期。到结婚之日，两人才始见面。婚后，他送胡夫人去南通，自己仍回上海任教。婚后14年，他这样回忆说："我与妻结婚是由人家作媒的，结婚以前没有会过面，也不曾通过信。结婚以后两情颇投合。那时大家当教员，分开在两地，一来一往的信在半途中碰头，写信等信成为盘踞心窝的两件大事。到现在十四年了，依然很爱好。对方怎样的好是彼此都说不出的，只觉很适合，更适合的情形不能想象，如是而已。"

这一结合是传统的形式而实以现代的内核，在新文学作家中，委实是极其特别的。婚前，对新的社会文化思潮的向往与追求，对教育改革的探索与实践，是他们共同的思想基石。婚后，饮食起居的习惯不期而同，处世哲学、家政大计的默契一致，更使他们的结合稳定和谐，温馨平实。他们最大限度地摒弃了那些虚浮的“诗意”和罗曼蒂克的情调，如实地把爱情、婚姻、家庭置于事业、生活中应有的位置，彼我双方从情到智融合无间，从内到外默契一致，和谐的精神境界，透过和谐的家庭关系，放射出格外宁静自然、含蓄温厚的光华，成为可遇难求的天作之合。

二、悼亡诗情

1954年6月17日，叶圣陶夫人胡墨林确诊为肠癌。叶圣陶在当天日记中写道：“余闻之凄然，初冀非是，而竟是，奈何奈何！至美蠖生接满子电话而来，大家商议决定开割。唯不直言以告墨，第言盲肠部分有肿胀，据医生言其物诚在盲肠之外也。动手术需作若干准备，当于下星期行之。手术固可靠，而是否能根治，实难断言。吉凶未卜，中心悬悬。”6月20日，因即手术，不能安宁：“昨睡未帖，念墨之病，时时不能放开。开割而后如非毒瘤而为他症，且割去甚易，自属至佳。如为毒瘤，能一割而根治，亦尚不坏。最坏之情形为开割而识为毒瘤，而察其不能割除，只得仍与缝合，勉以他法医治，医生言此亦非不可能。则今后岁月，将无时不战战兢兢矣。”“今日往医院者有我妹、满子、至美、至诚。归来告余谓明日动手术为上午，由一苏联大夫主之，历时需两三小时以上，家属可于午后往听消息。又谓墨甚放心，确为意识上之镇定而非故作乐观。此甚关重要。”21日，“到署后心不宁帖，时时念及开剖之事。九时以后，想墨当已在手术室中，悬想其情形如何，又想不清楚。饭毕就睡，竟未成眠。将近两点，至诚来，首言开割情形好。医生谓确系毒瘤，无流窜之痕迹，今并盲肠一同割去，但愿其悉已根除。仅麻醉局部，墨稍觉痛，且见割出之物甚大，颇受惊恐。不知此与休养有妨否。墨此次吃苦甚重，凡此等事，至亲亦莫能代也”。“四时后，满子来电话，谓领得特别探视证一纸，可随时入院，嘱余往视。余遂往。墨移于一单人房间，方在注射盐水，针插于脚背。见余至，能作数语，谓吃苦太甚，谓何受苦至于斯。烦躁，时作恶心。面色尚不难看，体温则较余为凉。余为轻轻按摩肘部，能入睡，但未久即醒，不得安眠。”“晤外科主任王历耕，据谓割去之肠不少，方在切片检验，但已可断定为癌症无疑。癌而自能觉察，已非初期。输血输盐水之量颇不少，皆以年事较高之故。须经四昼夜无恙，乃可脱离危险期。余闻之悬悬，恍若无依。”

8月1日，迎接墨林夫人出院，送至至美家修养。8月29日，才回到自家，进入正常生活轨道。病愈后渐渐康复，身体与兴致俱好，老夫妇还在杭州南山招待所的草地上并坐摄影。1955年秋复发，1956年3月再动手术，癌症已经扩散，无法再行割除。医院与家属相约，编了些谎话瞒住病人。病人其实也猜到了病情，但也不去说破，只是把照料婆母的责任嘱咐给叶圣陶的妹妹，照料叶圣陶的责任则交待给了满子。大家相约，只盼着这已经判定的期限尽量晚些来到而已！1957年3月2日，终于癌症复发，医治无效，溘然长逝，享年64岁。叶圣陶泪眼婆娑，在日记中写道：“墨以今日逝世，悲痛之极，……永不忘此惨痛之日。自午刻始，墨呼吸益艰，目更不能大张开。吐痰亦渐少……余按其脉益微。至五点三十七分而墨气绝。仅张目一次，作甚艰之呼吸约四五次，脉搏即停止跳动。余四十年来相依为命之人至此舍我而去矣。”3月3日，写诗《墨亡》：

同命四十载，此别乃无期。
永劫君孤往，余年我独支。
出门唯怅怅，入室故迟迟。
历历良非梦，犹希梦醒时。

俞平伯评曰：“一屏浮词，独见至情，不仅如古人所谓情文相生。览之凄然增伉俪之重者。诗中五六句，淡而愈悲，复出之自然，殆必传之名隽也。”同日又作词《扬州慢·略叙偕墨同游踪迹，伤怀曷已》。

友人们来相吊慰了，首先是王伯祥，继之是章锡琛、章元善、丁晓先……郑振铎则是夫妇双至，大家都是深知脾性的老友，谁也不以故作达观的话语劝慰，谁也不依世俗的套语致哀。但是，又有什么可以稍稍淡化他心头的这般哀痛？在层层淤积的悲哀中，文人的积习却抬起头来，与他对亡妻的怀念融合交汇，化为那首凄婉的长调《扬州慢》，略叙相偕同游的踪迹，语语切至，字字动情，真个是“伤怀曷已”！“山翠联肩，湖光并影，游踪初印杭州。”——那是40年前，伉俪初结，在翠苍澄碧的山色湖光里，青春的人，青春的心，联肩并游，留下了幸福的踪影。山也作证，湖也作证，从此开始了心心相印、同命相依的人生旅程。“怅江声岸火，记惜别通州。惯来去淞波卅六，篷窗双倚，甫里苏州”——婚后，夫人仍执教于南通女子师范，逢假期才能回到苏州。江涛阵阵，点点岸灯，无不引逗起小夫妻惜别的怅惘。1918年春，夫人辞去南通教席，移居苏州，他则执教于甪直五高；1921年7月，他应聘于上海中国公学，夫人则仍留在甪直任教。四年间，除书来信往款通心曲外，更多的是来往于苏州——甪直（古称甫里）之间。稔熟的吴淞江上，走惯的卅六里水程，“篷窗双倚”，悄话别情，那种岁月冲不淡的情愫和境界，无论何时何地，只要蓦然忆起，即刻怦然心动。和平与安谧总难久长，“蓦胡尘纷扑，西趋廛寄渝州”——民族的大劫大难突降，敌寇的刀兵烟尘纷扑，他们毅然放弃了苏州青石弄温馨的故居，一家老幼匆匆忙忙，辗转流徙，开始了巴蜀之间的漂泊。八载风尘离乱中，九千里路云和月，灾难和祸患，丝毫没有摧折、磨灭他们生活的勇气和对胜利的信念，更不用说那情好益笃的感情。巴山蜀水，丹崖碧巘，处处留下相偕登临的身影，处处映照着丹心浩气，薄云天，照汗青。“又买棹还乡，歇风宿雨，东出夔州。”——胜利了，要回乡，没有飞机轮船可乘，宁肯坐木船出川。他心一定，她心必从，危险要一起体尝，患难要共同担承。感谢汤汤大江，虽有波有澜，虽“歇风宿雨”，终于平平安安出三峡过夔门相偕返回上海。三年之后，为了赞助古老的祖国走向新生，他们又南下香港，复转道北平，路经烟台、潍坊、青州……，即词中所写“乐赞旧邦新命，图南复北道青州。”新的生活，正待一一体尝，新的工作，正需一一料理，谁知1954年一场大病，险成生离死别。康复之后，初阳和煦，南山招待所前的草地依旧芊芊绵绵，旧游之地的杭州仍印满40年前幸福的踪影——“坐南山冬旭，终缘仍在杭州”，这是最后一次相偕出游，竟与最初一次不谋而合，是缘分？还是巧合？今日伊人谢世长往，何能赓续前缘同游？一个“终”字，生发出多少人生感叹，蕴含了几多夫妻情重！难怪王伯祥读后沉吟久之，怅然叹曰：“可称为《八州慢》矣！”词中八处，均以“州”为韵；而八“州”恰好如生命史中的坐标，勾画出四十年间他们夫妇从定情到终缘心灵感应的轨迹，语巧情深，令人叹为观止！

夫人故后，营葬于北京西山福田公墓。墓碑上镌刻的，是她病重时留下的刻骨铭心之言：

人情实太好，与我大有缘。

一切皆可舍，人情良难捐。

跋语曰:“墨以一九五七年三月二日谢世,先十日为余说此意。呜呼,心系人间,骨归泉壤。用铭其墓,来者鉴之。”诗人悼亡,舍诗何之？于是18日又成《鹧鸪天》:

暝色无端侵小斋，是耶非耶起徘徊：迟归行附三轮至，暂别将驰一简回。

徒设想，更伤怀。往时相候后终来。如今已作西山土，暮暮朝朝有独哀。

其第三四句盖写实况。迟归盼归，暂别盼书，候望之切，四十年如一。近日设想，苟亦若是，岂不善欤。然此只痴想而已。越想越痴，越痴越想，朝朝暮暮，独有品尝这深至的哀痛，长此以往，人何以堪？于是他听从亲友的劝告，与王伯祥结伴南游。经武汉，转广州，小憩从化温泉，复由杭州返回北京。三月末的从化，远山近麓，一片新绿。高大的木棉，满树火红的花朵，实在是南国的奇观。荔枝刚孕嫩蕊，不难想象异日遍山丹实累累压枝的喜人景象。野花小径，那样清幽，夜雨化泉，溪涧怒涨，大自然的山水样样可亲，但样样逗引的都是悼亡的情怀:“排遣哀愁无计,姑作南州游旅,愁尚损春眠。”——天老地荒，此情绵绵，诗句何能尽现？痛定思痛，便难免长夜无眠。此后，他的身体，便不似以往那般硬朗了。

《叶圣陶传》（东方出版社版）结语

为私心敬仰的几位现代作家立传的想法，萌生于八十年代初。那时，我们民族的一场噩梦刚刚成为过去，拨乱反正、恢复历史的本来面目，成为时代的强劲呼声。被扼杀多年的现代文学教学与研究，也获得了回黄转绿的契机。抢救资料，则成为现代文学界最关注的热点问题与重大工作之一。为此，中国社科院文学研究所发起，动员全国有志于此的高校教师和研究人员，通力合作，编写了甲、乙、丙三种“中国现代文学史资料汇编”，其中的乙种，即中国现代作家作品研究资料丛书。吾师冯光廉教授分得叶圣陶、王统照、臧克家三位作家研究资料的编写任务，并且挈带我也参加了这一工作。

从这时起，直到1984年，我们南北奔波，四处走访，在北京、上海、南京、济南、青岛、武汉、桂林、广州、成都、重庆等地的图书馆里，坐热了冰冷的板凳，手指抄出了厚厚的茧子，总算把这项被称为“很有意义的工作”但不能作为评定职称的依据的任务完成。三本资料，印出来后共214.8万字，已抄而未编入的文字，至少是该字数的两倍。在那些难忘的岁月里，我终于有机会沉浸在那些记载着文学发展的历史、作家作品兴衰沉浮的历史的报章杂志与书籍当中。在早已发黄变脆的纸页中，听取诸位作家热情的或愤激的心声，与他们作心灵深处的对话，体味当年的文化风尚与人们的审美兴致。从此，开始了我沉溺至今，几乎不能自拔的现代作家研究。此后，只要稍微凝息屏神，这几位作家的个性特色、文学成就、乃至家世亲朋、音容笑貌，顿时便鲜活地灵动地矗立在目前，似乎在亲切地诉说他们的身世与甘苦，气质与个性，顺境与困窘。对他们知之渐多，也了解渐深，为之写传以传世的愿望，也就越来越无法遏止。那些年里，因为工作调动，因为专业调整，我的时间大多投向了另外的方向。但每当稍稍空闲下来的时候，一种欠债般的愧疚感，便来折磨我的心灵。

1987年末，我刚刚奉调进创建伊始的青岛大学任教。因为宿舍尚未盖好，只好暂住在74号楼的招待所里。装书的几十个纸箱子都无法开启，像一堵墙一样堆放在狭窄的房间里。在种种不便与寂寞里，幸好还带来一台电视机，可以略知外面的大事小情。1988年2月17日，是我在青岛度过的第一个除夕。记得那天薄云幕天，海风凄紧，远近的爆竹似乎都异常沉闷。晚饭前，新闻联播突然奏响了哀乐，抢先过去一看，竟然是叶老辞世的消息！长夜无眠，说不出自己做错了什么，但总觉得满心的歉仄，无名的懊悔！这种心态，居然一直持续了好多年。

上海的陈子善兄，是一起编写现代作家研究资料时结识的同道。那时，他正在和王自立兄负责郁达夫专辑的编写。我们在许多图书馆屡次相遇后相识相知，并且互相约定，在翻检史料中，如果我们发现郁达夫的材料，一定详细抄录给他，反之，如果他发现叶圣陶、王统照、臧克家的材料，当然也提供给我们（形成如此这般“协作”关系的，至少还有“老舍”、“冰心”、“鲁彦”、“徐志摩”等专辑的编写者）。由于这套现代作家研究资料的编辑，不少人由同道而变为朋友的故实，现在恐怕已经很少有人具体知道了吧？1991年底，陈子善兄在为台北的业强书店组织一套“中国文化名人传记”丛书，想起我曾经编过《叶圣陶研究资料》，对于我的文风笔致，也还欣赏，于是就向我约写一部《叶圣陶传》。在我接到约稿的函件的那一霎那，才顿时明白了自己多年愧疚的真正原因——就是没有能够在叶老健在时完成一部早已跃动在心头的《叶圣陶传》，以便当面向私心敬仰的叶老请益。

子善兄说他组织的这套书，有几样体例上的具体规定：一是全书十八万字的篇幅，不能多也不能少——这是执笔者分内的任务，应该没有问题；二是每本均需有一位名人作序。这就使我觉得颇有难度。我此前虽然也曾出版过十几本书，但从来没有麻烦过哪位名人。其实，笔者虽然相当的幼稚，又何尝不清楚名人效应的重大和切要？但自忖人既卑微，书更平庸，唯恐请托时让百忙中的名人为难，所以就从来不作此想。子善兄知我为难，就代为聘请了叶老在人民教育出版社的同事、著名散文家张中行先生（那时中行先生的通讯处好像是在北京大学，我的台湾版叶传结语中提到此事时说“北京大学张中行先生”云云，盖缘于此）。得到这一令人鼓舞的信息后，我连忙给张中行先生寄去了拙编《叶圣陶研究资料》和已经发表的几篇有关文章，以及开手写作的几章传文。寄出后还颇为忐忑地等待了一些时日。也许是那时的中行先生还不像后来那样忙碌，也许是子善兄的贡献和影响已经风靡于海内外，连中行先生这样的文坛大家也不好推辞，更多的可能大概是叶老的人格风范的深入人心，叶老的巨大影响在文学界如风行草偃人人敬仰，于是我居然迅速地收到了中行先生专门为拙著撰写的序言。张序当然给拙著增添了不少光彩，这是我永远深心感激的。但是后来再版时，出版家没有另外设序的要求，张序就未能继续留在拙著之首，这是万分遗憾的。现在，中行先生已经驾鹤西去，我就更有义务有责任把这一扶植后学的懿行义举公诸天下，并不仅仅是为了略表一己的感戴深情。张序如下：

> 青岛大学刘增人先生著《叶圣陶传》，以及主编这套传记丛书的上海陈子善先生，都写信来，希望我为这本大著写一篇序。让我写，想是因为我与叶圣陶先生有较深的关系。说起这较深关系，可以概括为时间与道术两个方面。时间是自一九五一年与他初相识起，直到一九八八年送他往八宝山止，近四十年，没有断过交往。道术指他文的成就中的一个方面，语文，比如认为，要有什么样的内容，如何表达才算好，我们是同道。这样说，所谓较深关系的深，我只能考个中等。能考上等的，限于我的师长，也不少，如朱自清先生、顾颉刚先生、俞平伯先生，可惜都先后离开这个世界了。较深关系还有单方面的，是他品格稀有，我敬仰。也就因为敬仰，就在他辞世的那一年，我写了一篇纪念文章，《叶圣陶先生二三事》，发表于《读书》一九九零年一月号。其后不久，我又写一篇，标题为《叶圣陶》，编入《负暄续话》。为什么又写一篇？后一篇的开头有说明，主旨是，前一篇是说公话，由恭敬的角度写；后一篇是说私话，由怀念的角度写。恭敬加怀念，表示我有话说，而且可能说得对头。刘、陈二位先生大概是这样想的，所以我辞谢而未能获准；新老世故都说，人不能不识抬举，所以只好写。
>
> 写，作文抄公总不好，纵使是抄自己的。那就由远及近，暂躲开人，先

说史传。记得某有名文人说过："与其读经，无宁读史。"其意是，听教训不如看事实。这说得很对,理由显而易见,事实胜于雄辩是也。但是章实斋在《文史通义》中说："六经，皆史也。"这也对，因为见诸文字都是有所记，所记当然是史。史是记往事的，以人的活动为中心，何以值得读？先说最切要的，是我们生而为人，要活，而且要活得好，就不能不重视生活之道，而这道，其形成，要以昔人的为材料，其评价（据之而定取舍），要以昔人的为参考。其次，也与生活之道有关，只是松散一些，是鉴往而知来。还可以再退一步，有如我们在河道的下游飘浮，如果同时也能熟悉上源的情况，必当有些意思。读史正是这样，以小之又小的事为例，茶余饭后，想到很远的，庄子和惠子曾经在濠水之上抬杠，不很远的，侯方域和李香君曾经在秦淮河畔调情，所谓"不为无益之事，何以遣有涯之生"，不是也很好吗？史，有以记事为主的，如记事本末之类就是。有以记人为主的，《孟子》《晏子春秋》之类也可以算；但最典型的为太史公司马迁所创，由《史记·伯夷列传》起的多篇列传是也。（本纪为帝王之传，系大事多，性质特殊。）由上面提到的读史的几项用途方面衡量，读以记人为主的传，所得会更多，因为生动、亲切，有利于"能近取譬"。

传，可取之点不尽同。有的属于"殷鉴不远"，今语所谓反面教材一类，如秦始皇的焚书坑儒，魏忠贤的乱杀良善，等等，不值得耗费笔墨，可以不表。只说正面，可以流芳的。流芳，也可称为不朽。《左传》襄公二十四年说："大（太）上有立德，其次有立功，其次有立言，遂久不废，此之为不朽。"这三不朽的说法，精神是力争上游，所以反面人物，如魏忠贤之类就不能算；一些稀见的，或称为奇人，或称为怪人，如张宗子《五异人传》所记，张潮《虞初新志》所收的一部分人也不能算。我的看法，读传，泛览，范围无妨放松些，就是说，也读《五异人传》之类；如果时时不忘取法乎上，那就还是听信三不朽的说法为好，只读，至少是多读，真正流芳的。

这看法，显然，对写传的选人就会有较大的影响，具体说是，为魏忠贤，为五异人，都无妨立传，但总不如为孔子，为管子，为荀子，因为这三位，有的立了德，有的立了功，有的立了言，是不朽或说流芳的人物，如果读时意不止在于知往昔，而且在于取法乎上，他们正是值得取法之上。由这个角度看，刘增人先生为叶圣陶先生立传，就算做了一件大好事，因为选人不只是选对了，而且是双料的对。这样说，理由可以用简单的加法，是叶圣陶先生的出类拔萃，竟有许多流芳人物难于企及的，是三不朽中占了两项，立德和立言。不说立功，是依旧说，他不是廉颇、蔺相如那样的人物。关于立言，他不只著作等身，而且方面广，由板着面孔的论文，直到哄孩子的童话，几乎无所不写，印为各种集，陈列于各种书架，举目可见，可以不说。关于立德，就不像立言那样，举目可见，尤其是同他没有交往的。在这方面，我在那两篇纪念文章里谈了不少，这里只抄几句概括的：

中国读书人的思想，汉魏以后不出三个大圈圈，儒释道。搀合的情况很复杂，如有的人是儒而兼道，或阳儒阴道；有的人儒而兼释，或半儒半释，有的达则为儒，穷则修道，等等。叶圣陶先生则不搀合，而是单一的儒，思想是这样，行为也是这样。这有时使我想到《论语》上的话，一处是："躬行君子，则吾未之有得。"一处是："学而不厌，诲人不倦，何有于我哉！"两处都是孔老夫子认为心向往之而力有未能的，可是叶圣陶先生却偏偏做到了。

也就原于有这样的认识，几十年来，我总是把叶圣陶先生看作人之师表，高山仰止，纵使我还有必做不到的自知之明。自知做不到，而又高山仰止，所以听到刘增人先生为叶圣陶先生立传，我很高兴，因为有了详细的传，就可以使许许多多比我年轻的，也会高山仰止。我同刘增人先生不熟，但我知道，他是研究叶圣陶先生的专家，曾经编印《叶圣陶研究资料》（与冯光廉合编，一九八八年北京十月文艺出版社出版），并写了一些有关叶圣陶先生的论文。这本传的原稿我看过一部分，觉得材料丰富翔实，叙述有重点，评论能深入，所以可以断言，出版以后，一向喜欢读叶圣陶先生著作的，研究现代文学的，以及一般喜爱传记文学的，都将看作一本既有价值又有兴趣的读物。

张中行

一九九二年六月六日于京郊燕园

张中行先生的散文，早已名满天下了。但这篇序文，好像知之者并不多。任其淹没，当然是一种罪过！更何况文章的字里行间，既充满着对叶圣老的真诚的敬仰之意，又洋溢着那么令人心折的提携后进的深情！

当时子善兄还嘱咐，必须在副标题“叶圣陶传”之前，另拟一个书名，且限在4或5个字之间，而“人格”“人品”等已经被人用过，必须另辟蹊径。我于是想到了宋代范仲淹的《严先生祠堂记》，以为那“云山苍苍，江水泱泱，先生之风，山高水长”的话，庶几乎近之，就把“山高水长”一语，移用来作为台湾业强版《叶圣陶传》的正题。

书稿写得异常顺利，1994年准时在业强书店问世。书更是出得非常考究，无论是纸张还是印刷、开本还是版式，绝对是我的所有著作中的“豪华版”。但也有遗憾，大概是因为彼地当局的规定，叶老在四十年代与国民党政府对峙而步履坚实地走进民主运动前列的内容，被删节无余。这就不是我心目中的完整的叶老了！我向子善兄诉说了自己的“委屈”，他说这是“港台版”，你还可以出“大陆版”嘛！于是，在南京的郭济访先生帮助下，“大陆版”也于1995年顺利地问世了，补足了被删节的部分，成为一部较为完整的叶老的传记。

由于体例的关系，南京版的叶传，与台湾版的不同，一是删去了中行先生的序言，和我自己的简短的引言与结语；二是另写了一篇较长的引言，较为概括地综述了我心目中的叶老；三是按照出版的要求，增加了三篇附录，为的是给对叶老还不太熟悉的读者提供一些基本的研究资料。字数也从18万，增加到22万了。台湾版的叶传的《引言》和《结语》，现在重读一过，觉得所说的完全是实事实情，今天也并没有更新的见识，于是就附列于后，以见写作的过程，和心中的感戴：

台湾版《山高水长——叶圣陶传》引言

一九八八年二月廿九日，北京八宝山公墓的灵堂里，花圈挨着花圈，挽联靠着挽联，密密匝匝，排成一个素雅洁净的世界。大门外，一群群自动赶来吊唁的民众，肃立在砭人肌骨的寒风中。

哀乐响起来了。他静静地仰卧在青松翠柏和鲜花丛中。须眉皆白，有如巍巍昆仑上的飞雪，面色红润，仍似生前一样的恬静安详。环绕在老人身边的，家属子女、生前友好之外，还有国务活动家，有知名的作家、艺术家、教育家、出版家、科学家……哀乐响着，泪花晶莹。是的，他已经九十四岁，年来总因多病住院，屡告病危，甚至连遗嘱都写下过几次了，人们并非毫无思想准备。但当不幸的一天真的到来时，却依然无法遏止心头的波澜，依然无法平静地向老人家告别。一听到那溘然长逝的消息，巴金顿时难过得把年夜饭推到一旁，冰心的第一个感觉则是“一座大山倾倒了，眼前只剩下一片白茫茫大地！”从新加坡专程飞来吊唁的周颖南，哭成了泪人儿。……但这又不是措手不及的震惊，不是呼天抢地的悲恸。“一声叶老觉温馨”（臧克家《秋思怀叶老》，《诗刊》1982年1月号）！这自然绝非诗人臧克家一己的体验，试问北国江南，无分男女老幼，识与不识，谁个不是天经地义般地敬称这位长者为叶老，为圣老，为圣翁？这是崇敬，更是亲和。他的清正如水的高尚品格，他的人格力量、道德光辉与其在文学界、出版界、教育界的历史性建树珠联璧合互相生发所激扬出的一种崇高的精神境界，使通常的悲痛、悼念，净化、升华为纯正的崇敬和由衷的眷念。叶老此去成长别，但人们却更加亲切地感受到一种蔼然长者的风范，连通着传统美德和现代意识，正如春风化雨，沁入民族精神的深处，时空不能阻隔！

云山苍苍，江水泱泱，先生之风，山高水长！

台湾版《山高水长——叶圣陶传》结语

用自己喜欢的语言和方式，写出我心目中的叶圣老，这心愿藏在心底，至少已有十年。岁月不居，春秋代序，在我满五十岁的今天，终于有这样一个一偿夙愿的机会，真是满心高兴，特别感激上海的陈子善兄、陈思和兄和台湾业强出版社诸先生。

我参与编写过叶圣老的研究资料，史料是熟悉的，但我不想以考证取胜。我曾反复诵读揣摩叶圣老的几百万言著述，颇有一些感受，但也不想在理论分析中开拓。作为“立德立功立言”三俱不朽的长者，我更心折于其人格范型和长者风仪。至于能否写出圣翁这种精神境界？这种在较大跨度时序框架内穿插纪事本末的叙史模式，对于描述叶圣老这样跨越了两个世纪的长者是否适宜？则只有请贤明的读者公断了。

叶至善先生写示了叶老亲属的详细情况；北京大学的张中行先生特为本传作序；吾师冯光廉先生审阅了全稿并指导我删改修订；丛书主编又作了必要的删改增益；时贤的著述多有启迪和帮助……，大恩不言谢，记之而已。

2007年，这是我多年来的一个“丰收”的年景。其中最值得高兴的事由之一，就是北京的鲁静先生和东方出版社的诸位先进，不但给我一个修订再版《叶圣陶传》的机缘，而且特别宽容，在篇幅和体例上不加任何限制，使我可以纵情所至，合并台湾版与南京版的优长，完成一种自以为最佳的版本。当年我在资料非常有限的情况下，颇为艰难地捉笔尝试，最感到遗憾的乃是只能见到叶圣老的较少的书信和日记，因为其中一些重要的内容，那时还没有公诸于世。人所共知，这是传记写作最重要的依据啊！现在，我已经购得真正的叶圣陶研究专家商金林先生的大著《叶圣陶年谱长编》，皇皇四卷，确凿详至，使我可以据以补充我以往的缺失，修正我曾经的讹误，以致增补若干插图（当年是叶至善先生为我无条件提供了叶圣老的若干照片和手迹，已经大都印在两个版本的书首，这里再次表示由衷的感谢）。对于商金林先生的感谢，决不是几句空话可以道尽的。至于他在叶圣陶研究领域里的巨大贡献，更不是笔者可以管窥蠡测的。

真的是岁月不居，春秋代序，从我走进青岛大学到如今，又是一个二十年匆匆忙忙过去了。我自己已经颓然老矣！是的，我已经经历了足够的人事错迕，已经看惯了若许春月秋风，但对于这位“昆仑飞雪上眉梢”的长者的绵邈的敬意，却并未稍减，“山高水长”的境界，反倒更加向往。现在就把那四句话移用来作为这结语的结语，并且作为对叶老辞世二十周年的一份菲薄的祭礼吧：

“云山苍苍，江水泱泱，先生之风，山高水长”！

诗人气质与青春气象

一、诗人气质

唐弢先生认为：诗是艺术的同义语，它是文学中的文学。所谓诗的气质，则是一种人们内在的而又时时掩盖不住的情操。艺术的情趣是多种多样的，诗也应该是多种多样的。当然，诗人气质更应该是多种多样的。而通常所谓诗人气质，则不但是一种艺术情趣，而且是一种人生态度，一种心灵反映的独特方式与行为范式。富于诗人气质的人，对于诗，一定是本能的挚爱，诗不但是他抒写个人内心世界的主要艺术手段，而且是连通主体情思与客体物象（包括人类的情感世界）的主要桥梁;换言之,即他总是“内在而又时时掩盖不住”地用诗人的眼光来观察、体验自我的情感世界，也用诗人的方式来表现、反映世界自我。

这种气质，更多地属于天赋素质，无论其自觉与否。富于诗人气质的人，接受外界刺激的敏锐度高，作出的心灵反映、行为反映的强度大，感情变化的频率高、幅度大、持续性弱、变易性强，行为范式与心灵范式较少为理性制约而往往直接受感情控制，待人处世较少韬略城府而惯于坦率质直，往往具有童真气息浓、感悟锐敏、传达畅通、聪慧早熟等鲜明的精神特征。在《中国新文学大系小说一集·导言》中，茅盾中肯地指出：“诗人气质的王统照始终有他的热情！”这一论断，因为十分切合王统照的气质个性的实际，早已成为学界的不刊之论。日本汉学家吉田富夫的一部专著，题名即为《五四の诗人王统照》，虽然他论及的并不仅仅是王的诗作。如果要研究王统照诗人气质的构成要素及产生根源，以下几个方面，是首先应该注意的。

他自幼生活在一个女性世界中，这对于形成那种纤细敏感的准女性化的精神气质，具有相当重要的作用。王统照7岁丧父，母亲和一姐二妹，构成了除他之外家庭的全部成员。此外，最与他接近并且给他以重要影响的就是保姆刘妈和寄居王家的蕙子姑娘。他虽身为男，却主要盘桓在一群女性之中。现代心理学指出，早年丧父的男孩，因为很难得到父亲的阳刚之气的熏育，很难以自己的父亲为模仿的榜样，就往往成为母亲形象、气质乃至心理与行为的幼稚的摹本。

他从小又是生活于一个诗的世界之中，这对于形成那种以诗的方式来看取世界同时也看取自我，也具有相当重要的作用。他的父亲对乐律、诗律、图谱、花木的热爱，他的母亲对于笔记小说、故事传说的情有独钟，都在无言中建构起王统照幼年时代的浓浓的诗的氛围。他6岁入塾开蒙，8岁即能诵诗如流，11岁便开始习作五言诗。中学时酷爱李商隐、温飞卿旖丽、妩媚的诗风，暑假中曾怀着深情手抄李诗的全集和温诗的选本，足见其热爱的程度与接受影响的深度。后又热衷于龚自珍的剑气与箫心，集龚句为诗，成了他诗集中一个重要而繁多的品种。从此，他便把诗当作抒情写意的主要手段，终生不曾间断。

离开故乡和寡母弱妹，孤身到济南后又到北京求学，本来就没有什么好心绪，又兼一连两度的感情挫折，更使这漂泊的游子愁肠百结。那时的济南，一片军阀混战中的惶乱与破败，早已没有“四面荷花三面柳，一城山色半城湖”的清新和明媚。北京更是风沙漠漠，暗淡古旧。百无聊赖，便与三五友人街畔买醉，希图片刻间麻醉痛苦的身心。酒钱有时并不凑手，只好脱下大衣或留下心爱的竹笛作为抵押。年迈的母亲身体一年不如一年，王统照返乡探视的次数，也一年比一年频繁。不管是严冬还是盛夏，他总是闻讯即归，而归途所见，又总是北国那萧索的群山和了无生气的灰色的村落，连牛鸣蛙鼓也令人时时觉得落寞和荒寂。他有时从塘沽乘船由青岛回家，船上的拥挤龌龊便恰好是旧中国的缩影。有时乘火车从津浦转入胶济，同路的又每每是横暴的大兵和更加横暴的军官，蛇形妖势的烟花女子，告哀求帮的乞丐难民，更把这一切装点得令人身难安心更难安！羁旅情怀，游子思绪，与见闻感触的伤心惨目相生发，与传统诗词中的伤感离索相沟通，于是不免在心底升腾为一片感伤的雾霭，浸透了此时所作的字里行间。

他是以小说名世的文人，但小说时作时辍，有时是十几年一无所作，而诗却无时无之。晚年疾病缠身，远离生活的激流漩涡，更只能借诗写心，或答谢友人的关怀，或抒写对人世的关切，和表达对新社会的感触，写来情真意切，别有韵味。

山东人民出版社的《王统照文集》第4卷，收录了现存的诗作计新诗248首，散文诗10首，旧诗294首（他生前曾将自己的新旧诗作编订为6部诗集，由书局或自印出版）——这已经是一个不小的数目，但据其三子王立诚言，该文集中所收旧诗恐怕还不到原作的百分之一。如果此说可信，那么他一生所写旧诗，当在2万至3万首之间了。诗人的成就，固不能以诗作的多少为评价的尺度，但鲁迅所说蒸馏了一道溪流必定会有若干杯净水的道理，也是可信的。在中国新诗史上，他的影响不算最大，起点不算最高，成就也显得较平，但如果以对诗的忠诚、写诗的韧长而论，他应该是一个非常值得研究的对象。从特定意义上说，这也应该是衡量他诗人气质的一个有力的证据。

正因为他在心灵深处自幼就埋藏下诗的根苗，后来才有可能深深地扎根于诗的田园。他用诗探索人生的奥秘，他多向取法铸造出多种多样的诗形，而又时时注意不因形制上的需要而丧失内在诗质。而且，他的小说、散文中也往往荡漾着执着的诗魂。可以毫不夸张地说，他与诗缔结了终生的盟约，是一位典型的诗人气质的现代文化人。

二、青春气象

王统照是五四运动的“儿子”。“五四”的时代潮流，造就了王统照。没有“五四”，就没有包括他在内的一代学者文人。“五四”是王统照发展的动力和起点。“五四”，又是中国的青春时代。青春气象，是“五四”时代最突出的特征，是“五四”所造就的一代文人学者最鲜明的精神特征，也是王统照个性气质最引人注目的总体风貌。

他出生于鲁中的诸城相州，那里的自然环境是平平的，既无高山大川，又非交通枢纽。王家虽云相州首富，也不过是田多粮足的一户“土财主”，既非似海侯门，又无名士风流。出生于这样家庭的子弟，或者坐吃山空，或者沦落为纨绔子弟。而王统照却能鹤立鸡群般地崛起，成为现代文学史上著名的作家诗人，这除了其他方面的原因以外，首先是与五四运动有着极其密切的关系。

1913年，16岁的王统照初次见到鲁迅的小说《怀旧》，即因其与旧小说的明显不同而深为佩服。1916年，尚在中学读书的王统照即致函创办刚一年有余的《新青年》杂志，热情赞扬该刊以“宏旨精论”宣传“新学问、新知识”，而为“先知先觉”的一代青年所必读。《新青年》编者得函后如闻空谷足音，即刻发表并加按语，以为这应看作是“中国未必沦亡”的征兆。

向往和诱引的合力，推动着王统照中学刚毕业即赴北京深造，就读于中国大学外国文学系。甫入京华，如鱼得水，他迅速地作为《狂人日记》最早最热心的读者，置身于已经用大字写进历史的示威天安门、火烧赵家楼的时代大潮之中。他读的是外国文学系，更热心的却是编刊物，搞创作，译介西方哲学艺术，发起组织文学社团……他是以何等的热情投身于“五四”新文化运动及文学革命运动呵！据不完全统计，从1919年到1921年，他先后发表了论文14篇，翻译（包括诗歌、小说、戏剧）24篇，诗120余首，创作短篇小说23篇，其他杂文、书信、散文等20余篇。他钦佩、敬仰鲁迅的思想和创作，他同文学研究会的沈雁冰、郑振铎、叶圣陶等是至交，他为瞿秋白赴苏联采访送行，他去周作人的寓所拜访俄国盲诗人爱罗先珂，他与徐志摩陪同印度“诗圣”泰戈尔到济南讲演，他同现在几乎被历史的尘埃淹没的“五四”诗人刘延陵书札往还，讨论中国第一个以《诗》命名的杂志的创办，他关注着素昧平生的文学青年李健吾成长的艰难……几乎没有哪一个文化领域中看不到他忙碌的身影，没有哪一个新文化人的重要聚会中看不到他热情的面容。他在“五四”的氛围中迅速地成长，他在时代的激发下喷吐的光和热，使时代的火炬燃烧得更加炽热，更加辉煌。

受惠于“五四”，一位出身于剥削世家的少爷，却热情地走向了平民以至贫民，从而获得了民主、平等的意识，人道、博爱的情怀。为贫民倍受压迫与侮辱的命运不平以至声诉，是“五四”文学的母题之一，也是贯穿王统照“五四”时期小说创作的基本主题。学术界对王统照这方面创作贡献的估价，显然是不足的。人们习惯于只就《湖畔儿语》谈论小顺的不幸遭遇，肯定王统照同情城市贫民的情怀和揭露不合理现实的切入角度，却很少有人论及《黄昏》中对被恶势力玩弄于股掌的妇女命运的关注，对刚刚觉醒但仍无法掌握自己命运的知识青年的同情，更极少有人注意到《卖饼儿》《生与死的一行列》等作品。

在“哀其不幸”的共同旨归下，鲁迅侧重剖示的，是阿Q、闰土、祥林嫂等妨碍着他们走向解放的精神状态，冷峻深邃的笔触中，闪烁着启蒙思想家的风采；王统照着意描绘的，则是卖饼老者、贫家幼女、扛棺材殡死人的夫役们不幸的遭遇和纯朴的德行，凄冷惨切的生活画面中，升腾而起的是博爱与人道的温情。在还不具备阶级观念的意识层面上，王统照是把人间区分为上下贵贱两个阶层，一面是罪恶的渊薮，一面是苦难的丛集，一面是兽道的猖獗，一面是人道的绵延。崇尚人道主义，进而促进人的解放，正是“五四”新思潮的基本内涵之一，这已经若干学者论证而成公论。鲁迅1919年乐观地指出，“大约将来人道主义终当胜利”。这种高瞻远瞩的信念，应该说代表了当时思想的高峰。正是由于与“五四”思潮呼吸相通，与时代思想的高峰相联，王统照才有可能跻身于时代潮涌的前列，作出自己的历史性贡献。

受惠于“五四”，一位远离京都、远离文化中心的乡曲书生，才有可能广泛地吸纳了东西方的近现代文艺思潮，涵养成比较宽容、开放的艺术精神，以及颇具现代意味的个性气质。而作为一位典型的作家文人，其个性气质，应该是在其作品中才体现、发挥得更充分，更具有典型的意义。文本，是作家气质个性最有说服力的载体，也是洞悉他们气质个性内在奥秘的最理想窗口。

众所周知，王统照是“文学研究会”的12位发起人之一，当然是这一大有影响的文学社团的主要成员，但他却并不是“文学研究会”大力倡导的写实主义的最忠实服膺者。杨义先生认为，王统照属于开放的现实主义一路。倘就其全部创作立论，这也许是非常中肯的判断。自二十年代以后，他的创作的确由多元化走向了单一，成为有相当代表性的以坚实凝重为主体风格的现实主义作家，长篇

《山雨》，就是极具说服力的佐证。但在“五四”前后，王统照的多数作品，却明明是偏向主观抒情，乃至偏重象征写意的一路。这是不可以不详加辨析的。

从1917年10月的《纪念》，到1948年春末的《狗矢浴》，王统照共发表了80几个短篇。其中，1925年前所作，即“五四”前后的作品，约占三分之二，我们称之为前期小说。这些作品，由于创作方法、艺术精神的歧异而呈现出多元多彩的风姿：《生与死的一行列》《卖饼人》《湖畔儿语》等篇什，客观写实的气息较浓，可以看作后来写作的《沉船》《山雨》等凝重坚实的代表作的先导。而《雪后》《沉思》《微笑》等，既非现实生活画面的摹写，又非心理情绪的直白倾泻，而是创造某种带有一定现实品格的意象，使其按照主观的情思（并不一定契合现实生活的发展规律）运动，以表达作者探求人生奥秘中的思考和思考中的迷惘，开启了40年代《华亭鹤》等象征性作品的先河。但更多的作品，却是以写意画的风韵、散文诗的格调见长，既是“五四”这一青春时代气息的自然折射，又是青年王统照诗人气质的典型流露。

要选取这种风格的代表作品，《春雨之夜》应该是最合适的。其中的人物和故事，统统简单得出奇。活跃在“我”的意念和情思之中的，只有那在春雨潇潇中急欲回家的姐妹，为连绵的雨所阻，只好在荒村小站做半夜的滞留。如此平淡无奇的情节，经过作者诗情的陶冶，却勾连起人们心中一种广远深长、难以名状的感触，在轻清的叹息和淡远的哀愁中，深深镌刻下这相依相偎的姐妹的身影。作品毋宁说是借一两个情绪化的人物来创造某种特定的意境，留在人们心灵深处的，不是轮廓鲜明、个性凸现的人物，而是那种葱茏蓊郁的诗情。不是依靠对现实中的人物及其相互关系的精确描绘，而是借重诗情来感染读者，表达自己的美学理想，这就给年轻的作家架起了通向浪漫主义的桥梁。王统照十分欣赏自己的这一创造，遂以这一篇的名字来命名他的第一部短篇小说集，也许就是对这一民族青春时代的积极应和吧。

其实，在诗歌、散文等领域内，这种多元、开放的艺术旨趣，流露得更为生动和充分。不同于小说风格的由二十年代的多元到三十年代的单一，他的散文创作，一直是在向多种方向探求，做多种风格的尝试而异彩竞放的。王统照生前出版过7部散文集，纪游文章，堪称大宗，叙事写人，间有佳作，抒情写意，每臻精妙，宏篇短什，均有尝试。如果单就抒情文字而论，便至少有三种成熟的类型。

其一，1925年5月，帝国主义强盗的枪弹和中国人的鲜血，不但引发了广大国民激昂奋发的情感，而且也激怒了若干一向以宽厚平正著称而从不以慷慨激烈见长的文人学者，从而一改他们平素的作风和性格，一个个变得热血沸腾、呼号奋发起来。叶圣陶如此，朱自清如此，郑振铎如此，俞平伯、王统照也无不如此。6月5日，王统照从玄武门归来，路遇几个"白衣短装的青年"，正对着路人讲演。那是中国的青年！是热血沸腾的男儿！他当即被这种舍生忘死的爱国热情感动得潸然泪下，并由是想到要在这"兽道横行"的世界里寻觅"人道"，要整治这样的世界就只有依靠"铁"和"血"。在专为"五卅事变"作的散文诗《烈风雷雨》中，他更是一反常态地作了大声疾呼。

其二，几乎与此同时，他还写下了一些与激昂奋发、黄钟大吕般的"檄文""请战书"风格、情调迥异的作品，如《片云》《绿荫下的杂记》《阴雨的夏日之晨》《如此的》《偶像》《闲》《……在囚笼中的苦闷》《海滨小品》《林语》等。这些篇什，有的是一则寓言，有的是几段絮语，有的从某一生活的境遇生发开来，有的则设置一种山水亭榭的自然环境，甚至一种虚幻的梦境作为写心写情的框架……体式不一，笔致也变化多端，但大都震响着大体一致的感情旋律——对人生奥秘苦苦探求，而总是不得要领的怅惘和悒郁。《绿荫下的杂记》引述一位受到剧烈悲哀打击的女友的长信，但借此抒发的却是自己对人生悲哀的体会与感受。《阴雨的夏日之晨》则细细抒写"我""心上的琴弦已经十二分地谐和"，以及由此引发的遐想。这些跳动的思绪，虽大都是环绕着"人生奥秘"的轴线浮动、闪烁、摇曳，但却已经抽去了现实人生的具体内容，只剩下玄远幽秘的抽象思索；又兼这种思索每每安置在"寂寂空庭，澹澹灯花"的秋夕，或是香茗绿草、啼鸟花影的雨晨，或是古诗荒庙，或是梦境幻觉，背景的虚渺幽远，更染浓了思绪的凄惶纷纭，从而生动地展示出"五四"退潮以后一位病弱文人敏感纤细的感情世界。

其三，1937年4月至9月，王统照在《文汇报·世纪风》发表了两组类似散文诗的杂文，总题为《炼狱中的火花》《繁辞》，后结集为《繁辞集》由世界书局出版。这是国难当头的年代里的作品，看起来放笔写去无拘无束，但总目的却只是一个，即从人心的强固、文化的保存等方面，为民族的御侮图存效力。篇幅大都比较短小，或是借助先哲的一段名言，或是依据公众舆论中的某个问题，因缘生发，回环曲折地导引出一种人生的哲理，给就要在“亡国论”的滔滔浊流中陷于没顶之灾的人们，呈献上思想意念或节操意志的一舟一楫，帮助他们在惶乱的世界找到稳住阵脚、保持平衡的心理依据。有时意壮词宏，激昂雄强，有时纤细飘逸，空灵玄远，有时言远旨近，逼视现实，以哲理的光华，烛照当下的社会人生。这迥不相同的风格情调，的确出于一人之手，“巨细高低，相依为命”[1]，“倘有取舍，即非全人”[2]。

正如沈从文所阐释的：“了解人生之谜”，乃是“五四”时期一切诗人所乐于引用的话头，“自然的现象，人事的现象，因一切缘觉而起的爱憎与美恶，所谓诗人，莫不在这不可究竟的意识上，用一种天真的态度，去强为注解。”在这一班诗人中，王统照所擅长的是“用繁丽的文字，写幻梦的心情，同时却结束在失望里”，因而“被人认为神秘而朦胧的”[3]。这种“繁丽”的语言特色，“幻梦”的人生探索，“神秘而朦胧”的总体风貌，才是“五四”诗人王统照的本色。“这忧郁的青年，比其他人更关心‘人生问题’，而且正是从‘哲学’方面而非生活的实际方面去关心。但却也如其他人，只限于嗟叹与发问，因为它的思维能力毋宁说离‘哲学’更远。他把哲学‘情绪化’了。”“他生活在‘思考’中，而非在生活中思考。”“他不关心生活的‘具体性’。”[4]倘若没有什么力量或契机打破这种玄远而沉闷的人生“思考”，没有什么力量或契机冲破这种“情绪化”的哲理式内省，也许王统照会在这混沌而纤细的氛围中沉思下去的，也许会在爱情与婚姻错位的情绪内省中痛苦地自我折磨下去的。然而“五四”前后的中国，内忧外患交织叠加的中国，决容不得长久玄远的沉思。时而是血案发生于长街，时而是强寇逞凶于国门，社会政治问题的尖锐激烈，国家民族命运的危急存亡，使王统照按捺不住，不能不拍案而起，一腔热血，喷吐出几多义勇和正气！于是，一位专事内省、拘谨忧郁的书

[1] 鲁迅：《三闲集·〈近代世界短篇小说集〉小引》，《鲁迅全集》第4卷，第134页。
[2] 鲁迅：《且介亭杂文二集·“题未定”草（六至九）》，《鲁迅全集》第6卷，第436页。
[3] 冯光廉、刘增人编：《王统照研究资料》，宁夏人民出版社1983年版，第218页。
[4] 赵园：《论小说十家》，浙江文艺出版社1987年版，第379页。

生，便忽而激昂奋发，意壮词宏，发出了爱国忧时的吼声。待到由青年入于中年，吼也吼过了，喊也喊过了，“血梯”并没有造成，危亡却只是日渐加重，王统照病弱的双手拿不动枪炮，上不得前线，既不能慷慨赴敌，又不能默而忍辱，于是，他只有抛开自己多年思索而又多年迷惘的“人生问题”，切实地想一想身处此境的中国文化人，应该怎么办？不，他无法做到“办”，只能帮助他们和自己“想”以及怎么“想”——这时，他就更趋向于命笔《繁辞集》时的思路了。

总之，不拘一格、开放多元的艺术旨趣，是“五四”所赐，其中纤细迷惘的“情绪化”的对人生问题的哲理性思考，才是王统照的本色，才是这位典型的“五四”诗人最引人注目的特色。

“五四”是一个解放的时代——思想的解放，人的解放，文学的解放，美的解放……但又是一个没有也不可能充分解放的时代。这种不够“充分”，在淦女士（冯沅君），表现为“将毅然和传统战斗，而又怕敢毅然和传统战斗，遂不得不复活其‘缠绵悱恻之情’”[1]；在鲁迅，或许就是他所坦言的“我希望着新的社会起来，但不知道这‘新的’该是什么；而且也不知道‘新的’起来以后，是否一定就好。待到十月革命后，我才知道这‘新的’社会的创造者是无产阶级，但因为资本主义各国的反宣传，对于十月革命还有些冷淡，并且怀疑。”[2]而在王统照，则表现为历史给予他关注、思考人生问题的充沛热情，却并未给以与此相关的思辨能力和思辨资料——对现实人生的真切体验与深彻了解，因而在思考之余，往往只有赵园所批评的那种“空洞的喟叹与渺茫的悲哀”，这种思考的结果，“不惟不得其解，倒常常得到了虚无感”。[3]同时，可能还表现为热情有余而缺乏审慎的选择，以致几乎在所有的新文学领域里都有所建树、开拓，但却在各个园圃中均未能获得一枝独秀、遥遥领先的地位和成就。

从今天向“五四”时代返观，我们很容易看到他活跃在那一时代文坛上的忙碌、匆促的身影：既写小说，又写散文；既是诗人，又关注着戏剧；既钟情于创作，

[1] 鲁迅：《且介亭杂文二集·〈中国新文学大系〉小说二集序》，《鲁迅全集》第6卷，第253页。

[2] 鲁迅：《且介亭杂文·答国际文学社问》，《鲁迅全集》第6卷，第19页。

[3] 赵园：《论小说十家》，浙江文艺出版社1987年版，第379页。

又兼顾着翻译。涉及的面，是够宽泛的了，但同时也就限制了他在某一方面的深入和精进。他的小说写得颇有个性，但比不上鲁迅、郁达夫甚至叶圣陶的创建流派，领导潮流。他的诗也很有特色，却比不了郭沫若、冰心甚至闻一多、徐志摩的影响巨大，开一代诗风。散文数量也不少，精品佳篇，所在多有，但又不像朱自清、冰心那样自成家数，无可仿效……

应该说，"五四"文学史上任何一个领域里如果忘记王统照的贡献，都显然是不恰当、不公正的；但在任何一个领域里，他恐怕都无法成为公认的无可替代的创作或理论的"带头人"。返观他的这一时期的作品的目录，不能不惊叹于他的广博与丰富，又不能不叹惋于其驳杂和浮泛。对于自己的才秉、素养，缺乏明晰的自知，在时代潮流的席卷下热情地投身于文学事业，以至有时选择失当，收获难负耕耘，这恐怕是若干"五四"文学青年共同的特征或者说弱点。人们在钦佩这些首先"吃螃蟹"的开拓者的勇气的同时，也不免时时感到他们从不同方向上留下的遗产的份量。

1933年，鲁迅曾在《为了忘却的记念》中，以"敏感"和"自尊"来概括他所遇见的青年尤其是文学青年的精神状态，我深信这是极其准确的。1926年，王统照正一面执教于中国大学，一面活跃在创作和翻译事业当中，却突然辞职返乡，奉母养病，之后更卜居海隅，远避京华，顿时告辞了那么一番如火如荼的事业。这作为王统照生平中一个难以索解的谜，猜测者所在多有，公认的答案却一直难产至今。依笔者管见，这决不是什么激流勇退，推测起来，一则是他奉母至孝，归乡亲侍汤药，照料晨昏，是当然的举措；二是因为翻译朗弗楼的诗受到甘人等的酷批苛评，无法忍受；三是与玉妹的一段情愫生生夭折，心头的痛楚难以平复——种种难言的心事，汇聚成扭转他生活道路的一股巨大的合力，顿时改变了似乎已成定局的文学追求、事业追求。

他回到故乡以后，执教于大中学校，培养了一批有作为的文学青年，开辟了山东特别是青岛的新文学阵地，对齐鲁文化的现代建树，确实有筚路蓝缕之功，史册必录，功不可没。但离京之后，由于不在文化革命的漩涡中心，淡化了投身文学运动的热情，疏离了从事各种文学活动的信息源，失去了许多激发创作欲望、冲动的契机，也就少有北京时期的丰富成果和广泛建树。无论是个人的建功立业还是文学事业的发展繁荣，得乎失乎，是耶非耶，笔者都不敢遽作判定。但应该着重指出的是，这种敏感自尊、任情负气的精神状态，这种对生活道路、文学道路均未可说是深思慎举的选择，又的确是“五四”青年式的，郭沫若、郁达夫、徐志摩、闻一多大都有过类似的经历，不过王统照更为典型而已。

这种选择，证明了赵园的“他正是一个典型的‘五四’青年，而且是‘五四’学生青年，严肃、忧郁，内心却热烈得近于病态”的印象式批评，是恰中肯綮的。王统照的个性气质，无论是其热情而浮泛的感情指向，敏感而自尊的精神气质，还是梦幻式的对人生奥秘的思索、探求，在“五四”一代学生青年中，都具有更广泛的代表性。

名篇《春雨之夜》本事

王统照先生于1912年10月从故乡诸城相州移居济南，1913年初考入济南山左学堂（翌年改名山东省立第一中学）就读，1918年初，因考入中国大学英国文学系而从济南赴北京，前后居留济南约6年。1950年3月从青岛赴济南就任山东省人民政府委员、山东省文教厅副厅长，1957年11月29日病逝于山东医学院附属医院，居留7年有余。两个时段，都与济南文坛关联密切，对于济南文风，影响深远，称之为济南作家，是毫无疑义的。但他的代表作，却大都写于北京、青岛、上海。除上世纪50年代堪称旧诗成熟之作的赠陈毅、赠王献唐、赠田仲济等篇什外，其他写于济南的作品，实难代表王统照的文学风格与创作成就。前期济南6年，王统照作为中学生，已经显示出他过人的天赋和文学的素养，旧体诗功力匪浅，大多收入《剑啸庐诗草》，藏诸囊中，未曾发表。小说均属习作，虽新颖可喜，但究竟属于少年练笔，未可过高评价。后期济南7年，先生担任山东省文教厅副厅长、山东省文化局局长兼文联主席等重要职位，事必躬亲，兢兢业业，堪称挥汗如雨工作在刚刚搭建的共和国的脚手架上！曾有自印诗集《鹊华小集》及系列论文《炉边文谈》，惜皆强弩之末，不复有昔日风采。长篇小说《胶州湾》，当系精心结撰之作，除先生外，恐怕难以有他人可以担当。只是尚未完篇，先生即驾鹤西去，此作遂成又一广陵散矣。

短篇小说名篇《春雨之夜》，1921年3月26日写于北京，故事的空间框架，主要在胶济铁路潍县与坊子站之间展开，小说发表于上海出版的《小说月报》第12卷第6期，后收入其第一部短篇小说集《春雨之夜》，1924年1月由上海商务印书馆出版，列为“文学研究会丛书”之一。其本事颇具传奇色彩，更富于历史感与悲剧感，值得探讨，可堪叹惋。

南京师范大学教授杨洪承先生主编、中国工人出版社2009年4月第一版《王统照全集》第7卷，刊有王统照先生“民国日记”等日记三种，均为考释王统照生平与创作道路最可靠的依据。全集第98页三月十四日日记开宗明义就写道：“自与玉妹同车来京已逾二旬”，足证此时王统照置身北京而非济南无疑。全集第104页三月二十六日日记明确无误地写道：“午前作短篇小说一篇，名曰《春雨之夜》。予日来既感春阴，复听夜雨，孤帷掩室，密云蔽月，如此良宵，人事凄凉，天时惨淡，令人心潮波起，动无限之哀思。且回念八年前春假中由济归里，与玉妹同车，彼时方皆年少，虽不得深言而神相冥契，至为欣慰。是时春气融暖，已更夹衣，道旁花草皆放微馨。是日因车行出轨，易车晚点比及坊子站已十钟矣。冷风细雨，汽轮砰轰，犹记在车中购得萝卜数枚，聊以润喉。妹以半枚饷予，相接之际，感爱交迸，其中心快愉匪言可宣。是晚即同寓一栈。予携一仆与多人居一大室，妹与其三兄及一较小密斯臧住南室。晚间饭后予往妹室中言，‘予室人多臭恶不可当’，妹之少兄言：‘汝何不移至此室外间？’（以草附泥作壁而无门）予唯微笑不答，而妹则盘膝坐床上，予移时遂去。次日天尚微阴，乃各分手。自是予虽客居二载，晤妹日稀，而因果重重，伤心叠叠，百事重逼，万念都灰。嗟乎！凡此诸事一一皆陈列予脑蒂之中，至今追思如演幻影。然一转瞬间各已长大，予亦永坠魔法，无复得畅我心痕之时。而妹自是后连年苦病，辛苦至今，几死者再。不意今兹尚复得重相聚首，然世法圜之聊可慰情耳。予及时触感，故欲作一精细悲凄之小说以写旧梦。然彳亍室中，以期发表恐使人疑，且万一为妹之二兄所见，或思及昔日情形，大生他念；如不发表则亦无以泄予哀感。筹思再三，乃将事实变其外形，使予作为无关者，即哀愁之对象亦另加描写，然不知内容实藏却予与玉妹无穷之泪痕与心血也。十二钟稿成，复视之尚称合作。本拟先在《晨报》发表，复定即寄上海《小说月报》。”

上述日记中的玉妹究系何人？我却有一个漫长而曲折的认识过程。

1988年春夏之交，王统照先生哲嗣、中国农业大学王立诚研究员来青岛处理王统照在青岛观海二路49号房产事宜，事毕后，从青岛前海沿别墅式的海滨公寓打来电话，邀请我和冯光廉先生去交谈。因为师母身体不适，我只好独自前往。他告诉我民国十年日记中的女主角“玉妹”，原名隋灵璧，因“灵璧”其名而化名“玉妹”云云。对此，我深信不疑。一是王统照嫡系后人述说，二是所述所释合情合理。由此，我就把这一未曾深究的传闻牢牢记在心底，还偶尔透露在口中或笔下。

去年冬日，老友李西宏电话告我，玉妹的原型实为隋焕东，与隋灵璧为亲姐妹，焕东为姐，灵璧为妹。当时因诸事缠绕，无暇仔细考察。近日西宏来访，又提及兹事，于是多方考究，才知道西宏所言确切无误，有王统照乡友陶钝先生的回忆录可证，更有王统照后辈族人王瑞华先生的论文可为旁证，网络皆可检索，兹不赘述。

呜呼，历史的帷幕竟如此厚重，过往的烟云是何等浓郁！治文修史者，岂可不慎之又慎惴惴然如临深渊如履薄冰乎？

齐鲁风情与湘西世界

——《山雨》《边城》比较

从1921年前后周作人热心倡导“乡土艺术”“乡土色彩”以来，能否提供渗透着特定地域文化精神的风俗画面，便成为现代乡土文学最鲜明的个性标志与最杰出的历史贡献。如果说二十年代乡土小说家（如王鲁彦、黎锦明、许杰、许钦文、蹇先艾、台静农、彭家煌等）各自为新文学奉献出的乃是色彩斑斓、内涵各异的风俗画的片断，只有将这些片断联成一片观察、综为一体思考，才可以感受到二十年代中国农村生活的全貌，那么，借用现代建筑中的术语，这种风俗画面便似乎是用“马赛克”拚贴而成的艺术。乡土小说进展到三十年代，以王统照的《山雨》（1933年出版）和沈从文的《边城》（1936年出版）为突出的标志，已成为有着自体风格一致性与特异的风俗画的长卷。一个深情地渲染出一派充溢着民族原生活力的湘西世界，一个用凝重浑厚的笔触摹写出一向少为作家瞩目的齐鲁风情，但无不生气贯注，笔浓墨饱，既有相当的时空跨度，又有心理描写的一定深度，确已获取了史诗的品格了。经过十几年的生活积累与艺术积累，这两位作家无论其摹写风俗画面的自觉性还是所写画面的完整性，都已远远超越了为他们披荆斩棘的二十年代的文学前驱，共同体现着三十年代文学的长足发展。更值得注意的是，《山雨》和《边城》，还分别以其独特的文化思考与不同的艺术选择，形成对峙而互补的态势，从不同矢向把乡土小说推进到更为成熟的境地。湘西世界与齐鲁风情两轴风俗画卷，分别代表着江南与北国、边地与中原迥然不同的自然环境与民俗事象，也分别显示着两位秉持不同文化心态、承续不同文化信息的作家，对民族命运的不同思考。

在沈从文笔下，茶峒碧溪的山水花鸟与乡风民俗，既是互相融合相得益彰的，又是稳定恒常相对静止的，显然是一轴静态的山水民俗画卷。尽管这里的确发生过翠翠与天保、傩送兄弟之间的感情纠葛，令人不胜叹惋，但这并未从根本上改变人与自然的相对和谐的关系，更未从根本上改变人与人之间淳朴厚道的风气。不但老船夫死后，人们纷纷相助安葬逝者，船总顺顺还一片盛情邀约那分明与他的两个儿子一个落水身亡、一个远走他乡的不幸有着直接干系的孤女翠翠到自家安住，就是那象征着生活的秩序和道德的稳定的白塔，也由于人们自觉自愿地捐助，而迅速地重新屹立在翠翠身后。发生过了一切，又好像一切都没有发生，这里善良而多情的儿女们，依然在沿着旧有的轨道，平静、自然、顺乎天性地生活。而在王统照笔下，齐鲁旧邦的乡风民俗，却处在急剧的动荡和迅猛的转折当中。尽管小说开笔的时候，陈家庄的父老已经预感到未来的日子的艰难，心头上笼罩着一层低垂的愁云，但生活还是较为安定的：奚大有的妻子每天早上都磨一升米摊出一叠金黄的煎饼，散发着北国乡间的香甜。小毛驴均匀地拉动石磨把小米磨成白浆，蹄声得得，释放出农家生活特有的安谧。小儿子跑进跑出，絮叨着要吃爹爹将从镇上带回的酱牛肉和豆腐乳，欢声笑语传递着自耕自足的小康气息。到大雪封门的季节，农人们习惯地聚集到深挖在地下的窨子里编席、抽烟、话旧，用简短朴质的话语倾诉彼此的顾虑和担忧。农忙时节，柳梢下月明中，走南闯北的魏二爷便来一段古风犹存的“道情”，冲淡了劳累，染浓了乡情……但自从大有上镇卖菜遇到驻兵讹诈，陈家庄的情形便急转直下：预征钱粮，抓夫修路，败兵洗劫，土匪横行……一连串的打击，一连串的灾祸，迅速地把尚称殷实的陈家庄推向败落，迫使自耕自足的奚大有卖尽田产向城市流亡。两年后，大有回到故乡，二百多口人家的陈家庄，已经“去”了三分之一：村子里年轻男子更少了，孩子们一个个光了屁股，大大的肚子凸出着，满脸满身都是病态病容。邻舍黄铁匠的老婆“左腮上一个大疤，是那年过兵时受的枪把子的伤痕”，“花白短发披在她的头上，如枯腊的干手上有不少的斑点”，形销骨立，了无生机！大有最要好的朋友萧达子，因为疾病缠身家累日重还不起租债，被地主揭锅封门赶到山里去讨饭，此刻是在沟壑里挣扎，还是早已弃尸山野，谁也说不清楚。与这北国乡村的象征人物相匹配，陈家庄的景物更为凄惨：萧达子的几间破屋的门窗都被债主抢走，黄土的颓坦断壁之间，几堆黑黑黄黄的茅草，土墙上空空的窗框，蛛网蒙缀，枯叶抖颤……到处是大灾大难之后的凋敝、荒凉、破败、死寂！鲜明的对比，巨大的反差，凸现出的是古旧的山东农村的历史性变异，更是这种变异在作家心目中的投影。

当笔下描绘湘西世界静态的民俗画卷之时，沈从文已经清醒地意识到“‘现代’二字已到了湘西”，“试仔细注意注意，便见出在变化中堕落趋势。最明显的事，即农村社会所保有的那点正直朴素人情美，几乎快要消失无余，代替而来的却是近二十年实际社会培养成功的一种唯实唯利庸俗人生观”。[1]面对传统美德沦亡的悲剧，为了抵制现实的“变化中的堕落趋势”，沈从文便努力写出理想中的不变的人情美，力图从民族传统的古井中汲取活水，绕田护禾，维系作者心目中仅存的那片民俗美的绿洲。这种以静制动，以理想境界抗御现实变异，以人情之美冲淡生存之难的努力，体现在《边城》的总体氛围中，更升华为翠翠这一南国纯情少女的人格塑造。“边城”的子民们，日出而作，日入而息，没有华奢的生活追求，没有争名于朝争利于市的恶习，无论老幼，不分贫富，一律以浓厚善良、诚挚纯朴为人生自觉追求。他们都是平凡的翁媪、后生和村姑，却都渗透着典型的东方式的人格理想。老船夫50年如一日忠于职守，重义轻利，纯然是一副古道热肠。船总顺顺，虽是当地富户，颇有权势，却毫无大户豪门惯有的霸气和贪吝，一派慷慨豪爽，敬老恤贫，所以两个儿子在他教养下都出落得英武俊爽，知情晓义。酒家屠户，都是君子风度，往来渡客，无不乐善好施，“即使是娼妓，也常常较之讲道德知羞耻的城市中绅士还更可信任”。翠翠既然是这重义轻利、守信自约的淳朴风气中长养的女儿，又得山川灵气，秀外慧中，自然分外绰约动人。她自幼失去父母，与外公摆渡为业，相依为命。劳动从来不是她的负累，而是欢乐与责任的交融。爷爷倒下去了，心上人远去他乡了，她谢绝了船总的好心相约，一个人迎着风雨、守着孤独继续摆渡。她的生命的光辉、青春的光华，闪现在对人生责任的义无反顾的坚持，对传统美德的毫不动摇的承续，更在对爱情理想实则是人格理想的探索和执着中显得格外明媚鲜艳，楚楚动人。小说最后，一句点睛，

[1]《〈长河〉题记》，《沈从文选集》第5卷，四川人民出版社1983年版。

使白塔下渡船旁伫立凝望的身影，与源远流长的民族理想沟通汇流，活泼单纯中溶入了深厚丰盈。于是，一位南国少女的神韵，顿时在新文学史上流光溢彩、神采飞动起来。

三十年代深重的民族危机，是沈从文、王统照共同的写作出发点；但沈从文着重于危机的道德、伦理层面，人情、民俗范畴，而王统照关注的却是现实的生存困境，是物质匮乏造成的心理变异。因此沈从文努力以静态的美抵制现实的丑，而王统照满怀悲怆再现出的则是美在动态中的沦亡和丑在动态中的积聚。沈从文钟情于江南青春少女的纯情与专一，王统照关心着北国庄稼汉子春种秋收、养家糊口的艰难。奚大有在小说开始的时候，上有富于人生经验与务农经验的老父掌舵，内有勤劳节俭长于家计的妻子相助，既有田产，又有牲畜，多的是力气，少的是话语，儿子日渐长大，希望贮满心头……对于旧中国的个体农民来说，这应该是最佳的境界。因之他本人也充满着幸福感，一文钱恨不得掰成两半花，烟酒之类全都视为奢靡与非分，完整地保守着最老实本分的生活与心理习惯。几千年来，生于斯长于斯流汗于斯亦埋葬于斯的农民，无不把安土重迁、勤劳节俭，奉为人生的圭臬，务农的天条，这也是奚大有生活哲学中最坚厚的两块础石。但是，一次突发的变故——上镇卖菜无端受到驻兵的讹诈与殴打，却迫使他开始出卖祖传田产。当他带着遍体鳞伤，看着年年都能出力流汗就可以变出黄澄澄的麦子、红艳艳的高粱的土地，他们家生命的源泉存活的保障的土地，化做一块块银洋无声无息地流进兵营时，这条刚强倔强的庄稼汉子心碎了，几千年来积淀在心头的传统心理与传统生活习惯、生活方式，开始了可怕的动摇。之后，预征钱粮，拉伕修路，生老病死，人祸又加上天灾，突发事件渐成家常便饭，几十亩田产不几年顿告罄尽，一个有恒产因而也有信心的自耕农户，迅速地败落化为赤贫。既然无法保持田产，与土地密切联系的观念和信条也迅速地失去了往日的约束力，大有开始纵酒，开始狂抽，“活不下去了”，只有从否定旧的生活道路中寻求新的生路。山东的农民，每当遭逢这样的厄运，往往有几种选择，小说却安排了几种人物的命运，宣布了传统选择方式的破灭：剽勇刚烈、性如烈火的徐利，紧步梁山英雄的后尘，火烧练长府第后铤而走险走上个人反抗的道路，结果被官府捕获就地“正法”；惯能走南闯北，有着传奇式经历的魏二，闯关东挖人参开荒地寻财宝，结果是折腾数年，仍然是孤身一人赤贫一身又漂流回到故乡；孱弱的萧达子，被逼上行乞的末路；狡滑的宋大傻混进了兵营当上吃香喝辣的副爷……这些选择，大有或者不屑，或者不愿，或者不能，要想活下去，只有跟踪较早去城市打工的杜烈、杜英兄妹的足迹，从农村个体劳动者变为城市个体劳动者，走向城市、走向工厂。在三十年代，这也许是破产农民诸多选择中的最佳方案，是中国社会现代化历史进程中不可或缺的一环。当沈从文用他那支生花的彩笔，描写清丽的湘西山水背景下那些多情的儿女们，为着从梁山伯、祝英台、柳梦梅、杜丽娘、贾宝玉、林黛玉们那里流传下来的一个“情”字，沮丧地或平静地生生死死的时候，王统照却把他深心钟爱的齐鲁大地上的庄稼汉子，一个个如实地置放到现实的生存困境中，让他们去左冲右突，用痛苦乃至生命去探索、追寻不同的出路。《山雨》还忧患深重地写出，一系列灾难性的变异，在农民心灵上布满阴暗的投影，扭曲了他们的性格，改变着他们的心理，使之从安土重迁到流离逃亡，从节俭勤劳到自暴自弃，从善良怯弱到狂暴反叛，从安分守已到铤而走险……旧的生活道路、人生信念已经崩溃，新的却又渺远不可追寻。贫困酿造着灾难，灾难燃点着抗争，抗争又连接着更大的灾难。熔岩奔突，大地震颤，火山一触即发！占国民百分之八十以上的农民的心理变异，正敲响着以农业为基础的旧中国的丧钟！

《山雨》既对农村破产、农民灾难的现象和原因作出从政治到经济、从现象到心理的广阔而逼真的描绘与挖掘，展示了三十年代北方农村捐苛税重、兵匪如毛、民穷财尽、破败凋敝的可怕图景，又相当自觉地把这一切同帝国主义入侵这一总背景、总根源联系起来，通过奚大有的见闻昭示读者：外国资本在古老的山东大地上开设了一爿爿大规模的工厂，吞噬着被从土地上赶出来的千千万万农民的青春和劳力。从农村通往集镇、通往铁路、通往码头的大小道路，就像一条条吮吸血液的管道，把花生油、鸡蛋、杀好的鸡和宰好的牛……把农村的每一滴油水，每一点活力，都装上巨大的海轮，运送到外国。于是那古朴的乡村，一个个变得像熬尽了油的灯盏，风雨飘摇，暗淡凄凉！

最后，小说还写出了日军在青岛焚烧报馆的烛天大火，在渤海湾游弋示威的炮艇战舰，说明单是经济入侵，已难餍足胃口，军事侵略、亡国亡种的威胁，已是迫在眉睫了。“山雨欲来风满楼”，一场攸关民族生死存亡的社会大变动，一场血与火交织的民族大搏斗，即将在这幅色调惨烈、气氛悲怆、充满动感的民俗画卷中展开。如果说沈从文所醉心的“优美、健康、自然而又不悖于人性的人生形式”诱发的是皈依传统的牧歌情调，那么王统照所描绘的动乱破败、悲怆惨烈的时代画面就挟带着浓重的现实感乃至现场感，既在文本深层蕴涵着再现农民生存困境促使他们摆脱传统观念束缚，在新的历史条件下寻求出路的启蒙题旨，又在字里行间升腾起强寇压顶民族危亡的激越旋律，正是三十年代最强劲的时代呼声。

即使同在伦理道德层面上，两位作家的关注焦点、把握方式，也有明显的差异。无独有偶，这两部作品中各有一位不该被忘记却常常受忽略的长者形象。《边城》中的是掌管这一带码头的船总顺顺，《山雨》中的是陈家庄的庄长陈宜斋。他们都是有地位有恒产年高望重的一方长者，是安宁与秩序的象征。顺顺和翠翠的外公老船夫，虽然不能称为亲朋好友，但却因为存心忠厚，风俗淳朴，一直保持不坏的关系。当翠翠和团总的女儿都倾心于傩送时，要破旧的渡船还是崭新的碾坊，是情义无价还是唯实唯利，便成为顺顺必须作出的抉择。不幸，他选择了后者，于是便受到了惩罚：心爱的儿子负气出走了，老船夫伤心病故了。不幸的变故唤起了心灵中原本就有的忠厚和善良，他又向孤苦伶仃的翠翠伸出了扶持的手——经过一番情与利的暗中比试，他绕过了误区回到了起点，完成了道德的复归，划出了回环式也即封闭式的人生轨迹。与顺顺的情形恰好相反，陈庄长的命运一直在沿着斜坡下滑：作为一庄之长，他承担着为上面（官府、洋人、军队……）征集、收缴、支派种种苛捐杂税、差佚工役的重任，一时不能满意，马上地方遭殃；同时，他又清楚地知道乡亲们的贫与苦、灾与难，善良宽厚的本性与地方首事的责任，双重地挤轧着这可怜的老人。随着农村经济破产形势的急剧恶化、横征暴敛与一贫如洗互为因果地双向加剧，这位一直保守着与人为善、造福桑梓这类人生信条的长者，外部环境的恶化和内在心灵的痛苦迅速地互相促进，双向增长。终于，为使左邻右舍少受一点败兵殴打的苦痛，出面劝说，他自己却当胸挨了两记皮鞭，肋骨撅起，口喷鲜血，不久即怀着对这个世界的惊恐与怨恨死去。在一派如诗如画清清爽爽的山水中，沈从文轻松地实现了素朴正直人性美的复归，古朴的道德，温和地取代了庸俗的实利。在一片血与火交织的灾难动荡的氛围中，王统照沉痛地证实了传统道德在现实灾难袭击下崩溃的必然。陈庄长固守本土，与传统道德一起命赴黄泉；奚大有抛弃了安土重迁之类走向城市，开辟新的生路——在比较中，哪是三十年代农民的出路，作者的意向是十分明显的。对这两位旧中国基层政权的代表人物，两位作家不约而同地怀着相当的好感，都没有过分地凸显这一类人物常常难以避免的恶德败行，却相当自觉地突出了他们对传统美德的复归或执着。从某种意义上说，这两个形象特别是船总顺顺，尽管不乏社会角色的内涵，但更多的却是道德的象征性载体，不但没有被丑化为黄世仁、南霸天式的恶霸，而且尽量虚化了旧社会旧政权基层官吏的社会职能，使之成为作者对传统美德、现实命运不同理解的象征。

湘西和齐鲁两轴风俗画卷的差异，还鲜明地体现着两位作家的不同艺术选择。《边城》开始的三章，把茶峒碧溪的山水花鸟及乡风民俗揉为玲珑剔透的一体，清丽和厚朴珠联璧合、相得益彰地构成了边城的整体人文环境。在这有着自己独特文化性格的小镇中，环境获得了人的心理素质而介入社会历史的发展，活动于其中的人物则溶入山水风景、民俗习惯而呈现出环境的品格。环境人物化，人物环境化，人物和环境互相生发，从容不迫地描述着这里世代沿袭的整体生活风貌，显示出这里“凡有桃花处必有人家，凡有人家处必可沽酒”的边城生活准则及这种准则的淳厚。由此自然地引发出以翠翠为中心的一段平凡人生故事，一个因哀婉坚贞而更显得美好的故事。这一切，无论是人物的个性气质的展示，还是景物民俗画卷的描绘，都得益于颇见功力又独具个性的艺术语言。或活泼飞动或简约朴质的口语，构成了淳朴美好的人物和环境的载体，平淡中不乏绚烂，朴讷又清新跳脱。小说的推演，固然以翠翠的爱情故事为支架，却完全摒弃了悬念照应、时空倒错之类的机心匠意，纯然以一组组流动的诗画相衔接，以意境的组合与转换、化出与化入来完成。诗和小说的严格畛域淡化了，文学和艺术的分界也模糊了，似乎是一轴舒卷自如的水墨淡彩，又似乎是一曲飘忽轻盈的古典乐章。深深撼动人们心灵的，是人物、风景、民俗、故事等和谐地整体地交融而成为人格的魅力，审美的境界，即通常所谓“边城”风韵，或沈从文风格。如果单纯以时代现实的逼真写照为尺度，其缺陷是显而易见的；如果仅仅作为一种审美创造，并且同时代的功利要求拉大距离，平心静气地揣摩、品味其语言美、风物美、心灵美、民俗美的酿化与升华，此种贡献又是无可替代的。

作为强调文学必须“为人生”的文学研究会的主要作家，王统照的艺术选择与沈从文恰好相反，下笔之先，他就怀抱着十分明确十分自觉的现实功利目的：“意在写出北方农村崩溃的几种原因与现象，以及农民的自觉。”[1]因此他尽最大努力地贴近现实，务求逼真。画面是污秽、残破、凄凉的，气氛是动乱、恐怖、惊惧的，人物是粗野、蛮横、孱弱的。小说严格按照自然时序、人物命运偶合的轨道演展，一步一重灾难，一重灾难带来一层心理的变异和行动的抗争，灾难性的变异和近乎盲目的抗争又勾连出更深重的祸患，直把读者紧逼到无路可退的境地！读着这样的小说，无异于感到一个其大无比、无所不至的“活不下去了，怎么办”的问题，沉甸甸地坠落、挤压在你的心头，令人艰于呼吸视听！为了逼真地展现地域的和时代的风彩，为了维妙维肖地摹拟没有文化不善言谈的北方农民的口吻，王统照常常不加提炼地搬用山东农民夹带着不少地方性习惯用法的话语，形成断续中时有重复、颠倒，因而语意含混的特殊风格。这确是“原汤原汁”的农民口语，但作为文学语言来看，便显得拙涩拗口，加工不够。从以真为美、贴近生活的标准来看，这似乎是无可疵议的，在感同身受又没有语言障碍、风俗障碍的读者心中，确然会激发出十分亲切的认同感，大有他乡遇故知的惊喜；但时过境迁，奚大有们的命运危机已经成为历史，新的问题在困扰着新的农民的时候，这本冷涩的小说，便很容易受到读者的冷落。当年《边城》的冷遇和今日《山雨》的困境，把一个比较复杂的理论命题摆在评论家的面前。

或写江之南，或写国之北，或在静态画面中显示人性之美，或在动态过程中展现人生之难，或写理想境界中传统美德的永恒，或写现实社会中传统美德的沦亡，或高度发展审美的功能而成为艺术的精品，或充分发挥功利的作用而成为现实的镜子，或承续荆楚文化的艺术精魂，或吸收改造齐鲁文化的积极传统——在对立的两极上，《边城》和《山雨》形成互补的态势，共同推进三十年代乡土文学走向成熟，他们的优长和不足，都给新文学当时乃至今后的发展，留下了启迪思考的广阔空间。

---

[1]《〈山雨〉跋》，《王统照文集》第3卷，山东人民出版社1981年版。

姑苏行旅

1935年秋，叶圣陶全家从上海麦加里居处迁入苏州滚绣坊青石弄3号定居下来。这个新居，对于叶圣陶来说，恰恰相当于王统照在青岛的观海二路49号。

叶圣陶是苏州悬桥巷人，成年之后，为生活征逐，作天南地北游，北上京都，南下八闽，后来，便在车水马龙、人声鼎沸的上海住下来。性近自然而偏居闹市的尴尬与矛盾，无时不在苦恼着我们的叶老。如今总算如愿以偿了。四间完全按照自己的心意建造起来的砖瓦平屋，说不上讲究，倒也清爽。房前屋后，遍植花树，小小院落，竟是一派生机。靠着东墙，是一溜的葡萄棚，累翠垂玉。屋前是四棵洋槐，亭亭如盖。玉兰、海棠、山茶，梅树、杏树、柳树，错杂其间，以不同的芬芳，点缀四时，摇光曳彩。新买的一棵日本枫，高才三尺，群树之中，宛如一位才来加入这温馨之家的小弟弟。

从此，叶圣陶告别了鸽笼一般的上海弄堂，告别了终年间听不到一声秋虫的烦闷和寂寞，告别了只能请人从外面运来泥土凿开天井的水泥地种花栽树的局促与尴尬。亲近自然的天性，有了长养的机缘，喜欢乡居的习惯，可以适情任性地满足。庭前小坐，倚窗憩息，他是何等的欣慰喜悦！每个月里，只需到上海开明书店编译所处理一周左右的事务，其余时间，都可以和老母妻儿欢聚一堂，过着平淡自然的日子。长慈幼孝，儿贤女好，真是舒适极了，惬意极了。新居安顿完毕，叶圣陶便想起久已客居异乡的老朋友王统照，想起他年来横海欧游漂流八国，想起他在大洋彼岸写下的那些洋溢着浓浓的乡愁的文字，想起他目下孤身一人住在上海，日复一日靠着黄油面包烤白薯之类哄骗肠胃的生活，很想请他到自己的新居来作客。商诸家人，全家一致热烈欢迎，他这才兴致勃勃到上海去。

1936年4月23日，叶圣陶邀约王统照到自己的新居小住，到苏州的景点游览，于是有了王统照的姑苏之行。他们看了可园、沧浪亭、文庙、植园及顾家的怡园，在吴苑吃了茶。25日，离开苏州去游太湖中的洞庭西山。后来，王统照把这些日子里的观感，写成《古刹》《清话》等散文，总题为“姑苏游痕”，收入1939年2月文化生活出版社出版的《游痕》；叶圣陶则写下了《记游洞庭西山》，收进了他的《未厌居习作》。

这天他们离开沧浪亭，穿过几条小街，向苏州的文庙走去。皮鞋踏在小圆石子碎砌的铺道上总觉得不适宜，像苏州这样的古色古香的南国名城，似乎只宜于穿软底鞋或草履，这硬邦邦的鞋底踏上去不但脚趾生痛，而且情调也太不协调了。

阴沉沉的天气又像要落雨了。沧浪亭外弯腰的垂柳与别的杂树交织成一层浓绿色的柔幕，真像是盛夏。青岛的樱花、海棠，也是在这个季节次第开放，倘是微雨的清晨，就更加赏心悦目。水池中的小荷叶还没露面，绿油油的水那么浓郁。石桥上有几个闲谈的黄包车夫，一边谈天一边悠闲地数着水上的游鱼，似乎并不忙于招揽乘客。一路走去，王统照深深地感受着《浮生六记》里沈三白夫妇深夜偷游此亭的韵味，对于曾在这里做“名山”文章的苏子美，反而有些淡然。沧浪亭里现在开设了一所美术专门学校，游人不能随意到处游览，到处留连。王统照想到荒园被利用起来，名胜和美术联接起来，有一点淡漠的好感；但若各室里悬起整整齐齐的画片、摄影，出出进进尽是穿着一模一样的制服的学生，又觉得与其固有的韵味，不大协调，未免有煞风景。时至残春，那边土山的亭子旁边，一树碧桃还坠着淡红的繁英，花瓣片片，静静地贴在泥苔润湿的土石上。园子太空旷了，外来的游客极少。另一院中，两株山茶已快落尽，宛转的鸟音从叶间送出，令人不禁频频回首。

文庙到了，在城东南角。他们从颓垣的入口处走进去。绿树丛中，只遇到一位挑着满桶粪便的农夫，原来庙外便是一个菜园，一条小路，逶迤地通向庙门。孔夫子当年不大喜欢老农与老圃，现在菜园就种在他的庙门，老农老圃们径直在这里挑粪种菜，夫子有知，不知作何感想？庙里，石碑半卧在剥落了颜色的红墙根下，上面用大字深深镌刻的那些训戒，也满生了苔癣。再往里去，不像森林，也不像花园，滋生的碧草与城里少见的柏树交织在一起，年久失修的石桥提醒你当心自己的脚下。又一重门，是直通“大成殿”的，关着，他们便从旁边“先贤祠”“名宦祠”的侧门穿过。破门上原有告示，意思是此为崇奉孔子的圣地，不得毁坏污损，禁止庙役赁与闲居人等居住等等。现在是与杂草、树枝为邻了。又进一重门，看那两庑，木栅栏都不存在，空洞的廊下只有鸟粪、菩萨。正殿上朱门半阖，王统照刚迈进一只脚，一股臭味闷住了呼吸，走在后面的叶圣陶急忙喊道：“进不得，进不得，里面的蝙蝠太多了，气味难闻得很！”果然，一阵拍拍的飞声，梁栋之间正有不知多少灰色的生物在阴暗中营造它们的世界。木龛里，只有至圣先师的神位孤独地在大殿中享受这种气息。偌大一处殿堂，此外一无所有。外面石阶上，是蚂蚁、小虫们在鸟粪堆上奔跑，细草从砖缝中长出来，两行古柏苍干皴皮，沉默地对立着。

王统照站在圮颓的庑下，遥想多少年来这里的盛景：每逢丁祭，老少先生们跻跻跄跄，拜跪、鞠躬，聆听仿古音乐的奏弄，奉献三牲祭礼，燃起干枝的“庭燎”，祈求国泰民安、平步青云，做着历代读书人的梦……但是现在呢？不管怎么强调尊孔读经，这偌大的文庙已变做空山古刹，至圣先师，只能与荒烟蔓草、颓垣断壁为伴。偶来的游人，将作何感想呢？苏州历来是士大夫的产地，明末的党社君子，清代的状元宰相，虽有若干不同，但为孔子之徒则一也。可是，此刻，他们又将立身何处？古往今来，春秋代序，时光如潮，不断冲洗着也不断改变着这个世界。他们转到“范公祠”“白公祠”一看，也是没了门窗缺了窗棂的矮房子，几个吸着旱烟管的老人，几个挑着砖灰的孩子，正在慢条斯理地修补塌落的外墙，那疏散的态度，正与剥落得不像红色的泥墙的味道十分调和。他们在大门外的草丛中立了一会，又听见悦耳的鸟声，微微雨丝洒到身上，颇感到春寒的料峭。

为了体会一下从来没有领略过的吃茶苏州的韵味，叶圣陶陪他到了著名的吴苑。从玄妙观转了一个圈子，便是姑苏城里这座规模大而历史久的茶馆了。里面的大厅、小室有五六处，一进门是次等的座位，茶资自然也便宜。东面厅的正中，是说书台，台下一张张桌子边便是喝茶兼听说书的客人。台上正有两位艺员对口说白，说的是唐伯虎的风流故事。这故事已不知说了几千回，几乎与苏州的河道石桥园林小吃一样的古老，然而仍有听众。说书的是黄脸的瘦子，手上一把折扇便是可以表演各种姿态的道具，满口是地道的苏白。人既不怎么好看，话又不能全懂，何况这里实在太热闹了，两位文人只有撤退，向西面的厅走去，且在外廊琉璃隔扇后的座位清静一下。这里有木方桌、椅子，光铜的痰盂，似乎是全“苑”最阔气的所在。然而不论清茶、红茶，每人不过小洋一角，尽你从清早坐到黄昏。只要你有容量，茶博士不到一刻钟准会给你添一次开水。想起前年去欧洲，喝一杯牛乳，吃一客素汤，动辄便要几法朗，看一间博物馆，乘一次出租车，少说也要几英镑的情况，真是天差地远了。厅中像这样的座位，总在四十开外。茶客中有老头子，有洋服青年，有穿制服的公务员，而以绸衫缎鞋的中年为最多。有的三五聚谈，有的独看小报，有人对弈，有人旁观，也有好清静的，独坐喷吐着淡蓝的烟圈，或者想着什么，脸上没有深刻，更不像在沉思。厅里嵌着大理石的挂屏，精巧的四角玻璃灯，由天花板上垂下来，静静的一丝风都没有。

廊外是断断续续的雨丝，在阴沉着的天空中闪烁明灭着。他们要了一壶绿茶，一壶红茶，茶水那么清洌，没有扑鼻的香气，那色、那味似乎都非常遥远，而又似乎非常亲近。坐下不久，来了报贩子，卖五香豆、炸花生、蚕豆的，卖各色糖食的，大都包成小包，喊两声见你不理，便从容地提了竹篮走开，并不纠缠。廊中另有一层玻璃格，小几、单座，那是好清静的老人的去处。椅子是木靠背，直板板的，未见得舒服。还有人在这里理发，坐在小圆凳上。周围是识与不识的众多茶客，但却意态安舒，毫不感到不便与不适。苏州人善做小点心，也很讲究吃。20个铜板一碗水饺，不到一只小洋买一块软糕，味道与色彩都是一种享受。这是苏州的风尚，无论人还是物，都小巧玲珑，连点心也不出此例。

正吃茶中，又来了两个穿青色的号袍，已斑白了头发的报贩，弯腰躬背在大厅中周旋兜售。叶圣陶说：“十五年前我到这里吃茶，他们就做着这个营生，如今他们老了，我也变了，难怪他们不认识我了。”王统照想：人终是群居的生物，虽在茶馆中，即使有许多的不认识的面孔，然而从他们的言谈与动作中，也可领略一点人间味。也许这就是老人们能够靠在木背直椅上坐茶馆的一个原因？

王统照从幼年即发奋苦读，稍长又外出求学，或者为生计奔忙，或者夜以继日埋头著述，何曾有此“偷得浮生半日闲”的雅趣？何曾领略这“赏雨品茶”的境界？真得感谢老友。

回到叶家，总有舒适的眠、食，每日游览归来，总要泡一杯清而苦的茶，于是在夜雨凄清中作不费心机的谈话。文艺，风俗，人情，世事的纠纷，话题如风，如水，如漫卷的秋云，都随兴之所致。主人安闲和平的心情个性，正如客室中悬挂的狄平子的字幅一样，圆润中藏有独立的锋芒，平稳后面有他刚健的骨力，既没有江湖派的戾气、旷野气，又绝非规规于摹仿前人，稳圆，秀劲，不出奇，不使性，固然太稳重点，然却蔼然可亲，言笑皆从肺腑中出，不退缩也不亢奋，外圆而内方，毫无矫揉造作……是说字幅的风格，还是主人的风格？王统照不禁失笑了。

叶家的风格也是独特的，安和，闲静，那小小的略仿西式的房子，可以半天听不到一点声响。隔大街挺远，又是陋巷，人力车两辆就不能并行，真是名副其实的“无车马喧”。这在农村中，自然并非易得，在久已称为纸醉金迷的天堂的苏州城里，这份僻静，才显出文人的善于择地。房子是去秋所建，一连四大间，每间靠后用木隔分开，又成两小间。三面是廊，可以闲坐，可以读书，可以罗列盆花。倘到落雨时节，又是孩子们游嬉的地方。

院子中没有大树，难免美中不足，倒是新买的一棵碧桃开得还好，如成人略高，浅紫色的柔梗上贴着尖簇叶，花是深红浅白相间，同一朵上有时有两种颜色，那么细的树干枝头上已经开了几十朵的花，虽当春末，娇艳的风姿仍复动人，微风摇曳，花光闪烁。主人夫妇对花草颇为爱护，饭后时时观察，11岁的最小的男孩，放学归来也参加锄草松土的工作。

主人的母亲快70岁了，走路言谈却十分健朗，只是有点重听，而王统照的苏白也很蹩脚，无法互相交谈。看到叶圣陶40开外的人了还有老母，而且那样健朗，王统照好生羡慕：自己的母亲，为了维持一家的生计，为了一群幼年丧父的儿女，劳苦一生，刚56岁便积劳成疾，如今故去已将十年，墓木已拱，而思念日深。寸草春晖，谁说不是人间的天性？他又想起十几岁时看到方孝孺的《慈竹轩记》，开头一段写小舟冬行，登岸访友，在丛竹间拜见主人的老母……文字是那样从容，温和，著语无多，感人至深。可惜近来的国文选本里，竟见不到这有真美的文章。在叶家每逢饭时，恍惚间便想起当年所读的《慈竹轩记》。

他住在叶家客室内木隔后的房子里，晚上睡得颇早，从不作夜深的读与写。那些日子，小雨滴沥，窗上的“雨打”时时响动，墙边的檐溜也淅淅作声，“乾坤万里眼，时序百年心”！回忆几年来的生活，微茫的感受从四面八方袭来，辗转难以入睡。

在叶家吃过南方做法的美味的鱼，吃过从白马湖来的莼菜，涩中略苦，是当地的名产。每天早晨，为了远道的客人，常预备莲子羹或别的精致的食品，见出主人待客的深情。

有一晚无意中两人谈到文章作法。叶说：“我现在力求清、力求简，多余的字，多余的句完全不要。所以写不来长文章。想给读者容易明了，给自己文字上一种锻炼，以通俗简便为准则。”

“这是你的风格，”王回答，“不过近来更见显著。你倒可以办到‘文清如水’的地步，无余字，无賸意，惭愧，我便不成。无论如何简，写不到这个地步，也许个性使然。不过据我想，完全叙述的，或不多用描写的文字应该如此，但有时我们也不可以看轻丰富的刻画，只要是得当，多点似也无妨。”

叶点点头道：“自然也有这个道理，如果刻画平实还能不惹人厌，倒也无啥。怕的是着力于此罗唣过度罢了。”又谈及文言中的许多成语，到现在仍然在白话文中常常应用，一时没有甚多的代替字，例如“参差”、“错落”、“寂寞”等等。王又举出一个例子，譬如形容来回走步用的“蹀躞”便太古了！叶用手在空中摆着，“用不得，用不得，‘蹀躞’用不得！”王也笑了……

1974年岁末，叶圣陶写了一阙《兰陵王》，怀念老友朱自清，其中有“常惜深谈易歇”的名句。1982年8月25日，他又为《王统照文集》写了《跋》，其中又谈到这种“深谈”，作为人生一种可遇难求的境界，道是：

一九二二年，振铎伴送爱罗先珂从上海到北京，我与他们结伴同行，到北京大学任讲师。这时候才得与许多通过信的或者慕名的朋友见面，于是开始认识剑三。这一回我留居北京为时极短，因为家里有事，就请假回南了，所以与剑三谈叙不多。别后通信，或论文事，或为稿件，或因其他事项，如今回忆，也说不上频繁。最不能忘怀的是一九三一年剑三到上海之后来我寓所好多次访问，以及一九三五年我迁回苏州之后他来苏州的一次专访——那次还同游太湖里的东西二洞庭山。……生平结识的朋友不计其数,而感到“常惜深谈易歇”的才十几位，不能不说是极少数；剑三却是极少数的一位，所以我在这里要特地叙明，在他谢世已经二十五年的今天，我仍然忘不了与他历次的深谈。

以上所述,正是叶圣陶最珍惜的一次“深谈”,也是王统照劳苦多忤的一生中，最值得珍视的友情与诗境的升华。

4月25日，他们从苏州出发，目的地是南面沿湖的石公山。上午8点，出胥门乘长途汽车,9点多到木渎,刚好赶上开往洞庭东山的裕商小汽轮,于是出胥口,进太湖。

以前在无锡鼋头渚，在邓尉还元阁，只是望望太湖罢了，现在才是置身太湖的波面，左眺右望，混黄的湖波似乎尽量在那里涨起来。远处水接着天，间或界着一线的远岸或是断续的远树。晴光照着远近的岛屿，淡蓝，深翠，嫩绿，没有一点单调和寂寞。12点一刻到达西山镇夏乡，跟在一批西山人后面登岸。他们不认识路，就乘人力车前往。车在山径中前进，两旁尽是桑树茶树和果木，满眼的苍翠，不常遇见行人，真像到了世外。果木是柿、橘、梅、杨梅、枇杷。梅花开的时候，该比邓尉的还要出色吧？杨梅的干枝高大，屈伸夭矫，多有画意。翻过几座不很高的岭，路就围在山腰，差不多可以伸手抚摩树木的顶枝。树木以外就是湖面，行到枝叶茂密处，湖面遮没了，但是一会儿，又露出来了。

中午到了石公饭店，这里除了一祠一寺，再没有别的房子，饭店用的便是节烈祠的房子。门前一座很大的石牌坊，密密麻麻刻着全西山节烈妇女的名字，大概没有人去细读吧。这里的山石特别玲珑,从前有人有评石三字诀,叫做“皱,瘦,透”，用来品评这里的山石，大都适用。有钱人家园林中放几块太湖石，游人就徘徊不忍遽去，这里却满山满山的太湖石，而且是生着根的，高和宽都达几十丈的，真是山石之大观了。

饭店只有这两个客人，饭菜没有预备，仅能做一碗蛋汤。一会儿茶房高兴地跑来说，他刚从渔人手里买到一尾很大的鲫鱼，一小篮活虾，而且有本山自制的酒，也叫竹叶青。两人打一斤来尝，味道很清，惜口味薄了一些。

午饭后信步左走，是夕光洞，洞中有倒挂的山石，俗名倒挂塔，左右壁上有明人写的寿字，有清人题写的赞语。下去到岸滩，大石平铺，湖波荡漾，对面便是青青一带的洞庭东山。这里叫做明月浦，倘是月色空蒙的时候来坐坐，确是不错。回到山上，从“一线天”爬到山顶，转南下走，到来鹤亭，往下看是节烈祠和石公寺的房屋，整齐，小巧，好像展览会中的房屋模型。再往下有翠屏轩，归云洞，洞里供奉山石雕成的观音像，比真人高两尺左右，气度很不坏，可惜装了金，竟看不出雕凿的手法。石公山面积180多亩，高70多丈，不过一座小山，可是山石好，树木多，就显得丘壑幽深，引人入胜。

下山回店，略事休息，便雇了一条渔船看石公南岸的滩面。滩石下都有空隙，波涛进出就有澒洞的声响，和苏东坡所写的石钟山是一个道理。他们看了南岸，看了南岸的公山，太阳已近地平线，黄水染上淡江，使人起苍茫之感。湖面渐渐生起烟霭，风力也更强劲，船身向左侧，舷下水声哗哗，更有一种特别的感受。回到饭店时，天已全黑了，店家点起汽油灯，他们就着新鲜的鲫鱼和虾仁，喝竹叶青，还有咸芥菜，味道居然和白马湖的佳品不相上下。9点熄灯就寝，听湖上波涛，如风过松林，两人不久就沉入梦中。

次日清早，沿原路归去。风大了一些，湖面皱且暗，随处涌起白色的浪花。路上多见劳动的妇女，身上各挂一只篾篓。又见到一处煤矿，工头姓周，山东峄县人，与王统照是大同乡。回到西山镇夏乡，正11点。他们吃面，喝茶，还买了这里著名的碧螺春茶叶，乘上裕商的小汽轮。船开到湖心，狂风大作，颠簸摇荡，如在海洋。他们闭目垂头，跑了两天，两个文人困乏了。

回到上海以后，王统照曾郑重地写信给小儿子立诚，叮嘱他一定要与叶家的小儿子至诚通信，前辈笃于友谊，子孙世代勿忘，可见情谊之深厚。随函还附有叶家至诚的来信与苏州的风景画片，原来这“二诚”竟是同庚，可谓巧合。这下立诚可为难了，他长到10岁，从来还不曾写过一信，无奈只有请大哥帮忙。济诚起草，立诚誊抄，再找来几张青岛的风景画片，欢天喜地寄往苏州，成为两代交谊的开端。后来战乱频仍，颠沛流离，大家天各一方，也就疏于联络了。

抗战期间，济诚到四川读书，王统照曾写信介绍他去叶老伯家拜访。1953年夏，王统照到北京开会，曾专门率立诚去东四八条拜见叶老伯、叶师母，还见到了叶至美大姐。那天特热，叶老身穿圆领汗衫，手执折扇，连连打拱，连称“失敬！失敬！”午餐时，叶师母张罗丰盛的菜肴，大壶的啤酒，宾主频频举杯，一派又从容又亲切的气氛，使初登叶府的立诚颇为感动。叶师母指着一碗用火腿炖的鸡问立诚吃得惯吃不惯？立诚连说:“非常香。我早知道府上炖鸡是加火腿的。”叶圣陶有点吃惊地问何从得知，立诚说，“我在您的名著《倪焕之》里看到的，那小说中就提到了用火腿炖鸡的。”全桌的人都开心地笑起来。饭后告辞，叶老率领全家送到门口，再三鞠躬道别，殷殷致意，又一次给立诚留下了深刻的印象。

二十多年后，山东师范大学田仲济教授主编的《王统照文集》就要出齐了，想请叶老写一篇跋文，委托济诚、立诚兄弟到叶府恳请。那时叶老年事已高，视力衰退，静养在家，客人一般由叶老的长子叶至善接待。但听说是王统照的后人来了，叶老马上走出来热情看望。得知来意后，叶老一口应允，连说：“我虽然目力不好了，但是为了剑三的事，一定要写！一定要写！”不久，长长的跋文《常惜深谈易歇》，就寄到济南。为了扩大影响，还在《人民日报》上先行发表，以飨读者。这使立诚又想起父亲与叶老交谊的往事，翻箱倒柜，找到当年王统照在苏州写的一首词：

剑池苔荒，屧廊香冷，平桥空自留虹景。疏枝冻雀两幽闲。真娘墓上夕阳暝。负曝游僧，卖花女影，城头暮角愁同听。尚余黄叶下寒芜，横塘水外昏鸦静。

当年情怀，可见一斑。

王统照谢世后，叶圣陶赋诗悼念，也回忆了这一番交往：

鸣呼我剑三，交将四十年！昔游宛在目，念之意怅然。

小阁沪渎夜，烟波太湖船。立身互勖勉，论文语联翩。

久睽长相忆，偶或惠一笺。殷勤致祝愿，母健与子贤。
解放欣良觌，积愫获畅宣。岁必一聚首，此乐尤逾前。
而君呈衰相，骨出肤弗鲜。吁吁时喘气，旧嗜摈卷烟。
所幸衰者貌，意壮神故全。为言新社会，人人有仔肩。
贡力唯恐后，群利最当先。复言笔未疲，尚拟草数编。
取资于近史，如汲不涸泉。今夏赴大会，卧病城东偏。
倚枕力疾写，衷怀以笔传。严词斥右派，从知所守坚。
回乡仍未愈，热情驰遥天。十月革命节，吟诗颂苏联，
是岂弄翰墨，欲罢未能焉。讵料遽绝笔，交接更无缘！
我既伤逝者，犹将善自鞭。庶几有生日，心力不唐捐。

悼王剑三（统照）先生二十四韵

王统照对齐鲁文化的继承与超越

齐鲁文化是孕生东方文明的文化母体之一，从山东走出去的现代作家王统照，则是齐鲁文化理想的现代传人之一。对这一复杂庞大的思想体系的继承与超越，是王统照最鲜明的文化特色，更是他对中国新文学最重要的贡献之一。

一、开放意识

异化后的齐鲁文化常常以封闭而屡遭指责，这也的确是其致命的缺陷之一；但原初的齐鲁文化，又分明具有开放的鲜明特征，而且，开放也是齐鲁文化能够在诸多区域文化的竞争、汇流中从一枝独秀到独领风骚成为主流意识形态的重要原因之一。换言之，没有开放意识，也就没有齐鲁文化后来的主流地位和独特命运。王统照从幼年起，就系统地诵读儒家的典籍，对原初儒家的论述烂熟于心。而当他接受这种文化的熏陶时，从纵向上看，他就学于以八股取士的制度已经土崩瓦解的新旧交替时代；从横向上看，他处在疏离了儒家学说政治化和儒家理念伦理化的中心地带（如北京、曲阜）的边缘地区，因之，他所接受的儒家观点，相对而言，就较少受到一班腐儒的曲解的影响，而有可能比较接近原初儒家的本来面目。破除封闭意识，建树开放意识，便是王统照从原初儒家思想中汲取的源头活水之一。

开放意识，首先就是自觉地走出封闭，积极地接纳世界文化——思想潮流，在与世界文学——文化的广泛联系中建立新的精神结构与文化范式。“五四”一代学人、作家，大都在与世界文学——文化的联系中显示出与传统文人迥不相同的精神风貌的，这是历史转型期的重要特征，更是文化变异的时代标志。据笔者的不完全统计，王统照是在1919年发表他的第一篇介绍国外文学的文章的；在他居留北京时期，即从1917年到1926年，先后介绍过俄国、英国、法国、德国、爱尔兰、印度等东西方国家的作家、艺术家的作品或文学思想；他特别关注获得诺贝尔文学奖的作家叶芝及不久以后访问中国的泰戈尔，发表过长篇的研究论文——与早在1906年就开始介绍西方“摩罗诗人”的鲁迅等先驱相比，他还算不上介绍域外文化的第一批现代作家，但也是起步甚早者之一；同时，他又有关注面比较宽泛的长处，因为刚刚从封闭中走出的中国文化——文学，实在太需要从多侧面多渠道吸纳各种各样的精神营养，实在太需要从各国家各民族的学说、思潮中寻找自己合用的思想武器。王统照的优长与局限，就在于起步早、视阈广，可惜未能长期坚持，未能逐步深入，以至在这一领域里往往被人遗忘。

开放意识，更体现在自觉地借鉴西方的文学观念重铸自己的文学理想，改造自己的文学体式以适应时代的需求。王统照在“五四”初起时，就以先知先觉的姿态，一面紧跟鲁迅、胡适、叶圣陶等之后大量创作白话短篇小说及白话新诗，以诗集《童心》和小说集《春雨之夜》，为刚刚亭亭玉立的“五四”新文学的生命之树增添了几许鲜活的枝叶；一面在其他新的文学体式的实验中显示出自己的旺盛创造能力——他是中国第一批白话长篇小说的作者[1]，又是白话美文的倡导者及实践者之一，还是“五四”初期自觉地提倡文学批评特别是诗歌批评并且多有理论建树的文学家之一。他的小说，也从不拘泥成法或自己画地为牢，而是广采博习，融写实的、抒情的与哲理的于一炉，首创出一种堪称开放式的创作方法，在“五四”前后乃至中国新文学史上，都能独树一帜。这种文学体式的大胆试验及试验成功，大多由于他对西方文学样式及文学理论的熟悉，换言之，也就是得益于他的冲出封闭、走向开放的思想模式与文学观念。

[1] 其长篇《一叶》与张资平的《冲击期化石》，同为中国新文学最早的长篇作品。

开放的交友方式，是王统照开放意识的另一重要侧翼。他是文学研究会的12名发起人之一，对于这一影响巨大的社团，发挥过十分重要的作用，与该社团的一些主要成员如沈雁冰、郑振铎、叶圣陶、郭绍虞、耿济之等，一直友情浓洽，世所赞誉，对于瞿菊农等在婚姻爱情中颇多不幸者，他特别怀有感同身受的深挚的理解和同情[1]。对于鲁迅、周作人兄弟这样的文坛先驱和青年领袖，他怀持敬仰和尊崇的心情，一有机会就表示自己发自内心的敬重。以闻一多、徐志摩为代表的“新月派”的诗人作家，大都是有着欧美文化背景的欧化绅士，论理与文学研究会系统的王统照似乎难能融洽相处，但王统照却在他们生前就一直与他们保持着友好的关系，在他们作古以后又撰写出深情的长文以抒写自己的怀念与敬仰，推重他们的人品与文学成就。在青岛，他是臧克家、于黑丁、臧云远、王亚平、吴伯箫等文学青年的启蒙导师，是他们在漫漫长夜里寻求文学机遇的忘年的朋友。在上海，他又与巴金、陆蠡、李健吾、吴朗西、端木蕻良等结成密友，有的甚至堪称生死以之的刎颈之交。他还有一批并非文坛人物的朋友，其中有医生，有银行职员，有中小学教师，有农村的小文化人，有奶妈，有城市贫民等等。当他在“孤岛”时期因为隐姓埋名生活无着时，就是依靠两位在银行做事的朋友的几度慷慨资助，才免于冻饿之苦，在艰危岁月里，坚持了不屈的气节。交友时坚持开放的原则，自觉地排除了有害的门户之见，不以文学主张、文学社团划线结帮排斥异己，不论资排辈上谄下骄，不以精神贵族自居，使王统照在复杂的文学环境中保持了良好的人际关系，保持了自己正直、耿介的良好形象，与结党营私者拉开了距离，也为我国现代文学界留下了一种良好的处理人际关系特别是文坛关系的模式，值得后人认真总结与体悟。

[1] 见王统照《民国十年日记·第二部》，《潍坊学院学报》2005年第五卷，第一期。

二、重农观念

作为有着五千余年历史的农业文明古国的思想家，齐鲁文化的思想代表一向把农业的兴衰看作天下兴亡的重要标志，看作国家民族的命脉所系。在孔、孟语录及其他正宗的儒家文化典籍中，重农，是一宗十分可贵的精神财富。关于“不违农时”的恳切教导与殷殷期望，对“五亩之宅，树之以桑”“鸡豚狗彘之属，无失其时”“八口之家，可以无饥矣”的小康境界的描述，以及对“率兽食人”迫使农民流离逃亡丧失务农权利和务农兴趣的“猛于虎”的“苛政”的强烈憎恶，都已经作为我们民族的精神基因深深地扎根在一切良知未泯的文学家、思想家的心灵深处。从《诗经》以降，悯农，已经成为中国优秀诗歌的重要传统。杜甫特别是李绅等人，在唐诗中是一彪有着巨大影响的作者队伍。他们笔下的“春种一粒粟，秋收万颗籽。四海无闲田，农夫犹饿死”等警句名言，早已作为贴近现实、关注国是民瘼的优秀代表写进文学史也烙印在世世代代读者心海深处。秉承这种传统，王统照在新的时代里，赋写出自己新的悯农、重农的精彩篇章。

王统照出生在山东诸城一个封建地主家庭，虽非起于曲阜、邹县，更非孔孟的嫡系后裔，但他从小生活于胶东鲁中的书香门第，开蒙时便接受了严格的正统的孔孟儒家思想，是齐鲁文化圈中走出来的影响最大的现代作家。近现代以来，由于孔孟故乡的曲阜、邹县一带，处于津浦干线的要衢，一向是兵家必争之地，常为兵匪觊觎，故而战乱频仍，民生凋敝。素称辉煌的齐鲁文化，渐有重心东移的倾向。

山东诸城，地处鲁中，东西连接济南、青岛两大重镇，南北襟带渤、黄二海兼收交通渔盐之利，经济渐趋繁荣，文化甚称发达。近百年中，这里很出了几个名人，从不同方向影响着中国历史的进程。王统照便是出身于诸城名门望族的优秀子弟。课余时间，他的家长允许他涉猎了《封神演义》之类的小说，但塾屋中长期诵读的仍然是孔孟的四书五经。王统照生于斯长于斯的诸城市相州镇，既非地道的农村，又非标准的城市，文化氛围显然浓于前者，总体生活秩序又显然异于后者。家传的田产与由此而来的地租，是维持这一家族所有开支的唯一财源，更是他外出求学、生存发展的唯一经济支柱，当然在他的生活中占有举足轻重的地位，当然会在他的心目中自觉不自觉地形成关注的中心。因此，当他还是一名中学学生时，就已经根据故乡的农事实际写出了颇有分量的歌行体叙事诗《旱魃谣》："十日无雨田无麦，三月无雨田尽芜。呜呼天公作剧亦何恶，欲索吾民如枯鱼。自春徂夏半载余，不见太空有寸肤。……灶冷无烟已十日，采椹为食甘胜荼。惊心最是催租胥，叫嚣隳突来乡庐，吁嗟乎！叫嚣隳突来乡庐！……吾闻此言心骨悲，回天无力空唏嘘……"同情之意，溢于言表。如果说这些篇章由于出自一位中学学生之手还难免幼稚、尚未脱尽模仿的痕迹，那么，到三十年代，随着作家的成熟和时代的演进，王统照小说中的重农、悯农观念，也就越来越鲜明地呈现出个人色彩。

长篇《山雨》，既是王统照小说的代表作，又是他民本思想、重农意识最突出最典范的载体。他把他深心钟爱的齐鲁大地上的庄稼汉子，一个个如实地放里到现实的生存困境中，让他们左冲右突，用痛苦乃至生命去探索追寻不同的出路。一卷《山雨》，忧患深重地写出，一系列灾难性的变异在农民心中布满着阴暗的投影，扭曲着他们的性格，改变着他们的心理，使之从安土重迁到流离逃亡，从节俭勤劳到自暴自弃，从善良懦弱到狂暴反叛，从安分守己到铤而走险……

这一条显得颇为执拗的创作思路，是王统照最优秀的小说的总主题。这一组令人触目惊心的艺术画面，是王统照三十年代小说的最重要贡献。如果说他在《山雨·跋》中的自述（"意在写出北方农村崩溃的几种原因与现象，以及农民的自觉"）还略嫌笼统、略嫌简略，那么，《银龙集》的序言，就简直可以当作王统照以"悯农"、"重农"为主题的系列小说的自觉的创作宣言：

> ……即以短篇计，前后约写过二十余篇，……几乎皆以将崩溃的北方农村生活作背景，这是我在那短时期内创作的标的。然而并非趋时，实则另有所见；尤不愿只强调农民困苦作浮泛的一般描写。我特为表现这些真正老百姓的性格，习惯，与对于土地的顽固保守心理，以及因此心理不获正常发展反激出难于补救，难于理解的蛮横行动，借以映射出中国各地的不安状态。但，内地农村并非全是蚩蚩的农民，还有其他游离分子，界乎农民与小工商人中间的各色人等，他们一样受着外国经济力一年年向内地冲决的榨取；一样是

感到贪横官吏与乡豪、绅董的无理压制，再加上地主的不情，军匪的掠夺，图生不易，便逐渐显出“聊以度日”和“铤而走险”的动态。我认为这确实是一个严重问题！无论世界的政潮，资本力量，有若何变革，而我国以农立国的根本却不能抛弃。纵然在重要城市已打下新工业的基础，新资本者也逐渐在工商业与政局中形成主要势力，然百分之八十在旧传统下挣扎生活的农民，他们的思想、行动，终究是这个文明古国的不可漠视的动力。以几十年来外力横侵，政失常规，军匪交斗，灾难并至的演变，遂致无数原是听天任命劳多酬少的“老百姓”，死亡流转，自救不暇，已经是极为严重的情形。……

一方受生活的高压，一方有环境的诱发，若不从稳定政潮，改善农民生活上作施政之基，徒知膨胀新工商业，徒知片面的增加都市的繁荣，其结果反易促成新资本势力与“旧劳工”的急度冲突。未来危难，殆可预想。因此，我在文艺作品中着力于农民生活的剖解，从微小事体上透出时代暗影的来临。这等启示不只从描写上在意，确实希望细心读者对此重大问题，因文艺的感发能予以缜密思考。这是我那些年写成几个长短篇小说的集中观念。盖以痛心时艰殷忧无限，而见闻所及悱恻难安，所以借笔抒感，如是，如是。

放眼我们的新文坛，对于农民的命运和出路，有着这般清醒、自觉、充满理性的忧患意识，并在作品中以生动深切的艺术画面淋漓尽致地写出的作家，说是凤毛麟角，应该是毫不过分的。而这种小说画面，正是作家重农意识的理想载体。

三、伦理意识

以儒家思想为主干的中国传统文化，是最典型的伦理型文化，这早已是中国学术界的共识。对此，李泽厚在他的《美的历程》中有着精当而简明的论述：

汉文化所以不同于其他民族的文化，中国人所以不同于外国人，中华艺术所以不同于其他艺术，其思想来由仍应追溯到先秦孔学。不管是好是坏，是批判还是继承，孔子在塑造中国民族性格和文化——心理结构上的历史地位，已是一种难以否认的客观事实。孔学在世界上成为中国文化的代名词，并非偶然。孔子所以取得这种历史地位是与他用理性主义精神来重新解释古代原始文化——“礼乐”分不开的。他把原始文化纳入实践理性的统辖之下。所谓“实践理性”，是说把理性引导贯彻在日常现实世间生活、伦常感情和政治观念中，而不作抽象的玄思。

这里重要的，是把传统礼制归结和建立在亲子之爱这种普遍而又日常的心理基础和原则之上。把一种本来没有多少道理可讲的礼仪制度予以实践理性的心理学的解释，从而也就把原来是外在的强制性的规范，改变而为主动性的内在欲求，把礼乐服务和服从于神，变而为服务和服从于人。孔子不是把人的情感、观念、仪式（宗教三要素）引向外在的崇拜对象，相反，而是把这三者引导和消融在以亲子血缘为基础的世间关系和现实生活之中，使情感不导向异化了的神学大厦和偶像符号，而将其抒发和满足在日常心理——伦理的社会人生中。[1]

王统照的伦理意识，主要不是体现为对伦理学说在理念层面上的阐释、归纳、发挥，而主要是一种自觉的人格认同，一种情感层面上的自我约束与道德践履。由于他自幼寖馈于齐鲁旧邦浓郁的儒家文化氛围之中，从开蒙以后的正统教育到耳濡目染的各种读物，无不散发着关于修身齐家然后治国平天下的气息。更重要的是，他虽然是出身于广有田产的乡镇世家，但因为几代单传，人丁孤单，加之宗族之间素有财产纠葛，觊觎他家田产资财者代不乏人，所以，家族的团结与兴旺，就显得极其迫切和重要。血缘的关系，自然也就加倍受到重视，成为他们一家安身立命不可或缺的基础。

对于父母双亲，王统照都深怀亲情，但情感的矢向又有所不同：对于不幸早逝的父亲，他主要是同情和怜惜；对于坚强而富于主见的母亲，他更多的是钦佩、敬慕和服从。

王统照的父亲王秉慈，是起于乡里的一位文弱书生。屡试不第，挫折了他作

[1] 李泽厚：《美的历程》，《美学三书》，安徽文艺出版社1999年版，第55–57页。

为旧中国读书人的几多锐气。既然失去了人生道路上唯一的争强好胜的机会，他只好退隐故家，在莳花种树、晴窗临草的悠闲中消磨青春岁月。幸亏贤能的妻子把家庭的里里外外全都料理得井井有条，他更乐得坐享其成，不问世事。

这种依靠祖传的田产和妻子的能干的悠闲生涯，更进一步消磨去他料理家务纠葛、对付外来干扰的信心和能力。当宗族之间侵吞家产、侵凌肆虐的手段日益露骨，嘴脸日益狰狞的时候，他既没有应对的能力和办法，更从心底觉得愧对祖先和妻儿，深怀痛苦而又无从诉说。悲愤的火焰，无情地舔噬着空虚、孤独的心灵。脆弱的精神状态，在越来越残酷的逼迫打击下，迅速失去了自我调节的能力，而呈现出日益严重的病态。虽有贤惠的妻子的爱抚与解劝，终于敌不过内外交攻，两面袭击。在唯一的儿子刚满七岁时，就因精神疾患大发作而饮痛辞世，抛下偌大一份家产和孤苦无依的妻子儿女交给了无情的世界、险恶的人间。

因为父亲去世太早，王统照还来不及与之建立父子之间的正常的情感联系，来不及对父亲的心灵世界有更深入、具体的了解。心中所留下的印象，仅仅限于父亲弥留之际的凄惨气氛与母亲的极度悲苦而已。在王统照看来，父亲也许还是有一定文学的志向和才能的，所以，为了纪念这位不幸过早逝去的父亲，1927年9月，他在料理完母亲的丧事后，定居青岛，闭门谢客，整理、校录了父亲的遗稿笔记小说《邻翁丛谭》二卷、诗稿《西轩诗草》一册，自费付梓。

《邻翁丛谈》共两卷，上卷28篇，下卷30篇；《西轩诗草》收旧体诗34首。书后有王统照所撰跋语：

> 右邻翁丛谈二卷，诗数十首，先考季航府君之遗作也。先考夙颖悟，童年即悃笃如成人，性尤和善与人无迕，唯以继承先嗣亡父，故未冠即独立支持门户，经纪家事，不得专心于学业，且天不永年，卒时仅二十八岁，年尚未立，其何以言树立哉？然先考嗜音律、习绘事，虽为时限不能专精而绿竹丹青咸具规模，又如聚摹印章，广莳花木，朝晖夕阳，辄集戚族友好于院宇间饮酒赋诗以为乐，盖幽静雅适与夫笃好修艺之怀出于天禀，使非盛年逝世则所成就宁可限耶。即此零星杂著一歌一咏之间亦可见先考之志与胸怀。
>
> 小子无似又何敢多赘。唯念先考卒时，小子方七龄，幼嫩无知，但能依母身侧看蚁斗耳。十余岁后承母命外出修业，南北奔驰，在家时少，故未能

将先考遗著早日恭录刊行，其追悔为何如哉？

去年由京东归侍母病，而母终不愈，以春初弃小子辈而永逝，椿萱凋零相距方廿四年耳。呼天之恨，此痛何堪？畴曩追忆，尤感混茫。三月既葬先母，乃奉此稿本来琴岛寓止。意志萧条，百念颓心。乃于炎夏日中敬录一过，其有字迹模糊者，辄就文意补写一二字。盖原稿皆系随笔所纪，颇有涂抹难辨处，非敢妄加补书也。昊天何酷，我生多罹。

校阅再过，回思年来之家况，与去冬静夜风雪中侍先母剧病时之情景，历历如在目前。固不知雪涕之何从也。何复成文，敬志此以纪痛耳。十六年秋九月统照谨附志于琴岛息庐。

琴岛即青岛，息庐则是王统照为自己的书斋所取的别名。这可能是作为文人的儿子对亡父最隆重的纪念，其中，当然寄托着他深深的亲情和不尽的遗憾。

王统照的母亲名李清，其父先为京官，于是她自幼就有了对于灿烂光辉的帝京景物的不灭印象。后来又外放云、贵、川等地，她又有了西南边陲蛮荒景象的奇异记忆。走南闯北的不凡经历，使她虽是旧中国的女孩儿，却有着比许多男子更为开阔的心胸和更为广博的见识。随着父亲多年在官衙中起居，耳濡目染之间，居然对文书案牍之类颇有心得。虽然未能操笔为文，但粗通文墨之说，大概是实事求是的。自从嫁到王家，眼看着丈夫的文弱，家道的危亡，她就自觉地把这一重担挑在自己的双肩。

丈夫早逝以后，她一面抵御着宗族侵凌的外部危难，竭力给一子三女保留下更多的生存空间；一面含辛茹苦，以教育子女兴家立业，作为最重要的任务，以上报祖先，中慰亡灵，后继香火。王统照作为他家的单传独子，就成为李氏夫人全部希望的寄托。她对这王氏一家的独根苗儿，一面寄望无限，一面又要求严格，从不溺爱。她为儿子请来最有学问的塾师，每天三时亲自监督儿子准时到学屋课读，不准因任何原因迟误。据说，为了儿子能一心一意地苦读，她有时竟不惜采取头悬梁锥刺股式的方式。儿子稍稍长大，她即刻顺应时代潮流，送儿子到省城济南读中学。中学一毕业，又马上送到北京读大学。家中的春种秋收、田产地租、差役赋税、人情往来，全由她一个妇道人家担负。直到1926年秋，她自知病将不起，才从北京招来儿子含泪当面交待后事，叮嘱儿子一定要在家中支撑门户，照料妹妹。等到儿子一一答应，她才撒手而去。

王统照正是承接母命，才毅然结束了北京的已有相当根基的高校生涯，定居青岛，料理家事，淡漠乃至一时放弃了曾经视为生命的文学事业。此后，王统照若干年一直在家中隐居，为两个妹妹慎重地选择夫婿，隆重地操办婚事，对最小的妹妹特别关注，连手袋、钱包都为之备齐，又亲自送一对新人赴日本旅游，既代行父母之权，又曲尽为兄之道，这才无愧无悔地告慰母亲，放下了悬悬的一颗心。

在母亲为他选择妻子的同时，王统照曾经与同乡的隋女士（在他的《民国十年日记》中被亲切地称为“玉妹”）有过一段铭心刻骨的恋情。隋女士也是出身于诸城一带有名的乡绅之家，曾与王统照在济南到诸城的途中相识而一见钟情。后来，王赴北京就读中国大学，隋亦去京复习功课准备报考女子师范大学而由王辅导外文。同是“五四”精神养育的新式青年，又兼同乡、同好，两情益笃，如火如荼，也就势所必至。消息传到诸城，李氏夫人不能坐视，当即派王统照的妻子孟昭兰女士携带他们的长子王济诚进京。其间，母亲对王统照的严词嘱托，自不待言。于是，这一桩情天恨海的缠绵故事遂告终止。

若非母命难违，王统照的家庭结构是何种形态正难以设想，但也正是由于这一桩婚姻爱情的插曲，王统照身心大受损伤，其小说创作也大多带上缠绵悱恻的情调，甚至有的作品直接以这一段恋情为蓝本，曲折写出，极为动人，如名篇《春雨之夜》。在母亲的严命和自己的感情之间，作为“五四”新文学作家的王统照，居然忍痛割舍了那一代人通常视为比生命更重要、更迫切的爱情，从个性解放的时代潮流的涛头，立马回到旧式婚姻的家庭，仅此二端，他对母亲感情之深，母命在他心目中的分量，也就可见一斑了。

1937年，开明书店为他出版了《王统照短篇小说集》，他在扉页上写的是，“献给我的父母”，虽从时尚，亦见深情！ 1935年，他应邀到苏州滚绣坊青石弄叶圣陶家作客。叶家的温馨气息，令他陶醉，老友健在的母亲，更使他倍感伤神：

……陶君的母亲快七十岁了，走路言谈都十分健朗，只是有点重听，好在这位老人一句普通话讲不来，我的苏白也蹩脚得很，除掉饭时照应一两句话之外用不到谈什么。不过看陶君四十岁以外的人尚有老母，而且那样康健，时时使我回想到我的故去的母亲！为家境为我与姐妹们这一群早丧父的儿女，劳苦一生，刚五十六岁便没法延长她的积劳成疾的生命！于今，每见到陶君这样的家庭，不禁低头自叹！人情是世间的维系，母子之爱是最纯真的天性，尤其像我，一切的教养全是母亲的力量。往日回思，能无“寸草春晖”之感！

记得十几岁时看到方孝孺的《慈竹轩记》开头那一段小舟冬行的描写，与望见岸上丛竹登岸访友，拜见他的老母……文字是那样从容，温和，著语无多，感人至深。直到多少年后，我还是憧憬着那篇文字的真美，忘不了读时所受的感动。但近来国文选本中未曾见到有这篇文字。在陶君家中，每一次与他的母亲一桌吃饭，恍惚间便记起当年所读的《慈竹轩记》。……

无需多作解释，他对母亲的深情，已是溢于言表，可触可掬，令人肃然动容了。

王统照诗赠三故交

王统照先生1912年10月从故乡诸城相州移居济南，1918年初考入中国大学赴北京就读，居留济南约6年。1950年3月从青岛赴济南就任山东省人民政府委员、山东省文教厅副厅长，1957年11月29日病逝于山东医学院附属医院，居留7年有余。前一时段，王统照正处于青春年少，意气风发，才华初露，但所作文稿应该属于少年习作，难以称为成熟的代表作。后一时段，他已然成为全国知名作家，信笔游龙，往往有过人之处。可惜他当时担任多种官职，又生性过分认真，以致事务无分巨细，必须要事必躬亲。从青年时代就因劳因病体质羸弱，咳喘气虚，秋冬益重。两次重病，一是率团赴上海参加华东地区戏剧汇演，事未毕即病倒沪上；一是出席全国人大，竟在会场晕厥，幸得冯沅君等山东代表团友人及时救助。但从此身体亏损益重，到晚年常常每至冬日，就只能围炉静坐，与药物为伴。这时他的文学创作，已经基本消歇了，偶有所作，则主要是以旧体诗抒写与故交的友情。赠陈毅，赠王献唐，赠田仲济，则是其中的代表之作。

1921年1月4日，中国现代文学史上第一个纯文学社团文学研究会成立于北京中央公园来今雨轩。发起人12人，王统照在会员名单中列名第八，是该会读书会小说组与诗歌组的成员，还担任文学研究会会刊之一《晨报副刊·文学旬刊》的主编，无疑是该会的主干之一。1923年6月，王统照介绍时在中法大学读书的陈毅，加入了文学研究会。陈毅早年赴法国勤工俭学，回国后就读北京，曾以笔名“曲秋”在《晨报》及《小说月报》发表诗歌、小说等，颇为王统照看重，曾邀约至中央公园来今雨轩等文学研究会会员经常茶聚论文的地方，畅谈文学救国的宏伟志愿。后来陈毅成为指挥淮海等大战的将军，战绩赫赫，政声卓著，解放后成为全球闻名的共和国元帅与外交家。1954年春末，陈毅因公到济南，乘便看望30年前他的新文艺的领路人王统照。对于这位颇具传奇色彩的故交，王统照钦仰已久，今得重晤，兴奋异常。他们结伴同游大明湖、千佛山，访龙洞，读宋代著名的元丰碑，畅谈别后情怀及目下现状，是王统照多年来最轻松愉快的几日。执手相别后，王统照依然是心潮澎湃，乃有以下四绝：

海岱功成战绩陈，妇孺一例识将军。
谁知胜算指挥者，曾是当年文会人。

卅年重见鬓苍然，锻炼羡君似铁坚。
踏遍齐鲁淮海土，为民驱荡靖尘烟。

藤阴水榭袅茶烟，忧国深谈俱少年。
愧我别来虚岁月，有何著述报人间。

明湖柳影望毵毵，半日山游兴味酣。
好摅胸怀同努力，饮君佳语胜醇甘。

相别卅年重晤济南书此以呈陈毅同志笑正四首

诗句情深语浅，无需笺注解释。

1957年王统照因病谢世，陈毅赋诗痛悼，载于《人民日报》。诗前小序曰：“前闻王统照先生逝世，不胜哀悼。顷读《诗刊》二月号载有剑三赠我诗（按即上述四绝——笔者），生前并未寄我，读后更增悼念。为赋《剑三今何在》以报之。1958年4月12日。”诗曰：

剑三今何在？
墓木将拱草深盖，
四十年来风云急，
书生本色能自爱。

剑三今何在？
忆昔北京共文会。
君说文艺为人生，
我说革命无例外。

剑三今何在？
爱国篇章寄深慨。
《一叶》《童心》我喜读，
评君雕琢君不怪。

剑三今何在？
济南重逢喜望外。
龙洞共读元丰碑，
越南大捷祝酒再。

剑三今何在？
文学史上占席位。
只以点滴献人民，
莫言全能永不坏。

短句情深依依，回忆处处点睛，对于王统照人格特色及文学史贡献的概括，更是精粹典雅，足见交谊深厚，品格醇正。

王献唐先生，1896年生于山东日照，1907年赴青岛，入礼贤书院，后考入青岛德华特别高等学堂，主习土木工程，因家贫肄业，遂赴天津任记者谋生。1922年青岛回归中国时，王任接受代表之一。1929年出任首届山东省立图书馆馆长。抗战时期，为保护山东文物免遭日寇掠夺蹂躏，千方百计把山东所藏珍贵文物护送到四川，抗战胜利后完好运送回到济南。先生为国内著名金石目录学家、文物考古专家，学养与水平，均称一流。其在青岛的故居，为观海二路13号甲，与王统照故居几乎为比邻而居。且“二王”俱为青岛、济南俊彦，为人治学，颇多近似，故交谊不凡，惺惺相惜。上世纪五十年代，“二王”共居济南，工作性质相近，时有诗文书画往还。1957年，王献唐先生以红梅扇面赠王统照先生，先生乃以诗回赠，如下：

铁骨冰胎古艳姿，冷欺霜雪破胭脂。

莫言枯干无生意，老树着花无丑枝。

题王献唐先生画红梅扇面

全诗冷艳奇崛，末句尤见警精，确系先生晚年心态的生动流泻，更令所有暮年读书人心头一惊，眼前一亮，叹为老境绝唱，足以瞬间激活耄耋之辈心存已久之浩然正气。

先师田仲济先生，山东潍坊人，在中国现代文学史上以中国第一部断代史《抗战文艺史》著称，其杂文创作，四十年代即臻上乘。建国后，曾任山东师范大学副校长、山东师范大学中国现代文学研究中心主任、中国现代文学研究会副会长、中国解放区文学研究会会长等。与王统照先生有大“同乡”之谊，又是王统照的知音学者。是仲济先生最早发现现代文学史对于王统照评价过低的问题并且率先编辑了六卷本《王统照文集》，上世纪80年代由山东人民出版社陆续推出。在他大力倡导与主持下，山东现代文学界几度发动研究王统照作品与生平的热潮，成果斐然，影响长远。田老谢世后，因为六卷本《文集》坊间难觅，读者日稀。王统照先生哲嗣王立诚等奔走呼号，得到有关方面鼎助，七卷本《王统照全集》乃由中国工人出版社隆重推出。编辑者南京师范大学杨洪承教授系田老高足，又是东床，故进展极为顺利，出版后反响优良。从六卷本到七卷本，都洋溢着田老的殷殷情谊！其实，他们的交谊，在日常生活中，也是颇足动人心扉的。1957年春，王统照卧病经旬，工作停顿，心神交疲，幸得老友田仲济频频问询。田老还差遣儿女，把夫人亲手烙制的荠菜韭菜作馅的“合饼”（即诗中所谓“馎饦”），趁热送至病室慰问。王统照因之作诗答谢如下：

疾病三旬逾，衰运百务妨。

感深频问询，室静觉天长。

软馏馎饦美，新调荠韭香。

更遣小儿女，挈送过街忙。

答赠

以上三诗，俱称佳作。第一组叙老友重逢，难免以缅怀旧事为主，对方是开国元勋、共和国元帅、妇孺称道的传奇将军，故叙旧中流露着深深的敬意与自谦。最末的答赠诗，于平实的日常生活中取材，从常年卧病的自我感受立意，感激中蕴含深情依依。题画诗则一反王统照历来的温文尔雅、谦恭自牧的格调，以“铁骨冰胎”誉人且自喻，以冷艳红火为至美，从“枯干”“老树”的衰颓境界中突兀翻出精警的新意，建构成鲜明对照的意境，于是喷吐出生命的更是诗的璀璨光华，炫目色彩！许为王统照现存千余首诗歌的压卷之作，也许不会是老朽的窥豹之见吧？

一桩未了的心愿

——王统照哲嗣王立诚先生信函解读

2007年10月28日，王统照先生哲嗣王立诚先生，从北京中国农业大学寓所致函笔者，主要内容是通告三事：一为《王统照全集》编纂事宜；二为自己的身体状况;三为改编王统照长篇小说《山雨》为电影剧本的设想。后附他编写的《王统照诗传》的复印件。

《诗传》开宗明义曰："今年11月29日，是先父王统照逝世50周年的纪念日。为了纪念他的文学成就，中国作家协会和原籍山东省诸城市正在策划并协调各个方面的力量编印《王统照全集》并举行纪念活动。而我作为他的最小的儿子也已经80岁了，患病在身，难以写长文纪念他，于是独出心裁地选取他在一生各个时期具有代表性的旧体诗，缀成一篇《诗传》，以为瓣香之祭。先父是诗人、散文家、小说家，'五四'运动后他积极投身我国的新文学运动，是文学研究会的十二个发起人之一。在我国现代文学史上有一定的地位，但是他的古代文学根底深厚，尤其工于旧体诗，生平所作不下数千首，这里所选不过九牛之一毛……"

《诗传》共分少年时代、在北京中国大学读书和工作时代、东北之旅、抗日战争时期、解放战争时期、建国以后。这显然是一种独创的文体，无论成败，都是应该受到鼓励的有益尝试，更何况其中包蕴着王立诚先生对乃父的一往深情!

立诚先生1927年出生于青岛观海二路49号，后来这里被称为"王统照故居"。这时正值王统照先生情感与事业的"低谷"。他在《王统照短篇小说集·序》中写道:"……不过我的亲爱的母亲于民国十五年初春病故，给了我一个重大的打击，加之中国正在纷乱的时代中，耳闻目见，触怀生感，个人的身体，生活，也都沉浸于苦痛不安里。在海滨的小屋子中生着病，有时一股强烈的悲感冲上心头，无可排遣，……苦痛像一把铁铗，把心灵铗起来，对于未来也不存什么希望，屏绝一切，与朋友断绝通讯，因母病，早把在北平教书的职务辞掉。风雨秋寒，飞涛夜惊，弱妹相倚，稚子跳踉，那时真有奋飞不能，无力量生活下去的深感！……”在堪称浓郁的抑郁悲凉中，身边的“稚子”，却无疑是他仅有的慰安。

与乃兄济诚比较起来，立诚由于自幼跟从父亲，言传身教，更多地承袭了父亲的秉性与气质，在乃父亲自教读中，也奠定了国学的爱好与基础。“孤岛”时期，他一直与父亲、母亲一起，共度那一段艰危岁月。王统照亲自为他选取狄更斯小说、鲁迅散文、柯灵随笔、刘西渭剧作和译品等作为课余读物，亲自教他写作读书笔记，教他从文学作品中体悟知人论世的能力和品评文学作品高下优劣的标准，更奠定他热衷文学、擅长撰述的兴趣指向。后来虽然主攻经济学，尤其是农业经济学（先后担任过农业部人民公社司司长、廊坊农业专科学校校长、中国农业大学经济学研究员等），但工余更热心于王统照先生文学业绩的弘扬。

1980年冬，我陪同吾师冯光廉先生为编纂《王统照研究资料》赴北京查阅民国书刊、报纸，拜访与王统照先生有关、有识的知情人，立诚先生当然是首选。知道我们的请求后，他主动提出无需我们到他居住的中国农业大学宿舍走访，因为那里距离我们暂住的沙滩人民教育出版社招待所过于遥远，公共汽车需要换乘多路。他约我们在北京动物园附近的“莫斯科餐厅”会面。在餐厅门口，我们初识立诚先生的风采：瘦瘦高高的身形，上身是可体的中式便装，下面一条笔挺的呢料西裤，外罩一件皮领的呢大衣，颈间是一条浅藕荷色毛线编织的长围巾，松松地搭在肩上。一副不带镜框、镜片晶莹剔透的眼镜，端端正正架在高高的鼻梁上端。手中提一根雕刻精致的红木手杖，我认得那是我的故乡潍坊出品的有名工艺品——嵌银精品。只见他言谈之间，不疾不徐，言必有据，友好而礼貌，优雅而风趣——我忽然好像见到了从图书馆那些发黄的纸页上读到的民国文人的风范、气质与品位。餐厅里高悬着枝型的吊灯，不规则的餐桌上，是宽大柔软的餐巾，是银光闪闪的刀叉。身着俄罗斯民族服装的侍者，高托着盘点、菜肴，像蝴蝶一样轻盈地穿行在客人们之间。他点了一大盆浓汤，有牛尾，有西红柿，土豆片，还有不少我“素昧平生”的食材。主食是一大块棕黑的面包，切成薄薄的片儿，整整齐齐码在椭圆形的大盘里，粒粒饱满的葡萄干均匀地镶嵌得恰到好处。那弥漫的麦香，把人一直带到静静的顿河岸边，带到夏伯阳将军的红军骑兵像旋风一样卷过的大草原。还有各种形态的面包圈，好多种果酱则分碟摆放，可以自主选用。他带来一瓶据说是法国进口的红酒，请服务生启开后，每人斟上浅浅的小半杯。我迅速地把自己面前的一份风卷残云般“消灭”掉了，他却只浅浅地呷两口红酒，象征性地略略尝几口“列巴”，主要是专心致志、慢条斯理地叙说他心目中的父亲，尽可能完整、详尽地回答我们的问题，尤其是生活细节与家族琐事，友朋往来与地方风习。我事后感叹，要养成一种优雅的品位与风度，真是需要几代人的积累与承传，绝非像我这样的“贫下中教”们可以轻易就模仿到神似的境界的。

1988年春夏之交，立诚先生从青岛前海沿别墅式的海滨公寓打来电话，邀请我和冯光廉先生去交谈。因为师母身体不适，我只好独自前往。他是来处理王统照先生青岛故居的房产纠葛，顺带访问老朋友。他感觉我们的《王统照研究资料》《中国现代作家选集·王统照》编得深得他心，所以竭力鼓励我写一部真实可信的王统照传，规模应该在三十万字左右。我答以臧克家夫人郑曼先生曾代表人民出版社正式向我约稿，写一部十万字的《王统照传》，加入她正在主持的“祖国丛书”。我也已经开手准备，在吾师田仲济先生帮助下，提纲拟得不错，已经上交并通过了。后来出版社撤销了这一套“丛书”的选题计划，我也落得从此偷懒。十万字的传记比较好写，主要选取其文学活动及文学成果即可；再多则担心资料不足，细节太少，难免空疏，反而对不起传主。他于是郑重地交给我一大包复印的文稿。说这是从王统照从不离身的一个小皮箱里找到的，放在一起的，还有一方好像是被泪痕屡屡湿透的女用绣花丝绸手帕。文稿是王统照先生两宗日记：一是民国十年日记，一是1934年的欧游日记。他说前者是王统照先生青年时代一桩没有结果的婚外恋情的血泪实录，后者是先生欧游八国时对异域风光与个体感悟的详尽记载。他嘱托我把这堪称“独家秘籍”的日记，按照我的理解阐释，使用我的文风笔意，尽量详尽地写进传文，一定会补足细节不足的缺憾。我迟疑半晌问道：这是先生的隐私，公开后会不会留下不良的影响？他说和长兄商量已定，必须还给读者也还给世界一个完整的王统照，由此也还原一个民国十年前后北京文化界的一幅缩影。我彻彻底底被感动了！我早就知道，不少作家的家属，一直在干预着作家文集和资料的编辑：凡是在历次政治运动“表态”的文章，都竭力撤下；凡是今天看来不太合拍的行为，一律不允编入。而立诚先生如此坦荡，如此信任，实在让我五体投地！

1995年夏，济诚、立诚、昆仲，相偕来到青岛，邀我去观海二路49号王统照故居小坐。该故居经过不知多少周折，终于把产权完全收回，兄弟们的兴高采烈，是完全可以理解的。他们带我参观所有的房舍，指点哪里是父母的居室，哪里是父亲的书房，哪里是孩子们的卧室，哪里是存放杂物的储藏室。当年王统照的饮食起居的规律，穿着服饰的习惯，父亲书房的陈设，文物、图书、手稿如何存放，朋友来了怎样招待，春天如何花树缤纷，秋日怎样树木苍翠，花树是何人手栽培育，被日寇破坏后如何补种……每一个细节的叙说，都洋溢着浓郁的亲情，都散发着怀旧的芬芳。我后来在东方出版社再版的《王统照传》中，都努力复原了这些美丽的故事，以及更加美丽的情怀。

在王统照故居他的书房门外那一方略微平坦的水泥地上，长兄与三弟互相补充地诉说着他们对这洋溢着浓郁的亲情、回荡着青春的记忆的故居的安排：立即着手把此故居捐赠，待修缮后建造一座“王统照文学馆”。除去父母的居室和父亲的书房外，统统改建为展览厅、资料室和招待所，专供有志于王统照研究的青年学子无偿地用来读书与写作……但后来事态的发展，却完全出乎两兄弟的预料。王统照故居竟成为青岛市诸多文化名人故居中最棘手的一块“烫手山芋”。2013年7月8日《青岛日报》刊发了一篇记者专访，题目是《青岛名人故居现状　王统照故居最破败》！我不能探问他们兄弟此刻的心情，更无从得知如此现状背后的缘由，只有一叹而已！

故居虽然继续破败，但每年元旦前夕，我收到的第一张贺卡，总是立诚先生寄来。他发现的先生的每一种手迹、图片，都复印寄来与我共享。他为父亲撰写的《瓣香心语》，他在《中国现代文学研究丛刊》《潍坊学院学报》上发表了对《民国十年日记》的阐释，也总是及时赐寄、函告。2007·10·28函之前，他曾试图把王统照的“半部”长篇小说《春花》(上部已发表、出版，而下部未写)改编为电影剧本，我看后感觉不算成功，也便直言相告。他赞同我的浅见，自称不过是“游戏之作”而已,且与北京影视圈朋友的意见大体一致。他的《诗传》的提纲，我看后仔细地写下了仅供参考的意见，正期待着修改稿的反馈，不料却收到他的家人寄来的讣告，说先生因病逝世，遵从遗嘱，没有麻烦各位友人。如今已经入土为安，不必前来吊唁，希望大家安心云云……我知道，这份《诗传》可能已经成为文坛上又一曲《广陵散》矣。此后，恐怕再没有人有兴趣、有能力续写这应该传世的《诗传》了。无奈之余，我只有希望在那遥远的未知世界里，他们父子能够更加亲切地琢磨推敲，共同执笔，书写人间的真情至性，书写诗歌里的无尽美好!

初识臧老

1978年春，北京还相当寒冷。我跟随山东师院查国华老师去北京，名义上是查阅资料，实际是去“蹭会”。当时，北京大学、北京师范大学、北京师范学院（现在改为首都师范大学）三校联合编写“中国现代文学史参考资料”，撰稿会在北京师院招待所举行。我们，包括我的老师，都没有资格与会，但又非常想感触一下会上会下的情境，了解一些现代文学的信息。于是就假借看望朋友的名义“非法”进入大会，不交费，未登记，白吃好几天。著名高校的资深学者，谁也没有“揭露”我们，驱逐我们。会上，我第一次见到闻名已久的许多大师，像夏衍、王瑶、任访秋等，樊骏、林非、徐迺翔、严家炎等先生，也是在那里认识的。晚间，查老师问我愿不愿意去拜访一些在京的老作家？我当然求之不得，于是我们的拜访名单中就有了曹禺、田间、冰心、臧克家等。

那时北京还很少出租车，我们也没有搭车访人的实力。晚饭后，从北京师院的招待所出发，拐弯抹角几度乘车转车，找到东城南小街赵堂子胡同时，已经是八点多了。赵堂子胡同的街灯昏昏蒙蒙，好不容易打听到十五号臧老的寓所，敲开大门，女工说臧老已经睡下了，有事明天再来，最好事前预约云云。我们非常焦急，因为在京的时间已经极少，于是反复说明我们来自山东，出差来北京就想看看臧老，见一面也好……大约是我的浓重的山东方音起了特别的作用，已经睡下的臧老起来了，隔着门帘我们开始了对话。确实不好意思打搅得太久，我后来只记得臧老特别瘦，山东的方言，似乎一点也没有变，对于家乡的来人，有着特别深厚的感情。

1979年，中国社科院文学所组织全国的现代文学工作者，通力合作，编写多卷本的“中国现代文学史研究资料丛书”，其中，叶圣陶、王统照、臧克家三位作家研究资料专集的任务，由冯光廉老师和我承担，于是，我们就成为赵堂子胡同十五号的常客。

这是建国初期，臧老用自己的稿费买下的一处北京典型的四合院式的民居：东西两厢是孩子们的卧室，南屋是藏书室，没有火炉或暖气，冬天进去找书，要穿得极厚才可以进去工作。北屋正中是客厅，东边是夫人郑曼的居室，连通着饭厅和厨房。西边是臧老的卧室兼书房。小窗下，摆一张小小的书桌，当头是老舍先生手书的“健康是福”四个胖乎乎、笑嘻嘻的大字，让人一看就想起老舍先生的肖像。床上靠里，全是臧老正在阅读的图书，有的夹着纸条，有的画着红线。书桌上，有一盏台灯，就是他诗中常常写到的那盏“灯花”[1]。这恐怕是郑曼夫人对他意见最大之处，单是向我抱怨臧老总是夜里起来写诗，就有好几次。我笑笑说，积习难改——因为臧老从当年在青岛大学读书时，就喜欢夜间写诗，因为诗神往往在夜半降临之故。其实郑曼先生当然比我更熟悉臧老这类习惯，但埋怨还是要不断地埋怨下去的。

臧老是典型的诗人气质，谈话总不会沿着一条单一的线路进行，跳跃性极大，而这正符合像我这样初涉此道，对于历史、尤其是文学史上的故实特别喜闻乐见者的口味。我们的谈话，常常“违背”郑曼先生和医生的时间规定。有时候，是臧老讲着讲着突然手抚前胸说“不行了，不行了”就回到书房兼卧室休息，有时候，是我们比较“自觉”地告辞。但只要说走，臧老总是出面拦阻，一定要“吃饭，吃饭，吃完饭再走”，那边，郑曼先生早已嘱咐阿姨摆好了饭桌，有鸡又有鱼，把我们一日三餐以阳春面为主的出差生涯，提高到空前的水平。要知道，那时我仅仅是在一所真的是“名不见经传”的师专工作、且初出茅庐的晚辈，讲师也是刚刚评上。而臧老是那样的大诗人、老前辈，每次写信，总是以“增人老友”相称，这种平易近人的态度，真诚待人的精神，是那样使我感动，催我努力，直到今天，无法淡忘。

[1] 窗外潇潇聆雨声，朦胧榻上睡难成。诗情不似潮有信，夜半灯花几度红。《灯花》1975。

臧克家的新诗处女作

新世纪以来，二十年代就已发表作品而今健在者，恐怕惟余巴、臧二老矣！巴金是以《激流三部曲》《寒夜》等巨著震撼着中国也影响着世界的小说巨匠，臧克家则是以《烙印》《泥土的歌》长传后世的著名诗人。巴金的小说处女作完稿于法国，臧克家的诗歌创作则起步于青岛。

1929年，臧克家经历了大革命失败后隐姓埋名流亡关外的痛苦生涯，经历了新婚燕尔就被迫远走他乡在冰天雪地中梦回塞远的情感挫折，投靠筹备中的青岛大学预备班，并且试图以手中的笔，抒写胸中的郁愤和感悟。次年，由于闻一多先生的赏识，他才得以语文98分、数学0分的古怪成绩走进成立伊始的青岛大学，并且居然顺利地从外文系转入中文系，并且幸运地与陈梦家[1]并列为闻先生“诗门”之下的“二家”……这已经是大家耳熟能详的青岛故事，此姑从略。这里要特别介绍的，是诗人走进大学校门之前的文学创作。其实，早在1925年，当臧克家还是山东省立第一师范学校学生的时候，就已经开始向鼎鼎大名的《语丝》周刊投稿，竟幸运地被编者看中，予以发表的光荣，还加以按语。这就是臧克家第一次以文字问世，他选用的文体是杂文，而署用的笔名是“少全”。最早发表的诗歌，当是1929年11月16日写于青岛大学补习班的《默静在晚林中》。全诗如下：

萧瑟疏林遥织着霞的鳞锦，
枯草深埋着飘零的黄叶，

[1]《新月诗选》的编者。

微风吹散了尘寰梦痕，
波荡的海涛应着清韵的心琴！

深深合上了智慧的眼睛，
细味着清冷仙岛的胜景，
众美之神歌舞着幽美的情调，
云影山光为我图绘着艺术之宫！

沉浊的迷梦在这时清醒，
污秽的灵魂化成了冰清，
陶醉在自然美妙的怀抱中，
我默默地赞颂着人生至境！

平心而论，诗作并不高明，不过是青年人对自然美妙的某种憧憬、对唯美幻境的某种向往；但人们一则可以由此确知臧克家新诗创作的发轫之时与发轫之地，可以由此辨认臧克家是如何从这类唯美情景的礼赞，走到了对现实苦难的主动承担，对生活责任的严肃思考，对人生价值与意义的清醒选择——无论在中国诗歌史的意义，还是在诗人自己创作史的意义上，它都具有标志性的作用。因此，当我们从尘封土掩的旧报纸中把它发掘出来后，诗人是非常高兴的。他自己由于年深日久，也早就把这首不起眼的小诗遗忘，而今如见故人，眼前一明，觉得分外亲切，也是极其自然的。他于是把这首重新发掘出来的小诗，先收入陕西人民出版社《臧克家集外诗集》，作为第一首；后收入山东文艺出版社《臧克家文集》第一卷，当然也是第一首。现在则是新版《臧克家全集》第一卷的第一首。顺便说明的是，臧克家这首最早发表的诗，载于1929年12月1日青岛《民国日报·恒河》第十九期。于是，我们也就顺便找到了诗人长达七十多年的新诗创作起锚扬帆最初的港口，也就把一位在中国新诗史上本来定位于三十年代的作者，有根有据地提前到了二十年代，不也是一个小小的贡献吗？

两个老小孩

有一次，我和冯光廉师一起造访臧老，进得客厅，发现气氛不对，全没有往日的亲切融洽。臧老和郑曼先生分坐在客厅两侧，西侧的面向西，东侧的面向东，我们进来，郑曼先生客气了两句就退回她的房间。我们连忙寻找话题试图冲淡这种难堪的僵局。不料臧老却弯下腰压低了声音向我们说："刚才我发现小孙子的信封上有个错字，她（他伸出手指，指着郑曼先生房间的门帘）却非说是她发现的，真是岂有此理！你说可笑不可笑？"好像早知道臧老一定有这番辩白，也许她根本没有走远，郑曼先生立马从里间走出来，说"明明是我发现的，他偏说他发现的，他连自己文章的错字漏字都要别人改正！"臧老马上抗议道："我是大学毕业，怎么会有错别字？孙子信封上的错字，绝对是我发现的！"郑曼先生把手一甩："我才懒得跟他争辩呢，随他怎么说去！"

看着一个将近九十、一个七十多岁的两个老小孩的有趣而认真的争论，我们也情不自禁地开怀大笑起来，直笑得自己泪眼婆娑，直笑得两位老人互相指点着一起大笑起来。

真诚，特重友情，的确是臧老最鲜明的品格，也是留给我的最深刻的印象。1930年，历尽艰辛的青年臧克家以数学0分、国文98分的特殊成绩考进青岛大学。在写诗的道路上，有幸遇到闻一多、王统照两位恩师，成为他文学生涯中两位最初的也是最重要的领路人。1932年，他的处女作诗集《烙印》编就，但没有哪个出版社肯于接受这位无名青年的作品。是闻、王二师各捐资20元，《烙印》才得以自费印行，臧克家也因这本诗集的一纸风行而成为"1933年的文学新人"。这段往事，凡是比较熟悉现代文学故实的人，无不耳熟能详，如数家珍。只要有机会，臧老总是满怀激情地叙说这段往事，似乎在他的心目中，这是常说常新的、永远不甘淡忘的！我们民族一向有滴水之恩当涌泉相报的传统，当然现在这些东西不时髦已经好多年岁了，但我一直非常尊敬具备这种德行的人。臧老对他的恩师的态度，将永远使我感动。

臧老告诉我们，小说家姚雪垠先生，是最要好的老朋友之一。抗战初期，二人同在第五战区采访、写作。有一次，因为离前敌太近，日本鬼子的前锋距离两位文人只有不到十里，枪炮之声，不绝于耳，硝烟弥漫，如在目前。前线的指挥官强迫他们赶快撤退，结果，臧克家的一部长诗的底稿，姚雪垠的一部长篇小说的底稿，都在逃难中失落。后来的《走向火线》与《春暖花开的时候》，都是根据记忆补写的。但是，当臧老反映“五七干校”生活的诗集《忆向阳》受到严厉批评时，姚雪垠是声色俱厉的批判者之一。其实，在批评开始以前，姚雪垠先生曾在给臧老的信中对此大加赞赏，批评界的风头一变，他的观点立马一改，成为冲锋陷阵的前锋。臧老拿着姚先生赞美《忆向阳》的亲笔信苦笑着说：人，怎么可以这样？我也觉得过分，问臧老是否打算将这些信件公开，让大家能够全面地得知内情，也是对批评界的贡献？臧老沉吟良久，摇摇头，把信又庄重地收藏起来。

后来听说臧老只油印若干，仅供老朋友参考，并且在信中明白无误地告诉姚雪垠先生“油印”的动因和结果。写给姚雪垠先生的、洋溢着老友情谊的旧体诗八首，后来全部收入《臧克家全集》，一首也不删去。

“我爱朋友不爱钱！”

1997年，一位朋友向我约稿，要出版一本臧克家诗歌选读，篇幅在两万字左右，两个月交稿。因为是臧老的推荐，我没有怎么思索就答应下来。合同中有关于稿酬的条款，但说得不太明确，因为其中既有臧老的原诗，也有我的解说。于是特地驰函请教。编辑朋友来信明确指出，给臧老的稿费由他们支付；寄我的部分归我所有。书出得非常顺利，稿费也如约汇来。

过了好久，我在致郑曼先生的信中顺便问及这本小册子应该给臧老的稿费收到没有，回信说没有；我于是写信向编辑先生追问，才知道他们连同臧老的部分一并寄给我了，当然还有道歉！这份懊恼，简直是难以言喻！我只好连忙写信致歉，同时按编辑先生指出的比例向北京汇款！

信到得快，1999年9月2日，臧老回信了：

增人老友：

读来信，知道一切情况。我极想念你与光廉，可惜见面时少。我情况还好，还能亲笔应邀写千多字的文章。《活页文选》稿费，千万不要寄来，寄来即寄回。

我爱朋友，不爱钱。

握手！

克家

1999年9月2日

“千万”和“我爱朋友，不爱钱”字样下，原有加重点，我的微机上标不出来，只好暂付阙如。

汇款较慢，但也到了。于是臧老又有回信：

增人老友、好友、亲友：

看到汇款单来，我哭了，心如裂。

我再过十几天就九十五岁了，老友凋谢十之八九，我是最重友情的，苏伊在给我的一本书作后记上说："我爸爸重友情，亲情次之"，我夸她"知我"。

你与光廉在我心中，重于黄金。我常在梦中见到与你一道看台湾出版的"大师"卷，系你在广西出版的评介我的那本书，封面上大字标出《老舍永在》《运河》，但把字弄错了。我们相交几十年，亲如手足。我常常想，许多文友要看我，我十九谢绝，只有几个知心的著名文友来少坐、小谈（我中气不足，不能多说话）；但却有个念头：增人、光廉几时突然来到我的眼前，一时激动、高兴，可能晕倒。谈谈你为我、剑三、叶老费神写的那么多书，而我尚活着，看情况还可以活三几年。……

增人、光廉，你们来京有事时，一定来我处叙谈一番。

握手！

克家

1999年9月26日

诗化的序跋

作为一种散文文体，序跋类文章是古已有之的。有人认为《庄子》的《天下》篇、《淮南子》的《要略》篇也是序言，因未成公论，姑且不说；但《史记》的《太史公自序》和《汉书》的《叙传》，不论从标题着眼，还是按内容、体式衡量，无疑都是典型的序跋文章。姚鼐的《古文辞类纂》，就把序跋和论辩、奏议、书说、赠序、诏令、传状、碑志、杂记、箴铭、颂赞、辞赋、哀祭并列为13个大的文章品类。

刘汉以降，作序跋的风气开始兴盛起来。或以阐发观点，或以品评人物，说理则议论风生，记叙则音容宛然，慷慨陈词者重在推许、号召，淡泊明志者趋于幽雅、蕴藉……风格殊异，名家辈出，王羲之、陶渊明、萧统、庾信、韩愈、柳宗元、欧阳修、李清照、文天祥、钟嗣成等等，都有名作传世，掷地有声。但同时，敷衍虚夸、借光自照等弊病，也不断作为儒林丑闻为人诟病，以至有识者羞为之。“五四”以来，散文小品获得了长足的发展：“有种种的样式，种种的流派，表现着，批评着，解释着人生的各面，迁流曼延，日新月异：有中国名士风，有外国绅士风，有隐士，有叛徒，在思想上是如此。或描写，或讽刺，或委曲，或缜密，或劲健，或绮丽，或洗炼，或流动，或含蓄，在表现上是如此，”[1]其中就包含着序跋类文章的成就。新文学家们似乎并不情愿只让迁、固之徒专美于史，定要在文学的各种体式自然也包括序跋这一特异的世界（其中也许寄托着文人特有的爱

[1]朱自清《论现在中国的小品散文》，原载《文学周报》第345期。

好与情致）里显示白话文、新文学蓬蓬勃勃的生命力。于是胡适、鲁迅、周作人、郭沫若、茅盾、叶圣陶、朱自清、郁达夫、瞿秋白、谢冰心、王统照、巴金、孙犁、唐弢等一班大家高手，就相继在序跋史上发出自己特异的光彩。

笔者收集的臧克家所写的这一百来篇序跋，篇幅有长短：从一两万字到四五百字不等，最短的只有4行。形式更多样：有煌煌论文，从纵向上勾画着中国新诗在一整个历史时期内的发展轮廓，排名次，较短长，颇具史家风采；有抒情短诗，点染着时代的或一己的感情世界，清新真率，斐然可读。体例也变化多端：有的仅仅交代入集的文章写作的起讫或编辑的顺序，有的却不但描述创作时的心态，还论及自己诗歌理论、文艺主张，甚至预言日后诗风的变革——这是自序。至于为他人所作写的序跋，则有的仅论作品，如读后感，有的却侧重叙情谊，记交往，谈印象，如人物志。多数是由人及文，或由文及人，文品与人品并重、交辉。所谓知人论世，披文见心，或者即此之谓也。

最为引人注目的，是那灼然于不同篇什、不同风格、不同体例中的多样的情怀、情思、情致——那蓬勃于给自己早期诗集撰写的序文中的，是一位青年诗人不断用诗征服世界、实现自我的雄心豪情和向诗献出的一片痴心，一派赤诚。而洋溢于老年时代给少年诗人写的序言中的，则是一种急切地盼望幼树尽快成林、诗国郁郁葱葱的温情，蔼然有长者之风。在故乡、母校出的诗集、文集，序言中则弥漫着浓重的依恋，忆念的芳菲和岁月流逝的落寞惆怅，织成了亲切的乡情，沁人心脾，闻之欲醉。写在战火烽烟中的序跋，就往往简短明快，不假文饰而气势豪壮，粗砺中流荡着一阵阵亢奋、焦灼，一种对多灾多难的民族的责任感，一颗中国心！面对亡友的诗卷，像“捏着一把火”，翻检前贤的遗墨，有如登岳朝圣，高山仰止。虽然同样是往事历历，浮想联翩，却有感伤与崇仰之别：前者的逝去，往往容易想到同代人乃至自身的飘零；后者的业绩，引逗起的多是对用乳汁哺育自己成长的感激。给讽刺诗集写序，意向中时时注目过去——那里有一片他引为荣耀的天地；为儿童诗选介绍，他处处着眼于发展——那里有新诗的一片新绿。传统的发扬和未来的孕育都令诗人欢欣，欢欣中却有怀旧与迎新的不同情致。

诗人感情世界中最敏感的弦索，莫过于农民、莫过于泥土了。只要稍一涉足这一领域，那感情的闸门就应声大开，汹涌的或潺潺的水流，即刻迷漫于字里行间，连在我们看来丝毫也不见精彩的两个小土包包——诗人故乡的所谓马耳山、常山，也变得那么情思依依，引人入胜起来……正是这多姿多彩、醇厚执着的情怀、情思、情致，和力求符合实际、分寸惬当的评价，经过几十年写作经验的陶铸，化为这些序跋文章的生命和精魂，把易为而难工、稍有不慎即流为枯燥汗漫之作的序跋文章，变得可读性强、颇具审美意味的优秀散文，代表着作为诗人的臧克家的艺术个性。

我国古代，一向有用诗来发挥“致君尧舜”的政治抱负而用词抒写悼亡忆旧之类个人情怀的先例。也许，臧克家在六十年的诗歌创作中倾注了全部的政治热情的同时，把个人的情怀较多地寄托在散文特别是序跋之中了罢？也许，这是他晚年致力于诗化的散文、诗化的序跋的原因之一罢？臧克家说过：“……而我个人呢，不论气质，情愫，志趣，却都是属于诗的，只是少了一点诗的要素——激情，因此，我大力抓住了散文，以抒发我的诗的情趣。”[1]由此，我们把这些序跋，称为“诗人之序”，大概是能够得到诗人和读者的首肯的吧？

同时，臧克家自己对序跋文章，也有相当成熟的见解，和自己独立成体的艺术追求。他说过：“序跋，是一个作家长途跋涉中的印痕点点，从中可以窥视时代、环境与文艺的动向与发展。同时，也可以看出朋友之间的关系，彼此不同的风格，相互砥砺，取长补短。这类文章，不论长短，大半写来认真又比较自然。当然，对知心的朋友，写的时候，笔端充满感情；对不熟的同志，他的作品引起了我的‘乐莫乐兮新相知’之感。不论对文坛老一辈作家和青少年的初来者，在撰写序言的时候，我尽力保持这样一个态度：有理、有情，不偏不倚。情胜于理，难免溢美；理胜于情，则气力缺陷。”[2]由此，我们把臧克家的这些信手写来，但却充溢着诗人非常鲜明的个性特色，并且从一个重要侧面展示这诗人精神世界的序跋作品，如实地看作他创作的重要组成部分而给以相应的地位，一定的评价，大概是能够得到诗人和读者的首肯的吧？

---

[1]《多写散文少写诗〈臧克家抒情散文选〉代序》，《臧克家全集》第10卷第700页，时代文艺出版社2002年版。

[2]《〈序〉中序——〈臧克家序跋选〉序》，《臧克家全集》第10卷第709页，时代文艺出版社2002年版。

一、成功地选择

臧克家的这一百来篇序跋，最早的写于1933年，最晚的写于1989年，跨越了半个世纪，连通着现代、当代两个时期。它是一扇新打开的窗口，给我们研讨臧克家诗歌创作的消长起伏、利弊得失，文艺观的连续性与变易性，了解他的个性和气质、情怀和交往，提供了一个便捷而新鲜的视角。

臧克家1925年开始发表散文，1929年开始发表新诗，是仅存的二十年代的老作家、老诗人之一。但严格说来，那些诗文还只能说是习作，作为臧克家创作活动的起点，它们自有其重要的、不可忽视的史料价值。但真正标志着臧克家开始步入文坛的作品，还得说是他的第一部诗集《烙印》，那使他赢得了“1933年文坛上的新人”称号的诗的“第一产”。倘若把《烙印》的《再版后志》和《〈烙印〉新序》《“五四”以来新诗发展的一个轮廓》等序跋文章联系起来考察，《烙印》的思想与艺术的渊源，以及臧克家出现在30年代初期中国诗坛上的意义，就会有更明晰新颖、更切合实际的结论。

二十年代末三十年代初，中国诗坛上最引人注目的大事，似乎莫过于“新月诗派”的式微和“普罗诗派”的中衰。1931年，徐志摩飞机失事，蒋光慈遗恨病榻，殷夫的青春热血染红了龙华的桃花，闻一多也开始潜心于楚辞唐诗的研究而告别了他曾那么热心倡导和吟唱的新格律诗，于是，一个在艺术上刻意追求因而自成家数的诗派，一个在内容上亢奋激烈宣泄着时代情绪的诗派，几乎同时风流云散，诗坛上一时竟颇感沉寂起来。臧克家，就是在这样的历史关头上，开始了他凝重坚实的歌唱（《烙印》于1933年7月自印出版，其中不少有影响的诗作，写于或发表于1932年）。“尽力揭破现实社会黑暗的一方面”“写人生永久性的真理”，[1]是诗人创作《烙印》时非常明确和自觉的两大母题。这同呼唤革命高潮，鼓吹罢工游行的普罗诗歌的内容，显然不属于同一层面；但在同情“黑暗角落”里的不

[1]《〈烙印〉再版后志》，《臧克家全集》第10卷第577页，时代文艺出版社2002年版。

幸的人们，憎恶现实社会的“卑污”“黑暗”，向往着“光亮的晨曦”在明天降临人间等方面，又和普罗诗派在精神上相沟通。更何况，对曾经在武汉参加过大革命这“一个值得骄傲的青春”的眷念和回忆，以及对“脱离了革命战线卑污的活着”[1]的现状的悲哀和悔恨，已经相反相成地组合为流贯在臧克家全部诗行中的感情血脉，从历史的更深层次上呼应着普罗诗派的革命情绪和战斗精神。

不同于若干普罗诗作的亢奋热烈但却有时失之浮泛空洞，他的诗，感情更为沉实凝重，更耐咀嚼品味，更经得起时间的筛选。臧克家曾轻与陈梦家[2]并列为闻一多诗门之下的“二家”，《烙印》，也是由闻一多撰序并资助才得以自印行世，更不用说在青岛大学中文系从闻一多学诗时的那些动人的情景[3]——很明显，臧克家的诗歌艺术追求，是和刻意追求新诗格律美的“新月诗派”，有着直接的承续关系的。他说过：他写诗严肃认真，把写诗看成支持着自己“与全世界恶势力为敌”的“唯一的力量”[4]。收入《烙印》的诗，大都“经过长时期的孕育，呕心沥血般的锤炼”，因而“精炼含蓄”[5]朴实凝重。他说过：“我从青少年时代，就接触了古典诗歌，对民歌也很喜爱。入了大学，读中文系，跟闻一多先生学诗，对古典诗歌的兴趣也就越来越浓厚了。虽然我写的是新诗，在艺术表现手法上，我向古典诗歌和一多先生的《死水》学习（显然，一多先生的作品受到古典诗歌不少的影响），刻苦努力地学习那种精炼、含蓄、真实、朴素的表现风格。”[6]是的，在“新月诗派”诸诗人中，他素所倾心的，是闻一多而不是徐志摩。在诗歌艺术风格的追求上，他试图开拓的，是闻一多式的刻意锤炼，字斟句酌，浓重坚实，在奇崛沉深中见出功力，显出斤两的一路；而不是徐志摩式的潇洒飘逸，才气浮露，

[1]《〈烙印〉再版后志》，《臧克家全集》第10卷第577页，时代文艺出版社2002年版。

[2]作为“新月诗派”作品集大成者的《新月诗选》的编者，被认为是后期“新月诗派”“享有盛名的代表诗人”。详见陈坚主编：《浙江现代文学百家》，浙江人民出版社1988年4月版。

[3]参见臧克家的回忆录《诗与生活·悲愤满怀苦吟诗》，《臧克家全集》第6卷第405—417页，时代文艺出版社2002年版。

[4]《〈烙印〉再版后志》，《臧克家全集》第10卷第578页，时代文艺出版社2002年版。

[5]《〈烙印〉新序——〈烙印〉（1963年版）序》，《臧克家全集》第10卷第640页，时代文艺出版社2002年版。

[6]《〈臧克家诗选〉（1978年版）序》，《臧克家全集》第10卷第655页，时代文艺出版社2002年版。

神采飞扬，顾盼成风。从“普罗诗派”中他汲取着又过滤着与时代大潮呼吸相通的健康思想营养，又在“新月诗派”中试练着也筛选着与自己个性、气质、素养能够吻合的诗歌艺术，从而左右逢源地形成了颇为独特的诗风，赢得了闻一多、茅盾、老舍、王统照等文坛前辈的重视。在30年代诗坛上，现实主义诗歌的主潮地位和作用，已为文学史家所公认；而这一主潮的另外两位代表诗人艾青和田间的代表性诗作，均略晚于《烙印》（艾青的第一部诗集《大堰河》出版于1936年；田间的第一部诗集《未明集》出版于1935年）。因此，我们完全可以确认:《烙印》既是“新月诗派”和“普罗诗派”的优化继承，又为现实主义主潮的涌动奠定了坚实的基础。

《烙印》1933年自印出版，轰动一时，1934年复由开明书店再版发行。在《再版后志》中，臧克家宣布了自己的“野心”“愿做关西大汉敲着铁板唱大江东去”，一改形式上的“局促”，而“给新诗一个有力的生命”[1]。这种尝试，从《罪恶的黑手》（154行）、《运河》（109行）就开始了，到千行长诗《自己的写照》，取得了相当的成功：“在外形上想脱开过分的拘谨渐渐向博大雄健处走，”“内容方面，竭力想抛开个人的坚忍主义而向着实际着眼”。[2]开阔的历史视野，雄浑浩荡的气势，动辄数百乃至千行的篇幅，使臧诗进入了与《老马》《当炉女》《象粒砂》等早期抒情诗风格迥异的另一个时期，显示着青年诗人不满足于既有成绩、极力突破现成框架的艺术追求和创新意识。这种由严谨凝炼、蕴含深厚的短章解放开来，变成浩浩荡荡、气势雄大，却有时显得直白浮泛、诗味欠浓的长诗的趋势，在三十年代后期和四十年代，又有所发展[3]，而且，其中蕴含的弱点再经抗战初期那种亢奋热烈的时代情绪的鼓荡，艺术上便显得较为粗糙，感情也不像《烙印》那么深沉，虽曾在特定历史时期中发挥过一定的号召鼓舞作用，但时过境迁之后，究竟显得可读、耐读的品格，被冲淡了。《烙印》式的、为臧克家所独具的那种凝炼深沉、含蓄厚实的诗味，已经不那么浓郁了。读者表示了冷淡，文学史上少

[1]《〈烙印〉再版后志》,《臧克家全集》第10卷第578页，时代文艺出版社2002年版。

[2]《〈罪恶的黑手〉序》,《臧克家全集》第10卷第579页，时代文艺出版社2002年版。

[3]1940年，长诗《走向火线》《淮上吟》出版；1942年，长诗《古树的花朵》出版；1943年，长诗《感情的野马》出版。

有论述，并非毫无道理的。臧克家说过，《泥土的歌》“同《烙印》是我的一双宠爱”。[1]1944年，他从已经出版的13本长短诗集中拔萃选优汇为《十年诗选》时，这两本短诗集过蒙垂青，入选的篇数竟占了“压倒的形势”[2]。诗人认为，这两本诗集中真正灌注了自己的灵魂，因此最富于生命力：“这说破了一个真理：一个诗人把他全灵魂注入的诗，才能成为好诗。当然，他所注入的也就是他所亲切的、热爱的、能同他起共鸣的。一个作品一经用生命铸造成功，它是不能以早期晚期来判优劣的。优劣表现在它自身，而它的生命，又是诗人某一时期最真挚、最充沛、最丰盈，几乎是不能再次的最高表现。真实才可以持久，一个作品真实的生命，可以常年光辉，经久不老。”[3]臧克家诗歌创作的艺术实践证明：生活根基的深厚，诗人感情的深厚，的确是成就一批好诗的根本的基因。但如何在不断地追求、探索中尽快找到能够在最大程度上契合诗人的个性、气质、素养的诗歌艺术形式，则是更为重要的。在他先写短诗，再写长诗，后来是长短并用，尝试了长短不同诗体之后，仍是两本短待以“压倒的形势”胜过了洋洋千行的若干长诗，便透露出了一个耐人寻味、引人深思的信息：诗的长与短，并不仅仅是一种篇幅的区别，它首先是两种不同的文体，两种负载着不同的思维方式、语言习惯、表达风格的不同文体。一位有独特风格的成熟的诗人，选择什么体式作为自己抒情或叙事（归根结底还是抒情！）的最佳方式，往往和他处于意识深层的思维方式、观察和表现生活的方式，和他的文化教养、生活积淀、才能素质等紧密地联系在一起。对文体的自觉的成功的选择，往往是创作心态活跃、创作欲旺盛，因而是佳作迭出的根本前提。这种思维方式、表达风格等等，既积淀着丰富深厚的历史内容，又植根于完全属于作家、诗人个人的精神世界之中。诗盛于唐，词兴于宋，可以说明上述论断的社会历史层面；屈原乐于在舒卷的长诗中发抒高扬的理想和屈辱的现实相撞击时迸射出的感情的闪电雷鸣，王维擅长在精美绝伦的短章中创造幽雅恬淡、诗情画意的境界，则是上述论断关于个性气质层面的佐证。诚然，文学史

[1]《〈十年诗选〉序》，《臧克家全集》第10卷第608页，时代文艺出版社2002年版。
[2]《〈十年诗选〉序》，《臧克家全集》第10卷第608页，时代文艺出版社2002年版。
[3]《〈十年诗选〉序》，《臧克家全集》第10卷第608页，时代文艺出版社2002年版。

上历来不乏能够在多种文体中得心应手的大手笔，但这所表明的，正是他们个性、气质、才能的丰富性和多样性。而且，即使大手笔如李白、杜甫，他们在选择文体时，也是尽可能使体式与题材，与心态，与才具契合一致，趋向大同。《自京赴奉先县咏怀五百字》的杜甫，和欣慰喜悦地描画着“留连戏蝶时时舞，自在娇莺恰恰啼”的盎然春意的杜甫，心态迥异，思维方式不同，其所呈现的才能，也判若两人。从臧克家诗歌创作起起落落的过程中，我们应该对诗人不懈的艺术追求和不满于既成格局的创新精神，予以充分的肯定，作出历史性的解释；又应看到，毕竟还是那种经过千锤百炼，因而显得含蓄凝炼、耐人咀嚼的短章，更适合诗人艺术个性的充分发挥，更有希望出现《老马》《三代》式的长传后世的佳作名篇。其实，诗人早有颇具自知之明的自述，只是未能引起评论界和文学史家的重视，以至这一蕴含丰富的文学现象，竟被漠然置之轻轻放过了。臧克家说：“我对于诗，有个人看法，也有所偏爱。我觉得用诗写人叙事，不是它的所长。诗，不论长短，以抒情为主，写长诗难免拖沓、枝蔓，不易写得热情贯注，而又精美动人。我喜欢短的抒情诗。对于自己的作品，也觉得短的较胜于长的。我知道，我的组织能力欠缺。”[1]“文章千古事，得失寸心知”，倘能对诗人这些蕴含丰富内容的序跋早有足够的重视，或许我们对若干文学史现象的描述方式会有所改观的罢？

二、选择的复杂

这批序跋文章，给我们提供了臧克家在文体、题材、格调等方面不断选择的丰富史料，这是复杂的选择，又是艰难的选择。

从某种意义上说，文学本身就是一种选择的事业。作家、诗人，在不断地选择题材、形象、文体、语言，评论家、学者也在选择课题、视角、契合处、切入点。一位在现代文学总体研究中成就卓著的女学者，就把她的一本沉甸甸的专著，

[1]《写在卷头——〈臧克家长诗选〉序》，《臧克家全集》第10卷第668–669页，时代文艺出版社2002年。

称为《艰难的选择》。对于写作历程较长的作家来说，因为很难在长达十几年乃至几十年的写作生涯里把自己羁绊于同样的题材、形象、文体、语言之中而始终保持上升的势头，所以，选择，自觉地、成功地、及时地选择，就成为他们的艺术之树能否常青的关键。别林斯基认为，文体的选择比语言的选择更为重要，可以算作语言优点的，只有正确、简练、流畅，这是纵然一个最庸碌的庸才，也可以从按部就班的艰苦锤炼中取得的。可是文体，这才是才能本身，思想本身。文体是思想的浮雕性、可感性；在文体里表现着整个的人；文体和个性、性格一样，永远是独创的。别林斯基所谓的文体，积淀着更为丰富、复杂的思维的内容、个性的色彩、才能和素质的基因。对于我们通常使用的文体这一艺术范畴来说，它是深化，是超越；而通常所谓文体，则是这种深化和超越的起点，是可以包容在别林斯基的深刻命题当中的。在臧克家长达近80年的艺术实践中，充满着对文体的选择：自觉的和较为朦胧的，成功的和值得探讨的，明显的和有待认识的，等等。这种文体的选择，无论是事前的宣言，还是事后的总结，往往都表述在序跋之中。臧克家作为著名的新诗人和新诗运动的组织者之一，他的艺术实践总是和不断发展的现代文学事业密切联系在一起，有如山之于原波之于川，于是这些序跋也就成为研讨现代文学不可忽视的一宗重要宝藏。

臧克家提醒过我们："一般读者，甚至是熟悉的朋友，都知道我是写诗的，以为我最早发表的作品一定是诗，其实不然。我在大刊物上第一次发表的是一封信，也就是散文作品。"[1]

他的创作生涯，是从散文起步的。

> 1930年我进了国立青岛大学（二年后改为国立山东大学），1932年，开始大量发表新诗，但也写些散文。……30年代，我主要写诗，但也写了不少散文、杂文，在《太白》《中流》……等刊物上发表。1939年结集为《乱莠集》出版了。抗战以后，我到前方去做抗战文化工作，写了一些报道文章，出版了一本薄薄的小书，题名《随枣行》，……1942年8月，我从前方到了浓雾迷漫的山城重庆1946年又辗转到了上海，写了一些篇幅较长的散文、杂

[1]《〈臧克家散文小说集〉序》，《臧克家全集》第10卷第677页，时代文艺出版社2002年版。

文。……解放前，我写的散文中，《我的诗生活》是比较出色的，本子虽小，容量却不小。写得颇为生动，笔下饱含着诗的情感。它的影响也较大，印了好几版，三几年前，香港也重印过。……解放以后这30年来，我的散文产量是相当大的。……近一二年来，为了帮助读者更好地理解自己的诗创作，我写了一本《甘苦寸心知》——谈自己的诗；总结个人生活与创作经验，写了一本《诗与生活》——回忆录。……我写散文，在艺术表现方面受到古文的影响较大，象写诗一样，我喜欢精炼一点，抒情味重一点，文采多一点”。[1]

散文的写作，不但贯穿在臧克家写作生涯的始终，而且每个时期都有经得起时间筛选的佳作名篇，长传后世。更重要的是在散文创作中，渗透着作家的个性、气质、素养，反映着独特的艺术追求和美学理想。到了80年代，诗人的创作兴致更进一步向散文倾倒：

“老来意兴忽颠倒，多写散文少写诗。”这是我七年前写的一首绝句的末二句，这是我的“君子道其实”，已为我的创作所证明了。近七八年来，我的大部精力倾倒于散文的写作上，出版了缅怀故人的《怀人集》；纪录个人几十年创作甘苦的《甘苦寸心知》和《诗与生活》；另外还有本《青柯小朵集》。此外，尚未结集的还多。而诗作呢，却较少，前年出版了小小一本《落照红》，对照之下，我是厚于散文而薄于诗了。[2]

情感上“厚于散文薄于诗”，创作中“多写散文少写诗”，这是八十年代的臧克家对文体的自觉选择。

这种选择主客观依据是什么？臧克家有自己的分析：“所以少写诗，是因为年老多病，不能接触新鲜生活，灵感光顾我的时候也就少了。而我个人呢，不论气质，情愫，志趣，却都是属于诗的，只是少了一点诗的要素——激情，因此，我大力抓住了散文，以抒发我的诗的情趣。”[3] 建国前后，臧克家的生活境遇和社

[1]《〈臧克家散文小说集〉序》，《臧克家全集》第10卷第677—681页，时代文艺出版社2002年版。

[2]《多写散文少写诗——〈臧克家抒情散文选〉代序》，《臧克家全集》第10卷第700页，时代文艺出版社2002年版。

[3]《多写散文少写诗——〈臧克家抒情散文选〉代序》，《臧克家全集》第10卷第700页，时代文艺出版社2002年版。

会地位发生了天翻地覆的变化，他从蒋管区里身心两面都受到重重高压的愤怒诗人，变为浸沉在新社会新生活的安宁、幸福中的讴歌诗人，他的诗的职能，也从指控、揭露、热骂、冷讽……单一化为讴歌。这种讴歌，一面是由于太长时间的积淀，把诗与讴歌视为一体，已经成为思维方式、表达方式中不易改变的一种“情结”;一面是诗人的“气质，情愫，志趣”，却一直活跃在他的思维活动、表达欲求、感情世界中，不可扼止——于是，倾斜开始出现，选择成为必然：他开始用散文来描写自己的主体情感，无论是回忆既往的岁月，缅怀逝去的师友，还是勉励文坛上的新秀，抒写生活中的感受，都带有诗人独特的感情印记。鲜明的主体意识和浓冽的感情色彩，使这些散文风采独具，超越了若干诗味不浓的诗作，而与《烙印》《泥土的歌》遥相呼应，成为臧克家创作史上又一座突起的峰峦。《炉火》对不断地“发热”“发光”“震撼心灵”的性格与活力的向往，《博士之家》对民族文化精华过于低下的生活待遇的正义干预，都令人肃然起敬，油然共鸣，那多彩的文笔和蕴藉的情致，尚在其次。

遗憾的是，这种提醒，并没有引起应有的重视，于是，评论界、文学史界的一种倾斜，开始出现了：我们还没有见到哪一种现代的或当代的文学史著作，把臧克家作为有独特风格的散文家描述并进行历史性的分析——散文家的臧克家，被诗人的臧克家掩盖了；抒写独特感情世界、具有鲜明主体意识的散文家臧克家的成就，被讴歌诗人的臧克家的某些失误、某些急就章的粗疏掩盖了；一位有几十年创作经历，已经在文学史上占有重要地位的老诗人、老作家，在我国文学发展的新时期里，从专司讴歌、职能单一的诗，转入抒写我情、发挥主体的散文，这种开始同时代大潮、同文学大潮契然应合的历史性选择的意义，也被掩盖了。

本来应该而且可以避免的失误由于没有注意到诗人在他的序跋中早有的提醒而终于失误的事例，还可以举出关于《泥土的歌》的评价。诗集出版以后，在评论界曾经有过一场不大不小的争执。先是诗人的朋友姚雪垠等撰文称赞非常朴素真实，发自内心，诗句里充满了欲滴的浓情；可是思想感情并没有与大的时代精神统一，有似封建时代“田园诗”的情调和韵味的新版。诗人兼美术家曹辛之，以笔名孔休发表了长篇巨制的《臧克家论》，认为：“这是作者在他的生活里发掘到比从前更深更真实的东西，而拣了那最浅的语言来表观它，这便是古人所说的‘深入浅出’。……从他所表现的这些素朴平淡的内容里，正蕴藏着发掘不尽的深邃意义。它比那些充满着血与火的诗篇也许能更深的感动着人心。这种朴素的风格，我看是最适合于他的气质的，他写那些博大雄健的长诗，在中国的诗坛上固然得到了不少的收获；但像《泥土的歌》这种朴实的短诗，却更能表现他的真挚、坚忍，而又刚强的性格。”林默涵则不同意这种评价。他非常尖锐地批评了诗人与时代所要求的太远，不但没有写出农民的斗争，而且多写他们的消沉与落后，在思想意义和艺术表现上，都不值得肯定。但此后，在相当长的历史时期内，不但孔休的科学分析无人理会，连姚雪垠式的较为严苛但毕竟“一分为二”的评价也未被采纳。评论界、文学史家沿用的，是林默涵式的批评模式。直到80年代，《泥土的歌》的价值和意义，才被认真地看待，对这本素朴平淡、凝练真挚，确是代表了臧诗艺术风格，确是反映了诗人生活和艺术的独特积淀、独特追求的诗集，开始获得较为符合实际的评价。笔者在与冯光廉先生所编几本关于臧克家的书稿的后记以及《臧克家简论》中，都表达了自己的观点。去年，林默涵开始意识到自己在理论上的失误，先后三次或书面或口头向诗人致歉：“由于我的理论修养太差，看问题太简单化，对你的作品不是实事求是进行分析，而是夸大了缺点，抹煞了优点，无论如何，你的热爱泥土，同情农民的心，总是十分可贵的。”而其实，关于这本以朴素为美，以真实、真挚的情感为生命的诗集，臧克家在他的序跋文章中早已有清楚地、有说服力地阐述、说明：他先是以那么深挚的情愫，喃喃地诉说这本诗和他的心、这种风格和他的个性的血肉关联——“《泥土的歌》是我从深心里发出来的一种最真挚的声音，我昵爱、偏爱着中国的乡村，爱得心痴、心痛，爱得要死，就像拜伦爱他的祖国的大地一样。我知道，我最合适于唱这样一支歌，竟或许也只能唱这样一支歌。”[1]然后是以相当长的篇幅，认真地从生活与创作的关系说明他为什么别无选择：

……我就是在这样的乡村里，从农民的饥饿大队中，从大自然的景色中，

[1]《当中隔一段战争——〈泥土的歌〉（1946年版）序》，《臧克家全集》第10卷第617页，时代文艺出版社2002年版。

长成的一个泥土的人。乡村的风景，使我永远爱“柳梢上的月明”，乡村的生活，使找顽强、朴实，几乎是固执。我爱农民，连他们身上的疮疤我也爱。我的爱，是真挚的，是以全心灵去爱，好似拜仑爱他的祖国一样，连着它的瑕疵也爱在一起。……许多人介绍了《泥土的歌》，但未必就完全融会了它；许多人批评了《泥土的歌》，但未必就十分中肯。了解诗同了解人一样困难。心和心的距离是多么近，又是多么远呵。[1]

对于姚雪垠的批评，他说：《论现代田园诗》中“有许多意见很好，说得我又爱又怕，但有些地方却猜得未惬我心。譬如他说到我的寂寞，只把这寂寞看做我个人的，这不对，我的寂寞感觉，苍凉感觉，是生根于寂寞的农村，苍凉的农村，也可以说，它是破碎封建农村的农民传染了我。《遥望》写的不是我的寂寞，是我‘老哥哥’的；白杨树下枯墓里死人的寂寞，是整个农民命运的寂寞。它是多数人的，不是我独有的”。[2]

好像是预见到可能会有林默涵式的批评，诗人预先在为自己辩解：

我所爱的当然是封建性的乡村，我所爱的，也还是悲剧型的农民，这，我决不讳言，我还愿意勇于承认它。因为，直到现在，多数的农村虽然在激荡，多数农民的生活和命运虽然在动转，但大部也还在新旧交替蜕变的过程中。我还没能够接触到新生的农村，新型的农民。我不敢用观念，用口号，用智性去空洞地歌颂，因为在认识上我看到了它的影子，但在情感上我还没抱紧它！……暴露封建乡村的罪恶，写出封建农民的悲惨命运，这使命也很有重大的历史意义。比起歌颂新的来，我比较更合适暴露旧的。这无可勉强。[3]

这里涉及的，其实是20年代末“革命文学”勃兴以来一直在创作界、评论界争论不休的一个重大问题：是勉强那些只熟悉旧生活的作家用观念、用理性去空洞地歌颂新生活，制造标语口号文学，描写“突变”式革命英雄，在作品中安置“光明的尾巴”，还是鼓励他们在新思想、新观念指导下，更深入地用

[1]《〈十年诗选〉序》,《臧克家全集》第10卷第605页，时代文艺出版社2002年版。
[2]《〈十年诗选〉序》,《臧克家全集》第10卷第605页，时代文艺出版社2002年版。
[3]《〈十年诗选〉序》,《臧克家全集》第10卷第606页，时代文艺出版社2002年版。

熟练的艺术、生动的形象去暴露旧生活，催动旧的走向灭亡，展示这种灭亡的历史趋势。历史已经对臧克家的选择与林默涵的批评，做出了令人信服的评判，同时，历史也证明了在当时的条件下，要坚持正确的选择是相当艰难的，自然也是异常可贵的。

三、坚持和发展

众所周知，臧克家是作为30年代现实主义诗歌主潮的主要代表诗人之一走进现代文学史的。现实主义的忠于生活、深入生活等原则，在长达近80年的艺术实践中，已经化为血肉，渗入灵魂，成为一条始终坚持、一以贯之的鲜明线索。他在这种文艺观指导下，以坚实凝重的歌唱为自己赢得了诗坛地位，为现实主义诗歌增添了活力。他在宣传和坚持现实主义诗歌主张方面的贡献，已经记录史册，历久难磨。另一方面，现代文学史上的现实主义，从20年代后期开始，在苏联“拉普”派和日本福本和夫路线以及弥漫中国党内外的“左倾”思潮影响下，就带上了机械唯物主义的局限，而缺乏宽容大度的气概。这种偏狭和固执，在以后的岁月里，向“左”的方面有了更严重的延伸。臧克家的全部文艺生涯，几乎都是在这种延伸的笼罩下度过的。他在获得了现实主义的支持走向成功的同时，也不免于偏狭，也带上了局限：排斥而不是团结非现实主义的诗派、诗人共同为繁荣现代诗坛而努力。他曾经羞于承认同“新月诗派”在艺术上的关联，也曾经对“现代诗派”表示鄙弃。建国以后，在毛泽东诗教的影响下，他逐步形成了“向古典诗歌和民歌学习”，提倡“精炼，押韵，大体整齐”的诗风，强调诗人应该忠于生活、深入生活的艺术观和诗歌观，并且几十年来，坚持不懈，成为这一艺术主张在创作和理论上有重大影响的代表人物之一。正如他在《〈序〉中序——〈臧克家序跋选〉序》所说，“文艺应该反映时代精神、表现人民生活这个现实主义观点”，是他文艺观的一条“大的主干线”，对此他是“脚跟立定，任人评说，决不随着一时的风头乱转”。[1]

诚然，“向古典诗歌和民歌学习”，确是中国新诗发展的途径之一，沿着“精炼、押韵、大体整齐”的道路进行艺术上的不懈追求，曾经催生过也可能继续催生出若干为人称道的好诗，这种现实主义的诗歌主张，在过去，在现在，或者在将来，是有着强大的艺术生命力的，誉为中国新诗的主流，似并不过分。但若把之一当成唯一，并由此生发出排他的偏狭，就不但有违百花齐放、百家争鸣的大计，而且越来越不适应进入80年代以后日益丰富多样的人民群众的欣赏趣味和审美需求。越是有人一心一意维护这种理论的一统地位，就越容易激起若干青年的逆反心理，甚至激化了两种本来应该互相取长补短，或者自由竞争以共同繁荣的艺术主张之间的矛盾。令人欣喜的是，在臧克家的近作序跋中，已经出现观念和思维方法的明显变化，坚持中有发展，用诗人自己的话说，就是“随着时代、环境的变化，有所修正，有所进展”；[2]就是朋友们的“求实态度，多少校正了个人的偏激看法”。[3]这只要拿写于1954年的《“五四”以来中国新诗发展的一个轮廓》和写于1988年的《伟大的时代　宏亮的诗声》略加比较，便十分清楚。这是两篇大文章，都是勾画一个相当长的历史阶段里中国新诗复杂的发展轨迹的长篇论文，无论在臧克家的诗论中，还是在现代诗歌理论史上，都占有重要的地位。在前一篇序文中，关于“新月诗派”和“现代诗派”，是这样评价的：

> 其中成为流派、发生很大的反面影响，值得提出来批评的是新月派和象征派。
>
> 新月派包括的诗人，在取材、风格、情调，甚至形式方面虽不尽相同，然而作为一个文艺上的派别来评论，它是和当时革命文学对立斗争的一个反动的资产阶级文艺作家的集体，则是十分显明的。他们的理论的旗帜上写着“超阶级的人性”——实际上是资产阶级的人性。在共产党领导和影响之下

---

[1]《〈序〉中序——〈臧克家序跋选〉序》，《臧克家全集》第10卷第708页，时代文艺出版社2002年版。

[2]《〈序〉中序——〈臧克家序跋选〉序》，《臧克家全集》第10卷第708页，时代文艺出版社2002年版。

[3]《吕进的诗论与为人——〈新诗文体学〉代序》，《臧克家全集》第10卷第498页，时代文艺出版社2002年版。

的革命文学家们，例如创造社的理论家和鲁迅就曾付出很大的力量，和他们作过尖锐的斗争。

新月派是从1928年创刊的《新月月刊》得名的，两年后又出版了《诗刊》。成员慢慢地增多了，形式方面也杂了起来。它的内容已经到了暮气沉沉奄奄一息的地步。它的影响，比徐志摩、朱湘初期的创作已经差得远了。有的诗成了谜语，有的只剩了一个“美丽”的形式，如同一朵纸花。……这样的诗对人只能起一种催眠作用，除此之外毫无其他意义可言，这恰恰也象征了新月诗派的末日。

作为现实主义诗歌对立物的新月派诗衰落了下去之后，现代派诗象一股逆风一样地紧接着吹了起来。这一派诗，是李金发倡导的象征派的一个继续和发扬，但是它的影响却比当年李金发大得多了。在表现形式和技巧方面，现代派诗比初期的象征派诗已经有所不同（语句虽然仍旧保持看那份朦胧神秘的色彩，但已经可以读得懂了），但在颓废感伤的精神实质上却是一脉相承的。

在严厉地批评了戴望舒的代表诗作《我的记忆》和《雨巷》所表达的思想感情之后，又说：

轰轰烈烈的阶级斗争和民族斗争的现实，他们不敢正视，却把身子躲进那样一条“雨巷”里去；不是想望一个未来的光明的日子，而把整个的精神放在对过去的追忆里去，这是个人主义的没落的悲伤，这是逃避现实脱离群众的颓废的哀鸣。戴望舒的表现艺术是很高的，象《雨巷》一诗的旋律是铿锵动人的，值得我们学习借鉴，提高自己的技巧。

从这些生硬的批评文字中，我们很难找到《泥土的歌》式的臧克家，扑面而来的，却是林默涵批评模式的熟悉已极的气息。时代扭曲了然后又校正着诗人的选择，他在后一篇序文中，就写下完全两样的表达：

20年代末、30年代初期，反对帝国主义的侵略，揭露政治上的黑暗与腐朽，成为诗创作的主要内容，另外，两个不同风格的流派，“新月派”与“现代派”，各自表现出自己的艺术特点与成就，这一个时期，可以说是新诗发展的又一个高潮。

关于胡风及其“七月诗派”，在前一篇序文中，无一字提及，原因是众所周知的；但到了1988年的序文中，就以相当的篇幅，作了大体符合实际的评价：

> 青年诗人，在抗战时期的诗坛上，是一股新生力量，他们有生气，有才华，有的出了诗集，有的崭露头角，为人所知。其中团结在诗人、理论家胡风主编的《七月》杂志周围的诗人群，较为著称。在《七月》杂志（以及1945年初创刊的《希望》）上发表过作品的，不但有著名诗人艾青、田间，还有不少青年诗人，如孙钿、亦门（S·M、阿垅）、鲁藜、天蓝、冀汸、绿原、邹荻帆、庄涌、彭燕郊、曾卓、牛汉、艾漠（贺敬之）等等。他们有的去了延安，有的奔赴战地，有的留在后方。大多数作者的诗篇编入了抗战期间在大后方出版的《七月诗丛》第一集（13册）中。他们的诗，风格并不完全一致，有的奔放，有的深沉，但他们有共同的特点，在内容上，与整个祖国、民族的命运紧密相连，较少抒写个人的情怀，他们高唱战歌，充满青春活力；在形式上，几乎都采用自由体。

人们都还记忆犹新，臧克家是在80年代初因为对朦胧诗的尖锐指责而招致许多不满之声的老作家之一；曾几何时，他开始以比较宽容的态度，比较开放的气度，评价、描述和自己不同流派，不同艺术旨趣，不同美学追求的诗人和诗作，这是多么值得欢迎的历史变化！在几十年艺术实践中形成的、曾经对中国新诗的发展产生过并且将继续产生十分有益的作用的艺术观点和审美追求，他完全可以也完全应该坚持不变；作为一个有较大影响、占主流地位的诗派的代表人物之一，放弃了排他的偏狭，对不同风格不同流派的诗人诗作，表示理解，表示团结，对于形成多元互补的繁荣格局，就有着更为重要的价值和意义。这种变化，当然是时代风气的投影。唯其如此，我们才更应该从历史的深层中透视这种变化的意义而给予科学的肯定。中国文学，在经过了若干痛苦的磨难、付出了惨重的代价之后，终于从单一走向多元，从偏狭、僵化走向开放、宽容，并将在新时期作新的探索。这些历史性的变化，从臧克家的序跋文章中，大体上能够寻绎出发展变化的轨迹。从这一意义上看，如果说这组文章是一扇新打开的窗口，那么，它不但可以帮助我们对臧克家的文艺观、诗歌观有比较客观、全面的认识，也是中国文学发生历史性变化的一个佐证。

《臧克家序跋选》编选札记

1988年秋冬，青岛出版社的王永乐先生辗转托人找到我，说是他们汇编的“琴岛文库”中，有一本是《臧克家序跋选》。他们去北京找臧老推荐人选，臧老却建议由在青岛的我来承担。既是臧老的嘱托，我没有推脱的任何理由，就爽快地答应下来。于是有了我在北京十几天的访谈、抄录、复印、校对的特别生涯。一有机会，我就拜访臧老，对诗人的了解，也就逐渐加深起来。

在臧老和郑曼先生帮助下，书稿很快编就。我把《诗人之序——代编选后记》的草稿，寄给诗人过目。他回信说：“你的《后记》写得极好，……只有两个字欠斟酌——‘林默涵批评模式’后边二字。批评他对《泥土的歌》看法是对的;用‘模式’，好似他的批评全是如此。默涵同志，是我尊重的老友，老理论家，现任‘文联’党组书记……。”

事情是这样的：1944年，诗人最钟爱的诗集《泥土的歌》出版后，在文艺界引发了一场不大不小的风波，赞扬者大有人在，批评者屡见不鲜。在批评的队列里，姚雪垠和林默涵先生的意见，是比较尖锐的。林默涵先生指出：诗人与时代所要求的太远，不但没有写出农民的斗争，而且多写他们的消沉与落后，在思想意义和艺术表现上，都不值得肯定，等等。看了诗人的复信，那时真的是年少气盛或者说少不更事的我，竟没有尊重臧老的意见，按照自己的想法依然写成“林默涵批评模式”。那时我以为，林默涵先生的批评虽然并非完全如此，但作为一种批评方式，是颇具代表性的，更重要的是，这种批评方式，直到我执笔为文的时候，依然具有很大的杀伤力，有这样的机会，我为什么不表示自己的态度？后来臧老介绍我到他担任主编的《写作》杂志发表这篇习作，又提出“模式”问题，我这才对诗人极其看重友情的心思略有感悟。

在这篇《后记》开始处，有一段莫名其妙的“牢骚”：“这是我们编写的关于诗人臧克家的第五本书……，岁月不居，春秋代序，听着耳边连绵一片的‘龙’‘蛇’交班的鞭炮，忽然悟到我们从事这以王统照、臧克家为主的山东现代文学研究，已逾十载。十年里，我自己从三十几岁的人，一下子年近半百，渐入老境，生命史上一段不算短暂、也相当重要的时期，就在这寂寞的研究中悄然逝去了。满桌的积稿，或许不久又将装订成书。此时此刻，不知是出于对寂寞岁月的反思，还是对生命意义的求索，竟然惶惑中夹杂着希冀，心潮起伏不已起来——我不能默尔无言，我必须梳理心头纷繁的思绪，寻找继续工作下去的力量，回答质疑和询问，也给有兴趣关心这本可能也相当寂寞的小书的读者诸君，提供一点参考。”

在臧老已经过世的今日，我有义务说明所谓“质疑和询问”的个中原委。上世纪八十年代初，我刚刚开始发表几篇关于王统照、臧克家的论文，就召来几位朋友善意的规劝。他们说，现代文学有许多大家，你为什么不“扳倒”几个“大个子”？研究王统照、臧克家这样的三流作家，就是研究透了，又算什么英雄好汉？

我以为，王统照、臧克家是几流作家，见仁见智，各有见地，是无法统一也不必统一的。但我自己从来没有在学术界充当“英雄好汉”的雄心壮志，而且一向以为学术的大海固然欢迎滔滔滚滚的大江长河，但也绝不拒绝任何溪流甚至雨滴。我没有引领风骚、发明创新、提出新的学术口号或建构严密理论体系的才气，但踏踏实实做一点力所能及的工作，哪怕是被许多前卫的学者非常轻蔑的资料搜集整理工作，于人于我，不是都有益无害吗？对王统照、臧克家的研究，就没有因此而中断。后来，又有朋友写信警告说，臧克家当年在青岛大学就是“反动学生”，言外之意好像是我也应该考虑一下自己的立场问题云云。我想，他之所言，也许是有根据的吧？但臧克家的“历史问题”如何“定性”“定案”，是“人民内部问题”还是“敌我矛盾”，那属于“文革”“专案组”的“专利”，我岂敢“越权”？我关注的，是作为作家、诗人的臧克家！但心里并不踏实，所以在后记中表白如上。

臧克家去世后，新华社的电讯稿称之为“一部活生生的中国新诗史”，对这样一位贡献卓著的现代作家的研究，竟会有如许匪夷所思的曲折遭际，已经跨鹤西行的诗人，是丝毫不知的，当下的读者诸君可能也是将信将疑的吧？但确确凿凿，这是曾有的真实。

协和病榻访诗翁

1997年新正，我到北京参加中国作协等四家联合召开的“王统照百年诞辰纪念会暨学术讨论会”。会间，向臧老的儿子乐安同志说极想见见臧老。乐安说道：自去年春节前后，老人的身体便迅速衰弱。先是患胃肠性感冒，一会儿便秘，一会儿拉稀，严重的时候一天大便20多次，把年过九旬的老人折腾得够戗！不久就引发了房颤的毛病，还查出心包中积液的新病！医生总是摇头，妈妈更是着急。按照乐安的安排，次日上午十点，我急急忙忙赶到协和的病房。郑曼先生把我拉到一边，轻声细语地嘱咐：克家同志这次病得太厉害，昨天又发作了一阵房颤，大夫抢救了大半天，总算又闯过去了。他这病最怕激动，他这人又最爱激动。老朋友来看望，熟悉的人有什么坏消息，别人无动于衷的，他却一下就激动得不行了，客人还没有走，他先累得发病。你是老朋友，知道他的脾气，一是别见怪，二是别多说话，尤其别报告不好的消息。他的承受能力太有限了，千万千万！

进得病房，只见臧老躺在软软的病床上，雪白的被单下几乎没有了什么身躯。头戴一顶白色的软帽，一直罩到眉际。嘴里正极其缓慢地咀嚼着一只小小的水饺，一片韭菜粘在唇角，无法送进口中。眼睛定定地看着窗外，两只手臂都插着这样那样的管子。我走上前去，俯下身子说：山东的朋友问候你并祝你早日康复！他握着我的手关切地问：“你是来开王统照先生的纪念会的？会开得怎么样？人到得多不多？大家怎样评价王统照先生？”我连忙说：“人虽然不是太多，但是规格挺高，大家对王先生的贡献和水平作了几乎是空前的赞扬、肯定。我觉得杨义和吴福辉两位的发言新意最多，最值得注意。”“那就好！文学史对王统照先生不公平，评价太低！你们写的《中国新文学发展史》也不够。你研究王先生多年，有义务出来说几句公道话”“臧老你别生气，现在情况有了很大的改变。这次能在北京，又是刚过了春节，开起这样一个高规格的会议，作协的领导和北京的学者都作了热情的发言，就很难得，这就是一个很好的转折点么”“那就好。书印出来了，让郑曼给你。”郑曼在门边招手，我知道该告辞了。乐安送我下楼，边走边说：妈妈也是快80的人了，按说应该由别人伺候、照料了，现在却成了陪床看护的主力！只要谁提议换一换妈妈，爸爸马上就生气，于是大家约定不提此事，免得老人家发火。现在是一切从稳定爸爸的病情考虑，只要这次闯过去，医生说就可以缓解一个时期了。”我说，这恐怕也是我们大家共同的心愿！但愿天遂人愿，像歌里唱的，让好人一生平安！

拜别了诗人的一家，但心里却无论如何也拂不去臧老渴望生活、渴望创作的“抗议”，拂不去把自己的一生都奉献给诗的一位长者在晚年、在病床喷吐而出的生命光华！于是一首颇能代表臧老个性的诗，顿时震响在心中，即使走在车水马龙的北京的大街，也历历在目，掷地有声：

自沐朝晖意蓊茏，休凭白发便呼翁。

狂来欲碎玻璃镜，还我青春火样红。

我最后要说的话是：诗人是永葆青春的，无论是吟诵在书房还是缠绵在病榻，无论是挥笔写作还是乘鹤西去，他的诗，将永远活在中国人民特别是农民的心中。

诗人虽去，其诗宛在，这也就够了！仅以此纪念我心中的臧老，并祝一路走好！

送臧老乘鹤西行

2月5日凌晨，忽然接到立诚（王统照先生之子）同志的电话，说臧老已于昨晚8时许辞世，人走得还安详云云。不久，媒体就披露了这一噩耗，孩子们于是纷纷打电话来报告，劝我镇静、节哀……

其实，早在多半年以前，立诚就电话通知，说臧老情况不好，随时有发生危险的可能，要我及早准备悼念文章之类。但我总是无法下笔，甚至觉得连这样想想怕也是一种罪过！更重要的原因，还在于我一直非常迷信臧老抵抗病魔的能力，对他达观超脱的心态有着非常深刻的感受，一直在期待着奇迹的再一次发生。前不久在为《臧克家全集》写的书评的末尾，还在表达着这一真诚的愿望："……在又一次生死搏斗中，诗人和诗，又高唱了凯旋的歌！我们真诚地期待着更大的奇迹：矍铄的诗人，向更为健康长寿的目标健步跋涉。《臧克家全集》的隆重推出，对于年迈的世纪诗人，无疑是巨大的鼓舞和无限的欣慰，对于热爱诗人及其诗作的人们来说，当然更是不可多得的福音。"但是，臧老和冰心一样，都没有真的与世纪同寿，虽然仅仅差那么一点点时间——岁月，在有时候，是那么奢靡无度，但有时候，又是何等的吝啬！

记得初识臧老，是在70年代末。中国社科院文学所发动全国现代文学研究人员，编纂"中国现代文学研究资料丛书"，其中，叶圣陶、王统照、臧克家三位作家研究资料专集的任务，由冯光廉先生领来，让我共同承担。于是，我们就成为北京东城南小街赵堂子胡同15号臧老那所遍植花木、干净幽雅的四合院的常客。

与臧老的谈话，大多是在他的客厅里进行。这里，挂着郭沫若、茅盾、叶圣陶、冰心、老舍、王统照、郑振铎等文坛巨子手书的条幅，正中是刘海粟写的一幅大大的“寿”字，郎平的画像，中国登山队从珠峰峰顶采集的石块标本，则错落有序地点缀在一丛丛鲜艳的花草之中。他离开山东，已经几十年了，但那浓重的诸城方言，丝毫没有改变。不少文学界的朋友访问他往往感到语音的隔离，我们却只觉得乡情的浓冽。每次谈完，他一定要送出大门，我们感到非常不安，郑曼说你们就让他送送吧，老朋友来了，他不送是不会安心的！他一送就到了大门外，再一送，就到了南小街——那里车水马龙，无论如何不能再送下去！他这才扬扬手臂，看着我们上路，看着我们拐弯……直到如今，我们几乎无须屏息凝神，高高瘦瘦的诗人，披一件薄呢子大衣，挥着手，满面笑容的样子，还清清楚楚浮现在眼前。

与臧老的谈话，没有什么中心或主题，他随兴之所至，我们则无往而不兴致勃勃。他经常谈论的，一是自己的创作道路，一是自己的文学主张，特别是关于诗歌的观点，一是对朋友的思念。他常常说：王统照先生，好人啊！没有他，就没有我和我的诗，没有他，山东的新文学，就不会是现在这样！文学界对王统照先生的评价，不公平，太低，太低了！（后来我们在王统照研究方面做了一些工作，发挥了山东学人对自己的作家应有的作用，似乎稍微纠正了这种偏颇，在很大程度上，是受到臧老的影响的！）……我与吴伯箫是在青岛大学订交的，那时，他住在他的“山屋”，我住在我的“无窗室”，都是王统照先生观海2路49号小院的常客，一起吃煎饼卷大葱，一起吃诸城风味的“小豆腐”，一起到码头为赴欧洲旅游避祸的王统照先生送行。抗战开始后，他从莱阳乡村师范带领流亡学生约我一起到徐州，准备去西安八路军办事处，我接到五战区长官李宗仁的邀请，到台儿庄前线采访，写了《津浦北线血战记》，他则经西安去了延安……他常常强调，现实主义无论如何也应该是新诗的主流——这是和中国人民一起争取翻身解放的诗歌。中国的新诗，怎么可以和中国人民的解放事业脱节？“朦胧”得叫人看不懂，怎么和人民大众心心相连？

他是著名的诗人，诗，是他“生命的抓手”。但他对自己的作品，既看重，又不是非常看重。我们问他，你的诗，你自己如何评价？他说，我写了成千首诗，但真正优秀的，能在人们心目中或在文学史上有一定地位的，不过十几首，再严格一点，也就是五六首吧！他的不少作品，由于种种原因，散失颇多。我在青岛找到1929年他的新诗《默静在晚林中》，这是迄今为止他署名“克家”发表的最早的诗作，因此他也就从30年代的诗人更正为20年代的诗人。这些连他自己都已经忘记的大约120首诗作，后来汇集为《臧克家集外诗集》，由陕西人民出版社精装出版，诗人高兴地说成是“老友重逢”：“茫茫数十载，人与诗同样飘零。夜去天大明，花开时节喜重逢。”80年代初，因为“朦胧诗”的一场争论，招来不少对他的颇为严苛的批评，以至影响到某些文学史著述的表述。我们问及他的看法，他用自己的一首旧体诗作答：“万类人间重与轻，难凭高下作权衡。凌霄羽毛原无力，坠地金石自有声。”对于自己的诗，他有相当客观的评价。

1994年，我们有幸出席臧老90华诞暨文学创作65周年学术研讨会。会间，郑曼先生问道：那么多人都在向克家要诗，有许多是根本不相干的，他也给写！你们为什么不要？我们说早有此心，但实在不好意思开口，你看臧老那么忙碌……不料回到青岛不久，就收到臧老用上好的宣纸，亲笔每人题写的一首诗：“忘年成知己，只眼功底深。著作盈三尺，六十犹青春。”（《贺冯光廉同志六十寿》）“呼声增人亲上亲，路遥难隔两地心。文思敏捷天赋厚，腹有诗书笔有神。”（《赠刘增人同志》）其中固不乏溢美之处，我们则看为诗人对后辈的殷殷期待与热情鼓励而已。

去年春深时节，我们约好青岛大学校长徐建培教授，一道去看望臧老，顺便商量一下给臧老祝寿的事。因为2004年，臧老就满99岁了，按照京中的习俗，是“过九不过十”的，99岁，按照传统的计算方法，就应该是百岁华诞，应该认真地祝贺。青岛大学校长还特地准备了摄影、录音、礼品等等。机票已经买好，不巧，传来臧老病重的消息，我们很感到懊丧，校长安慰说，不要紧，何时臧老康复，我们何时补行祝寿。不料现在这已经成为无法实现的梦想。此前，我们的文坛上，拥有臧老、巴老两位20年代开始发表作品的泰斗，人们常常称之为一南一北的“双璧”，彪炳辉耀。现在，北方的巨星陨落了，人们只好用各自的方式，表示哀痛与悼念。

鲁迅说过：长歌当哭，是必须在痛定之后的……初闻噩耗，心灵中似乎出现了巨大的空洞，难以料理出思绪。姑且以此寥寥数语，送我们深心敬重的臧老乘鹤西行。臧老呵臧老，您一路走好！

冰心三题

初见冰心

1988年除夕，94岁的叶圣陶走了，永远地离开了这个他始终深深地热爱着的世界。消息传开,巴金老人难过得把年夜饭推到一旁,冰心的第一个感觉,则是“一座大山倾倒了，眼前只剩下一片白茫茫大地！”不久，99岁的冰心也走了，这片大地，又将如何？我不敢再想下去。而初见冰心的印象，却顽强地排除着种种思绪，从芜杂纷乱中清晰地浮现出来。

1979年，席卷中国大地的那场恶梦刚刚过去，痛定思痛的中国新文学界第一个反应便是赶快抢救劫后仅存的新文学史料。也许是这一时代召唤的力量过于强大，也许那时我还太年轻，“拚命三郎”的锐气还未曾消磨殆尽，竟颇不自量地开始了包括冰心在内的文学研究会作家群著译系年目录的编纂事业。这一事业，耗费了我最宝贵的青春年华，但也给终生的教学和研究奠定了较为坚实的基础，更使我有可能接近几位素所敬仰的著名作家。最先见到的，就是从小学时代即敬仰不已的冰心！

深秋的暮色漫卷着京都，我的老师挈带我从北京师院（现在改称为首都师大了）招待所东折西拐来到中央民族学院的和平楼已是晚上8点。怯生生敲开那向往已久的门，只见到一位颇带惊异的老者，心想大概就是吴文藻先生了吧？老师迎上前去，说我们从遥远的山东来，就是想见冰心一面，问一两个问题。老者踌躇着说，“太晚了吧？”一语未落，就听得屋内清朗的话音：“请进吧，山东的客人。”迎面来的，正是冰心！身个不高，颊颐丰满，稀疏的白发整整齐齐梳到脑后，结成一个不大的发髻。那微微笑着的表情，比我想象的更和善，更仁慈。挂在壁间的一枚金光闪闪的锚，诉说着世纪老人对山东、对山东的海的一往情深！当我鼓足勇气说出自己编写她的著译系年目录的打算并请她指导的时候，老人挥挥手，轻轻一笑说："时间太长久了，恐怕我自己也记不清多少年前写过什么东西了。我的书，有许多是书店自己印的，并不让我知道。这目录，编起来恐怕很费力气吧？”见我有点儿窘，老人又说：这么办吧，你和我们民族学院的小朋友陶立瑶联系一下，他也在做这件事情，我想起来的一些线索，都已经告诉他了，你们一起来做，可能要节省些时间，可以多做些更有意义的事情……时间过得太快，无论多么留恋，都必须告辞了。我们想多看老人一眼，不知不觉间竟是倒退着走出了房门，路径不熟，未免跌跌撞撞。老人微微笑着，送我们到门口，一手扶着门边，一手轻轻摆动——我们从黑黑的楼道望进去，那轮廓极其鲜明，发际耳轮，似乎都罩着淡淡的光环，表情反倒不那么清晰了……

后来才知道，“小朋友”陶立瑶，是中央民族学院的教师，那时大概也四十多岁了，但在冰心眼里，当然还是一名“小朋友”无疑。我写信向他求助，知道是冰心所嘱，他便毫无保留地把自己多年积累的成果全部提供出来；我们两人的成果，后来又都交给苏州大学范伯群先生，作为他编辑《冰心研究资料》的参考。为学术界提供一份完备的冰心著译系年目录的心愿，终于结出了比较圆满的果实，俯仰之间，我觉得无愧于天地。

在冰心的生活里，这当然是极其平淡的插曲；但在我的记忆里，这却是无比珍贵，历尽沧桑也永难磨灭的！

冰心老人早已远行，一路上定当春风骀荡。我至今未能路祭，惟愿高天厚土，永安那仁慈博大的灵魂！

冰心在沦陷前夕的北京

1936年，日寇在鲸吞东北以后，又疯狂地进逼华北，故都北京，危情四溢！

当时正在北京燕京大学执教的冰心，满怀惆怅，曾借译诗，略抒愤懑。这就是梁实秋在《雅舍忆旧·忆冰心》中述及的长诗《古老的北京》。诗的原作者是埃德加·斯诺的前妻海伦·斯诺。斯诺先生携夫人于1935年到燕京大学新闻系任教，冰心夫妇曾在家中为之接风。海伦的活泼俏丽，灵气逼人，给冰心留下深刻的印象；冰心的典雅高尚，自然也使海伦认识到中国精英知识分子的风范，于是把自己的新作《古老的北京》赠给一见如故的朋友冰心。

长诗洋溢着一位衷心热爱中国的美国朋友的激烈情感。长诗开头的一节是：

北京死了，死了，
无耻的，公然的，和那些
在那失去的战场上，受挫被掠
之后的，温暖裸露的生物
一同死去了，
死了……是应当有点反抗的声音的，
而这里只有微呻的惨默，
是应当有些生气和动作的，
而这里只有不抗斗的退败，
四肢五脏都冷了。……

对于冰心的译诗，梁实秋介绍说："……1936年，日军侵略正急，华北处于危疑震撼之秋，当时我们国家的政策是在隐忍，节节退让，居住在北平的人无不义愤填膺。日本的军人恣肆，浪人横行，我们任人宰割，一个诗人能无动于衷？冰心也忍耐不住了，她译了一首《古老的北京》给我，发表在《自由评论》上。那虽是一首翻译作品，但是清楚地表现了她自己的情绪。""这首诗本身并不见得怎么好，只是内中感情颇为真挚，是强烈的悲愤，作者到底是谁，我不知道。诗中是以外国人的身份而替我们生这么大的气，我们自己读之能不羞愧！我抄出这首诗的用意，是在说明冰心在译诗时必有十分辛酸的感受。”

不久，北京真的沦陷了。冰心不停地思量着自己与北京的关联：“我的一生，至今日止在北平居住的时光，占了一生之半，从十一二岁，到三十几岁，这二十年是生平最关键、最难忘的发育、模塑的时光，印象最深，情感最浓，关系最切。一提到北平，后面立刻涌现了一幅一幅的图画：我死去的母亲，健在的父亲，弟，侄，师，友，车夫，佣人，报童，店伙……剪子巷的庭院，佟府堂前的玫瑰，天安门的华表，‘五四’的游行，‘九一八’黄昏前的卖报声，‘国难至矣’的大标题，……我思潮奔放，眼前的图画和人物，也突兀变换，不可制止……北平死去了！我至爱苦恋的北平，在不抵抗不挣扎之后，断续呻吟了几声，便恹然死去了！我恨了这美丽尊严的皮囊，躯壳！我走，我回顾这尊严美丽、瞠目瞪视的皮囊，没有一星留恋。在那高山丛林中，我仰首看到了一面飘扬的旗帜，我站在旗影上，我走，我要到天之涯，地之角，抖拂身上的怨尘恨土，深深的呼吸一下兴奋新鲜的朝气；我再走，我要掮着这方旗帜，来招集一星星的尊严美丽的灵魂，杀入那美丽尊严的躯壳！”

一读到冰心类似的文字，我就不能不想起多年前看过又看不下去的一部电影。它的种种情节，都像是在说明，那场罪恶的中日战争，竟使一位善良的日本士兵受到了种种伤害，而在这场血腥的战争面前，首先应该感到惭愧的，倒是我们被屠戮、受侵略的中国！我的诧异在于，同是中国人，而且同是文化人，他们和冰心们，为什么有如此不同？！

诗是高尚心灵对话的桥梁

——琐记冰心与李清照

人与人的对话，有着极不相同的方式和更不相同的标准，有的酒肉征逐，有的财帛为媒，有的重血缘亲情，有的看地位高低……对于诗人来说，诗，当然还包括诗的各种变体例如词、曲等等，恐怕就应该是最重要的桥梁与纽带。这是真假诗人的一条重要的分水岭，也是衡量文人品位高低的重要标准。

李清照在中国诗坛上的地位和影响，在今天，已经是不争的事实，学界的公论。但这位才高命薄的女诗人，在“五四”前后，似乎并没有多少真正的知音。对她的高贵的心灵和高尚的诗情的中肯评价，来自一位同样有着高贵心灵和高尚诗情的女诗人冰心。

1926年7月，26岁的冰心毕业于美国威尔斯利大学研究院，获文学硕士学位，毕业论文的题目就是《李清照的词》。冰心从李的词集《漱玉词》中选了25首，译成英文，并加以注释和分析，写进自己的论文。她认为：我们的女词人，李清照是第一个，也是绝无仅有的一个。她以她无比的诗的天才得到同代人，甚至后代人的喜爱。她使他们心悦诚服地自认不如，给她戴上宇宙绝代的才智的化身的桂冠。她在中国文学史的地位，不但像一颗在四千年诗歌天空上明亮的星星，而且也是以词著称的宋代的一颗明星。自己在论文中所选的25首词，当然不是李清照的全部作品，但这又是十分出色的词作，确能代表她优美的风格，她高尚热情的爱，她对自然的敏锐的洞察力，并且反映了中国人民在11世纪末和12世纪初的生活背景。她的爱情词的高尚和细腻，最受中国人民的推崇。她的词最充分地具备了中国艺术的崇高内涵。她的感情总是甜蜜和微妙，平静而自由。她的词的整个气氛充满着高度的认真和慎审，这反映她性格的高贵，情操的高雅，思想的深度。她具有一个词人，一个女词人所有的最好品质。正如布朗宁女士所说，“她是真正的天才，真正的女诗人。”

人所共知，李清照的丈夫赵明诚，是一位敏捷博学仅次于李清照的的文人，对于金石学，尤其有着不凡的学识。他们夫妇共同收藏、一起辨识、互相考核的故事，早已传为千古的佳话。夫妇离散以后的哀伤，更成为李清照后期词作的主旋律，也是令人千古之后扼腕叹恨的断肠话题。无独有偶，冰心的丈夫吴文藻，也是一位品位极高的学者。抗战初起，日寇进逼北平，不愿作亡国奴的冰心夫妇，双双南下。临行前，他们把各种各样的照相册，善本书，画集，墨宝，笺谱，艺术品，他们之间多年的通信，学生时代就写作不辍的日记，小说、散文和诗歌的原稿，和文学家、艺术家们的来往信件，作家们亲笔签名赠送的著作……即他们夫妇视为比生命还要宝贵的东西，收拾了15只大木箱，珍藏在燕京大学一间顶楼里。抗战胜利后，他们急不可待地回到北平，不料这一切，统统化为乌有，不翼而飞，荡然无存！遭遇的相似，又一次酿就了冰心与李清照对话的机缘。她感慨万端地写道：“我总忆起宋朝金人内犯的时候，我们伟大的女诗人李易安，和她的丈夫赵明诚，仓皇避难，把他们历年收集的金石字画，都丢散失了。李易安在她的《金石录·后序》中，描写他们初婚贫困的时候，怎样喜爱字画，又买不起字画！以后生活转好，怎样地慢慢收集字画，以及金石艺术品，为着这些宝物，他们盖起书楼来保存，来布置；字里行间，洋溢着他们同居的快乐与和平的幸福。最后是金人的侵略，丈夫的死亡，金石的散失，老境的贫困……充分描写了战争中文化人的末路！”最后是无限的慨叹：“我不敢自拟于李易安，但我的确有一个和李易安一样的，喜好收集的丈夫！我和李易安不同的，就是她对于她的遭遇，只有愁叹怨恨，我却从始至终就认为战争是暂时的，正义和真理是要最后得胜的。”

人生难得一知己，千古知音最难觅！也许，时间与空间的坚硬外壳，似乎只有诗情可以融化，而心灵与心灵的沟通，又最讲究品位与品位的对等——冰心与李清照的心灵对话，于是成为可遇难求的千古佳话！

沈从文三题

水　缘

中国现代文坛，真个是大师云集之处。许多文化名人，在诸多领域里的贡献，都是令人难以企及的。就是其业余的爱好，也常有令人无法望其项背之处。

鲁迅从幼年起就酷爱美术，对于《山海经》与《二十四孝图》的鲜明爱憎，往往是成人所不及的。到30年代，这种爱好，就主要发展为对木刻（版画）的热情倡导，从传统的“十竹斋笺谱”、“北平笺谱”以及陈老莲的“博古页子”，到西方的凯绥·珂勒惠之、革拉特珂夫，理解之深湛独到，介绍之不遗余力，都是令人惊异的。周作人于饮茶一道，造诣颇深，把自己的书斋名之曰“苦茶庵”，是颇具自知之明的。说二周兄弟，一有画缘，一有茶缘，大概是不会有大错的。李叔同早年热爱戏剧，留学时节，粉墨登场，一出《茶花女》震动东瀛的故事，早已妇孺皆知，堪称戏缘。丰子恺是居士，自有佛缘。沈尹默好书法，可称翰墨缘。郑振铎爱书如命，不但藏书极其丰富，在“孤岛”时期，还曾经倾全家财力从日寇汉奸手边买下大量珍贵书籍，为民族文化保存了一大批瑰玮的珍宝，可以称为书缘。从小学毕业，叶圣陶就喜欢上了喝酒，到九十四岁高龄，依然饮而不辍，是为酒缘。闻一多的大烟斗，是须臾不可离身的，上课讲演，好像都有此君陪伴，其有烟缘可知矣。梁实秋是美食家，刘半农是音乐家，胡适有考据癖，臧克家喜食大蒜、花生米，有乡土癖……这等嗜好，虽然不必到处提倡，要求人人效法，但在他们的成功之路上，却都是一种精神上的遇合，一种情怀的寄托，是精力弥漫、情怀博大的象征或者说是折射。笔者不熟悉当代作家，说不好在这方面他们有什么独特建树。至于笔者以及同伴，实在鲜有出色的表现。爱好游泳下棋，喜欢旅游养花，也都是不错的选择，可惜成绩平平，难以与前辈抗衡。至于养狗蓄猫，吹牛撒谎，饱食终日，蝇营狗苟……虽然属于个人的行为，但到底难登大雅之堂。那些更加不堪的勾当，为了避免污染，也为了不致应了九斤老太的谶语，还是不说为好吧。

中国现代作家中，与水有着非常深厚的情缘者，当非沈从文莫属。他从湘西的沅水走将出来，走到有许多“海”的北京，又从东海之滨，来到黄海之滨——1931年秋，他终于落脚到建校伊始的青岛大学，在中文系担任一名讲师，与青岛的大海，海边的崂山，结下了不解的情缘。

他是以从未读过中学的学历走上大学讲坛的极少数天才之一。但当侧身于闻一多、梁实秋等留洋归来的名教授之间，又兼教学效果一时欠佳，班中25名学生给他教来教去仅剩5人，其中多数还是进修生的尴尬局面出现时，他却表现出“乡下人”独有的倔强和坚忍。为了在这“准”十里洋场的现代都市中生存下去，他硬是用手中的一支笔挖出了一条生活的通路。可是他流着鼻血写成的作品，在当时并不为青岛的报刊与出版机构认可，每有所作，往往只好送往千里迢迢的上海卖稿换米。这种处境，使他始终非常自觉地保持着“乡下人”的情感和理想，操守和气节。这在已经颇为殖民地化的都市和作为都市文化尖端代表的大学氛围里，他确乎成为一种颇不和谐的游离的音符。从文化角色到社会角色，他都或自觉或被动地成为“边缘人”、“边缘文化”的代表，但也正是这种非主流的特殊地位，却造就了他独树一帜的创作成就。

在太平角高高的礁石上，他望着天边瞬息万变的云影霞光，想象力顿时升腾飞跃，化为既充满着野性又极其典雅的心灵变奏曲《如蕤》。在青岛大学福山路的教师宿舍里，他看到南来北往的教授们一个个为潜藏的情欲所折磨扭曲的苦闷，领悟到人类更年期的尴尬、烦恼与摆脱烦恼的无能和无奈，于是写下《八骏图》，其中也把自我感情“发炎”时的病态细细勾画进去。他在樱花与海棠的包围中，一鼓作气写成《从文自传》，颇具说服力地描画出一个朴野真纯的自然之子向理性和知识皈依的曲折故事和心路历程，构筑起人类童年的真纯与朴野的史诗。《从文自传》问世以后，周作人和老舍不约而同地推选它为“一九三四年我爱读的书”。他与青岛大学的教授们同游崂山，在北九水无意间邂逅一位风姿绰约的村姑，留下非常深刻的印象，后来就作为翠翠的原型之一写进了舒徐的田园牧歌《边城》。深夜灯下，他怀想起身陷囹圄的旧友丁玲，于是有《三个女性》之作。都市的浇薄与势利，更使他怀念湘西的真诚与单纯，作为反拨，便有了闪烁着故乡山水的精灵的名篇《三三》。那神韵和风采，半个多世纪以后，还在涵育着像汪曾祺这样的作家……

当然，青岛之所以在沈从文的生命中具有特别的意义，还在于正是在这样的好山好水中，他完成了自我情感和婚姻的追求与圆满，找到了堪与白首的终身伴侣。

沈从文远行已经快二十年了，依然在怀想着他的，当然不止是湘西山水的子民和青岛大学的学人。

牧歌情调

大概是1933年的夏天，国立山东大学中文系的讲师沈从文陪同未婚妻张兆和到名闻遐迩的崂山游览。行至风光如画的北九水，忽见一位窈窕少女，一身素裹，哀哀戚戚，行走在送葬的行列中，与四近的山光水色恰到好处地匹配成一幅绝妙的图景。在心有所动以后，他便对身旁的新妇说，要用这村姑为原型写一篇小说出来。果然，不久，一篇以一位天真未凿的少女为主角的中篇小说就问世并引起了广泛的注意，这就是给沈从文带来巨大声誉的著名的《边城》，也是沈从文田园牧歌情调最显著最充分的表征。

在沈从文笔下，《边城》的子民，不分老幼，无论贫富，一律保持着忠厚善良、诚挚纯朴的人性美和人情美。他们无非都是平凡的男女，却都渗透着作家的人格理想：老船夫几十年如一日忠于职守，重义轻利，一副古道热肠。船总顺顺，虽是当地富户，却并不像黄世仁、南霸天一样鱼肉乡里、霸道横行，倒是慷慨豪爽、敬老恤贫，两个儿子也在调教下出落得英武俊爽，知情晓义。酒家屠户，都讲究君子风度。往来渡客，无不乐善好施。即便是娼妓，也常常较之城市里的绅士还更可信任。女主人公翠翠，既是这重义轻利、守信自约的淳朴风气中长养的女儿，又得山川灵气，秀外慧中，所以分外绰约动人。她自幼失去父母，与外公摆渡为业，相依为命。劳动从来不是她的负累，而是欢乐与责任的交融。爷爷倒下去了，心上人又远走他乡，她谢绝了船总好心的邀约，一个人迎着风雨，守着孤独，继续摆渡，在无望中等待，在等待中坚持。她的生命的意义，青春的光华，闪现在对人生价值的义无返顾的坚持，更在对爱情理想的探寻和执着中显得分外明媚鲜艳，楚楚动人。于是，一位东方少女的神韵，顿时在中国新文学史上流光溢彩，神采飞动起来。

《边城》的语体，平淡中不乏绚烂，朴拙而又清新跳脱。小说的结构，完全摒弃了悬念照应、时空倒错之类小说家的机心匠意，纯然以一组组流动的诗画相衔接，以意境的组合与转换、化出与化入来完成。小说和诗的严格畛域淡化了，文学与艺术的分界也模糊了，似乎是一轴舒卷自如的水墨淡彩，又似乎是一曲飘忽不定、轻盈袅娜的古典乐章。深深地撼动人们心灵的，是由人物、风景、民俗、故事等和谐地整体地交融而成的人格魅力，一种审美的境界，即通常所谓的“《边城》风韵”，或者说是沈从文的牧歌情调。

值得注意的是，在谱写这样一曲现代的田园牧歌时，沈从文已经清醒地意识到“现代”两字已经君临于他理想中的湘西世界，农村宗法社会所保留的那点正直朴素的人情美，几乎要丧失殆尽，代替而来的却是近二十年实际社会所培养成功的一种唯实唯利的庸俗人生观。他在《边城》中着力讴歌的东方人格理想，既是对渐渐失去的美的袅袅挽歌，是对现实庸俗丑陋的隐隐义愤，更是重建未来人格理想、道德情操的蓝图。从民族传统的“古井”里汲取新鲜的活水以重建理想境界的努力，无疑是值得嘉许的；但把这种艰难复杂的重建事业仅仅寄托在与原始的生产、生活方式相联系的宗法式、封闭型的道德型范，也容易使这类理想建构在历史长河中失去更为重要的基点和更为动人的审美意蕴。

真善美的和谐统一，看起来真的是一个颇为遥远甚至是渺茫的境界，但或许更是激励着一切有作为的文学家、艺术家为之献身的一种极其辉煌的理想吧？

仗义执言

一个典型的“乡下人”，离开生他养他的苗汉杂处、蛮风犹存的湘西世界，来到礼教中心的皇城帝都乃至嘈杂喧嚣的十里洋场，与各式各样的文人、作家、教授、学者，特别是那些满身是欧风美雨的西式绅士打交道，他将何以自处？他应该怎样坚持自己的为人与处世之道？这就成为能否在异质文化的大都市中立定脚跟的关键问题之一。沈从文是这样体现着他的独特气质的：

还在北京艰苦创业的时候，沈从文就与丁玲、胡也频结成密友。他们三人共同创办了《红黑》《人间》，甚至就餐、睡眠都同在一处公寓。即使他忽然变成了被请吃“喜糖”的角色，也并没有淡化心中依依的深情。1931年，胡也频因为从事左翼文学运动，被当局秘密拘捕。右翼的人们自然不会说话，左派的人们又失去了发言的阵地，倒是这非左非右的沈从文却挺身而出，不但四处奔走营救，而且发表了义正词严的长文《记胡也频》，一则追怀遭遇不幸的挚友，二则谴责黑暗政府的专制，有胆有识，风骨凛然。

1935年5月14日，丁玲被捕。5月25日，沈从文写下怒火万丈的《丁玲女士被捕》：“丁玲女士只是一个作家，只为了是一个有左倾思想的作家，如今居然被人用绑票的方法捕去，毫无下落。政府捕人的方法既如此，此后审判能不能按照法律手续，也就不问可知了。国民党近年来对于文艺政策是未尝疏忽的，从这种党治摧残艺术的政策看来，实在不敢苟同。像这种方法行为，不过给国际间有识之士一个齿冷的机会，给国内青年人一个极坏印象，此外就是为那政策散播一片愚蠢与不高尚的种子在一切人记忆中而已。”不久，丁玲被害的消息不胫而走，在那个杀人如草不闻声的年代，沈从文自然深信不疑，于是立马有《三个女性》之作，寄托哀思，抒写愤懑。言之不足，又发表长文《记丁玲女士》。在该文的《跋》中，沈从文不胜悲愤地写道：“他们的努力，只是为了‘这个民族不甘灭亡’的努力，他们的希望，也只是‘使你们不作奴隶’的希望，他们死的陆续在沉默中死掉了，不死的还准备陆续死去。他们应死的皆很勇敢的就死。不死的却并不气馁畏缩。只是我想问问：你们年轻人，对于这件事情，有过些什么感想？当不良风气黑暗势力已到一个国内知名的文学家可以凭空失踪，且这作家可以永远失踪，从各方面我们皆寻不着一个能为人权与法律的负责者，也寻不着一个为呼吁人权尊严与法律尊严的负责者者时，你们是不是也感到些责任？”时代虽然早就飞逝而去，但这些掷地有声的正义呼号，这种对邪恶势力绝不屈服、横眉冷对的浩然正气，不依然在震撼着每一个良知未泯的中国人尤其是知识分子的心灵？！

1931年11月21日，正在青岛大学执教的沈从文得到徐志摩在济南遇难的消息，半晌无语之后，他对校长杨振声说："我想搭夜车去济南看看。"其实，论与徐志摩的交谊，座中远深于沈从文者大有人在，但由于种种原因，那天夜里，却是他独自一人踏进了胶济铁路的拥挤肮脏的车厢。在福缘庵里徐志摩的棺木旁边，在房檐前淅淅沥沥的凄凉雨声之中，沈从文心中思绪万千：当初自己投稿无门处处碰壁时，恰恰是这位徐志摩，对这样一个未谋一面的初学写作者的尚属幼稚而前程潜在的作品写下了难得的"志摩的欣赏"，从此坚定了自己跋涉在文学道路上的信心；在后来为应付生计而艰难挣扎时，每逢紧要关头，总能得到热情诗人的热情援助。假如没有他和许多朋友的帮助，自己也许早已化为北京某人房檐下的饿殍了！诗人虽然已经化身为烈火中的凤凰，但那炽热的生命活力，却已经源源不绝地转移、再生到活着的若干挚友身上！

至于沈从文其他的交友佳话，就更令人感动不已：他当掉自己的衣物为陈翔鹤出版他的第一本诗集，他让出自己的居室供巴金写作，在《益世报》上刊登启事公开"卖字"，而将所得款项直接寄给诗人柯原为他偿还父亲去世欠下的债务……这就是一个"呆子"，一个久居都市的"乡下人"的交友之道与处世原则。也许，我们这个多灾多难的民族，正是依靠这种精神，才凝聚为虽败不亡的大国，抵御着外患，消弭着内耗，并且使"高山流水""挂剑空垄"之类的佳话，薪火相传，无远弗至！

北京大学的“青岛版”

——从蔡元培到杨振声

青岛真的是一座风采独具的城市。虽然，它过去没有几朝几代曾为皇城帝都的历史辉煌，也不具备殖民风味十足的十里洋场的派头和声势，现在，它也还不是中国的政治、文化中心，距离上海、香港等国际化经济桥头堡，也还有一定差距；但是，它的独特历史和地位，也不是谁个就可以轻易取代的。“红瓦绿树，碧海蓝天，不寒不暑，可舟可楫”（康有为语）的宜人季候、旖旎风光和地理、交通优势，因为人所共知，姑且从略，仅仅那一部多彩多姿的高等教育史，就值得所有关注中国教育的有识之士刮目相看。

据考察，在青岛，单是叫做青岛大学的高等学校，就有5所：

1. 1920年，美国博士妥伦氏建立了青岛大学预备科，可惜一年而卒，不幸夭折。兴办者当年的宏图大略，已经淹没在历史的尘埃之中。他们具体的办学理念、课程设置、师资队伍乃至学生的来源和去向等，早就渺焉难寻了。

2. 1924年，青岛的绅商高恩洪等集资创办了私立青岛大学，这是青岛第一所由中国人独立创办的大学。最初，学校的主持人是希望办一所文、理、工、商俱备的综合性大学，但开办之初，却只有商预科和工预科两类，其后又陆续增设了土木工程、铁路管理、采矿工程、机械工程等学科。到1929年因为经费支绌等原因宣告停办。该校始终没有能够按照建校初衷设置人文学科，也就是说，它只是一所商、工并重的单科学院，而不是综合性大学。

3. 1930年，在著名教育家蔡元培先生的大力倡导和直接扶持下，青岛第一所真正意义上的综合性大学——国立青岛大学终于诞生了。作为蔡先生衣钵的真正传人，国立青岛大学的首任校长杨振声先生，在建校伊始，就异常自觉地把建立文、理两院，作为青岛大学的建校基础。并且他时时强调学文的学生要关心科学的发展，学理的学生要增加人文的素养——文理融通，这正是蔡先生执掌北京大学的首要理念。蔡先生的所谓兼容并包，我以为并不仅仅指新旧思潮，也应该指文理共融，互补相生。

遥想上世纪初年，蔡先生的思路是何等超前，何等高屋建瓴，何等正中高等教育的肯綮！正是这种文、理两科双峰并峙、基础坚实的理想格局，造就了北京大学百年以来经久不衰的辉煌，至今依然是中国乃至世界教育史上的蔚然大观。如果把这种人文与科学融通的办学模式看做当年北京大学获得极大成功的原因之一，那么，这种由蔡先生一手创办又经由蔡先生通过其高足杨振声先生一脉传承到国立青岛大学的大学理念，就理所当然地成为1930年的青岛大学的精魂。

这种文理融通的模式，第一次让渴望体验正宗大学样式的青岛人，顿时刮目相看，一见钟情，认定了这就是真正的大学，正宗的大学，也让世世代代的青岛人以拥有这样的大学为心头的荣，以失去这样的大学为心底的痛！在青岛，特别是在青岛的文化教育界，人们历来热心称颂的青岛高等教育的“黄金时代”，正是国立青岛大学时代，是由杨振声、闻一多、梁实秋、赵太侔、方令孺等等著名教授执掌学校的学术“牛耳”并且以挥斥方遒、谈笑风生的潇洒风神征服着许许多多文化人心灵的综合大学模式！而俞启威身为物理系学生却成为青岛大学海鸥剧社极其活跃的主干的故实，也从一个相当重要的层面成为该校文理融通办学理念的有效佐证。

1932年，国立青岛大学易名为国立山东大学，校长由杨振声改为赵太侔，但萧规曹随，赵校长奉行的，依然是没有杨校长的杨校长办学思路，依然是蔡先生所创立的北大模式。

1937年，强寇入侵，国土沦丧，山河蒙羞，生民涂炭！与国家民族一道蒙难并且首当其冲的，依然是大学。7月26日，敌机轰炸南开大学，著名学府，一片瓦砾！9月，日本宪兵强行驻兵北大、清华等高校。闻名遐迩的红楼，成了宪兵队队部。清华大学的图书、仪器和办公用品，被洗劫一空。从8月到10月，南京、上海、杭州、武汉、广州等地先后有23所高校遭到敌机轰炸破坏。据不完全统计，三个月里，全国高校仅校舍一项，损失即达21，036，842元！

面临亡国灭种的空前灾难，大多数高校被迫选择了向内地迁移的方案。1937年11月，清华、北大、南开三校南迁长沙，合组长沙临时大学。北平大学、北平师范大学、北洋工学院西迁西安，合组西安临时大学。中央大学、东吴大学、复旦大学、同济大学、江苏江阴学院、戏剧专科学校等23所高校，也分别迁往四川、江西、云南、贵州等地。1939年，又有39所高校内迁。[1]这是一次艰难备至的大规模迁移！当青岛沦陷在即时，国立山东大学也奉命仓促西迁，并且在西迁中迅速沦亡，就成为日本侵略者在青岛的主要罪状之一。人们在切齿痛恨敌寇涂炭家园的同时，也没有忽略他们毁灭青岛高等教育的罪行。这笔账，一直隐忍在心头。

1945年秋，抗战刚刚胜利，万事均待复兴，而青岛的有识之士，特别是原青岛大学——山东大学的校友们，首先奔走呼号的却是山东大学的复校，足见这正是盘亘在心头的一块心病！由于天时地利人和俱备，复校大举，迅速宣告成功。1946年初，赵太侔长校的山东大学，又在青岛人民拥戴下开学上课——这还是一所北京大学模式的大学，还是当年杨振声校长文理融通的办学理念的逼真的再版。赵太侔长校的山东大学里，中文系主任由山东现代文学第一人王统照担任，作为国内外文史界栋梁的高亨、冯沅君、陆侃如、萧涤非、游国恩、丁山、赵纪彬、杨向奎、丁西林、杨肇燫、童书业、黄孝纾、陈同燮、黄云眉、郑鹤声、张维华、王仲荦、赵俪生等名教授，在科学界特别是海洋科学界建树划时代功勋的童第周、束星北、曾呈奎、王普、郭贻诚、王恒守、张玺、朱树屏、林绍文、毛汉礼、李士伟、沈福彭等，大都是这时候在山东大学或与山东大学有关的科研机构中发展起来的。目下在全国遥遥领先的青岛的海洋科学研究，应该说就是奠基于此时。

从抗战胜利到新中国诞生，山东大学经历了历史性的巨变，但文理融通的传统，并没有消亡。新的山东大学，依然以坚实的人文学科和领先的自然学科，在新中国的高等教育界，发挥着无可替代的作用，在新中国的经济文化建设中，建

[1] 参见胡国台：《浴火重生：抗战时期的高等教育》，台北稻乡出版社，1982年11月版。

树起卓著的功勋。

1958年，山东大学西迁济南，青岛失去了自己固有的综合大学，文理融通的境界，开始属于过去。虽然其时青岛仍有大学，并且在各自的学术领域里有着长足的发展，但青岛人却并未满足，寻找综合性大学的努力丝毫也未懈怠。我一直以为，高等学校的学科设置，大体上分为自然科学、技术科学、社会科学、人文科学四大门类。前两者旨在处理人与自然的关系；社会科学主要用于处理人与人即人与社会的关系；人文学科，则主要指向处理人和自我关系的领域，即人应该如何进一步完善自我，提升生命的价值和境界。一所像样的现代城市，如果没有高层次的人文学科，或者说没有一所文理融通的综合大学，就有可能丧失了它的智慧库、人才库，丧失了圆融通达、淋漓酣畅的精气神。如果说科学构建起城市的骨架肌肤，那么，人文精神就灌注着城市灵动的精魂。孔子认为智者乐水，仁者乐山。没有水的山，显得干枯，了无葱笼的诗情与生机。山水配搭得当，才成为活生生的风景。没有人文学科支持的城市，也是如此。享有时未必珍惜，失去后弥感珍重，是人们常有的心态。1958年以后的青岛人，难免时时怀旧，特别是遭到“文化沙漠”的讥讽时，这种心底的痛，自然会更加难以忍耐。这是曾经有过青岛大学而后又失去了山东大学的青岛人心头的一个梦，一块病，他们始终在寻找，在回忆。

4. 1985年，随着改革开放的大规模展开，时机成熟了，新的综合性青岛大学在一两年内迅速地宣告成立，而以文理融通为主要指标的综合性，则是它在学科设置上的突出特征。同时，略微知情的人们都不会忘记，率先在全国人大会议上正式提出筹建新的综合性青岛大学的议案的，正是曾为山东大学人的曾呈奎等人士。他们既是最具远见卓识的青岛人，又是经过了老山东大学综合性体制陶冶乃至本身就是这种体制的建树者和造就者。因此，新的青岛大学的迅速组建成功，当然首先是改革开放的时代需求，同时也万万不可轻看那一直潜在的青岛人对自己的综合大学的渴求和向往。

这所青岛大学和历史上的青岛大学究竟有没有联系，如果有，又是在什么意义、何种层面上建立，一直聚讼纷纭，各持己见；但作为文理融通的综合性大学，二者的共同点，却是显而易见的。

熟悉青岛近年来的发展态势的人士，对于1992年，可能都会有深刻的印象。正是这一年，青岛市委决定并实施了青岛中心向东部迁移的战略规划。老市委的房子迅捷出手，为新市委、新市府的平地拔起筹措到基本的资金。随之，青岛市的若干政治、经济、文化机关纷纷东迁，为各种各样的商城提供了迅速繁荣的利好商机。原先通往崂山的湛流干路——一条脏兮兮乱哄哄的普通道路，摇身一变，成为连通新老市区的主干道，于是顿时繁荣起来，连两旁的海滩、荒岭、民房、店铺……也身价倍增。在湛流干路易名为香港路的同时，它也获得了与时俱进的身份和规格，于是，原先显然偏于一隅的青岛大学的校址，顿时居于地处市中心而却不甚繁闹的最佳位置！许多外地的朋友交口称赞青岛大学的开创人选址有术，颇具远见卓识，殊不知这主要是改革开放的时代所赐。青岛大学的区位优势，若无时代提升，还不知要埋没到何时！

5. 1993年，在教育部门有关领导推动下，适应青岛改革开放事业的急需，青岛大学与青岛医学院及其附属医院、山东纺织工学院、青岛师专合并，后来又把山东省纺织干部学校、外贸部青岛疗养院、青岛高等职业学校等单位陆续并入，于是成为今天的空前规模的青岛大学。在青岛大学合并组建过程中，那时的青岛市委书记俞正声，作为青岛大学管委会的首任主任，自然发挥了举足轻重的作用。草蛇灰线，伏脉千里，从30年代俞启威对这种大学理念的或许是未必自觉的实践，到90年代俞正声对新型综合性大学的热心指导和扶持，人们似乎不难发现其中的运行轨迹和贯通线索。

于是，现在的青岛大学，就成为青岛有史以来规模最大的综合大学。当然，青岛人的“圆梦”计划，还会有多种多样的“版本”。但办好以文理融通为基本办学理念的现青岛大学，无疑是一条堪称便捷的通道。

学者本色是诗人

——闻一多在青岛大学

1930年夏，闻一多应青岛大学校长杨振声的聘请，从武汉大学前来担任文学院长及国文系主任，到1932年夏回到清华大学，共在青岛逗留两年整。武汉大学，青岛大学，清华大学，西南联大……在一多先生的教授生涯中，青岛大学的两年，有着独特的地位与意义。

非常了解、十分敬重一多先生的人品与学问的杨振声校长，自然给予一多先生以相当可观的自主权，使他长期以来亟欲施展的“得天下英才而育之”的理想，有了付诸实施的最大可能。那时，青岛大学建校伊始，没有过多的清规戒律束缚手脚，若干校规系规，均待有心人从新校实际状况出发设置、实施。于是，一多先生亲自为报考青大的考生命题阅卷，亲自从中发现、擢拔人才，不拘常规，破格录取。

诸城考生臧克家，后期师范未及毕业就报考武汉军事政治学校并入伍参军，投身北伐，后又横遭迫害，隐姓埋名塞外，浪迹天南地北。与同期考生相比，他的人生体验丰富深刻，酷爱新诗，且感觉锐敏，但其他学科则缺乏必要的常识。因此报考青岛大学入学考试的两门功课，数学得了零分，语文的作文题目《杂感》，却由闻先生判给98分，一举中试。又经一多先生特批，从外文系转入中文系，从此成为一多先生的得意门生，与以编辑《新月诗选》闻名天下的陈梦家并称为闻一多诗门下的“二家”。

显然，这位满身乡土气息的青年学子，并不以坚实丰满的学养见长，而是因对生活的深刻体验及颇具个性的诗性表述方式而赢得一多先生的青睐。换言之，也可以说是一种深深地潜在的诗性智慧与诗人气质，搭建起这一对素昧平生的师生之间惺惺相惜的桥梁。从此，臧克家就成了一多先生忘年的诗友，每值月白风清，一多先生充溢着《诗经》《楚辞》唐诗气息的书斋里，在袅袅升起的“红锡包”的烟篆里，就常常见到他们切磋、琢磨诗艺的动人景象。而每得到先生的一句夸奖，一个经认真品味之后画在习作诗句上的红圈，就足令臧克家激动半宿不能入睡。臧克家的第一本诗集《烙印》，是闻一多等前辈及友人慷慨出资才得以问世，由此，臧克家才一举成为“1933年的文坛新人”，才可能有后来的长足发展。

二十年代末，王统照在国事、家事及个人感情的种种磨难下，隐居青岛观海二路49号。病中难有长篇巨制，又不愿立刻转身描写自己素不熟悉的人物和题材，便从童年生活和自我情感体验中开掘出《读“易”》等短篇。这组小说，从题材到主题，从格调到韵味，与当时流行的文学风尚颇不相同，自然也就难免受到冷落。但是，闻一多却在普遍的冷落中发现了这一类作品的艺术品位，并且在青岛大学的课堂上仗义执言为之辩护，以诗人的直觉和艺术家的敏感，揭示出其隐而不彰的价值与意义，演出了现代文坛上又一桩惺惺惜惺惺的故事。他的看重《读“易”》一类作品，应该说也是由于其中氤氲着虽经岁月阻隔而仍然浓郁如酒、低徊沉郁但却绵邈悠远的怀旧思亲的情愫和诗意。诗人的本色，使他在文学评论中始终保持了自我，同时也就坚持了知人论世、关注心灵的文学性原则。

在青岛期间，闻一多的诗创作的高潮过去了，但诗情却并未立刻退潮，更未干涸。他除了在历史上的诗歌的研究、现实中的诗人的培养中寄托自己的诗情诗意外，也留下了两首新作，一为《奇迹》，一为《凭借》。前者一向被轰传为闻一多的封笔诗，近年来才经陈子善君考证，从梁实秋的《看云集》（1984年8月台北皇冠出版社出版）中发掘出闻一多《凭借》诗的手稿，证明这才是闻氏最后的诗作，可以看作是《奇迹》的姊妹篇。此诗极少有人知道，因特抄录于后，以供同好鉴赏：

“你凭着什么来和我相爱？”
假使一旦你这样提出质问来，
我将答得很从容——我是不慌张的，

“凭着妒忌，至大无伦的妒忌！”

真的，你喝茶时，我会仇视那杯子，

每次你说那片云彩多美，每次，

你不知道我的心便在那里恶骂：

“怎么？难道我还不如他？”

梁实秋对这首佚诗有如下说明：“我再在这里发表一首一多从未公布的诗。这首情诗写得并不好，有些英国形上诗人的味道，只是有一个平凡的Conceit而已。但是这首诗是他在青岛时一阵情感激动下写出来的。他不肯署真名，要我转寄给《诗刊》发表。我告诉他笔迹是瞒不了人的。他于是也不坚持发表。原稿留在我处。”从时间上推算，这诗当在闻一多来青大执教之后、离开青大之前所作，与《奇迹》同为“一阵情感激动”的结晶，同为闻一多的封笔诗作。

是否可以说，教授是他的职业，但他更注重在职业的范围内发现和培养诗的种子；学者是他的生活方式，在以诗为主要研究对象的学者生涯中，却时时闪烁着诗性的智慧：而在每一个能够显示个人气质、个人情怀的当口，他自觉不自觉最先想到最先运用的，当然是诗！是否可以说，诗人的气质情怀，诗性的智慧悟性，才是诗人闻一多的本色，才是他人格范型的内核与人格魅力的特质？

关于这首诗以及轰传于文坛久矣的那首《奇迹》的本事，在坊间乃至学界，颇有人热衷于落实为闻一多与某女教授的婚外恋情的表征。有的形诸于文字，有的影射于荧屏，言之凿凿，皆似亲见亲闻，或者是受闻一多或者某女教授嘱托才慨然公布于世，或者自以为发现了淹没史海的珍闻秘籍，以发现者、探秘者自娱自乐。对于这等心态及行迹，我一向不以为然。类似传闻，倘若是二三酒友，在推杯换盏、酒酣耳热之际，当作一种流行的“段子”说说也就罢了。事过情迁，谁都不会当真考证其真伪。但如果真的要把这种为当事人讳莫如深的往事落实为文字公布于众，甚至以之捏造为可视可听的荧屏故事形象，就应该异常慎重。虽然当下颇有人极其热衷于发掘和制造名人绯闻以博取“收视率”，但因为有悖于为人为文的科学底线，还是为所以正派的学者、严谨的编者所不齿的！

老舍的青岛梦

老舍先生和我们青岛，一直有着一份深深的情缘。从1934年9月移家青岛，就任国立山东大学中文系讲师，到1937年8月迁居济南，改任齐鲁大学文学院教授——这整整三年坐听涛声起落、卧看云走霞飞的日子，几乎是他充满忧患的书卷生涯中难得的一段从容，他也因此深深地爱上了青岛的雾，青岛的花，青岛的喧哗与宁静，青岛的洋气与质朴……当他决定辞去教职专事写作时，曾郑重地召开家庭会议，专门商讨定居何处的重大问题，为此还专门风尘仆仆回到早已稔熟的故都京华作实地考察。研究的结果，却是否定了北平、上海、苏州和成都——“还是青岛好呀，居然会留住了我”！[1]

在青岛，他写下了《樱海集》《蛤藻集》，写下了传世的巨著《骆驼祥子》，不仅奠定了他在中国现代文坛上举足轻重的崇高地位，而且使他以杰出的市民诗人的身份，与俄国的陀思妥耶夫斯基、英国的狄更斯鼎足而立于世界文学史册而毫无愧色！青岛时期，是他小说创作的巅峰，与文朋诗友的交谊，也与日俱增，深深地融化进他感情世界的最深层面。他在这里与朋友们创办了令后世追怀不已的周刊《避暑录话》，也在这里与王统照、臧克家等山东籍的作家诗人结下终生不渝的交谊。1935年王统照欧游归国定居上海后，时任暨南大学文学院长的郑振铎，曾托王统照以高薪诚聘老舍去上海暨大任教。老舍因为舍不得离开这一片相对宁静质朴的土地，因为不愿搅进上海那复杂得令人头痛的人际关系而谢绝。若

[1]1936年12月1日《民众日报》《归自北平》。

非抗战军兴，若非青岛沦陷在即，或许他会永远地生活、写作在这座以碧海蓝天、绿树红瓦著称的半岛也未知。

八年抗战，八年乱离，老舍由济南到长沙，经宜昌转重庆，风雨飘摇，艰辛备尝，好容易盼到了抗战的胜利，压在心底多年的一个“青岛梦”，重新绽开灿烂的花朵：他料想王统照在青岛有自己的房产，一经胜利，必然率先回青；而日本人留下的那许多小小洋楼，除掉公私所用之外，定然有若干剩余；抗战刚刚结束，房价不会太高——于是他兴冲冲写起信来，希望老朋友代为留意，帮他买下小楼数椽，以供胜利后的潜心写作，朝于斯暮于斯长与青岛五月的绚烂冬日的静寂相伴相随对话交流……于是，希望共书信齐飞，心潮与海潮相联，兴高兮彩烈，浮想兮联翩……其情其境，与“却看妻子愁何在，漫卷诗书喜欲狂。白日放歌须纵酒，青春作伴好还乡”的诗圣杜甫，何其相似乃尔！

可惜，老舍高兴得太早了！人生阅历已经足够丰富的老舍，还是太天真了！青岛的房舍固多，但国民党的“接受大员”更多！他们乘着美国的飞机、轮船、汽车蜂拥而至，公房私房，能抢便抢，能占就占，哪里还有老舍、王统照他们插足的余地？且莫说选购小楼的美梦全成泡影，就是这封托友置房的书信，在路上就走了一百余天，遑论其他？从此，老舍对这片花树蒙盖的半岛的殷殷深情，就只有更深更深地埋藏在心底了。此后，他飘洋过海去讲学去著述，他安家在“丹柿小院”写《龙须沟》写《茶馆》，他驱车到内蒙古无边无际的草原去考察，他出席各种会议，他接见各国贵宾，……成就斐然，忙碌异常，直到在毁灭文化的“大革命”风暴中自沉于太平湖清冷的水中，作了新时代的三闾大夫——在漫长的岁月里，有谁扣问过他心中深藏着的那个“青岛梦”？

翻开发黄的史册，正不知埋藏着多少这样令人怦然心动的梦幻？既然已经是冬去春来、世纪交班，青岛啊青岛，你何不改换一番角色，将历来充当的文人墨客来去匆匆的人生驿站，化为老舍他们安顿灵魂树艺治华的永久、温馨的家园，连同你的苍翠，你的蔚蓝，你的楼房的小巧和樱花的烂漫？

楼还在，人去耶

1934年端午节的前一天，萧红、萧军夫妇双双乘“大连丸”从日寇魔爪下“荆天棘地”的大连，回到犹如“祖国”一样的青岛。在友人舒群帮助下，就住进了观象一路一号那座花岗岩的小楼，开始了他们奔波流离的生涯中难以忘怀的一段宁静平和的创作历程。

作为一位有作为的女作家，从萧红走上文坛之日起，就一直备受关注。先是“传记热”，现在又升级为“影视热”，而且大有一波胜过一波之势。

我一直私下认为，以影视的形态再现文学家与再现文学作品里的人物完全是两种事业。文学作品可以多次改编，中国最著名的四大古典文学名著，就有多种电影或电视剧的版本，而且编导们一再改编的兴致，几乎从来不衰不减。但把文学家推上银幕或荧屏，却是一种颇不容易的事业。文学家用语言创造出的艺术世界，往往有不可取代的独立价值，难以复制的生命特征，尤其是涉及到像风格、境界、意象、韵味之类可意会难言传的境域。具象的电影、电视，往往把具有广阔想象空间的文学家的精神世界，具体化因而也有可能局限化，具象化因而也有可能拘泥化。电影《鲁迅传》的几次胎死腹中，恐怕不仅仅是政治的或时代的原因。中国目下还没有造就出足以把鲁迅这样的文学家真实、丰满、多维地送上银幕或荧屏的编剧、导演和演员，恐怕也是相当重要的缘由。如何对待文化遗存，我们一直在开发与保护之间纠结。窃以为与其像对付巴马、丽江、凤凰那样毁灭性地“开发”，真不如就原封保存，留待将来有足够的智慧和能力科学地开发时再动手不迟。既可以少给自己造些罪孽，又能够给后人多留一些空间，双赢两利，何乐不为？

我一直固执地认为，萧红之所以是萧红，首先在于她是一位具有不羁的才情的文学家。人们都知道，她的文学创作，曾得到两位文坛巨匠的首肯。先是鲁迅为其成名之作《生死场》作序，盛赞其“……叙事和写景，胜于人物的描写，然而北方人民的对于生的坚强，对于死的挣扎，却往往已经力透纸背；女性作者的细致的观察和越轨的笔致，又增加了不少明丽和新鲜”。[1]然后是茅盾对其巅峰之作《呼兰河传》的称誉：“它是一篇叙事诗，一幅多彩的风俗画，一串凄婉的歌谣。”[2]我感觉，它确实是“叙事诗”，但叙事的线索，既不是时间的推演，也不是事件的发展、人物的命运，而是作者以寂寞为主调的感情。它真的是“风俗画”，但不是工笔的细描，而是写意，是象征。对呼兰河城的种种风俗，萧红出之以不乏幽默感的讽喻和讥刺，一重渲染便多一层寂寞。它绝对是“凄婉的歌谣”，是萧红的寂寞的情怀，多彩的文笔，把这一个个、一组组各具独立性的“歌谣”，“串”联成为美的又是病态的抒情乐章。在《呼兰河传》中，无论是大泥坑的象征寓意，还是火烧云的幻美意境，无论是小团圆媳妇和王大姐的悲苦命运的书写，还是祖父的慈祥和“我”的童稚的话语及视角，种种笔法，种种人物，种种风俗，都从抒情的需要出发，也都浓浓地浸透进萧红那爱美、爱生命、爱自由而终归寂寞的感情世界。这是少有的以风俗为主角的小说，又是仅见的以抒情为中心的乡土文学。

在今日的银幕或荧屏上，萧红是一位擅长制造绯闻的专业户，还是屡遭抛弃命运多舛的风流怨妇，抑或是被好几位人五人六的男人陆陆续续趋之若鹜的“文艺女神”，我无从也不想得知；只是未免多余地担心这新的电影、电视里的萧红，与文学已经渐行渐远，乃至完全疏离。记得几千年前我们的一位阅历足够丰富的智者，曾语重心长地强调过祸福相依的哲理。对于一位终生以书写寂寞为使命的作家，这种大红大紫，究竟是福是祸，不才如我，更无从破解。但在快餐文化大行其道的风气下，也许这种模式的萧红，更容易被形形色色的人群接纳，被广泛

---

[1]《鲁迅全集》第六卷《且介亭杂文二集·萧红作〈生死场〉序》。

[2]《萧红的小说——呼兰河传》，原载上海《文汇报》1946·10·1。

地引为知己，或者作为自己更高明、更幸福、更光彩照人、更活得有滋有味的佐证。某些不再愿意耗时费力捧读文学原著的读者，也就此给自己找到了更方便的托词。

1934年7月16日之夜，鲁迅在沉痛忆念他的青年朋友韦素园时，写过一段伤心而且悟道之言，道是："文人的遭殃，不在生前的被攻击和被冷落，一瞑之后，言行两亡，于是无聊之徒，谬托知己，是非蜂起，既以自衒，又以卖钱，连死尸也成了他们的沽名获利之具，这倒是值得悲哀的。"[1]多年以前，我就听说鲁迅是块遭到一些人厌恶的"老石头"。现在，他的一些作品又逐渐从中学语文课本中被"搬"掉了。这些年，不少人在用排比句熬炖的心灵鸡汤中浸泡得骨软目迷，舒服熨帖极了，对鲁迅那种以"狮虎鹰隼"等为标本的"力之美"的崇高境界，自然会由疏离到厌恶，拒之千里，犹嫌未远，谁还会喜欢他那"枭鸣"一般的呼号？可能他真的该"退休"了，从某些人的内心世界、话语世界里。因此，我颇希望他这些话，完全是明日黄花，或者是无的放矢，甚至是危言耸听。因为当下的影视界，确乎比三十年代的文艺界进步多多了。而且，只要有人愿意投资，有人愿意编导，有人愿意饰演，有人愿意观看，谁也无权干涉。只是石楼犹在，而斯人已去，我们无法起萧红于地下，不知她对宋佳版、汤唯版的"萧红"作何感想了——"这倒是值得悲哀的。"

[1]《鲁迅全集》第六卷《且介亭杂文·忆韦素园君》。

见证沧桑

笔者2006年曾拍摄位于青岛市市南区广西路4-6号的一家奶站，它位于广西路、龙口路、龙江路的交界处。每天清晨，取奶的人们络绎不绝，到下午就少有人光顾。它像所有奶站一样忙碌并清闲，也像所有奶站一样单调而有益。

八十年多前，这里是一家书店。大概因为当时的青岛，文化事业相对滞后，店主人以为是在披荆斩棘，故名曰“荒岛书店”。据传说：书店的主人是孙乐文和宁推之。孙后来加入了共产党，这书店也就成为地下党以及青岛“左联”小组的活动地点之一。书店门脸不大，因为常常摆着上海、北京等地出版的新文学书刊，在那时的青岛，是非常独特、新鲜的，由此引来不少对新文学情有独钟的年轻读者，就非常自然。书店主人还在店内摆了几张座椅，供选书、买书或者不过随便走来偶尔驻足的人们少事休憩，翻阅浏览，或者与同道者们议论交流，互通信息——这是书店主人与其他商人明显的差别，而与上海的内山书店的做法略微近似。据说当时在市立中学读书后来成为著名电影艺术家的黄宗江，后来成为新华社副社长的李普，以及三十年代文坛上著名的东北夫妇作家“两萧”，都先后作为荒岛书店的“常务”读者，在这里相识，在这里订交，成为以新文学为媒介的同志兼朋友。

1934年初夏，萧红、萧军应朋友舒群的邀约，从哈尔滨经大连来到青岛。那时的青岛，日寇侵略亡国灭种的威胁尚未逼近，以国立山东大学为中心的教育、文化事业，依然在顽强地建设发展，海风依旧清新，海浪照样迷人，是文化人不错的游览或寓居的选择。老舍与洪深，是大体上同时来到青岛，与原先就定居于此的王统照等，共同组成了一个无论是实力还是规模都足以令人瞩目的新文学群体。他们携手创办《避暑录话》等刊物，发布自己的新作，他们在寓所或酒馆时或小聚，畅谈快饮，借以吐露心中的淤积块垒，于不经意间，造就了青岛历史上一段堪称辉煌的文化。两萧来到青岛后，虽然没有见到足够的史实确证已经加入这一群体的文化活动，但接受了这种文化氛围的熏陶，则是大体上可以断言的。在这里，他们由于生活与工作的相对安定，创作开始出现了高潮。受胎于哈尔滨的两部小说，即后来定名为《生死场》和《八月的乡村》者，于是在这合适的气候下迅速成熟，完成了酝酿已久的初稿。作为名不见经传的两个文学青年，写成作品固然困难重重，谋求出版就更是如入蜀道，难上加难！还是在这荒岛书店，孙乐文建议他们不妨向上海的鲁迅先生求助。因为孙在上海的内山书店见到过鲁迅先生，和蔼可亲之状，时时如在目前。也许是受到孙的鼓励，也许是为鲁迅的崇高盛誉吸引，也许是当时两萧实在也没有更为可行的办法，于是他们毅然把自己的心愿寄往向往已久的上海。孙乐文还建议他们把通信地址就署为青岛荒岛书店，万一不测，两萧不会有什么危险，而他作为书店的主人，也能够轻松地“推脱”责任。于是，这满载着两位即将在中国新文学的历史上大放异彩的青年作家的希望的邮件，从黄海之滨，飞向了三十年代中国新文学的中心上海，飞向了20世纪中国最伟大的文学大师鲁迅。

以后的事态发展，就几乎是尽人皆知的故实了：当两萧正在满心里惴惴不安的时候，鲁迅的来信到了，他们的欢欣鼓舞，自然是不想可见的！鲁迅在信中说：“……我可以看一看的（按指两萧的小说草稿——引者注），但恐怕没有工夫和本领来批评。稿可寄‘上海、北四川路底、内山书店转、周豫才收’。最好是挂号，以免遗失。”信写于1934年10月9日夜，这是两萧命运转折的节日，也是他们和鲁迅通信以至结识的开始，无论从什么角度看取，这都无疑是一个值得永远纪念的喜庆日子。从此，他们在鲁迅的关心提携下，不但出版了自己的成名作，而且迅速跃居为30年代最具影响力的青年小说家，成为在抗日烽火燃遍关外关内的历史时刻奋力充当民族代言人的东北作家群的杰出代表！此后，他们的作品特别是萧红的《生死场》，以及萧红的悲剧性人生历程，更为中国现代文学研究提供了异常广阔的阐释空间。

于是，这一幢并不起眼的普通房子，在历史的特殊关头，成功地扮演了青岛“文化港口”的重要角色，成为人们屡屡称道的文化佳话的关键与载体。从书店到奶站，它的历史地位发生着巨大的改变，风雨沧桑，见证着几十年间青岛的、中国的地覆天翻！该它出面执掌历史风旗的时刻，它当仁不让，走出显赫，走出荣耀；当历史变异形势苍黄，它又谦逊质朴地走向民间，走向生活，在历史的进展链条上尽职尽责地完成着需要它完成的各项职能。好像是鲁迅说过：人，无非都是进化的链条上的一环，承着过去，向着将来。又无非是历史长河中的一滴水，一朵浪花，在阳光下闪烁翻腾一度，发挥出自身的灿烂光耀以后，就无怨无悔地偕同诸多水滴诸多浪花一道，欢欣喜悦地顺着河床流向远方，流向大海。

近日复去拍摄，奶站已经渺然不知去向，这里化身为一片荒芜的广场。据附近居民说此地曾是某酒店的停车场，酒店停业，停车场于是废弃，终于成为名副其实的闹市中的“荒岛”。中国的物质文化遗存在迅速地被蚕食鲸吞，被毁灭性地“开发”，已经是不争的事实。连冯骥才先生这样名震遐迩的文化名人四处奔走，唇焦舌敝地申说呼吁，都无法阻止这一危险的趋势。我没有调查的能力，不能确知这种文化沦陷，是有关部门的失察还是责权利益的纠缠，是由于人们渴望改善生活境遇的正义诉求，还是贪官污吏与黑恶房地产商龌龊联盟的罪证——总之，我们民族的物质文化遗存在正以前所未有的速度沦亡，则是令人特别痛惜的。从书店到奶站再到荒芜凌乱的广场的变迁，不过是令人实难忘怀的沧桑巨变的缩影之一耶。

王鲁彦祭

——鲁彦夫人覃英同志访问记

1979年10月20日下午，在上海师范学院教工宿舍十号楼三楼的一间朝南的房间里，鲁彦夫人覃英同志热情地接待了我们。这是卧室，也是会客室。书，堆在门后一个角落，蒙着一张旧被单。我们对坐在木床边，真正是“促膝而谈”，开始了对过早逝世的“乡土作家”王鲁彦的追忆。

覃英同志是教育界、文艺界的老前辈。在旧社会，她主要精力用于教书，也曾协助鲁彦写过文章，编过刊物。新中国成立后，她致力于党的教育事业，曾与魏金枝先生共同主持上海师院中文系。现在她是上海师院科研处党支部书记兼古籍整理研究室主任。她今年七十二岁了，身体还好，不见有龙钟之态，几十年前的若干情景，她还历历在目。她掠一下额前把缕略显灰白的头发，点上一支烟，边回忆边对我们侃侃而谈：

1901年阴历十一月三十日，王鲁彦诞生在浙江镇海大碶头杨家桥一个贫寒的店员家庭里。大碶头现在叫作大碶公社，是典型的江南水乡。那里的木板桥、轧米船，每每在鲁彦的小说和散文中出现，成为必不可少的背景、道具；而那里农民的贫穷愚昧、悲苦愤激又几乎渗透进鲁彦的所有作品成为它们的血肉和灵魂。鲁彦从小就是呼吸着和农民一样的空气长大的。

鲁彦的父亲王宗海，从小当学徒，长大当店员，终年在宁波、扬州等地奔波，不到腊尽岁尾，是不能回家探望的。鲁彦曾有一位长兄，在他出生前已经病死，后来，一个妹妹也由于肺病而夭折，于是鲁彦只剩下一个姐姐。姐姐没有读过书，后来嫁给一个店员，也是过的穷日子。贫穷、疾病，如影随形一般追逐了鲁彦的一生，戕害了鲁彦一生。

鲁彦因为是男孩，独子，父亲挣扎着送他读书，六岁进了私塾，后来到一所初等小学插班，不久又转入家乡的灵山小学。散文《我们的学校》就描绘了这所给他深刻印象的建造在灵山边上的高等小学。他读到高小二年级，还差一年毕业，终于因家庭困难而辍学。十六岁那年，鲁彦被送到上海一个同乡开设的经营纸张、印刷事务的商店当学徒。显然，他的父亲希望他走自己的老路。但他不甘心于失学，便去读补习夜校。心里原来压着一团火，在补习学校又接触了新思潮，一便决心开拓出一条新的上海道路来。

"五四"以后，怀着一颗追求真理的赤子之心，鲁彦瞒着家里人跑到北京，加入蔡元培、李大钊、陈独秀等人创办的工读互助团，一面刻苦自学，一面靠着给大学生们洗衣服、洗被子维持生活。后来他进了北大文学系当旁听生。他如饥似渴地吞着知识，吞着文化，吞着新的思想。他听鲁迅讲中国小说史，从爱罗先珂学世界语。他勤奋好学，很快掌握了世界语，后来还当过爱罗先珂的世界语助教。鲁彦到北京后，七八年间没有回家一次。正是在"五四"民主革命精神的鼓舞下，鲁彦拿起笔，开始了自己的文学生涯。随着《秋夜》《秋雨的诉苦》《许是不至于罢》等作品陆续问世，鲁彦崭露头角，成了"五四"文化新军中比较突出的青年作家。他的作品引起了鲁迅的注意，鲁迅后来在编选《中国新文学大系·小说二集》时，对他这时期的创作给予肯定的评价，称他为"乡土文学的作家"。茅盾也很重视鲁彦的作品，后来也专门写了《王鲁彦论》，肯定他擅于描写乡村小有产者和农民生活的创作特色。鲁彦加入了文学研究会，加入了胡愈之等创办的世界语学会，他抱着文艺应该为人生、为社会的信念严肃认真地进行创作和翻译。

作品陆续发表了，但贫穷并没有撤退。为了谋生，1924年初鲁彦到湖南长沙，在协均中学任教，同事中有赵景深、汪馥泉等人。当时协均中学实行男女同校，很为封建卫道者所不容，学生收不满，经费又缺少，很快就办不下去了。鲁彦只教了一学期书，就和与他自由恋爱而结合了的协均中学学生谭昭一起离开长沙，经上海、杭州回到北京。

他在北京继续从事著译，写出了他早期的代表作《柚子》，对湖南军阀横行、杀人如麻的黑暗现实作了有力的揭露和抨击。同时，他开始得到鲁迅的指导和帮助。据《鲁迅日记》记载，鲁彦在1925年5月14日首次拜访鲁迅，向鲁迅请教。鲁迅曾把《呐喊》送给鲁彦，并在为鲁彦译作《敏捷的译者》所写的“附记”中亲切地称他是“吾家彦弟”。

1926年，他又到长沙第一女子师范教书，与周世钊先生和陈子展等人同事。不久他重返北京。北伐战争爆发后，他向往革命，多次计划南下。1927年5月底，他应聘到武汉编辑《民国日报》副刊。1928年，他又到南京国民政府国际部搞世界语翻译，负责编写对波兰、芬兰等东北欧国家的宣传小册子。但他对蒋介石集团的倒行逆施十分不满。当济南发生“蔡公时惨案”时，鲁彦在对外宣传中作了实事求是的报道，结果触怒了国民党政府而被撤职。后来国民党又引诱他到王平陵等人搞的书报检查机关工作，他不愿去干这种坏事，于1929年夏偷跑到上海。

我原来在长沙女师读书，但鲁彦来女师任教时我已在毕业班，所以并不认识。我因参加进步学生运动而被捕，出狱后在长沙呆不下去，就到南京伪中央大学读中文系，这时才同鲁彦相识，他已与谭昭离婚。鲁彦从南京出走时，我又因参加进步学生运动在伪中央大学站不住脚，便相约到上海，在上海结婚。婚后我们打算去日本留学，当时任钧先我们一年到日本，来信约我们也去，后来因申请不到公费，日本之行只好作罢。

这样，我们就在法租界萨坡赛路（今上海市淡水路）一条弄堂里赁屋住了下来。很巧，丁玲和胡也频是我们的邻居，大家很快熟了起来。他们当时正在办《红黑》杂志。接着，我们又同巴金、沈从文、姚蓬子等文化人陆续结识。在上海这一阶段，我一度到刘海粟办的艺术学校学习音乐，鲁彦还是笔耕度日，继《柚子》之后，出版了他的第二本小说集《黄金》。鲁彦这时的作品，思想更加冷峻深刻，艺术手法也渐趋成熟，这当然使人高兴。但是，贫穷仍然紧紧追随着我们。

说到这里，覃英同志从床上拿起我们刚交给她的《鲁彦著译系年》补遗部分，一面翻阅一面感慨地说，鲁彦投稿的范围广，出书的书店杂，从来没有自己的“根据地”。所以，现在要找全他的作品，恐怕不是一件容易的事。鲁彦写作很勤，作品数量同他写作的历史相比还是很可观的，但毕生穷困，并未因作品多而有所缓解。因为穷，他无法选择稿酬较丰的书店，也因为穷，他往往只好把版权卖断，书商们无论翻印多少，他都得不到半点好处。又因为出书的书店太杂，鲁彦的全部作品竟没有一个系统，这就大大削弱了他的影响。在那个社会里，这些都是无法可想的事。

1930年秋，由于生活所迫，我们从上海到了厦门。经巴金同志介绍，鲁彦为华侨办的厦门《民众日报》编副刊。同时在厦大兼课，教授中国文学。后来他又到集美教过短时期的书，他的好朋友吴文祺当时也在集美教书。鲁彦喜爱厦门的四季如春，风光旖旎，但对国民党统治下的天灾人祸，却极为愤慨，他后来在《厦门印象记》中真实地记下了当时的所见所闻所感。

1931年下半年，我们又漂泊到泉州。鲁彦在泉州中学教书，我在华南女中教书。当时泉州聚集了不少文化人，如巴金同志、已故的翻译家丽尼，还有一些朝鲜革命者。巴金同志正在研究克鲁泡特金等人的学说，还组织世界语学会，鲁彦欣然加入。朋友们时常聚会，交流思想，论文谈诗，是鲁彦一生中少有的快活日子。

1932年春末，生活又把我们带到福建莆田的韩江，两人一起在韩江中学教书维持生活。韩江中学的校长何尚友，到过美国留学，思想开明，热衷于开办学校，鲁彦曾把他写进散文《船中日记》中。鲁彦在课余，仍然致力于创作。《兴化大炮》所描写的风土人情，就是从韩江取材的。他同学生们的感情也很好，离开韩江后师生之间还鱼雁频繁，直到抗战爆发。

韩江是个码头，水路直通上海。1932年10月，我们乘船去上海，途中在镇海老家流连两个月余。这时鲁彦的父亲从病重到去世，鲁彦恰在身边。经过十多年的漂泊又回到故乡，故乡农村经济的凋敝，贫苦农民的悲惨命运，勾起了鲁彦的文思，长篇小说《野火》就是在这时开始酝酿的。

安葬父亲之后，我们奉母来到上海。鲁彦先在江湾立达学园任教，因不足以维持生活，不久就辞职，专事译著。他在《东方杂志》《文艺月刊》《文学》等刊物上投稿，仍是勤奋地创作，坚韧地翻译。贫穷和劳累，使他的身体日益衰弱下来。

1934年初，他又远走陕西，先在郃阳（今陕西合阳）县立中学任教，一个学期后到西安高中任教。我也在1935年春到西安，在三原女中教书。这时他的作品，大都发表在他朋友郭青杰编辑的《西京日报》副刊上，其中不少是诗，用笔名发表的。陕西的新生活开拓了鲁彦的眼界，他还写下了《西行杂记》《关中琐记》等作品。

1935年底，我们重又回到上海，住在梵皇渡路（今万航渡路），茅盾、黎烈文、孙师毅等人都住在附近，经常来往。第二年春夏之交，我们见到了老朋友冯雪峰同志。他那时是党中央特派员，但仍然诚恳热情，没有一点盛气凌人的派头。当时上海文艺界正在开展两个口号的论争，鲁彦因为早就不在上海，未加入左联，又长期埋头创作翻译，不写理论批评文字，所以没有直接参加论争。但他在鲁迅先生发起的《中国文艺工作者宣言》上签了名。鲁彦一直十分敬仰鲁迅，他不止一次地说过鲁迅是他的导师。事实也确是如此，从鲁彦许多作品的表现方法和艺术意境上，可以明显看出他受了鲁迅的影响。鲁迅病重时，鲁彦曾去探望；送葬时，鲁彦是扶棺的八个人之一；追悼大会，鲁彦始终在场；鲁彦沉痛悼念鲁迅的文章，发表在《中流》上，题为《活在人类的心里》。

这一阶段，是鲁彦创作上的旺盛时期。他发表了不少短篇和中篇，较优秀的有《屋顶下》《岔路》《李妈》《乡下》等。但他的主要精力却用在创作他构思已久的长篇《野火》。他计划写出以浙江农民生活为题材的三部曲：《野火》《春草》和《疾风》，要在小说中暴露地主阶级的贪婪和凶残，反映贫苦农民受难、不满、觉醒、反抗直至斗争胜利的全过程，这在现代文学史上无疑是一个有益的尝试。《野火》出版后，得到了进步文界的好评，记得雪峰同志就专门撰文，认为这部小说无论在思想性上还是在艺术性上，都是鲁彦创作上的一个“突跃”，可惜的是，卢沟桥的炮声，打断了他继续写作《春草》的计划。

与此同时，鲁彦还完成了长篇历史小说《法老》的翻译。鲁彦精通世界语，他一生在翻译上也有不少建树，向我国读者介绍了大量东欧、北欧弱小民族的进步作品。记得他当时还与一位波兰作家（我已经记不起他的名字）建立了密切的联系，他的一些作品业曾由这位波兰作家译成世界语。《法老》是波兰著名作家普鲁斯的代表作，借用古代埃及的历史资料，反映当时波兰农民的贫困生活和教士的反动面目，是鲁彦翻译作品中最后也是最重要的一部长篇。全书译成后交给生活书店，拟作为“世界文库”单行本出版，在报上登了出版预告，纸型也已打好，因“八一三”战事而耽搁下来。后来生活书店把纸型运往重庆，准备在重庆付印，不料船驶至三峡时触礁沉没。而寄存在文化生活出版社的译稿底稿也在该社被日寇查封后不知下落。这部花费鲁彦不少心血的译稿竟落得这样的结局，真令人心酸。而今只剩下一本当年鲁彦翻译时用过的原版《法老》保存在巴金同志手中。

1937年上半年，鲁彦曾到沪江大学教过一学期书。“八一三”以后，鲁彦离开上海，开始了新的流浪。十月份，到了醴陵。1938年春节前后，鲁彦又来到长沙，住在橘子洲，为田汉同志主持的《抗战日报》编副刊。当时郭老和廖沫沙同志都在长沙。周恩来同志请郭老就任政治部三厅厅长以后，鲁彦和刘季平等文化人又应郭老之邀到了武汉。《抗战日报》副刊就由周立波同志接编。鲁彦编副刊的时间虽然很短，但他大力提倡文艺大众化，为宣传抗日救国做了不少工作。

到武汉以后，鲁彦加入了中华全国文艺界抗敌协会，写下了《炮火下的孩子》《伤兵旅馆》等揭露日寇暴行的作品。1939年10月，武汉撤退，鲁彦从武汉到桂林，在桂林高中任教。同时，他担任了文艺界抗敌协会桂林分会的主席，并兼任文化供应社编辑，参加了《中学生战时半月刊》编委会，为宣传抗日而四处奔走，积极工作。在此期间，鲁彦还不顾自己虚弱的身体，挤出晚上时间继续写作长篇小说《春草》，其中部分章节曾在《广西日报》副刊上连载。

到了1940年秋天，桂林经常遭到敌机轰炸，鲁彦的身体也更差了，我们就迁居柳州附近的丹江县，在柳庆师范教书糊口。次年夏天，鲁彦在那里染上瘴气，高热几十天不退，又无医无药，我们只得重返桂林。当时，巴金、艾芜、张天翼、黄新波等许多文化人都集中在桂林，大家深感应该办一个像样的刊物来宣传团结抗日，反对分裂投降。巴金同志看到鲁彦有病在身，又拖着一堆孩子，实在是贫病交加。为我们的生计着想，他便主张由鲁彦编辑刊物，由我以三户书店的名义出面作发行人（实际上是生活书店发行），大家共同支持。这就是后来于1942年初创刊的《文艺杂志》。在极其艰难的条件下，鲁彦以顽强的毅力，扶病组稿阅稿，许多工作都是一人苦撑，经常忙到深更半夜。我一面理家一面帮他编校。由于鲁彦始终不懈的努力和艾芜、张天翼、王西彦、端木蕻良等许多同志的帮助，《文艺杂志》居然时出时停，坚持了三个年头，成为抗战期间影响最大的文艺期刊之一。

不久，由于鲁彦抱病坚持编辑《文艺杂志》，他的痔疮又并发了，必须开刀治疗。这样，我们一家人的生活就更为困难，主要靠我在成达师范微薄的薪水勉强维持。后来，鲁彦痔疮几次开刀未愈，再加出版事务上的一些纠纷，使他身心受到进一步的打击。为了改换环境，我们就到了茶陵，我在茶陵二中教书，生活稍为安定，鲁彦的身体也略有好转。谁知湘北战争突然爆发，日寇逼近茶陵，学校被迫疏散。在兵荒马乱中，幸得开明书店的路善涛先生相助，我们才二返桂林。一路上颠沛流离，受尽折磨。国家的破败，民族的危亡，亲历身受的苦难，再加一家老小啼饥号寒，使鲁彦的病情急剧加重。1944年7月回到桂林时，他已奄奄一息，不能起坐了。终于拖到8月20日，病逝于桂林医院。他去世时开刀后的痔疮还未收口，肺部溃烂一直到喉头，令人惨不忍睹。

鲁彦病逝时，日军已开始进攻桂林，桂林文协早已疏散，作家们大都前往柳州。但为料理鲁彦后事，他们又冒着危险重聚桂林。邵荃麟、曾敏之、端木蕻良、司马文森等同志四处奔走，在报上刊登讣告，撰写悼文，发起募捐，救助遗孤。经过一番努力，文艺界的同志终于在1944年8月底的战火中为鲁彦举行了追悼会，记得参加者有二百多人，由邵荃麟同志致悼词。会后，桂林文协在七星岩买下墓地一方，为鲁彦营葬，墓碑上刻着："作家王鲁彦之墓"。那浅葬的坟墓，背山面田，环境清幽。也许由于几经战乱，新中国成立以后我大儿子出差到桂林，去凭吊父亲墓时，已无法找到坟碑。不过我想，如果现在让我亲到桂林，我还是能找到鲁彦墓的旧址的。前不久接到现在香港担任《文汇报》副总编辑的曾敏之同志的来信，信中写道："我们在湘桂大撤退而分手。当年在兵荒马乱之中诶鲁彦先生安葬的情景历历在目，可是一晃就是几十年……"是的，随着时间的推移，地上的坟是会湮没的，但心里的碑却永远矗立，不可磨灭，鲁彦有知，也会在同志亲友们的忆念中感到欣慰罢。

得知鲁彦病逝，敬爱的周恩来同志十分关注，亲自发来唁电，安慰家属，叮嘱要"善抚遗孤"，并请冯雪峰同志转送我们抚恤费法币一万元。周恩来同志还亲自安排要都匀、昆明、贵阳等地负责护送文化人的招待站把我们接往重庆。周恩来同志对一个普通作家的家属这样无微不至的关怀和照顾，时隔三十五年，我仍怀着深深的感激！

鲁彦去世后，我在桂林不能安居，便匆匆由水路逃亡，竟没有从都匀走，冯雪峰同志和招待站都没有找到我们。当时身边四个孩子，我一人照顾不周，便把女儿和小儿子分别寄养在生活书店丹江分店和在柳州的妹妹家中，只能带跑路的两个儿子绕道苗族地区到了都匀。一路上住难民营，没有饭吃。直到在都匀遇到田汉和安娥同志，才知道周恩来同志早设有招待站，并且早就在找我们，这才和他们同车经昆明到重庆。在重庆，我终于见到了冯雪峰同志，他带来了周恩来同志给的一万元，带来了党的温暖，使我们一家在饥寒交迫的危难中找到了依靠，找到了希望。

说起冯雪峰同志，覃英同志开始激动起来。她用力捺灭刚吸了不久的烟，告诉我们说，雪峰同志是鲁彦的至交。他们早在北京相识，在上海时过从更密。1943年，雪峰同志从上饶集中营出来，路经桂林时还特地来看望鲁彦。“文革”时期，我在“牛棚”里隔离“审查”，有人来调查雪峰同志的材料，说他是叛徒。这完全是无中生有的诬陷。记得雪峰当时亲口告诉我们，在上饶集中营里，他肺病加重，再加胸部伤口溃疡，已经奄奄待毙。国民党匪徒见他昏迷不醒，误认为已经死去，把他丢在破庙里。幸亏难友发现了他，用竹片刮去他胸口的烂肉和脓血，用盐水浸的布带裹在他胸前，才把他从死亡线上抢救过来。后来经党组织营救，得以脱离虎口。鲁彦正好也患肺病，听了雪峰这席话，就和他抱头痛哭，雪峰还解开衣服让我们看胸前的伤疤。雪峰同志历经磨难，九死一生，并没有颓唐，更没有向反对派献媚，他又去找党，在坎坷的道路上更加忠心耿耿地为党工作。他去重庆前还再三鼓励我们要坚强地生活下去，奋斗下去。见到我们生活困难，他到重庆后自告奋勇为鲁彦的《野火》寻找重版书店，因为姚蓬子的作家书屋拒不接受，他才只好介绍给另一家书店，以解决我们的燃眉之急。冯雪峰同志坚持革命一辈子，也吃苦吃了一辈子，是党性很强的一位优秀文艺战士，党不会忘记他，人们不会忘记他，历史不会忘记他。

当我们询及鲁彦的子女时，覃英同志逐渐平静下来了。她向我们介绍说，鲁彦共有子女七人。谭昭所生两个女儿都随母亲改姓。她膝下四子一女，除了一个儿子是喝着农民的乳汁长大的以外，其他几个都毕业于陶行知先生创办的育才学校，一直得到党组织的关怀和培养。现在，他们中有的是科学工作者，有的是乐队演奏员，有的搞美术，有的在教书，都在为实现四个现代化尽自己的力量。说着，她打开抽屉，找出许多照片给我们看。从照片上，我们欣喜地见到了几十年前的鲁彦的形象。其中有几张还未发表过，照片虽已发黄，但鲁彦深情宛在，潇洒可亲。

谈话已进行了三个多小时，为了不致使覃英同志过分疲劳，我们不得不提出告辞了。但覃英同志兴致很高，又硬拉着我们坐了一会儿。她深有感触地告诉我们，鲁彦虽然没有能活着见到他所希望的新中国诞生，但是他的作品在新中国成立后得到了党和人民的重视。打倒"四人帮"以后，鲁彦作品又获得了第二次解放。他的代表作《柚子》《黄金》等已收入《中国现代文学史参考资料·短篇小说选》；他的童话《小雀儿》等已收《"五四"以来优秀儿童文学选》；上海文艺出版社也将出版研究鲁彦作品的专著《王鲁彦论》。覃英同志本人也老当益壮，开手整理鲁彦遗著，打算在巴金同志的支持和协助下，编选一部较完备的《鲁彦选集》。她还想到北京、广州等地遍访故友，核实材料，写一部详实可靠的《鲁彦生平和创作》。

最后，覃英同志一面和我们握手道别，一面意味深长地说："一个作家不是属于他的家属的，而是属于整个社会，属于人民的。今天，我们终于能够对鲁彦这样为人民而创作的作家做出历史的公正的评价了，我感到高兴和欣慰。"的确，我们现在不是强调要继承和发扬"五四"新文学的现实主义光荣传统吗？鲁彦的作品就是一个很好的借鉴。可以预料，鲁彦那一系列真实地反映现实和深刻地发掘人生意义的作品将赢得更多的读者，鲁彦作品的研究工作也将进入一个新的阶段。

（本文系与陈子善兄合写，初刊于《新文学史料》1980·2）

出世与入世之间

——弘一法师在青岛

出家为僧，在家为俗，一般说来，这是不可混淆的两种完全不同的人生选择；但在那些精神世界特别精微深奥的文化人那里，这界限有时就不那么明显：周作人一生家居而自命为不着袈裟的和尚，弘一法师剃度为僧而心存民族深情、执着书法艺术，都是令人沉思的范型。1937年春夏，弘一法师应湛山寺住持倓虚方丈诚信邀约，来青岛弘扬佛法，居留半年，既留下中国文化史上一则佳话，结成青岛海天之间一段情缘，又提供了人生选择的广阔思考空间。从法师那早已远去的背影望去，人们很难不生发出联翩的浮想……

自从电影《城南旧事》上映以来，一阕荡气回肠的《送别》就迅速地唱遍大江南北，为之作词谱曲的李叔同，也就伴随着他的传奇故事成为家喻户晓的文化名人。李叔同本是天津一名有名儒商的幼子，富甲一方，又兼天赋极高，其倚红偎翠诗酒留恋的故事，就伴随着他的青春年华迅速传遍了从天津到上海的舞榭歌台。那些年代里的李叔同，一面是诗词夺魁的青年才子，友人曾以“酒酣诗思涌如泉，直把杜陵呼小友”为其风采传神；一面是惜花怜玉的风流公子，“痴魂消一念，愿化穿花蝶。帘外隔花阴，朝朝香梦沉”便是他声色场上的写照。

但是谁也没有想到，这样一位浊世翩翩贵公子，一踏上一衣带水的日本，顿时变作虔诚的现代艺术的信徒。1907年以李叔同为主干的中国第一个话剧团体“春柳社”，公演《黑奴吁天录》《茶花女》大获成功，轰动日本朝野，既写下中国话剧史上有声有色的第一页，更给李叔同一个展现艺术才华、充分体现自我的机缘。

从此，他便在艺术这一领域里高扬风帆破浪前行！他是中国最早的现代音乐杂志的创办、编辑者；他是中国最早的广告画的创意人、绘画师；他是中国最先介绍钢琴、风琴等现代乐器，油画、水彩画、木炭画、木刻等现代艺术的先驱；他是中国第一部西洋美术史的作者，他又是最早使用裸体模特儿的纯正艺术家……

从日本学成归国以后，他长期在浙江省第一师范等校任教，在风光旖旎湖山映照的杭州执教六年，及门弟子何可计数？其中最杰出者，有美术家丰子恺、潘天寿，音乐家刘质平、吴梦非，文学家曹聚仁等。他常常教育学生，要把人格修养置于艺术修养之上，要做好的文艺家，先要做一个好人。

出人意料的是，正当他在艺术教育的道路上顺风顺水一往直前的时候，却在人生选择上突然改弦更张，遁入空门，削发为僧。1918年的寒假，他没有回家过传统的春节，却以居士的身份独自去杭州著名的虎跑寺皈依，法名演音，号弘一。7月剃发，9月受戒，从此云游四方，广结佛缘，从世俗的艺术家李叔同，化身为出世的宗教家弘一法师。

出家以前，他从容地料理了俗世的一切：平生所绘油画，捐赠北京美术学校，笔砚碑帖留赠周承德，书画、墨迹分赠夏丏尊与堵申甫，衣服书籍分赠刘质平，玩好小品送给了陈师曾。他出家前预留了三个月的薪水，出家时将此款项一分为三，一份连同自己剪下的一缕胡须托人转交给日籍夫人；一份连同呈文请浙江省政府转北京内务部，作为办理开脱俗籍转入僧籍的印花税及手续费；一份作为自己受戒入寺后的斋饭补充费。

对于李叔同的突然出家而且异常坚决彻底，一向有多种猜测与解释。诸多解释中，当推丰子恺的意见较为合乎情理并较接近法师心愿的实际。按丰子恺的看法，李叔同由艺术家到宗教家，完全是人生追求的自然演进，是他人格的完满与升华。正因为他出家为僧纯粹是为了探究人生的根本、灵魂的奥秘，所以他皈依之后，自律极严，既不仰仗名声广收门徒自立宗派以自高，也不发起组织谋求职衔以自炫，更不与达官贵人权豪势要交结以自重，而是一衣一钵云游四方，过着标准的苦行僧式的生活，淡泊平易，闲云野鹤，一心一意地探求佛理，在所谓“民国四大名僧”中成为非常特别的孤例。

他应邀来湛山寺讲学的时候，恰值出家20春秋。因为他多年精研佛法，对于南山宗律学的研究尤其湛深系统。其尤可贵处在于讲律与持律的高度统一。举凡律条所规定的，他无不严格奉行，恪守不爽，与世间一般专门教训别人的吃宗教饭的僧侣恰成悖反。

1936年秋，在湛山寺为众僧讲律的慈舟法师去北京主持法界学院及净慈寺事宜，倓虚法师乃派梦参法师专程到樟州万石岩敦请弘一法师。梦参抵达与弘一洽谈后，弘一提出“约法三章”：一、不为人师表；二、不开欢迎会；三、不登报吹嘘。知道这是弘一法师特有的个性，其实也是所有讲律的出家人都应该身体力行的原则，倓虚只有一一答应。弘一法师途经上海，拜会叶恭绰居士及范成法师，受到素宴招待。席间叶居士问及法师将乘何船赴青，席后便为法师预备了较舒适的舱位。不料法师听说后，便改乘他船，一则不愿劳烦他人，二则仍以俭朴为本，奢侈豪华，安逸享乐，与法师虔诚信奉的律学都是难以相容的。

5月20日，弘一法师与随行的门人传贯、仁开、圆拙，以及前往迎迓的梦参，一行五人，来到青岛。倓虚法师亲率僧、俗众人到大港码头迎接。青岛的5月，天气还颇有凉意，弘一法师穿一身半旧的夏布衣裤，外罩夏布海青，赤脚穿一双草鞋，精神焕发，步履轻捷，毫无畏寒之意。见面后，只简单说几句话，全无世俗的寒暄客套，便回庙中。庙中的僧人及湛山寺佛学学校的师生在山门口接驾，他非常客气地还礼，真诚地连忙说不敢当。随行的人无不带许多东西，条包、箱子、网篮等等，在客堂门口摆一大堆。而弘一却只带一只破麻袋包，用麻绳扎着口，里面是一件破旧的僧袍，破旧的裤褂，有两双鞋，一双半旧的软帮黄鞋，一双补了又补的草鞋。一把破雨伞，上面缠着好些铁条，显然用过许多年岁。还有一个小四方竹提盒，里面有些破报纸，几本关于律学的书。据说还有少许路费，他的学生给存着。一代名僧，誉满天下，俭朴至此，可谓观止。

弘一来青岛以前，湛山寺特意为之在藏经楼东侧新盖五间住房。弘一法师进寺后，因新的僧房比较偏僻，改请他住在现在的方丈室，这里距湛山寺佛学院的讲堂较近，光线较好，环境敞亮。寺中早知法师持戒甚严，没有为之准备特殊的饭菜。第一次送去四个普通的菜，法师一点未动。第二次预备了更次一点的，还是未动。第三次是两个菜，仍然不吃。最后盛去一碗大锅菜，他问送饭的人是不是大家都吃同样的饭菜，如果不是他还是不用。从进寺到离寺，他一直坚持与寺众同餐，决不特殊，寺中也就无法款待。

法师在寺中的生活，既简朴又规律，所住僧房，总是自己打扫收拾，从门窗到地板，干干净净，从不要别人伺候。几乎每天都要出山门，经后山，到前海沿，一个人，久久地站在水边的礁石上放眼远望，看碧绿的海水，看雪白的浪花，看往来的船舰，看翔集的鸥鸟，如与浩瀚的大海作心灵的感应，如与神秘的自然作无言的交流，每有神会，不胜欣喜。他喜欢去的海边，总是少有人至的地方。浩渺无际的海涛与凝神远望的孤僧，构成了一幅有些苦涩的图画，又启迪着某种令人沉思的意境。那情景似很孤寂，但正是法师对扰攘红尘作沉静思索、对人生彼岸作心灵沟通的理想去处。

他在寺中，极少外出，总是虔诚拜佛、埋头读经或认真准备讲经。偶尔走在路上，不管见到的是住持还是佛学院的学生，总是恭恭敬敬地敬礼、还礼，既自然又诚恳。对于达官贵人，则回避唯恐不远。当弘一法师在寺中讲经时，有名的居士朱子桥恰好也因事来到湛山寺。这位朱居士，曾为军政要人，先后担任过广东省长、中东铁路护路总司令等要职。1926年后，致力于社会慈善事业，并且热心佛学，被称为西北佛教的大护法。朱子桥久已仰慕弘一法师的学养与清德，恳请倓虚法师引见。因为早已知道朱某的护法向佛的事迹，弘一法师欣然同意。同时还有一些慕名求见的人，弘一法师则一概不见，让传信的人说他已经睡觉不能会客云云。随后，青岛市长沈鸿烈要在湛山寺宴请朱子桥，朱氏提议“可请弘老一块来，列一知单，让他坐首席，我坐陪客。”沈鸿烈高高兴兴答应。知单写好，让倓虚长老通知弘一法师，弘一法师没有言语，一笑置之。第二天临入席时，又派监院师傅去敦请，却只带回来一张纸条，写有四句诗偈，是宋代惟正禅师为辞谢金陵知州叶清臣的宴请而作。道是：

昨日曾将今日期，短榻危坐静维思[1]。

为僧只合居山谷，国士筵中甚不宜。

朱子桥见后高兴万分，盛赞为清高之举，沈鸿烈见后，不悦之色难以按捺。

弘一法师到后不久，即应僧众之请开示。讲题是“律己”。他强调学律的人

[1] 亦作“静思维”。

先要律己，不要拿戒律去律人。天天只见别人不对，不见自己的不对，这是绝对错误的。又说“息谤”之法，在于“无辩”。越辩谤越深，倒不如不辩为好。譬如一张白纸，忽然染上一滴墨水。如果不去动它，就不会再往四周溅污，如果马上去揩拭，必然污染一大片。为人处世，律己最为重要，千万慎重慎重！

他如此讲说，也如此实践。平素持戒，便是以律己为要。他从来口不臧否人物，不议论他人的短长。就是他的学生有了错误，或做了他不能同意的事情，他也不加批评、责备，唯一的方式便是不再吃饭，替那做错事的人忏悔，恨自己的德性不能感化他人。学生们明乎此理，每见他又不吃饭，便自我反省，赶紧改正向善。

他在湛山寺佛学院讲的是唐代道宣律师《四分律删补随机羯磨疏》，文字古奥，非常难懂。他自己编了一本“别录”，作为辅导材料，深入浅出，较易掌握。他讲学从不坐讲堂正位，都是在一旁另设一桌，这是他自谦之处，认为自己不堪为人师表。第一次上课，事前预备了整整七个小时，所讲内容是他已经研究了20年的戒律，可见他的严谨认真，也可见他对戒律的重视和虔诚。因气力不足，他每次上课，只讲半个小时，语言极其精炼，没有一字一句多余，只要记录下来就是一篇深刻优美的文章。

弘一法师在湛山寺讲律两月，“七·七”事变爆发，又一月，“八·一三”事变爆发，日寇增兵海湾，炮舰沿海示威，青岛的形势顿告危机，商家与市民均有逃难迹象。南方的朋友担心法师的安危，驰函敦劝法师及早南归；法师以早定的期限未到，不能擅自改动，面临大战，更不可惊慌失措，于是一直讲经礼佛，沉静如常。

9月中旬，弘一法师到倓虚方丈寮房请假，说平素穿不惯厚重的棉衣，在南方居住习惯了的身体，也不适宜在寒冷的北方过冬。倓虚法师知道他的脾气，不好勉强，虽然湛山寺已经为他预备下过冬的衣服。行前，弘一法师与倓虚法师又商定了几条，例如不预备路费，不备斋饯行，不派人送行等等。回到自己所住寮房，弘一法师给佛学院的同学每人写了一幅“以戒为师”的中堂，作为纪念，另外给求字的人们写了几百份墨迹，大都是华严经的集句。告别倓虚法师及寺中僧众时，极真切极郑重地说道：“老法师！我这次走后，今生不能再来了，将来我们大家同到西天极乐世界再见吧！”“今天打扰诸位很对不起，也没什么好贡献，有两句话给大家，作为临别赠言吧！——乘此时机，最好念佛！”法师走后，人们见到他的寮房里所有东西安置得极有次序，里外打扫得特别干净。桌上一个铜香炉，三支名贵的长香升腾起袅袅的烟篆。空气非常静穆，余留的馨香让人徘徊良久，不忍离去。

1937年农历七月十三（公历8月18）日，弘一法师出家整20年，不幸偏值日寇大举入侵。闻此国哀，法师当即手书“殉教”横幅以明志，其题记曰：“曩居南闽净峰，不避乡匪之难；今居东齐湛山，复值倭寇之警。为护佛门而舍身命，大义所在，何可辞耶？于时岁次丁丑旧七月十三日，出家首末二十载。沙门演音，年五十有八。”

从青岛回到厦门后，时局日危，大家纷纷劝说暂避一时，法师坚决不从，并且把自己的居室题名为“殉教堂”，他反复强调：“吾人吃的是中华之粟，所饮的是温陵之水，身为佛子，于此时不能共纾国难于万一，自揣不如一只狗子！”还反复书写：“念佛不忘救国，国难不忘念佛。”“佛者，觉也。觉了真理，乃能誓舍身命，牺牲一切，勇猛精进，救护国家。是故救国必须念佛。”在致友人书中坚定地宣称：“近日厦市虽风声稍紧。但朽人为护法故。不避炮弹，誓与厦市共存亡。……吾人一生之中，晚节为最要，愿与仁者共勉之。”“时事未平靖前，仍居厦门。倘值变乱，愿以身殉。古人诗云：‘莫嫌老圃秋容淡，犹有黄花晚节香。’”以身殉教的精神，与对国家民族的感情，在这里已经合二为一，共同交织、升华为一种夺目的人格光华，辉耀丹青，长垂千古。

弘一法师出家以后，生活方式发生了根本的变化，但对国家民族的感情，对书法艺术的追求，却一以贯之，并与时俱进。有人说他遁入佛门绝非人生幻灭的标志，而是超越世俗价值标准的悲壮的人生追求。他向往佛教世界的深广宏大，于是在那里找到了真正属于自己的理想的归宿。从在家到出家，是他人生追求的自然延续与深化，更是人格建树的持续完满与升华。

哲人长逝矣，留给后人的是无尽的思索。

学术边缘

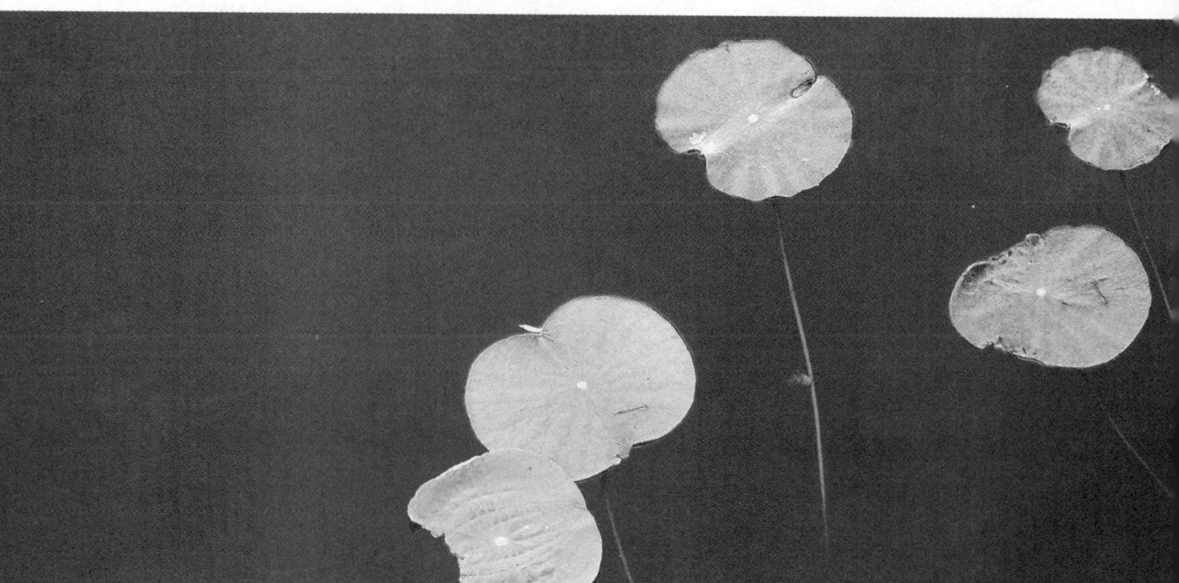

论鲁迅人格范型

面对世纪之交，反思过去与展望未来，已经成为学术界的共同追求。对鲁迅这位世纪性文化巨人的研究，也必然会深入到前所未有的层次，必然会开拓出若干更新颖也更有意义的视角。人格学的研究视角，则是其中较有新意的方法和视角之一。

一、人格学研究视角的界说

什么是人格学？什么是人格？这当然是我们首先必须回答的问题。

“人格”一词来源于拉丁文的“persona”，学术界基本认同其原意是指“面具”（mask）。据说是古罗马政论家西塞罗的著作中最早出现“人格”这一概念，它包含四种含义：（1）一个人给他人的印象；（2）人的社会身份或角色；（3）特指有优异品质的人；（4）人的尊严与声望。在古拉丁语中，“persona”一词，特指与奴隶相对的“自由民”。显然，在古罗马时代，“人格”是贵族与自由民的特权，奴隶是不配成为“人格”的载体的。随着社会历史的演进，人格的含义也日益丰富和复杂，甚至每一个人格学者、每一种人格学派，都拥有仅仅属于自己的人格定义和人格研究方法。在众多的人格概念及其阐释中，由于文化背景的不同，东方和西方，表现出更大的差异。西方人格学研究，更多的是从心理学、哲学的角度诠释其含义，更注重其“个体性”。例如《简明不列颠百科全书》对“人格”的解释就是：“每个人特有的心理——生理性状（或特征）的有机结合，包括遗传的和后天获得的成分，人格是一个人区别于他人并可通过他与环境和社会群体的关系表现出来。”在现代西方人格学研究中，无论是英语的“personality”（人格或个性）、“personalitat”（人格化），还是德语的“personalitat”（个性或人格）、“personifizieren”（人格化），均不含有伦理道德的要求。而东方人格学研究，则更多的是从伦理学的层面加以诠释，特别强调其“群体化”的特征。中国原无“人格”一词，它是在近代由西方经日本传入中国的。由于中国一向是以人的道德水准与道德理想境界作为人之为人的规定，所以人格就往往成为“人品”的同义语。近年来出版的若干权威工具书，例如《辞海》《中国大百科全书·哲学卷》等，均未列出“人格”词条。只有《现代汉语词典》将“人格”界定为：（1）人的性格、气质、能力等特征的综合；（2）个人的道德品质；（3）人的能作为权利、义务的主体的资格。其中第二条，最能反映中国人对人格的独特理解。[1]

同时，人格作为一种研究对象，又为诸多学科所共同关注，成为在不同学科中内涵与外延或交叉或复合的特殊的复杂的对象性范畴。生物学的人格研究，法学的人格研究，伦理学的人格研究，社会学与心理学的人格研究，哲学的人格研究，各有自己的独特研究领域、独特研究方法。后两种研究，则构成了人格学研究中影响最广泛、成果最丰厚的学派。

人格哲学是从最一般的意义上研究人格的理论，它主要以人的主体性资格的研究为内容，以抽象思辨为基本特色，以叔本华、尼采、柏格森、克尔凯郭尔、雅斯贝尔斯、海德格尔、萨特等著名哲学家为代表。人格心理学的浩大阵营中则集合着弗洛伊德、阿德勒、荣格、弗洛姆、斯金纳、奥尔伯特、罗杰斯、马斯洛等著名心理学家，他们主要从人格的内在结构，类型及模式，人格发展的动力系统，人格的障碍等角度探寻人格的内在意蕴，以描述性、预测性及部分可验证性的突出特色与其它学派形成鲜明的分野。

---

[1] 1988年出版的《文化学辞典》对“人格”的解释则是：“每个人所特有的心理——生理形状（或特征）的有机结合，包括遗传的和后天获得的成分。人格使一个人区别于他人，并通过他与环境和社会群体的关系表现出来。”其出处是十分明显的。

（一）西方人格学研究的概况

西方的各种人格学派，有的趋于神秘，有的过于机械，有的强调以问题为中心，有的强调以方法为中心，均以其明显的局限性受到各种各样的指责。六十年代兴起的人本主义人格学派，被称为心理学的第三种力量，是体现了时代精神的一种新的研究方式和研究方向。1968年当选为美国心理学学会主席的马斯洛（A·H·Maslow），因为其学术观点几乎兼容了大部分人本心理学家的贡献，所以当之无愧地被称为“人本心理学之父”。据许金声的《走向人格新大陆》[1]和B·R·赫根汉的《人格心理学》[2]介绍，马斯洛的理论要点由五部分组成：（1）个人是一个有机的整体，人格的每一个特点与其他所有特点有着能动的联系，不能孤立地对其中某一特点进行有意义的研究。（2）那些最为人类所独有的特点，如自我意识、同情心、创造性、生产性的爱等并非附属于更基本的、以生理为基础的冲动，相反，它们具有相对的独立性。（3）人类具有一定的超越环境的发展的潜能，但环境可以增强、减弱或阻挠这些潜能的实现。（4）人性至少是中性的、甚至是好的，人性的丑恶方面主要产生于环境的摧残。（5）人格的成熟和健康在于觉悟到自身的潜能和独特性，并让其充分发挥。

马斯洛人格理论的核心，是理想人格的设计，即以自我实现为人格最高理想境界的设计。马斯洛把人的基本需要分为七个层次，从低到高依次为生理需要、安全需要、归属需要、自尊需要、认知需要、审美需要、自我实现需要。后来流行的是不包含认知需要和审美需要的“五大需要说”。生理需要指人基本生存的需要，如衣食住行、性交、排泄、睡眠等等，是一切需要中最占优势的需要；安全需要主要指对组织、秩序、稳定、工作与生活有保障的需要。储蓄及保险的需要也属于安全需要。另外，人们需要某种信仰或世界观把宇宙和人类组成和谐的有意义的整体，在某种程度上也是受安全需要的驱使。归属需要特指对于人与人关系的一种追求，从儿童时代的父母之爱，到后来的异性之爱，对企业、团体的感情等。民族感情、爱国感情、国际主义感情，都可以看作归属需要的延伸。这

[1] 许金声：《走向人格新大陆》，工人出版社1988年版。

[2] B·R·赫根汉：《人格心理学》，冯增俊、何瑾译，作家出版社、海南人民出版社1988年版。

种需要得不到满足，将感到孤独和空虚。自尊需要指人对自我进行肯定的需要，是自尊与他尊的结合。自尊产生自足。一般说来，人只有在自尊需要得到相当满足之后，其潜在的能量和创造力才能充分发挥出来。自我实现需要是最后出现的一种基本需要，其本质特征是潜力和创造力的发挥。

马斯洛认为：一位音乐家必须作曲，一位画家必须绘画，一位诗人必须写诗，否则他就无法安静。人们都要尽其所能，这一需要就称为自我实现需要。他在研究了歌德、贝多芬、爱因斯坦、杰佛逊、林肯、罗斯福、斯宾诺莎、惠特曼、弗洛伊德等杰出的文学家、艺术家、政治家、科学家的人格范型以后，惊奇地发现，他们大都具有以下共同的特征：能准确充分地认识现实；表现出对自己、对别人以及对整个自然的最大的认可；表现出自然、朴实和纯真的美德；常常关注各种社会疑难问题而不是他们自己；具有喜欢独处和隐静的品质；独立自主，不受文化和环境的约束；呈现出一种清新的鉴赏力；具有很强的伦理观念；具有发展完善的、非敌意的幽默感；具有创造性；抵制文化适应。自我实现需要是人类需要发展的高峰，极少数人才有希望达到这一高峰。

马斯洛所描述的这五种需要，有低级与高级的区分，但这五种需要的发展，并不是间断的、阶梯式的跳跃的过程，而是一种连续的、重叠的、波浪式的演进；同时，这里显示的，只是大多数人的需要发展的一般规律，并不排除少数例外。也就是说，当个体的三种人格力量（智慧力量，道德力量，意志力量）足够强大的时候，在外在环境相同的情况下，就可能超越需要发展的一般模式，在需要的满足上达到较高的层次。换言之即当个体的低级需要甚至中级需要没有获得满足之前，也能够追求或达到最高级的自我实现需要的满足，获得最大限度的幸福感，进入理想的人格境界。自我实现的人格范型与非自我实现的人格范型的最大区别在于，前者的追求受超越性动机（Metamotrations）支配，后者的追求受缺失性动机（D—motives）支配。当由超越性动机而来的发展需要得到满足时，就会引起某种狂喜、极乐的感觉，马斯洛称之为“顶峰体验”（peak experiences）。他认为顶峰体验是人的一生中最能发挥作用，感到坚强、自信，能完全支配自己的时刻，是一种自我、本我、超我与自我理想的融合，是自我批准的、自我证实的时刻，这种自我证实把自己的内在价值带给了自己。不只是心理健康的、自我实现的人才会有顶峰体验，绝大多数人都可能有类似的体验。任何人在体验到顶峰体验的时候，也就具有了自我实现者的许多特征，也即在一刹那间他们也在一定程度上成了自我实现的人。

（二）我国人格学研究的概况

中国古代虽然没有“人格”的概念，但“人品”一词却大体具有“人格”的某些含义，有时甚至是被当作“人格”来使用的。中国传统的理想人格，最初是多元的，既有儒家的道德礼乐人格，又有道家的顺天无为人格，墨家的赖力仗义人格，法家的尚刑崇法人格，后来则增加了佛家的无争出世人格，等等。

随着中国封建社会秩序的确立和巩固，儒家人格迅速成为中国人格理想的核心，统驭着千百年来人们的精神追求和人格践履。原初的儒家人格理想，是以“内圣外王”、“孔颜乐处”的圣贤气象，重义轻利、安贫乐道、自强不息的君子之风，“富贵不能淫，贫贱不能移，威武不能屈”的“大丈夫”气概为主要内容组成的。“圣贤”、“君子”、“大丈夫”的人格理想的积极内涵，鼓舞着千秋万代中国人特别是广大的知识分子，努力从个体的伦理道德修养的层面严格要求自己，身处顺境时献身国家民族的事业，身处逆境时有所为有所不为，即使在极其严酷的环境中甚至是身家性命生死攸关的紧要关头也绝不丧失品格与操守，从而演绎出一代又一代惊天地、泣鬼神的正气歌。从孔、孟及其门人弟子的理论阐说，到汉的清流、宋之气节、乃至文天祥及明东林党人的人格实践，形成了中华民族的极其珍贵的优良传统。可惜有明以降，随着封建社会制度的僵化，儒家人格理想的负面内涵日益上升为主导因素，尊卑上下、人身依附的病态人格，与帝王的专横独裁，群臣的阿谀逢迎，宦官的阴狠险毒，外戚的骄横跋扈，互相作用，彼此纠结，终于将我们民族的生机与活力绞杀殆尽，同时也空前地把东方型的病态人格推向极致。

病态人格是病态社会的产物，病态人格又是病态社会迅速走向腐朽、败落的第一内在驱动力，更是病态社会土崩瓦解的显在表征。当鸦片战争之后的一系列不平等条约以摧枯拉朽之势一举把“天朝”的梦幻扫荡以尽的时候，先进的中国人开始了对病态人格的危害和成因的深沉思考。王韬主张圣贤也应变通趋时，谭嗣同反驳了圣贤不计利害的传统观念，严复强调圣人必通西学，在介绍进化论的同时，还介绍了天赋人权、社会契约、经济自由等西方学说，对几千年来已成定局的人格理想开始了近代化的初步改造。他直接从西方的哲学、经济学、社会学等理论资源中寻找武器，提出了“鼓民力”、“开民智”、“新民德”的系统主张，抨击了传统的纲常名教的依附人格，强调以自由、独立为特征的新型人格。在此基础上，著名的维新思想家梁启超，在总结变法失败的经验教训后得出“新民”的结论。他从1902年到1906年，连续发表近二十篇论文，以“新民”为纲领，较为系统地论证了传统人格范型的弊端，指出其主要表现就是所谓“心奴”。

梁启超认为，受到外力压迫而造成的奴隶状态固然可怕，最可怕的还是自甘为奴的人格意识。“心奴”主要有四种表现：诵法孔子，为古人之奴隶；俯仰随人，为世俗之奴隶；听从命运安排，为境遇之奴隶；心为形役，为情欲之奴隶。祛除心奴，与倡立新民，是同一理念的正反两面，互为表里。他所谓理想的新民，不仅有独立自主的人格，而且有合群的群格。国家之类的“群”，是由个体的“民”组成的，当然应以独立自由的“人”为基础；为了生存的需要，独立的个体又必须融入一定的群体之中，而以小我服从大我的利益。同时，他从进化竞争的意识出发，对儒家人格的安分守己、知足常乐、安贫乐道之类观念，持激烈的批判态度，强调新人应该具有“进取之念”和“冒险之气”。

显然，这种具有独立自由人格、利群爱国思想、进取冒险精神的“新人”，已经是摆脱了封建专制和依附人格羁绊的资产阶级的理想人格范型的雏形了。他如康有为对封建权威的挑战，章太炎对“依自不依他”“自贵其心”的自主人格的强调，都汇成了一种强劲的时代思潮，大声疾呼，层层递进，终于搭建起从近代人格向现代人格转化的桥梁，为“五四”时期中国人格理想的现代化转型做好了各种准备。正如列宁在论述“资本主义的进步作用”时所说：“这一经济过程在社会方面的反映就是‘人格普遍提高’，地主阶级被平民知识分子排挤出‘社会’，著作界激烈地攻击对于个人的种种荒诞无稽的中世纪束缚等等。正是改革的俄国造成了人格和自尊心的提高。”因为“资本主义使个人”“变成商品所有者，独立地和市场发生关系，同时造成人格的提高。”[1]

“五四”新文化运动的历史与逻辑的起点，就是思想的解放，人格的解放。李大钊在《精神解放》中指出，“一切解放的基础，都在精神解放”“所以我们的解放运动的第一声，就是‘精神解放’。”陈独秀在《青年杂志》发刊词《敬告青年》中开宗明义提出的就是“解放云者。脱离夫奴隶之羁绊。以完其自主自由人格之谓也。”胡适则借助对易卜生戏剧的阐释，大声呼唤个人自由独立的精神，倡导自我觉醒的绝叫。新文化运动先驱们关于新型人格理想的模塑，主要集中在几个侧翼：

首先是人权的确立。陈独秀认为“儒者三纲之说”剥夺了“民”“子”“妻”的独立自主人格，将其异化为“君”“父”“夫”的附庸、附属，只有绝对服从的义务，是对天赋人权的背离。高一涵更进一步指出，“人格为权利之主，无人格则权利无所寄”[2]。高原则把人格独立的思想称之为“人格主义”，宣称“人格就是自我的发展。人格主义的要旨，就是要求圆满的自我实现。”[3]

其次，“五四”新文化运动先驱者们的观点与表述各不相同，但要求自我实现、自我中心、自我本位的主张，确是大体一致的。以自我为本位，就要破除一切偶像，破除国家、民族、家族、婚姻、阶级、君主、圣贤等一切禁锢人心的偶像。李大钊的“孔子生而吾华衰”[4]的结论，相当激烈地反映了这一代思想家对自我本位的热切呼唤。

再次，他们认为自由选择与责任感，是独立人格的必备要素。胡适指出：“只是要个人有自由选择之权，还要对于自己所行所为负责任。若不如此，决不能造出自己的独立人格。”[5]陈独秀也认为生死予夺唯一人之意是从的结果，必然是个体人格的丧失。这些针对封建专制、独裁的呼吁，带有鲜明的时代色彩。胡适同时还非常注重责任感在造就独立人格中的作用，他说：“发展个人的个性，须要有两个条件。第一，须使个人有自由意志。第二，须使个人担干系，负责任。”“个

[1] 中共中央编译局：《列宁全集》第1卷，人民出版社1984年版，第376页。
[2] 高一涵：《国家非人生归宿论》，《青年杂志》第1卷第4期。
[3] 高原：《民主政治与伦常主义》，《新潮》第2卷第2号。
[4] 李大钊：《民彝与政治》《李大钊文集》（上），人民出版社1984年版，第179页。
[5] 胡适：《易卜生主义》，《新青年》第4卷第6号。

人若没有自由权，又不负责任，便和做奴隶一样……到底不能发展个人的人格。”[1]

复次，他们还强调独立人格与经济独立的密切联系。陈独秀指出：“现代伦理学上之个人人格独立，与经济学上之个人财产独立，互相证明，其说遂致不可动摇。”“西洋个人独立主义，乃兼伦理、经济二者而言，尤以经济上个人独立主义为之根本也。”[2]

最后，他们往往强调人格与国格的统一。陈独秀指出：“集人成国，个人之人格高，斯国家亦人格亦高；个人之权巩固，斯国家之权益巩固。”[3]胡适则认为国民如果不造成自由独立的人格，则“社会国家绝没有改良进步的希望。”[4]他后来回忆五四时期自己的思路时说，人格国格统一观就是“争你们个人的自由，便是为国家争自由！争你们自己的人格，便是为国家争人格！自由平等的国家不是一群奴才建造得起来的！”[5]

这些来自历史深处而又极富时代精神的思想命题，虽然依然有着东方思维方式的若干局限，但却标志着中国的人格学说，已经走出“中世纪”，开始了具有重大历史意义的现代化转折。这些思想命题，是五四思想解放运动的直接产物，是五四新文化运动最重要的历史性收获之一，在启蒙运动中特别是争取妇女人格独立、婚姻自主、家庭解放等方面，发挥了至关重要的作用。也正是在这样的思想背景下，鲁迅形成并发展了他与时代先驱们在若干重要领域里同步，同时又具有自己鲜明的个性特征的人格理论，至今还高高耸立在中国人格学说的巅峰，并以他独具特色的人格践履，建树起东方型健康人格的光辉典范。[6]

---

[1] 胡适：《易卜生主义》，《新青年》第4卷第6号。

[2] 陈独秀：《孔子之道与现代生活》，《独秀文存》，安徽人民出版社1987年版，第83页。

[3] 陈独秀：《一九一六年》，《青年杂志》第1卷第5号。

[4] 胡适：《易卜生主义》，《新青年》第4卷第6号。

[5] 胡适：《介绍我自己的思想》，《胡适哲学思想资料选》，华东师大出版社1981年版，第341页。

[6] 以上参见朱义禄：《从圣贤人格到全面发展——中国理想人格探讨》，陕西人民出版社1992年版。

（三）人格学研究之我见

从西方到东方，林林总总的人格学说，在作出自己的或大或小的历史贡献的同时，也留下了各种各样的弱点和局限，证明人格学研究还是一个远未达到成熟境地的学科，人格世界依然是一个尚未开发穷尽的领域，从研究方法到研究成果，都有待于拓展与深化。

目前，人格学研究有两种为大多数学者共同认可的参照系，一是社会生活，二是文化背景。马克思认为："人格"的本质不是人的胡子、血液、抽象的肉体的本质，而是人的社会特质。在阶级社会中，一切人只是经济范畴的人格化，是一定的阶级关系和利益的承担者。这类经典的论述，出色地奠定了人格学研究的社会性参照系，有力地支持着人格学研究避免滑入唯心论及形形色色神秘主义的歧途。本尼迪克特、玛格丽特·米德、林顿等文化人类学派的学者，则着重从人格与文化的角度深入探讨，注重人格的文化背景研究，强调人类文化是人格的无限扩展，认为必须把文化视为各社会建立基本人格类型，及建立每一社会之特质的诸身分人格系列之支配因素，等等。从人与社会、文化的互动关系中，可以认为人格是人在一定的社会、文化环境中，在调节人与社会、人与文化、人与人（包括人自身）的关系的过程中形成的相对稳定的精神气质与行为准则的总和。它以先天的气质禀赋为不可忽视的基础，又以后天的环境为决定的因素；它是气质、兴趣、爱好、倾向性等心理素质的外化，又是其行为准则在付诸实施时的体现。因此，在描述人格范型的时候，应该十分注意先天与后天的制约关系，心理与行为的互动机制，主体素质与社会环境的相互影响。以文化人为研究对象时，尤其应该认真考察其文化人格。

同时，探讨理想人格的构成及其内部各要素之间的关系，也是当下许多有影响的人格学者共同的追求。一般说来，理想人格具有追求性与超越性的重要特征。对既往的人格范型，它具有梳理、评价的作用，有利于规律性的总结和升华；对于现实的人生，它又具有激发的机制和范导的功能，有利于鼓励人们在现实的实践活动中以高度自觉、积极主动的姿态，尽最大可能挖掘自身的潜能，树立远大理想，推动事业走向成功。一般说来，所谓健康的人格，是智慧力量、道德力量、意志力量三种人格力量都得到长足的发展，并且形成协调的互补共生的格局；而病态的人格，往往是其中某一种人格力量遭到压抑、挫折而萎缩，或者是三种人格力量之一种片面发展，限制、堵塞了其他人格力量的正常发展轨道——无论是片面萎缩还是片面发展，都有可能导致人格的扭曲、人性的异化。

关于智慧力量（智力），《辞海》定义为：“指人认识客观事物并运用知识解决实际问题的能力。集中表现在反映客观事物深刻、正确、完全的程度上和应用知识解决实际问题的速度和质量上，往往通过观察、记忆、想象、思考、判断等表现出来。它是在掌握人类知识经验和从事实际活动中发展的，但又不等同于知识和实践。它是先天素质、社会历史遗产和教育的影响以及个人努力三方面因素相互作用的产物。”依照思维所采用的信息的种类分类，智慧力量通常分为逻辑思维能力与抽象思维能力；依照思维解决问题的方式分类，智慧力量又可以分为发散型思维力量与收敛型思维力量。前者具有开放性，其成果不能确定；后者具有闭合性，其成果相对稳定。无论哪一种智慧力量的缺乏或萎缩，都可能导致人格的病态。

道德力量指个体的人在道德认识、道德情感、道德行为方式中表现出来的心理素质和实践能力。善和恶、正义和非正义、公正和偏私、诚实和虚伪等等，是人们经常用来衡量道德力量的标尺。

意志力量主要有五种意志品质组成，即独立性（其反面是受暗示性）、果断性（其反面是优柔寡断）、坚持性（其反面是动摇性）、自制力（其反面是失控性）、竞争性（其反面是退缩性）。

个体的人，往往是凭借这五种意志力量在复杂的社会文化环境中，自觉地确定目的、支配行动、实现目的，走向自我实现的总目标。许金声在《走向人格新大陆》中指出：“个体人格的三种力量是个体在一定的生物遗传的基础上，通过以满足需要为核心的社会实践活动，在一定的社会环境中形成的一种人性的储备和新质，这种新质的基础是神经系统和大脑的某种微观变化。”三种人格力量是同一于个体一身的，又是相互渗透相互影响的。在不同的情境和形势下，不同人格力量所发挥的作用有异，便形成特定的主导人格力量与辅助人格力量，主导与辅助，则是依据一定的情境互相转化的。三种人格力量对应着人类的三种理想，即理想主义、人道主义、英雄主义。只有全面地实现了三个理想的人格，才是完美的理想人格。

对于文学家、艺术家等文化人来说，审美力量的考察，则显得更为重要和更具有现实意义。如前所说，马斯洛把人的需要归纳为七种，后来认为认知需要和审美需要应居于尊重需求与自我实现需求之间而没有列入他的“五大需求说”。对于研究一般意义上的人格范型来说，这可能是一种可以理解的选择；但对于研究文化人的人格范型，却无疑抽掉了最重要也最活跃的人格因素，因而显得缺乏针对性和说服力。所谓审美力量，可以理解为在审美活动中呈现的人的审美意识的力度。而审美意识，通常被定义为以审美理想为主导，以审美感受为基础，以审美情感为核心，以审美趣味为特色的精神现象。它体现着人的自由、自觉的创造精神，指引着人们向往和追求美的最高境界。对于文化人来说，审美力量与智慧力量、道德力量、意志力量之间呈现出多种多样的配伍格局，有时是异质同构，有时是同质同构……不同的格局，便构成相异的人格范型。其智慧力量、道德力量、意志力量的呈现领域，既可以是日常生活，更应该是审美活动——两大领域里的表现即现实人格与艺术人格的一致、交叉或悖反，也形成人格考察的重要依据。

（四）人格学领域里的鲁迅研究

在中国近现代史上，鲁迅恐怕是褒贬毁誉均臻极致的文化名人之一，赞扬和贬抑的反差之大，实令人叹为观止。但在这林林总总的评价者之中，恐怕很少是通读了鲁迅的全部著作并大体读懂之后才动手写作的。应该说绝大多数的评价者，主要是着眼于鲁迅极其鲜明突出的人格特色，或褒扬备至，或贬抑诋毁，形成绝然对立的格局。毛泽东说鲁迅“没有丝毫的奴颜和媚骨”，具有“殖民地半殖民地人民最可宝贵的性格”，苏雪林说鲁迅是“玷污士林之衣冠败类，二十四史儒林传所无之奸恶小人”，其实都是一种人格的描述。在专门研究鲁迅的众多论文中，有不少冠以人格的标题，有许多并非是人格角度的研究，不少并非以人格命题的文章，反倒在字里行间闪射出从人格视角描述、阐释、剖析的真知灼见。因此，严格说来，从人格学的视角开展对鲁迅的研究，目前尚是一片正待开发的处女地。就笔者所见,国内外尚无这方面的学术专著出版面世,也未见到以这一视角为课题的学术讨论会议召开，因此，关于鲁迅研究之研究的权威著作和述评文章中，也就难以有所描述，要引起学术界和读书界的注意，也就困难重重。

令人欣喜的是，在比较普遍的沉寂中，也可以读到相当有分量的论文，有的注重对鲁迅人格的总体描述，如王乾坤的《鲁迅的人格自塑》；有的注重对鲁迅人格内部构成的具体分析，如王卫平的《论鲁迅人格的意志力量》，许麟的《论鲁迅的生命意志及人格形式》；有的则全面论述鲁迅人学思想的发展过程和独特历史地位，如李新宇的《鲁迅人学思想论纲》；有的侧重在比较中显示鲁迅的人格特征，如查振科的《鲁迅、郭沫若人格比较初论》。这些文章在人格学视角的引进及有关术语、范畴、思维方式的运作上，起到了荜路蓝褛开辟草莱的重要作用，显示出这一研究视角的巨大生命力和广阔发展前景。更有若干论文，虽未在标题中明确定位于人格研究，但实际上是在某种意义上论述或描述鲁迅的人格特征，如彭定安的《鲁迅和胡适：不同的文化性格与不同性格的文化》，也在若干重要侧翼丰富和发展了鲁迅人格研究的领域，深化了这一研究。

值得注意的是，在这一领域内，虽然正面的有价值的学术成果还比较稀少，但一些令人担忧的倾向，却早有表露，而且不断有所蔓延，却并未引起足够的警觉：

例如将鲁迅艺术人格与现实人格粗暴地剥离，然后扬彼抑此或攻其一端否定全局的倾向。最早开启这一恶劣倾向的当属“现代评论派”的陈西滢。早在1926年《现代评论》第71期《闲话》中他就明确宣布：“我不能因为我不尊敬鲁迅先生的人格，就不说他的小说好……”叶公超发表在1981年11月20日台湾《联合报》的《病中琐记·评论鲁迅》,回忆了自己三十年代的一种观点,即“我说鲁迅虽然没有人格，但是散文却最好”。自鲁迅逝世以后，苏雪林即一直把从人格上全盘否定鲁迅作为几十年从不间断的“事业”。她在《我论鲁迅》中把这一倾向发挥到极致，除说鲁迅“人格渺小”“连起码的‘人’的资格都够不着”外,连“文妖”“烂死蛇”“土匪大师”“青皮学者”“小人之尤”“一包粪土”

等骂街话语也破天荒地搬到文学评论之中，难怪受到海峡两岸有识之士一致的唾弃。

再如鲁迅人格描述中的以偏概全倾向。在鲁迅研究特别是鲁迅人格研究中侧重某一时段或侧重某一领域的做法，本是常见的具有相当合理性的；但如果就将这一时段、这一领域当作鲁迅人格的整体，就可能步入“瞎子摸象”的误区。有的学者认为，鲁迅是最适宜于写小说的，又是最适宜于写《孤独者》之类的小说的;但他却去写杂文,写与《孤独者》不同风格的小说——于是放弃了自己的专长，阻断了中国文学诞育世界文学大师的唯一道路。而造成这一令人遗憾的结果的主要原因，则是鲁迅心理上的某种矛盾和误区。于是，给人留下了人格的某种缺憾造成了创作的极大损失的印象。

复如人格概念的过于普泛化倾向。有相当一批论文和纪念文章，在使用人格概念时，自觉不自觉地将这一专用术语稀释为一个大而无当的边界极其模糊的名词，举凡与鲁迅有关的琐事细节，无不用“人格”加以概括，而所谓“人格”的阐释标准，又往往是爱憎分明、意志坚定之类极其缺乏准确内涵和个体特色的套话，以致把读者引入与鲁迅人格越来越远的误区。

最近，有的学者从鲁迅的婚姻生活切入，将其人格界定为以“压迫者”为突出的、显在的特征的病态人格的典型，以不需展开论证、而只以某点（该点的科学性似大有质疑之处）敲定的思路，对鲁迅人格施行了整体性颠覆的解读，自然引发了若干争议。这对鲁迅人格研究的平面化、沉寂化的局面的打破，或许是有利的契机；但同时也以特定的方式，提醒人们这一领域里认真地、科学地研究，已经是刻不容缓的了。

二、鲁迅人格型范的特质阐释

鲁迅的人格范型，有着许多为他人所难以企及的高度和为他人所难以具备的特质。其中，超越性、意志力、审美型，是具有基础和核心意义的特质。

（一）超越型特质

1907年前后，正值书生意气挥斥方遒的青春焕发时代的周树人，写下了《文化偏至论》等一系列文言论文，以超前的高度与深度，把中国知识分子的人格建构问题，推到了历史舞台的前沿。

他认为，要生存于列国角逐的当代，要不重蹈已经覆灭诸国的覆辙，“首在立人，人立而后凡事举；若其道术，乃必尊个性而张精神。”[1]“张大个人之人格，又人生之第一义也。”[2]“掊物质而张灵明，任个人而排众数”[3]，则是立人之本。要张大个人人格，就必须“外之既不后于世界之思潮，内之仍弗失固有之血脉，取今复古，别立新宗，人生意义，致之深邃，则国人之自觉至，个性张，沙聚之邦，由是转为人国。人国既建，乃始雄厉无前，屹然独见于天下”[4]。这是青年鲁迅为近现代中国设置的人格理想及通向理想人格的道路，更是他人格自塑的蓝图及原初的动力。

在青年鲁迅看来，由君权神授、家族制度等滋生出的主奴意识泯灭了个人人格，代表僵死的社会体制、意识形态的落后愚昧的群体意志压制着个体的觉醒，都是与“尊个性”、“任个人”的历史性要求相悖反的，是建构新人格的大敌。因此，他把个性的张扬，看作人生的第一要义。对于屈原，他盛赞其“凭心而言，不遵矩度”的独立的批判的品格，而对其片面道德型的“忠而获咎”式的人格悲剧，或深致叹惋，或颇有微词。对于片面智慧型的老、庄一派，他肯定其“汪洋辟阖，仪态万方”的文风，而对其“不撄人心”的巧智与唯无是非的虚无，则给以激烈的抨击和辛辣的嘲讽。他所心仪的人格型范，往往不是最为人称道的道德家与智者，而是屡遭非议的离经叛道的典型。例如诸葛亮就被他批评为“多智而近妖”，孔夫子也被他揶揄地考证出患有“胃扩张”的毛病；而历来被异口同声贬为“奸雄”的曹操，他却认为“是一个很有本事的人，至少是一个英雄”，并且是“一个改造文章的祖师”。对于一直受到正统文人排挤的阮籍和嵇康，他怀持深情，为之洗雪，不但大力肯定其“师心以遣论”“使气以命诗”的文学成就，而且从当时的社会习俗文坛风气出发，热情地赞扬其不与污浊现实同流合污的高

[1] 鲁迅：《坟·文化偏至论》，《鲁迅全集》第1卷，人民文学出版社2005年版，第58页。本书所引鲁迅文章皆出自这一版本，下同。

[2] 鲁迅：《坟·文化偏至论》，《鲁迅全集》第1卷，第55页。

[3] 鲁迅：《坟·文化偏至论》，《鲁迅全集》第1卷，第47页。

[4] 鲁迅：《坟·文化偏至论》，《鲁迅全集》第1卷，第57页。

洁品格，对他们“非汤武而薄周孔”[1]等反抗旧礼教的思想观点和傲世非礼、惊世骇俗的行为模式，给以力排众议、合情合理而又切中积弊的阐释，并且因为他们千年以还无人扫除历史的尘埃予以真正的理解，反而被人云亦云一直骂到现在的遭遇，而由衷地发出中国的君子明于知礼义而陋于知人心的慨叹！

在西方思想文化界中，他对叔本华、尼采、易卜生等情有独钟，因为这一派明哲之士“意力轶众”“刚毅不挠，虽遇外物而弗为移”“排斥万难，黾勉上征”，人类的尊严，正依赖于这类具有绝大毅力的族类！中国处于狂风怒浪的世纪之交，如果一味像传统的儒道者流一样“安弱守雌，笃于旧习”，实在“无以争存于天下”，只有“恃意力”才能“辟生路”！取法中外，不同流俗，从反叛、超越中外人格理想（特别是片面道德型与片面智慧型人格理想）的局限出发，从立人到立国，规划出一条现代意义上的人格建树的道路，这是青年鲁迅当时思考的中心，是传统人格理想向现代人格理想转换的里程碑。自然，当时的人格理想，还是一种粗线条的宏观勾勒，具有萌芽期难免的朦胧性，其丰富厚实的内涵，是在日后的思考中逐步充实和明晰起来的。超越性或称之为反叛意识，是鲁迅建构人格范型的基础性要素，也是他使自己鲜明地区别于其他任何人的独特标志。

（二）意志力特质

鲁迅的一生，充满着生存与情感的惊涛骇浪。还在一般青少年无忧无虑的时期，他已经因为祖父科场案发，而迅速地从小康人家坠入困顿，饱尝了家道中落的苦味之杯。从衍太太之流的丑恶表演中，他深深地领略了世事人情的凉薄和市民群小的伎俩，一面滋生出激烈的反叛情绪、反叛意志，鼓舞、敦促着他毅然决然走上陌生的因而就特别需要坚定意志的道路，一面也就成为传统的人生道路、行为规范的逆子贰臣，被无情地放逐出虽然腐朽却依然盘根错节、阴森可怖的社会群落与文化群落，丧失了这一年龄段最为迫切需要的社会与家族的归属，感受着噬啮身心的孤独。这种透入骨髓的孤独感与漂泊无依感，几乎笼罩了他的一生。每到遭逢挫折，处于情绪低谷的时候，这种青少年时代的情绪记忆，就极其敏锐

[1] 鲁迅：《而已集·魏晋风度及文章与药及酒之关系》，《鲁迅全集》第3卷，第534页。

地蓊郁弥漫，成为鲁迅极富特色的一种人生体验与情绪体验。

他怀着飘洋过海寻求救国救民的真理的热切愿望到达日本后，最先感到的，除了一种异国他乡的陌生感以外，就是临行前留日的前辈们告诫他的那些要换成日本的银元呀、要带足中国的袜子呀等等有意无意的欺骗！失望和愤怒于是油然而生，被故土疏离的感觉由是而强固起来。在仙台读书期间，虽然有藤野先生的鼓励和关爱，温暖着这颗浸透了悲凉的心灵，幻灯片事件又一下子撕开了文明国度与文明邻邦的一切伪饰，迫使他睁开双眼正视愚弱国民的可悲处境和命运，刚刚建树起来的富国强兵的美梦，顿时化为一枕黄粱。

理想的爱情与幸福的家庭，是任何一个正常的青年最集中关注的人生理想，更何况鲁迅是那样富有诗人气质的、感情细腻而丰富的知识青年？但是，1906年，母亲的一道不由分说的命令，使他毫无抵抗地接受了一个他绝无感情的女子，丧失了青年时代最最看重的爱情婚姻领域里的归属需要的权利！他曾经尝试以投入全部精力从事文艺运动的方式来弥补乃至忘记丧失归属的痛苦与失落，不幸的是，《新生》杂志胎死腹中，《域外小说集》只卖了20本（第一册卖了21本）。他于是深沉痛切地感到自己绝不是一个登高一呼应者云集的英雄。从王金发的变质到范爱农的猝死，从死气沉沉的教育部到了无生气的藤花馆，辛亥革命的失败特别是失败以后日渐浓重的黑暗与腐朽，使鲁迅找不到任何欢娱和希望。

《新青年》的一纸风行与新文化的陷阵冲锋，曾使他隐约感到了希望。但不久，同一战阵中的伙伴转眼间风流云散，有的高升，有的退隐，有的颓唐，有的前进，只剩了他孤独一人，背负着战士的虚名，在寂寞的空虚的所谓战场上走来走去。“两间余一卒，荷戟独彷徨”，这尽人皆知的意象，正是又一度丧失归属需要的鲜活写照。此后，教育部佥事职务的被无理罢免，“三一八”惨案以后的被迫避难，国民党浙江省党部的密令通缉，左联五烈士的惨遭杀害，左翼刊物进步书店的被捣毁被查封，他的绝大多数译作的被删改被禁售……特别是三十年代中期左翼文艺界内部的纷争与矛盾，那种时时必须警惕来自背后的暗箭因而不能正对敌人只能“横站”的处境，使他空前深刻地体验到革命大业的极端复杂性，从而更加彻底地放弃了一切对于自己的归属的不切实际的幻想。

如此等等，都从不同的侧面，使他全方位地极其真切地感受到生存及安全需要被剥夺的痛苦。而且，由于经济状况的窘迫和心情的长期怫郁压抑，他一直受到种种疾病的威胁：牙齿是先天欠佳，又经庸医误诊误治；消化系统的毛病早在南京时期就已经屡屡发作；迁居北京以后，头疼眩晕身冷发烧的记载，屡屡见于日记之中……直到最后，终于被疾病夺去了只能属于自己一次的最宝贵的生命！毫不夸张地说，鲁迅自幼及长，几乎无日无时不在忧患中煎熬，从生理需要到安全需要再到归属需要，都没有任何可靠的保障，都处于被剥夺被抛弃的严重威胁之中。

身处逆境，如何选择，是个体的人的第一位的任务。克尔凯郭尔认为，就人格的内涵而论，选择本身是具有决定性的。凭着选择，人格使本身沉浸在所选择的事物中，如不选择，他就会萎谢凋零。正是个体的人的自觉主动的选择，才使人对自己作为主体的认识不断深化，才使人格的内涵不断巩固稳定。鲁迅就是依靠自己自觉主动的选择，放弃了退缩，拒绝了妥协，摒弃了中庸之道，在低层次需要得不到满足时依靠强大的意志力量实现了人格的反弹，创造出一种极其罕见的以“韧”为主要特色的人格意志力量，建构起中国现代史上最具有震慑力与穿透力的人格范型。

鲁迅的以“韧”为主要特色的人格意志力量，是中国近代史上一种极为独特而又是世所公认的文化景观。瞿秋白、阿英、茅盾、柔石等鲁迅最亲近的朋友，都以不同的方式指出，“韧”的战斗精神，是鲁迅最可宝贵的品格之一。在著名的《对于左翼作家联盟的意见》中，他语重心长地指出：“对于旧社会和旧势力的斗争，必须坚决，持久不断，而且注重实力。旧社会的根柢原是非常坚固的，新运动非有更大的力不能动摇它什么。并且旧社会还有它使新势力妥协的好办法，但它自己是绝不妥协的。”[1]鲁迅还多次说过：“要治这麻木状态的国度，只有一法，就是‘韧’，也就是‘锲而不舍’。逐渐的做一点，总不肯休，不至于比‘踔厉风发’无效的。”[2]他告诫文学青年说：“弄文学的人，只要（一）坚忍，（二）认真，（三）

[1] 鲁迅：《二心集·对于左翼作家联盟的意见》，《鲁迅全集》第4卷，第240页。
[2] 鲁迅：《两地书·十二》，《鲁迅全集》第11卷，第47页。

韧长，就可以了。不必因为有人改变，就悲观的。”[1]他指出：“要缓而韧，不要急而猛。中国青年中，有些很有太‘急’的毛病，……因此，就难于耐久。”[2]

鲁迅这些语重心长的论点，仔细体会起来，至少有三个层面的含义：一是时间意义上的韧长。不是五分钟热度，一会儿激烈一会儿颓唐。不是浅尝辄止，偶获小胜就被冲昏头脑。从不指望一蹴而就，而是持久不懈地、一点一滴地做下去。生命不息，决不中止；二是承受意义上的坚强。不管客观环境何等恶劣凶险，不管外界压力何等巨大沉重，绝不屈服，绝不妥协，绝不低头，绝不退缩。像在飓风中挺立的参天大树，而不是四面摇摆的小草；三是价值意义上的坚实。不求轰轰烈烈，不搞花拳绣腿，不作自欺欺人的表面文章，不避琐细，不求虚名，务求实效，专重实绩（他认为自己的小说的最大价值，就是显示了五四文学革命的实绩）。这三个层面，无疑是互为表里互补相生的，它们的有机组合，建构起鲁迅以“韧”为鲜明特色的人格意志力量的基本内涵。

鲁迅是一位智慧力量、道德力量、意志力量、审美力量均有超常质素而且基本上均衡发展的天才，其中，意志力量对于其他几种心理素质来说，起着巨大的制导作用，而其他几种力量则与意志力量有机配合形成互补相生的机制，共同组合成一种独特的体现于心理行为诸多方面的人格范型。

他以高度发展的智慧力量为意志力量的基础，在审视中国历史与现实的本质方面，达到了空前的高度和深度，在批判历史和现实的审美活动中，也就显示出既敢于正视苦难与黑暗、又能够超越苦难和黑暗的极为鲜明的个人特色。他认为，由封建礼教、家族制度贯穿起来的中国历史，是一部鲜血淋漓的吃人的历史，延续达数千年的中国文明，是一座人肉的筵宴，人们就在这会场中吃人，被吃，以凶人的愚妄的欢呼，将悲惨的弱者的呼号遮掩，更不消说女人和小儿！吃人制度和吃人舆论的维护者，对于新生的机运和未来的希望，一向是扼杀唯恐不力、镇压不择手段的。同时又有着迫使或诱使首先觉醒的战士退缩颓唐的高妙手法，对于不肯就范者，则笼罩以“无物之阵”，使之在找不到决战的对手的迷惘与困惑中，

[1] 鲁迅：《书信・331007致胡今虚》，《鲁迅全集》第12卷，第455—456页。

[2] 鲁迅：《两地书・二九》，《鲁迅全集》第11卷，第91—92页。

孤独地老死。它们不但有狮子似的凶心，而且有狐狸似的狡猾，既从肉体上吞噬成千成万的无辜者，更从精神上绞杀少数首先觉醒者；既善于用杀人的钢刀，更善于用杀人不觉痛不觉死的软刀！中国近代史上，尚无人具有这样基于高度发展的智慧的深刻的整体性的认识，这是鲁迅独步世纪之交思想巅峰的根本原因之一；鲁迅的可贵之处，更在于明知对象的凶险狡猾，却从不退缩，从不畏惧，直面黑暗，勇猛进击。这种勇气和毅力，则显然来自过人的意志力量。

对于深受压迫的不幸的劳苦群众怀有同情的文人作家，历来代不乏人，尽管其同情有深浅广狭之别，但达到鲁迅那样同情幼弱哀其不幸的深至程度者，却是史所罕闻。尤为可贵的是，鲁迅一向是怀持“俯首甘为孺子牛”的情怀，自觉地做一世牺牲，肩住了黑暗的闸门，放孩子们到宽阔光明的地方去，此后幸福地度日，合理地做人。也是因此，他对青年们的牺牲，就格外悲愤：“不是年青的为年老的写记念，而在这三十年中，却使我目睹许多青年的血，层层淤积起来，将我埋得不能呼吸……”[1]也是因此，他才在繁忙的写作生涯中，不得不分身于民权保障同盟和自由运动大同盟的工作，他才破例与宋庆龄等一起亲往德国领事馆，递交对德国法西斯迫害学者、滥杀无辜的抗议书，他才悲愤满腔地冒着生命危险出席杨铨烈士的追悼仪式……

基于深厚博大的道德力量的人道情怀，广泛地渗透在鲁迅几乎所有译作之中的对于不幸的人们的深挚同情，无疑是鲁迅人格范型的重要侧翼；但鲁迅之所以是鲁迅，还不仅于此，哀其不幸尤其是怒其不争的情感态度，才更深刻地反映出鲁迅人格的独特力量。他的意志力量，在这里主要展现在两种矢向，一是对自我提出生命不息、抗争不止的严格要求；二是殷切地瞩望愚昧落后的广大民众及早觉醒、奋起抗争，并且一直渴望把主体的意志力量尽量辐射到他深深热爱着的民众心灵之中。熔道德力量与意志力量于一炉，而特别强调意志的制导作用，把人道情怀与启蒙意识化为一体，但更注重启迪人民群众自觉的抗争意识，才是鲁迅人格范型的精粹所在。

---

[1] 鲁迅：《南腔北调集·为了忘却的记念》，《鲁迅全集》第4卷，第502页。

（三）审美型特质

对于美的酷爱，是鲁迅重要的先天素质之一。他幼年时代如何影写绣像小说的插图，如何因为渴望得到一本绘有粗劣图画的《山海经》而终日念念不忘，竟引起了一字不识的长妈妈的注意，已经是尽人皆知的故事。在北京，虽然经济拮据，但总要设法买书和购置碑帖拓片。被周作人夫妇从八道湾赶出来以后，他冒着被殴打被侮辱的危险回去取来的，依然是这批惨淡经营的拓片。在上海，手头少许有钱，他就算计着如何编印画册，介绍版画，从欧陆放笔直干的新兴木刻[1]，到中国富有笔墨情趣的水印笺纸[2]。他的上海卧室中悬挂的，据说也是颇具现代风味的版画。上海十年，在当局的政治高压和文坛的种种不快之中，慰藉他疲惫的心灵的，除去家庭的温暖与看电影的愉悦外，就只有对图画的欣赏一事了。“聊借图画怡倦眼，此中甘苦两心知”[3]，这是写给许广平交流感情的诗句，更是他自己情趣与爱好的真实流露。他最后一病不起的诱因，就是久病初愈极其虚弱，竟兴冲冲赶到青年会去欣赏那里展览的版画而不幸受凉，遂致不治！

鲁迅爱美，这是不争的事实；但他的美感却是有严格选择的。他所倾心热爱的，乃是刚健清新的力之美！于自然美，他喜欢狮虎鹰隼，因为它们奔走飞翔在天空、岩角、大漠、丛莽里，是伟美的壮观，捕来放在动物园里，打死制成标本，也令人看了神旺，消去鄙吝的心。于美术，他不喜欢枯瘦的佛子、削肩的美女，不喜欢以柔靡为特征的宋代文人画，而大力推荐近代木刻，因为这是精力弥漫的艺术；他热情介绍德国版画，因为它们可以示人以粗豪和组织的力量。人所共知，鲁迅晚年特别倾心于德国著名版画家凯绥·珂勒惠支夫人的力作。当《北斗》创刊时，他就想写一点纪念柔石的文章，但不能够，只得选了一幅珂勒惠支的木刻《牺牲》，是一个母亲悲哀地献出她的儿子去做无谓的牺牲，算是只有鲁迅一个人心里知道的对柔石的纪念。1936年，鲁迅终于得以用“三闲书屋”的名义，用珂罗版和宣

---

[1]《艺苑朝华》之《近代木刻选集》《新俄画选》《士敏土之图》《引玉集》《死魂灵百图》《苏联版画集》等。

[2]《十竹斋笺谱》《北平笺谱》《博古牌子》等。

[3] 鲁迅：《集外集拾遗补编·题〈芥子园画谱三集〉赠许广平》，《鲁迅全集》第8卷，第422页。

纸精心印制了《凯绥·珂勒惠支版画选集》，向中国的观众较为系统地介绍了这位以穷苦、牺牲、奋斗为主题的女性画家。鲁迅为入选的21幅木刻一一写了说明，这是第14幅的介绍：

> 谁都在草地上没命的向前，最先是少年，喝令的却是一个女人，从全体上洋溢着复仇的愤怒。她浑身是力，挥手顿足，不但令人看了就生勇往直前之心，还好像天上的云，也应声裂成片片。她的姿态，是所有名画中最有力量的女性的一个。也如〈职工一揆〉里一样，女性总是参加着非常的事变，而且极有力，这也就是“这有丈夫气概的妇人”的精神。[1]

显然，他这种洋溢着崇高阳刚之气的美的由衷热爱，是由坚韧强劲的意志力量作为丰厚的底蕴和内在的支撑的。审美选择的独特向度与力度，昭示着鲁迅人格范型不可复制、不容混淆的特质。

（四）在现实人格与艺术人格的互补中铸造新的人格范型

学术界历来有一种观点，认为鲁迅所获得的崇高声誉，主要来自他崇高坚强的现实人格的影响，因为鲁迅的文本是很少有人能够真正懂得的。所以，鲁迅就成为现实人格远远大于艺术人格，或者说是现实人格与艺术人格不相连通的典型。1999年,《中华读书报》公布了他们近半年来组织的“我心目中的20世纪文学经典”的评选结果:经广大读者投票，推选出100部公认的世界文学经典作品。其中,《阿Q正传》荣列榜首；一人而有四部作品入选的，只有中国的鲁迅和奥地利的卡夫卡,而后者入选排名最前的《变形记》为第7名。鲁迅的作品,除《阿Q正传》外，入选者还有《野草》《故事新编》和《彷徨》。一位读者甚至这样写道：“如果上帝让我只保留一件自己的作品，其余的文字统统毁掉，仿佛从未存在，我将保留距我心灵最近的那一篇。如果我是鲁迅，我将保留《野草》。”[2]这一信息，鼓励着我们努力去证实鲁迅的现实人格与艺术人格是相通的而不是背离的，是均衡发展的而不是畸形存在的，是互补相生的而不是互相排斥的。

---

[1] 鲁迅:《且介亭杂文末编·〈凯绥·珂勒惠支版画选集〉序目》,《鲁迅全集》第6卷，第492页。

[2] 田松:《不朽的〈野草〉》,《中国青年报》2000年1月11日。

鲁迅的现实人格与艺术人格的互渗互动关系，呈现为比较复杂的形态，有对立，有对照，有辐射和折射，还有象征和变形。

辐射和折射：早在1907年前后，鲁迅就写下《摩罗诗力说》等文言论文，热情地呼唤“精神界之战士”[1]。他认为，精神界战士具有这样的特征：刚健不挠，抱诚守真；不取媚于群，以随顺旧俗；发为雄声，以起其国人之新声，而大其国于天下。他们能作至诚之声，致国人于善美刚健，能作温煦之声，援国人出于荒寒。刚毅不挠，虽遇外物而弗为移。虽屡踣屡僵，终得实现其理想。这是青年鲁迅“张大个人之人格”时为中国、为自己绘制的一幅粗线条的蓝图。他既为当时尚无这类战士而由衷悲哀，又在心底确立了自我期许的目标。

此后，他的心理行为，便是大体上沿着这条轨迹攀援向上，从现实和艺术两个矢向，建构起现代意义的人格范型。二十年代中期，鲁迅在《野草》中塑造出“这样的战士”“叛逆的猛士”等动人的意象，使人马上回忆起上面所说的那幅蓝图。他庄严地写道：

> 叛逆的猛士出于人间；他屹立着，洞见一切已改和现有的废墟和荒坟，记得一切深广和久远的苦痛，正视一切重叠淤积的凝血，深知一切已死，方生，将生和未生。他看透了造化的把戏；他将要起来使人类苏生，或者使人类灭尽，这些造物主的良民们。造物主，怯弱者，羞惭了，于是伏藏。天地在猛士的眼中于是变色。[2]

“这样的战士”走进了“无物之阵”，所遇见的都对他一式点头。他知道这点头就是敌人的武器，是杀人不见血的武器，许多战士都在此灭亡，正如炮弹一般，使猛士无所用其力。但他举起了投枪！他们都起誓说自己的心脏都在胸膛的中央，但他举起了投枪，微笑，偏侧一掷，却正中他们的心窝。他成了戕害慈善家等类的罪人，但他举起了投枪！他在无物之阵中衰老，寿终。一片太平。但他举起了投枪！——从东京到北京，从辛亥到“五四”，从论文、小说到散文诗，鲁迅始终在探求、在塑造属于中国的“精神界之战士”。在他充分地把主体的理想人格，

---

[1] 鲁迅：《坟·摩罗诗力说》，《鲁迅全集》第1卷，第102页。

[2] 鲁迅：《野草·淡淡的血痕中》，《鲁迅全集》第2卷，第226—227页。

尽量完满地辐射到艺术文本之中，在不屈不挠、坚忍不拔、正视现实、洞见幽微、犀角烛怪、肝胆照人等诸多层面，出色地实现了艺术人格与现实人格的重合和部分重合。

变形和象征：这其实是鲁迅现实人格在艺术文本中的另一种形态的折射。《铸剑》中的宴之敖者，不但就与鲁迅同名，而且在精神风貌上，又是那样的相似，简直可以看作鲁迅与旧势力不共戴天的复仇精神的具象的化身；或者说，他是借用这一凭空塑造的神异人物，抒写个体现实遭际中的某种难以明言的愤懑，是主体人格的某种艺术化的变形。《补天》中的女娲，本意在于描写人与文学创造的缘起，因为在写作中途看到文坛的不良风气才腾出笔力添加了一名古衣冠的卫道的小丈夫，中途改变了写作的初衷；但从女娲那博大的胸怀、奉献的精神、创造的激情（创造前的苦闷、创造后的喜悦）等精神特质上，人们依然可以清晰地看出鲁迅人格的深深印记。再如那在秋夜里默默地伸出满身伤痕的枝干，直刺那奇怪而高的天空，使天空鬼似的闪眼、使月亮窘得发白的枣树，在不屈不挠、绝不低头等气质上，依稀可以辨认出鲁迅的性格；如那朔方的雪花，它们在晴天之下，旋风忽来，便蓬勃地奋飞，在日光中灿灿地生光，如包藏火焰的大雾，旋转而且升腾，弥漫太空，使太空旋转而且升腾地闪烁。在无边的旷野上，在凛冽的天宇下，闪闪地旋转升腾着……便是那孤独的雪，死掉的雨，是雨的精魂！更是鲁迅的精魂！是的，阅遍中国近百年的史册，除却鲁迅，还有谁人能够艺术地创造出如此光华灿烂的生命飞扬的极至？

对比和对照：鲁迅塑造过不少栩栩如生的反面人物，有的可笑可鄙，如高老夫子、四铭，有的可恶可憎，如鲁四老爷、赵太爷，还有不少讽刺性的形象，如革命小贩、洋场恶少、围观示众的闲人、摇笔鼓舌的宵小。看起来，在这类文本中，似乎难以找到鲁迅人格的印记，其实不然。从鲁迅行文时对此类形象的情感态度，完全可以看出隐蔽在字里行间赫然站立着一个顶天立地的大写的鲁迅，正是这大写的人，特别是他充满义勇和正义的人格力量，才在对比中照射出群小的卑鄙下作、污浊阴暗，才使他们隐蔽在各种冠冕堂皇招牌底下的龌龊灵魂大白于天下。

有人这样赞扬高尔基，说他笔下描写了那么多丑恶，而仍不失自身的洁白，恰好证明他灵魂的坚强和高尚；对于鲁迅，亦应作如是观。还有阿Q，这一病态中国文化的病态产儿，一向就是作为鲁迅着力批判的“国民性”的标本而被解读的。有的学者颇有见地的指出：“显在而有形的‘阿Q’背后存在一个超越其上的隐在而无形的参照性的‘反阿Q’，这个‘反阿Q’既是作者赖以洞见‘阿Q’深层文化意蕴的镜子，又体现着作者对超越‘阿Q’命定限界所需的‘理想人格’的情智期待。”但下面的论述，笔者却甚难苟同：“鲁迅在《阿Q正传》里并没有给出一个关于‘反阿Q’人格形象的清晰样相，甚至，在这位深刻超拔的文化巨人的有生之年，他也没有来得及完成建构这一人格理想框架的使命，这是《阿Q正传》内部文化意蕴层面上的空穴，也是鲁迅整个文化思想系统里的空穴，更是近现代以来文化积淀层里的空穴。”[1]《阿Q正传》里没有出现“反阿Q”人格形象的清晰样相，这是无庸置疑的；但这并不等于作品文本中就绝对没有一个隐在的与阿Q的精神气质背反的持批判态度的人格实体，而且，正是这一实体的巨大人格力量，才形成与阿Q人格的对比，在对比的反差中显示阿Q的精神病态的严重，并且在亦庄亦谐的对阿Q精神特质与业绩行状的介绍之中，使读者从情到智感受到一种疗治病态中国的勇气和信念，从藐视病态人格中领悟到自己的应有的出路。

从这样的意义上说，“反阿Q”就是鲁迅，鲁迅创造了阿Q，也同时以自己的人格理想在作品背后树立起与阿Q对立的“反阿Q”的隐在样相——阿Q的病态，就是“反阿Q”诞生、存在的历史必然，“反阿Q”的现实使命与存在价值，恰好在于揭露、疗治阿Q们的病态——阿Q和“反阿Q”，是对立的又是统一的，他们以正题和反题的形式，互相依存，彼此对照，在两极背反中建构起中国历史上前所未有的一种新的人格理想。

---

[1] 李林荣:《文化断带上的游魂——〈阿Q正传〉与中国传统文化内部人格形象关系初探》,《鲁迅研究月刊》1999年第8期。

三、鲁迅人格范型的整体描述

（一）鲁迅的艺术家型人格范型描述——与胡适等学者型人格范型的比较

鲁迅与胡适，作为中国近代文化史上最有代表性的声名卓著、影响深远的大师，分别创造了两种文化“板块”、两种文化性格、两种人格范型。历史已经给我们提供了对此开展平心静气的超越性的比较分析的可能。

鲁迅和胡适出生在大体相同的历史文化背景当中，但由于两人的先天的基因和后天的选择的差异，却走向了完全不同的道路，形成完全不同的人格范型。他们在幼年时代，都曾接触了《目莲救母》之类的乡间的野台子戏，即鲁迅所谓“社戏”。胡适从这些鬼神报应的扮演中感到的是恐怖和忧虑，此后则彻底接受了无神论，从心目中完全驱逐了鬼神之类的阴影；而鲁迅却引逗起浓厚的欣赏兴趣，从往来于阳世与阴间的勾魂使者“活无常”，到恐怖而又美丽的复仇女鬼“女吊”，他以为都充溢着浓郁的人情。不但在十余岁时就满怀欣喜地充当了目莲大戏中的“业余演员”，当薄暮时分，跟随“蓝面鳞纹”的“鬼王”，手持钢叉，“一拥上马”，疾驰墓地，大叫而还，实地体验了戏剧艺术的操作，而且从此在幼小的心灵中构建起一座人而鬼、鬼而人、情而理、理而情的刚毅瑰丽的艺术世界，培养起对艺术与虚构的深挚感情，直到生命的最后时刻，依然钟情不已，萦绕心怀。

他们在幼年时代，都曾系统地接受了传统史书的熏陶，鲁迅七岁即开始诵读《鉴略》，胡适读的则是《纲鉴易知录》。后者由此培养起浓厚、执着的研究历史的兴趣，纵贯毕生；而前者却由于读《鉴略》与看迎神赛会（《五猖会》）的冲突而滋生出对传统史书的感情对立，由此发芽滋长的对正统历史典籍的批判与怀疑态度，在此后的思考中逐渐发展成为鲁迅历史观乃至人格力量的重要基石。

他们在少年时代，都曾受到中国古代文化典籍的重大影响，鲁迅喜欢的是《山海经》，胡适爱看的是《水浒传》。鲁迅对其中那些“人面的兽，九头的蛇，三脚的鸟，生着翅膀的人，没有头而以两乳作眼睛的怪物”产生了极其浓厚的兴致，成为他日后孜孜不倦热爱美术及其他形象艺术的根芽；胡适则由此开始了对《三国演义》《红楼梦》《儒林外史》《聊斋志异》等小说的研究兴趣，特别是为日后的白话散文的训练，打下了坚实的基础。当鲁迅沉浸在一个想象的艺术世界之中的时候，胡适却为自己的理性思考研究，打磨出一份适宜的心态。

在青年时代，两人都曾用诗歌抒写过自己的人格理想，分明地呈现出主体选择的差异。1900年，鲁迅写下了自己心目中向往的一种境界："芰裳荇带处仙乡，风定犹闻碧玉香。鹭影不来秋瑟瑟，苇花伴宿露瀼瀼。扫除腻粉呈风骨，褪却红衣学淡妆。好向濂溪称净植，莫随残叶堕寒塘！"[1]碧玉淡妆，香远益清！美好来自品格，境界出于风骨！一种不屑与俗艳之辈共戴一天的高洁，把青年诗人的心性、操守，烘托得呼之欲出，栩栩如生。10年后，胡适写下《秋柳》一诗，歌颂的是他最赞赏的一种处世态度："但见萧飕万木摧，尚余垂柳拂人来。西风莫笑柔条弱，也向西风舞一回。"显然，他倾慕的是以柔克刚，是柔弱顺世，是老子所谓"齿亡舌存"的譬喻，是孔子所谓"小不忍则乱大谋"的教诲——从中不难看出胡适日后的处世哲学的端倪。

青年时代，他们又不约而同接受了当时最先进的进化论思想。鲁迅从中得出青年必胜于老年、将来必胜于过去的观念，由此而倾向进步，倾向变革，倾向革命；胡适则着重从个体对环境须积极适应的角度，理解并服膺了"优胜劣败适者生存"的观念，连他后来改取的名字，也体现了这一观念。后来，他们又一东一西，分别到国外去寻找救国救民的真理，并且一开始都是学习的医学、农学等实用性学科，而后才改就人文学科。鲁迅是通过日本文化这座中介型的"桥梁"间接地接受了西方文化的影响，胡适在美国则是直接领受正宗的西方科学文化、制度文化特别是实用哲学的熏陶。

他们的改弦易辙从实用学科走向人文学科，都是由于某一事件的刺激，影响鲁迅的是"幻灯片事件"，作用于胡适的是"苹果事件"。但鲁迅是从中国民众身体强健而精神麻木的可悲现实中看到了民族的深重危机愤而弃医从文，决

[1] 鲁迅：《集外集拾遗补编·莲蓬人（芰裳荇带处仙乡）》，《鲁迅全集》第8卷，第532页。

心用文艺来改变国民愚昧麻木的精神病态——他考虑问题的出发点是国家、民族即群体的命运前途，即使以后思想有所变迁，这一选择的出发点却始终如一。胡适从自己对苹果品种之类的农业科学并无兴趣并无基础的事实出发，毅然放弃了兄长代选的职业，改学他饶有兴致的哲学作为终身从事的事业——这一选择虽然也与国计民生不无关系，但更直接的考虑却显然是个体的能力与兴趣、出路与前途等等。对此胡适从不讳言，直到晚年还把这一选择作为经验之谈告诫台湾的青年。

还有，他们都有年少失父的痛苦，都有与母亲感情极为深厚因而奉母至孝的情感经历，同时也就都拥有了一份完全由母亲包办的不幸的婚姻，给他们的心灵蒙上了一层深深浓浓的阴影。鲁迅是始则默默地承受了这种无爱的结合，从1906到1926，从26岁到46岁，在一种殉道者、苦行僧式的生活中，度过了无所可爱、爱而不能、长达二十年的痛楚生涯；终则与自己在苦苦奋战中寻找到的伴侣远走高飞，虽然仍是承受着来自方方面面的重压，但却真实地体悟到以沫相濡、两心相知的幸福。这种选择，完全与他极其欣赏的匈牙利诗人裴多斐的诗篇心灵相通："生命诚可贵，爱情价更高。若为自由故，两者皆可抛。"胡适则是在小有反抗甫告失败之后，即无条件地接受了这桩他并不情愿的婚姻，与江冬秀终生厮守。直到他心脏病猝发死去几个小时，江冬秀才从她那么热爱的麻将桌边匆匆赶到寂寞的死者身旁。为了这桩婚姻，胡适也写过一首题为《病中得冬秀书》的自表心迹的诗，道是"岂不爱自由，此意无人晓，情愿不自由，也就自由了。"非常贴切地描画出胡适式的自由的真谛，处世哲学的真谛，以及中国现代若干知识分子的无奈与怅惘。

两首小诗，恰为两种人格写照。此后，两人就走向艺术家与学者两种不同的生活道路、不同的人生选择：他们都是"五四"新文化运动的领袖，鲁迅偏重创作，以小说、杂文、散文、翻译等多种成果显示了新文学的实绩，至今仍是中国最杰出的作家，赢得了中外广大读者衷心的爱戴；胡适是文学革命的首倡者，但提倡有心，创作无力，在理论倡导上贡献卓著，在创作实绩上影响平平。鲁迅是那么激越、刚烈、深邃；胡适则是典型的温和、宽厚、平浅。鲁迅重现实、重情感；胡适重未来、重理智。鲁迅始终关切着受压迫的劳苦大众的解放首先是精神的解放，平民的气质非常浓厚；胡适的目标则是在中国建立美国式的民主政体，绅士的风度相当典型。鲁迅宁愿在风沙中搏战；胡适更喜欢在研究室里考证。鲁迅非常轻视名誉地位，往往自己动手撕下别人非常重视的“纸糊的假冠”，不去当什么导师、领袖、名人；胡适则非常重视生前乃至身后的名声，单是博士的头衔就有几十之多，显然并不都是实至名归的结果。鲁迅不惧惮寂寞、孤独；胡适则喜欢热闹，愿意广交朋友。鲁迅的学术研究专而精，立论深切，言必有据，凡所涉足的领域，总有不刊之论；胡适则宽泛广博，著述颇多，有但开风气不为师的习惯，一些研究项目往往未能穷追到底。他的哲学史、白话文学史等都只有半部。鲁迅从人民大众的解放出发，始终对专制政体、黑暗当局横眉冷对，不屈不挠，风骨凛然；胡适在三十到四十年代对蒋介石大唱颂歌，有失学者身份，一度从“帮闲”沦为“帮忙”。鲁迅对入侵强寇，态度鲜明，笔伐口诛，毫不宽容；胡适始则主张日本放弃武力侵略翻过来征服中国的人心，继则以一介书生出使美国奔走呼号为中华民族反对日寇侵略的事业作出了重大的历史性的贡献。

作为中国近代最具有典范意义的人格模式的创立者，鲁迅和胡适都已远离我们而去，但他们在个体人格建树中留下的精神财富，却值得后人不断地认真总结，以为今天乃至以后的借鉴。

（二）鲁迅的崇高型人格范型描述——与叶圣陶等的和谐型人格范型的比较

“五四”这一中西文化交汇、传统与现代更替的时代，给一代知识者提供了多种多样人格选择的可能。对传统文化的不同态度，是构成不同的人格模式的重要原因。与传统文化激烈冲突持整体反叛的立场，则易于在精神领域里形成大痛苦、大欢欣、大寂寞、大愤怒，如险峰峻岭，如怒涛激浪。对传统文化持和平改良立场，则容易在精神上趋向平易安详，淡泊自然，如光风霁月，如清泉溪流。

不同于鲁迅、胡适等“五四”先驱者们大都到国外去留学去取经，亲炙了异域文化，形成与传统文化绝然不同的参照系统，由此生发出反叛的决心，也获得了比较完整比较现成的“武器装备”。当“五四”新文化运动兴起的时候，叶圣陶还在苏州乡间的小学里任教，远离西方文化也远离文化革命的中心。他所接受的信息，一面是以儒家典籍为主的私塾、小学、中学的课程，一面是由《太平洋报》等媒体介绍的时代风潮。这种文化环境，以及他从童年幼年获得的文化基因，推动他从传统和现代双向地汲取积极的因素，在传统与现代的契合中建构自己的人格。他后来极其推重“企图从现代的立场上来了解传统”的好友朱自清，盛赞其“完美的人格”。什么是“现代的立场”？传统中有什么可以与现代意识契合？叶圣陶说得非常明白：

> ……由于所受的熏染的关系，既然作了中国人，而且是中国的知识分子，不能不在儒家的空气里呼吸。本相的儒家本是不错的，除了栖栖遑遑希望得君行道，就现代的眼光来看很不足取以外，那说仁说忠恕的部分总是好的。宋朝的理学虽然带着玄学的气息，可是就好的一面说，主敬主诚实在具有真正信教者的态度。清朝颜李注重实践，专求生活的充实，可以说是脚踏实地。可是我们大都把这些东西认作是挂在嘴上谈谈的事，放在心里想想的事，却不大措意这些东西谈既没有用，想也不相干，必须把他们像消化食物一样消化一番，遍布在血肉骨髓里，才是真实的受用。[1]

他以“本相的儒家”为传统中可以改造吸收的基因,更着重于“实践”和“求生活的充实”，力求知行合一，言行如一，表里统一，从作文到做人追求贯彻一致的原则。他反对老子式的“权变”和庄子式的“什么都一样”，反对玩世不恭，马马虎虎，于物无情，冷冷落落的人生态度，强调用“现代的立场”即“近于人民的立场”和时代的精神尤其是民主的精神，来改造传统的儒家。

他十分推重“由民主到人格”的观点，认为“人格离开了民主，好像娇花离开了温室,人格一定要破产的”[2]。在从五四前夕到解放前夕几十年的生活和斗争中，在时代精神的推动下，经过认真的思考和持久的修养，叶圣陶形成了一种相当稳定、独具特色、又具有较高典型意义的人格范型，即从人民的立场出发，经过时代精神的过滤、筛选、改造，从传统的正派知识分子的人格模式中，汲取精华，蜕去了贵族化的旧质，置换成平民化的新质，重铸为一种新的人格范型。在他的

[1] 叶圣陶:《深入》,《叶圣陶散文甲集》，四川人民出版社1983年版，第605页。
[2] 叶圣陶:《笔谈会“我要向青年说的”书后》,《叶圣陶散文甲集》，第642页。

精神世界里，西方文化与东方文化，现代意识与传统观念，往往是双重优良质素的自然契合，而很少形成尖锐激烈的对立、冲撞。因此，他的人格模式的主要特色就是平和冲淡、自然平易、表里如一、言行一致。没有鲁迅的深刻与峻急，也没有鲁迅的深广忧愤与深沉痛苦；不像郭沫若那样热情奔放激昂慷慨，也不像郭沫若那样阿从时尚苦心应变。从精神世界的自然和谐、个性气质的恬淡自然、人格建树的稳定完美来看，在新文学诸大家中，他与冰心最为接近，但又多了些平民之子的质朴敦厚，少了些大家闺秀的典雅与隽丽。

前进而不激进，有所为有所不为，有足够的正义感和为民族民主事业献身的精神准备，长于用较为含蓄温婉的方式来表明自己政治上的好恶爱憎，这是叶圣陶人格模式在政治观中的体现，是他相对和谐的精神世界所透视出的人格的光芒。叶圣陶从来不是政治家，尽管他一向有着毫不含糊的是非界限和旗帜鲜明的爱憎感情。他五十岁的时候，曾经写了《答复朋友们》，恳切地阐明了自己的人生观：“一个人本当深入生活的底里，懂得好恶，辨得是非，坚持着有所为有所不为，实践着如何尽职如何尽伦，不然就是白活一场。”[1]“有所为有所不为”，原是儒家立身处世的行为规范和道德标准。叶圣陶用是否革命是否有利于“群”即人民大众，作为“为”与“不为”、“爱”与“恶”的取舍标准，并自觉贯彻于意念与行动的统一之中，尤其是人格的构造践履，从而赋予传统的人格以现代的内涵。

正是从这样的人格追求出发，他始而欢呼辛亥的胜利、“五四”的风涛，继而愤怒于“五卅”的鲜血横流、“四一二”的历史逆转。强寇入侵，民族危难，他弃家西行，赋诗言志，道是“故乡且付梦魂间，不扫妖氛势不还。偶与同舟作豪语，全家来看蜀中山。”八年离乱，此志不泯。此后更是步履稳健地走在反内战争民主的时代中流。终其一生，他与中国人民争取现代化的大方向目标一致，与不断前进的时代精神步调一致。越到后来，就越是明朗坚定。越是危难关头，越有着随时献身的精神准备。但从总体上看，他并未卷入政治斗争的漩涡中心，和反动当局尚未构成尖锐对立一触即发的格局。他的斗争方式和态度，内涵充实

[1] 叶圣陶：《答复朋友们》，《叶圣陶散文甲集》，第418页。

坚定而外表温婉节制，往往不是以剑拔弩张的姿态呼啸呐喊冲锋陷阵，而着重在个体修养中坚持有所为有所不为的原则。不媚俗以自安，不趋时以自炫，踏实稳健，有理有节。对于工农的苦难与不幸，怀有深切的同情，却并无叶紫式的亲身体验。对于共产党人和左翼作家的斗争，他自觉地赞成拥护，有不少职业革命家的挚朋密友，但他并未加入“左联”或共产党。他自然也受到反动当局的压制，没有言论自由，但同职业革命家比较，他所深受的迫害要相对和缓，既未拘捕投监，也未恐吓通缉，连作品也极少像鲁迅杂文那样屡遭删改查禁暗杀明诛。这些都从特定的角度反映了他独特的人格、独特的政治地位和态度。

众所周知，鲁迅从二十年代到三十年代，与政府当局对立的态势有增无已。他曾被章士钊的教育部免职，又曾被国民党浙江省党部通缉，通缉令直到去世也未取消。在“女师大事件”和“三一八惨案”中，他是抨击段祺瑞、章士钊、陈西滢、杨荫榆、刘百昭等辈杀伤力最大的一位狙击手，自然也是对手们集中攻击的对象。在领导“左联”和加盟“中国民权保障同盟”的日子里，他一直处于文化“围剿”与反“围剿”的漩涡中心的中心，查禁著作，删改文章，诬蔑陷害，造谣中伤，无所不用其极，首开文化迫害的骇人先例。鲁迅则一向是横眉冷对，毫不妥协。在文化批判、社会批判领域，他从来不是洁身自好的绅士，而一直是率先垂范主动出击的先锋，因此，就不但是“党国”的心腹大患，而且是文坛宵小、报界群丑公共的敌人。正是在这样尖锐的对立、冲撞中，才迸射出鲁迅人格的独特光彩。即使在历史早已推演过去多年的今天，只要认真地沉浸于那一特定的文化环境之中，人们便会从一片夺目的刀光剑影中，清清楚楚地感悟到鲁迅特有的人格魅力。

1943年，茅盾在《祝圣陶五十寿》中恳切地写道：

> 凡是认识他的朋友们都不能不感到，和圣陶相对，虽然他无一语，可是令人消失鄙俗之心，读他的作品亦然。你要从他作品中找寻惊人事，那不一定有；然而即在初无惊人处有他那种净化升华人的品行的力量。才笔焕发，规模阔大，有胜于圣陶的，但圣陶的朴素严谨的作风，及其敦厚诚挚的情感，自有不可及处。

……

圣陶对于中国新文学的光辉的贡献，海内早有公论，初不因我的赞美而加重；但二十多年的交谊，使我从圣陶的“为人”与其作品看到了最重要的一点，即两者的统一与调和。作品乃人格之表现：这句话于圣陶而益信。

叶圣陶写下了百万字左右的小说，塑造了以农民、小知识分子、劳动妇女为主的近百个人物，既没有畸人怪事逸闻秘录，也没有异域风光传奇英雄，而完全是那个时代由最平凡的人物组成的最平凡的生活图景。他喜欢按自然时序表现人物的命运，线索单纯，进展自然。虽有倒叙和插叙，但转换过渡，交待分明，时间和空间的切割、转换，都比较完整。他一般不安排大起大落大开大阖的布局，不编织曲折离奇出乎常情常理的故事，而是从平凡的生活场景中精心撷取其中较为完整的一段，显示生活的必然逻辑。又每每在结尾处安排波俏的一笔，乍看突兀奇警，细想正是事态发展的必然。他非常注重展示人物的内心世界，但在行文时却非常自觉地区别叙述事件与描摹心态的不同，两种语言榫卯扣接，既自然流畅，又界限分明，读起来毫不感到生硬突兀，更不需要在纷繁芜乱的意识流中寻觅语句、语义的归属。对于广大的不幸者，他往往和他们处于同一水平线上，既非超越、俯视，也非崇拜、仰视。他对人物的不幸遭遇，怀有深刻的同情，感同身受，体尝深至，但还不是鼓动他们投身你死我活的革命斗争。对于笔下极少量的抗争性人物，他只写愤激的言辞，或有节制的行动，也只是点到为止，很少有血与火的场面出现。对于像潘先生这样的自私怯弱型的人物，他是批评的，讽刺的；但批评显得含蓄，讽刺也颇温和，显然不同于鲁迅那种嬉笑怒骂所向披靡的风格。同样是写被剥削被压榨完全丧失了自己做人的权力的农家妇女，他的《一生》显然不具备鲁迅《祝福》那样的深邃。同样是写人与人之间的隔膜，他的《隔膜》完全不像鲁迅的《药》《故乡》，尤其是《孤独者》那样冷峭得让人灵魂震颤，起立彷徨！他很少用日记体、书简体、第一人称这类为鲁迅所喜爱的、特别适宜于营造诗境抒写胸臆倾吐情怀的文体形态，从不像鲁迅那样深入人物的心灵并让读者一道体味那种万难忍受的苦痛与哀伤，而往往是有意与人物、故事拉开距离，自觉地保持客观、冷静、平和的特色，把感情寄托在不著文字的处所。遣词造语，极少有鲁迅式的当头棒喝型的格言警句，叙述描写，不以奇巧夸饰为美，而以平实隽永耐人吟味见长。平凡的取材视角，平实的人生理想，平和的感情态度，共同组合成一种自然和谐的语境，一种客观冷静的文学风格，与平和中正、有所为有所不为的政治态度互相渗透互相生发，融合成现代文化史上极具特色的人格模式。

如前所述，1926年以前的鲁迅，既因强固的社会责任感以及内心深处的旧式伦理道德观念的影响而谨守着旧式的婚姻家庭关系，细细咀嚼着青春年华里那种无可告语的无爱的痛楚，又强烈地憧憬着合理的婚姻家庭、健康的两性感情，忍受着爱而不能的更苦的煎熬，用做一世牺牲为孩子们创造幸福和光明作为自我生命和感情世界的既切实又虚幻的依托。叶圣陶的婚姻，虽然也是由媒妁介绍父母包办的，他的幸运却委实值得称道。他与胡墨林的婚姻，仪式颇有些旧式的味道，而内涵却是互相尊重两情投合的新的实质。婚后十四年，他回忆这桩大事时说：

> 我与妻结婚是由人家作媒的。结婚以前没有见过面，也不曾通过信。结婚以后两情颇投合，那时大家做教员，分开在两地，一来一往的信在半途中碰头，写信等信成了盘踞心窝的两件大事。到现在十四年了，依然很爱好。对方怎样的好是彼此都说不出来的，只觉很合适，更合适的情形不能想象，如是而已。[1]

最大限度地摒弃了那种虚浮的“诗意”和浪漫的情调，如实地把爱情、婚姻、家庭置于事业、生活中应有的位置，彼我双方从情到智融合无间默契一致达到自然和谐的境地，就是叶圣陶这种可遇难求的婚恋、家庭的观念和形态，呈现出鲜明的个性特征，而在五四一代知识者群中成为极其触目的典型。

胡墨林女士婚前是女子师范学校的毕业生，婚后又执教于南通女子师范和用直五高学校，在接受新的思潮、倾心教育改革等方面，与叶圣陶是颇为一致的。至于饮食起居家政大计，两人又不期而同。于是，和谐的精神世界，透过和谐的家庭关系，放射出格外宁静自然、含蓄温厚的光华。但当国家民族的空前灾难袭来时，他们却处乱不惊，毅然放弃了几十年如一日已成习惯的生活方式，

---

[1] 肖同庆：《超越死亡：受难与复仇——鲁迅生死观论》，《鲁迅研究月刊》1992年第12期。

从上海、苏州、杭州、汉口，漂流到成都、重庆、乐山、桂林，时散时聚，几经敌机狂轰滥炸，几度危难生死未卜，他们均无怨无悔，不弃不离，淡泊益倔强，危难出忠贞，硬是挺起腰杆相濡相呴度过了整整八年的颠沛流离，气节凛然，风骨硬朗。1957年，终生相随知心知意的夫人胡墨林因病不治逝去了，叶圣陶的悲痛是无可名状的。他写下一组诗词，借遣哀思，又到旧地旅游，益增惆怅，再加上此后不断的政治运动，病患的屡屡袭扰，素来结实的叶圣陶的身体，便越来越衰弱起来……

他如充分平民化的生活方式，淡泊而稳定的交友方式，均与前进而不激进的政治态度，平凡、平实、平和的文学风格珠联璧合相得益彰，共同建构起叶圣陶独特的人格范型，成为与鲁迅人格范型恰成对照的格局。这是两种不可以互相替代的人格美，是现代化自我实现型人格的不同表现。叶圣陶式的精神世界，因为不具备鲁迅式的崇高和深邃，也就少了些鲁迅式的大痛苦、大激愤、大困惑、大绝望，少了些自我生命大飞扬的极致，少了些高峰体验的欢愉和激情；但这对于个体生命的自我保存，却是十分有益的。鲁迅以小跑步那么迅疾地走完了他的生命途程，焕发出中国近代史上最眩人眼目的精神思想的火花，使几乎所有精神、感情尚属正常的人无不为这一生命个体的过于短促而悲哀而遗憾。叶圣陶因为其稳定恒常自然和谐的人格特色，而从容地度过了九十四度春秋，阅历既久，贡献必多，无论对于个人、家庭还是社会、事业，无疑都是值得额手称庆的。

（三）鲁迅的理智实现型人格范型的描述——与郭沫若等的情绪实现型人格范型的比较

作为中国现代史上的大师、巨匠，郭沫若与鲁迅有许多共同之处，例如都是旷古的天才、奇才，都是开一代文坛风气的先驱，都具有丰富复杂的精神世界；但他们又分明是两种绝对无法混淆的人格范型的杰出代表，并且分别把自己的人格特色发挥到极致，张扬到几乎完全无法复制的巅峰状态，成为现代中国自我实现型人格的两种典范，两座巍巍的高峰。

1925年3月，鲁迅在写给许广平的第一封信中坦诚地说道：

> 走“人生”的长途，最易遇到的有两大难关。其一是“歧路”，倘是墨

翟先生，相传是恸哭而返的。但我不哭也不返，先在歧路头坐下，歇一会，或者睡一觉，于是选一条似乎可走的路再走，倘遇见老实人，也许夺他食物来充饥，但是不问路，因为我料定他并不知道的。如果遇见老虎，我就爬上树去，等它饿得走去了再下来，倘它竟不走，我就自己饿死在树上，而且先用带子缚住，连死尸也决不给它吃。但倘若没有树呢？那么，没有法子，只好请它吃了，但也不妨也咬它一口。其二便是"穷途"了，听说阮籍先生也大哭而回，我却也像在歧路上的办法一样，还是跨进去，在刺丛里姑且走走。但我也并未遇到全是荆棘毫无可走的地方过，不知道是否世上本无所谓穷途，还是我幸而没有遇着。……

对于社会的战斗，我是并不挺身而出的，我不劝别人牺牲什么之类者就为此。……中国多暗箭，挺身而出的勇士容易丧命，这种战法（指"壕堑战"——引者注）是必要的罢。但恐怕也有时会逼到非短兵相接不可的，这时候，没有法子，就短兵相接。总结起来，我自己对于苦闷的办法，是专与袭来的苦痛捣乱，将无赖手段当作胜利，硬唱凯歌，算是乐趣，这或者就是糖罢。但临末也还是归结到"没有法子"，这真是没有法子！[1]

一阕对自我人生选择的诗性表述，生动地显示出鲁迅的心理行为的独特性与个人性。他审慎地深邃地思考，决不孟浪行事。每一个意念及行动，都是清明的理智与现实的情境优化组合的结晶。强大的理性思维，活像一具超大马力的引擎，带领着他的一切心理行为沿着经过自己缜密思考后审慎决定的轨道冲破一切干扰排除种种压力奋然前行。与此恰成对比，郭沫若的人格特色又是另一番景象：

我是一个偏于主观的人，我的朋友每肯向我如是说，我自己也很承认。我自己觉得我的想象力实在比我的观察力强。我自幼便嗜好文学，所以便借文学来以鸣我的存在，……我又是一个冲动性的人 Impulsivist，我的朋友每肯如是向我说，我自己也很承认，我回顾我所走过了的半生行路，都是一任我自己的冲动在那里奔驰；我便作起诗来，也任我一己的冲动在那里跳跃。我在一有冲动的时候，就好象一匹奔马，我在冲动窒息了的时候，又好像一

[1] 鲁迅：《两地书·二》，《鲁迅全集》第11卷，第15—16页。

匹死了的河豚。所以我这种人意志是薄弱的，要叫我胜劳耐剧，做些伟大的事业出来，我没有那种野心，我也没有那种能力。[1]

无须任何解说阐释，一种偏重主观、强调自我、高度重视自由情绪、自我感觉的心理行为模式，已经是活脱脱跃然纸上。

古往今来，从柏拉图、叔本华到加缪，从孔子、庄子到王阳明，无不对于人的生死问题给以深切的关注和多侧面的思考。他们研究着“人生的有限性与无限性，死亡的必然性与偶然性，死亡与永生的个体性与群体性，死亡的必然性与人生的自由，死亡意识与人类自我意识的主体性，个体的死亡与人类的解放，生死的排拒与融合”。[2]很自然，鲁迅和郭沫若也都是中国近现代最重视生死问题的文化巨人，但他们的生死观却有着显著的不同。

鲁迅是最重视人的特别是不幸的人们的生存权利的：鲁迅白话小说的开篇之作《狂人日记》，因为那么强烈地谴责着“吃人”即对人的生存权的蛮横抹煞而被学者们称为现代中国的人权宣言。响彻在《热风》中的对生命、对进化的倾情礼赞，是一个新的时代就要来临的昂扬号角。在“五四”前后，他曾为“一要生存，二要温饱，三要发展”[3]的生命意识大声疾呼，把人的生存权作为最基本的人权加以强调。

在《呐喊》和《彷徨》的艺术画卷中，革命者和无辜者的惨死，往往是渗透着作者最深挚的同情和最强烈的悲愤的意象。是国民党新军阀以“清党”为名对革命者和无辜者的大开杀戒，才驱使一向对政治性社团并无多少热情的鲁迅那么迅速地向自由运动大同盟、民权保障同盟乃至左翼作家联盟之类组织靠拢。十月革命后的苏俄，是因为给一向受到死亡威胁的工农大众一种走向新生的希望而赢得了鲁迅的赞美。他热情地为萧红的《生死场》作序，是因为她出色地写出了“北方人民的对于生的顽强，对于死的挣扎。”刘和珍、杨德群、殷夫、柔石等有为青年的被害和刘半农、阮玲玉等文艺界人士的夭亡，激发出鲁迅对生命高度珍惜、对明明暗暗的杀人者高度憎恶的诗意篇章。1935年

---

[1] 郭沫若：《论国内的评坛及我对于创作上的态度》，《时事新报·学灯》1922年8月4日。

[2] 肖同庆：《超越死亡：受难与复仇——鲁迅生死观论》，《鲁迅研究月刊》1992年第12期。

[3] 鲁迅：《华盖集·忽然想到（五至六）》，《鲁迅全集》第3卷，第47页。

9月，他在《七论“文人相轻”——两伤》中以充满哲理与诗意的笔触写道：“至于文人，则不但要以热烈的憎，向‘异己’者进攻，还得以热烈的憎，向‘死的说教者’抗战。在现在这‘可怜’的时代，能杀才能生，能憎才能爱，能生与爱，才能文。”[1]这是鲁迅关于爱与憎、生与死的辉煌宣言，是他人格内涵中的核心要素之一。

他对死亡的考虑，也许是更加具有个人性的一种意识。他从不惧惮死亡，对战士和青年的死亡表示出不厌其详、不嫌其深的痛惜，但对自己的死亡却一向马马虎虎、随随便便、毫不经意，甚至有意拚命做，以促使生命的尽快消失。在《野草》中，他不仅写出了人生的荒诞，而且出色地描画出连死亡都是极其荒诞的真理性意象：

> 《死后》揭示的正是……生存恐怖的死后沿续，……死亡虽然是生命的消失与否定，却又不是思想意识的彻底摒弃，生命消失的死亡继续着生存时的孤独，寂寞，被观赏的痛苦知觉。……生的悲剧感在死后也是难以逃遁，甚至成为生存的更为荒诞，更为痛苦，更为恐惧的延续。[2]

他甚至认为，只有死亡才是对于人生痛苦的最快意的复仇，而生命的若干价值与美好，也只有从庄严的死亡中才能获取。于是，在生命的最后时刻，他庄严地写下了极富个性特色的“遗嘱”，其中“赶快收敛，埋掉，拉倒”“不要做任何关于纪念的事情”“我的怨敌可谓多矣，倘有新式的人问起我来，怎么回答呢？我想了一想，决定的是：让他们怨恨去，我也一个都不宽恕”[3]等思想，无论古今中外，都堪称独特、奇伟、超绝、警辟之至，以至使不少人在瞠目结舌之后许久，才慢慢体味出一点似是非是的韵味，才生发出一些莫名其妙的解读乃至误读。

在中国近现代史上，还没有人像鲁迅那样面对死亡放声高歌：

> 过去的生命已经死亡。我对于这死亡有大欢喜，因为我借此知道它曾经存活。死亡的生命已经朽腐。我对这朽腐有大欢喜，因为我借此知道它还非空虚。

[1] 鲁迅：《且介亭杂文二集·七论“文人相轻”——两伤》，《鲁迅全集》第6卷，第419页。
[2] 肖同庆：《超越死亡：受难与复仇——鲁迅生死观论》，《鲁迅研究月刊》1992年第12期。
[3] 鲁迅：《且介亭杂文末编·死》，《鲁迅全集》第6卷，第635页。

地火在地下运行，奔突；熔岩一旦喷出，将烧尽一切野草，以及乔木，于是并且无可朽腐。但我坦然，欣然。我将大笑，我将歌唱。[1]

在鲁迅那里，生存与死亡，已经创造性地融通为有机的整体。因为渴望真正的生存，才那样无所畏惧地面对死亡并且超越死亡；而只有真正彻悟了死亡的规律性内涵及悲剧性实质，才有可能领略到生存的价值也才具备了现代意义上的生命意识。

人所共知，郭沫若早期诗歌的重大主题之一，就是对于死亡的歌咏、礼赞。有的学者认为郭沫若是我国新文学中最出色的歌唱死亡的诗人。他的死亡之歌，主旋律显然是“涅槃”式的从旧我的死亡中获取新我的诞生。凤凰的故事，是最令人心折最令人欢欣鼓舞的的关于死亡和新生的寓言。同时，他也还在以颤动的琴弦，鸣奏着哀怨低回的曲调。《死的诱惑》《死》《火葬场》《瓶》等等，透露出与狂飙突进大气磅礴同时并存的落寞的意绪和消沉的情怀。

在四十年代抗日战争的特定历史文化背景中，郭沫若的历史剧中重又振响起关于死亡的昂扬旋律。如姬、婵娟、阿盖、聂嫈、夏完淳等等，都是为了自己信仰的事业、感情的完美而死去，或慷慨就义，或从容赴死，分别高唱出一曲曲神圣庄严、荡气回肠的死亡之歌，自己也因此而成为道义美、情操美、人格美、意境美的化身，并且组合成为中国现代史上罕见的死亡美的人物画廊。他们的死，以极其鲜活的形态印证了“杀身成仁、舍生取义”的可能性与合理性，论证了生存的伟大与崇高，体现了郭沫若式的死亡观。

在这里，死亡成为走向美好未来的桥梁，成为实现崇高理想的台阶。因此，这种死亡，没有宝儿、小栓、夏瑜之死的寂寞与空虚，没有孔乙己、陈士成之死的冷漠与平淡，没有阿Q之死的可惨与可笑，没有祥林嫂之死的压抑与恐怖，没有子君之死的悔恨与悲伤，更没有魏连殳之死的冷峭与窒息——这里的死，洋溢着理想得以实现的满足感、成就感，对死亡的欣赏，取代了个体生命不复存在的痛苦与悲伤，从而赋予死亡足够的理想化、情绪化、主观化、诗意化的内涵，既生发出超越苦难现实、鼓舞人心向上的巨大力量，又必然减弱了现实的品格，降

[1] 鲁迅：《野草·题辞》，《鲁迅全集》第2卷，第163页。

低了可信的功能。

人们早就注意到，在郭沫若的艺术文本中，最优秀的女性的最伟大表现，往往就是为自己崇敬的或挚爱的男性（他们才是伟岸雄视、磊落光明的化身），自觉自愿地献出每个人一生只有一次的最宝贵的生命。这是她们实现自身理想、成就做人的尊严的最佳境遇。这当然是郭沫若生死观的重要组成部分，但更是他的女性观的要素之一。这种颇具个人特色的观念，既体现在艺术人格中，更流露在现实人格中。

郭沫若与鲁迅一样，都曾经历过从旧式婚姻到新式家庭的变迁，但其中蕴含的心理内容，所体现的行为模式，却大相径庭。经家庭包办郭沫若与张琼华结婚以后，他苦闷绝望，自暴自弃，把一腔愤懑，统统转嫁到同样是受到旧式婚姻制度迫害的女方头上。在日本，他以“兄长”的名分，以三天一信五天一书的超常热情追求安娜，全不顾自己已婚的身份。抗战一起，他便抛妻别雏归国，将为国请缨的壮志付诸现实，但同时，因为众所周知的原因，由此种下了安娜后半生的孤独与痛苦。自我情感的需要，是他伦理选择的出发点，也是女性意识的核心。在这一婚姻的悲喜剧中，人们很少看到郭沫若对自我责任的反思，很少读出他对与自己的孟浪行为有关的不幸女性的歉疚。

鲁迅奉母命与朱安结合后，内心的痛苦自不待言。但他不忍轻易以母亲和妻子这两个与自己有着极其密切关系的女性为代价换取自身感情的需求，于是下决心自己做一世的牺牲，完结了四千年的旧账，在噬心啮肝的孤寂悲哀中，以难以令人相信的奋勉打发青春岁月，体味无爱的孤独及爱而不能的苦楚。即使在许广平走进他的生活、感情的天地之中，在他早已绝望的心田中燃烧起希望的火苗时，他也一直是处于被动、犹疑的境地，既怀疑自己是否还配享有这种真爱，又唯恐这种结合辱没了对手，踯躅不前，疑虑重重。虽然后来他终于获得了期望许久的幸福，但这的确不是一种轻松的选择，其中的幸福和苦痛孰重孰轻，真是很难说得清楚！在《两地书》中，这一心路历程已经表述得相当清楚，无论是对待自己极其不满的旧式婚姻，还是处理自己热烈追求的新式爱情，他的审慎，他的理智，他的对女性——不论是旧式的不幸者还是新式的觉醒者——的人格的尊重与理解，已是有目共睹天人共鉴的不争的事实。这恰好是检测鲁迅女性观乃至人格内涵的可信的标尺之一。

“五四”时期，传统的中国文化与外来的西方文化的冲突，在一代文化人的精神世界中产生了空前剧烈的震荡，迫使他们依据自己的心理素质和文化倾向迅速作出各自的抉择，从而也就形成带有鲜明个性特色的文化景观与人格景观。鲁迅更多地是从西方文化特别是其中的理性批判精神出发，对自己深恶痛绝的传统文化的负面因素开展凌厉威猛的批判和进攻，形成一种整体反叛传统的典型文化观念与心理特征——这已经是为学术界久已公认的不争之论。因为身处传统文化的汪洋大海的包围之中，即使是作为业已觉醒的先驱者的自我，仍然背负着传统文化的古老鬼魂无法完全解脱，所以，他在进行这种众寡悬殊的战斗时，就必然深深地感到孤独和寂寞，就必然分外深重地体味到自己割断自己的文化脐带时的难忍剧痛。越是理性思考深邃的智者，这种转型期的文化断裂感就越是剧烈。

鲁迅那些常人难以理解难以感同身受的大痛苦、大寂寞、大悲愤，往往来自这种异质文化的冲撞与文化选择的艰难。而郭沫若则更多地发挥了传统文化的同化与包容的强大功能，一方面一厢情愿地对儒家文化的积极因素给以现代的理解、阐释，一方面将西方文化中与传统文化可以在某些层面上沟通的部分理想化地加以夸大、融通，从而双向取法，建构起以自我情感为中心，为出发点，为规范的尺度的独特心理结构。他说过：“我自己是比较喜欢儒家思想的，我觉得这是正轨的中国的现实主义。”[1]他认为，在由奴隶制转为封建制的战国时代，儒家思想是先进的思想，“因为人民的价值提高了，故伦理思想也发生了变革，人道主义的思潮便澎湃了起来。儒家倡导仁，道家倡导慈，墨家倡导兼爱。这都是叫人要相互尊重彼此的人格。特别是在上者要尊重在下者的人格。”[2]

他在《十批判书》中指出：孔子提倡的“仁”与“仁道”，很显然的是顺应着奴隶解放的潮流的。这也就是人的发现。每一个人要把自己当成人，也要把他人当成人，无宁是先要把他人当成人，然后自己才能成为人。在他写于四十年代

[1] 郭沫若：《题画记》《沫若文集》，第12卷，人民文学出版社1959年版，第239页。

[2] 郭沫若：《屈原研究》，《沫若文集》，第12卷，人民文学出版社1959年版，第412页。

的史剧中，则把这种理念充分地艺术化。在为《献给现实的蟠桃——为〈虎符〉演出而写》中他激情满怀地写道：

> 战国时代是以仁义的思想来打破旧束缚的时代，仁义是当时的新思想，也是当时的新名词。
>
> 把人当成人，这是句很平常的话，然而也就是所谓人道。我们的先人达到了这样的一个思想，是费了很长远的苦斗的。
>
> 战国时代是人的牛马时代的结束。大家要求着人的生存权，故而有这仁和义的新思想的出现。
>
> 我在《虎符》里面是比较的把这一段时代精神把握着了。
>
> 但这根本也就是一种悲剧精神。要得真正把人当成人，历史还需得再向前发展，还须得有更多的志士仁人的血流洒出来，灌溉这株现实的蟠桃。
>
> ……
>
> “杀身成仁，舍生取义”，是千古不灭的金言。[1]

这显然是一种一厢情愿的阐释，但在郭沫若的情绪化的世界里，又的的确确有着天然的合理性。因为郭沫若所看重的，并不是历史的、事实的真实性与合理性，而是情绪的、情感的合理性与真实性。

儒家文化给世世代代的文人预备了两条可以互补的人生选择路径，即所谓“入世”与“出世”、“兼济”与“独善”。由于鲁迅把他的理性怀疑精神贯注到一切领域，包括自己的进退出处，时刻警惕着自己千万不可重蹈旧时知识分子的覆辙，在现实生活中又的确没有值得鲁迅与之合作的政权形式，所以终其一生，他都清醒地保持着自己面向社会、面向现实的独立批判立场，成为中国近代最伟大的社会批判者与文化批判者，民族的代言人与时代的良心。但同时，他也就必然要承受徘徊于新旧两种文化、新旧两种社会之间却又自觉地无所适从无可合作的孤独与痛苦。他曾为某种新社会体制的初露曙光而欢呼，旋又表示那里并没有自己的栖身之地；他曾为自己在战斗中找到了若干青年的战友和同志而减少了些许孤独和寂寞，但同时又马上感到他们的并不可靠、难以完全信任的悲哀；他也不断试

[1] 郭沫若《沸羹集·献给现实的蟠桃——为〈虎符〉演出而写》，《郭沫若全集》第19卷，人民文学出版社1992年版，第342页。

图在个人的精神世界中寻求安慰和休憩，又每每在深宵警觉，悚然而起，感受到无边的悲凉和落寞（“烟水寻常事，荒村一钓徒。深宵沉醉起，无处觅菰蒲”[1]）：没有宁静与和谐，没有满足与解脱，连睡觉时也睁大着一只良心的眼睛，既环顾八方，更时时内省！

郭沫若则因为始终以自己情绪的实现为尺度，既可以有效地隔绝异己意念的侵入与干扰，又能够以自我意识将外界意识通过情感的涵容进行超时空的融通、交汇。因此，他无论在宣称与传统的文以载道的说教决裂的时候，还是在热情洋溢地成为新的文以载道观念的旗手的时候，都没有与旧我告别的艰难与痛苦。他历来不乏对旧世界旧中国批判的热情，但与鲁迅相比，他少了些力度和深度，对自我的解剖，就更显得浅尝辄止。有些自我批评，倒像是某种负疚情绪的宣泄，因为如此这般发抒之后，取得的是过失以后心理的平衡。他曾不无真情地坦承过自己在对安娜这位纯情少女进攻中的负疚感和愧悔感，但因为批判仅限于情感的层面而丝毫未曾涉及心灵深处的动因，后来还是以不同的方式重复了当年的过失，给安娜造成深重的无法弥补的伤害。这种情境，一位青年学者作了这样的概括：“郭沫若素以变化多端而著称，其实，灵活多变倒不一定是郭沫若的特性，而生活在变化之中又绝无因变化而产生的痛苦，显得格外的通脱，这才是郭沫若的个性所在。”[2]此之所谓通脱，正是以情绪的实现为宗旨的人格模式的重要内容。

结　语

鲁迅生活、创作在中国社会、中国文化弃旧图新的历史转型时代。他塑造了这样的特定时代中所可能涌现的最具有现代意义的人格范型。由于从旧垒中来，背负的古老的鬼魂不可能完全扫荡净尽，所以他也有某些人格的弱项，例如在处理胞弟的婚姻时的失当；加之他囿于见闻，不可能洞见一切，特别是他无法直接

[1] 鲁迅：《集外集拾遗·酉年秋偶成》，《鲁迅全集》第7卷，第470页。

[2] 李怡：《承传与择取：面对传统的两类中国知识分子——鲁迅与郭沫若所接受的儒家文化之比较》，《鲁迅研究月刊》1994年第1期。

了解的事物，难免因多疑而对有的人物、有的事物有失察之处。这正说明他是从现实生活中涌现的天才，而不是从九霄云外降下凡尘的神圣，是你我皆可从某个层面学习、模仿的榜样，而不是可望难及、没有现实生命力的抽象理念。因此，他的人格范型，是经典性与现实性的辩证统一。

但从总体看来，我们无法否认鲁迅的人格范型，的确是中国现代人格理想的杰出典范。他的各项人格力量，都有超常的水平，而且基本上是均衡发展；但比较而言，他的意志力量因为长期身处逆境、横遭压抑、低级需要无法满足而突出地张扬开来，形成非常鲜明的意志型人格，以坚忍不拔、坚实韧长、不屈不挠等极其鲜明的特质，为近百年来屡遭屈辱和压抑的中国人民，树立起唾弃奴颜媚骨、坚持自我实现的硬骨头的人格模式。其历史与现实的意义，随着时间的推移，将会得到越来越准确、深刻、广泛的认同。在鲁迅那里，智慧力量与道德力量、审美力量，都在以不同的方式强化着意志力量，而意志力量则从不同的侧翼制导着其他几种力量。因此，在学者与艺术家之间，他更倾向于后者，在崇高型与和谐型、理智型与情感型之间，他绝对是标准的前者。他的现实人格与艺术人格具有极大的统一性，并以丰富的艺术文本与更加丰富的人格践履，在中国社会与文化的现代化过程中高高耸立起一座人格的丰碑，永远在人类历史上闪烁着不灭的光辉。

论现代文学期刊与现代文学研究

人所共知，现代文学期刊既是现代文学的主要载体之一，也是现代文学主要研究对象之一。但是，现代文学期刊对于现代文学研究的价值、作用和意义，恐怕还远远不止于此。要大体上说清楚这一点，首先应该对现代文学期刊有一个整体的了解。

一、宏伟驳杂的现代文学期刊景观

笔者所见和时贤叙录的现代文学期刊，大约在一万种以上。这是一幅很难用简短的文字描述的极其宏伟又相当驳杂的文学景观与出版景观：

从刊期看，有不定期刊、丛刊、年刊、半年刊、季刊、双月刊、月刊、半月刊、旬刊、周刊、五日刊、三日刊、日刊……。

从发行时间看，有的仅出1期，或被禁停刊，或自行消亡，有的则延续数十年，出版数百期，例如《东方杂志》的刊龄就长达45年，改革后的《小说月报》从1921年1月算起，一直坚持到1932年1月日本侵略者炸毁出版该刊的商务印书馆印刷所和制造总厂为止，刊行时间在10年以上。1932年创刊、由陈灨一独自一人编辑的《青鹤》杂志，也居然历时5年，出满114期。

从出版地域看，除去京、沪两大中心外，还有南京、重庆、桂林、武汉、广州、长沙、昆明、延安、西安、香港、长春、济南、青岛、苏州、张家口、厦门、台北、台南等大中城市，福建的福州、永安，安徽的阜阳、立煌，浙江的黄岩、金华，广东的梅县、汕头，四川的乐山、灌县，云南的腾冲、丽江，江西的上饶、泰和，以及东北、华中、晋察冀、晋东南、晋西、晋冀鲁豫根据地，海外的新加坡、马来亚、东京、纽约等华人主要居留地，也都先后出版过影响或大或小的文学期刊。

从办刊模式看，有出版集团办刊，如商务印书馆、中华书局、开明书店、北新书局、文化生活出版社、泰东图书局、拔提书店等大中型出版机构；有党政军机关办刊，如共产党的《新青年》《中国文化》，国民党的《前锋月报》《文艺月报》，新四军的《抗敌》，十九路军的《挺进》等；有个人出资办刊，如朱湘的《新文》，曾孟朴、曾虚白父子的《真美善》，黄宁婴、陈残云、陈芦荻、黄鲁、鸥外鸥等的《诗场》等；有外国人办刊，如“孤岛”时期的《华美周报》《上海周报》等；有商业集团（非出版性质）办刊，如上海永安百货公司创办的《永安月刊》等……

其卷帙之浩繁，数量之庞大，情况之复杂，变迁之频仍，堪称中国文化史、文学史、出版史上仅见的景观。以至迄今仍无一部比较翔实、确切、收罗完备的现代文学期刊的工具书问世——这实在是事出有因的。

这些期刊，作为历史的载体、时代的记录，多方面、立体化地反映着中国30多年来政治、经济、军事、文化特别是文学的变迁，同时，它本身的发展流变，就沉淀着非常丰富的规律，值得后人认真地梳理、寻绎、归纳、提升。

历史事实告诉我们，期刊出版发行越早，散佚的几率越大，今人所见的刊物，与当年出版、发行的状况，必有相当的差异，所以必须采用“文化考古学”的方法，尽量设法通过合理的科学的推断，力求复原鲜活的历史原生态场景；同时，随着社会的发展，人们对文学期刊的需求，也越来越多样和丰富，文学期刊越来越成为国人文化生活中不可或缺的重要内容，期刊出版、发行的数量与日俱增，也是合情合理的规律性现象。如果按照传统的新文学三个十年的分期，那么这三个时段期刊的多寡是大不相同的：

1915年9月—1927年4月，约占10%左右；

1927年4月—1937年7月，约占34%左右；

1937年7月—1949年7月，约占56%左右。

三个时段虽然略有长短，但可以大体上反映出现代文学期刊发展演变的某些基本规律。数量，当然不是评价期刊的唯一标尺，但可以是也应该是研究中的一个比较重要的参照系统。

北京和上海，显然是中国现代文学期刊的两大中心，但情况也是在不断的变化之中。上海是现代文学期刊的发源地，但在1919年“五四”前后，北京却一度迅猛飙升，渐有后来居上之势。1923—1924年间“五四”退潮，北京成为“寂寞新文苑，冷落旧战场”以后，文学期刊的创刊也开始进入低迷状态，与上海的势头未可同日而语。1927—1928年间，文学期刊与革命文学倡导的风气同车南下，上海再次成为文学期刊的中心，北京反而处于边缘化的尴尬境地。十五六年间，两所文化名城，都有自己的辉煌，但总体看来，北京毕竟持重有余，新锐不足，在文化大潮迅猛袭来时，远不及上海的弄潮时代，驾御文坛，呼唤乃至吸纳形形色色文化人物、文化信息的能量与容量。

以上统计，当然难称精确；但是其中蕴涵的某种带规律性的认识，倒确确实实值得我们思考。最醒目的事实，便是战争在政治、经济、文化之外对于文学期刊的决定性影响。上海历来是文学期刊最集中的创刊城市，但在1941年底作为“孤岛”的租界也彻底沦陷以后，上海的文艺工作者的处境空前艰难起来。1942年全年文学期刊创刊的数量锐减到13种，为前几年的20—40%！而同时，过去一向少有文学期刊问世的边远城市，开始迅速成为文学期刊的新的中心，重庆、成都、武汉、昆明等地的急剧飙升，是颇有说服力的证据。而桂林作为战时文化城的历史性作用，也在这里获得了有力的佐证。当抗日战争获胜，举国欢庆的时候，文学期刊进入新的繁盛时期。单是1946年1月，就有40余种文学期刊问世，创造了现代文学期刊史上前所未有的盛况和奇迹。人们是何等急切地盼望着中国的文艺复兴与文艺界的大联合呀！文学期刊纷纷命名为《文艺复兴》《文联》之类，就透露出这种压抑不住的兴奋与期盼。可惜好景不长，更残酷的战争又开始了，文学期刊创刊的地区愈加分散，延安以及东北、华中、晋、冀、鲁、豫等根据地，文学期刊日益成为政治、文化生活中的重要内容，同时，也预示着共产党领导的期刊时代的即将来临。

二、现代文学期刊研究的历史和现状[1]

对现代文学期刊的最初的系统关注，大约肇始于1935年《中国新文学大系》[2]。其中，茅盾在《中国新文学大系》的《小说一集·导言》中，为我们绘声绘色地描绘出“第一个十年”文学社团和文学期刊的形势图[3]，并满怀乐观地宣布：“这几年的杂乱而且好像有点浪费的团体活动和小型刊物的出版，就好比是尼罗河的大泛滥，跟着来的是大群的有希望的青年作家，他们在那狂猛的文学大活动的洪水中已经练得一副好身手，他们的出现使得新文学史上第一个‘十年’的后半期顿然有声有色！”阿英编辑的《中国新文学大系》的《史料·索引》卷，则系统地开列了几种具有重大影响的杂志编目，汇集了若干重要期刊的发刊词，至今还是现代文学期刊研究不可或缺的重要资料。

五十至六十年代，张静庐在中华书局出版了《中国现代出版史料》及其《补编》，其中辑录了关于现代文学期刊的史料多种。山东师院（现山东师大）中文系编印了一系列现代文学的史著和作家小传等工具书，其中《1937—1949主要文学期刊目录索引》一书，收录了《人世间》等30种文学期刊的目录及发刊词，成为这一领域最早也最可靠的成果。上海文艺出版社一面出版了现代文学期刊联合调查小组编纂的《中国现代文学史资料丛书（甲种）：中国现代文学期刊目录（初稿）》，一面陆续刊出《中国现代文艺资料丛刊》[4]，提供了《抗战文艺》《文艺阵地》《文艺战线》《浅草》《沉钟》《歌谣》《新诗歌》等期刊的介绍和创造社期刊目录等重

[1] 本文曾参考本节内所述及的有关成果，以及潘树广先生主编的《中国文学史料学》（黄山书社1992年版），樊骏先生的《论中国现代文学研究》（上海文艺出版社1992年版）等著作，谨此致谢。

[2] 对某一刊物或某几种刊物的介绍、评论，早在20年代初既已零星散见于《小说月报》《星海》等媒体。

[3] 可惜当年茅盾记录在案的若干期刊，今天已经散佚，无法确知其编辑、撰稿、出版、发行等具体内容了。

[4] 第1—3辑出版于六十年代初，不久中断，1979年复刊出第4辑，所见最后1辑为1984年出版的第8辑。

要史料，成为现代文学期刊最集中最有价值的一轮深度发掘和系统整理。

五十至六十年代，另一值得称道的学术“壮举”，便是上海文艺出版社和上海书店的现代文学期刊的影印事业。50年代末到60年代初已经按照原版影印的文学期刊，主要有左翼文艺刊物及其他革命刊物40余种，1962年又确定36种拟影印的刊物，最集中影印的是新文学第一个十年有关社团流派的刊物，如《新潮》《文学周报》《莽原》《创造》等。1963年后该事业被迫中断。80年代恢复影印，仅出《光明》半月刊、《语丝》周刊等数种。上海书店则主要影印新文学第一个十年后半期主要社团流派的刊物，如《新潮》《文学周报》《莽原》《创造》等。关于现代文学期刊的最重要的基本建设，应该说是现代文学期刊联合调查小组的《中国现代文学期刊目录（初稿）》[1]。该目录收录了1586种期刊和副刊，是历史上收罗最多的一部。但仅限于上海地区馆藏的内容，革命根据地刊物、解放区刊物、国统区刊物、沦陷区刊物、海外华文刊物等大都未及列入，限于历史条件，依然把“七月派”的刊物与国民党当局主办的刊物一起列为“附录”，打入“另册”。几乎同时，联合调查小组的刘华庭等先生，还编纂了《中国现代戏剧电影期刊目录（初稿）》，共收入702种（与上述《目录》多有重复）。虽然收录难称完备，叙述也有失误，但毕竟收罗较为广泛，基本情况已经清楚，应该看作现代文学期刊研究的奠基性著作，是“文革”前一次非常难得的学术盛典，是当时条件下可能做到的认真踏实的学术建设。其历史性功绩，是有目共睹的。

“文革”期间，是现代文学研究的大灾大难时期，不但研究整理文学期刊完全没有可能，许多高校的教师，还因为收集整理期刊而蒙难。但山东师院中文系还是在特别困难的条件下，编印了《鲁迅主编及参与或指导编辑的杂志》，向读者贡献出自《新青年》到《海燕》共17种期刊的简介、目录和发刊词、终刊词、复刊词等，延续了该系一种值得称道的学术传统，也是特殊岁月中文学期刊整理的唯一收获。

[1] 现代文学期刊联合调查小组:《中国现代文学期刊目录（初稿）》，上海文艺出版社1961年内部出版。

1976年以后，我国的现代文学研究事业，及时地应和着时代的潮流极其迅猛地发展起来。由于十年内乱，许多文艺界的老领导、老作家、老艺人……被迫害致死，二三十乃至四十年代文学艺术事业的当事人、知情人所剩无几，许多极有价值的文学史料，被当作“四旧”、“黑材料”、“封资修”破坏焚毁，高校的图书馆、资料室图书资料流失极为严重……这些无法回避的严峻事实，使当时的现代文学界一致认为，抢救史料，乃是当务之急。所以，当中国社科院文学所现代文学室主持、陈荒煤主编的《中国现代文学史资料汇编》（甲、乙、丙编）的编纂一旦发起，便成登高一呼应者云集之势，迅速得到全国各高校中文系和文学研究机构的热烈响应，一场几乎遍及全国的现代文学史料整理、抢救的运动如火如荼地开展起来，几年间持续升温，颇有风生水起、云蒸霞蔚的态势。

应该说，这《中国现代文学史资料汇编》的每一编乃至每一本，都与文学期刊有着密不可分的关联。它们的编纂，既是对现代文学期刊从不同侧翼、不同层面的有机整理，更是对研究群体的一种堪称优良的培养方式[1]。其中的成果，最值得称道的当然是北京大学唐沅等先生、山东师大韩之友等先生编纂、天津人民出版社于1988年出版的《中国现代文学期刊目录汇编》[2]。该《汇编》以煌煌两巨册的空前容量，尽可能准确地描述了276种（另有附录4种）比较重要的现代文学期刊的创刊、休刊、复刊、终刊、编辑、撰稿、出版、印刷、发行等基本情况，收录了各刊物的尽可能详尽的目录，还在书末开列了期刊作者索引、期刊馆藏索引、期刊基本情况一览表等极其有用的资料，是自有现代文学期刊研究以来最为完备的工具书和资料库，至今仍是现代文学研究特别是现代文学期刊研究最可靠的依据之一。其被称为功德无量之举，确乎是实至名归。

1978年，中共中央马克思恩格斯列宁斯大林著作编译局研究室编辑出版了多卷本的《五四时期期刊介绍》，由生活·读书·新知三联书店出版，虽然多偏重于政治性期刊，但文学/文化类期刊也所在多有，是不可多得的重要史料汇编。它不仅开列目录，而且有扼要介绍，有创刊词、终刊词、重要按语等有关资料，

---

[1] 笔者之所以对文学期刊产生浓厚的兴趣，首先便是当年从事叶圣陶、王统照、臧克家三本作家研究资料的编纂时所受到的震撼与启迪。

[2] 唐沅等编：《中国现代文学期刊目录汇编》，天津人民出版社1988年版。

对于无法见到原刊的读者来说，是非常有用的。八十年代出版的有关学术著作，还有《1833—1949全国中文期刊联合目录（增订本）》[1]《抗战时期桂林文艺期刊简介和目录汇编》[2]《上海"孤岛"文学报刊编目》[3]《抗战文艺报刊篇目汇编》[4]及其《续一》[5]《文艺期刊索引》[6]等。

《中国大百科全书·中国文学》卷，以及八十年代后期陆续出版的若干《中国现代文学辞典》《新文学辞典》等，也大都列有期刊的条目。这些著作繁简不一，侧重有异，单本看各有千秋，加以整合则互相补充，可以大体上看出现代文学期刊的基本轮廓。七十年代末创刊的《中国现代文学研究丛刊》和《新文学史料》，以及八十年代初问世的《东北现代文学史料》和《抗战文艺研究》等，也都特别关注现代文学期刊的研究、叙述和辑佚。《中国现代文学研究丛刊》发表的关于现代文学期刊的研究文章，《新文学史料》刊布的有关现代文学期刊的史料，大都被认为具有某种权威的意义和价值。

正是这许许多多学者长期、耐心、细致、认真的辛勤工作，才构建起在80年代得以奠基的现代文学期刊研究的坚实基础，为此后的学人提供了通向顶峰的可靠的依托。

九十年代以降，由于文学研究事业的急剧边缘化、过分商业化，以及学风空前浮躁，学术评价体系、学术出版体系，特别是职称评审体系的日趋非科学化等难以抗衡的原因，文学期刊的整理与研究，明显地走向衰退：大型的工具书难以问世，研究的力作少有发布。埋头苦干，一丝不苟，十年磨一剑，甘心情愿为他人作嫁衣等人生方式与治学态度，在不同场合成为值得总结的教训，甚至是推杯换盏时嘲笑戏弄的对象。但就是在这种悲剧性的氛围中，依然有人在乐此不疲地

---

[1] 全国第一中心图书馆委员会、全国图书联合目录编辑组编:《1833—1949全国中文期刊联合目录（增订本）》，书目文献出版社1981年版。

[2] 万一知、苏关鑫编:《抗战时期桂林文艺期刊简介和目录汇编》，广西师范大学中文系现代文学研究室、广西师范大学科研生产处内部出版，1984年10月。

[3] 应国靖编:《上海"孤岛"文学报刊编目》，上海社会科学出版社1986年版。

[4] 王大明等编:《抗战文艺报刊篇目汇编》，四川省社会科学出版社1984年版。

[5] 四川省社科院文学研究所抗战文艺研究室编:《抗战文艺报刊篇目汇编续一》，四川省社会科学出版社1986年版。

[6] 杨益群等编:《文艺期刊索引》，广西人民出版社1986年版。

从事现代文学期刊的整理与研究：钱理群、封世辉、黄万华诸先生的沦陷区文学期刊的系统梳理[1]，范伯群、汤哲声诸先生的通俗文学期刊的全面考察[2]，黄万华等先生的台湾、港澳以及海外华文期刊的深入发掘，都是普遍的寂寞中的大收获。这些超大部头的巨著，虽然大都出版于2000年以后，但他们的研究与撰述，无疑主要是在寂寞的九十年代中期进行的。

1998年，王晓明先生出版了他的《批评空间的开创》[3]，其中刊载的《一份杂志和一个社团》，开创了从期刊与社团互动的角度研究文学现象的先例，具有首开风气的意义。在九十年代文学期刊研究相当普遍的冷漠局面之中，周葱秀、涂明先生的合著《中国近现代文化期刊史》[4]，应该是这一领域最值得珍视的、几乎是唯一的系统硕果。

该《期刊史》，不仅是第一部以文化期刊为研究对象的学术专著，而且是第一部以“史”的框架系统梳理近百年文化期刊发展演变的大体轮廓的主要成果。虽然其叙述中期刊与副刊未能清晰地剥离，近代与现代则连续为一体，与更理想的现代文学期刊研究少有差距，但这也是自成一体，在体例上自有开辟草莱的价值与意义。可惜这一重大贡献，出不逢时，不但印数偏少，而且出书以后少有评介，一种具有填补学术空白的开拓性专著，一种筚路蓝缕的具有相当学术价值的探讨，并未在学界引发应有的反响，并未获得应有的认同——这也从一个特定的角度映照出九十年代的学术价值观！值得庆幸的是，在漠视与冷寂中，曾经张伯海先生主持的北京印刷学院，成立了专门的“期刊研究所”，主持其事的李频先生等，正在从高等教育、学科建设、后续人才培养等更为基本的层面，着手更加长远的更大规模的期刊研究的准备。

世纪之交，好像是中国现代文学期刊研究的重要转机。2001年开始，山东教育出版社、湖北教育出版社联手出版了宋原放先生主编的多卷本《中国出版史料》，可以看作当年张静庐开创的事业的回应。2001年，李欧梵先生在北京大学出版社

[1] 钱理群、封世辉、黄万华：《中国沦陷区文学大系·史料卷》，广西教育出版社2000年版。
[2] 范伯群、汤哲声：《中国近现代通俗文学史》，江苏教育出版社2002年版。
[3] 王晓明：《批评空间的开创——二十世纪中国文学研究》，东方出版中心1998年版。
[4] 周葱秀、涂明：《中国近现代文化期刊史》，山西教育出版社1999年版。

出版了他的《上海摩登——一种新都市文化在中国1930—1945》[1]，使人们欣喜地看到海外学者对中国现代文学期刊的高度重视和新颖独到的研究视角。熊复、叶再生、辛广伟等先生的出版史[2]著作中，均有相当篇幅述及文学期刊。

2002年3月，伍杰先生主编、北京大学出版社出版的《中文期刊大词典》问世，收入1815—1994年期间出版的中文期刊共33036种，北京图书馆等国内42家著名图书馆的成员参与了编纂。其中文学期刊自然占有较大的份额。姜德明、谢其章、张伟、宋庆森等著名藏书家、版本学家，不约而同地把明清以来某些私人藏书家藏诸深阁、仅传子孙、秘不示人等"传统"弃置如敝屣，把自己数十年间省吃俭用、跑书摊、淘旧刊辛勤积累的珍异书刊，有的简直就是海内孤本，统统公之于众。不仅详细介绍内容，甚至影印封面乃至插图，分飨读者，惠及大众。那种风格与气度，委实令人感动！北京师范大学图书馆报刊部，也向社会公布了该馆珍藏的期刊[3]。

诸多博士、硕士研究生开始以现代文学期刊为研究的选题，据说《新青年》《小说月报》《新潮》《创造》《语丝》《现代评论》《浅草》《骆驼草》《现代》《论语》《战国策》、"七月派"期刊等期刊，均已有专人专题研究。北京印刷学院期刊研究所的《期刊研究硕士论文选评》，正在征稿与评选。2003年12月下旬，清华大学中文系、北京大学中文系、河南大学中文系、中国现代文学馆、北京鲁迅博物馆等5家单位，共同发起"中国现代文学的文献问题座谈会"，解志熙等15位对现代文学文献研究有素的学者，发表了深湛、系统的意见，并且由解志熙先生综合写成《"中国现代文学的文献问题座谈会"共识述要》[4]。《述要》指出：应"首先在现代文学学科内部建立起文献工作的协作机制""尽早完成《中国现代文学期刊

[1] 李欧梵：《上海摩登——一种新都市文化在中国1930—1945》，毛尖译，北京大学出版社2001年版。

[2] 熊复：《中国抗日战争时期大后方出版史》，重庆出版社1999年版；叶再生：《中国近代现代出版通史》（第1—4册），华文出版社2002年版；辛广伟：《台湾出版史》，河北教育出版社2001年版。

[3] 北京师范大学图书馆报刊部编：《北京师范大学图书馆馆藏中文珍稀期刊题录》，北京图书馆出版社2002年版。

[4] 解志熙：《"中国现代文学的文献问题座谈会"共识述要》，《中国现代文学研究丛刊》2004年第3期。

目录汇编续编》和《中国现代报纸文艺副刊目录汇编》的编纂工作”“允许并鼓励硕士生、博士生积极选取有关现代文学文献学研究的课题作为学位论文题目”，清华大学与北京大学等学科点还准备创办专刊《文献与问题：中国现代文学研读辑刊》(年刊)，作为集中发表这类论文的园地。人们完全有理由相信，一个规模更加宏伟、工作更为扎实、成果也更科学、更系统、更具有理论价值和学术意义的现代文学期刊研究、整理的新高潮，不久即将从少数学者的呼吁，进步为学术界同仁的共识，进而渗透进目下流行的显然不尽合理的学术评价体系、学术出版体系、学术评论惯例之中，以确保从纸面上的规划，变为实实在在的成果。令人欣慰的是，这一宏伟的工程，已经在中国现代文学馆李今先生的筹划下有条不紊地进行中。参与其事的，据说有北京大学、清华大学、北京师范大学、北京电影学院、华东师范大学、苏州大学、河南大学、西南师范大学等著名高校的学者和研究生，是一支起点高、水平高的专业学术梯队，其成功是指日可待的。

在谈论文学期刊研究时，北京大学的独特贡献是无论如何不该忘记的。从王瑶先生开始，北京大学中文系现代文学学科就高度重视对文学原报原刊的阅读与阐释。严家炎先生的现代小说流派研究，孙玉石先生的象征派诗歌研究，陈平原先生的20世纪小说史研究，大都是这一传统的发扬。钱理群先生的《1948：天地玄黄》与洪子诚先生的《中国当代文学概说》，则以史著的框架涵容了诸多报刊资料，尽可能还原文学原生态，获得了学界一致的好评。2002年，北京大学20世纪中国文化研究中心与日本大学文理学院合作召开研讨会,会后编辑出版了《大众传媒与现代文学》一书[1]。在该书的附录《文学史家的报刊研究》中，陈平原先生指出：“阅读并理解大众传媒，既是手段，也是目的；既是技术，更是心态。”他早就关心下列问题：

> 假如大众传媒的文字、图像和声音，不仅仅是史家自由出入的资料库，本身又成为独立的研究对象，那么，从解读相对来说前后一致的作家文集，到阐释“众声喧哗”的大众传媒,研究者的阅读姿态与理论预设该做何调整？另外，文学史家眼中的大众传媒，与传统的新闻史家、文化史家或新兴的文

[1] 陈平原、山口守编:《大众传媒与现代文学》，新世界出版社2003年版。

化研究者眼中的大众传媒，到底有何区别？

这不仅可以看作北京大学传统的一种阐释，而且可以视为对既有传统的一种发展与开拓的呼唤。

三、现代文学期刊与现代文学研究

如前所述，现代文学期刊既是现代文学的主要载体之一，更是现代文学主要的研究对象之一。其实，系统、认真、深入的期刊研究，极有可能更新现代文学研究的思路，或者提供研究的新鲜视角。

传统的文学研究是把作家→作品看作一个独立自足的体系，文学史就是作家与其创作的作品活动的历史；接受美学引进了文学活动的另一极——读者，把读者的期待视野看作对作家创作的重要制约因素，文学史必须考虑读者的再创造的作用和意义，由此引发了文学史研究的新思路；但事实上，以期刊为主要载体之一的新文学，还必须把编辑的作用考虑在内——作家所提供的仅仅是手稿，只有经过编辑的解码与再编码，才可能变成供读者阅读的文本；而在出版人（往往是文化商人）左右下的编辑，一面以稿酬、发刊词、按语、跋语、栏目编排等，构成对作家创作的直接诱导和干预，一面又以稿件特色、装帧设计、广告宣传、栏目编排等，发展、巩固自己的读者群，对读者的期待视野施加影响。他们并不仅仅是文学生产与文学消费的简单中介，而是其中十分活跃的决定性要素——编辑者的文学观念、审美意识、人格魅力、编排艺术、营销技巧等，既是期刊生死存亡的先决条件，又是制约社会文化风尚、制导文学事业走向的极其活跃的因素。

同时，在传统的文学观念中，人们一般把文学过程看成是由作者的审美创造与读者的审美欣赏构成的。事实上，文学期刊等传播媒介参与的文学，已经不仅是抽象的符号系统，而且是与一定的物质材料和技术文明等联系在一起的具体物态化的存在。文学的具体形态与现行的印刷技术及出版运行机制密切地结合在一起。出版者的资金周转、商业谋略、出版策划、编辑者的立场与风格、发行网络的规模、读者市场的定位与流动等非文学性因素，在很大程度上决定着文学的面貌。

以期刊主要载体之一的现代文学，并不仅仅是文学事业，它们还往往是文化产业，是政治倾向、文学理念与经济效益动态平衡的产物。现代文学期刊，主要有文学性、商业性、政治性三大类型，其宗旨各不相同。三种类型的对峙、互补、交融、渗透、更替、嬗变等形态的组合，构建了中国现代文学的多姿多彩的景观，也形成现代文学与现代期刊互相关联互相制约的生命整体。其中，有的是在特定的政治格局下，以争取文化权力（主要体现为话语权力）为宗旨的，它们的历史功绩，主要应该从在极其艰难的形势下创建中国式的准“公共空间”的角度肯定其历史地位；有的是在社会转型的特定时段中，在适应最广大的读者层面的需求因此也为自己争取到尽量广阔的生存空间中留下了值得重视的经验教训上，获得了历史的合理性的——但无论哪种类型，都无法完全漠视读者的需求也即期刊的主要经济支柱。如何把三者有机地融为一体，往往是绝大多数文学期刊永恒的追求。

在中国现代，期刊的稿酬和编辑收入，已经构成作家基本的、主要的经济来源之一，因而也就成为他们基本的、主要的生存方式之一。据不完全统计，从1915年9月到1949年7月，大约有近500人从事现代文学期刊的策划、编辑、出版、发行、印刷等事业。而王瑶先生的《中国新文学史稿》（据说这是收罗文学作者最多的一部文学史著作）所列举的现代作家，据说也就是500人左右。至于在文学期刊上投稿的文化人，或者说以刊物的稿酬为生活的主要或重要来源的文化人，用数以千计来形容，恐怕是丝毫也不过分的。

而正是因为有了这样一种生存状态与生活方式，中国现代知识者才有可能与传统的封建士大夫群落从根本上区别开来而成为现代意义上的知识者群体；才有可能基本上摆脱对当局的依赖关系，才有可能保持对当局及其政策、措施采取独立的批判立场，大体上形成一种相对独立于政府控制范围的公众话语空间，一种与背离历史潮流的政府持不同政见的批判性舆论阵地。同时，长期从事期刊编辑，职业的需要，常常能够在一定程度上改变某些文化人的人生选择。叶圣陶从作家兼任编辑，逐渐变为编辑家、出版家兼为作家的人生道路的变迁，在中国现代文学期刊史上是有一定典型意义的。

同时，系统、认真、深入的现代文学期刊研究，还有可能填补若干学术空白，解释某些一向困扰研究者的谜团，甚至改写若干既定的大家似乎都已经习以为常的“结论”。试举几例如下：

例一：鲁迅的《关于新文字——答问》一文，写于1934年12月9日，收入1937年7月上海三闲书屋初版《且介亭杂文》，后来编入《鲁迅全集》1981年版第6卷。该文出处，一向未曾查明。《鲁迅全集》1981年版第6卷第161页注［1］曰：“本篇曾被译为拉丁化新文字，发表于《拥护新文字六日报》，期数未详。”笔者最近在1934年10月《青年文化》[1]第1卷第2期发现该文。随即函询《鲁迅全集》1981年版第6卷修订者朱正先生，证实这是“鲁翁一文的最初发表处，是对新版《全集》的一大贡献。”并且指出，1981年版的该条注释，来自1958年版，本次修订，没有改动（见朱正先生2004年12月5日给笔者的信）。但是，鲁迅的一篇重要文稿，为什么发表于济南出版的由几位名不见经传的文学青年创办的刊物？主编者又是通过什么途径与在上海的鲁迅取得联系，并且获得首先刊发甚至是独家刊发的权限？鲁迅的“答问”究竟是答谁之问，是否即该刊的编者？等等问题，尚无确切的答案，正待海内外博雅学者广搜博览，释疑解惑。

例二，在1921年9月创刊于上海的《半月》半月刊上，时有署名“舒舍予”的文章，有时谈论服饰，有时议论照相，文章的话题虽然分散，但大都围绕北京市民的日常生活，所说当然无非琐事，但事事透露着京华气息。这位“舒舍予”，与后来以“老舍”名世的舒舍予，是一人耶，还是二人耶？若是一人，那么老舍先生的传记就有改写的些许余地，《老舍全集》也就有了再度补遗的可能。但是，时值23岁的老舍先生，究竟有多大的可能性，成为典型的民国旧派文学期刊《半

［1］月刊，1934年11月10日创刊于济南，1936年9月出至第4卷第4期停刊，1936年11月复刊出新1卷第1期，1937年9月出至新4卷第4期终刊，青年文化月刊社编辑发行，济南北洋书社出版、代理发行，田仲济任理事长兼主编，参与编辑的还有冉晋叔、朱宝琛、苏亦农、孙珍田、尚希平、王卓青等。自第4卷起改为半月刊，16开本。该刊创刊于济南，1936年7月第4卷第4期起迁至上海，由华联书局出版、发行。1936年冬，与《中流》《文学界》《世界知识》等十数种刊物一起被当局查禁。

月》[1]的撰稿人，与活跃在“鸳鸯”“蝴蝶”游泳飞舞的《礼拜六》《红玫瑰》等文学期刊上的天虚我生、周瘦鹃、包天笑、王西神、徐卓呆、严芙孙、张枕绿、赵苕狂、江红蕉、毕倚虹、许廑父、范烟桥、胡寄尘、张碧梧、张舍我、程小青、陈小蝶、袁寒云、吕碧城、沈禹钟、许指严、赵眠云、姚民哀、何海鸣、范菊高、叶小凤、钱释云、程瞻庐、俞牖云、顾明道、孙了红、郑逸梅、姚赓夔、施青萍、王天恨等“正宗”的民国旧派文人唱和于一刊？若非一人，又怎么能够一字不差，如此巧合？种种谜团，也有待解释明白。

例三，2004年初驾鹤西去的诗人臧克家，其新诗创作、发表的起点是什么？诗人自己的回忆是1930年考入国立青岛大学中文系以后。其实，笔者在青岛市图书馆查到的最早发表的臧著新诗，当是1929年11月16日写于青岛大学（时青岛大学尚未正式成立，诗人所加入的是青岛大学的“预备班”）的《默静在晚林中》，发表于1929年12月1日青岛《民国日报·恒河》第19期，先收入陕西人民出版社《臧克家集外诗集》，作为第一首，后收入山东文艺出版社《臧克家文集》第一卷，也是新诗第一首，最后收入春风文艺出版社《臧克家全集》，当然也是新诗第一首。但最近笔者查阅《现代评论》，发现在1927年11月19日该刊第6卷第154期“诗”栏内，有一首《卖狗头罐子的同他隔邻的少女》，署名臧亦遽；而1943年9月，臧克家也写过一首《卖狗头罐子的民间故事》，刊于1943年11月1日《文学创作》月刊第2卷第5期，初收笔者与冯光廉先生合编的《臧克家集外诗集》[2]，后收入《臧克家文集》与《臧克家全集》。两诗不仅内容完全相同，连诗的章法、语汇，以至诗作所表达的情愫，都如出一辙。人所共知，臧克家1929年报考青岛大学补习班所借用的，就是臧亦遽的中国大学预科的文凭。臧亦遽，笔名一石，是臧克家的祖叔，原名臧瑗望，字亦遽，是臧克家青年时代感情最好的诗友之一[3]。由于两诗相似之处太多，不能不令人产生出于一人之手的猜想。假如该诗也是臧克家

[1] 半月刊，1921年9月6日创刊于上海，周瘦鹃主编，袁寒云主撰，中华图书馆总经售，上海半月社发行，自第5期署大东书局发行，1925年11月30日出至第4卷第24期停刊，共出4卷96期，32狭长开本。刊有侦探小说号、秋季小说号、春季号、春季小说号、儿童号、夏季小说号、离婚问题号、情人号、娼妓问题号、家庭号等专号。

[2] 冯光廉、刘增人：《臧克家集外诗集》，陕西人民出版社1984年版。

[3] 详见臧克家《我的诗生活·悲愤满怀苦吟诗》。

"借用"祖叔的名义发表，如同借用文凭一样，那么，臧克家新诗创作、发表的起点，至少还要提前两年。他对民间故事的情有独钟，也就多了一份佐证。当我们强调说明臧克家同民间文学的精神联系时，也就更具有说服力。而《臧克家全集》的补遗工作，也当然增加了一丁点内容。可惜诗人已经仙逝，无从叩问，而可以质证的同时代的人士，也已经渺焉难寻，更确凿的证据一时还无法获取，于是只有作为疑点聊供思考而已。

他如张天翼、戴望舒等，早在二十年代，就已经不断投稿于《半月》等民国旧派文人主持的文学期刊，所写也大致与他们取一致笔调。沈从文、胡也频等，并不仅仅是小说家，他们的诗作，也曾频频刊布于《现代评论》等期刊。李广田先生就任小学教师的时候，就曾支持当地的师生，创办文学期刊，培养文学新人。四十年代中期，李何林先生曾在昆明发表论文，再度批驳时下谬论，捍卫"五四"新文学白话文的正宗传统。这些在有关传记、文集中似乎不见描述的材料，在当年的文学期刊中却是鲜活灵动，栩栩如生。如果把这些被有意无意删除、抛弃的内容，按其发生发展的原生态予以复原，我们见到的也许是另外一幅文学景观。

显然，现代文学期刊是现代文学研究的可持续开发的学术增长点，具有非常宽广的研究发展空间。但是，这又是非常难以开发的领域之一。其原因是多层面的：馆藏分散，查阅困难，是其一。现在笔者还没有见到哪一家图书馆可以供读者比较完整地借阅现代文学期刊的主要部分。馆藏最称丰富的国家图书馆，是对笔者的工作帮助最大者；但其特藏阅览室中，只能提供读者交付的索书单的大约半数期刊，即使馆藏目录赫然标注，也有相当数量期刊无缘捧读，遑论其他！

现行学术评价体系、学术出版体系、职称评审体系的公然蔑视期刊研究之类课题和成果（最"宽宏大量"的评价不过说是"做了一些有意义的工作"云云），已是公认的事实，再加急功近利的世风的推波助澜，浮躁空疏的学风的泛滥成灾，人们很少能够耐心地读完发行数年的一种或几种期刊，实在是非常自然的，这是其二。其三便是六十至八十年代活跃在文学研究、期刊研究第一线的学人，年事已高，长期泡图书馆、资料室不仅经费无着，体力精力也难支撑，而年轻一代学人，兴趣大多不在这一领域，偶有涉足，也往往因为文史知识欠缺，甚至基本不认识繁体字而兴味索然，浅尝辄止。困难，是一种客观存在，更是一种对中国当代学术界的挑战。我们的当务之急，是尽快调动所有资源和研究力量，首先摸清现代文学期刊的“家底”，同时制订长期与短期结合、宏观与微观统一的研究计划，从现代文学与文学期刊互动的角度，开展前所未有的系统研究。

论鲁迅系列文学期刊

中国现代文学期刊，是一个极其庞大的“家族”。其卷帙之浩瀚，情况之复杂，都是令人惊叹的，因此，它对从事实证研究的学人的史德、史识与史才，都构成了相当严峻的考验。而且越是深入进去，就往往越是感到责任重大，难关重重！同时，这又是一个极具挑战性的研究课题，如何从浩瀚的史海中钩沉辑佚，如何从表象底下发现潜隐的本真，每一点微末的发现，都闪烁着学术的诱人魅力。但是，面对如此复杂、庞大的研究对象，如何像“解牛”的“庖丁”一样选取科学的切入门径，“奏刀騞然”，游刃有余，却往往是研究者可遇难求的理想境界。笔者不才，愿以文学期刊的“系列性”研究为开路的试探，成败得失，希望都能够成为后来的健者阔步前进的路标。

系列性特征，是对中国现代文学期刊长期考察得出的重要印象之一。组合为系列的期刊，有的以社团流派为旗帜，如文学研究会系列，创造社系列，新月派系列，七月派系列，京派系列，海派系列，左联系列，文协系列；有的以文化时空为范围，如30年代系列，40年代系列，“孤岛”系列，沦陷区系列，大后方系列，根据地解放区系列；有的以出版集团为支撑，如商务印书馆系列，中华书局系列，泰东图书局系列，北新书局系列，开明书店系列，生活书店系列；有的按照不同的文体形成相异的归属，如小说系列，散文系列，诗歌系列，戏剧系列，电影系列；有的则由著名的编辑家领起，如胡适系列，鲁迅系列，茅盾系列，郑振铎系列，叶圣陶系列，胡风系列，施蛰存系列，周瘦鹃系列，张恨水系列，包天笑系列。正是系列性文学期刊与非系列性文学期刊不同形态的错综交叉，构建起中国现代文学期刊有如热带雨林般的繁茂芜杂的庞大体系，体现着也带动着中国现代文学与中国现代传播学的历史进程。但是，能够组合为系列的文学期刊，必然有着某种共同性或连续性，由此，也就形成比较巨大的影响，其首先引起研究的关注，是非常自然的。对文学期刊的内部运行机制和外部生态环境的综合考察，则是这一研究的中心任务。

一、鲁迅系列文学期刊的基本轮廓

鲁迅主编及参与或指导编辑的文学期刊，在学术界已有定论，基本情况如下：

1. 1918年1月15日，《新青年》月刊从第4卷第1号起改组，实行编辑集议制，鲁迅参加编辑会议。从1919年1月15日第6卷起，该刊改行轮流主编制，由陈独秀等轮流编辑，鲁迅不再介入编辑事务。

2. 1924年11月17日，鲁迅在北京参与创办由北新书局出版发行的“语丝社”刊物《语丝》周刊，为该刊16位撰稿人之一。1927年12月17日，鲁迅接编迁至上海的《语丝》，从第4卷第1期编至1928年12月31日第4卷第51期，1929年第5卷起由柔石接编。

3. 1925年4月24日，鲁迅在北京创办《莽原》周刊，附《京报》发行，1925年11月27日出至第32期停刊。1926年1月10日《莽原》复刊，改出半月刊，卷期另起，未名社出版，鲁迅编辑。1926年8月鲁迅离开北京前往厦门，该刊由韦素园接编。

4. 1926年12月20日前后，鲁迅在厦门指导厦门大学学生创办《波艇》月刊，1927年1月16日出至第2期停刊。鲁迅曾在给许广平的信中说：“我先前在北京为文学青年打杂，耗去生命不少，自己是知道的。但到这里，又有几个学生办了一种月刊，叫作《波艇》，我却仍然去打杂。”[1]“学生方面，对我仍然很好；他们想

[1] 鲁迅：《两地书·七三》，《鲁迅全集》第11卷，第203页。

出一种文艺刊物，已为之看稿，大抵尚幼稚，然而初学的人，也只能如此。”[1]“近来组织了一种期刊，而作者不过寥寥数人，或则受创造社影响，过于颓唐，或则像狂飙社嘴脸，大言无实”[2]。

5. 1928年1月10日，《未名》半月刊创刊于北京，未名社编辑，未名社出版部印行，1930年4月30日出至第2卷第9—12期合刊号终刊，共出两卷，凡24期。未名社1925年夏成立于北京，由鲁迅、韦素园、曹靖华、李霁野、台静农、韦丛芜等组成。1926年11月21日，鲁迅在致韦素园信中说道：“如出期刊，当名《未名》，系另出，而非《莽原》改名。但稿子是一问题，当有在京之新进作者作中坚，否则靠不住。”[3]《未名》停刊后，还在1929年7月8日致李霁野信中说：“《未名》忽停，似可惜，倘能销至一千以上，似以不停为宜，但内容应较生动才好。……倘由我在沪编印，转为攻击态度（对于文学界），不知在京诸友，以为妥当否？因为文坛大须一扫，但多造敌人，则亦势所必至。”[4]

6. 1928年6月20日，鲁迅在上海与郁达夫合作创办并主编《奔流》月刊，上海北新书局发行，鲁迅设计封面并题写刊名。1929年12月20日出至第2卷第5期终刊，共出15期。郁达夫回忆说：“说到了实务，我又不得不想起我们合编的那一个杂志《奔流》——名义上，虽则是我和他合编的刊物，但关于校对、集稿、算发稿费等琐碎的事务，完全是鲁迅一个效的劳。”[5]

7. 1928年12月6日，鲁迅与柔石在上海创办《朝花周刊》，1929年5月16日出至第20期终刊。朝花社刊物。

8. 1929年6月1日，鲁迅与柔石在上海创办《朝花旬刊》，1929年9月21日出至第12期终刊。朝花社刊物。

9. 1930年1月1日，鲁迅在上海创办《萌芽月刊》，鲁迅主编，冯雪峰、柔石、魏金枝助编。从1930年3月1日第1卷第3期起，成为左联机关刊物。1930年5月

---

[1] 鲁迅：《两地书·五八》，《鲁迅全集》第11卷，第167页。
[2] 鲁迅：《两地书·八三》，《鲁迅全集》第11卷，第226页。
[3] 鲁迅：《书信·261121致韦素园》，《鲁迅全集》第11卷，第624页。
[4] 鲁迅：《书信·290708致李霁野》，《鲁迅全集》第12卷，第195页。
[5] 郁达夫：《回忆鲁迅》，1939年3月1日《宇宙风乙刊》创刊号。

1日出至第1卷第5期被禁停刊，1930年6月1日改名《新地》月刊出版，又被禁，遂终刊。

10. 1930年2月15日（实际出版日期约为1930年4—5月），鲁迅在上海创办《文艺研究》季刊，鲁迅在创刊号上发表了《〈文艺研究〉例言》，文艺研究社出版，大江书铺发行，仅出1期。

11. 1930年4月11日，左联机关刊物之一《巴尔底山》[1]旬刊在上海出版，巴尔底山社出版，鲁迅主编并选定刊名、题写刊头[2]，第4期起改由朱镜我、李一氓等编辑，1930年5月21日出至第1卷第5期被禁停刊。第2、3期为合刊，实际出版4期。

12. 1930年5月1日，《文艺讲座》《拓荒者》《萌芽月刊》《现代小说》《新文艺》《社会科学讲座》《新思潮》《环球旬刊》《巴尔底山》《南国月刊》《艺术月刊》《大众文艺》《新妇女杂志》等13种杂志，联合出版发行《五一特刊》，仅出1期。其中有鲁迅编辑的期刊，具体情况，如上所述。

13. 1930年9月10日，左联机关刊物之一《世界文化》月刊创刊于上海，编辑、出版、发行，均署世界文化月刊社，仅出1期即被禁停刊。鲁迅参与该刊的筹办和编辑事务，1930年3月17日鲁迅日记记有"午后议泰东书局托办杂志事，定名曰《世界文化》"。

14. 1931年4月25日（4月20日编就，实际出版于1931年夏），左联机关刊物之一《前哨》月刊创刊于上海，鲁迅、冯雪峰编辑，秘密发行，第2期改出《文学导报》半月刊，冯雪峰、楼适夷编辑，1931年11月15日出至第1卷第8期终刊。

15. 1931年12月11日，左联机关刊物之一《十字街头》半月刊创刊于上海，鲁迅主编，冯雪峰助编，鲁迅题写刊头，1932年1月5日第3期改为旬刊，出版后即被禁停刊，共出3期。

16. 1933年7月1日，《文学》月刊创刊于上海，文学社编辑，生活书店出版，

---

[1]李一氓在《记〈巴尔底山〉》（载《人民日报》1980年5月28日）中否认此说；冯雪峰认为应"算作'文总'办的刊物"，参见1979年8月《新文学史料》第4辑。

[2]李一氓称由他负责编成，见李一氓《记〈巴尔底山〉》，《人民日报》1980年5月28日。

由鲁迅、茅盾、郑振铎、叶圣陶、郁达夫、陈望道、胡愈之、洪深、傅东华、徐调孚等组成编委会。1933年7月29日鲁迅写《给文学社信》，退出该社。

17. 1934年9月20日，《太白》半月刊创刊于上海，陈望道主编，生活书店出版，编委会成员有艾寒松、傅东华、郑振铎、朱自清、黎烈文、曹聚仁、徐懋庸、郁达夫、叶绍钧等，鲁迅参与了该刊的筹备。1934年8月5日，鲁迅在日记中写道："……生活书店招饮于觉林，与保宗（即茅盾——引者注）同去，同席八人。"9月4日，又记曰："……晚望道招饮于东亚酒店，与保宗同往，同席十一人。"1934年9月10日，鲁迅在致郁达夫信中说："生活书店要出一种半月刊，大抵刊载小品，曾请客数次，当时定名《太白》，并推定编辑委员十一人，先生亦其一。时先生适在青岛，无法寄信，大家即托我见面时转达。今已秋凉，未能觌面，想必已径返杭州，故特驰书奉闻，诸希照察为幸。"[1]

18. 1934年9月16日，《译文》月刊创刊于上海，生活书店出版，鲁迅、茅盾、黎烈文创办，鲁迅主编，第3期后黄源接编，1935年9月16日出至第2卷第6期停刊，1936年3月16日复刊，卷期号另起，1937年6月16日出至新3卷第4期终刊。共出5卷28期。

19. 1936年1月20日，鲁迅与黎烈文、聂绀弩等创办的《海燕》月刊创刊于上海，第1期署"史青文"编辑，第2期改署"耳耶"编辑，实际编辑是聂绀弩、胡风、吴奚如、萧军等，鲁迅题写刊名，海燕文艺社出版，群众杂志公司总代售。1936年2月20日出至第2期停刊。鲁迅在1936年2月29日致杨霁云信中说："《海燕》系我们几个人自办，但现已以'共'字罪被禁，续刊与否未可知，……此次所禁者计二十余种，稍有生气之刊物，一网打尽矣。"[2]

---

[1] 鲁迅：《书信·340910致郁达夫》，《鲁迅全集》第13卷，第207页。

[2] 鲁迅：《书信·360229致杨霁云》，《鲁迅全集》第14卷，第40—41页。

二、鲁迅系列文学期刊的主要特征

鲁迅系列文学期刊的若干特征，张铁荣先生在《鲁迅的编辑学阐释》[1]一文指出：鲁迅的编辑思想，有力排旧物，催促新生，注重译介，吸纳新潮，培育鲜花，甘做腐草，严肃认真，鞠躬尽瘁等特征；其编辑精神有高度的社会责任感，平等、和谐的读者、作者关系，无私奉献的职业道德等特征；其编辑风格有个性化，多样化，艺术化等特征，都是恳切详实，言之有据的。本文拟在此基础上，略加阐说。

1. 独特的办刊方针

（1）鲁迅系列文学期刊的办刊方针，具有鲜明的时间阶段性。

从1918年1月介入《新青年》编辑部工作，到1929年12月《奔流》停刊，主要为文学—文化型刊物；从1930年1月1日《萌芽月刊》创刊到1932年1月《十字街头》停刊，主要为政治—文化型刊物；此后，以《文学》《译文》为代表，又复归为文学—文化型刊物。于是，鲁迅系列文学期刊明显地呈现出一种螺旋形发展格局，体现出文学兴趣与政治需要的自觉交错，也与中国新文学的发展演变，完全保持同步的态势。

1930年3月2日成立的“左联”，虽然是作家的组织，但却是一个具有鲜明政治倾向的社团，是国共两党激烈政治斗争的产物，体现着国民党文化“围剿”与共产党反文化“围剿”这一独特历史阶段的时代特征。因此，“左联”的刊物，大都具有政治中心的特点，文学的内容，往往处于附属的次要的地位，是典型的政治—文化型刊物。《萌芽月刊》用稿的变换，非常典型，颇具代表性。

《萌芽月刊》创刊之初，“小说”与“诗”、“随笔”、“社会杂观”，是排列在前的主打栏目，鲁迅、魏金枝、姚蓬子、张天翼、冯雪峰、柔石、殷夫等是骨干

[1] 张铁荣：《鲁迅的编辑学阐释》，收入冯光廉、刘增人、谭桂林主编：《多维视野中的鲁迅》，山东教育出版社2002年版，后又收入张铁荣：《比较文化研究中的鲁迅》，南开大学出版社2003年版。

作者。第3期成为左联机关刊物后，“论文”排列第一，而论文的主体，则是《在马克思葬式上的演说》（恩格斯）、《巴黎公社论》（特拉克廷巴格）、《巴黎公社的艺术政策》（弗理契）三篇政治内容鲜明突出的文章。第5期增加了“五月各节纪念特载”专栏，刊发了李守常的《“五一”运动史》、莫灵的《一九三〇年的“五一”》、李德谟的《打倒帝国主义的“五卅”》、吴黎平的《农村革命与反帝国主义斗争》、雪峰译《太平洋劳动组合在反战反帝斗争上的任务》、洛扬译《马克思论出版的自由与检阅》，与文学的关联，已经非常微弱而淡漠。

《萌芽月刊》的开始几期，“小说”一栏总有4到6篇作品，或长或短，或作或译，但第6期，即改名《新地》出版旋即被禁的最后一期，“小说”一栏只剩下鲁迅所译法捷耶夫长篇小说《溃灭》（续载）一枝独秀了。就是插图，也在变化之中：开始时，是高尔基、法捷耶夫、契诃夫、革拉特珂夫的相片、漫画（与正文中《现代俄国文学作家自传》及有关论文、译文配合编发），格罗斯的漫画“协于神意的从属”（这是鲁迅极为赞赏的表现主义美术作品，体现着编者独特的审美倾向）等，从第4期起，就换成“贫农委员会会议”、“红军会议”、“莫斯科郊外的少女们”等，与正文中的文学性内容，几乎已经毫无关联，可以视为刊物的外在政治包装，除去表明一般意义上的政治文化立场以外，已经不具备独特的文学个性。

不难看出，1932年初，似乎是一个“分水岭”：此前，鲁迅系列文学期刊努力由文学—文化型向政治—文化型转移，政治色彩务求鲜明突出，文学内容不惜淡化弱化；此后，则反一调，致力于文学—文化的复归。据笔者揣测，这种转折，是外因与内力综合作用的结果。

首先，是国民党当局对左联刊物的查禁、扼杀日益严重，《十字街头》《巴尔底山》《文艺研究》《前哨（文学导报）》《拓荒者》《萌芽（新地）》等左联机关刊物以及《大众文艺》等左联外围刊物陆续被禁停刊，政治色彩过于鲜明的期刊，已经无法公开发行，完全失去了生存的基本条件。身历其境的茅盾，事后回忆说：“一九三二年以后上海的白色恐怖，比之三0、三一年是更猖獗了。”[1]同时，左联的领导核心，对于当下的形势及对策，也有新的分析与变换。据茅盾回忆：

[1] 茅盾：《“左联”前期——回忆录（十二）》，《新文学史料》1981年第3期。

五月（按指1931年5月，下同）下旬，冯雪峰来看我，要我担任“左联”的行政书记。……我担任行政书记不久，瞿秋白参加了“左联”的领导工作。……十一月，“左联”执委会通过了《中国无产阶级革命文学的新任务》的决议。决议是冯雪峰起草的，瞿秋白花了不少心血，执委会也研究了多次。这个决议可以说是“左联”成立以后第一个既有理论又有实际内容的文件，它是对于一九三〇年八月那个左倾决议的反拨，它提出的一些根本原则，指导了“左联”后来相当长一段时间的活动。决议分析了形势，明确了任务，并就文艺大众化问题、创作问题、理论斗争与批评等问题，提出了自己的主张，特别是一反过去忽视创作的倾向，强调了创作问题的重要性，就题材、方法、形式等方面作了详细的论述。现在看来，虽然还有某些左倾的流毒（如在形势分析中提出特别要反右倾以及组织上的关门主义），但决议提出的在文学领域里的各种主张，基本上是正确的，是符合于当时的历史条件的。

我认为，这个决议在“左联”的历史上有十分重要的作用，它标志着一个旧阶段的结束和一个新阶段的开始。可以说，从“左联”成立到一九三一年十一月是“左联”的前期，也是它从左倾错误路线影响下逐渐摆脱出来的阶段；从一九三一年十一月起是“左联”的成熟期，它已基本上摆脱了“左”的桎梏，开始了蓬勃发展、四面出击的阶段。促成这个转变的，应该给瞿秋白记头功。当然，鲁迅是“左联”的主帅，他是坚决主张这个转变的……。

必须补充一句，推动一九三一年“左联”工作的转变的，还有“左联”成员中的一批坚决信任和支持鲁迅和秋白的同志，这些同志中间就有冯雪峰、夏衍和丁玲。[1]

正是在这样的背景下，作为“左联”机关刊物之一的《北斗》，以“创作不振之原因及其出路”的讨论[2]，昭示了“左联”文学期刊由政治中心向文学中心

[1] 茅盾：《“左联”前期——回忆录（十二）》，《新文学史料》1981年第3期。

[2] 参加讨论的有郁达夫、方光焘、张天翼、戴望舒、袁殊、穆木天、叶圣陶、建南、鲁迅、寒生、杨骚、徐调孚、胡愈之、周予同、郑伯奇、邵洵美、华蒂、茅盾、陈衡哲、陶晶孙、蓬子、沈起予、丁玲等，有关征文发表在该刊第2卷第1期“特大号”，1932年1月20日出版。

的正式复归。作为“坚决主张这个转变”的“‘左联’的主帅”，鲁迅当然是自觉地在期刊编辑中体现、贯彻着这种编辑方针的“转变”，所以，1932年1月《十字街头》被禁停刊后，他就与这类政治色彩十分浓重的期刊编辑事业正式告别。

（2）鲁迅系列文学期刊的办刊方针，还具有文体选择的自觉性、一贯性。

上文开列19种鲁迅系列文学期刊中，除《波艇》系指导厦门大学学生创办、鲁迅并未直接介入编辑外，其他18种，大都是倡导杂文或强调翻译的专业刊物。《新青年》固然有不少小说、诗歌、剧作，但最引人注目的文体，还是“随感录”专栏的创辟，是以文明批评、社会批评为宗旨的杂文。“鲁迅式杂文”作为现代文学文体之一，正是在这里起步，在这里发展，在这里成熟的。

中国现代杂文文体的发展，与《新青年》的历史使命及编辑方针的关联，是如此密切，如此明显，早已是学术界的共识。《语丝》和《莽原》，都是以杂文为“主打”文体的刊物。发表于《语丝》创刊号上的《〈语丝〉发刊词》（周作人执笔），开宗明义就规定了该刊的文体特征：“周刊上的文字，大抵以简短的感想和批评为主，但也兼采文艺创作及关于文学美术和一般思想的介绍与研究，在得到学者的援助时也要发表学术的重要论文。”后来刊物的用稿，也一直执行着这样的编辑方针，于是倡导杂文就成为该刊在文学史上最突出的业绩，该刊也就成为中国现代文体史上第一个杂文专业期刊。

鲁迅接编《语丝》以后，一直大力倡导杂文；但当事与愿违，回天无力时，他便决绝地抽身他去，并无顾惜。《我和〈语丝〉的始终》清清楚楚地交代了这一过程：

> 经我担任了编辑之后，《语丝》的时运就很不济了，……
>
> 但《语丝》本身，却确实也在消沉下去。一是对于社会现象的批评几乎绝无，连这一类的投稿也少有，……
>
> 积了半年的经验之后，我就决计向小峰提议，将《语丝》停刊，没有得到赞成，我便辞去编辑的责任。小峰要我寻一个替代的人，我于是推举了柔石。
>
> 但不知为什么，柔石编辑了六个月，第五卷的上半卷一完，也辞职了。……试将前几期和近几期一比较，便知道其间的变化，有怎样的不同，最分明的是几乎不提时事，且多登中篇作品了，这是因为容易充满页数而

又可免于遭殃。[1]

《莽原》编刊的初衷，就在于提倡“文明批评”与“社会批评”，而这种批评最锐利的武器，莫过于杂文。鲁迅说：“我早就很希望中国的青年站出来，对于中国的社会，文明，都毫无忌惮地加以批评，因此曾编印《莽原周刊》，作为发言之地，可惜来说话的竟很少。”[2]。在编辑过程中，鲁迅最头疼的就是来稿小说、诗歌太多而杂文偏少。他屡屡向通信不久但相知较深的学生诉苦：

……（投稿的人）里面，做小说的和能翻译的居多，而做评论的没有几个：这实在是一个大缺点。[3]

中国现今文坛（？）的状况，实在不佳，但究竟做诗及小说者尚有人。最缺少的是“文明批评”和“社会批评”，我之以《莽原》起哄，大半也就为了想由此引些新的这一种批评者来，虽在割去敝舌之后，也还有人说话，继续撕去旧社会的假面。可惜所收的至今为止的稿子，也还是小说多。[4]

然而咱们的《莽原》也很窘，寄来的多是小说与诗，评论很少，倘不小心，也容易变成文艺杂志的。我虽然被称为“编辑先生”，非常骄气，但每星期被逼作文，却很感痛苦，因为这就像先前学校中的星期考试。你如有议论，敢乞源源寄来，不胜荣幸感激涕零之至！[5]

《莽原》的投稿，就是小说太多，议论太少。现在则并小说也少，大约大家专心爱国，要“到民间去”，所以不做文章了。[6]

当许广平回信询问自己的作品能够不断发表于《莽原》的原因时，鲁迅答道：

至于大作之所以常被登载者，实在因为《莽原》有些闹饥荒之故也。我所要多登的是议论，而寄来的偏多小说，诗。先前是虚伪的“花呀”“爱呀”的诗，现在是虚伪的“死呀”“血呀”的诗。呜呼，头痛极了！所以倘有近于议论的文章，即易于登出，夫岂“骗小孩”云乎哉！又，新做文章的人，

[1] 鲁迅：《三闲集 · 我和〈语丝〉的始终》，《鲁迅全集》第4卷，第174—176页。
[2] 鲁迅：《华盖集 · 题记》，《鲁迅全集》第3卷，第4页。
[3] 鲁迅：《两地书 · 十五》，《鲁迅全集》第11卷，第54页。
[4] 鲁迅：《两地书 · 十七》，《鲁迅全集》第11卷，第64页。
[5] 鲁迅：《两地书 · 十九》，《鲁迅全集》第11卷，第70页。
[6] 鲁迅：《两地书 · 三三》，《鲁迅全集》第11卷，第101页。

在我所编的报上，也比较的易于登出，此则颇有“骗小孩”之嫌疑者也。[1]

从最初1925年4月22日夜驰函谈及《莽原》的文体特点及编辑主张，到7月9日诉说自己编辑《莽原》颇有稿荒（是杂文稿荒，而非其他文体！）之苦，大约经过了两个半月左右时间，他们对话的口吻，已经有如许的变化。也许可以说，对《莽原》杂文文体的共同关注，竟是感情演进的桥梁，当然也是事业发展的见证了。

以此为开端，鲁迅十几年持之以恒一以贯之，从他主编和指导的期刊，到《涛声》《现代》《论语》《新语林》《芒种》《夜莺》《中流》《作家》等擅长发布杂文的文学期刊，从《申报·自由谈》《时事新报·每周文学》《中华日报·动向》等重要报纸副刊，到《国际文学》《新群众》《中国呼声》《改造》《文艺》《朝日新闻》《真理报》等有相当国际知名度的英文、日文、俄文刊物，无不是以杂文作为密切联系的纽带，以杂文形成互相沟通对话的桥梁——刊物以鲁迅的杂文为号召读者、扩大销路、提升品位、造就声势的重要依托，鲁迅则通过不同色彩、不同面目的报刊，编织起生机勃勃的发表言议的网络型阵地，面向各种类型的读者，对付当局形形色色的审查与扼杀，从上海一地到全国各埠，从国内到国际，从中文到外文，形成了中国现代文学史、文体史、媒体史上的蔚然大观——杂文传统，与周作人所领起的美文传统，双峰并峙，互补共生，建构起中国现代散文文体的宏伟景观，既完成了作为时代喉舌的重要历史使命，又垂范后世，提供了模仿效法的范本和值得不断总结的宝贵经验。

（3）重视翻译，倡导翻译，是鲁迅文学事业不可忽视的重要内容，更是他办刊方针的显著特征。

本来他在日本弃医从文时的初衷，就不在创作，而在翻译。正如他在《域外小说集·序》中所回忆的：“我们在日本留学的时候，有一种茫漠的希望：以为文艺是可以转移性情，改造社会的。因为这意见，便自然而然的想到介绍外国新文学这一件事。”[2]而鲁迅通过编辑期刊倡导翻译的宏伟事业的起点，当然也应该

[1] 鲁迅：《两地书·三四》，《鲁迅全集》第11卷，第102页。

[2] 鲁迅：《译文序跋集·〈域外小说集〉序》，《鲁迅全集》第10卷，第176页。

追溯到日本时代胎死腹中的《新生》杂志。后来，他投寄《新青年》《语丝》的稿件，除小说、杂文外，也以翻译居多。当初他在“金心异”鼓动下开始在《新青年》上“呐喊”，也并非首选小说，只因为缺乏可供选择的翻译的底本，不得已而求其次，这才由《狂人日记》而一发不可收，成为五四时代最享盛名的小说家。

其实，鲁迅写小说，始于1911年的《怀旧》，晚于翻译，终于1935年12月的《采薇》《出关》《起死》，又早于翻译，且中间几年未作，未若翻译之贯彻始终，从未间断。至于他所涉足的文学期刊，可以明显地分为两种类型，一是《语丝》《莽原》《太白》《海燕》及左联所属诸种刊物，属于杂文为主的专业期刊；二是《未名》《奔流》《朝花》《译文》等等，似应属于翻译为主的专业期刊。如果以鲁迅的情感投入为衡量的标尺，尝试对这两类刊物作一番比较，也许还是后一种更直接地反映着鲁迅的意志，更具体地寄托着鲁迅的情怀，更浓郁地渗透着鲁迅的某些仅仅属于个人的爱好与志趣。

首先，翻译为主专业期刊的创办与编辑，更多地渗透着鲁迅的审美情趣。

他回忆与柔石的交往时说过：

> 他那时住在景云里，离我的寓所不过四五家门面……
>
> 他躲在寓里弄文学，也创作，也翻译，我们来往了许多日，说得投合起来了，于是另外约定了几个同意的青年，设立朝华社。目的是在绍介东欧和北欧的文学，输入外国的版画，因为我们都以为应该来扶植一点刚健质朴的文艺。接着就印《朝花旬刊》，印《近代世界短篇小说集》，印《艺苑朝华》，算都在循着这条线……[1]

“扶植”“刚健质朴”的具有“有力之美”[2]的文艺“这条线”，是鲁迅从《摩罗诗力说》时代就已经确立的美学观念与审美情趣。在文学，他推崇的是东欧与北欧的小说与诗歌；在美术，他欣赏的是“放笔直干”的图画；在中国，是陶元庆式的“大红袍”；在外国，是凯绥·珂勒惠支式的“牺牲”。举凡他亲自编辑的刊物，总是文图并茂，而所用插图或画页，又总是以国外居多，其中木刻又是大

[1] 鲁迅：《南腔北调集·为了忘却的记念》，《鲁迅全集》第4卷，第496页。
[2] 鲁迅：《集外集拾遗·〈近代木刻选集〉（2）小引》，《鲁迅全集》第7卷，第351页。

宗。在鲁迅，这是一种非常自觉的艺术追求。当《译文》创刊时，他就在《前记》中宣告：

文字之外，多加图画。也有和文字有关系的，意在助趣；也有和文字没有关系的，那就算是我们贡献给读者的一点小意思，复制的图画总比复制的文字多保留得一点原味。[1]

他亲手编定的该刊前3期，这特点非常明显：第1期安排插图10幅，有作家如普希金、梅里美、果戈里的像，有木刻及钢笔画，更有创作的木刻画如“喷泉”、“供养”、“诉苦”；第2期有16幅插图，除萧伯纳、纪德、萨尔蒂珂夫之像外，还有散文诗的插画，有漫画，有木刻，有作家签名笔迹；第3期的插图分量与前两期大体相当，品种则增加了铜刻，人物则改换为高尔基、左琴科、奈克拉索夫、贝塞尔等。这3期《译文》插图的画家，涉及苏、俄、法、德、英、日、西班牙诸国。《译文》创办的初衷，似乎就是想在普遍的衰颓破败的氛围中办出品位，办出质量，办出水平，当然，也是要办出一份心情。正如和鲁迅一起创办《译文》的茅盾在1934年3、4月间给黄源的信中所指出，《译文》“不是一般的读物，只是供少数真想用功的人作为‘他山之石’的。”“所以该刊的印刷纸张是力求精良，译文亦比较严格。”毋宁说，这倒是一个颇具“贵族”气息的刊物，与鲁迅几乎同时进行的汇印《北平笺谱》《十竹斋笺谱》、陈老莲《博古叶子》的意思，颇为相近。与鲁迅个人化的艺术爱好，有息息相通之妙。

同时，翻译为主专业期刊的创办与编辑，更多地浸透着鲁迅的心血，凝聚着鲁迅的关注。

他曾为《奔流》设计封面，题写刊头，拟定发刊凡例，仔细编校译稿，几乎每期都为之撰写“编校后记”。他还为《译文》精心选择插图，精心设计版式，精心校对译稿，亲自撰写创刊号《前记》《终刊号前记》《复刊词》，亲自与出版商签定合同，连印刷用纸，插图署名，他都一一操劳，决不稍有轻率马虎。从《译文》创刊的1934年9月到1936年10月逝世，他仅在通信中直接提及《译文》者，至少有68封之多。最令人感叹唏嘘的是，1936年10月18日，已经是大病袭来，力

[1] 鲁迅：《集外集拾遗补编·〈译文〉创刊号前记》，《鲁迅全集》第8卷，第415页。

竭体衰，还勉力让夫人许广平取过报纸和眼镜，直到看清楚《译文》广告的目录！魂牵梦系，念念不已，让他在弥留之际依然牵肠挂肚的还是这份《译文》![1]

另外，翻译为主专业期刊的创办与编辑，也更为充分地体现着鲁迅独特的处世之道和交友之道，是他和心犀相通的文坛巨子合作、对话的平台，更是他培育、奖掖有出息有作为的文学青年的温床。

在《伪自由书·前记》中，鲁迅直率而风趣地记叙了他与郁达夫的交往缘由，也即他们合作创办、编辑《奔流》的情感基础：

> 对于达夫先生的嘱咐，我是常常"漫应之曰：那是可以的"的。直白的说罢，我一向很回避创造社里的人物。这也不只因为历来特别的攻击我，甚而至于施行人身攻击的缘故，大半倒在他们的一副"创造脸"。虽然他们之中，后来有的化为隐士，有的化为富翁，有的化为实践的革命者，有的也化为奸细，而在"创造"这一面大纛之下的时候，却总是神气十足，好像连出汗打嚏，也全是"创造"似的。我和达夫先生见面得最早，脸上也看不出那么一种创造气，所以相遇之际，就随便谈谈；对于文学的意见，我们恐怕是不能一致的罢，然而所谈的大抵是空话。但这样的就熟识了，我有时要求他写一篇文章，他一定如约寄来，则他希望我做一点东西，我当然应该漫应曰可以。但应而至于"漫"，我已经懒散得多了。[2]

1929年3月25日，鲁迅在《〈奔流〉编校后记（九）》中曾说到他们之间的合作情形，摘抄如下，也许可以见出《奔流》的编辑模式及他们合作方式之一斑吧：

> 说到那一封信[3]，我的运动达夫先生一并译出，实在也不只一次了。有几回，是诱以甘言，说快点译出来，可以好好的合印一本书，上加好看的图像；有一回，是特地将读者称赞译文的来信寄去，给看看读书界的期望是怎样地热心。见面时候谈起来，倒也并不如那跋文所说，暂且不译了[4]，但至

[1] 详见许广平:《最后的一天》,原载1936年11月15日《作家》第2卷第2期,转引自薛绥之:《鲁迅生平史料汇编》第五辑（下），天津人民出版社1986年版。

[2] 鲁迅:《伪自由书·前记》,《鲁迅全集》第5卷，第3—4页。

[3] 指1910年托尔斯泰写给柯罗连科的《一封信》。

[4] 指郁达夫在所译《托尔斯泰回忆杂记》的附记中所说的"但这一封信，现在拟暂且不译它。"——引者注。

今似乎也终于没有动手，这真是无可如何。现在索性将这情形公表出来[1]，算是又一回猛烈的“恶毒”的催逼。[2]

也许可以说，正是通过《奔流》的创办与编辑，鲁迅和郁达夫才逐渐心犀相通，相知日深，终于成为文学观点相左、处世态度相异的文坛挚友；也许可以说，正是因为有了《奔流》，才会有“达夫赏饭，闲人打油，偷得半联，凑成一律”的佳话长传后世；也许可以说，正是因为有了《奔流》，才会有意味深长品位悠远的著名七律《阻郁达夫移家杭州》，在不断地引逗着无尽的慨叹与联翩的遐想。

《未名》时代的韦素园，《朝花》时代的柔石，《译文》时代的黄源，都是鲁迅通过期刊编辑等文学事业结识、熟悉并且逐渐成为心心相印可以完全信任可以托以大事的忘年之友。鲁迅对他们的认知，期刊是主要的渠道。通过《未名》，鲁迅发现了韦素园的“认真”、“沉静”和“激烈”，而“一认真，便容易趋于激烈，发扬则送掉自己的性命，沉静着，又啮碎了自己的心。”素园的价值，他人是未必明白，即使明白也未必重视的；只有鲁迅不但深深懂得这种素园精神的价值和意义，而且强调在那样一个世风日下的中国，这种精神之特别可贵——因为，恐怕只有鲁迅知道，这才真正是中国现代文化、文学的建筑者与栽培者：

……素园却并非天才，也非豪杰，当然更不是高楼的尖顶，或名园的美花，然而他是楼下的一块石材，园中的一撮泥土，在中国第一要他多。他不入于观赏者的眼中，只有建筑者和栽培者，决不会将他置之度外。[3]

通过《朝花》，鲁迅在十里洋场茫茫人海中发现了“一个惟一的不但敢于随便谈笑，而且还敢于托他办点私事的人，那就是送书去给白莽的柔石。”柔石的善良，“台州式的硬气”“颇有点迂”，看人处世的理想化，以及“无论从旧道德，从新道德，只要是损己利人的，他就挑选上，自己背起来”[4]的特点，是那样深刻地烙印在鲁迅心中！当他们不幸病逝或惨遭杀戮的时候，鲁迅无论如何都难以抑制内心深处的悲痛，他先是写道：

---

[1] 指鲁迅在《奔流》上发表韦素园致函《奔流》编者对郁达夫所译《托尔斯泰回忆杂记》中的两个疑点的解答。

[2] 鲁迅:《集外集·〈奔流〉编校后记（九）》，《鲁迅全集》第7卷，第190—191页。

[3] 鲁迅:《且介亭杂文·忆韦素园君》，《鲁迅全集》第6卷，第66、66—67、70页。

[4] 鲁迅:《南腔北调集·为了忘却的记念》，《鲁迅全集》第4卷，第495—497页。

……我自己觉得我的记忆好像被刀刮过了的鱼鳞，有些还留在身体上，有些是掉在水里了，将水一搅，有几片还会翻腾，闪烁，然而中间混着血丝，……[1]

后来在另文中又写道：

……我沉重的感到我失掉了很好的朋友，中国失掉了很好的青年，……

不是年青的为年老的写记念，而在这三十年中，却使我目睹许多青年的血，层层淤积起来，将我埋得不能呼吸，我只能用这样的笔墨，写几句文章，算是从泥土中挖一个小孔，自己延口残喘，这是怎样的世界呢。夜正长，路也正长，我不如忘却，不说的好罢。但我知道，即使不是我，将来总会有记起他们，再说他们的时候的。……[2]

当他们横遭诬陷赴诉无门的时候，又是鲁迅为之挺身而出仗义执言：

……至于黄源，我以为是一个向上的认真的译述者，有《译文》这切实的杂志和别的几种译书为证。[3]

或则哀婉曲折，或则顿挫沉郁，这类出自真情至性的文字，早已成为中国文化史、文学史上无韵之离骚、千古之绝唱！当然，在那样一个真正是光怪陆离的旧中国特别是老上海，在期刊编辑这块风险倍出的阵地上，鲁迅遭遇的更多的是阴险小人与无聊之徒。但在他公开发表的文章中，却极少正面描述群小的丑态——有时是还留情面的点拨，如“不过朝花社不久就倒闭了，我也不想说清其中的原因……”[4]希冀那失足者还有改悔的余地；有时则投以鄙视的光环，如“事实不为轻薄阴险小儿留情，曾几何年，他们就都已烟消火灭，然而未名社的译作，在文苑里却至今没有枯死的。文人的遭殃，不在生前的被攻击和被冷落，一瞑之后，言行两亡，于是无聊之徒，谬托知己，是非蜂起，既以自衒，又以卖钱，连死尸也成了他们的沽名获利之具，这倒是值得悲哀的。”[5]“首先应该扫荡的，倒是

[1] 鲁迅：《且介亭杂文·忆韦素园君》，《鲁迅全集》第6卷，第65页。

[2] 鲁迅：《南腔北调集·为了忘却的记念》，《鲁迅全集》第4卷，第500、502页。

[3] 鲁迅：《且介亭杂文末编·答徐懋庸并关于抗日统一战线问题》，《鲁迅全集》第6卷，第556页。

[4] 鲁迅：《南腔北调集·为了忘却的记念》，《鲁迅全集》第4卷，第497页。

[5] 鲁迅：《且介亭杂文·忆韦素园君》，《鲁迅全集》第6卷，第70页。

拉大旗作为虎皮，包着自己，去吓呼别人；小不如意，就倚势（！）定人罪名，而且重得可怕的横暴者。”[1]意在使伏在大纛下的群魔嘴脸毕现！

2. 独特的编辑立场

鲁迅没有系统的关于编辑学的著作或文章，看不出他有逻辑严密、体系整饬的编辑学理论；但如果通读鲁迅有关期刊编辑的文章、书信、日记，就不难得到这样的印象——即他在编辑这一岗位上，时时要处理的，主要有四种关系，即与读者，与作者，与出版商，与政府当局；换言之，也就是在处理这四种互相交错、互相影响的复杂关系中，他确立了自己独特的编辑立场。他认为，刊物的编辑，必定有自己的立场："编刊物决不会'绝对的自由'，而且人也决不会'不属于任何一面'，一做事，要看出来的。如果真的不属于任何一面，那么，他是一个怪人，或是一个滑人，刊物一定办不好。"[2]如果可以用最简单的语言表述鲁迅的编辑立场，我以为似乎没有比"独裁"更确切的了。1934年8月13日，他在致曹聚仁的信中明确提出"编辑要独裁"的主张，这里的"独裁"，至少具有五个层面的含义：

其一，要么不编，要编则必须贯彻自己的主张。正如鲁迅的文章大多是"挤"出来的一样，他的编辑事业，也大多并非自觉自愿从事的。他经过深入的观察、体验，深知编辑之难，从不轻易承担刊物编辑工作：

> 我意刊物不宜办。一是稿件，大约开初是不困难的，但后必渐少，投稿又常常不能用，其时编辑者就如推重车上峻坂，前进难，放手亦难，昔者屡受此苦，今已悟澈而决不作此事矣……[3]
>
> 其实，投稿难，到了拉稿，则拉稿亦难，两者都很苦，我就是立誓不做编辑者之一人。当投稿时，要看编辑者的脸色，但一做编辑，又就要看投稿者，书坊老版，读者的脸色了。脸色世界。[4]

这真是伤心而且悟道之言！当由于种种原因不得不屡屡介入编辑行列时，出

[1] 鲁迅：《且介亭杂文末编·答徐懋庸并关于抗日统一战线问题》，《鲁迅全集》第6卷，第557页。

[2] 鲁迅：《书信·360522致唐弢》，《鲁迅全集》第14卷，第100页。

[3] 鲁迅：《书信·330722致黎烈文》，《鲁迅全集》第12卷，第423页。

[4] 鲁迅：《书信·350118致王志之》，《鲁迅全集》第13卷，第348页。

于独特的文艺观、社会观，他总是不愿编办纯文学刊物，也不赞成他的青年朋友编办纯文学刊物。正如上文所开列，凡鲁迅参与编辑的期刊，大多是综合性期刊或以杂文为主、以翻译为主的专业期刊，极少有以发表小说、诗歌等文学作品为主的纯文学刊物。1933年5月25日，他在答复左联成员冯润璋（笔名周茨石，《洪荒》月刊编者）的信中强调了这一立场："但我的意见，以为如办刊物，最好不要弄成文学杂志，而只给读者以一种诚实的材料。"[1]——笔者揣测，这一方面大概是因为鲁迅可能认为中国当时的小说、诗歌作者，大抵比较幼稚，其作品内容偏于空泛，死呀血呀与花呀爱呀一样的无聊，与其助长这类无病呻吟的"文学"，还不如翻译些外国的优秀作品，既作为艺术的借镜，又开阔些人生的视野；另一方面，他一直把期刊编辑作为鼓动中国思想革命的重要利器，当然也就特别重视以"文明批评"与"社会批评"为宗旨的杂文期刊。这意见，早在1925年3月，他就在与徐炳昶的通信中系统阐述过：

> 我想，现在的办法，首先还得用那几年以前《新青年》上已经说过的"思想革命"。
>
> ……
>
> 有一个专讲文学思想的月刊，确是极好的事，字数的多少，倒不算什么问题。第一为难的却是撰人，假使还是这几个人，结果即还是一种增大的某周刊或合订的各周刊之类。况且撰人一多，则因为希图保持内容的较为一致起见，即不免有互相牵就之处，很容易变为和平中正，吞吞吐吐的东西，而无聊之状于是乎可掬。现在的各种小周刊，虽然量少力微，却是小集团或单身的短兵战，在黑暗中，时见匕首的闪光，使同类者知道也还有谁还在袭击古老的堡垒，较之看见浩大而灰色的军容，或者反可以会心一笑。[2]

类似的关于期刊风格实即编辑立场的主张，即使到他的晚年，也并未更改。

其二，尊重读者，而决不俯就读者。作为期刊编辑的鲁迅，与读者一向保持着平等、和谐的关系，因为他创办刊物的宗旨，首先就在于有益于读者。他认为："办

[1] 鲁迅：《书信・330525致周茨石》，《鲁迅全集》第12卷，第399页。
[2] 鲁迅：《华盖集・通讯》，《鲁迅全集》第3卷，第23、25页。

小刊物，我的意见是不要帖大广告，却不妨卖好货色”[1]，这才能于读者有益。“做编辑一定是受气的，但为‘赌气’计，且为于读者有所贡献计，只得忍受。新文人大抵有‘天才’气，故脾气甚大，北京上海皆然，但上海者又加以贪滑，认真编辑，必苦于应付……”[2]但鲁迅对于来自读者的意见，又是有分析、有区别的，他并不对所有来自读者的意见统统认可。例如，鲁迅在写于1928年10月26日的《〈奔流〉编校后记（五）》中，对于某些远于事理的批评，就曾风趣地有所辩白：

> 近来时或收到并不连接的期刊之类，其中往往有关于我个人或和我有关的刊物的文章，但说到《奔流》者很少。只看见两次。一，是说译著以个人的趣味为重，所以不行。这是真的。《奔流》决定底地没有这力量，会每月选定全世界上有世界的意义的文章，汇成一本，或者满印出有世界的意义的作品来。说到“趣味”，那是现在确已算一种罪名了，但无论人类底也罢，阶级底也罢，我还希望总有一日驰禁，讲文艺不必定要“没趣味”。又其一，是说《奔流》的“执事者都是知名的第一流人物”，“选稿也许是极严吧？而于著，译，也分得极为明白，不仅在《奔流》中目录，公布着作译等字样，即是在《北新》，《语丝》……以及一切旁的广告上，也是如此。”……
>
> 其实，《奔流》之在目录及一切广告上声明译作，倒是小心之过，因为恐怕爱读创作而买时未暇细看内容的读者，化了冤钱，价又不便宜，便定下这一种办法，竟不料又弄坏了。……
>
> 顺便还要说几句别的话。诸位投稿者往往因为一时不得回信，给我指示，说编辑者应负怎样的责任。那固然是的。不过所谓奔流社的“执事者”，其实并无和这一种堂皇名号相副的大人物；就只有两三个人，来译，来做，来看，来编，来校，搜材料，寻图画，于是信件收送，便只好托北新书局代办。而那边人手又少，十来天送一次，加上本月中邮局的罢工积压，所以催促和训斥的信，好几封是和稿件同时到的。无可补救。各种惠寄的文稿及信件，也因为忙，未能壹壹答复，这并非自恃被封为“知名的第一流人物”之故，乃是时光有限，又须谋生，若要周到，便没了性命，也编不成《奔流》了。这

[1] 鲁迅：《书信·340813致曹聚仁》，《鲁迅全集》第13卷，第197页。
[2] 鲁迅：《书信·330714致黎烈文》，《鲁迅全集》第12卷，第419—420页。

些事，倘肯见谅，是颇望见谅的。[1]

由此可见，即使在对待读者这类关乎刊物销路也即刊物生路的问题上，鲁迅也依然是保持着自我的个性，原情度理，决不俯就。其实，在读者的要求和刊物的品格之间，在那时候，一直是有尖锐的矛盾的。倘若迎合一班低级趣味读者的需求，就完全可能与民国旧派期刊沆瀣一气，也就取消了鲁迅系列文学期刊立足历史长河的理由。在他，是宁可关门停刊，也决不屈就迎合，这是鲁迅的个性，也是鲁迅系列文学期刊的个性。

其三，团结作者，而不迁就作者。对于刊物的作者，鲁迅同样是有分析、有区别的。对于名不见经传的青年作者，他往往奖掖有加，循循善诱，即使稿件比较幼稚粗糙，只要倾向与基础尚好，他一定不厌其烦地帮助修改，鼓励续做。对许广平的劝诱鼓励，已见上文。对于孙用，对于徐诗荃，他都曾倾注过常人难以想象的心血。因为已经是大家耳熟能详的故实，就不再赘述。对于郁达夫这样的文朋诗友，他的"拉稿"乃至"催逼"，又是另一种方式，一如上述。刘半农与江绍原，都是当时颇有名气的学者，俱为《语丝》的主要作者。刘半农还是鲁迅从《新青年》时代就并肩作战的朋友。但对他们的投寄或介绍的有问题的稿件，鲁迅要么给予"极平和的纠正"，要么"不给编入"[2]，由此开罪于老友也在所不惜。对于某些心怀叵测的投稿者，他就没有那么客气。在1934年大众语讨论中，他对某些投稿者，就毫不客气地蔑称为"简直是狗才"，一针见血地指出他们"借大众语以打击白话"[3]的阴险目的。当时有些刊物为了招徕，往往聘请一些有名无实的"太上作者"，"无论投稿多少，每月总有酬金三四十元的""特约撰述"[4]。他不做这种"太上作者"，也反对这种名不副实的不良习气。换言之，也即要求一切以刊物的宗旨和稿件的质量为准绳，拒绝关系稿、人情稿、名人稿。

其四，注重与书店即出版商的合作，而决不忍气吞声无原则地接受他们的辖制。鲁迅与出版商的关系，好像有一个发展的过程。《新青年》时代，他只是编

[1] 鲁迅：《集外集·〈奔流〉编校后记（五）》，《鲁迅全集》第7卷，第176—178页。
[2] 鲁迅：《三闲集·我和〈语丝〉的始终》，《鲁迅全集》第4卷。
[3] 鲁迅：《书信·340729致曹聚仁》，《鲁迅全集》第13卷，第188页。
[4] 鲁迅：《三闲集·我和〈语丝〉的始终》，《鲁迅全集》第4卷，第169页。

委会的成员，无须乎直接与出版商打交道。到上海接编《语丝》后，才开始正式为期刊编辑而与形形色色的书局折冲樽俎。其中，与他关系较深的主要有北新书局、生活书店。前者是《语丝》《奔流》的出版商，后者为《文学》《译文》的出版商。“《奔流》和‘北新’的关系，原定是这样的：我选稿并编辑，‘北新’退稿并酌送稿费。待到今年夏季，才知道他们并不实行，我就辞去编辑的责任。中间经人排解，乃约定先将稿费送来我处，由我寄出，这才动手编辑付印。”[1]当北新老板李小峰一再食言致使作为编辑的鲁迅非常难堪时，他只好发出“最后通牒”：

奉函不得复，已有多次。我最末问《奔流》稿费的信，是上月底，鹄候两星期，仍不获片纸只字，是北新另有要务，抑意已不在此等刊物，虽不可知，但要之，我必当停止编辑，因为虽是雇工，佣仆，屡询不答，也早该卷铺盖了。现已第四期编讫，后不再编，或停，或另请人接办，悉听尊便。[2]

态度决绝，斩钉截铁。在《文学》时代，他是编委会成员，与出版商少有直接冲突。《译文》时代，因为他自行编辑，冲撞就在所难免。1934年12月，他已开始向友人诉苦：

和商人交涉，真是难极了，他们的算盘之紧而凶，真是出人意外。《译文》已出三期，而一切规约，如稿费之类，尚未商妥。我们要以页计，他们要以字数计，即此一端，就纠纷了十多天，尚无结果。[3]

中间经过茅盾调解，关系有所缓和；1935年9月，又突然紧张起来，以至无法挽回：

前天沈先生来，说郑先生前去提议，可调解《译文》事：一，合同由先生签名；但，二，原稿须我看一遍，签名于上。当经我们商定接收；惟看稿由我们三人轮流办理，总之每期必有一人对稿子负责，这是我们自己之间的事，与书店无关。只因未有定局，所以没有写信通知。

今天上午沈先生和黎先生同来，拿的是胡先生的信，说此事邹先生不能

[1] 鲁迅：《书信・291125致孙用》，《鲁迅全集》第12卷，第216页。
[2] 鲁迅：《书信・290811致李小峰》，《鲁迅全集》第12卷，第200页。
[3] 鲁迅：《书信・341204致孟十还》，《鲁迅全集》第13卷，第272页。

同意，情愿停刊。那么，这事情结束了。

……

我想，《译文》如停刊，就干干净净的停刊，不必再有留恋，如自己来印终刊号之类，这一点力量，还是用到丛书上去罢。[1]

后来《译文》谋求复刊，黄源建议由黎明书局出版，鲁迅因为该局曾出版希特勒《我的奋斗》等书而坚决反对，认为如果《译文》与这等书籍“彼此同器，真太不伦不类，倘每期登载彼局书籍广告，更足令人吃惊。因思《译文》与其污辱而复生，不如先前的光明而死。个人的意见，觉得此路是不通的”[2]。宁折不弯，可为玉碎而不为瓦全，正是鲁迅个性中最鲜明最突出最宝贵的特征。

他曾从自己的经历出发，精当地分析过书店的方针与弊端：

书店股东若是商人，其弊在胡涂，若是智识者，又苦于太精明，这两者都于进行有损。我看开明书店即太精明的标本，也许可以保守，但很难有大发展；生活书店目下还不至此，不过将来是难说的，这时候，他们的译作者，就止好用雇员。至于不登广告，大约是爱惜纸张之故，纸张现在确也值钱，但他们没有悟到白纸买卖，乃是纸店，倘是书店，有时是只能牺牲点纸张的。[3]

对于曾是作家的出版商，他格外不放心：“上海也有原是作家出身的老版，但是比纯粹商人更刻薄，更凶。”[4]开明书店他认为“刻薄”[5]，黎明书局他不屑与之合作。看起来他好像洞察秋毫，什么也瞒不了他，其实是在与出版商打交道的过程中，败绩屡屡——他吃过神州国光社的亏，上过光华书局的当，连他用多年心血大力扶植的北新书局，也常年拖欠他的巨额稿酬最后只好法律解决。如果从合作的时间长短、合作的受益情况等指标衡量，鲁迅与书商合作的成功率实在不高，他有时也自我反省：“……我十年以来，帮未名社，帮狂飙社，帮朝花社，而无不或失败，或受欺。”[6]但终于是山河易改本性难移，吃亏上当以后，又开始

[1] 鲁迅：《书信 · 350924致黄源》，《鲁迅全集》第13卷，第555—556页。
[2] 鲁迅：《书信 · 360207致黄源》，《鲁迅全集》第14卷，第22页。
[3] 鲁迅：《书信 · 350330致郑振铎》，《鲁迅全集》第13卷，第427页。
[4] 鲁迅：《书信 · 341206致孟十还》，《鲁迅全集》第13卷，第277页。
[5] 鲁迅：《书信 · 310613致曹靖华》，《鲁迅全集》第12卷，第266页。
[6] 鲁迅：《书信 · 300327致章廷谦》，《鲁迅全集》第12卷，第226页。

了新一轮合作，当然又孕育着新的上当吃亏。这一面是因为那时的出版商普遍如此，可以信赖的出版伙伴实在是可遇难求；另外，鲁迅的痴心不改，也是为了有益于读者以及培养有为的青年："但愿有英俊出于中国之心，终于未死。"[1]不难看出，不同的书店老板一再邀请鲁迅为他们编辑期刊，看重的是鲁迅及其作品在广大读者中的巨大号召力，是一种对利和名的追逐；鲁迅在编辑同人刊物之外，有时还有限度地倚重出版商人，是想借助他们的刊物，发表正义的言说，抒写自我的情志。名利与情志的对接，只能是偶然的、暂时的，而错位，则是必然的、长久的。

其五，对于政府的禁删、扼杀政策，决不妥协，决不屈服，一息尚存，反抗到底。鲁迅与政府在刊物编辑领域里的正面抗争，大约始于他到上海以后，具体标志可能就是《语丝》的被扣及反拨，《扣丝杂感》，就是他第一次正面揭露政府文化虐杀政策的重要文本。此后，随着政治、文化斗争的日益尖锐和残酷，鲁迅的反抗，也就越来越集中，越来越强硬。政府的主要手段是扣押、删改、禁止，鲁迅的对策则主要是公开揭露、改名出版、"二线"编辑等等。

1935年最后一天，鲁迅在为《且介亭杂文二集》写的《后记》中，生动地记录了当时出版界的"一种隐约的风闻"——

> 不知道何月何日，党官，店主和他的编辑，开了一个会议，讨论善后的方法。着重的是在新的书籍杂志出版，要怎样才可以免于禁止。听说这时候就有一位杂志编辑先生某甲，献议先将原稿送给官厅，待到经过检查，得了许可，这才付印。文字固然决不会"反动"了，而店主的血本也得保全，真所谓公私兼利。别的编辑们好像也无人反对，这提议完全通过了。散出的时候，某甲之友也是编辑先生的某乙，很感动的向或一书店代表道："他牺牲了个人，总算保全了一种杂志！"
>
> "他"者，某甲先生也；推想某乙先生的意思，大约是以为这种献策，颇于名誉有些损害的。其实这不过是神经衰弱的忧虑。即使没有某先生的献策，检查书报是总要实行的，不过用了别一种缘由来开始。

[1] 鲁迅：《书信·300327致章廷谦》，《鲁迅全集》第12卷，第226页。

总而言之，不知何年何月，“中央图书杂志审查委员会”到底在上海出现了，于是每本出版物上，就有了一行“中宣会图书杂志审委会审查证……字第……号”字样，说明着该抽去的已经抽去，该删改的已经删改，并且保证着发卖的安全——不过也并不完全有效。[1]

类似的揭露，还常常见于《伪自由书》《准风月谈》《花边文学》等杂文集的“前言”“后记”之中。这类揭露，因为是在完全没有言论自由的国内发表，无法写得直截了当；而当可以在英文的《现代中国》发言时，他就愤慨地揭露那些做不成作家的文人，是如何借书报检查来消灭对手、巩固饭碗、取媚上司、同时满足自己横行文坛的宿愿的卑劣行径，直接把“第三种人”、检查官和政府连为一体，而统称为“中国文坛上的鬼魅”：

……今年七月，在上海就设立了书籍杂志检查处，许多“文学家”的失业问题消失了，还有些改悔的革命作家们，反对文学和政治相关的“第三种人”们，也都坐上了检查官的椅子。他们是很熟悉文坛情形的；头脑没有纯粹官僚的胡涂，一点讽刺，一句反语，他们都比较的懂得所含的意义，而且用文学的笔来涂抹，无论如何总没有创作的烦难，于是那成绩，听说是非常之好了。

……

于是出版家的资本安全了，“第三种人”的旗子不见了，他们也在暗地里使劲的拉那上了绞架的同业的脚，而没有一种刊物可以描出他们的原形，因为他们正握着涂抹的笔尖，生杀的权力。在读者，只看见刊物的消沉，作品的衰落，和外国一向有名的前进的作家，今年也大抵忽然变了低能者而已。[2]

《前哨》被禁，改出《文学导报》；《萌芽》被禁，更名《新地》另出，已是现代文学界的常识，无须赘述。但这种斗争策略，到30年代中期，也往往难以奏效，鲁迅就退居“二线”，不再直接介入编辑工作，他的编辑模式改为传授编辑方略、投寄高水平稿件以支持意见相近、气类相通的文学青年出面创办、编辑具有鲁迅色彩的文学期刊，《海燕》便是这种模式的代表。

---

[1] 鲁迅：《且介亭杂文二集·后记》，《鲁迅全集》第6卷，第475—476页。

[2] 鲁迅：《且介亭杂文·中国文坛上的鬼魅》，《鲁迅全集》第6卷，第161、162页。

这种宁折不弯、毫无奴颜与媚骨的编辑立场，凸现着鲁迅的个性特色和人格魅力，以其无与伦比的深刻性、锋利性与杀伤力、感召力，树立了30年代文学期刊的战斗风范，同时，也为那些与反动当局持不合作乃至抗争态度的知识分子，开辟了一块又一块揭露黑暗、伸张正义、发表言说、抒写情愫的园地和阵地。假如套用哈贝玛斯的理论术语，我们似乎可以把鲁迅系列文学期刊称为中国式的准“公共空间”，而这种准“公共空间”的成功创设，既反映着中国30年代独特的政治、文化环境，更从特定的角度，厘定出鲁迅对中国现代文学、现代媒体在高压下曲折前进中所作出的独特贡献。

论茅盾系列文学期刊

一

茅盾系列的文学期刊,应该包括《小说月报》[1]《文学》(1933年7月——1937年11月)、《呐喊(烽火)》(1937年8月——1938年10月)、《少年先锋》(1938年2月——1938年8月)、《文艺阵地》(1938年4月——1944年3月)、《笔谈》(1941年9月——1941年12月)、《文联》(1946年1月——1946年6月)、《小说》(1948年7月——1952年1月)等。其中，最能代表茅盾期刊系列的，当属《小说月报》《文学》与《文艺阵地》。

连续性，是茅盾期刊系列最容易发现的特征之一。从上文所列的时间表不难看出，从1920年末介入文学期刊编辑事业以来，一直到四十年代末新、旧中国交替[2]，除去极其特殊的时段以外，他几乎无时无刻不忙碌、战斗在文学期刊编辑的第一线。人所共知,他对《小说月报》的革新,肇始于1920年末,落实于1921年初。这是该刊新生命开始的里程碑，也是茅盾编辑生涯的辉煌的起点。1923年后，他虽然离开了《小说月报》主编的位置，但继任者无论是郑振铎还是叶圣陶，从私交上看是肝胆相照的莫逆，从编辑方针上看则是有同有异而同大于异。十年间，该刊虽然三易主编，但基本风貌大体一致，一直延续到1931年末由于商务印书馆

[1] 本文中一律指1921年1月——1931年12月间的该刊，下同。

[2] 其实，此时他所编辑的《小说》，与建国后主编的《人民文学》又交错连续，简直可以纵贯整个的50年代——从这样的角度看来，他又完全有资格作为“40年一贯制”的编辑家，成为文学期刊编辑史上罕见的奇迹。

被日本侵略者炸毁停刊为止。

1932年，是茅盾集中时间和精力创作长篇小说《子夜》的特殊时段，未曾致力于期刊编辑，是可以理解的。但随即创刊的《文学》，却立即填补了这段空白，把茅盾的文学期刊编辑事业演绎得有声有色。创刊于抗日运动风起云涌的1937年的《呐喊（烽火）》是《文学》的续篇（请允许在下文证明）。与《呐喊（烽火）》几乎同时创刊的《文艺阵地》,则把这一事业一直推演到1944年春。从《文艺阵地》停刊的1944年春，到后一份刊物《文联》创刊的1946年初，他所从事的最主要工作，就是帮助初涉文学的女企业家、妇女运动头面人物胡子婴写成了一部十万字的小说[1]。1946年末,茅盾携家眷访问苏联,长期不在国内,1947年4月回国以后,由于政治形势不断恶化,他不得不转道香港。在港期间,一面主持《文汇报》的《文艺周刊》,一面为该刊赶写长篇小说《锻炼》。这是长篇小说家茅盾最后的一个长篇,在《文汇报·文艺周刊》连载了111天。这是一部原计划写成联贯5卷的反映抗日战争全貌的规模宏大的长篇小说，可惜因故未能如愿。《锻炼》之后紧接的就是1948年到1952年的《小说》月刊。他说:“创办《小说月刊》，我是发起人之一，虽然把主编的担子卸给了周而复，自己只担任编委，但《发刊词》是我写的，同时说好，每期我至少要交出一篇文章。”[2]实际上，茅盾的办刊线路，还是直接左右着这份以“小说”为旗号的月刊,即使把它看成20年代《小说月报》的40年代版,也不是没有理由的。始于“小说”，终于“小说”（编辑小说期刊之中，穿插着的还是小说——要么自己创作小说，要么帮助他人创作小说），正是小说家的茅盾期刊编辑生涯的绝妙概括。要从中国现代文学期刊史上再寻找一位纵贯数十年一直乐此不疲从来不言放弃的编辑，恐怕是颇为不易的。

这种连续性，不是被动的，更不是偶然的，在茅盾，这完全是自觉的，主动的，是一种有意为之的文化战略，持续追求的文学事业，是周密计划按步实施的系统工程。当《小说月报》被迫停刊以后，茅盾一直深深感到失去“自己”的刊物的种种不便甚至是痛苦,这就是《文学》创刊的直接动因。他后来回忆创刊的过程说:

[1] 详见茅盾:《雾重庆的生活——回忆录［三十］》,《新文学史料》1986年第1期。

[2] 茅盾:《访问苏联·迎接新中国——回忆录［三十三］》,《新文学史料》1986年第4期。

一九三三年春节前后，郑振铎从北平回到上海度假（当时他在燕京大学教书）。三月下旬的一天，他来看我。我们谈到现在缺少一个“自己”的而又能长期办下去的文艺刊物，像当年的《小说月报》；作家们，尤其是青年作家们，写出了作品苦无发表的地方。郑振铎忽然说，我们把《小说月报》重新办起来如何?《小说月报》自从因“一二八”沪战而停刊后,已一年多了，未闻商务印书馆当局如王云五之流有复刊的表示。我对郑振铎说：“你的丈人虽是商务元老，但是复刊《小说月报》，恐怕他也作不了主。商务当局是愈来愈保守了，他们是怕我们的。倒不如另找一家书店来出版。”……我说，刊物要办就办个大型的，可以改个名称，不叫《小说月报》，篇幅可以比《小说月报》增加一倍。内容以创作为主，提倡现实主义，也重视评论和翻译。观点是左倾的，但作者队伍可以广泛，容纳各方面的人。对外还要有一层保护色。根据这样的条件，老牌的大书店恐怕不敢接手，而名气不大的进步小书店又承担不了这样大的刊物，这是比较难办的地方。振铎说：“找书店出版的事交给我来办，刊物的名称就叫《文学》如何？至于主编一角当然由你来担任。”我说：“不行！我是被戴上红帽子的，我当主编，不出三天，老蒋的手下就找上门来了。还是另找一个不被他们注意的。你本来是《小说月报》的主编，由你来担任，倒名正言顺，可是你又远在北平教书。”振铎说：“我只能顶个虚名，帮忙拉拉稿子，实际办事，总得在上海找一个人。”……

接着我和振铎研究了编委会的名单，提出了十个人。都是文艺界的知名人士，即鲁迅、叶圣陶、郁达夫、陈望道、胡愈之、洪深、傅东华、徐调孚以及郑振铎和我。……

上述十人组成《文学》编委会，主编由郑振铎、傅东华二人担任，……

其实，这次聚餐以后，郑振铎即回北平教书，同时负责平津地区的组稿；而上海则由傅东华和黄源筹备出版事宜。不过傅东华主要忙于编商务的中学国文教科书（商务同意他可以兼编《文学》。当时书店编印教科书是最赚钱的，只要某学校采用该书店的教科书，便能销出一大批书，因而编教科书的人，所得的酬劳也特别高，傅东华当然不愿放弃这肥差。）所以，《文学》实际的筹备工作，我不得不多方照应。傅东华把审定创作稿件和给“社谈”栏写文章这两大项工作都推给了我，还要我包写作品评论（《文学》一卷至三卷的“书报述评”栏共刊登文章四十三篇，其中我写了二十八篇）。[1]

一段简短的回忆，已经证明了《文学》是《小说月报》的续篇，也已经可以看出茅盾在文学刊物编辑事业中举足轻重的位置。

1937年“八一三”上海事变前夕，茅盾和邹韬奋、胡愈之等早已在未雨绸缪，策划在强寇入侵国难当头时文学期刊应有的对策。“八一三”的次日，上海文艺界的知名人士“有个聚餐会”。

谈到出版刊物，多数人主张不管《文学》《中流》等大型刊物停不停刊，我们都要马上办起一个适应战时需要，能迅速传布作家们呐喊声的小型刊物来，而且认为应该由我来担任刊物的主编。

战友们的信任和期待，使我义不容辞，当天下午我约了冯雪峰去找巴金。巴金完全赞成办这样一个刊物，他说，文化生活出版社已决定《文丛》停刊，听说上海杂志公司的《中流》《译文》也已决定停刊，现在可能出现这样一种反常的现象：抗战开始了，但文艺阵地上却反而出现一片空白！这种情形无论如何不能让它出现，否则我们这些人一定会被后人唾骂的！不过当前书店都忙着搬家，清点物资，收缩业务，顾不上出版新书和新刊物，所以新刊物只有我们自己集资来办。好在一份小型周刊所费不多，出版了第一期，销路估计一定会好，这就可以接着办下去。雪峰道：这是个好办法，何不就用《文学》《中流》《文丛》《译文》这四个刊物同人的名义办起来，资金也由这四个刊物的同人自筹？我说，就这么办，还可以加一条：写稿尽义务，不付稿酬。我们又研究了刊物的名称，初步确定叫《呐喊》，发刊词由我来写。又议定分头去找四个刊物的主编——王统照、黎烈文、靳以、黄源，征求他们的意见。

当天晚上我就到隔壁二号黎烈文家中谈了这件事。第二天我又在文学社找到了王统照。……王统照和黎烈文都赞成由四个杂志社的同人集资出版《呐喊》周报的计划，……

第二天，巴金和我约了四位主编开了第一次会议，讨论了编辑方针，纸

[1] 茅盾：《多事而活跃的岁月——回忆录［十六］》，《新文学史料》1982年第3期。

张和印刷问题，并最后决定以《呐喊》为刊名。[1]

读着这些记实的文字，稍加联想，脑海里就不禁浮现出茅盾在大敌当前大战在即的特定岁月里指挥若定的风采，也不难想象出他在文学期刊编辑们心目中举足轻重的重要地位，而且自然也就会认同《呐喊（烽火）》实际上是《文学》等杂志的“战时版”“小型张”的观点。《呐喊》刚出第2期即遭查禁，他们便以《烽火》的名义重新登记申请。

第一期封面上加印了‘编辑人茅盾，发行人巴金’。后来上海沦陷，《烽火》搬到广州继续出版，又把两个负责人倒换过来，成了“编辑人巴金，发行人茅盾”。[2]

1938年2月7日，茅盾来到武汉，立即找到生活书店的邹韬奋、徐伯昕研究刊物编辑的问题，再次发挥了他独到的作用：

……我提出如下意见：刊名叫《文艺阵地》，是综合性的文艺刊物，半月出一期，每期约五万字；内容包括创作（小说、诗歌、戏剧、战地通讯等）、论文、短评、书报评述，以及国内外文艺动态，字数以三五千字为限，千字以下最好。但小说、剧本可以万字以上；编辑出版地点移到广州。[3]

邹韬奋和徐伯昕同意了他的意见，并且补充指出：

《文艺阵地》应该是一面战斗的旗帜，能起到团结进步的文艺力量，巩固统一战线的作用。因此一开始，我们就确定《文艺阵地》是个战斗的文学刊物，是个坚持现实主义传统的文学刊物，它理论和创作并重，在形式上，如徐伯昕和我研究的那样，像个“缩小”的《文学》。[4]

《文学》“像当年的《小说月报》”，而《文艺阵地》就“像个缩小的《文学》”，一句话，非常贴切地道出了三个刊物之间的关系，也有力地证明，无论茅盾在名义上是不是主编，他实际上都是这一系列文学期刊的动力和灵魂，元帅又兼主将，运筹帷幄、指挥若定的风采栩栩然呼之欲出。

---

[1] 茅盾：《烽火连天的日子——回忆录［二十一］》，《新文学史料》1983年第4期。
[2] 茅盾：《烽火连天的日子——回忆录［二十一］》，《新文学史料》1983年第4期。
[3] 茅盾：《烽火连天的日子——回忆录［二十一］》，《新文学史料》1983年第4期。
[4] 茅盾：《在香港编〈文艺阵地〉——回忆录［二十二］》，《新文学史料》1984年第1期。

二

除去这些显而易见的外在特征，茅盾系列文学期刊还具有更本质、更内在的质的规定性，那就是始终关注现实人生、不断推出新人新作、一直保持论辩态势以及顽强坚韧、厚重坚实等等。

在发表于1921年1月1日出版的《小说月报》第12卷第1号（即茅盾主编的第一期）的《改革宣言》中，他就明确地宣称："就国外文学界情形言之……写实主义在今日尚有切实介绍之必要。"同期刊载的《文学研究会宣言》则强调指出："将文艺当作高兴时的游戏或失意时的消遣的时候，现在已经过去了，我们相信文学是一种工作，而且又是于人生很切要的一种工作。"从此，密切关注现实人生，就成为茅盾系列文学期刊非常自觉、日益坚定的追求。

《小说月报》革新伊始，就集中编发了冰心、叶绍钧、许地山、王统照等创作的以探讨社会问题著称的"问题小说"，重点介绍了托尔斯泰、屠格涅夫、契诃夫、高尔基、果戈理等世界级现实主义作家，隆重推出了"被损害民族的文学号"、"俄国文学研究"等侧重反映底层人生的文学专号，结结实实地奠定了杂志的基调。《文学》完全承续了《小说月报》的传统，主要从关注现实人生的角度组织作者队伍。除去鲁迅、茅盾以外，编委还有叶圣陶、郁达夫、陈望道、胡愈之、洪深、傅东华、郑振铎、徐调孚等。这时的郁达夫，已经从《沉沦》时代向《迟桂花》时期转化，此外，则几乎完全是公认的现实主义作家。

撰稿人中，不但有叶圣陶、朱自清、巴金、王统照、丰子恺、夏丏尊、俞平伯等早已在文坛上获得定评的成熟作家，而且有张天翼、沙汀、艾芜、臧克家、黑婴等崭露头角的文坛新人。可以说，当时经常在文坛上露面的"新"、"老"现实主义作家，几乎大都"网罗"在内。当《文艺阵地》创刊时，中国已是烽火连天，抗战，自然成为举国上下最最关注的现实。因此，这份刊物的宗旨，自然就锁定在"战斗"："创办《文艺阵地》是鉴于当时的抗战文艺运动虽也轰轰烈烈、热热闹闹，但总觉得缺乏深度，既没有在理论上对各种新问题作认真的探讨，也没有在创作上对现实生活作严肃深刻的发掘。所以，就想办一个刊物来做这方面的工作。邹韬奋还认为《文艺阵地》应该是一面战斗的旗帜，能起到团结进步的文艺力量，巩固统一战线的作用。”[1]茅盾是中国现代文学史上自觉坚持现实主义的主要理论家之一。这样的编辑方针，正是他的文艺观的具体体现，又是文学与传播学互补互动的一个有力的佐证。

能否不断推出新人新作，是文学期刊水平高低、影响大小、生命力强弱的一个重要标志。《小说月报》在茅盾主编的两年里，先后推出冰心的《笑》《超人》《最后的使者》《离家的一年》《爱的实现》《烦闷》《疯人笔记》《遗书》《往事》《寂寞》，叶圣陶的《母》《一个朋友》《低能儿》《恐怖的夜》《萌芽》《苦菜》《恳亲会》《云翳》《乐园》《旅途的伴侣》《祖母的心》，许地山的《命命鸟》《商人妇》《换巢鸾凤》《黄昏后》《缀网劳蛛》《空山灵雨》，王统照的《沉思》《遗音》《春雨之夜》《月影》《一栏之隔》《死之胜利》《自然》《微笑》《钟声》，庐隐的《一个著作家》《一封信》《红玫瑰》《两个小学生》《灵魂可以卖么》《思潮》《余泪》《月下的回忆》《或人的悲哀》。

这些后来不断出现在文学史上的人名与篇名，那时的的确确是标准的新人新作。更为可贵的是，这支朝气蓬勃富于活力的队伍日渐扩大，陆续增添了丁玲、施蛰存、穆时英、胡也频、沈从文、彭家煌、黎锦明、靳以、巴金、老舍、戴望舒、梁宗岱、徐雉、朱湘、汪静之、李金发等小说家、诗人，终至旌旗蔽空，声势浩大，长期占据着新文坛的主流地位。甚至，连茅盾自己，也在叶圣陶代理主编期间，被作为新锐的小说家以连续的三个中篇《幻灭》《动摇》《追求》从《小说月报》推出，实现了从理论家、翻译家、编辑家的沈雁冰，向小说家的茅盾转换的历史过渡。上文所开列的《文学》的编委及撰稿人名单，对于证明这一点，也应该是有相当说服力的。而据茅盾统计，“在我亲自编辑的十八期《文阵》中，经常撰稿的当时已经成名的作家或者后来成名的作家，就可以列出七十多位！”[2]其中，张天翼的《华威先生》、姚雪垠的《差半车

---

[1] 茅盾：《在香港编〈文艺阵地〉——回忆录[二十二]》，《新文学史料》1984年第1期。
[2] 茅盾：《在香港编〈文艺阵地〉——回忆录[二十二]》，《新文学史料》1984年第1期。

麦秸》，以及像彗星一样闪过文学的夜空的青年文学评论家李南桌的理论文章，都是《文艺阵地》最先推出并且产生轰动效应的范例。

论辩，是现代文学期刊的重要历史使命，是和读者一起杀出一条生存的血路的武器，同时，又是吸引读者、活跃版面，争取期刊存在发展的基本手段。在文化思想论争以及阶级之间、民族之间生死存亡的斗争日趋激烈的年代，期刊的论辩功能就大大凸显、膨胀起来，乃至长期占据主流、中心地位，成为期刊最重要的标志。正如鲁迅所说：

> ……现在是多么切迫的时候，作者的任务，是在对于有害的事物，立刻给以反响或抗争，是感应的神经，是攻守的手足。潜心于他的鸿篇巨制，为未来的文化设想，固然是很好的，但为现在抗争，却也正是为现在和未来的战斗的作者，因为失掉了现在，也就没有了未来。[1]
>
> ……近来的有些期刊，那无聊，无耻与下流，也是世界上不可多得的物事，然而这又确是现代中国的或一群人的“文学”……。[2]

要坚持关注现实人生的文学观念，要为名不见经传的文学新人开路，就必须长于论辩，善于在论辩中取胜，对此，茅盾是非常自觉、主动的。他说过：“我是素来不护短，也是素来不轻易改变主张的。”[3]这种不动摇、不妥协、执着坚定的批评性格，决定了他和他所编辑的期刊必然时时处于论辩的漩涡之中。在《小说月报》三主编中，如果说郑振铎以学术建设见长，叶圣陶以推动创作取胜，茅盾就应该是以锐敏的文学批评和严谨绵密的思辩最为世人注目。他后来回忆说：

> ……一九二一年至二二年，我和其他文学研究会在上海的成员（其中主要是郑振铎），不得不同时应付三方面的论战。此所谓三方面：一是鸳鸯蝴蝶派，这原是意料中的事；二是创造社，这却是十二分的意外，是我以及当时在上海的文学研究会同人所极不愿意，是被迫而应战的；三是南京的学衡派，这也是意外，但我以及文学研究会在上海的同人都认为这些留学欧美回

[1] 鲁迅：《且介亭杂文·序言》，《鲁迅全集》第6卷，第3页。
[2] 鲁迅：《且介亭杂文二集·“题未定”草（六至九）》，《鲁迅全集》第6卷，第446页。
[3] 茅盾：《读〈倪焕之〉》，《茅盾全集》第19卷，人民文学出版社1991年版，第217页。

来的东南大学的教授们向新文学的进攻，必须予以坚决的还击。[1]

除去这三方面的比较激烈的论战，还有若干相对平和的讨论，例如关于创作问题的讨论，翻译问题的讨论，语体文欧化问题的讨论，民众文学的讨论，自然主义的讨论，整理中国文学遗产的讨论等等。这些论战与讨论，当然并非仅仅在《小说月报》的有限篇幅中展开，文学研究会的其他会刊例如《文学周报》《文学旬刊》等，也都是他们质疑驳难的重要阵地，但由茅盾主编的《小说月报》，无疑是最有分量的理论文章最为理想的载体。

从《文学》创刊号到第6卷末，各期皆设“社谈”、“书报述评”（有时称为“书评”）两个专栏，1933年12月1日第1卷第6期起，又特辟“文学论坛”栏目，专司文学批评，以及社会批评、文化批评（在王统照主编期间，这类栏目曾有所削减，仅见1937年7月1日第9卷第1期辟有“短评”）。主要撰稿者，除鲁迅以外，大量稿件均为茅盾执笔。为了对付当局的审查，他每年都要更换一批新的笔名，1934年使用的笔名就有风、兰、蕙、曼、惠、江、丙、明等。采用这类颇具女性色彩的笔名的原因，只要略微注意当时的社会环境和文坛氛围，自然就心领神会不言自明。正是通过这类栏目，文学社同人发起或参与了“杂志年”讨论、“小品文论战”、“大众语论战”、“中国目前为什么没有伟大的作品产生”的讨论、“文学遗产问题”讨论、“翻译问题”讨论等等。值得注意的是，文学社同人在一致对外的同时，内部也发生过某些分歧的意见和不愉快的纷争。傅东华匿名攻击编委会成员鲁迅，引发鲁迅对《文学》的反感[2]，傅东华对周文（何谷天）小说《山坡上》的粗暴删改引起所谓“盘肠大战”[3]……都在不同程度上削弱了《文学》的影响，降低了刊物的威信和声誉，甚至一度使《文学》主编空缺，接替为难[4]。傅东华

[1] 茅盾：《复杂而紧张的生活、学习与斗争［上］——回忆录［四］》，《新文学史料》1979年第4期。

[2] 参见茅盾：《一九三四年的文化“围剿”和反“围剿”——回忆录［十七］》，《新文学史料》1982年第4期；鲁迅：《南腔北调集·给文学社信》，《鲁迅全集》第4卷，第566—567页；《文学》第1卷第2号、第3号等。

[3] 参见周文：《山坡上》，载于《文学》第5卷第6号；周文：《关于〈山坡上〉的原形》，载于《文学》第6卷第1号；水：《〈盘肠大战〉的反响》，载于《文学》第6卷第2号等。

[4] 参见鲁迅：《书信·360507致台静农》，《鲁迅全集》第14卷，第94页；《文学》第7卷各号王统照所写的“编后记”。

是茅盾在创刊之初，为了给刊物涂抹一层保护色而有意选取的一位以嗜赌闻名、与当局又有某些关联的特殊人物，真所谓有一利必有一弊，刊物的论辩功能，也由此走出了一条邪路。论辩，应该是有原则的；意气之争，宗派之见，只会把刊物引向歧途——在中国现代文学史、期刊史上，这样的教训和由此付出的代价，真是太多也太沉重了！

《文艺阵地》诞生于大江南北烽烟四起的特殊岁月，除了基本继承了《文学》的论辩方式外，还形成了某些新的特征。在《文艺阵地》创刊号的《编后记》中，茅盾写道："这一期议论文多于作品。编者很想每期都能保持这一个性。似乎现在还没有对于文艺上百般问题多发表意见的刊物，本刊试想在这里开一冷门，但自然也不是不注意作品。""议论文多于作品"的"个性"，非常生动地体现在刊物的编排中。此后的各期，几乎都安排了"短评"和"书报述评"专栏，而且往往是由茅盾一人包写的。他说过："在《文艺阵地》上我自己写的文章都是千字左右的短论和书报述评，但数量不少，七个月共写了短论二十篇，书评三十篇。""我在《文艺阵地》上写的短论，都带杂文性质，通过它们对一些文艺问题发表自己的感想。"[1]

正如《文艺阵地》是一份缩小了的《文学》，《文艺阵地》上发表的短论，也就是《文学》的"论坛"的缩微。篇幅大约仅有一半，论述的问题自然必须更为集中，文体也就基本统一为杂文。当时集中讨论的问题，主要是文艺大众化问题、围绕《华威先生》而展开的暴露黑暗问题、文艺创作中的公式主义问题、报告文学的地位与作用问题……都是与抗战文艺发展密切相关的带倾向性的重大问题。

浏览一番当年的旧刊，很容易感受到在那国难当头的艰难岁月里，茅盾和他的战友们，立马横刀，巡逻在民族文化的第一线上，勇敢地阻击着一切来犯的敌寇，警惕地守望着民族文化的生存边界的动人情景。这里没有精致，没有雅趣，文章的字里行间闪烁的不是花香，软玉温香，而往往是粗糙、冷涩的刀光与血色！这种风格的来龙去脉，历史地位与作用，离开了那一特定的时代，是既无法索解更

[1] 茅盾：《在香港编〈文艺阵地〉——回忆录［二十二］》，《新文学史料》1984年第1期。

难以准确评价的。

只要稍稍关注一下现代文学期刊的生存状况，就不难发现，文学期刊的生命一般都是极其短暂的。据不完全统计，仅在1927年4月至1937年7月，仅出1期即告停刊的至少有蒋光慈的《时代文艺》，创造社的《新兴文化》，李一鹤的《虞美人》，叶灵凤等的《小物件》，鲁迅的《文艺研究》，沈端先的《艺术月刊》，冯乃超的《文艺讲座》，郑逸梅等的《华光》《时代文艺》《文学新地》，李辉英的《生生》，葛一虹的《文学新辑》，胡风的《木屑文丛》，尹庚、白曙的《现实文学》，邵英、黄旭的《时代文艺》……其他左联的刊物往往只有3、4期的存活率，相当多数是仅出1期即遭查禁。更换刊名再出，也是随出随禁。超过5、6期的，真如凤毛麟角。就是并非政治性特别鲜明的某些刊物，寿命也未必久长。周瘦鹃是公认的"鸳鸯蝴蝶派"的大家，但他主编的刊物，也有1期而终的例证。个中原因，极其复杂，非本文所可道尽，但资金的短缺、政府的扼杀、编者的才力不逮或兴趣转移，则是最常见的原因。换言之，倘能有效地解决上述问题，刊物一般就可以较长时期地维持。

在文学期刊普遍的"短命"中，我们却发现了例外——茅盾系列文学期刊发行出版一般都在数年以上，可谓坚韧持久的典范——《小说月报》坚持了十年左右，《文学》发行了将近五年，《文艺阵地》在烽火硝烟中还支撑了六年左右——称为文学期刊史上的"奇迹"，恐怕也不算过于夸张吧？

依托实力雄厚的出版集团，以商业性掩护文学性，是茅盾系列文学期刊的重要策略之一，也是构成其顽强坚韧的特色的基础性要素之一。他最初编辑的《小说月报》，是中国现代出版重镇商务印书馆的主要期刊之一，最后编辑的《小说》月刊，也是商务印书馆的出版物之一。始于商务，终于商务，是茅盾系列文学期刊的发展轨迹。但茅盾系列文学期刊最理想的合作伙伴，不是商务，而是邹韬奋主持的生活书店。他们与生活书店的密切合作，是从《文学》创刊开始，由郑振铎"牵线"而臻于成功：

> ……振铎又说：愿意出版《文学》的书店也找到了，就是生活书店，是他约了胡愈之一同找邹韬奋谈的。我听了很高兴，因为生活书店这块牌子是比较牢靠的。当时的生活书店很有特色，它没有老板，采取合作社的组织形

式，每个职员都有一份股金，实行民主的管理方法，所以它没有老牌书店的那些陋规和弊端，是个新兴的朝气蓬勃的目光四射的书店。它又不同于那些随时面临着被国民党查封危险的“红色”小书店，而有个可靠的背景——黄炎培的中华职业教育社。特别是书店总经理邹韬奋，他是办《生活》周刊起家的，很有才干，很有见识，很有魄力，“九一八”以后在政治上日益左倾，活动的能量也大。他对于我们办这杂志的目的、方针、内容和政治倾向是清楚的，也是同情和支持的，但表面上采取和我们订合同的形式，声称不干涉我们的编辑事务。[1]

此后，虽然曾经有过因《译文》编辑人选的不同意见导致鲁迅与生活书店的疏离，但后来又在《文艺阵地》的创办过程中，茅盾与生活书店进一步互相信任，终于成为患难与共、互相依存的密友。事实证明，有没有如此强大的出版集团作为依托，对于期刊的存活率来说，是至关重要的。

有此依托，编辑者可以不必为资金预支、联络作家、广告开支等必须的经济来源大伤脑筋，可以较少考虑排字、印刷、发行等繁杂的事务，以及送审、纳税、对付文化出版界的地痞流氓等他们更为陌生的“业务”，有利于把精力相对集中于组稿、改稿、编排栏目、撰写“社论”“短评”“编后记”等刊物的指导性文字，以及与作者、读者开展密切联系等专业性更强的工作，对于提高刊物的水平和声誉，当然是大有裨益的。

有此依托，当遭遇到当局的稿件检查、刊物封禁等“麻烦”时，编辑者可以与书店老板共同协商对付方案而由老板出面应对，编辑处于“第二线”，无论是采取“化名编辑”还是“后台编辑”的策略，都比较主动，比较易于奏效。但有一利必有一弊，出版家的最终追求当然是刊物的利润，当刊物的文学性与商业性冲突的时候，老板倾向于后者，是必然的规律。面对老板的仲裁，文学编辑可以有两种选择：

其一如鲁迅，他的风格是宁折不弯，宁可玉碎，决不瓦全——他为《译文》与生活书店决裂就是有力的佐证，茅盾也曾因商务老板食言而出面干预《小说月

[1] 茅盾:《多事而活跃的岁月——回忆录［十六］》,《新文学史料》1982年第3期。

报》的具体编务而辞职，也是有说服力的证据。其二，如茅盾对于生活书店，是有分寸的妥协，有原则的退让，以某种妥协和退让，换来刊物的较长时期的生存与发展。

鲁迅系列文学期刊一般为同人刊物，其初衷之一恐怕就是为了摆脱商人的制约，但刊物的生存时间一般较为短暂；茅盾系列文学期刊一般都依托某一强大的出版集团，存在时间久长，影响自然也较大，但需要一整套与出版商人折冲樽俎的本领与手段。今天看来，即使是这种技能运作娴熟似臻化境的茅盾，也不免时有“杂志办人”而不是“人办杂志”的感慨与无奈。体现在这一领域里的鲁迅风格与茅盾风格，是两种可以互补的人格范型在期刊编辑事业中的折光，是两种艺术、两种处世哲学和两种美，它们是不可以互相替代的。

审时度势，不断更换编辑人选，既以实现刊物编辑群体的不断吐故纳新，使刊物不断以新的面目、新的编排吸引读者，又以主编人选的更迭对付来自当局和出版商的非难、挑剔、干预、制约之类干扰，是茅盾系列文学期刊的又一重要策略，以及构成其顽强坚韧的特色的基础性要素。《小说月报》三易主编，从沈雁冰到郑振铎，从郑振铎再到叶圣陶，刊物的风格虽有变异，但基本内涵却一以贯之。《文学》则以郑振铎、傅东华出面，茅盾在“后台”指挥，傅、郑以后，改为由王统照主持笔政。其实，王与傅、郑一样，同为茅盾最知心的密友、文学研究会的骨干。无论谁在前台，茅盾作为刊物的灵魂与动力的地位与作用都不曾稍稍削弱。《文艺阵地》创刊两年，基本构架（撰稿群体、读者群体、发行网络、排印模式等）已经形成，他征得生活书店方面的同意，就逐步过渡到由楼适夷代理主编、茅盾挂名主编的格局——刊物依然在出版发行，新的编辑已经在几年的直接培养下逐步成熟，而作为主将者又可以抽身到另外的事业中去，诚所谓两全其美。

连续推出“专号”，有效地抵制国民党当局借审查稿件对刊物的扼杀，同时也较好地保持了刊物的稳定性、长效性，是茅盾系列文学期刊的另一重要策略。1933年11月12日，上海艺华影片公司被捣毁，13日，良友图书公司的橱窗玻璃被打碎，14日，《中国论坛》遭到袭击，30日，神州国光社又被破坏……山雨欲来，黑云压城，国民党当局大规模扼杀进步文艺运动的艰难岁月来临了！果然，出版

《文学》的生活书店接到国民党上海市党部宣传部通知：《文学》从第2卷起，每期稿件必须经过他们的特派审查员的检查才可以发稿。《文学》第2卷第1期（新年号）送审后被抽去巴金的长篇《雪》、欧阳山的《要我们歇歇也好》、夏征农的《恐慌》，征文特辑《文坛向何处去》中郑伯奇、张天翼等8人的文章全部被禁，"新年试笔"栏中的作者巴金奉命改为"比金"。

一经如此大杀大砍，从来准时出版的《文学》竟然脱期半月。于是编者在该期发表启事，严正声明道："本刊自去年七月创刊以来，每月一日发行，从未脱期，内容纯属文艺，绝无政治背景，极受读者界欢迎，销行至为畅广。近以特殊原因，致出版延期，重劳读者垂询，至深歉憾！事非得已，尚祈曲谅是幸！"同时，茅盾驰函北京，急邀郑振铎南下共商对策。他们研究决定：

> ……从第三期起连出四期专号（第二期的稿子已送审），一期为翻译专号，一期为创作专号，一期为弱小民族专号，一期为中国文学研究专号。这四个专号中，估计有三期国民党检查官是捞不到什么油水的！至于创作专号，可以在选稿时预先避开有明显"违碍"内容者。我们又研究各专号要否专人负责？研究结果，认为郑振铎远在北平，与他人联系不便，可以把"中国文学研究专号"交振铎负责编，由他在北平组稿；其他三期专号还是由傅东华和我共同负责。[1]

四个专号的连续推出（2卷3号翻译专号，1934年3月1日出版；2卷4号创作专号，1934年4月1日出版；2卷5号弱小民族专号，1934年5月1日出版；2卷6号中国文学研究专号，1934年6月1日出版），不但粉碎了当局扼杀《文学》的图谋，而且因为内容丰富，获得了高度评价。鲁迅在1934年6月2日致郑振铎的信中就曾热情赞扬道："本月《文学》已见，内容极充实，有许多是可以藉此明白中国人的思想根柢的。"[2]

中国现代文学期刊的刊期，可谓多种多样：日刊、双日刊、三日刊、半周刊、五日刊、周刊、旬刊、半月刊、月刊、双月刊、季刊、半年刊、年刊、不定期刊、

---

[1] 茅盾：《一九三四年的文化"围剿"和反"围剿"——回忆录［十七］》，《新文学史料》1982年第4期。

[2] 鲁迅：《书信・340602致郑振铎》，《鲁迅全集》第13卷，第134页。

丛刊等等。其中月刊、半月刊居多数。容量较大的期刊，多数为月刊、季刊等，反之则多为半月刊、周刊等。其开本，也有64开、小32开、大32开、16开以及袖珍开本、狭长开本等不同样式。32开、16开，为常见开本。容量较大的期刊，大多为16开本或大32开本。开本与页码，一般呈正比例。

茅盾系列文学期刊，大多是16开本的大型刊物，一向以内容丰富、兼收并蓄著称。《小说月报》《文学》均为16开月刊，每期约130个页码，大约12万字。《文艺阵地》为16开半月刊，每期约32个页码，大约6万字。倘若按每月登载的文字计算，当与《小说月报》《文学》基本持平。它们的某些号外、专号，简直就是期刊世界中的“巨无霸”——《小说月报》第12卷号外“俄国文学研究”近500页，约45万字；《文学》2卷6期“中国文学研究专号”300余页，几近30万字——都开创了期刊容量的新记录。试想在从1921到1949这近30年里，茅盾文学期刊连续以每月不少于10万字、总量不少于3600万字的可观篇幅，源源不断地向读者提供着堪称丰富的精神滋养，为新文学的发展建设自觉地鸣锣开道，这份贡献，这份执着，都着实是令人惊叹的。

大容量，才有可能实现兼容并蓄的编辑方针，才有可能显示茅盾系列文学期刊厚重坚实的重要特色。从《小说月报》开始，茅盾系列文学期刊就始终坚持创作、翻译、批评、研究并重的方针，而且是文图并茂，形式活泼，可读性甚强。《小说月报》改革伊始，就创设“创作”“译丛”“书报介绍”“海外文坛消息”“插图”“补白”“通讯”等传统栏目(“创作”一栏自第13卷起又分列为“短篇及长篇小说”“诗歌及戏剧”等子栏目。同时增加“读者文坛”，一面加强与接受主体的联系，显示对读者的尊重，同时也从文学市场的角度吸纳各种有益的信息，作为调整编刊思路的重要依据。这一传统，延续到《文艺阵地》，就一变而为深受广大读者特别是或转战四方或陷身敌后的各地文艺家喜爱的“文阵广播”)，并且一直延续几十年。所谓“并重”，当然是就刊物的全局而言，在每一位主编那里，情况也许会有所不同。例如沈雁冰侧重翻译、介绍和评论，郑振铎则更热心于国学整理与学术研究，叶圣陶对于推进创作无疑有着更为显著的建树——这就有意无意形成一种良性的互补格局。所谓“并重”，有时是体现在同一期刊物中，有时则呈现为集中编发的专号、号外、特辑等。《小说月报》除有“中国文学研究专号”“法国文学研究专号”外，还陆续编发了“泰戈尔专号”“拜伦专号”“安徒生专号”“芥川龙之介专号”“陀思妥耶夫斯基特辑”“契诃夫特辑”“莫泊桑特辑”“罗曼·罗兰特辑”“法郎士特辑”“霍甫德曼特辑”“包以尔特辑”等。

如上所述，《文学》在1934年除连续推出四个专号，还编发有“屠格涅夫纪念号”“一周（年）纪念号”“二周（年）纪念号”“新年号”“儿童文学特辑”“高尔基纪念特辑”“短篇小说专号”“鲁迅先生纪念特辑（一）（二）”“新诗专号”等。这些专号、号外、特辑，往往主题集中而鲜明，页码增加而价位照旧，长期订阅的读者负担如故而获取的信息量大大增加，其大受欢迎，当然在意料之中。这是对文学、学术的贡献，也是组织较为固定、较为普泛的读者群落的上佳策略，对于协调刊物的文学性与商业性的矛盾冲突，保证刊物不致在订数不稳的情况下翻船落马，是非常值得总结推广的经验。

兼收并蓄，不但需要栏目设置的多样化，而且应该体现在文体的纵横交织，风格的多姿多彩，流派的互渗互补。《小说月报》虽然定位在“小说”，其实一直在以相当篇幅发表其他文学文体的作品，诗歌、散文、戏剧乃至理论批评、作家传记、国学研究，编者都给开辟了自由开放的园地。茅盾系列文学期刊，自然是以“为人生”的现实主义为旨归的，但对浪漫主义、现代主义的作品，并不一概排斥，王统照、许地山的若干作品，也并不恪守“严格”的现实主义畛域，而徐志摩、穆时英、李金发、施蛰存、戴望舒等，的确是这一期刊系列的作者，戴望舒的处女作《雨巷》，便是首发于《小说月报》，是在该刊代主编叶圣陶的嘉许下以“雨巷诗人”的身份走上文坛的。期刊的审美旨趣的多样与集中的统一与对立，也即读者群落的普泛与定向的统一与对立，广泛而不专与固定而狭窄的矛盾，一向是编者们苦苦思索力求完美解决而始终难以绝对统一的两难课题。从茅盾文学期刊系列中，也许能够探讨出某些带规律性的认识。

三

编辑者的文学观念、审美意识、人格魅力、编排艺术、营销技巧等，既是期刊生死存亡的先决条件，又是制约社会文化风尚、制导文学事业走向的极其活跃的因素。同时，文学期刊等传播媒介参与的文学，已经不仅是抽象的符号系统，而且是与一定的物质材料与技术文明等联系在一起的具体物态化的存在。文学的具体形态与现行的印刷技术及出版运行机制密切地结合在一起，出版者的资金周转、商业谋略、出版策划、编辑者的立场与风格、发行网络的规模和读者市场的定位与流动等非文学性因素，在很大程度上决定着文学的面貌。期刊的编辑、订阅的读者、出版的商家（在某些同人刊物中，编辑与商家又是两位一体的）、当局的政策，四者以不同的方式相互勾连，在不同层面互相制约，决定着文学期刊的生存与发展、面貌与影响——其中，编辑无疑起着决定的作用。

论四十年代文学期刊

从1937年7月“七七事变”，到1949年7月第一次全国文代会召开（在本文中这一时段被简称为“四十年代”），是我国近代史上战争规模最大、持续时间最长、对各个领域的破坏性影响最深重、最酷烈的时期。但是，就是在这种非常特殊的时代里，文学期刊却以一种非常特殊的形态，迅速地、非常态地生存、发展起来，从而创造了人类文化史上一种罕见的奇迹，一种堪称辉煌的文学景观。据不完全统计，我国70余家图书馆[1]收藏的文学期刊中，四十年代创刊、发行的，大约有1025种，大约占从1915年9月《青年》杂志创刊至1949年7月第一次文代会召开这34年间创刊、发行的文学期刊的47%左右。

如果对这些文学期刊做大略的考察，就不难发现以下明显的特征：

一、创刊时间的阶段性

随着战局的不断演变，文学期刊的创刊与发行，显示出十分明显的四个阶段：

1.“七七事变”爆发，抗战救亡顿时成为举国上下关注的中心。于是，作为时代喉舌的文学期刊，自觉地肩负起这一伟大的历史使命。到1937年11月上海

[1] 这些图书馆主要分布于北京、上海、南京、武汉、重庆、成都、延安、桂林、昆明、广州、厦门、济南、西安、长沙等城市。

沦陷，在不到四个月的时间里，在非常困难的条件下，新创刊的文学期刊即达25种左右，半数以上集中在上海。

2. 从上海沦陷到1941年12月太平洋战争爆发，史称“孤岛”时期，文学期刊的布局，开始发生天翻地覆的变化：一是数量的剧增。这四年左右的时间里，新创刊的期刊大约有444种左右，比战前反而呈现出大发展、大繁荣的新特点。二是奇特的分布格局。现身于日寇、汉奸四面包围之中的“孤岛”上海，竟创刊了150余种文学期刊——“孤岛”不孤，是从它与全国各地的联系以及它在全国抗日壮举中的地位和作用而言；“孤岛”确系孤岛，则是从它与其他城市文学期刊数量的比较着眼。上海以外，文学期刊比较密集的城市，如成都、重庆、桂林、延安、北平、昆明、金华、香港等，均远不及上海的零头。其中最多的成都，也只有22种左右，重庆21种左右，桂林14种左右，其他城市大概在10种左右。上海的文化生产、文化传播的“中心地位”，还是不容置疑的。三是开始出现了以延安革命期刊为代表的新的办刊模式，这实际上是“十七年”文学期刊的一次认真的、颇有成效的预演。

3. 从1941年冬太平洋战争爆发、“孤岛”失陷，到1945年8月日寇投降，长达八年的抗日战争结束，文学期刊的分布，又呈现出新的态势：一是上海的中心地位迅速失落，从150种左右下降到40种左右，而重庆、桂林等地则大约增长了一倍以上；二是期刊存活率大大下降，一种文学期刊从创刊到终刊，往往只有半年到一年的时间，除去有强大背景的刊物，很少能够坚持一年以上；三是印刷低劣，用纸粗糙，发行困难，总体数量锐减，从前一阶段的444种，减少到不足200种，与前一个四年相比较不到二分之一。日寇侵略的罪恶，以及对我们民族文化事业的巨大破坏，于此亦可见一斑。

4. 从抗战胜利到1949年“文代会”召开，文学期刊的格局大体上呈现以下特点：一是出现恢复性增长。这大约四年里，文学期刊创刊、发行了约计360余种，略低于“孤岛”时期，而大大高于抗战后期，是战后文学复苏的一个佐证。二是上海的中心地位有所复原，而新的中心也在形成。这四年左右里，上海创刊了大约103种文学期刊，北京大约35种，重庆在20种上下，南京、天津在15种左右，昆明、台北、长春、武汉、长沙、哈尔滨、苏州及山东解放区，都在迅速发展，蔚成风气，预示着建国以后文学期刊分布格局的新变化。

这种阶段性特征，还可以从某一城市文学期刊的断裂性停刊来说明。例如桂林，曾先后拥有《野草》《文艺杂志》《文艺生活》《文学创作》《戏剧春秋》《当代文艺》《国文杂志》《文化杂志》《青年文艺》《自由中国》《诗创作》《创作月刊》《半月文萃》《十日文萃》《新文学》《文学报》《文学批评》《文学杂志》《艺丛》《人世间》《诗》《大千》《自学》《青年生活》《种子》《明日文艺》《半月文艺》等影响颇为广远的期刊，足称战时不可多得的“文化城”与文学期刊中心。但是，1941年“皖南事变”发生后，这里局势突变，《十日文萃》[1]等期刊消失了，1944年的桂林疏散，更是造成《文学创作》（1944年7月15终刊）、《当代文艺》（1944年5月终刊）、《国文杂志》（1944年月5休刊）、《青年文艺》（1944年5月休刊）、《半月文萃》（1944年6月休刊）、《新文学》（1944年5月终刊）、《人世间》（1944年6月终刊）、《自学》（1944年5月终刊）、《青年生活》（1944年6月终刊）等同时夭折的直接原因。桂版的若干文学期刊现在只能见到创刊号或开头的几期，终刊号难以找到。

这种或大起大落，或许多期刊同时消亡的情况，只能在战争年代才可以顺理成章地索解，而从这种态势的背后，我们也就十分容易地推测出当年文坛前辈艰苦卓绝的奋斗精神，切实地感受到日寇给我们民族造成的巨大灾难。

二、创刊空间的流动性

中国现代文学期刊，在1937年7月以前，其布局是非常独特的，即上海、北京、南京等大都市中，十分密集地拥挤着占总数90%以上的期刊，这里是文学期刊的生产源。其他各地包括一些大中城市，只负有被动消费文学期刊的使命，而不承担或极少主动承担生产文学期刊的任务。许多内地的中小城镇，自“五四”新文

[1] 该刊于1939年11月创刊于广州，出3期后因广州沦陷休刊，1940年7月在桂林复刊，1941年1月出至新2卷第2、3期合刊号终刊。

学高潮过后，就几乎从来没有自己像样的文学期刊——期刊分布的畸形与文学发展的极不平衡性、经济发展的极不平衡性、印刷造纸技术的极不平衡性是密切相关的。

1937年7月以后，情势开始发生急剧的变化，超密集的集聚与大幅度的流散，成为战时文学期刊在空间上的新特征。

如前所说，在“孤岛”时期的上海，四年左右新创刊的文学期刊，大约有150种左右，再加上原已创刊、现仍发行的刊物，至少也应该在200种以上。当时的“孤岛”，其实就只是尚未沦陷的公共租界及英、美租界，这一点空间与广袤浩瀚的中国版图比较起来，实在是微不足道，但却集中了当时全国文学期刊的四分之一以上，其超密集的程度，实在是非常惊人的。

但随着上海英美租界的沦陷，这一独特的文学景观又迅速被期刊的频繁流动所取代。大约从1937年末起，中国现代文学期刊开始了由沿海向内地、由大城市向中小城市甚至边远山区乃至海外的大规模迁徙，并且从全国只有少数一两个期刊中心，迅速变成十几个乃至几十个期刊中心，在极其困难的情况下密切呼应，张扬着民族正气，服务于抗日斗争，为经历着大灾大难的国家民族输送着必需的精神食粮。在这一历史的大迁徙中，从沿海向内地，从城市向山区，从通都大邑向穷乡僻壤，成为抗战期间最主要的流向。而抗战胜利后的流向，则恰恰相背反，期刊的网络迅速收缩，上海、北京、天津、南京等重新成为期刊的重镇——于是形成一个从撒网到收网的历史过程。以下试申说之：

1937年底以前，文学期刊大致集中在上海、武汉、广州、长沙、重庆、成都、西安等地；此后，则迅速扩展到延安、金华、香港、昆明、台北、桂林、贵阳、南宁，广东的梅县、惠来、曲江、汕头、大埔，福建的厦门、永安、福州、莆田，浙江的绍兴、於潜、黄岩、鄞县、宁波，安徽的阜阳、立煌，四川的佳宁、荣县、乐山、遂宁、灌县，江西的上饶、泰和，云南的腾冲、丽江，以及晋察冀、晋东南、晋西等根据地，马来亚等海外华人区，都有一定规模、一定影响的文学期刊问世，俨然是遍地开花的态势。

抗战胜利后，一面是继续着前此的态势扩展，东北向长春、牡丹江、沈阳、安东、大连、吉林、佳木斯、呼和浩特、哈尔滨、齐齐哈尔、凌源、赤峰扩展，华东是在向青岛、济南、扬州、嘉兴、杭州、宁波、武进、苏州、无锡、聊城、徐州、常熟、屯溪、南昌、望江、溧阳、东阳、上饶、九江等地集结，华南、西南则以广东的汕头、台山、肇庆、吴川、茂名、梅县，四川的绵竹、乐山、隆昌，贵州的花溪、贵阳、安顺、遵义等为新兴的中心，西北则以延安为腹地向各游击区、根据地延伸，澳门、新加坡、爪哇、九龙以及印尼的泗水等地区，也已经有华文文学期刊陆续创办发行，产生影响——在期刊分布的格局上，仍然是以扩展为主，而在期刊发行的数量上，则明显地趋向于集聚、收缩——这四年左右创办的期刊，上海、北京、广州、重庆、南京五城市大约有204种，占该时期所创办的期刊总数的大约56%。其他不到半数的期刊，分散地分布在其他90多座城市。于是，少数城市期刊分布的密集性，与多数期刊在空间分布上的流散性，同时并存，各具特色。

以上仅就新创办的期刊而论，如果对某一种存在四年以上的期刊跟踪观察，就不难发现能够在同一城市始终办刊从不异地编辑出版者，实在是少而又少，而大多数存活期较长的刊物，一般都具有辗转流徙、四处寻找比较适于发展的空间的经历。

作为中华全国文艺界抗敌协会会报的《抗战文艺》，1938年5月4创刊于汉口，编委会由居留在昆明、成都、延安、香港、长沙、重庆、西安、上海、广州等城市的33位作家组成，同年8月13日出至第2卷第4期停刊，1938年10月8在重庆复刊，续出第2卷第5期，1946年5月4出至第10卷第6期终刊。茅盾主编的半月刊《文艺阵地》，原在武汉筹备，创刊前夕茅盾移居香港，该刊于是在广州排印出版，自同年6月1日第1卷第4期起，因广州迭遭敌机轰炸，又改在上海排印，而由上海生活书店将印成的刊物运往香港，转发内地、南洋一带发行。1938年底，茅盾离开香港前往新疆，刊物由楼适夷代编。同年夏，楼被迫离港赴沪，编务由此转至上海进行，1940年8月出至第5卷第2期被上海租界当局查禁停刊。1940年冬，茅盾在重庆筹备复刊，1941年1月10日续出第6卷第1期，1942年11月20日出至第7卷第4期，由于国民党当局的刁难，被迫终刊。

1942年1月15日创刊于桂林的大型文艺期刊《文艺杂志》，由王鲁彦主编，是大后方影响甚大的文艺刊物。不幸由于主编病重，而于1944年4月出至第3卷第3期停刊，王鲁彦也于同年8月在贫病交加中辞世。1945年5月25日，邵荃麟在重庆复刊该志，出新1卷第1期，署王鲁彦创办，发行人覃英（鲁彦夫人），荃麟主编。新1卷出3期后，也因难以支持而终刊于1945年9月。

抗战期间以刊登杂文名噪一时的《野草》月刊，初由夏衍等创办，后由秦似主编，1942年6月出至第29期被国民党广西省政府勒令停刊。抗战胜利后，1946年10月1日才在上海复刊，出6至7期后，又迁广州，最后终刊于此。

期刊不断转换空间的原因，显然是极其复杂的，有的因为战局变动，有的受到当局压制，有的因为财力不支，有的由于编辑变动……不论什么原因，这一现象都从一个十分有说服力的角度，展示着时代的眉目，标志着先驱的业绩，也启示着我们对文学发展和传播媒体发展的关联，做出新的更符合实际、更科学的判断。

三、办刊模式的多样性

从现代文学期刊诞生以来，其办刊模式就是多种多样的，当然，文人办刊，始终是主导的样式。进入40年代，由于战争的巨大左右力量，文学期刊不得不寻求尽可能多样的生存方式，办刊模式的多样化，于是应运而生：

1. “洋人”办刊。1939年11月1日，上海出现了一份由洋商“挂帅”的《上海周报》，每期发行数为八千至一万份，一直出版、发行到1941年12月6月，前后共出版102期。该刊编辑和发行人署佛利特（Fleet），英国人，编辑部注册在“佛利特通讯社”（地址：上海爱多亚路160号3楼316室），刊物的英文刊名是《Shanghai Guardian》，发行人是“英商独立出版公司”。该刊的《发刊词》宣称：“《上海周报》是合乎英国法令的英商独立出版公司所发行的刊物，我们是中国的朋友，完全同情于中国为独立、自由与平等而抗战……”云云，但实际上，该刊是上海地下党领导的刊物，总负责人为张宗麟（复社、鲁迅全集出版社及上海山海工学团负责人），总编辑是吴景崧，邹云涛为助理编辑，丁一之负责发行及广告业务。实际上的编辑部则秘密设在英租界威海卫路永吉里16号。[1]该刊主要撰稿人有梅益、王任叔、姚溱、张钢、方行、钟望阳等。茅盾、胡愈之、邹韬奋、王造时、张友渔、徐涤新等都曾为其撰稿。类似情况，在“孤岛”时期的杂志界屡见不鲜。

2. 商人办刊。商人办刊由来已久，当年的商务、中华、开明、泰东诸大书局的老板，无不是典型的商人。但上述商家，乃是文化商、出版商，由他们来张罗期刊，正是题中应有之义。到四十年代，上海则出现了百货商人办刊的新模式，即《永安月刊》。该刊是上海四大公司之一的永安公司[2]出资创刊的，1939年5月创刊，1949年3月终刊，共出版118期，在上海所出诸刊中，确以“长寿”闻名于世[3]。永安公司当时的主持人是郭琳爽，因此《月刊》的发行人即注册为郭氏，但事实上的主持者乃是该公司广告部的郑留、麦友云、梁燕、吴匡等，主编即由郑留担纲主持，著名补白大家郑逸梅亦参与编辑事务。该刊图文并茂，印刷精美，封面的照相制版尤其讲究。虽然撰稿人多为姚鹓鶵、程小青、顾明道等“民国旧派”文人，但在大敌当前的关头，他们并没有丧失民族气节，虽然并不怎么慷慨激昂，倒也十分注重名节，字里行间，蕴含着不少爱国的思绪和民族的情怀，是在敌伪势力气势汹汹的“孤岛”岁月里值得称道的刊物之一。

3. 政党办刊。这并不是四十年代的新事物，早在三十年代初，一面是文总、左联系列的《前哨》《北斗》《萌芽》《拓荒者》《十字街头》等，一面是国民党政府出资、国民党政府官员编辑的《前锋月报》《前锋周刊》等，双方都并不讳言政党的背景。沿着这种办刊思路，四十年代的边区政府和中国共产党的中央领导机关，自觉地把办好期刊包括文学期刊，当作从中央到地方宣传工作的中心任务之一。

1940年10月14日，中共中央宣传部发出《关于充实和健全各级宣传部门的

---

[1] 参见丁裕:《闪耀在“孤岛”上的一把火炬——〈上海周报〉》,《上海“孤岛”文学回忆录（下）》，中国社会科学出版社1985年版。

[2] 永安百货公司，华侨投资创办，初设澳大利亚悉尼，1907年起先后在香港、上海设公司，经营百货，并附设旅馆、酒楼、茶室、游乐场及银业部，经营储蓄业务。后陆续在英、美、日等国采办百货，组织土特产出口。与永安纺织印染公司共同组成永安资本集团。

[3] 见郑逸梅:《别树一帜的〈永安月刊〉》,《上海“孤岛”文学回忆录（下）》，中国社会科学出版社1985年版。

组织及工作的决定》，明确规定宣传部门的七项任务。其第4项规定：“指导和推进文化活动（指文化、文艺与学术上的活动）。”其第5项规定：“领导和组织党报的出版与发行，并编辑审核出版各种书籍、教材及宣传品。”并在“宣传部的组织机构上，须确定以下的原则，作为各地党组织建立宣传部组织的标准”。这一标准又规定：“各根据地之中央局、分局、区党委或省委的宣传部须设下列各科：宣传科、教育科、国民教育科、出版发行科——管理出版发行工作。此外应设编审委员会及文化委员会，分别管理编审工作及文化活动。党报委员会在一般情况下亦可归宣传部管理。”

1937年1月，中共中央、中华苏维埃中央政府进驻延安，即恢复了党报委员会，由张闻天、秦邦宪、凯丰、周恩来、王明等人组成，廖承志、徐冰先后任秘书长。为了更好地适应当时复杂的政治斗争形势，1943年3月中共中央政治局会议决定撤销中央党报委员会，设立宣传委员会，作为政治局和书记处处理宣传、文化、教育的办事机关，统一管理中央宣传部、解放日报社、新华社、中央党校、文委和中央出版局。宣传委员会由毛泽东、王稼祥、博古、凯丰组成，毛泽东任书记，王稼祥任副书记，胡乔木任秘书——从其人选即足见中共中央的重视程度。其中，中央文化工作委员会即文委，是中共中央领导各根据地文化人和文化团体的组织，其主要任务之一是指导各根据地文化团体介绍、研究、出版、推广各种文化作品，组织文化人向各地报章杂志写稿，向书局推荐他们的著述或译作。

1942年2月，陕甘宁边区政府文化工作委员会在延安成立，由吴玉章、林伯渠、徐特立、李鼎铭、贺连城、李月生、丁玲、柯仲平、吕骥、艾青、塞克、高长虹、萧军、莫文骅、柳湜、李卓然、丁浩川、江丰、马济川、舒群、周扬、欧阳山、萧三、何思敬、艾思奇、周文等人组成，吴玉章任主任，罗烽任秘书长。其职责为主管各文化团体，并研究解决他们的困难和问题，促进根据地文化事业的发展。

延安以及几个根据地的刊物，就是在这样的统一、强大、严密的组织领导下创办的，《文艺突击》《山脉文学》《文艺战线》《中国文化》《大众文艺》《新诗歌》《文艺月报》《草叶》《谷雨》《部队文艺》等，就是在中央文委、陕甘宁边区文委直接领导下的党的文艺刊物。[1]这一办刊模式，经过延安时代的试练并获得成功以后，就延续为建国后几乎所有期刊共同的办刊模式。

4. 联合办刊。1937年“八·一三”事变发生后，文学社、文季社、中流社、译文社同仁决定联合创办一家小型文艺刊物，初名《呐喊》(周刊)，1937年8月22日创刊于上海，仅出两期即遭上海租界当局查抄，于是在同年9月改名《烽火》重新出版，仍为周刊，茅盾主编，巴金发行，四社同仁自筹经费印行。同年11月因日寇占领上海而停刊。1938年5月1日在广州复刊，续出第13期，改为旬刊，由巴金编辑，烽火社发行，茅盾为发行人，同年10月11日出至第20期才因广州战事危急而终刊。

《文学》《文季》《中流》《译文》都是颇有影响的刊物，在抗战爆发的非常时期，他们主动放弃了自己的“招牌”，自费联合办刊，显示出中国现代作家、编辑家国事为重的胸怀，共赴国难的气度。这种联合，可以称为“隐性”的联合，因为联合者并不直接具名；有的联合，则是“显性”的，联合者明明白白“自报家门”，局外人也能够一看便知。例如：1937年8至10月，《宇宙风》与《逸经》《西风》联合，共同编辑出版了《宇宙风·逸经·西风非常时期联合旬刊》。抗战胜利后，聚集在重庆的作家纷纷复员，文艺刊物有的迁移，有的停刊，一度显得冷落沉寂。为了改变这种局面，中原社、文艺杂志社、希望社、文哨社决定联合办刊，称为《联合特刊》。该半月刊1946年1月创刊于重庆，上述四社编辑兼发行，同年6月25日出至第1卷第6期终刊。郭沫若、茅盾、冯雪峰、陈白尘、邵荃麟、艾芜、沙汀、路翎、何其芳等，都曾为其撰稿。

此外，还有军队办刊、政府办刊，以及特刊、专刊、辑刊、集刊、丛刊等各种模式，其发生发展，都有若干值得追寻、研究的道理。

---

[1] 参见叶再生：《中国近代现代出版通史》(第1—4册)，华文出版社2002年版。

四、刊物内涵的复杂性

四十年代的政治、军事、文化形势，空前复杂，日寇汉奸，国民党的政府、军队及各种派系的特务，无不向文化系统渗透，期刊自然也在所难免。共产党和进步文化人，由于斗争需要，也每每派人打入敌伪机构当然也包括文化机关，例如出版社、新闻通讯社、报社、杂志社内部，因之出现了一种敌中有我我中有敌、犬牙交错互相制约的特殊格局，演绎出一幕幕别开生面的斗争故事。

女诗人关露，1932年就加入共产党，参加左联，是“中国诗歌会”（后改称“中国诗人协会”）以及“行列社”成员。丁玲被捕后，由她接替负责左联创作委员会的工作。当时是《新诗歌》的编辑，又是《文学青年》《生活知识》《中国诗坛》的重要撰稿人。上海成为“孤岛”时，她又是一位十分活跃的救亡战士。

1939年冬，她受八路军办事处派遣，打入敌人阵营从事秘密情报工作，有时在臭名昭著的上海极司菲而路76号日本特务机关“工作”，有时又到东京出席“大东亚共荣圈”会议，不但从此在进步文坛上销声匿迹，而且长时间受到朋友们误解和非议。解放以后，还曾两度被投入监狱，身心两面都受到极大的摧残。但实际上，她长期在《上海妇女》这一“孤岛”上唯一的进步妇女杂志工作，与许广平、朱文映、王季愚、蒋逸霄等共事。她还在该刊发表自传体中篇小说《新旧时代》，在极其困难的条件下，出色地完成了党组织交办的任务，是秘密战线上的优秀战士之一。[1]

沦陷区文学期刊的情况，十分复杂。要为之定性，需要充分的依据，需要深入的研究，尤其需要过细地分析考察有关背景材料，以免以讹传讹，贻害后人。同一人物在动荡的年代里会有各种各样的变化，同一刊物的演变，就更加自然。

月刊《万象》1941年7月1日创刊于上海，陈蝶衣编辑，万象书店出版，发

[1] 参见萧阳：《关露在“孤岛”》，《上海“孤岛”文学回忆录（下）》，中国社会科学出版社1985年版。姚辛：《左联辞典·左联盟员介绍·关露》，光明日报出版社1994年版。碧野：《思忆关露》，《新文学史料》1986年第1期。

行人平襟亚。创刊之初，所登文稿，“鸳鸯蝴蝶”气息颇浓，以迎合小市民欣赏情趣为主，撰稿人多为张恨水、徐卓呆、包天笑、周瘦鹃等，与民国旧派期刊区别不大。1943年7月1日第3卷第1期由柯灵接编，招牌虽然依旧，内容已经完全改观，不仅毫无承袭，简直是对于原刊的反叛。虽然保留了知识讲座、医学常识、史地漫话、文哲逸话、史乘纪异、历险纪实等已经拥有相当读者的综合性文化栏目，但却以较高文化品位的新文艺创作，大幅度取代了迎合市民低级趣味的内容，芦焚、王统照、张爱玲的小说，吴伯箫的散文，李健吾的歌剧，石挥、佐临、袁俊的戏剧理论及戏剧评论……开始成为期刊的主干和大宗，是对原刊风格的某种置换。

由于其编辑主体的变迁，带来了刊物文化品位的提升，促使读者群落的水平升值与范围改换。从办刊方针与刊物面貌以及社会反响来看，都几乎是一份全新的刊物。1941年创刊于延安的《草叶》，前4期多发表披露知识青年心路历程的小说和诗歌，与五四以来诸多文学青年的刊物颇为相似；毛泽东《在延安文艺座谈会上的讲话》发表以后，该刊开始自觉地反映工农兵的生活与斗争，从内容到语言，都在向根据地普通民众审美情趣、文化需求靠拢，从一个志在“提高”的文学刊物，变异为注重“普及”的大众读物——也是刊物由于编辑主体变换而形成刊物风格、内涵发生根本性转换的可靠佐证。

由此，我们似乎可以得到如下启示：

1. 作为现代文学原生态的重要载体的中国现代文学期刊，是一份极其丰富的精神资源。深入研究它，既是我们无可推卸的历史任务，又是认真梳理现代文学历史进程不可或缺的重要组成部分。

2. 中国现代文学期刊，又是一种极其复杂的文学现象。对它的研究，更是一项艰难的浩繁的工程。深入细致的调查、审读自不可少，拂去历史的尘埃，发掘潜藏的本质性内容，更是至关重要的。

3. 中国现代文学期刊，是文学与传播学的接壤地带，对期刊的认真研究，既有助于学科的拓展，更有利于学科的更新，甚至有可能由此探索出新的交叉性学科，值得有识之士大力支持与认真投入。

论曹禺剧作的人物配置艺术

马克思认为，人是复杂的社会关系的总和。能否如实地、艺术地揭示人的复杂社会关系以及在复杂的人际关系网络中立体化地展现人物的精神风貌，便成为一切有成就的艺术家刻意追求的目标。曹禺十分善于配置复杂多样的人物关系，显示出娴熟多样的技艺，大大超越了既往和同时代的话剧艺术家。这些成功的人物配置艺术，主要体现于对个性和共性、对比和间色、单线和复线、静态和动态、实体和虚拟等不同角色关系的巧妙处理。

一、个性和共性

个性与共性的统一，是世界呈现、人类存在的基本方式。在叙事性作品中努力体现这种方式，则是有作为的艺术家共同的理想。由于曹禺不但十分重视个性突出的典型人物的塑造，而且重视共性鲜明的人物群落的安排，特别是着意于各种形态、各种作用的不同人物的巧妙配伍与和谐穿插，就使他的剧作在人物塑造上达到难以企及的艺术高度。

作为曹禺深心喜爱的悲剧女主人公，繁漪、愫方、陈白露都是旧中国有教养的知识女性，都受到过一定程度以个性解放为代表的新思潮的影响，在生活与爱情上都遭遇过这样那样的不幸，内心里都有一片丰富而广袤的情感的密林；但是她们又是那么不同：从与旧家庭的关系来看，一个没有出走；一个已经出走；一个正待出走——正是这种不同的阶梯，给她们的生活和命运，带来了不可挪移的影响，给她们的性格打上了不可代替的烙印：一个因憧憬未来而代表希望；一个因沉缅过去而代表绝望；唯独繁漪既无春天般的过去可供回忆，又无令人鼓舞的未来催动她走向新生，她只有拼命抓紧“目前”，“目前”的丧失就是一切的毁灭。同样是不谙世事的童真，周冲是完全在梦幻里生活，梦幻一旦破灭，只有走向死亡；方达生是沉溺在书生气中，只要走出书生之见直面人生，还有可能为“小东西”们做些有益的事情。同样是不折不扣的奴才，鲁贵贪婪愚昧，公然以“吃点，赌点，玩点”为人生的最高追求，偷几支好烟，偷一壶好茶，便是至高的享受；李石清却狡诈阴险，决不为眼前的地位所满足，甚至为了向上爬，连儿子的死活都不放在心上。鲁贵身上散发着霉臭腐恶的气息，令人憎恶；李石清则闪烁着诡诈歹毒的鬼火，令人发怵。同是被北平熟透了的士大夫文化腐蚀成生命的空壳、一辈子一事无成的废物，文清的懒散而缄默，忧郁迟缓；江泰暴躁而多话，动辄使气骂人，痛哭流涕——写出相似的人物群落组合成系列，有利于在不断强化中显示某种人物的模式，定向地撞击读者观众的审美感受区域，连续地引发感悟和思考；在相似的人物系列中又强调各自的不同，不仅有利于避免雷同，使舞台上人各如面、丰富多彩，而且因为符合了生活的辩证法而更真实地显示出人生的底蕴，皈依于艺术创造的真谛。

《日出》中描写了一幅上流社会的百丑图：潘月亭关注着银行、股票、公债、楼房，李石清觊觎着襄理的位置，胡四炫耀着天下第一美男子的发式、身段、眼神和服饰，张乔治卖弄着博士、硕士的头衔和半生不熟的英文、法文的词句，顾八奶奶则把肉麻当作多情，依恃手中的金钱收购着虚荣和肉欲——他们的职业、年龄、情趣、爱好、性别、话语、性格、举止是那么天差地远，然而却有着那么相似的共性，即对以金钱为代表的物质欲望的渴求，已经灼干了他们身上最后一滴人性的汁液，成为他们言行举止、思想感情的唯一主宰。这些有着迥不相同外在表现的人物，因为有着共同相通的本质，所以既互相拒斥又互相勾连，既互相对立又互相补充，共同组合为日出之前那个极其芜乱纷杂却又十分鲜活灵动的鬼蜮世界，体现出充分暴露“损不足以奉有余”的“人之道”创作宗旨。

正如曹禺在《日出·跋》中所强调指出的："无数的沙砾积成一座山丘，每粒沙都有同等造山的功绩。在《日出》里每个角色都应占有相等的轻重，合起来他们造成的印象的一致。《日出》里没有绝对的主要动作，也没有绝对主要的人物。顾八奶奶、胡四与张乔治之流是陪衬，陈白露与潘月亭又何尝不是陪衬呢？这些人物并没有什么主宾的关系，只是萍水相逢，凑在一处。他们互为宾主，交相陪衬，而共同烘托出一个主要的角色，这'损不足以奉有余'的社会。"[1]

既在相似中写出独特的个性，又在不同中写出相通的共性，看起来是作家的一支笔同时兼写了两个侧面，实际上共同昭示着曹禺从生活出发、深入人物心灵、重在写人的创作宗旨。相似中有不同，不同中有相通，才使曹禺剧作的人物画廊多姿多彩，既时时令人耳目一新，又值得不断咀嚼回味。

二、对比和间色

曹禺喜欢写性格处于极端的人物，而且每每把他们置于矛盾的两方，在对立中撞击性格的火花，烛照出心灵的秘密。这类两极对比的格局，有善与恶的较量，有美与丑的对立，有悲剧人物与喜剧人物相反相成，有人物之间不同命运不同性格的比较。这些对比的双方或曰两极，有时体现在家庭血缘关系中，有时穿插于社会、阶级关系中，或者在伦理道德层面上呈现，或者以思想感情的分歧贯穿，形态繁复不一，读来美不胜收。

善良哀静的愫方，专把别人的苦难担在自己肩上，甚至甘愿把在默默中品尝生活的苦难作为对心上人的一份难言的感情的寄托。那种令常人无法理解更难于效法的忍从与宽容，那种博大到连憎恶的人也施以关怀的至大爱心，确实体现出一种颇为理想化的东方女性的美德，在善的阶梯上似乎已经登攀到顶峰。

阴险刁悍的思懿，满肚子蛇蝎心肠，而又伪装孝顺慈祥大度宽厚，把旧式大

---

[1] 曹禺：《〈日出〉跋》，人民文学出版社1994年版，第197、199页。

家庭中妇姑勃豀的心计与手段，发挥到淋漓尽致的地步，真令人诧异一个并未遍读世界恶人传记的旧式家庭妇女，何从学得这么多刁恶险狠的话语和招数？从外形到内心——善与恶，都因为对方的存在而增加了自身的浓度与密度。

作为造物的杰作之一，陈白露的美是形态与气质的统一；顾八奶奶的丑，也是一种统一，统一于从外形到内心的极端的粗俗丑陋。丑并不可怕，可怕的是以丑为美，将肉麻当有趣，以极端的丑陋来不识时务地卖弄风骚，那可是只有令人“想哭，想呕吐，想去自杀”。这种对比，因为处于两极的人物不过是萍水相逢，或偶尔沾亲带故，虽然因反差巨大而带来从心理到生理的不良反应，但毕竟还比较疏远。

而鲁贵与侍萍的结为夫妻，便真正让人欲哭无泪了。故而曹禺满怀悲愤地写道：“她的衣服朴素而有身份，旧蓝布褂褂，很洁净地穿在身上。远远地看着，依然像大家户里落魄的妇人。她的高贵的气质和她的丈夫的鄙俗、奸小，恰成一个强烈的对比。”当侍萍和多年离别的女儿亲热地依偎在一起而背景竟是奸笑着的鲁贵时，人们不能不愤怒地诧异天道与人事的太不公平，于是曹禺不胜其愤懑地慨叹：“比起来，这母子的单纯的欢欣，他更是粗鄙了。”[1]

他如江泰的快人快语滔滔不绝与文清的少言寡语沉默内向，王福升对待黄省三的凶狠残忍与面对电话里的金八时的胁肩谄笑卑躬屈膝，陈白露回忆竹均时的天真无邪、面对黑三时的有胆有识、走向末路时的抑郁哀伤，都因为对立面的存在而形成特别强烈鲜明的反差，或者使舞台上色调分明搭配有序，或者使人物性格层次清晰、立体感强。

与创造个性鲜明的极端化的人物同时，曹禺还特别喜欢写“间色”人物。这类人物的内心世界、言谈举止都因为相当复杂而显得难以把握，不容易用通常所谓的好人或坏人、正面人物或反面人物这样的尺度来衡量。曹禺曾这样阐述他对“间色”人物的理解与创造：

……在夏天，炎热高高升起，天空郁结成一块烧红了的铁，人们会时常不由己地，更归回原始的野蛮的路，流着血，不是恨便是爱，不是爱便是恨；

[1] 曹禺：《雷雨》，人民文学出版社1994年版，第69、70页。

一切都走向极端，要如电如雷地轰轰地烧一场，中间不容易有一条折衷的路。代表这样的性格是周繁漪，是鲁大海，甚至于是周萍。而流于相反的性格，遇事希望着妥协、缓冲、敷衍，便是周朴园，以至于鲁贵。但后者是前者的阴影，有了他们前者才显得明亮。鲁妈、四凤、周冲是这明暗的间色，他们做成两个极端的阶梯[1]。

在曹禺看来，有的人物因性格涂饰太厚或本质污秽混浊而显得暗淡，有的人物因性格强悍果决、敢作敢为、心口如一、生命力旺盛而显得明亮，间色人物则介于两者之间：他们不是老谋深算的坏人，但又有着不能轻易原谅的弱点或缺失，他们当然不是意志坚定、理想高远的智者勇者，又不完全是应该唾弃的懦夫小人。在他们身上，值得同情的和应该批判的，闪烁光芒的和令人恼怒的，不幸的命运和不智的举措，喜剧性的因素和悲剧性的成分往往有机地化合为一体。

正是这些人物，一则本真地反映了生活的原汤原汁原貌——因为极端的人物毕竟是高度典型化了的，大多数则处于广漠的中间状态；二则使本来处于两极的舞台形象因为有了阶梯有了中介而显得层次更分明、整体上更平衡更和谐；三则有他们作中介，才使极端人物之间的冲突不致一触即发一发到顶，冲突不断蓄势，才能不断深入，才能有戏，才能使戏剧一波三折、引人入胜。假如没有鲁妈、四凤、周冲等人物的穿插，舞台上只有繁漪在逼着周萍留下来而周萍又死也不肯，那么，《雷雨》就不会出现那么曲折动人的情节，不但四幕，连一幕怕也敷衍不了多少时间便只好落幕。

间色人物并不是曹禺所首创的，早在田汉的《名优之死》等剧作中就已有较为成功的先例。《名优之死》除着力塑造了把艺术看得比生命更为重要的京剧艺术家刘振声外，还分出笔墨描写他的学生刘凤仙，也是作为另一种人生观、艺术观的具象体现。刘凤仙原来是受不了打骂私自出逃的丫头，走投无路时被刘振声收留。看这孩子天赋不错，刘振声便加意培养，不惜心血。谁知刘凤仙刚刚唱出一点名堂，便被一帮地痞流氓捧坏，学上一身恶劣习气，艺术上再也不肯下功夫，后来竟和当地的流氓绅士杨大爷打得火热。刘凤仙的负恩背义和杨大爷的恶意中

[1] 曹禺：《〈雷雨〉序》，人民文学出版社1994年版，第182页。

伤，使在穷困中坚持艺术的正直品格的刘振声身心重创，暴尸舞台。师父的遽死，使凤仙的良心发现，流下了悔恨的泪水。应该说，作为一个本质不坏而沾染恶习的年轻女演员，刘凤仙的刻画是层次分明、个性鲜明的，刘振声执着于艺术、执着于理想的形象也相当丰满，但由于杨大爷刻画较为表面，内心世界开掘不够，两个极端一强一弱，用笔一轻一重，刘凤仙作为间色人物的作用，也就远远不如鲁妈、四凤、周冲发挥得淋漓尽致。间色人物与极端人物，是在和谐的搭配中才能相得益彰、相辅相成。极端人物不能写得笔浓墨饱、深邃丰满，间色人物的设置，也就意义不大。同时，没有间色人物的调剂，极端人物也会因关系的简单化而难以向纵深处开掘。

三、单线和复线

曹禺以前的中国话剧，多以独幕为主，成功的多幕剧很少。其中活跃着的人物，大多在单一的情节——冲突线上动作，即所谓由此及彼的单线人物。他们的内心世界、精神风貌，也主要或只是在某一特定的层次、侧面显现出来，因为单一，就往往难以丰满，难于构成立体多面的形象。

胡适《终身大事》的主要人物陈亚梅，是在与其父母的关系中，围绕着是自己选择爱人还是由父母根据生辰八字、姓氏血缘关系选择丈夫这条单一的线索塑造的，是比较典型的单线人物。田汉《咖啡店之一夜》的主要人物白秋英，虽仍然是沿着婚姻爱情的线索展示其性格的内涵，但在剧情发展中由于受到林泽奇等大学生的影响，从痴情、殉情不能自拔，到振作精神，从个人的不幸、哀怨中解脱出来，投入新的生活。因为新的人物和新的人物关系的介入，白秋英开始走出陈亚梅式的由此及彼的单一线性情节模式，在转折中闪现出新的性格因素，虽然还未能更充分地揭示其内心世界，但已经有了若干转机，应该说是介于典型的单线人物与复线人物之间的转型人物。

经过十几年的努力，到田汉的《名优之死》，已经塑造出像刘振声这样的较为成功的复线人物。田汉布置了纵横、主次四条线索，层层展开刘振声的形象内涵：一面是杨大爷所代表的旧社会黑势力对正派艺术家的戕害和对不坚定艺员的毒害，一面是刘凤仙作为刘振声用心血培养出的学生的见利忘义、庸俗堕落，对师傅也就是对艺术的疏离以至背叛——这两条线索交织在一起，一面显示出刘振声对艺术的执着，一面把刘振声逐步送上惨死的结局。同时，左宝奎、萧郁仙、刘云仙等艺员对刘振声的支持，进步记者何景明的引导，又从剧团内外，形成与杨大爷抗衡的正义之声，使斗争一波三折，也使刘振声的执着，因为有了较深广的背景而更为深厚。

在田汉成功的基础上，曹禺开始更加得心应手地塑造复线人物，同时巧妙地穿插单线人物，使人物关系既纵横交错又层次分明。《北京人》的人物关系错综复杂，形成一张密密丛丛的网络，居于网络中心的，便是曾家的那位大奶奶思懿。

首先，她作为曾家的管家婆，是房客袁家的房主，又因为要把袁任敢与愫方撮合起来而使房主房客的关系一下子微妙复杂起来；对同是房客的杜家，她既妒恨杜家的暴富又轻视杜家根底的浅薄，同时又要倚重杜家把曾皓的命根子——那具已经漆了十几年的棺材抢走，于是形成一种拒斥与倚重互相交错的张力。同时，在曾家内部，她又四面出击，展开了纵横交错的攻势：对于老太爷曾皓，她外貌恭顺，心怀敌意，恨不得马上从老太爷手中夺得存折，真正成为曾家执掌一切大权的主人；对于丈夫文清，她保留着一点点妇道以欺骗世人和满足自己，实则常常以摧残丈夫的情趣、爱好为乐，像捉到了耗子的老猫一样并不就吃，而是擒纵在握，任意捉弄；对于丈夫的情人愫方，一面假惺惺地一口一个妹妹，一面恨不得立马砍下人家的巧手装在自己身上，以至不惜千方百计把愫方赶出家门；对于儿子，则又要他百依百顺，做正在走向灭亡的封建大家庭的合格接班人，又恨他不能大发威风制服儿媳；对于儿媳，一面完全是旧式婆婆的凶蛮刁悍，一面又与儿媳吃着同一方子的保胎药，不知是天生的嫉妒还是想中年生子显示自己的活力以巩固在家中的威权？对于小姑文彩，她一百个瞧不起，对于文彩的丈夫江泰，则在排挤、咒诅、鄙夷之外，又不能不略有畏惧于他的快人快语，于唇枪舌剑之中夹杂尖刻的出击与小心的规避……翁婿、母子、妇姑、夫妻、亲眷以及主仆、主客诸种复杂的情节动作线，从不同层次不同侧面展示出中国女人的恶德，如剔骨见髓，立体透视，给人以永不磨灭的印象。

思懿周围，还有机地组织进天真的袁园、憨直的柱儿，他们的明快，与思懿的阴险直接、间接形成对比，又穿插上张顺面对讨债者的为难与陈奶妈对文清本能的关切，从而反衬出思懿的弄权、无赖与刻薄、寡情。正是在复线人物与单线人物的有机组合中，曹禺出色地运用细针密缕为人们勾画出现代的王熙凤式的形象，给中国话剧人物系列增添了不可缺少的品类。

如果说《雷雨》《北京人》所塑造的复线人物，主要体现在血缘亲情等现实人际关系上，情节线落实而密集，那么《日出》等剧作则塑造了另一种形态的复线人物，他们或萍水相逢，为利害的驱使发生暂时的勾连，或在生活的左右下以特定形态共处于同一时空，像生活本身一样复杂，也像生活本身一样平凡。这是一种特殊的复线人物关系，是摒除了人为的巧合而更加自觉地从生活出发的一种复线人物关系。

四、静态和动态

成功的剧作，一般说总是有静态人物更有动态人物的，是动态人物与静态人物的有机组合恰当配置。动静之别，主要在于情绪有无阶梯、命运有无转折，特别是性格有无发展变化、是否展现不同的侧面、层次。

顾八奶奶、胡四、黑三、王福升、陈奶妈、小柱儿、张顺、袁园、白傻子、常五等着墨无多的人物，从上场之时，性格便已基本定型，在剧中，有推演而少变化，到落幕，仍基本保持原有的性格特色与情感特色。仅仅突出人物的某一性格侧面，没有或很少交代人物性格形成的历史，也不描写性格的发展变化，就成为以粗线条勾勒、定型化、平面化为主要特征的静态人物。

所谓动态人物，则有的命运发生重大转折，像周冲因为理想梦境的破灭而触电身亡，仇虎因为外敌的追杀走投无路与内心的迷狂错乱悲愤自戕；有的情绪呈阶梯状发展，如繁漪在与周朴园的冲突中反叛情绪逐步升级，由隐忍终于爆发为绝望的报复，从而展现出内心世界细致而层次分明的涟漪与波涛；有的性格不断变化，虽有一贯的线索而前后判若两人，如愫方从在高压下默默地忍受，到绝望后毅然地出走……

由于人物在动态中塑造，就有可能避免单一化、平面化、静态化，而有利于展现不同情态不同场合下的不同情感侧面，有利于塑造"浑圆的"而不是"扁平的"人物，"立体的"而不是"平面的"人物。

从以静态人物为主到以动态人物为主，是中国话剧的一大突破，也是曹禺的一大贡献。曹禺以前的剧作，有的因篇幅短小，来不及展现人物性格的发展变化，有的着力于巧凑式的情节安排而忽略了人物心灵的表现，有的注重某种情怀的渲染而放弃了对性格发展的关注，形成静态人物压倒了动态人物的幼稚格局。即使田汉这样堪称第一个十年代表性的剧作家，也只塑造出屈指可数的动态人物。但曹禺却为中国剧坛奉献了周朴园、繁漪、侍萍、四凤、陈白露、李石清、潘月亭、翠喜、仇虎、花金子、焦母、曾皓、文清、愫方、思懿、江泰等一大批既有发展变化、又有诸多侧面、还有心灵深度的动态人物，他们排出密集的队列在三五年内先后走上话剧舞台的，确给中国的话剧艺术增添了不少的生机与活力，树立了样板与范本。

不仅重视动态人物的精心塑造，而且注重动态人物与静态人物的巧妙配置，是曹禺的另一贡献。不难发现，曹禺既是塑造动态人物的高手，又是安置静态人物的行家。

舞台法则规定，一出戏演出的时间是相对固定的，不可能对所有人物一律浓墨重彩、细针密缕地刻画。而倘若所有人物平均用力，也容易淹没中心线索和重场人物。艺术的辩证法历来主张虚实相生、动静结合，无静无以衬动，无动无以显静。不同形态的人物在舞台上穿插配搭，有可能疏密相间，动静互补。

《北京人》一出戏写了三种"北京人"的家庭：暴发户的杜家放在暗场，明场处理的是曾家和袁家。后者为主，其中多是动态人物，前者为辅，其中多是静态人物。袁家父女作为理智清明的科学与民主的人生观的象征，恰与腐朽空虚的封建大家庭的代表的曾家形成强烈的对比。如果没有袁家父女的介入，不但思懿为愫方与袁任敢提亲、曾霆因为与袁园嬉戏一面受到思懿责骂一面触发瑞贞心底的隐痛等精彩的戏眼无从产生，以袁家与曾家对比从而阐明北京人应该怎样活着的总体设计与哲理内涵，也就不复存在了。但如果把袁家父女也与曾家人一样处理，使用同样的笔法，采取同样的角度，曾家就会因为篇幅所限不能充分展开，戏总体设计也要大异其趣而形成另外的构想，我们也就失去了《北京人》这样一出动静咸宜、繁简有序、色彩丰富、意蕴深远的精品。

五、悲剧人物与喜剧性人物

鲁迅曾多次慨叹，中国人由于过分热衷于“大团圆”的结局，以致除《红楼梦》外，竟少有真正的悲剧。“五四”划开了一个新的文学时代，忧愤深广的现代悲剧作品，以鲁迅的小说为代表，开始成为文学的时尚、创作的主潮。

在话剧的领域里，田汉曾经致力于悲剧创作，取得一定成绩，如《获虎之夜》等，但因取材较为狭窄，人物心灵开掘欠深，以抒情气氛的渲染为主，显得较为单薄。曹禺走上了剧坛以后，《雷雨》式的家庭悲剧，《日出》式的社会悲剧，开始成为足以与小说比肩而立的另一种成熟的悲剧艺术品类。这些作品成熟的主要标志，便是成功地塑造了繁漪、侍萍、周朴园、周萍、四凤、周冲、陈白露、翠喜、小东西、黄省三等悲剧性人物。在灵魂开掘的深度、性格刻画的向度、情绪感染的力度上，都是艺术史上的力作。

同时，中国话剧自创始以来，一直有人在探求中国式喜剧的发展道路。陈大悲、熊佛西等注重从封建礼教自身的虚伪、矛盾中寻找笑料。悬念、陡转等手法是他们常用的技巧。丁西林则取法欧洲的轻喜剧，从彬彬有礼的人物群落中巧妙地撷取喜剧因素，温和的态度、婉曲的情节，使幽默的风格在中国话剧中初展风彩。曹禺虽然基本上没有涉足喜剧创作，但却塑造了不少令人捧腹的喜剧人物，或从悲剧人物身上发掘出深刻的喜剧因素，形成悲喜交错或悲喜交融的现代风格。

在曹禺的典型的悲剧性作品中，喜剧性人物是作为陪衬、点染的次要形象而与主要人物相比较而存在、相对立而增色的。在《雷雨》出场的八个人物中，鲁贵是唯一的纯粹喜剧性人物，也是曹禺唯一的毫无怜惜地予以痛快淋漓地揭露、鞭挞的人物。对他自以为是阔公馆里阔当差的得意而谦卑的外形，对他总是在贪婪地窥视的习惯动作，对他的人活着就是要吃点喝点赌点的人生哲学，对他从窥探把柄要挟主人到窥察隐情榨取女儿钱财的狡诈无耻，曹禺都毫不留情地让他自我暴露，充分地表演其内外一致的鄙俗奸小，丑陋下作。

阔公馆里不能没有当差，鲁贵的出场是必然的。少爷和太太的“闹鬼”需要见证，鲁妈的出场应该有所铺垫，鲁贵便取得了自身存在的情节价值。在周公馆郁闷压抑的气氛中，只有他和周朴园感到非常协调、非常适应。到了杏花巷十号腐臭污秽的环境里，则只有他一个人如鱼得水、如蝇在厕了，于是鲁贵又取得了他人无法替代的情绪价值。

而当把他与侍萍、大海、四凤组合为一个家庭时，人们一面诧异于曹禺的“残酷”，一面又不得不佩服于他善于调配人物关系的天才。刚直、勇毅如一座笔直矗立的山的大海，善良、多情如一泓清纯柔美的水的四凤，偏偏有这样一位爸爸，如果不是侍萍的阻拦，按照观众的意愿，早已让大海一枪崩了这个早已忘了自己还是人的万劫不复的奴才。

更加令人悲愤的是，侍萍这么一位善良美好、有着高贵的气质和丰富的情感的女子，竟会嫁了这样一名丈夫。她之所以千里迢迢跑到济南去做女工，恐怕绝不仅仅在于三十年前的不幸，更是由于被遗弃之后遇人不淑，才引发了三十年后更大的不幸。如果没有鲁贵的作祟，她不一定出走，四凤不一定到公馆帮佣，她们母女的悲剧也就不一定以这种雪上加霜的形态令人触目惊心地推演开来。正是在美与丑、善与恶、高贵与鄙俗的尖锐对比中，鲁贵既取得了自己的独特审美价值，又使侍萍等悲剧人物进入更高的审美层次。

另有一种喜剧人物，并不一定和哪一位或哪几位剧中人物构成对应关系，但却在调节全剧的色彩，使之繁复多样而不致单调呆板上具有不可缺少的作用和意义。顾八奶奶和胡四，既是现代光怪陆离的都市社会不可缺少的怪物，又有使人在压抑窒闷中破颜一笑的作用。这才显得明暗相间，在观众心灵上造成张弛有度的感受。白傻子作为智能低下、先天就有缺陷的人物，既是《原野》原始荒蛮意境的天然产物，又成为神秘压抑的总体氛围的一种色彩、情调的反差，造成剧情主线推演中的间歇与变奏。这种以生理缺陷引人发笑的喜剧性人物，是曹禺剧作中不足为训的特例。

在这一领域内，曹禺最引人注目的成就，是塑造悲喜交融的人物或成功地发掘悲剧人物的喜剧因素。作为一个接受过高等教育的知识分子，江泰应该是有所作为的，至少也应该为家庭、为自己找到谋生的道路和本领。不幸的是，过于烂熟的北平士大夫文化，已经在无形中将他腐蚀成一具生命的空壳，一个除了讲究吃、发牢骚外，一无所长、一无所能的废物。从本质看，这是一个令人痛心的悲剧人物，但他的表现形态，又是那么可笑：忽而以惊人妙语针砭时弊，包括痛切地自我解剖，那么准确，一针见血；忽而又沉缅于白兰地和《麻衣神相》之间，糊涂得惊人。面对老朽的曾皓和阴毒的思懿，他仗义执言，谈笑风生，调侃自如；一到自己的出路、生计问题，顿时又萎靡颓唐，一筹莫展。通体的矛盾构成的喜剧的性格，透过喜剧的外衣更深化了悲剧的实质。

六、实体和虚体

在曹禺剧作中，还有若干虚拟的形象，或者是虽未上场却紧紧地与场上人物的命运波折、心灵风涛息息相关的形象，如《日出》中的金八和打夯工人，《北京人》中的杜家，《原野》中的焦阎工等；或者是人物的幻觉、幻象，人格化了的自然力量与超自然力量，如《雷雨》中的“雷雨”，周冲幻想中的美丽纯净的“天边”，《日出》幕后的“阳光”，《原野》中的判官、小鬼、牛头、马面、阎罗王和金子心向往之的“黄金铺的地方”等等。这些形象，一面与本剧中的实体人物虚实相生共同推动着剧情的展开，一面互相补充组合成一卷虚拟形象的生动画卷，既显示了曹禺的情感个性，又大大丰富和提高了曹禺剧作的审美价值。

在话剧舞台上创造与实体人物相对举的虚拟形象，并非自曹禺开始，二十年代的抒情诗剧中已经有非现实、超自然的女神和英雄（如共工）出现，哲理型象征剧中更有滥觞之势，洪深的《赵阎王》则把塑造虚拟形象提高到自觉的程度。正是在此基础上，曹禺创造了大量的虚拟形象，一则以数量众多、品种齐全引人注目，二则从一个重要侧面显示了中国话剧与传统艺术的血缘关联，三则以其独特的审美价值提高了曹禺剧作的艺术品位。

这些虚拟形象，首先体现着曹禺对旧中国黑暗世界神秘主宰力量的厌憎恐怖情绪与探索、表现的欲望。在《雷雨》序和《日出》跋里，他这样反复表白过：

《雷雨》里原有第九个角色，而且是最重要的，我没有写进去，那就是称为“雷雨”的一名好汉。他几乎总是在场，他手下操纵其余八个傀儡。而我总不能明显地添上这个人，于是导演们也仿佛忘掉他。我看几次《雷雨》的演出，我总觉得台上很寂寞的，只有几个人跳进跳出，中间缺少了一点生命，我想大概因为那叫作“雷雨”的好汉没有出场，演出的人们无心中也把他漏掉。[1]

《雷雨》对我是个诱惑。与《雷雨》俱来的情绪蕴成我对宇宙间许多神秘的事物一种不可言喻的憧憬。……情感上《雷雨》所象征的对我是一种神秘的吸引，一种抓牢我心灵的魔。《雷雨》所显示的，并不是因果，并不是报应，而是我所觉得的天地间的“残忍”，……在这斗争的背后或有一个主宰来使用他的管辖。这主宰，希伯来的先知们赞它为“上帝”，希腊的戏剧家们称它为“命运”，近代的人撇弃了这些迷离恍惚的观念，直接了当地叫它为“自然的法则”。而我始终不能给它以适当的命名，也没有能力来形容它的真实相。因为它太大，太复杂。我的情感要我表现的，只是对宇宙这一方面的憧憬。[2]

在曹禺看来，《雷雨》上场的八个人物，无论他们的性格是专横还是善良，是阴鸷还是忧郁，也无论他们的命运是无辜的夭亡还是作恶反而长寿，都是因为幕后有一种超人间的力量在主使，实体人物的言语行动以及由此推演出的种种人间悲剧，都是虚拟形象——“雷雨”操纵的结果。“雷雨”乃是实体人物性格冲突、命运悲剧的原因和动力，又是全剧总体氛围——压抑郁闷的象征。这“雷雨”由于自由的神秘性和作者把握、表现的主观困难，不宜也不能成为舞台上具

[1] 曹禺：《〈日出〉跋》，人民文学出版社1994年版，第194—195页。
[2] 曹禺：《〈雷雨〉序》，人民文学出版社1994年版，第180页。

象的形象。必须对他的神秘予以表现的冲动和事实上无法具象表现的主客观障碍的合力，凝结、升华为这第一次在话剧中被显示出来的、主宰人物命运的神秘形象。它笼罩着全部剧情，操纵着每个人物。在它的制约下，一个个人物都在——

> 盲目地争执着，泥鳅似地在情感的火坑里打着昏迷的滚，用尽心力来拯救自己，而不知千万仞的深渊在眼前张着巨大的口。他们正如一匹跌在泽沼里的羸马，愈挣扎，愈深沉地陷落在死亡的泥沼里。[1]

正是因为有这种虚拟形象的存在，场上的实体人物的具体过失和罪孽，才取得了在一定程度上被原宥的可能，这也是曹禺对除鲁贵以外，包括周朴园在内的七个人物，都给予程度不同的同情的原因。

从这一意义上说，“雷雨”这一虚拟形象，既是形而下的，因为它制造着一出出具体的人事纠葛与人间苦难，又是形而上的，因为它已经超越了每一个具体的人物而上升到对宇宙法则的哲理性思考。这是曹禺的《雷雨》能够融化具体的时空外壳，长久地震撼不同时代、不同民族、不同文化传统的读者、观众心灵的重要原因。相比之下，《日出》中的金八、《原野》中的焦阎王，从一种不可言喻的神秘朦胧的笼罩宇宙的超自然超具象的力量，变成有着明确具体身份的人物，形而下的内容具体化了，落实了，明晰了，形而上的操控力却丢掉了，由此带来的朦胧神秘欲言难明的审美快感也大大降低了，这是不能不为曹禺、为中国的话剧深感惋惜的。

与上述创作动因相反而实相成的，是以虚拟形象体现曹禺对未来新世界的热切向往。在杏花巷十号那样一个污秽丑陋的环境，面对着心猿意马、感情的天平正在慈祥的母亲和自己以身许之的周萍之间抖个不停的四凤，周冲喃喃地诉说起自己的理想：

> 我想，我像是在一个冬天的早晨，非常明亮的天空，……在无边的海上……哦，有一条轻得像海燕似的小帆船，在海风吹得紧，海上的空气闻得出有点腥，有点咸的时候，白色的帆张得满满地，像一只鹰的翅膀斜贴在海面上飞，飞，向着天边飞。那时天边上只淡淡地浮着两三片白云，我们坐在

---

[1] 曹禺:《〈雷雨〉序》，人民文学出版社1994年版，第181页。

船头，望着前面，前面就是我们的世界。那是一个真真干净、快乐的地方，那里没有争执，没有虚伪，没有不平等的，没有……[1]

周冲所向往的，正是当时许多天真幼稚而心地美好的年轻人共同的梦，这梦与黑暗污浊的现实那么不协调，但却是他们生命的寄托，向上的动力。同样，“金子铺成的地方”，也是鼓舞着仇虎特别是金子不惜在黑森森的、恐怖的密林里周旋冲撞，决心冲出由瞎老婆子的咒诅和侦缉队的枪口组成的世界的动力。可惜这一类虚拟形象，有的显得单薄脆弱，有的过于虚空飘渺，没有达到“雷雨”那样既使人心灵中有恐怖紧张的感受，又启迪人追问宇宙人生的哲理思索的艺术高度。

中国话剧主要是一种舶来的艺术，与本土的传统艺术精神，较少有直接的血缘承继关系。但虚拟形象系列的创造，却体现着作为中国艺术家的曹禺在艺术精神上的明显的本土文化积淀。中国古典哲学认为宇宙的本原乃是无形无色的虚空，由它派生出万物，它具有生生不已的创造力，又涵盖包容着万事万物。老、庄名之为“道”，为“自然”，为“虚无”，儒家名之曰“天”。中国传统艺术在这种哲学观念的影响下，往往不刻意地摹仿或精确地再现客观世界的外部形态，而特别注重表现人物和自然的内在神韵，注重“以形写神”、“以虚代实”、“虚实相生”的艺术精神，形成一种“神似大于形似”、“写意重于写实”的艺术境界和空灵流转的美学风格。

中国话剧开创之初，看重从西方话剧艺术汲取营养，对传统艺术精神形成了较长时期的背离，使话剧因阻断了民族艺术的长养而显得过分拘泥于再现、模仿，失去了生动的气韵和灵妙的美感。曹禺大规模地塑造虚拟形象，使之组成可与实体人物相辅相成的系列，同时又充分运用“以虚写实”、“离形得似”的手法、精神，把虚拟形象的创造和情景交融的整体意境的渲染成功地结合起来，使《雷雨》等剧作展现出神秘浩大、绚烂幽深的艺术风貌，便从特定角度与本民族的本土艺术精神相沟通，也是对八十年代写意型创新话剧的重大启迪。

[1] 曹禺：《雷雨》，人民文学出版社1994年版，第116页。

论中国话剧体式流变的几对范畴

当中国话剧已经走过了90多年壮丽辉煌、曲折艰难的历程后，从文学体式的角度科学地梳理其发展流变的规律，自然具有非常重要的作用。而既往的对话剧的研究又主要是从写什么而极少是从怎么写的角度切入、展开，因而对话剧体式及其流变规律的考察，就更具有开拓性意义。90多年来，中国话剧主要呈现为写实型（以曹禺、夏衍的主要剧作为代表）、写情型（以20世纪20年代田汉、郭沫若的剧作为代表）、写意型（以80年代高行健、孙惠柱、刘树纲、刘锦云等的剧作为代表）三大类型，每一种又推出过自己或多或少的亚类型。这些不同的体式类型，以或交替、或对峙、或互补等不同的方式，建构起中国话剧体式流变的复杂格局，蕴含着相当丰富的经验教训。文学体式的建构，是一个稳定与流变辩证统一的复杂动态过程，稳定一般是相对的，而流变则应该是绝对的；但稳定往往是显在的，流变则大多是潜在的。在话剧体式流变的复杂过程中，有几对范畴很值得认真探讨、总结，以利于当代话剧的繁荣和发展。

一、多元与一元

在中国话剧90多年的历程中，主要经历了由多元向一元和由一元向多元的两度历史性转换，其中积淀着不少有意味的内容。中国话剧在“五四”之后不久，曾经一度出现过多元并存的格局，显示了话剧体式选择的多种可能。那时写实型刚刚出现，虽然拥有阵容不弱的创作队伍及观众队伍，但由于这时的剧作家尚只能驾驭比较简短的形式，对“写实”这一体式的意义和内涵的理解也比较浮泛和狭窄，没有推出成熟丰满的力作，也就无法把自己充实丰富为独领风骚的时代主流体式。在共时地多向地引进西方哲学文化思潮的背景下，受到西方浪漫主义、唯美主义以及未来主义、表现主义等影响的作者，则纷纷推出自己比较成熟的或相当幼稚的作品，一时呈现为写实型、写情型及其他类型众花齐放争奇斗艳的少见格局，不同的体式在比较中互相显示着自己的优长与缺陷，争取着自己的观众与读者。这种多元并存的格局维持了大约五年左右，外界政治斗争形势的突然严峻与写实型体式对转型期社会思潮与观众心态的迅速适应，互为因果地推动着写实型体式急剧膨胀为主流体式乃至唯一体式。从二十年代末期到四十年代初期，在众多写实型剧作长期尝试不断积累经验教训的基础上，曹禺集众家之长，应历史需求，一举把写实型推向成功，以力作《雷雨》《日出》《北京人》为这种体式树立起可资仿效的范本。

遗憾的是，写实型的成熟，不是以其他体式的共同繁荣而是以它们的萎缩乃至消亡为代价的，这就给后来话剧体式的多种发展的可能，造成了令人遗憾的阻隔。抗战时期，中国话剧的体式虽然有过从短小的街头剧、活报剧、广场剧、游行剧等向多幕多场剧发展、从现实题材向历史题材过渡的变化，但作为写实型这一级别的体式的基本规范却大体相似。从根据地、解放区的话剧，到17年的话剧，随着时代的变迁，在人物、情节、冲突、结构等体式要素上并无原则的改变，但由于政治形势的变化，话剧的政治化倾向日益严重，体式自身的活力，被极端化的内容和僵化了的形式内外结合压榨吮吸得灯尽油干，最后终于沦落为一帮政治阴谋家祸国殃民的工具，话剧也就走上了绝路。

八十年代以来，改革开放，国门大开，西方哲学文化思潮汹涌澎湃，各种戏剧体式竞相介绍到我国，原有的写实型体式再也无法承担一时如潮如涌的戏剧思维方式和求新求异的对现实生活、对历史发展的不同认识方式和评价方式。《屋外有热流》等新颖的体式一旦出现，即刻引发了对新的话剧体式大胆探索、试验的热潮，其中既有主要继承民族艺术传统的写意型，也有主要借鉴西方戏剧的荒诞型和象征型，新人辈出，新作林立，立意不同，风格各异，三五年间，居然迅速形成不管持什么观点的人都不可能视而不见的戏剧界最引人注目的巨大景观，形成在影响和声势上一时远远超过写实型的主流体式。

这种习惯上被称为写意话剧或探索话剧的体式类型，本身就是多元并存的，同时他们又与戏剧史上已有的体式特别是传统的写实型在体式规范上构成多元并存的格局。显然，这时的体式多元化与五四之后出现的体式多元化是明显不同的。这首先表现在剧作家体式意识的高度自觉上，即这时的剧作家们如高行健等都是在非常明确、非常自觉的戏剧观指导下建构新的戏剧体式类型的。他们把体式的创新置于戏剧创作最重要的位置，努力挣脱传统体式的束缚，从体式的各种要素乃至整体风格上开展了一场前所未有的创新活动和试验工程。

这一规模空前的创新和试验，的确推出了一批比较成熟的，和在某些方面某些场景确有可取之处、确能为一般欣赏水平的观众可以接受的作品，在热心于新的戏剧类型的观众和评论家中则获得了相当高的评价和颇为热烈的欢迎。这时的探索，再也不是像二十年代“国剧运动”那样纯理论的倡导，也不是陈楚淮、徐讦式的几乎无法上演的典型的案头之作了。这一创新和试验的高潮之所以能够获得一定的成功，与理论界的大力提倡是分不开的。当戏剧体式探索的潮流刚刚起于青萍之末，戏剧理论界就同步地开展了认真研究分析，对其中带有方向性的创新因素，给予高度的重视，大大激发了创新、试验的积极性。而一些否定性的意见，也只是在理论上开展探讨，并不具备对新的体式构成杀伤力的机制，倒是从反向促进了创新和试验的少走弯路多出成果。

应该指出，创作与评论的配合默契，正说明了他们是以共同的哲学文化思潮为理论基础的，创作实践给学术研究提供了丰富的研究课题，理论倡导为作品的文化内涵和创新意识作出各种阐释，推动着观众圈和读者群的观赏热情，在创作主体和观赏主体之间搭起了沟通的桥梁，为体式创新营造出一派十分有利的社会文化氛围。自然，评论界在热情地欢迎体式创新这一新事物的同时，也发表过一些溢美之词和拔高之论，对于科学地认识新的体式也产生过某些误导作用，这是不必讳言的。可见，要产生多元并存的戏剧体式，首先必须有容纳这种格局的时代氛围与观众心态，必须有孳生这种景观的多样化的生活内容及审美需求，否则，即使剧作家们殚精竭虑，也只能是一厢情愿，而不可能形成戏剧界的一种气候，一种时代的景观。

总之，无论多元还是一元，都有其存在和发展的深刻的历史文化原因。但就一般情况而言，戏剧体式还是以多元为好，以能够适应不同思想观念不同审美情趣的不同观众的不同需求为好。有什么样的观众，就应该有什么样体式的戏剧，才是戏剧发展的正常格局。但历史告诉我们，戏剧每每是在正常与非常的交错中迂回前进的，理想与现实总是有相当的距离。这也许能够使我们从另外的角度思考，把戏剧体式的流变，置于更加开阔的理论视野中考察。

二、主导和从属

在90多年的话剧发展中，体式流变的状况呈现出比较复杂的形态，有时一花独放，有时多元并存。但即使在后一种时期，各种不同的体式也并不是平分秋色不分轩轾的。在多种体式中，一般总有一种是主导的体式，体现着特定时代的政治规范和审美理想，同时也以不同的方式和力度，影响、制约着其他体式的发展方向乃至历史命运。20年代中期，中国话剧曾一度出现若干体式并存的格局，出现过体式发展的多种可能。其中写实型由于更多地反映着苦难深重的中国人民的现实生活，以及与此大体一致的审美需求，并且有一批戏剧观相近的剧作家在它的旗帜下认真地不懈地从事创作，贡献出一组组较为成熟的作品。这些作品同当时风起云涌的其他艺术样式如问题小说、白话新诗等也保持着更多的一致性。加之它们所取法的易卜生式社会问题剧从体式理论到剧作内涵，得到当时第一流的批评家及其所属的权威批评流派的热心提倡，于是在众家体式中成为主流体式，日渐赢得越来越广泛的观众的认可。不几年里，这种本来是从国外引进的“舶来艺术”，不但在中国扎下根来，而且渐渐形成一种戏剧理论、社会舆论的误导，好像话剧只能有这样一种体式。于是，在充分肯定写实型的正宗地位的同时，不恰当地否定了其他样式存在发展的可能性、合理性。

二十年代中期，另一批更多地接受了欧美戏剧理论但同时对中国传统戏曲的观念和手法怀着深厚感情的戏剧家，既不满于传统戏曲的内容，又不满于风行一时的写实型戏剧的艺术的幼稚、手法的单一，特别是那种过于浓重的功利目的，于是开始以北京艺专和《晨报·剧刊》为阵地，努力倡导“国剧运动”。今天看来，他们的理论主张的核心，即“由中国人用中国材料去演给中国人看的中国戏”，确有不能抹杀的理论合理性与现实合理性，虽然表述未能精当，也没有推出较有影响的能够体现其理论主张的力作。显然，如果这种体式理论在创作实践中获得较为充分的发展，能够拥有较有实力的剧作家和较有影响的代表作品，是完全有可能发展成为一种颇有生命力的戏剧体式的。可惜，这种“异己”的体式及其理论，却长期受到主张写实体式的戏剧理论家们的严厉批判，受到激进的青年话剧工作者们坚决的抵制和排斥，从20年代直到80年代。这种舆论环境，对于一种尚不健全、有待成长的戏剧体式来说，显然是过于严峻的考验。“国剧运动”的迅速消声匿迹，当然主要是由于其自身的原因，但与这种理论环境也并不是毫无关系的。

历史证明，主导和从属，是一组辩证统一的范畴，没有从属，主导也就失去了自身存在的理由，也就为自己埋伏了因为孤独、因为不能从兄弟样式中不断吸取营养而走向僵化的可能，埋伏下被更具有兼容机制或与新的时代潮流保持更密切的联系的体式取代而丧失主导地位的可能。90多年的话剧体式流变提供的材料，对于处于主导地位或是从属地位的话剧体式，都具有重要的意义。它提醒一时处于主导地位的体式尽量清醒地认识到主导和从属的辩证统一关系，及时地吸取不同艺术样式的有益营养，从并存共荣中自我发展自我完善，做出尽可能丰富多样的贡献；也告诫一时处于从属地位的体式充分自觉地分析自身的优长与缺失、发展的可能与成长的障碍，从历史与现实、自我与非我的纵横比较中确立自己存在与发展的必要性与可能性。不同的体式不应该是唯我独存老子天下第一，而应是从对立中找寻并发展互补相生兼容并包的机制。不排除主导与从属的差别，但体式之间也决不应该是你死我活的斗争格局。化斗争为竞争，变互相敌对为互相渗透，从而给中国话剧开辟出更加丰富多样的体式财富，或许是一种值得大力倡导的风气，一种凝结着着历史经验教训的有益的体式发展蓝图。

三、规整与自由

新诗的发展历史上，诗韵的宽与严，诗体诗形的规整与自由，此消彼长，勾画出一条颇耐人寻味的波浪形轨迹。无独有偶，话剧的体式流变，也存在规整与自由的对立统一关系，显示着某些引人深思的规律。其实，戏剧体式的这种内在矛盾，在西方戏剧史上围绕着“三一律”的存废，早已开展过相当激烈的争论。

中国话剧移植之初，所取法的主要是易卜生戏剧体式，是“三一律”业已解体之后的产物。所以早期话剧在情节、时间、地点上并无特别严格的规定，或者说是相对自由的。在二十年代多种体式并存的格局中，不同体式之间乃至某种体式内部，由于尚未形成十分严格的体式规范，不同体式之间互相渗透互相影响的现象屡见不鲜，以致有的剧作在体式的归属上便可左可右而皆有一定的道理。

到三十年代，写实型体式成为主导体式之后，其他类型的体式逐渐消亡，但写实型内部却仍然存在不同亚类型的并存和竞争，在规整之中有着相对的自由。不同艺术趣味、审美追求的剧作家，完全可以在整体的规整中发展自己的独特艺术个性。讽刺喜剧与英雄悲剧并存，独幕短剧与多幕巨制共生，同一作家的不同作品，在体式上也可以有所不同。应该注意的是，在这多种亚体式类型中，从二十年代后期就形成一种体式政治化的倾向，以人物形象类型化、戏剧冲突表面化、戏剧语言口号化等为主要特征，产生了巨大的影响，并且逐渐占领了话剧舞台的中心。这种亚体式类型具有强大的排他性，随着国内政治斗争形势的日益激化，特别是阶级斗争扩大化的加剧，更获得了君临一切、唯我独存的特权和威势，连人物在舞台上的站位、化妆，都有了苛酷到不近情理的严格规定，完全背离了生活规律和艺术规律。规整到了极点，也就是话剧的消亡！

八十年代初，话剧舞台好像冲决了既成堤坝的滔滔洪水，话剧的体式得到了高度自由的发展。戏剧家可以基本上按照自己的戏剧观处理冲突和人物，安排结构与时空。一时万卉竞放，几乎每一剧作都试图在体式上有所突破。但到八十年代末九十年代初，各种探索似乎都不约而同地走向写意与写实的互补交融，从相对的自由，又走向了相对的规整。

纵观90多年的话剧体式流变，不难发现所谓规整与自由都是相对的，无论是相对规整还是相对自由，都可以推出优秀的或较好的剧作，推动话剧的繁荣；也都可能孳生粗陋之作乃至断送了话剧的艺术生命。规整走向极端，便孕育了自由的出现；而自由得离谱、乱套，也就为规整局面的出现创造了条件。从人们对艺术的多元需求的角度来看，相对的自由比相对的规整似乎更有道理；而对于那些艺术素养特别丰厚的剧作家来说，他们则更乐于“戴着锁链跳舞”，在相对规整、要求严格的体式中，也许能够更充分地发挥他们的天赋。在相对规整的格局中保持自己的艺术独创性，在相对自由的历史时期中充分尊重话剧艺术的特殊规律，是话剧体式90多年的流变历史留给剧作家们的一个非常有益的忠告。

四、外部制约与内部驱动

话剧体式流变的发生发展，既有外部的条件，又有内部的根据。外部条件中最重要的是政治、经济、军事斗争的形势，其次则是文学艺术其他样式的渗透和影响。对于话剧这一非常特殊的艺术样式来说，它的体式流变，直接受到外部条件特别是政治、经济、军事的强大制约，它往往只有在政治、经济、军事所允许的范围内，才有可能进行有相当限度的自我调整。受惠于“五四”以来学术文艺蓬勃发展的影响，更由于二十年代北洋军阀统治的自顾不暇，话剧的体式才出现了多元竞放的格局，写实型、写情型乃至形态各异的其他类型各自发展着自己的体式特征，各自拥有了自己的或多或少的观众与读者。有的获得了舞台生命，有的具备研究的价值，为话剧体式的发展作出了不同的贡献，也引起了人们广泛的关注。

随着二十年代后期特别是三十年代阶级斗争的加剧，统治阶级和新兴阶级都把话剧作为自己的斗争武器，强烈地要求话剧为自身的政治经济利益服务。适应这种特定历史时期的要求，田汉等进步的、革命的话剧艺术家，自觉地改变了既往的艺术追求，放弃了业已形成的艺术个性，而集中力量从事以写实为旨归的话剧创作，直接导致了已经小有成就的写情型话剧体式的夭折，其他类型的话剧体式也几乎同时归于消亡。

抗战初期，强寇压境国破家亡的深重民族危机，举国上下极度亢奋的民族感情，要求每一个有良心的戏剧家迅速为抗敌救亡作出贡献，于是街头剧、活报剧、茶馆剧、游行剧等形制短小、对演出条件基本上没有什么要求的戏剧体式，便迅速地应时代的呼唤而蓬蓬勃勃发展起来，成为这一时期最为重要也最引人注目的体式景观。四十年代末，国民党政权就要寿终正寝，政治的黑暗与经济的凋敝，共同摧残着苦难深重的中国人民，也空前地激发出抗争和反叛的激情，于是以辛辣锋利的嬉笑怒骂为特征的政治讽刺喜剧，成为一时之尚，发挥了含笑为旧时代送葬的历史作用。

建国以后，话剧的体式完全沿袭根据地、解放区话剧的体式传统，不断充填进新的政治内容，也推出了相当数量优秀的或较好的剧作，产生过巨大的历史作用；但从体式创新的角度来看，却基本上是裹足不前的。而且，随着阶级斗争扩大化的不断升级，话剧的写实型体式也日趋僵化，终于在“文革”中把话剧推上了绝路。直到新时期宽松的政治文化环境出现，话剧体式的再度繁荣才有了可能。

同是外部条件，其他文学艺术样式的影响与政治、经济、军事的制约相比，就有着次要与主要的显著差异。在90多年的话剧体式流变历程中，话剧接受其他艺术样式的影响一直比较微弱，唯有在八十年代，却突然显著、突出起来，电影、小说、诗歌、散文、音乐的结构方式也即思维方式和表达方式，开始以极其明显的方式渗透进话剧，一下子冲破了单一体式一统天下的格局，带来了话剧体式多元并存的新局面。这当然是新时期政治、经济、文化大解放的直接后果，是外部条件为内部因素提供了发展变化的可能，内部因素才因时利便争取到与姊妹艺术互相渗透、互相补充的机遇，从而在互补交融的机制中找到了体式创新的道路。

同小说、散文、诗歌、音乐、电影等文学艺术样式相比较，话剧的存亡兴衰更直接取决于观众的好恶。小说诗歌等文学作品，可以在一定程度上超越时间和空间，这一时空中读者不喜欢的作品，仍然有希望在另一时空中获得较多的知音。而一般来说，话剧只要上演几场观众寥寥，票房价值规律马上发挥其生杀予夺的大权，即使不致判处“死刑”，也难免打入“冷宫”。而观众的情绪，除去传统文化的积淀外，最重要的便是彼时彼地的政治经济军事形势，是占据统治地位的政治集团的意识形态。这些看起来是外部条件的因素，便是通过控制观众来控制话剧的体式流变，而话剧则往往只有在这些条件允许的范围内，才有可能发挥其内部的驱动机制的作用。

五、外来艺术影响与本土艺术传统

话剧是中国传统文学艺术中不曾出现的全新的体式，全然是从国外引进来的。同小说、散文、诗歌比较，尽管都曾受到国外文学艺术的巨大影响，但他们毕竟是国内曾经有过的本土艺术样式，不像话剧的由移植而生成。同是移植而来的艺术，话剧比油画、交响乐、芭蕾舞等，在发展的规模与产生的影响特别是与民族文化心理、审美习惯的融合上，又有着无可比拟的优越性。

话剧引进中国的过程，比较集中地体现了世界文学艺术对中国文学艺术的渗透、影响，以及中国文学艺术与世界文学艺术对话、交流这一双向、互动过程的某些重要的规律。话剧从“舶来”到扎根生长、开花结果，是一个错综复杂、曲折迂回的历史过程，其中充满着引进与抵制、摹仿与创造、学习与偏离、误读与消解、批判与借鉴的矛盾斗争。其中对话剧民族化与现代化的不同理解与不同实践，是话剧发展中的一条重要线索，也是话剧在摇摆中前进、在前进中摇摆的发展轨迹的中轴线。

话剧作为一种“舶来”的艺术品种，作为一种异质文化的代表和产物，从春柳社到文明戏，与传统戏曲在体式上的主要区别，也即这种新的戏剧体式能够成立的主要依据，便是对经过日本新派剧辗转输入的西方戏剧体式、主要是易卜生式的社会问题剧模式的仿效。这是当时世界戏剧的主流体式，中国话剧的种种摹仿与摹仿中的偏离，都应该看作是与世界艺术对话、接轨的尝试，是中国戏剧向现代化道路迈出的第一步，当然是步履蹒跚举步维艰的一步。

刚刚引进的话剧，要向观众证明自己存在的合理性与必然性，就必须尽量清楚地与流行极广、已经渗透进民族文化心理的大多数层面的传统戏曲划清界限，在求异的艺术追求中确立自己的地位。但任何一种外来的艺术样式如果不与本民族传统文化及其所决定的民族的审美理想、艺术追求紧密地结合起来，就难以在本土文化、本土艺术的汪洋大海的包围中保持长久的艺术生命。换言之，能否在民族化的道路上不断前进，也是舶来艺术能否在本土扎根生长的关键。现代化与民族化，似乎可以比喻作话剧艺术腾飞的双翼，是缺一不可的，同时又是极难两全的。中国的有出息的话剧艺术家们，正是在这一历史中的悖论中艰难地不懈地探索前进，才为我们留下了极其珍贵的正面与负面的精神财富。

“五四”之前的话剧，有的注重自觉地剥离戏曲的影响，坚持话剧独立的体式特征，虽然一时难以获得更多的观众的认可，但毕竟为一种全新的戏剧体式的意志作出了披荆斩棘的重要贡献，从某种意义上说，也就是坚持了话剧的现代性；有的有意无意依附戏曲的手段，俯就那些保守守旧的观众群落的审美情趣与欣赏手段，貌似“民族化”，实则因为背离了现代性而走向了自我否定的末路穷途。“五四”前后的写实型话剧，在雷厉风行地批判旧的戏曲的内容与形式的同时，大力提倡易卜生式的戏剧体式，比较彻底地与旧剧即传统戏曲划清了界线，创作出中国第一批真正意义上的话剧作品，为话剧的现代化或者说是现代化的世界戏剧体式在中国扎下根基，作出了奠基、揭幕的历史性贡献。

从五四前后到三十年代初期，十几年时间里中国的话剧艺术家不算不努力，作品不算不丰盛，但一直没有出现公认的话剧精品，没有出现可以与世界级戏剧艺术家比肩而立的话剧大家，其中重要的原因之一，便是在坚持现代化的同时，有意无意忽略了民族化的追求。这是可以理解的，因为话剧要成为独立的戏剧体式，便首先应该与传统的戏曲划清界限。“五四”前后的话剧艺术家们，正是在对戏曲展开了一往无前的凌厉批判的基础上确立了自身的体式特征与存在价值的。没有与戏曲的决裂，也就不可能有话剧立足舞台的基础。但是，他们在泼出旧的戏曲的“污水”的同时，却把其中的“婴儿”也一并泼掉了，这很大程度上阻碍着“大家”和“精品”的出现，阻碍着话剧的迅速走向成熟。

“国剧运动”的倡导者们意识到写实型体式对民族化的疏离、忽视这一偏颇，并试图加以纠正，可惜在理论表述上未能精当，创作实践上更少建树，对主流体式的匡正，反而成为对自身消亡的某种催动。当时以及以后的对“国剧运动”的过头批判，自然有各种各样的原因，对话剧民族化重要性的认识的严重不足，不能不说是产生这种失误的原因之一。如果不把民族化仅仅局限在话剧向戏曲学习艺术表达技巧这一层面，而是强调表现民族的心理文化及民族感情、民族性格等共同构建的、为民族大多数人喜闻乐见的民族风格，那么，话剧民族化在三十年代在曹禺、夏衍的剧作中已经取得了可喜的成就，赢得了广大观众的认可和喜爱。《上海屋檐下》对大上海小市民平凡琐屑生活及其悲剧命运的传神点染，《北京人》对老北京破落户子弟不可逆转的没落及从没落中挣扎出走的历史悲喜剧的及时捕捉，都从精神实质与艺术表现的水乳交融中为话剧民族化开拓出成功的道路。前者以大革命、“一·二八”等时代大事件为浓墨重彩的背景，把鲜明的时代感、独特的地域性与作家的个人风格有机地融为一体，后者在中秋、拜寿、议婚等充满民族色彩的民俗现象中从容展开剧情——两者在体式上的共同之处，则在于注重以停顿、空白等带有东方艺术韵味的手法，在对浸透着民族风情的戏剧场景的精心安排与对和民族传统文化息息相关的典型人物塑造中，刻画东方式的心理，营造民族化的氛围，捕捉中国型的诗意。

四十年代以降，话剧艺术家们对民族化的追求，则主要在两个侧翼展开：一是以郭沫若的历史剧为代表，着重于精心选择某一为中国历史文化所独具的悲剧故事作为抒发民族情感的框架和依托，在大起大落大开大合的悲剧人物命运的变迁中，尽可能繁复地穿插上诗词吟诵、内心独白等展现人物内心世界、营造浓郁诗意氛围的场景，借以开掘、表现潜藏在历史深处的民族心理和民族性格。一是以老舍的《茶馆》、何翼平的《天下第一楼》等为代表，擅长在茶馆、酒楼等洋溢着特别丰富的民族文化意蕴和地域文化色彩的民俗场景的联缀、组合中，工笔细描民族现实生活中的生动画卷，每一个生活细节都是典型的中国文化的缩影，每一句台词都浸透着华夏子民现实人生的酸甜苦辣，舞台上的一招一式都喷吐着为中国百姓所稔熟的典雅含蓄、经得起推敲与吟玩的韵味。无论是历史诗意的发掘还是民俗风韵的升华，都体现着剧作家对话剧民族化的刻意追求和对民族艺术精神的现代性发展，其历史性功勋将永远记载于中国的乃至世界的艺术史、文化史上。

八十年代以来立志于探索、创新的话剧艺术家，在学习世界戏剧体式、与世界戏剧艺术接轨方面，作出了前所未有的重大贡献，但在一定程度上却忽略了民族化这一根本规律。他们的剧作未能取得更辉煌的成就，未能被更多的一般水平的观众所拥护，这应该是非常重要的原因之一。早在1939年，张庚就在延安提出了“话剧民族化与旧剧现代化”的口号，被当时的戏剧界认为是中国戏剧的发展方向。今天看来，似乎还应该对这一口号略作补充，即话剧既应该强调民族化，又应该强调现代化，两化缺一，话剧艺术就可能产生倾斜，就难以达到应有的高度，就可能成为出现“大家”、“精品”的障碍。同时，民族化与现代化，都是对话剧艺术总体性的整合，既非纯内容，也非纯形式，民族化不是单纯向戏曲学习其手法，现代化更不是照搬西方戏剧的演出形式。90多年话剧创作、演出的丰富实践，90多年话剧体式流变的经验教训，为我们提供了创造性地吸纳世界艺术营养、继承民族文化传统、发展话剧艺术特别是丰富话剧体式的参照系统，有助于推动话剧在民族化与现代化有机融合的道路上不断提高艺术品位，强化舞台生命。

六、文本形式与演出形式

话剧作为最重要的文学体式之一，与小说、诗歌、散文的根本区别之一，就在于它不仅有文本形式，而且有演出形式。话剧的文本即剧本，是舞台演出的基础和依据，演出则是对文本的二度创造，是导演对文本的独特理解与阐释的舞台体现，是演员及舞台美术等全体工作人员对导演意图的具象表现。文本形式与演出形式的有机结合，构成了话剧体式的整体性、复杂性、独特性。

对话剧体式的考察，自然应该包括文本形式与演出形式两大侧翼，应该注意对两大侧翼的整合性研究。但实际上，演出形式是千差万别而且是与时俱逝因而是极难一一描述的。在文明戏时期，幕表制一统剧坛，相当数量的戏剧是没有剧本的，几种留传下来的“剧本”，有的是演出的纲目，有的是由后人所加工整理，与通常意义上的剧本大不相同，往往很少有文本研究的价值。

二十年代以来，在写实型与写情型话剧体式兴起以后，剧作家由剧院老板改为文学家，话剧的文学因素急剧增长为话剧的最重要内涵，演出只能在剧本所提供的内容中进行，于是，“剧本剧本，一剧之本”之说，才真正成为现实，对话剧的文本研究，才真正落到实处，对话剧文本的精确描述，才有了现实可能性。但同时，随着剧本权威地位的确立，导演、演员、舞台美术等戏剧工作者的创造，却往往受到有意无意的忽略，对话剧体式的研究，又倾斜到文本一端。

新时期里，由于新的戏剧观念的流行，戏剧理论与戏剧批评开始以一种新的尺度来看待戏剧，不但重视其一度创造的成果即其文本形式，而且高度重视其二度创造的成果即其演出形式，甚至把三度创造的内容即观众的参与，也一并融汇到话剧的研究视野，作为话剧体式的一种不可缺少的重要因素来考察和评价。90多年的话剧体式和体式研究，大体上经过了轻文本重演出、重文本轻演出、文本与演出并重的曲折道路，在否定之否定中寻找着自己最恰当的表现方式与研究方式。尽管每一阶段情况都有其产生和发展的历史性原因，但毕竟是最后的研究方式更符合话剧的体式特征，更具备科学性与合理性。

论新时期探索话剧的艺术时空

最富于探索精神和创新意识的新时期戏剧家高行健强调，理想的戏剧必须"赢得像文学一样的自由，不受时空限制"[1]。以文字符号为媒介的文学与以活生生的演员的表演为主要手段的戏剧，在表现的自由度上有着十分明显的差异。要使戏剧赢得像文学一样不受时空限制的自由，必须从事艰辛的探索，甘冒失败的风险。而对于从不满足于已有成果的艺术家来说，越是险峻的峰峦，便越具有登攀的吸引力。时间和空间的自由安排，便是以高行健为代表的探索型戏剧家艺术世界的一个支点，一股动力，一份追求，一种理想。

戏剧空间，一般说来有剧情空间、舞台空间与剧场空间的区分。传统的写实话剧与新时期的探索话剧，在剧情空间上最明显的变异便是从封闭、单一到开放、多元的发展。从曹禺到老舍，戏剧过程中仅存在一种空间，无论是周、鲁两家的悲剧还是王利发茶馆的兴衰，都是在单一的剧情过程中展开的，在封闭的戏剧情境中完成的。而高行健的《喀巴拉山口》则把公路上与半空中的戏剧浑然糅为一体，地面上是吉普车司机与女大学生在冰天雪地中的互相鼓励相濡以沫，机舱里是民航班机的乘客与机组人员在强气流面前的人生体悟，而以生死边缘的挣扎和体验为纽带把这两重戏剧空间联结起来，同时还派生出一个由乘客的幻觉生发出来的"乘客的妻子"的亚空间。这就打破了单一剧情空间的格局，造成戏剧情境立体化的效果。《野人》的剧情空间就更加自由开放，时而是生态学家那个并不

[1] 高行健:《要什么样的戏剧》,《文艺研究》1986年第4期。

和睦的城市里的家，时而是他奋不顾身工作的深山老林，时而是洪水泛滥威胁下的都市，时而是哄抢木材的林区，时而是野人考察队寻访野人的活动，时而是法国地质学家、美国教授和美国博士关于野人有无的辩论，时而是伐木的舞蹈，时而是陪十姐妹的歌唱，时而是生态学家与细毛关于天鹅和灰鹤的对话，时而是野人与细毛和谐、快乐的对舞……

当这些不同的剧情空间以或并列、或对立、或交错、或延续、或包孕等不同关系组装在一起时，人们对现代社会生态、世态、心态失衡的忧患意识和危机感受以及由此带来的奋发与感悟，也就涵浑为一体，交织成复杂多义的情绪体验与思考空间。

为了展现自己对生活日趋复杂多样的理解和感悟，探索型剧作家还大量设置心理空间，与已经习用的自然空间构成剧情空间的复合形态。《走出死谷》的自然空间描写的是一支由六名年轻军人组成的小分队在执行战斗任务时误入死谷付出血的代价终于坚持完成战斗任务的故事，这是剧情的外部框架；在自然空间中，又设置了战士们意念中的大都市生活，穿插了濒临死亡的战士们的各种心理活动，形成与现实空间互相对照的心理空间。

在死谷里，在死亡面前，小分队的首领“排长”、美术学院雕塑系的大学生，两次进入到想象中的都市生活之中，这是他自己以及他的战友们入伍前都市生活记忆的再现，是内心活动的具象表现。他在这心理空间中，再次看到天真可爱的中学生，冷酷自私的高干子女，俗气精明的小贩夫妇，幻想奉献爱情的纯情少女……身在死谷的排长的内心世界，就在这两个世界的对比中得到真实细致的展现。

他告别了五光十色的平庸的都市之夜，选择了黑暗焦灼死神濒临的死谷，作为实现理想与抱负的支点。战友们一个个牺牲后，“画家”对“大炮”深情地说：“大炮，你一定要完成任务，活着回去。再说，你和我们不同，嫂子在家等着你呐！”一句话把“大炮”送进回忆中的空间，他和未婚妻在走上战场前不幸分手的情景在心理空间中扮演。这才使观众吃惊地发现，这位一直怀着幸福感与战友们谈论新婚的体会，骄傲地宣称自己与“小光棍儿们”多么不同的“大炮”，竟是内心里深埋着痛苦走上火线的，谈笑风生的背后竟是那么沉重的精神负担！

心理空间的穿插以及与自然空间的对照，大大丰富了人物的内心世界，使处于生死边缘的人生选择，以更具体显豁的形态出现在观众面前，也就给戏剧带来一股穿透平庸心灵激发向上意念的力量。这种复合型的剧情空间，往往借鉴、采用表现主义等现代主义戏剧手法，对于习惯于传统剧情空间的观众来说，是一种提高也是一种挑战，其整体艺术效果可能是和谐流动的也可能是支离破碎的。

舞台空间所要处理的，主要是演员和角色的关系。一位演员只扮演一名角色，即二者持一种固定的关系，还是一位演员可以扮演多名角色甚至可以从剧情中跳出摇身一变化为中性的叙述者，即二者保持一种可变的关系，这是探索型话剧与写实型话剧在舞台空间设置上极大的不同。这里所说的可变型的舞台空间设计，完全不是开演时某位演员空缺只好临时约请同剧其他演员在后台换装替补救场，而是剧作家精心设计的结果。《中国梦》的五个男角色，由同一名演员扮演。《十五桩离婚案的调查剖析》在剧本中有如下明确规定：

男人　本剧的叙述者，潇洒而有风度，将分别扮演———

青年男：一个正闹离婚的时髦青年。

中年男：小干部，大约过去是风云人物。

老年男：可能是某单位值更员，老实巴交。

刘三喜：被新媳妇挤兑得够呛的工人。

柳亦鸣：精干而执拗的知识分子。

纠察员：对违章者毫不通融的工人。

儿　子：潇洒的青年，罗南、盼秋幻觉中的人。

女人　本剧的叙述者，热情而有活力，将分别扮演———

青年女：一个本分而很执拗的妻子。

中年女：朴素但很漂亮，要求解脱痛苦的婚姻。

老年女：市民，能说会道，在法庭不怯场。

张翠兰：一个时髦而显得俗气的新媳妇，可能是售货员。

郑芸芸：贤静善良的妻子，知识分子。

小　贩：老油条，大概是个二道贩子。

儿　媳：漂亮的姑娘，罗南、盼秋幻觉中的人。

该剧“导演阐述”规定：“我们根据他俩每人身兼数职的特点，根据他俩在戏中戏扮演角色时招之即来、挥之即去的特点，决定每当他们要进入戏中戏时，当场进行简单的化装造型，摇身一变进入人物创造；创造完毕，又当场摘去头套，脱去服装，摇身一变而恢复叙述者的面目。化装改扮用的服装道具，分别挂在舞台两侧的侧幕沿前。这样，即可以达到快速变化身分的要求，同时又是一种不掩饰是在演戏的独特表演方式。”[1]

剧本《一个死者对生者的访问》中如下规定频频出现：“歌队员陆续上场，他们身穿式样一律的中性服装，每人一块可做多种用途的色彩各异的大帔巾，潇洒飘逸，犹如即登台表演的模特儿，翩翩走到歌队的固定席位上。他们分别把一副副精美灵巧的假面具挂起来——或者，这些面具和髯口原已经挂在歌队席了，本就是舞台美术的组成部分”“两个歌队员组成两扇门扉。这里似乎是医院的什么地方；”“一歌队员应声：‘在！’他戴上老人的面具髯口，老态龙钟地走下歌队席；”“随着叶肖肖的叙述，二歌队员戴上面具挤在公共汽车上——两个扒手贴近姑娘和她父亲，互相掩护着开始作案”“一歌队员戴上人物面具——韩影夹着皮包走下歌队席”“另一歌队员戴上人物面具——范主任手持皮包，走下歌队席”……

在这些剧作家心目中，戏剧本来就是一种假定性的艺术，应该通过这种可变性的舞台空间，让观众非常自觉地意识到“这是舞台，正在演戏！”戏剧既然是假定性的艺术，舞台空间也就因假定性而获得了驰骋变化的自由，完全用不着拘守一名演员在一出剧目中只扮演一名角色而且必须在后台化装完毕进入角色之后才能走上舞台的老路。

于是，摹拟自然的表演规律被冲破了，演员可以扮演各种角色，表现各种规模的场景和十分微妙的心理，于是演员和角色的关系从固定的单一的联系，变成多向的、可变的，演员在舞台上的作用，也走向复杂化、多元化。

在探索型话剧舞台上，一种特殊的角色越来越频繁地出现。在《魔方》中叫

[1] 耿震：《充分发挥戏剧“假定性”的魔力》，《探索戏剧集》，上海文艺出版社1986年版，第20页。

作“节目主持人”，他时而对剧中人女大学生采访，只频频发问而不表示态度，时而走入观众席，对与剧情无关的观众现场采访，与观众交流；在《WM》中叫做“女鼓手”、“男鼓手”，他们既是欢乐的当代青年的代表，以现代风格的舞姿与乐曲构成与历史苦难迥异的一个独立的空间，又不时介入剧情介绍剧中角色引发戏剧情境,至少具有双重身份。他如《野人》中的“男女演员们”,《桑树坪纪事》中的“歌队”，尽管称谓有异，作用不同（有的连接场景，有的介绍人物，有的评点事件，有的营造气氛……），但都是以一种中性叙述人和剧中人的双重身份出现，时而投入，时而跳出，把叙述与表演两种职能、同化与间离两种手法尽量自然地融为一体，大大扩展了舞台空间的容量，丰富了当代话剧的体式。把演员和角色的关系从固定型转换成可变型，在剧中安置中性叙述人或双重身份的角色，虽然早在四十年代《丽人行》公演时就已经开始尝试并获得了初步的成功，但这种舞台空间的构想集中地、大批量地出现，形成一种非常引人注目的创作态势，却的确是新时期探索话剧的一大功绩。

剧场空间所要处理的，则主要是观众与演员的关系。在剧场中，体现着编剧、导演意图的演员是创作的主体，前来观剧的观众是欣赏的主体。创作主体与欣赏主体同处一共同的剧场空间，是戏剧有别于电影、电视的重要特质，也是戏剧因为与观众有当场直接交流的优长而永远不可能完全被电影、电视等预制艺术品种取代的根本原因。因此，如何调动观众的当场参与意识，便成为历代戏剧家呕心沥血的艺术追求之一。

写实型话剧的这种追求，多体现在尽力完善创作主体，即写出优秀的剧本，强化表导演艺术，提高舞台美术的设计操作水平等；探索型话剧的努力，除去完善创作主体之外，更着眼于调整两主体的关系，设计种种新的观众——演员关系，构想新型的剧场空间，激发观众自觉参与剧情的积极性与创造性。古罗马时代的剧场空间形式是中心舞台，观众围在四面；中国戏曲是三面舞台，观众从三个侧翼欣赏表演；西欧近代以来出现一直沿用到今天的则是镜框式舞台，演员面向观众，观众的世界与舞台划然分开。这几种剧场结构都把观众和演员分离，在空间上是对立的，在方位上是固定的，可以称为“对立式”或“固定式”。

探索型话剧的努力，便在于精心设计舞台空间，极力促进观众和演员的交错，在空间上趋向统一，在方位上趋向可变，可以称为“同一式”或“可变式”。后者导致了剧场空间中统一舞台的分解，使戏剧动作在两个或两个以上的空间同时展开，形成对照。《车站》的观众席从四面八方包围了中央演区，而在观众席的后面，沿着大厅四周的墙壁，又安置了尺把宽的斜平台，形成演出对观众的反包围。当中心演区里那群怨天尤人的等车者正在唠唠叨叨的时候，斜平台上那位“沉默的人”正在无言地攀登。身前身后都是表演，而且是对同一情境的不同意向的鲜明对比，这新颖的格局带来的新鲜的感受，促进了演员和观众的交错和渗透，激发起观众普遍的参与意识。《陈毅市长》的第一段落，剧情是陈毅在江苏丹阳第三野战军司令部向干部、战士作动员报告。舞台台口处摆一张桌子，舞台后部挂一面巨大的红旗，旗下是一组组步枪支成的三角架：陈毅的扮演者就在红旗、步枪前面，讲桌后面，对观众作了精彩的动员报告，观众也就被邀请作为三野的干部、战士不自觉地进入了剧情，亲切地体悟着这位极富传奇色彩的红色将军的气质与风范。观众既保留着自己的身份，同时还取得了暂时的剧中人的第二身份——观众和演员的隔阂打破了，亲切感、介入感增强了，对特定时代氛围的感受加浓了，这正是剧作家和表、导演艺术家们处心积虑追求的效果。

当《野人》发表时，高行健就写了演出的建议。他强调：

> 导演的处理与舞美设计不必拘泥于舞台本身，整个剧场的空间都可以利用起来，演出就在剧场内进行，从而把剧场就变成演员同观众会见的场所，并且让观众尽可能地参加到演出中去，不把观众一味隔在脚灯之外。……通过同观众的接触与交流，在剧场内造成一种亲切而热烈的气氛，让观众由于参与了一场愉快的演出，也好比过节一样，身心得以愉悦。[1]

为此，不少勇于变革剧场空间的艺术家，都在进行各种方案的探索与试验。有的敞开大幕，把演区前移，有的改革原有的镜框式舞台，增设假台口，把台唇也变成表演场地，有的将表演区扩展到观众席、休息厅甚至检票口，有的干脆把戏剧搬到公共食堂或会议厅。其中北京人艺《绝对信号》公演时采用的小剧场形式，最为引人注目。几年之后，南京百花艺苑和北京的中国青年艺术剧院，也都

[1] 高行健语，见《有争议的话剧剧本选集》(二)，中国戏剧出版社1986年版，第443页。

陆续辟建小剧场，把这种演出形式推向一个小小的高潮。

小剧场并非新时期探索型话剧的创造，据说斯坦尼斯拉夫斯基在本世纪初已创办“莫斯科艺术剧院第一研究所”（或译为第一试验剧场），场地不大，用于艺术教学和戏剧试验。1905年莱因·哈特在接管著名的“德意志剧院”之后，还拥有一个可容两百个观众的小剧场。三十年代中国“国剧运动”的倡导者们著文介绍过小剧场。五十年代美国外外百老汇把小剧场艺术推进到相当繁荣的阶段。格鲁托夫斯基更以他的“十三排剧院”为世瞩目。六十年代的苏联，较有名气的大剧院也都设有小剧场。

中国真正的小剧场艺术，是从高行健创作、林兆华导演、北京人艺演出的《绝对信号》起步的。他们将排练厅改造为小剧场，一个长方形的平台占去了大厅的一半，只有三排座位的观众席正对平台，近在咫尺。观众从习惯了的大剧场乍一进入小如会议室的小剧场，物理空间的变化，唤起了心理空间的变化，激发出犹如在家庭中、在亲人间的随便、真切、亲近的感觉。界限分明的舞台、脚灯不见了，演员几乎就在观众面前、观众之间表演。在大剧场里多数观众只能见到演员模糊不清的面部表情，如今像电影、电视中的大特写一样清晰。

物理距离的缩小，带来的是视觉形象的放大，因此，演员的汗水、眼神、衣折，都清清楚楚地呈现在观众面前。夸张的语调，矫饰的表情，变形的动作，因为距离的缩短而统统变得不但无用而且讨嫌。自然的谈吐，生活化的表演，亲切的气氛，给观众带了大剧场观剧所不可能有的感受。有的演出，甚至演员不化妆或者着淡妆，就散坐在观众席上，不时与表演区呼应。前排的观众，也往往被邀请到剧中跳舞、喝咖啡，与剧中人谈心。观众和演员的关系被调整到亲近、自然的地步。这种艺术效果，对于专为小剧场而写的剧目来说，是必不可少的。

在小剧场演出获得好评的《绝对信号》，到大剧场便会出现另外的效果。扮演蜜蜂姑娘的尚丽娟说过，为了弥补大剧场空间距离大的缺陷，她从台上走进观众席，把观众作为交流对象去表演“她”的内心独白，结果引起的却是骚动与哄笑。因为小剧场的表演区与观众席并不固定，演员与观众的空间关系即剧场空间完全可以根据不同剧目的不同需要不断调整不断组合，所以实际上每次小剧场的演出都是一次剧场空间的重新组合。这种灵活性，是大剧场无法比拟的。应该特别指出的是，小剧场的启用，根本目的是调整表演主体与欣赏主体的关系，形成新的审美活动的方式。既然是审美活动，观众就不能同演员完全混为一体，欣赏主体就必须保持与审美对象即演出活动的一定距离，仍然处于审美者的地位。观众与演员完全一样，失去了客体也就不存在主体，戏剧作为审美活动的意义也就随之消失，而变成一种群众性的自娱式的文化活动，这是在努力改变观、演关系，创造新的剧场空间时不可不注意的一条基本的界限。

与小剧场相反，近年来有的戏剧家致力于反向的剧场空间调整，即把舞台上的戏剧搬下来，挪进阔大的万人体育馆中。《搭错车》《走出死谷》等剧目被引入万众瞩目的工人体育馆，观众四面环绕舞台。在话剧并不是很景气的情况下，居然场场爆满，被称为"《搭错车》现象"。作为一种调整剧场空间的尝试，除去因物理距离的变化带来心理距离的变化而令观众一新耳目外，其吸引观众的主要原因，是把哑剧、歌舞等姊妹艺术的形式与手法引进话剧，使话剧的大综合趋势成为现实，戏剧性特别是文学性大大削弱了，因此也引发了对话剧剧场空间规定性的思考和争论。

戏剧时间，从安排方式的角度，通常被区分为情节（或事件）时间、叙述时间与观赏时间；从表现形态区分，又可以设计为线状时间、面状时间与模糊时间。无论什么时代的戏剧，观赏时间一般是二至三小时的常数。情节时间与叙事时间则是变数。在传统的戏剧特别是古典主义戏剧中，情节时间、叙述时间、观赏时间往往是一致的。戏剧一般用二至三小时演完，这便是观赏时间，同时，舞台上发生的事件即情节运动发展的时间，与演员表演这一情节所占有的时间，也大体相当或稍有出入。现代戏剧便开始出现了三者的分离：《雷雨》的情节时间与叙述时间是一致的，即从一个"郁热的早晨"到"当天夜晚十时许"，却稍长于观赏时间。《上海屋檐下》的剧情时间与叙述时间均为"1937年4月，黄梅时节的一日间"，从上午八点到当天的晚上，也稍长于观赏时间。当代戏剧特别是探索型戏剧，往往将剧情时间与叙述时间分离，在两种甚至两种以上互不相容或互相交错的时间关系中展开情节，完成规定的情境，或者使叙述时间的形态多样化，体现多样化的戏剧思维方式。

《背碑人》的叙述时间，采取的是双线交替式：全剧以海通和尚为叙述者，他身兼两重身份，当进入剧中特定生活场景并与其人物发生关涉时，他是一位剧中人，是角色；当他冷眼旁观评述世事时，又跳出剧情成为叙述者，而且叙述的竟是自己的身世和遭际。他一旦跳出剧情，前一条叙述时间线索便中断了，代之而起的是后一条叙述时间线索。每一条线索都时断时续，便形成两种叙述时间交替出现的特异格局，带给观众的便是主观评述与客观表演的交替。这是所谓双线交替式。

《街上流行红裙子》的叙述时间，则呈现为主线之外交织若干副线的形态。在女工的集体宿舍、更衣室等亚公共场所里，剧作主要展示的是劳动模范陆星儿在荣誉面前的复杂的心态，而值班长、葛佳、阿香等的不同人生追求及对陆星儿的不同评价，便构成若干副线，在原生态状况的零星分散、纷乱无序的生活场景中，共同构成一种复杂而流动的有机整体。同时，深爱着亲生女儿又深感自愧内疚的陶思铠，刚刚生活上了轨道偏偏又患上不治之症却仍然通情达理达观开朗的土根嫂及其丈夫，执着追求爱情又显得玩世不恭的年轻民警董行其，还有那位遭际孤苦而始终心存美好的卖花老人，他们都不时切断或插进主体叙述时间中，既具有自己的价值与意义，又与主线互相交织，从不同侧翼推动主线的发展，共同构成现代社会的众生相图景。这是多线式。

《五（2）班日志》中叙述同一个中秋夜晚五个孩子在家中不同的遭遇：备受溺爱的明明有月饼吃还挑三拣四；妮娜富有的家境并没有给她带来幸福；郎军戳穿了爸爸的谎言，并不妨碍父子之间的若无其事；吴勇在节日里体会到的是普通家庭的温馨；最不幸的是吉冬，疯了的妈妈忘了做饭，他饥肠辘辘地趴在小凳上睡了，梦中是嫦娥给他送来好吃的月饼。剧作家把顺序延展的时间，在叙述时折叠起来，叙述共时性的剧情，这就在同一时间的特定的背景下展示不同家庭对孩子成长的不同影响，浅近而自然地显示出儿童教育的复杂性与迫切性。这是折叠平列式。

《狗儿爷涅槃》的叙述时间框架是“狗儿爷”的意识流动。从划火柴准备烧门楼开始，到燃点火把烧成满台大火结束。剧情时间则是从解放战争年代到改革开放的今天，包括解放、土改、娶亲、入社、救灾等诸端大事。剧作家先将剧情时间切割为若干有意义的片断，然后分别镶嵌在叙述时间的框架之中，随“狗儿爷”的意识流动，逐次显现他几十年的命运遭际，也是中国农民从四十年代末到八十年代末的共同人生历程与心态历程。这是包孕穿插式。

《桑树坪纪事》演出时在舞台上装置了一幅巨大的圆形转台，剧情进行中又反复出现圆形或半圆形的舞台调度，开幕时给观众看到的是一种浑圆的景观，剧情发展中反复叠印的又是圆或半圆，落幕时仍是那周而复始、始终未变的浑圆：历史在这山村里似乎凝固了，时间在这里好像停滞不前了，而这正是剧作家与表、导演艺术家们对中国农村生活的理解。这是时间意识的空间显示式。

《魔方》由黑洞、流行色、女大学生圆舞曲、广告、绕道而行、雨中曲、无声的幸福、和解、宇宙对话九个各不联属的段落组成，导演王晓鹰在该剧的《导演阐述》中指出："它实在不成体统，九个段落之间竟没有任何情节联系，当然也没有贯穿的人物命运，其艺术风格也是一段一个样，甚至一段几个样，没有统一的语汇。"只有一位节目主持人前后贯穿，将这拼盘式的戏剧联系在一起。这一出戏，有九段自成体系的剧情时间，由一条叙述时间线索串联起来，可以称为"冰糖葫芦式"。九段剧情从表面看的确毫无关联，但却都是现代人生活中时常可以遇到或时常有所困惑、有所感悟、有所思考的问题。这一内在的共同性，将不同的剧情粘合起来，在漫无拘束的气氛中，在似乎漫不经心的组合中，使人感受到现代生活的总体氛围和剧作家对现实生活的揶揄与思考。

在探索型戏剧艺术家们看来，重要的不在于编排一个有头有尾的故事，而在于营造一种情境，一种氛围。要提供给观众的，不应该是一个结论明确、是非清楚的事实，而是能够启迪思考和感悟的一些多义性的场景，一个可以经过观众的联想、探索而整合形成的艺术世界。因此，他们并不在意叙述时间的有序性、连贯性，相反，却每每有意切割、组装叙述时间，在断续乃至无序的状态下，显示他们的生活感受，诱发观众对此的体悟和认同。

物理时间即自然时间，是客观存在不以人的意志为转移的，它具有有序延续、匀速运动、不可逆转等特性。社会时间即心理时间正好相反，它存在于社会生活与人的精神生活，它以无序、可断续、不等速、可逆转、可交错等为特性。观赏时间一般是物理时间，剧情时间与叙述时间一般是心理时间：两种时间尺度在戏剧中的情形是颇复杂的，其表现形态主要有三种类型：

典型的写实戏剧往往按自然时序来叙述，由剧情的开端到发展到高潮到结束，戏剧时间基本上呈线形发展，甚至大体上符合自然时速，使剧情时间、观赏时间大体吻合起来。但这种情况较少，为了避免平铺直叙，戏剧家们又往往采取倒叙、插叙、补叙等打乱自然时序、改变自然时速的做法，以取得陌生化的观赏效果。巧妙地利用两种时间尺度及其在人们心理上的影响，对戏剧时间的形态作出多样化的处理，是探索型话剧的一大突破。

作为高行健的初期作品，《绝对信号》已经初步打破了自然时序与均匀时速的格局，把过去和未来、现实与幻觉、现实与回忆由人物的意识流动来截取和组合成新的时间关系，即在黑子与蜜蜂、小号、车长、车匪的一场灵魂搏击中，交错插入黑子对蜜蜂的回忆、对自我的反省以及幻觉中蜜蜂的痛苦及对他的疏离等时间段，形成主要时间线上的穿插与交错。这虽然仍然基本上属于线形时间，但已变得复杂起来，应该称为变体的线形时间。《车站》则把相当漫长的时间用荒诞的手法压缩为一瞬，使本来是均匀的时速突然叠合为块状，让等车的人们一下子等了十年，一下子等白了头发，自然，也一下子夸张地显示了盲目等待的荒谬和可怕，一下子醒悟到时间的可贵和奋进的重要。

高行健在为演出《车站》所写的建议中指出："由于戏剧也是一种时间的艺术，音乐中的各种曲式，戏剧同样可以借用。本剧则部分借用了奏鸣与回旋两种曲式，以代替通常流行的易卜生式的戏剧情节结构。"这里所说的"奏鸣"与"回旋"，在剧中大体上体现为线形与块状。

如果说《车站》是线形时间与块状时间的组合，即先是自然时速的线形时间，突然浓缩变形叠合十年为一瞬成为块状时间，那么《野人》便是典型的块状时间了。剧作家为《野人》规定的时间为"七八千年前至如今"。如此漫长的时间如何在两三个小时内搬演？这正是《野人》在时间观念及艺术处理上的创造。在高行健笔下，《野人》把现实和梦幻、过去和现在、回忆和幻觉以重叠的、并列的形式共融于一体，把共时态与历时态叠合在一起。多重多向的线性时间以纷繁复杂难以清晰梳理的情态交织在一起，线形于是真正变成了块状，体现着剧作家对人类生存环境和心理状态的整体性的思考与把握，体现着剧作家带有挑战意味的历史文化意识。

《野人》以后,高行健还创作了《彼岸》等小戏,这里的时间“说不清道不明”,没有时序、时速和时值，纯然是一种模糊时间。这已经不是现实时间，而是象征意义上的抽象化了时间，它具有更大的涵盖性，也容易失之抽象，或者造成演出上的困难以及演出时观众的疏离，甚至可以说这样的小戏主要目的在于探索话剧可以在时间形态上作出什么样的花样翻新，而较少考虑到如何付诸舞台以及演出时将会出现什么效果。这种象征意味十足的模糊时间，不难使人想起二十年代末陈楚淮等人的象征主义剧作。

应该说明的是，在探索型话剧中，时间的安排与空间的安排，实际上往往是同步的，并且常常是以时间来表示空间的转换或以空间来显示时间的流逝，时空的一致与背离，都可能构成戏剧的创新。时间和空间的安排，往往是戏剧结构变革的动力。

《1981—2005：多维视野中的鲁迅研究》编后

这是青岛大学与北京鲁迅博物馆联合组建的鲁迅研究中心编印的“鲁迅研究书系”的第一种。

当我们的鲁迅研究中心组建之初，同仁们就满怀信心地酝酿编印、出版三种丛书，即鲁迅解读书系，鲁迅年鉴书系，鲁迅研究书系。

“解读书系”，是想配合新版《鲁迅全集》的问世，编印五种每本十万字左右的小书，与《呐喊》《彷徨》《野草》《朝花夕拾》《故事新编》配套出版。初衷在于帮助中等文化水平的读者大体读懂鲁迅的五种文学创作，为普及鲁迅著作做一点力所能及的贡献。同时想约请五位名家撰稿，由大学者来撰写普及型的小书，寓深刻的理解于通俗的解说之中，而且有两本已经落实了承担“任务”的学者！但正如许多美梦都难免破灭一样，我们的设想也很快落空！梦想落空，在我辈，其实是非常正常、常常遇见之合乎规律性的现实；只是被人用如此轻巧的理由那么迅捷地推翻，却实在出乎意料，因而心下略有不平，偶或愤愤。不过，因为“年鉴书系”总算在种种非议中一本一本地出下去，还是可以略略减轻一点负疚的感觉的。

“研究书系”，是一出马就不顺。本来是兴致勃勃想推出北京一位新锐的青年学者的专著，据说那本书，是国内关于《野草》的前沿之作，是那位学者潜心研究多年厚积薄发的成果。我们与作者、与出版社也进行了初步的协商，形成默契的计议——不料还是落空了，我们高昂着的理想之头，又一次的碰壁。这一设想失败后，我们才转念组织一次大型的研讨会。由于得到青岛大学和北京鲁迅博物馆领导的支持，会议于2004年8月顺利地在青岛召开，国内外近百位学者出席，就近二十年来鲁迅研究的历史与现状，展开了非常热烈而友好的讨论。学者们提供的论文，水平普遍较高，我们于是想结集出版，当时就取名为《鲁迅研究二十年》，以期与会议的标题一致起来。由于会上收集的论文，与论题还有一点距离，需要重新约写若干稿件，理想的撰稿人又往往特别忙碌，集稿非常不易；再加上其他原因，编印出版的事情就一拖再拖。其间，因我们的书遥遥无期，有的作者就把提供给我们的论文先行发表——这是完全正常的，但也带来我们的书是只收原创的论文还是兼收已发表的作品的问题。几经周折，总算与方方面面达成协议，在我们力所能及的范围内出一本于大家可能略有用处的工具书，既以回顾鲁迅研究在这几十年里走过的风雨沧桑的道路，又以提供给初学者一种入门的向导。可在集稿过程中，我们发现原定的书名已经不合适了，许多稿件论述、总结的，已经突破“20年”，改叫“25年”？不大像一本书的名字！叫“新时期……”，又已经越过了世纪之交，当下的文学现象，不是已经有人称之为“后新时期”了吗？没有更好的办法，就采取写实主义:《1981—2005:多维视野中的鲁迅研究》。“1981—2005”云云，当然不过是大体言之。各位作者，还有他们自己的界定。“多维视野”云云，则是“活剥”于《多维视野中的鲁迅》——那是吾师冯光廉教授带领我和谭桂林两名弟子在诸多学者支持下编写的一本厚书，出版以后，反响尚好，就直接效颦于鲁迅提倡过的“拿来主义”了。

这本书，本是2006年6月至9月定稿的。当时还约了几篇非常重要的稿件，因为一些特殊的原因，作者未能按时交稿，这是我们和读者都感到非常惋惜但又无可奈何的憾事！给本书写稿的作者，颇有几位是在读的硕士、博士，他们是放下手头的其他稿件来为本书写作的。但这本书出得太慢，以致有可能消减了他们毕业时的成果目录，这更是编者和出版社都特别感到不安，要特别致歉的！

《2002年鲁迅研究年鉴》编后

成立于2002年12月26日的鲁迅研究中心，是北京鲁迅博物馆与青岛大学联合筹建的科研、教学机构。中心的主要任务之一，就是每年编纂、出版一本《鲁迅研究年鉴》。《2002年鲁迅研究年鉴》，是中心的第一本年鉴，为探路之作，其不尽完满，是可以想见的。2003年春“非典”肆虐，刚刚确定编纂年鉴，各图书馆就被迫关闭，所有外出访问和查阅，一律没有可能，这是原定的几篇文稿未能如期面世的重要原因。但我们相信，现在收录的几篇文章，都是用心之作，或视角新颖，或材料翔实，有的文章之述说方式，则不同凡响，这可能都是对读者有益的。其中李林荣、王吉鹏两位的文章，黄乔生、李春林两位的文章，是有分有合的，面对情况相近的作者群体、研究对象，他们分别作出不同的考察，无论分开看还是合并读，也许都是颇有意味的事情。

2003年的年鉴编纂，已经开始，如果能够得到海内外学人的批评帮助，我们的工作是会有所改进的。谢谢!

《2003年鲁迅研究年鉴》编后

《2003年鲁迅研究年鉴》又将与读者诸君见面了，照例要说几句有关的话。这是鲁迅研究中心第二年的成果之一。编纂过程中，不断听到“鲁研界里无高手”一类的声音，但也并未在意——因为我们从开始商量这一工作之初，就未曾考虑鲁研界里有无“高手”、谁个是谁个不是“高手”，以及如何才能被批准成为“高手”等问题。更不是自以为《鲁迅研究年鉴》的编纂舍我其谁等等。只不过觉得这工作应该有人去做而目下还无人去做，因此才来填补这空白而已。但既然听到了蔑弃之辞，就应该认真自我省察，把工作做得尽量好一点，纰漏尽量少一点。说得冠冕堂皇一点，也就是努力践履鲁迅一再提倡的那种倘不是天才就应该做好通向那伟大的目标途中的“一木一石”的精神而已。

2003年的《年鉴》，大部分内容还是2002年的《年鉴》的“重复”设置，因为我们感觉这些内容是不可或缺的，并且此后还想继续这样设置下去。当然希望各个栏目不断写出新意，向读者提供越来越丰富也越来越切实的信息。撰述者的观点，相信也会更加鲜明中肯，让各篇综述，都成为与作者、读者开展学术对话的桥梁，从事心灵交往的园地。

2003年的《年鉴》，也有若干新的开拓，例如对两家主要鲁研园地的扫描，对鲁迅与美术的关系的考察，对鲁迅研究史料及鲁迅佚文研究的综述，对鲁研专著的评述等，都是新开辟的领域，可能对读者都有若干参考价值。在这里，我们想郑重推荐关于中学语文教学中的鲁迅及其作品的一组稿件，这里有人民教育出版社多年从事中学语文教材编写的专家的意见，有常年活跃在中学语文教学第一线的高水平中青年教师的看法，这就从几个主要的侧面，把这一关系到鲁迅及其作品与未来中国人的精神建构的深远命题，在某种程度上推到了学术的前沿。倘若能够引发更多有识之士对此重大问题的关注，那就不仅是鲁研界的幸事了！

同时，还要冒昧向读者推荐《年鉴》中若干关于青年作者的内容，其中既有被综述的，也有写综述的。鲁研界里有无“高手”，似乎并不特别重要，值得大家奋力抗争，因为事实俱在，绝不因有人轻薄为文而自感殒灭——但如果鲁研界一直没有新手出现，那倒是十分令人担忧的。

1981年版的《鲁迅全集》的修订，是一件牵动着整个中国思想文化界的系统工程，据说到2004年底，有望见出眉目。那么，我们恳切地希望在2004年的《年鉴》中，能有一篇系统梳理的大文章，其中的新发现、新见解、新举措、新理念，都将成为《年鉴》中引人注目的亮点。本期《年鉴》对于广东鲁研界的情况有所反映，希望下期中有更多的各地鲁研界的情况介绍，以互通信息，互相勉励，共同谋求健康的发展。我们和许多读者，都在期待着。

《2004年鲁迅研究年鉴》编后

《2004年鲁迅研究年鉴》就要付梓印行了，这是青岛大学·北京鲁迅博物馆联合组建的鲁迅研究中心“鲁迅研究年鉴书系”的第三本。

这一本既有与前两本相似之处，又有它的新的特点。2004年8月，在“鲁迅研究二十年国际学术研讨会”会间，我们邀请有关专家就《年鉴》编撰等问题召开了一次小型座谈会，专家们从爱护《年鉴》的角度出发，提出了许多极好的意见和设想——本年度《年鉴》如果有一点前进，就应该是这次座谈会直接的效益，编者以及读者的感谢，是由衷的！当然，由于种种原因，专家们的许多好意见还没有落实，那正是我们要加倍努力工作的目标和方向。

“鲁迅研究二十年国际学术研讨会”上，专家学者提供了许多精彩的论文，反映着鲁迅研究的方方面面，令人读后爱不释手，所以顾不得《年鉴》只应反映本年度研究状况的体例，“破格”刊载了一些超越“年度”的综述文章，因为这于读者的翻检有用、有益，相信在得到批评的同时，也会得到些微的宽容。

原先邀约的一些稿件，由于作者太忙等原因，未能编入本刊，这也是许多做编辑之人常见的苦恼，不独我们如是。希望以后能有更多的好稿子与读者见面，希望有更多的作者来为本刊写作，这是我们衷心的期许。

对于来稿，编者基本上未加改动，因为这些文稿，反映着作者的文化立场与学术观点，体现着他们辛勤的劳动和对本刊的爱护。个别文本的体例格式，有所调整；有的文字，与文章的主题以及本刊的风格少有偏离，为节省篇幅起见，偶有删节；有的附录，在正文中已经基本反映，也就未再保留；台湾与韩国作者的两篇文章，使用的字体与符号，与我们常用的有些差异，在转换中可能偶有失误，请读者诸君阅读时少加留意——当然，失误的责任全在编者。

由于种种原因，出版社更换了一家，这也是出版史上非常正常的事情。

《2005年鲁迅研究年鉴》编后

这是“鲁迅研究年鉴书系”的第四本了。编完之后，略有感受。首先当然是高兴，因为这证明虽然已经老迈，但还是在做着一点自己和朋友们都觉得略有意义的事情。而且从第一本到这一本，其间颇经历了一些波折，好在总算坚持下来了。坚持，在某种情况下，其本身就是对人的精神世界的一种检测，也是对某种事业的存在价值的检测。在此，我们真心实意地感谢供稿的诸位朋友，感谢青岛大学和北京鲁迅博物馆的有关领导——这是编辑、出版年鉴无论如何都离不开的支持！同时，也不免想到西北地区曾经编印出版过一份颇有分量的《年刊》，但后来就没有见到它的继续。所以特别希望这份年鉴能够存活得比较久长，发挥的作用也比较巨大。我和朋友们都在真诚地盼望着！

这一本《年鉴》的体例，与过去的几本大同而小异。

述评依然是重头戏。希望通过这样的几个角度，大体上梳理本年度鲁迅研究的脉络和轮廓。虽然执笔写作的朋友占有资料的多寡、分析评价的详略各有自己的特点，但都是在特别认真、特别敬业地从事工作，这就非常值得敬佩，尤其是在鲁迅研究并不能给他们带来财富和地位的今天。述评一栏的作者，也主要由一批年轻的学人来担纲，这似乎也是一个鲜明而重要的特色。鲁迅当年义无返顾地扶植“未名社”，支持柔石、萧红等文学青年，并不是因为他们的成熟，恰恰是由于他们的年轻，是为了给发展中的中国新文学增添几许生力军，准备若干后备力量。我们的做法，也许正是有意无意中对鲁迅精神的追随——如果自言“追随”，还不算过分的僭越。

相对于述评栏中作者，短评一栏的执笔者，无论是年龄还是资历，都要有甚为巨大的差异。他们所关注的，往往是鲁迅研究领域中的一些带有全局性、前瞻性、倾向性的话题。虽然文章篇幅有长短、立论角度有差异，但其对于鲁迅研究的整体性健康发展，也许共同具有某种指导性的价值和意义。如果说述评的内容主要是对上一年度的总结，那么，这里的意见，也许正是对当下乃至未来的期许和瞩望吧。已经答应供稿的有几位先生，临时因为无法抗拒的原因未能完成，这是我们和读者以及作者，都感到万分遗憾而又无可如何的。只希望由于身体原因而不得不终止写作的几位先生，尽快地康复起来。

这一本《年鉴》新开了两个栏目：书评是一般刊物大都安排的常见栏目，我们希望以后每本都有认真的书评问世。至于专以吹捧为能事的评论，这里就恕不保留其位置了。特别值得庆幸的是，我们约到了王景山、冯光廉两位老专家的文章，他们在鲁研界的贡献和影响，是大家公认的。现在由他们自已来回溯数十年间从事鲁迅研究的经历和成果、体会和感悟，这本身就是一笔重要而宝贵的精神财富，同时，对于年轻一代的学人，似乎也有相当重要的借鉴的意义。我们衷心希望这一栏目能够得到大力支持，越办越好！

«2006年鲁迅研究年鉴» 编后

贡献在读者诸君面前的，是青岛大学与北京鲁迅博物馆联合组建的鲁迅研究中心编印的“鲁迅研究年鉴书系”的第五本。《年鉴》能够坚持到今天，端赖两个单位的领导和诸多撰稿朋友、读者朋友以及出版方的鼎力扶持，我们唯有更加努力地工作，以酬诸位的厚望于万一也！

2006年是鲁迅诞辰125周年、逝世70周年的纪念，也是北京鲁迅博物馆建馆50周年的大庆。因此，本年度的《年鉴》，特别开设了【纪念】一栏，汇集了数篇有代表性的讲话或文章，略代编者的一瓣心香，遥寄我们心中永远的尊崇和由衷的敬仰！

本辑《年鉴》，还增加了个几栏目，细心的读者一看便知。首先是【鲁迅博物馆、纪念馆的介绍】，与此同类的便是【鲁迅研究在高校】。设计这两个栏目，有的是受到来稿的启发，有的是出于编者的互发奇想——但显然都是从不同角度对鲁迅研究事业的历史和现状的梳理，和我们一直在努力进行中的述评栏目，属于异曲同工的内容。【书评】一栏，就更是这类设想理所当然的延伸了。【论文】一栏，这次增加了几位青年学者的文章，他们所带来的新鲜感，也许会让读者诸君更有兴趣进一步研究。

前几本《年鉴》，都专设【研究资料】一栏，例由北京鲁迅博物馆资料室的资深专家担纲。他们辛勤的劳动，给《年鉴》增加了厚重与坚实，给读者提供了检索的便利和俯瞰的视角，人人都会因此而特别感激这种“为他人做嫁衣裳”的崇高劳动。在本辑里，我们欣喜地看到上海的同行中又有人加入到这样的劳动行列之中，让人切实感到即使在物欲横流的可憎氛围中依然有人在默默奉献不计个人得失的欣慰。

《年鉴》的功能，我们并不十分熟悉。之所以把这块园地，冒昧地妄称“年鉴”，一是想避免与已有的几种鲁迅研究媒体在称谓上重复，二是想填补鲁迅研究阵地中按年度梳理评述这样一种空白。《年鉴》出版以来，得到许多朋友的热情关注，这是能够坚持到今天的一个特别重要的原因。但朋友们的期望，我们有些没有能够付诸实践，又感到分外惭愧！特别是我们曾经希望几位有影响的专家供稿，却因为他们的确太忙，难以分心于此，以致使若干朋友失望，《年鉴》的水平也受到限制——这是我们特别感到不安和歉疚的。现在我们能够初步做到的，无非是提供一块园地，供愿意耕作的朋友发表自己的研究心得，观点如何，水平高低，不是我们所能够、所愿意判定的；同时，这也无非是一方地图，可以帮助刚刚走进这一领域的年轻的朋友，省却若干问路的麻烦，可以把宝贵的时间和精力，直接用在深入研究和体悟当中而已。

这几本《年鉴》，与我们同时编印的《1981—2005：多维视野中的鲁迅研究》，应该是姐妹篇——他们承担着共同的任务，从不同年份，以不同跨度，梳理着新时期以来鲁迅研究领域里发生发展着的各样的态势，萌生茁长着的各种成果，或许像年轮一样总结着过去的经验，也或许像路牌一样展示着未来的方向，更希望使在寂寞和积压中的诸位朋友，不断感到战友的存在和友情的珍贵。

我们并不孤独，我们依然前行。

《2007年鲁迅研究年鉴》编后

这是青岛大学与北京鲁迅博物馆联合组建的鲁迅研究中心编印的“鲁迅研究年鉴书系”的第六本。能够从2002年一直不断地出到2007年，不用说，编者的心情，是感激多于高兴的！如今，出版“纯学术”的书刊有多难，恐怕即使是“业外”人士也完全心知肚明，更何况我们这些身处其中者，那感受，就更是甘苦寸心知了！因此，对于大力支持这本学术书刊编辑、出版的各家单位的领导，对于给我们供稿的诸位朋友，对于肯于浏览本书的读者，我们理应奉献上由衷的敬意！只是2006年的年鉴，由于种种原因，送到作者和读者手中的时候，已经是2008年的春天，实在是太晚了——这对于撰稿人和读者，都是失礼，都是失敬，但也都是无奈之事。在诚恳地道歉之后，唯一的希望，是以后能够正常出版，按照所谓“年鉴”的出版周期运营本刊。

这本《年鉴》的体例，创新之处不多。“笔谈”“论文”“述评”“资料”等，都是既有栏目的承续。“史料研究”本是既有的栏目，因为没有约到合适的稿件，竟然停顿了几期，很觉得惭愧。现在终于得到两篇相当不错的文章，而且都是出自青年学人之手，就更值得欣喜。版本校雠、史实考辨等“清儒”功夫，居然也娴熟地被当下的青年学人掌握，在惊喜之余，确实更令人深思：深思鲁迅和鲁迅研究的凝聚力，在今天、明天乃至无限远的未来的发展前景！“鲁迅研究在高校”，本来是2006年年鉴的内容，由于那本年鉴的文章太多，无法容纳，只好延迟到本年度刊布，想来是能够得到作者和读者谅解的。“鲁迅与同时代人研究”一栏，其实是《1981—2005：多维视野中的鲁迅研究》必备的内容。但当时由于编者的无能，未能及时约到合适的稿件，又兼那本书时间实在拖得太久，长文章又太多，分为上下两册，还是厚厚的，被朋友们戏称为“两块砖”，也就没有继续征求稿件，眼睁睁看着它不完不备地问世。《1981—2005：多维视野中的鲁迅研究》出版以后，不断有好心的朋友问起来，并且希望看到填补空白完善旧作之举。去年末，在与鲍国华博士的电话“聊天”中，说起这桩“心事”，希望得到他的帮助，很快就得到答应代为约稿的回应，并且在本年初就收到列入栏内的一系列稿件。言行信诺，丝毫不计较刊期的长短、稿酬的多少，与传闻中的“80后”“90后”的作风，正好南辕北辙，用事实证明了中国鲁迅研究事业的后继有人，前程无限——在得到一批早就期盼的稿件的同时，还看到更多的令人兴奋的苗头，编者对于鲍国华博士和诸位撰稿学人的感激，自然是不言可喻的。

总体看来，本年鉴的文章，厚重有余而精粹不足。文章大多有越写越长之势，编辑起来，时感吃力，阅读起来，自然也会有些同感。当然，想要在鲁迅研究这一并不轻松的领域里登堂入室，是必须有耐苦坚持的心理准备和学术奉献精神的，彩虹只会出现在风雨之后，这是一方面；另一方面，我们又非常希望作者朋友多为读者设想或者说换位思考一番，尽量在精短的篇幅里涵容更丰富的内容，把文章写得短一些，再短一些，谢谢了！

《中国新诗启示录——臧克家论稿》引言

2003年，煌煌12卷《臧克家全集》由时代文艺出版社隆重推出。我与冯光廉应约为之撰写了书评《世纪的诗典》，刊发于《光明日报》。文章说：

> 承载着中国最复杂、最曲折、最辉煌的一段历史的20世纪，已经离我们而去，用什么来纪念这和中国人民的命运息息相关的伟大世纪？出版界的有识之士都在认真思考，各出招式。时代文艺出版社隆重推出的则是煌煌12卷的巨著《臧克家全集》。这部全集，记录着中国新诗发展演变曲折前行的历史，是20世纪中国新诗的经典，出版这部全集，当然也就是中国现代文学史、新诗史、出版史上的隆重的庆典——世纪的诗典。

《臧克家全集》，是一个诗人和一个世纪对话交流的历史。诞生于1905年的诗人臧克家，从幼年起即酷爱文学特别是诗歌，中学时代曾欣喜地接受了五四新文学的洗礼，1925年开始发表散文，1929年开始发表新诗，一直到2001年依然是笔耕不辍。他的文学生涯、创作历程，与刚刚过去的20世纪几乎是同步前进的。

1930年，他考进创建伊始的国立青岛大学，师从著名诗人闻一多学写新诗。他最早刊发的青春诗作，幻美旖旎，空灵忧伤，颇带新月诗派印记——他是作为闻一多先生门下的‘二家’（臧克家、陈梦家）之一开始走上诗坛的。但由于他出生、成长于苦难深重的山东农村，农民的苦难和泥土的气息，是那样浓重地浸染着他的灵魂，渗透进他的情感，升华着他的良知。于是，他不能一味昂首欣赏天边的流云，他不能不把头沉重地垂下，像自己笔下的“老马”一样，执着地品味农村的苦涩与质朴，深情地歌吟农民的悲苦与直率。通过对农村与农民的歌唱，他和时代的主旋律取得了共振的频率，获得了文坛前辈一致的认可和赞誉。

他走出大学不久，就遭逢了强寇入侵的民族灾难，于是，他以笔代枪，在烽火硝烟的战场上为民族的生存与解放放声歌唱。诗，成为他磨砺灵魂、砥砺正气的南山之石，与多灾多难的中华民族经过炼狱走向新生的宏伟桥梁。必须指出，在中国新诗坛上，是极少有人像他那样深入前敌，用诗的笔触迅速捕捉、直接描摹时代的烟云的，因此他也当之无愧地成为真正的“笔部队”的战士。

当新旧中国的交战十分激烈的年代，他又自觉地成为中国人民抒情释愤、告别旧时代、迎接新中国的诗的代言人。此后，他和中国人民一起歌颂新的生活，体会当家作主的欢欣，一起经历频繁的政治斗争，体悟社会主义道路的复杂和曲折，一起迎接新时期的到来，探索改革开放的发展历程与心路历程——其中的成功与失误，都已经作为历史的经验教训，化为民族的精神财富。要从基本的方面感受刚刚离去的世纪，不可不读这部诗的历史。

《臧克家全集》，又是一个诗人与一部新诗史乃至文学史对话的记录。在这部全集里，我们不难看到诗人对诗的职能与特质的多方面探求，对新文学体式风格的多方位试练。他当然用诗来抒情，同时又用诗来记事，来写景，来议论，来为人物剪影，甚至来为战争、战役画像……

因此，诗的体式与风格，在这里得到多种多样的试练，不但有长短之分，而且有新旧之别，有叙事诗，有抒情诗，有论说诗，有歌颂有讽刺，有浓墨重彩有轻灵简约，有质朴写实有蕴藉象征。同时，他又用诗来写小说，写散文，写杂文，写序跋，写书信，写文学评论，写诗词鉴赏……不同的文体，却体现着大体一致的诗的原则。除去戏剧，他几乎把中国新文学的各种样式都用诗演练了一番，也即用自己的心血熔铸成不同形式的诗。

谁也不能说这部全集是字字珠玑篇篇精品，但《烙印》《罪恶的黑手》《运河》《泥土的歌》中，显然有着谁也无法否认的名篇，从不同角度显示着中国新诗的实绩。如果说他1949年前的诗作以新诗为上，那么1949年后的旧诗成绩最高；如果说他1949年前散文成就屡屡为诗名所掩，那么1949年后他的散文实绩显然超过了他的诗作。要从中国新文学史、新诗史上寻找这样一位几十年创作不辍，每一个时代都有精品问世，每一种文体都有可观的成绩的作家，除去臧克家，也许是并不容易的。这既显示着他的才华禀赋，更体现出他的执着勤奋。可以毫不夸张地说，这部全集，不但是研究臧克家最权威最完备的版本，就是研究中国新诗史乃至新文学史，这也是必备的文献之一。

时间正在飞速地逝去，从那时到当下，又是将近四载春秋！从那时到现在，这个世界发生了难以计数的变化，而其中诗人的驾鹤西去，不免成为臧克家研究中最沉重的话题。笔者当年在《世纪的诗典》中深情祝祷的愿望——“《臧克家全集》，还是诗人自我生命活力的真实展现。诗是他生命的把手，和他已经难分彼此，融为一体。五十年代，他曾以体弱多病著称，没有电梯，二层楼房就无法登临，医生药物，成为不可须臾离开的东西。但他硬是用诗作为生命的支撑，一次次病倒，又一次次站起来，一次次宣告病危，又一次次解除警报。本年5月29日，又大病一场，7月以后，高烧竟转为低烧，面色日渐红润，听力有所恢复，神志趋向清醒。在又一次生死搏斗中，诗人和诗，又高唱了凯旋的歌！这是生命的奇迹，更是诗坛的奇迹。我们真诚地期待着更大的奇迹：矍铄的诗人，向更为健康长寿的目标健步跋涉”还是落了空！但我们始终相信鲁迅先生“纸墨更寿于金石”的名言！

诗人虽然已经作古，但他的诗作却依然在诗坛上焕发着自身的光芒。因而，对于诗人最好的纪念，当然也就是科学地研究他的作品。本书的写作，就是想把这一位诗人，与中国新诗的发展历史，交错地观察考量：从一位诗人的长短，看一部诗史的得失，也从一部诗史的角度，评估一位诗人的地位、价值和影响。把原来的书名《臧克家论》，改为《中国新诗启示录》，就是想体现这样一种思路，想力求避免孤立地研究一位诗人这一传统的个案研究的局促。至于书稿的得失，评骘的当否，就完全交付贤明的读者和四方的师友的评判。

《中国新诗启示录——臧克家论稿》结语

新旧世纪之交，青岛大学文科基地正式启动。学校领导划拨了一宗基金，专门资助人文社科项目的研究和出版。作为该基地的发起人之一，我有义务支持这一大有意义的事业，而最好的支持，则无过于拿出有学术含量、有青大特色的学术专著。经过再三思忖，得到许多朋友帮助论证，我申报了“臧克家与中外文化”的选题，并很快得到批准，得到经费资助。但后来的写作过程，却一直在不断地变动。首先是选题内容的改变。当初选取“中外文化”作为研究的突破口，是为了适应“基地”成立后迅速改名为“跨文化研究基地”的要求——即所选课题，应该与“跨文化”这一范畴挂起钩来，才符合立项、资助的标准。但是几个月的冥思苦想，却一直没有找到臧克家与国外文化比较密切的联系，没有找到国外文化对于诗人产生影响的数量较大、联系密切的证据，没有找到国外什么作家、诗人、流派、社团是在臧克家或者臧克家作品的影响下蓬蓬勃勃的可靠例证。恰好这时我申报的关于现代文学期刊研究的课题，顺利地得到了批准，一面是一筹莫展，陷入僵局，一面是顺风顺水，限期完成——我于是停下了已经开手但并不顺利的臧克家研究，而全力以赴投入我一直非常钟情的现代文学期刊研究。

2005年5月，在许多朋友帮助和支持下，期刊研究顺利完成，主持“跨文化研究基地”的先生也离开了青岛大学，基地恢复了“文科基地”的原名，我的臧克家研究也无须再硬要与国外文化挂钩、攀比、联姻……经过与基地新的负责同志研讨，该选题于是更名为《臧克家论》，意思是把几十年来断断续续进行的这项研究，来一个总结，既是向诗人的一个交代，也是自我生命过程的一种必不可少的自省。

关于这里的“交代”和“自省”，情况是这样的：当诗人委托我编选的《臧克家序跋选》就要完成时，有机会再次造访北京东城赵堂子胡同15号臧克家的四合院落，向诗人和郑曼先生告别。

饭前畅谈，诗人问起我的研究工作计划，并且希望我承担他的传记的写作任务。其实这也是我早就在反复思考的事情。我当时以为，在完成了《臧克家研究资料》《臧克家集外诗集》《臧克家·中国现代作家选集》《臧克家作品欣赏》《臧克家序跋选》等书稿以后，自己对于诗人的了解，是比较具体和深入的。我所参与的另外两位作家——叶圣陶、王统照，在编辑完毕研究资料以后，也都有撰写其传记的愿望和准备，对于自己介入颇多的臧克家研究，为什么不可以更加充分地发挥既有的研究成果的效应，写出自己心目中的诗人的生平和形象呢？但是，对于诗人生平和文学事业中的某些部分，我一直感到没有系统描述的能力，没有科学评价的水平。从大体上看，自己对于诗人是比较了解的，对于某些领域，应该说也有自己的见解；但其中还有一些盲点，一些我无法确知，不能明晰地述说和论证的问题。于是我对诗人这样回答：您的传记，已经有张惠仁先生的著作在前，我目前还没有超越的能力。比较现实的做法，是首先梳理现有的成果，加以归纳提升，从学理的层面促进其科学化，系统化。何时我具有了超越的学力，再行撰写不迟。臧老非常愉快地准许了我的规划。但由于种种原因，从八十年代末到九十年代末，我大约有十年左右的时间，基本上纠缠在无穷无尽但却基本上没有实际意义的行政事务和错综复杂的人际关系中无法自拔，仅有的一点时间，几乎完全投入了几个大型的集体项目的组织与撰写。对诗人应许的课题，在心底难以言说的愧疚中长期地沉没着，也一直在躁动着，直到文科基地项目的得到批准和正式实施。

诗人驾鹤西去以后，这种愧疚之情，就更加深重，更加折磨人的心灵。期刊研究的稿子刚刚杀青，第二天就开始了计划中的《臧克家论》的写作。写作是顺利的，因为资料准备和理论准备比较充分，酝酿时间比较久长。大约半年，书稿已经初具规模。但这时我发现，这种就一位作家孤立地撰写一部作家论的思路，是有问题的：一是没有找到恰当而新颖的切入角度，就很难写出特色；二是对诗人的文学活动做面面俱到的铺叙，可能是最简单但却也是最平庸的写作套路。几经斟酌，最后决定选取作为臧克家最本质的特征，他的“质的规定性”的内涵，即作为中国现代诗人的臧克家——与“诗人”的身份关联不甚密切不甚直接的其他内容，必须毫不心痛毫不犹豫地割舍，尽管这些方面我已经写就某些篇章。同时，臧克家又绝对不是一个孤立的存在，他的种种得失，其实都从不同方面印证、映射着中国新诗曲折复杂的发展历程。于是，从一位诗人看一部诗史，从一部诗史看一位诗人的思路，就越来越明晰，书稿的名字，也就相应地改作今名。

进入九十年代以后，我的女儿刘泉，也开始对现代文学研究逐步产生兴趣。2000年，她考取了中国现当代文学硕士研究生后，与我多年从事的研究工作，有了越来越多的共同的关注点。我的一些关于臧克家研究的思路、稿件，也就常常得到她的帮助、支持，从搜集资料到加工文本。再后来，她考进梦寐以求的北京师范大学攻读博士学位，她的学业与我的研究的关系，自然越来越密切。本书的散文论、书信论，就是她执笔写成的。几个附录，特别是参考文献与研究资料目录，是她独立完成的。我清醒地知道，当本书出版之时，大约也就是我从事纯学术研究的结束之日，年龄的衰老与学识的老化，是我绝对无法抗拒的规律。在这样一个关头，幸好有人接替，哪怕是在有限的方面和有限的程度，无论如何，都应该是感到欣慰的。

本书的出版，得到中华书局特别是从绿同志的帮助和支持，我应该向他们致以最诚挚的感谢！

《青岛高等教育史（现代卷）》引言

作为中国教育史的重要分支，中国高等教育史的研究和撰述，近年来取得了长足的进展。熊明安、刘一凡、潘懋元、曲士培、郑登云、余立、涂又光、霍益萍、陈学飞、郝维谦、龙正中等先生的研究成果，陆续以煌煌巨著面世，诸多新颖的论文，也相继出现，显示出方兴未艾的良好势头。与这类专题史的发展几乎同时，各大学的校史研究，也此起彼伏热情一直不减。有的名校，专门建立了校史馆，专事该领域的搜集、整理与研究；有的已经编撰出版了繁简不一的校史著作，缕述着自己学校的发展历史与建校经验，为自己的著名校长和教授评功立传。但是，把高等教育的发展，与地域教育的发展融为一体，撰写出科学、系统、翔实、可信的区域高等教育史，使之既不同于通史的概览全局但疏于对某一特定区域的具体而详尽的描述，又不同于某一大学校史的仅仅局限于一校范围，难以归纳出更为系统、更具有历史感、地域感的规律性内涵，除去《山东高等教育史》外，还未见有更多的建树。因此，这无疑属于高等教育史研究的一个新课题，一个有待突破的新领域。正是从这样的学术期待出发，我们开始了自己艰难的探索。

本书就是这种探索的初步成果。青岛是一个中等大小的城市，从一个小小渔村发展而来，开埠也不过百年。其地位和影响，当然不能与北京、上海、天津等具有厚重显赫历史的通都大邑相媲美，在历史时段的独特价值和意义上，也无法与南京、重庆、桂林、昆明、延安等相提并论；但是，作为中国较早形成的沿海开放城市，因为地缘的优越与气候的佳胜以及民风民俗的醇厚质朴，又的确有着与众不同的高等教育的发展历程，有着名校建设、名师传承的独特的高等教育传统。以我们长期工作、生活着的青岛近百年的高等教育发展历史为研究中心，撰写一部蕴含着我们对这方水土的依依深情的高等教育史著，正是当代青岛高等教育工作者无可推辞的义务和职责！这是一种理智与学术的选择，也是一种情感与责任的聚焦。本书的撰述，就从这里出发，从这里开展。

其实，青岛高等教育的梳理、研究，早已是诸多有识之士的共识与公举。不少研究成果，或探讨一时一事的始末，或考证某人某校的源流，大都具有筚路蓝缕、垦辟拓荒的意义，值得大家共同首肯与敬仰。但由于种种原因，这些成果还缺乏整合，还没有来得及从历史发展的角度给以系统的梳理与定位，某些历史资料，也有待于科学地发掘与论证。本书正是要在前辈和时贤既有研究成果的基础上，在发掘、考证、整合、梳理、归纳、提升上下功夫，努力撰写出第一部系统描述青岛高等教育发展历程的学术著作。与若干前辈、时贤的基础性成果相比，本书至少在以下几个方面有所突破，有所前进。缕述如下，希望得到批评与帮助。

1. 中德合办的青岛特别高等专门学堂，这是第一次正式入史。

2. 私立青岛大学的终结时间，本书依据可靠的史料，证明是在1929年，而不是通常所说的1928年。

3. 从国家图书馆、北京大学图书馆和北京师大图书馆新发掘出来的《国立青岛大学一览》《国立山东大学周刊》等原始材料，充实和丰富了既往的关于国立青大、国立山大的描述，使本书的第三、四、六章，具有了自己的史料支撑，因而在学术上有所发展有所前进。

4. 沦陷期青岛的高等教育，一向被认为是一段空白，即使有所涉及，也往往语焉不详。本书第一次从浩如烟海的档案材料中梳理清楚“东亚医科学院”的始末，使该校从连学校名称都众说纷纭的迷雾中走出，终于得到了比较清晰的历史界定。

5. 本书充分采用了北京、上海、南京、济南、青岛等地收藏的档案史料，力求所有言说，都尽量有足够的档案材料的支撑。在撰述规程中发掘整理出的档案材料，大都尽量保存在正文或附录中。我们相信，这本以史料的翔实与具体为主要特征的史著，会在当下尤其是日后的学术研究与史料考稽中略尽绵薄、发挥作用的。

我们的期许，是否符合实际，敬请读者诸君审阅本书的正文和附录。

一卷编就，满头霜雪

——五十二年，我陪文学期刊走过（国家出版基金项目《1872—1949文学期刊信息总汇》后记）

上世纪六十年代初，我在山东师院中文系读书，给我们担任现代文学史课的就是大家普遍敬仰的薛绥之师。他那时的“右派”问题好像还没有完全解决，讲课时欲说又止的情境不时浮现，期期艾艾之状于是可掬。但讲到兴起时，就未免沉浸进他过分热爱的现代文学的高天阔海，一些教科书里不大会出现的“细节”，就会像闪亮的彗星，拖曳着耀眼的光束径直扎根在我辈学子的心海深处。

我颇奇怪一个人怎么能够熟知那么多典章故实？讨教以后，薛师说刚好有一本好书出版，不妨买来一读——就是唐弢先生以“晦庵”的笔名印行的那本薄薄的《书话》[1]。拜读《书话》，对其中那些别开生面的编辑与出版、查禁与伪装等期刊事业里的惨烈严酷的斗争与别开生面的斗争艺术，就充满了好奇与敬仰。对于唐弢先生与众不同的文风笔意，对于书话这种别开生面的文学体式，也仰慕不已。那是我真正喜欢上现代文学这一多事的学科的开始，也是我一直关注文学期刊的开始。

1963年，我从山东师院毕业，和三位同届学兄一起分配到泰安教师进修学校（后来改名泰安师专，现在称为泰山学院）任教。后来才知道，那是书新先生的选择，是他从山东师院中文系副主任调任泰安师专中文科主任的“约定”。此外，他还

[1] 后来的增订版改称《晦庵书话》。

有一项约定，就是泰安师专须拿出一笔经费，由他购置极其短缺的图书杂志，从无到有建制起正规的高校教学、科研必须的中文资料室。

是年秋，书新先生刚到职视事，马上奔赴上海，买回来一大批旧图书，文学期刊是最引人注目的部分。我清清楚楚记得，有上海文艺出版社影印的左联期刊系列，如《拓荒者》《萌芽》《北斗》……有全套的《文学》，还有《茶话》《美丽》《小说月报》（1940年版）等方型杂志。贪婪地翻阅这些从未谋面的期刊，成为现代文学组各位老师最兴奋的节庆。于是，我的讲稿中有时就偶尔插上几句关于现代文学期刊的故事，引逗起那时不少学生浓厚的兴趣。

1966年，“文革”到来，书新先生遭到残酷的殴打和折磨，罪名之一便是“贩卖三十年代文艺黑货”。他费尽心机购置的文学期刊，成为逃不脱的“罪证”，被胡乱堆放在教学楼的门口，用毛笔打着大大的叉号。鲁迅指导的“左联”的刊物怎么会成为“黑线”“黑货”？我百思不得其解，又没有地方可以说理。但想想柔石的《二月》都已经成为倾全国之力批判的“大毒草”，也就“顺理成章”矣。“文革”的噩梦刚刚过去不久，书新先生就怀着那时留下的遍体鳞伤在肝癌的折磨下辞世——我这才切切实实地体悟到文学期刊中所蕴涵的真实的血肉与生命！

上个世纪70年代末，中国大地刚刚从一场长达十年的噩梦中醒来，现代文学界就率先发起了抢救文学史料以抢救行将危亡的现代文学教学与科研的风暴。这就是完全应该载入史册的、由中国社科院文学所发起的编纂大型现代文学史料研究丛书《中国现代文学史资料汇编》的系统工程。山东师院中文系吾师冯光廉教授接受了其中叶圣陶、王统照、臧克家三位现代作家的研究资料的编纂任务，我也有幸加盟成为冯师的助手。为了这一历史性的任务，我们有数年间大约有近五分之一的时间，是终日泡在京、沪、宁、津、济、青等地的公共图书馆与大学图书馆里，与纸页完全变黄的书册、期刊、报纸们对话。北京的国子监，上海的徐家汇，南京的龙蟠里，济南的大明湖，青岛的大学路……都有幸成为屡屡光顾的读者，对这一领域里的风云变幻、龙腾虎跃的景象，就越来越神往。一些自以为有用的材料，也被陆续写满了十数个厚厚的备课本，和几大纸袋的自制卡片。叶圣陶、王统照、臧克家的三本研究资料编纂完毕以后，还有许许多多颇为重要的内容，无法介绍给也如我年轻时那样痴迷于这些期刊史、文学史上的陈迹的朋友，总觉得有些遗憾，有些对不住艰难创业的先驱的遗憾。

上个世纪90年代末，我几十年来勉力从事的几个大型集体研究项目如《中国新文学发展史》《中国近百年文学体式流变史》《多维视野中的鲁迅》，大都或出版或完稿，我自己距离退休的时间也越来越近，于是决心把已经不多的时间，留给一向特别偏心、感情的联系特别密切的期刊研究。为此，还不无遗憾地婉辞了几个颇具吸引力的课题。恰好此时传来人民文学出版社李文兵先生有邀请山东师大韩之友先生编纂《中国现代文学期刊史》的意向。

韩之友先生是1988年天津人民出版社版《中国现代文学期刊目录汇编》的主要编纂者之一，当然是这一课题最恰当的人选。可惜之友先生时患目疾，翻阅字体模糊的期刊，到处查找收藏极为分散的期刊，都有一定困难。征得李、韩二先生的同意，又承山东省教育厅和山东省社科规划办诸位领导、专家鼎助，允许立项，也就是给以一定数额的经费支持，我于是毛遂自荐承担起这一任务。后来因为这一课题越做规模越大，所需要的费用自然越来越多，只好不断申请各种层次、各种规格的资助。我是幸运的——这样一项过去并不被人重视的选题，几乎是一路绿灯地受到格外的恩宠；这也从一个特别的角度，反映出近年来学术界拒绝空疏、看重实证的一种带有根本意义的转型。

开手以后，进展尚属顺利；但一经深入，即刻困难重重。最主要的是原先已经读过的期刊，由于年深日久，印象已经不那么清晰，即使当年已经抄录在手的内容，由于当时关注的方面，与此刻的体例多有出入，必须再度翻检。而经过十几年的变迁，不但各地图书馆多有新的规定，例如必须交纳若干费用以外，而且所藏书刊，有许多已经无法看到了，尽管目录仍旧。

不少图书馆，为有效保护纸页发黄变脆的期刊，摄制了缩微胶卷。像我这样级别的读者，举凡已经有缩微胶卷的期刊，就无法看到纸质原刊了。缩微胶卷的拍摄质量不同，有不少内容是难以见到完整的真实的面目的。所见到的，也因为“缩微”，而大大减少了“现场感”。开本大小，一般就无法确证。看这类胶卷，是对我的视力和耐心的一种相当严峻的考验：右手摇转装有缩微胶卷的机器的把柄，左手拿着放大镜，极力设法让大都模糊不清的胶卷的字样，透过放大镜、老花镜，对准焦距，进入我的视网膜。看清后再把有用的内容输入电脑，低头打字。

打完字再抬头，就需重新对光，再次寻找四点之间合适的角度！两只手少有晃动，眼前立马变成一团乱麻。眼花的同时，就是焦躁不安。这过程，最多坚持半小时，就精疲力竭，只好废然闭目！

就这样经过几年颇为艰辛的努力，汇总自己所见，借助许多时贤的著录和回忆，发现现代文学期刊的总数，大约在4000种左右，其中半数以上恐怕已经看不到全貌了，即使经费充足，可以走遍全国去一一查访，也不是三五年之间可以完成的系统工程。因此，只好修改申报时确定的课题名称，从《中国现代文学期刊史》，改为《中国现代文学期刊研究》，再改为《中国现代文学期刊史论》。

此间，我承担了培养三届硕士研究生的任务，每一届进校，我总是首先向他们热心地宣传文学期刊研究的重要性。除去1999级没有人愿意承担外，其他两届，都有学生高高兴兴地与我一起开始了堪称艰苦的期刊研究。收入本书的关于《小说月报》《创造》季刊、《骆驼草》周刊、《现代》月刊的四章，就是与曲朝勃、郑萍萍、王健、吴静合作的产物。题目当然是我选定的，提纲由我们讨论研究产生，初稿由他们分头执笔，最后由我定稿。无论从时间上还是从精力的投入上，这种“生产方式”都没有自己写作来得“经济”，但由此培养出几位在期刊研究上认识了门径的年轻学人，也还是值得庆幸的。

由于结项时间已到，现在奉献出来的还只是一个开放的尚未完成的成果——原先拟订的几个题目，还没有全部完成，最后的《叙录》，也有不少有待继续查证补充——但是，最后期限已到，所有的经费也不允许再度扩大规模，只好这样姑且交卷。如果还有继续写作的可能，当然还要补充若干已经有所思考有所准备的内容。

以上文字，原是作为“后记”收入2005年10月新华出版社版《中国现代文学期刊史论》的，现在稍稍做了一点改动。

《中国现代文学期刊史论》作为国家社科基金项目之一出版后，引来许许多多专家的好评，得到过山东省和教育部的奖项，当然，也受到著名藏书家颇为严苛的批评。事后，对照各种表扬和批判的意见，我静夜长想，确信我的确还并不具备撰写文学期刊史的实力和条件：连究竟出版过多少文学期刊都说不清道不明，就来动手写史，岂非缘木求鱼、自寻烦恼？而坊间又确实没有提供过比较详实比较完备的文学期刊叙录，以供参酌，以供查询，于是我就只好自己来下这“摸清家底”的笨功夫了。这就是我从试图撰写“文学期刊史论”到试图编撰“文学期刊叙录”，以至今天的“文学期刊信息总汇”的演化过程与内在原因。

2007年，在国家社科规划办公室有关领导及诸多专家支持帮助下，我获批第二个国家社科基金项目《中国现代文学期刊叙录》。经过三年努力，2010年春交出成果，10月，又以优秀等级结项。评审专家在结项意见中一面肯定了我的努力，一面指出了若干不足。我深受鼓舞和启迪，决心把已经开头的事情继续做下去。又是斗转星移，三度春秋！到2012年底，一部网罗了9000余种文学期刊的学术元信息的大型工具书总算完成。2013年，全年一直在认真地校对，力求不出或少出差错，尽量避免以讹传讹，贻误青年。2014年夏，严家炎先生希望我把这部关于文学期刊信息的书稿，从1912年上溯到1872年即公认的中国文学期刊之开篇之作，于是就有了今天这样的规模。

就这样，五十年，我陪文学期刊走过，一路风雨，一路坎坷，一路求索，但也一路期冀，一路感恩，一路收获！

2016年春改写于青岛大学寓所

编校后记

德不孤　必有邻

——《刘增人文选》编校后记

2014年4月，刘增人老师偕师母莅新泰小憩，虽然暌隔刘师教诲三十余载，但一朝聆听玉音，仍如露如饴，欢畅中怀。畅叙间，言及刘师在诸多报刊发表的散文、随笔等，其中有相当的篇幅是现代文学史上诸大家的采访录及逸闻轶事，故而提议将这些散见于报刊的文章结集出版。一是集中存留，以利后人治学；二是以遂我等后学平生快慰之愿。刘师也回忆与朋友茶叙时，朋友以为“在一些会议上的即兴发言，偶具‘新意’，或疑似‘幽默’，希望整理出来付印”；“把那些零零散散的散文随笔，集结成书，因为其文字有‘国文’功底，见解有个性特征”云云。刘师考虑后说到：我目下已七十有二，年愈古稀，即便在今天看来也算有寿。七十年风雨兼程，也该回首往事，稍事反顾。古人讲“文如其人”，这是说为人与为文风格的统一；但何尝又不是其“文”写其“人”，“文”是“人”如影随形的写照呢？既如此，那就编辑一册个人文集，总结前尘往事，以启后来人生。然后询我可否代为编校，我不揣谫陋，欣然接受。

1978年，我考入泰安师专，得以近闻刘师謦欬，面获亲炙。刘师的风采，灿烂在冬季：一件合体的淡蓝色中式手工罩衣，浅灰色的围巾绕颈分搭前后，一幅典型的老派学者风格，民国范儿十足。见到他，马上便想起杜工部《饮中八仙》“宗之潇洒美少年，举觞白眼望青天，皎如玉树临风前”。潇洒、美、皎如玉树，但无觞可举，更没有白眼，多的倒是对任何人都青眼相加。潍坊口音的普通话，说不上标准，但温和，是那种“沛然例炀三尺雨”式的流畅；课堂上成语迭出，文气盎然。

刘师之授业，乃现代文学史，所传之“道”，正是鲁迅先生及诸位大师“宁鸣而死，不默而生”的刚烈风骨与道义担当，也就是当下学人所谓的“五四风度”——清峻、通脱，对家国、社会、历史的担当。当时“文革”刚刚结束，人文社科领域的皑皑封冰已有纤微涓滴。刘师课堂上的鲁迅先生，褪去“石一歌”们给他罩上的不食人间烟火的“高大全”金刚衫后，还原了先生真正的人生——“多是‘生命之川’之中的一滴，承着过去，向着未来”；虽有横眉冷对，但更多是丈夫怜子。这对于刚刚历经过“文革”的吾辈，确实有上帝又洞开一轩天牖之感。人世间，并不是只存在着冷漠的警惕，其实更多的可能是彼此间的扶持和温馨。这些与以往的“正确灌输”有着显著区别的“非主流认知”，对我等后学心灵的震动，是飘风振海般的疾雷破山。

上世纪六十年代初，刘师毕业于山东师范学院，自此，开始了他对现代文学探索、研究的路径，但此时的治学环境，已经不是学人所希冀的自在，而是种种政治因素桎梏下带着枷锁的舞蹈。未几，丙午劫乱，法度尽紊，现代文学史领域，尤为多事之“重灾区”，其中缘由，更是有不可为人所道的难言之隐。现代文学史的三十年，成为史学禁脔，学人多迂道绕行，坚拒染指；但刘师在此等环境下，仍惟日孜孜，不敢逸豫，所以焚膏继晷者，非为身计，乃为一代学术之承续。

尼采说过大意如下的话：信仰掩盖真理，犹甚于谎言。现代文学史界“文革”中的荒谬，正是用所谓的“政治信仰”，掩盖了鲁迅先生的真像。彼时的鲁迅，被操控于政治之手，成为判别正确与否的绳墨。七十年代中期，《鲁迅全集》获准出版，预示着现代文学领域冰冻的初融。在此之前，刘师即在书新先生带领下开始编写《鲁迅生平自述辑要》。拨乱反正的艰辛，聚焦在如何正确解读鲁迅上。鲁迅先生的精神世界强烈、复杂，如果仅仅着眼于他外化的人生经历中，那无异于缘木求鱼。曾有人说：先生的生命，是一个奔突于“爱”和“自由”之间的魂灵。先生一生的行迹、情感细节和喜怒哀乐，都有着“刑天舞干戚”般的生活体现，要将其还原至原生的场景，在“理解之同情”的基础上，还要坐艰辛的冷板凳和巧妙的构思。《鲁迅生平自述辑要》，用先生的“话”来解读先生，就是一种充满着智慧的迂曲前行。始乎此，用先生的日记探究先生的心理轨迹，用先生的书信梳理先生的情感归宿。从此，刘师走上了终生以解读鲁迅为己任的治学道路，在鲁迅研究的山阴道上，迎来了目不暇给的成就。

八十年代后期，刘师荣调新建的青岛大学，科研成果比踵而至。除了鲁迅先生研究之外，在现代文学其他领域也取得诸多成果，先后有近40种学术著作（含自著、合著、主编）接踵问世，共约2000余万字。代表作有《中国现代文学期刊史论》《叶圣陶传》《王统照传》《王统照论》《中国新诗启示录——臧克家论稿》《青岛高等教育史（现代卷）》等。社会任职则有中华文化史料学会近现代分会副会长、中国鲁迅研究会学术委员会委员、《鲁迅全集》编辑修订委员会委员、青岛大学文学院中文系主任、青岛大学鲁迅研究中心主任、《鲁迅研究年鉴》主编、中国鲁迅研究会理事、中国现代文学研究会理事、山东省现代文学研究会副会长等等。尤其是主持2005年版《鲁迅全集》第六卷的校勘和编辑，则是鲁迅研究方面所得到的国家级荣誉。大成若此，人生可谓无玄珠之遗。

由鲁迅先生开始，刘师的研究领域也因缘际会转向了叶圣陶、王统照、臧克家等诸位先生。随着资料的积累，现代文学史上那一幕幕的“风花雪月”不由自主地涌向了笔端，因而成就了那逝去的岁月中如埽尘般漫漶往事的钩稽和独具个性语言特色的散文随笔。本文集收录了刘师三十余年来所发表的部分散文、随笔和学术论文。其荦荦大者：乃作者芒鞋竹杖履痕所至的记录，师友相集一颦一笑的倩影，扬风扢雅儒者立教的心声，有感慨、有感恩、有感悟。巴尔扎克对于其《人间喜剧》的期望是“写出一部史学家们忘记写的历史，即风俗史”，而本文集也正是将现代文学史研究“下嫁”到日常的文化与生活空间中，以白描式的勾勒，展现现代和当代学人所生存的时代氛围、生活道路与心理状态，体察他们在“日常”中所特有的情感与心理。《文赋》认为好散文的标准是：观古今于须臾，抚四海于一瞬。刘师在方寸间的引领，使读者精骛八极，心游万仞。从清末到目下，从殿堂到坊间，有厅堂之雅声，有庖厨之油烟。可以这样认为：本文集是以“人”为线索勾勒现代文学史风貌的“环境”之作，通过“环境”的描述来呈现一代学人的心态，然后通过这一代学人的心态来更好地理解现代文学。

选入本文集的篇章，写人、记事，述景、状物，多是微带着忧愁，满蕴着温柔，也不乏明丽和幽默；深沉凝重的抒情中，散发出俄罗斯文学的芬芳。《外公逸事》，状写清末民初一代文人的窘状，但于先生在如磐风雨中的大义，却正是一个方廉清鲠读书人的良知与担当。母爱，是历代文人笔下经古的主题，具有贯通古今恒久的魅力，《母亲的歌》《我的亲娘》，读后掩卷冥思，油然而生者，是“生命既哀亦美”的怅惋。

刘师与叶圣陶、臧克家先生、王统照哲嗣立诚、济诚仲昆、郭绍虞、李霁野、李何林、攀骏、林非、于敏等诸先生的交集，以及对田仲济、薛绥之、许炳离（并力）、苏曼、书新、查国华诸位业师的眷念，是本文集一靓点。敬仰先哲、恭谨师者是读书人的本份，刘师之所为，正是为师者“身正为范”的体现。刘师所记述的郭绍虞、李何林等先生赠书点滴，读来暖意融融。有元一代，读书人的社会地位是真正的“老九”，故时谚讥讽文人寒酸的交往是“秀才人情纸半张”，然时迁事移，时下学人间芸编往来，却是“君子之交淡如水”的明证。

“青岛”之名载入典籍，始见于明嘉靖年间浙江临海人王士性之《广志绎》：“胶莱河与海运相表里，若从淮口起运，至麻湾而径度海仓口，则免于洋转登、莱一千五六百里，其间田横岛、青岛、黄岛、玄真岛……，此皆礁石如戟，白浪滔天。”自此，“青岛”由岛而村、而港、而镇、而市。1919年，又因它的主权归属为导为索，爆发了“五四运动”，成为中国近、现代历史的分水岭。红墙、绿树、蓝天、碧海，怡人的风景，成为近代名宿文士卜居的首选。王统照、臧克家、老舍、闻一多、梁实秋、弘一法师……一时俊哲，同气鳞集，岛城的风致，因而文气氤氲。

刘师对岛城怀有特殊的情愫——这是外祖父、父亲、母亲曾经生活过地方，微微咸湿的海风中，或许还能追嗅到他们的气息。而观海路49号、鱼山路3号、黄县路12号、福山路3号，仍不时有王统照、闻一多、老舍、沈从文倏闪的身影。当梁实秋在鱼山路33号由衷地发出“此（青岛）君子国也”的感慨时，他哪里会想到七十多年后，还会有如刘师般固穷之君子，也曾为这些“名人故居”作为文脉延续、文化载体的保留和修缮而奔走呼号、且撰文刊播。当这其中的许多已变为今日的“辉煌”时，这种文化乡愁，只能仅存于刘师的散文中了……晋人曾有“纸墨之寿，永于金石”的感叹，哪承想这一千七百多年前的箴言，不经意间兑现在了今天。

本文集收入的部分论文和序跋等，是刘师五十余年学术生涯的精粹，论及鲁迅、王统照、曹禺等。作为现代文学史来讲，它与历史学的研究有许多相通处，无论是新材料的发现，还是旧材料读出新意，都是令人欣喜的，但就史学研究的本质来说，历史的洞见要比纷繁的史实更加重要，这是判定一个史学家水准轩轾的重要标准。

《二十世纪鲁迅研究的“短板”之一》，是刘师在一次学术会议上的即席插话。虽然不像高头讲章般的那么“一脸肃穆”，但兹事体大，涉及到民族精神的走向和养成。近年来，鲁迅先生的作品在中小学语文教材中颇有些“微乎其微，至于无形”的意思了；高考试卷中已多年没有与鲁迅相关的任何内容，鲁迅的背影也在师生的目光中渐行渐远。“鲁迅”，在当下国人的民族精神中已经多余了吗？我们需要的是“为天地立心，为生民立命”的道义和担当，还是六朝旖旎的风花雪月？刘师发出的“有组织地开展对于鲁迅及其作品与中学语文教学的认真研讨”，“把一个鲜活的鲁迅，引进广大的中学师生的精神领域和知识领域”的疾呼！对比近年有司对中小学语文教材调整、已是凤毛麟角的鲁迅作品又“荣获”删减，刘师几年前的洞见，更是让人肃然起敬。刘师的呼吁在那些颟顸的大员眼中也许是另类的“聒噪”，但这种为未来负责任的担当，却正是为人师者见微知著的冰鉴所在，相信历史会为此唏嘘感慨的！

鲁迅先生说过大意如下的话：倘有人将中国历来教育儿童的方法，作一记录，给人明白我们的古人以至我们是怎样的被熏陶下来的，则其功德，当不在禹下。这是指文化传承中“持师道以训弟子”。刘师的师道，在其可掬的举手投足、一颦一笑的神态中，而其对于后学潜移默化的影响，则如润物之春雨，这是刘师一生所追求的平等所致。托克维尔在《旧制度与大革命》中说：未来的黑暗中，人们能够洞察三条非常明显的真理的第一条，即“举世的人都被一种无名的力量所驱使”。这种“无名的力量”，就是对自由、平等的向往。刘师一生所求，正是心灵的自由和人际间的平等。由此，他收获了弟子对他崇高的礼敬：

2003年9月的一个周六，岛城笼罩在潇潇秋雨中。刘师近百名弟子相约青岛大学，共祝他从教40周年，致敬词是——绿叶对根的情谊。刘师的高足修方舟先生记叙道：学生们一批批赶来，其中一位头发花白的长者是刘老师的“大弟子”，比老师还年长8岁，独自一人从武城县坐了9个小时的长途车赶来青岛，场面温馨温暖。庆典现场，刘老师在学生们的强烈要求下再次走上讲台，讲的是曹禺的《雷雨》。听他的课是一种享受，有同学回忆说："每次刘老师开讲座都是座无虚席，挤不进会场的学生只好站在窗口听。"此时我的眼前浮现出的正是刘老师二十年前在讲台上的神采，而他回忆他的老师薛绥之先生的一篇文章，让我明白教书是需要这种陶醉的，让我相信这种陶醉是可以感染人也是可以"遗传"的："薛师背依黑板，半仰脸面，似乎在深深的回忆中追索，又似乎在追索中陶醉，总之是全神贯注地遨游、徜徉于他深心喜爱的现代文学的高天阔海中。"

这种是文以贯道，成风化人！九十年前，鲁迅先生假《墓碣文》希冀："于一切眼中看见无所有，于无所希望中得救"。近百年过去了，先生虽然还伶俜茕茕，但其道已不孤。刘师穷一生经历，在精神上追随先生，正是"德不孤，必有邻"的今日写照。